the thing is... when you've got as many problems as me and you decide to live like you don't have th they usually come to bite you in the ass

UMA FRAÇÃO DO TODO

UMA FRAÇÃO DO TODO

STEVE TOLTZ

Tradução de

Janaína Marcoantonio

EDITORA RECORD
RIO DE JANEIRO • SÃO PAULO
2011

CIP-Brasil. Catalogação-na-fonte
Sindicato Nacional dos Editores de Livros, RJ

Toltz, Steve, 1972-
T598f Uma fração do todo / Steve Toltz; tradução de Janaína Marcoantonio.
— Rio de Janeiro: Record, 2011.

Tradução de: A fraction of the whole
ISBN 978-85-01-08742-3

1. Pais e filhos - Ficção. 2. Famílias - Ficção. 3. Romance australiano.
I. Marcoantonio, Janaína. II. Título.

11-0742. CDD: 828.99343
CDU: 821.111(94)-3

Título original:
A FRACTION OF THE WHOLE

Texto revisado segundo o novo Acordo Ortográfico da Língua Portuguesa.

Editoração eletrônica: FA Editoração

Direitos exclusivos de publicação em língua portuguesa somente para o Brasil
adquiridos pela
EDITORA RECORD LTDA.
Rua Argentina 171 — Rio de Janeiro, RJ — 20921-380 — Tel.: 2585-2000
que se reserva a propriedade literária desta tradução.

Impresso no Brasil

ISBN 978-85-01-08742-3

EDITORA AFILIADA

UM

Você nunca ouve falar de um esportista que perde o olfato num trágico acidente, e por uma boa razão; para que o universo ensine lições dolorosas que somos incapazes de pôr em prática na vida futura, o esportista deve perder as pernas; o filósofo, a cabeça; o pintor, a visão; o músico, a audição; o chef, o paladar. Minha lição? Eu perdi a liberdade, e me vi nessa estranha prisão, onde a adaptação mais difícil, depois de me acostumar a não ter nada nos bolsos e a ser tratado como um cachorro que mijou num templo sagrado, é a monotonia. Posso conviver com a brutalidade entusiasta dos guardas, com as ereções desperdiçadas, até mesmo com o calor sufocante. (Ao que parece, o ar-condicionado prejudica a concepção social de castigo — como se nos refrescar um pouquinho fosse igual a impunidade.) Mas o que posso fazer aqui para passar o tempo? Me apaixonar? Há uma policial cujo olhar de indiferença é tentador, mas eu nunca fui bom com as mulheres — sempre aceito um não como resposta. Dormir o dia todo? Quando meus olhos estão fechados, vejo o rosto ameaçador que me assombrou a vida inteira. Meditar? Depois de tudo o que aconteceu, sei que a memória não é digna nem da membrana em que está gravada. Não há distrações aqui — pelo menos não o suficiente — para evitar a catastrófica introspecção. Tampouco consigo reprimir as lembranças com a força bruta.

Tudo o que me resta é me entregar à loucura; fácil, num teatro em que o apocalipse é encenado semana sim, semana não. A noite passada foi um espetáculo particularmente incrível: eu tinha quase pegado no sono quando o prédio começou a tremer e cem vozes furiosas começaram a gritar em uníssono. Fiquei paralisado. Uma rebelião. Mais uma revolução descerebrada. Não haviam se passado nem dois minutos quando arrombaram minha porta com um pontapé e um sujeito alto entrou, com um sorriso que parecia meramente ornamental.

— Seu colchão. Preciso dele — falou.

— Para quê? — perguntei.

— Tocamos fogo em todos os colchões — ele se gabou, polegares para cima, como se esse gesto fosse o suprassumo das conquistas humanas.

— E onde você espera que eu durma? No chão?

Ele deu de ombros e começou a falar numa língua que eu não entendia. Tinha protuberâncias estranhas no pescoço; nitidamente, algo terrível acontecia dentro dele. Todas as pessoas aqui estão com problemas, e seus infortúnios constantes as deformaram fisicamente. Os meus também; meu rosto parece uma uva-passa; meu corpo, a videira.

Dispensei o detento com um gesto e continuei escutando o caos rotineiro da multidão. Foi quando tive a ideia de que *poderia* passar o tempo escrevendo minha história. Obviamente, eu teria de escrevê-la em segredo, encolhido atrás da porta, e apenas durante a noite, e depois escondê-la no espaço úmido entre a privada e a parede e torcer para que meus carcereiros não fossem do tipo que fica de quatro. Eu tinha me decidido sobre esse plano quando a rebelião finalmente apagou as luzes. Sentei na cama, hipnotizado pelo clarão dos colchões em chamas iluminando o corredor, mas fui interrompido por dois outros detentos carrancudos com a barba por fazer que invadiram minha cela e me olharam como se eu fosse uma paisagem serrana.

— É você que não quer dar o colchão? — rosnou o mais alto dos dois, que parecia ter acordado com a mesma ressaca por três anos seguidos.

Eu respondi que sim.

— Sai da frente.

— É que eu estava prestes a dar uma descansada — protestei.

Os dois detentos soltaram risadas altas e perturbadoras, cujo som parecia o de jeans rasgando. O mais alto me empurrou para o lado e arrancou o colchão da cama, enquanto o outro permaneceu imóvel, como se estivesse esperando o degelo de primavera. Há certas coisas pelas quais eu arriscaria o pescoço, mas um colchão cheio de caroços não é uma delas. Com o objeto desejado entre eles, os detentos pararam na porta.

— Você vem? — perguntou o mais baixo.

— Para quê?

— É o seu colchão — disse ele simplesmente. — Você tem direito a botar fogo nele.

Suspirei. Homens e seus códigos! Mesmo num inferno sem lei, o ser humano tem de se conceder certa honra, de tão desesperado que está por se diferenciar dos animais.

— Tô fora.

— Você que sabe — ele falou, um pouco desapontado. Murmurou algo numa língua estrangeira para o companheiro, que riu enquanto saíam.

Aqui, todo dia tem algo diferente — se não uma rebelião, é alguém tentando escapar. O esforço desperdiçado me ajuda a ver o lado positivo de estar preso. Ao contrário daqueles que estão arrancando os cabelos na sociedade de bem, aqui não precisamos sentir vergonha de nossa infelicidade diária. Aqui temos alguém visível para culpar — alguém de botas lustradas. É por isso que, pensando bem, a liberdade me deixa indiferente. Porque lá, no mundo real, liberdade significa que você tem de admitir a autoria, mesmo quando a história é um lixo.

•

Por onde começar minha história? Negociar com lembranças não é fácil: como escolher entre aquelas palpitando para ser contadas, as que ainda estão amadurecendo, as que já estão murchando e as destinadas a ser deturpadas pela linguagem e vir à tona pulverizadas? Uma coisa é certa: não escrever sobre meu pai demandaria um esforço mental além da minha capacidade. Todos os meus pensamentos que não são sobre o meu pai parecem claras estratégias para evitar pensar nele. E, de todo modo, por que eu deveria evitar? Meu pai me puniu por existir, e agora é minha vez de puni-lo pelo mesmo motivo. É justo.

Mas a maior dificuldade é que me sinto diminuído por nossas histórias de vida. Elas pairam sobre nós, desproporcionalmente. Pintamos em uma tela maior do que merecíamos, por três continentes, da obscuridade à celebridade, de cidades a selvas, do lixo ao luxo, traídos por nossos amores e nossos corpos, e humilhados em escala nacional e então planetária, sem praticamente nenhum abraço para nos motivar a seguir em frente. Éramos dois preguiçosos em aventura, flertando com a vida, mas demasiado tímidos para entrar de sola. Então por onde começar a contar nossa terrível odisseia? Com simplicidade, Jasper. Lembre-se, as pessoas ficam satisfeitas — não, impressionadas — com a simplificação de acontecimentos complexos. E, além disso, a minha história é muito boa, e *real*. Não sei por quê, mas isso parece ser importante para as pessoas. Quanto a mim, se alguém me dissesse, "Tenho uma grande história para contar, e cada palavra é a mais absoluta mentira!", eu já estaria na pontinha da cadeira.

Acho que deveria simplesmente admitir: a história será tanto sobre o meu pai quanto sobre mim. Odeio o fato de que ninguém consegue contar sua história de vida sem fazer de seu inimigo um astro, mas é assim que as coisas são. O fato é que a Austrália inteira despreza meu pai, talvez mais que qualquer outro homem, tanto quanto adora seu irmão, meu tio, talvez mais que qualquer outro homem. Eu também vou aproveitar para esclarecer a história dos dois, mas não pretendo diminuir o amor que todos têm por meu tio ou o ódio que têm por meu pai, principalmente se for um grande ódio. Talvez usem esse ódio para se tornar mais conscientes de quem amam, e eu não quero estragar tudo.

Também devo dizer isto, apenas para deixar tudo às claras?

O corpo do meu pai jamais será encontrado.

•

Durante a maior parte da minha vida, eu nunca soube se deveria sentir pena, ignorar, idolatrar, julgar ou assassinar meu pai. Seu comportamento desconcertante me deixou indeciso até o fim. Ele tinha ideias contraditórias sobre absolutamente tudo, em particular sobre minha educação: depois de oito meses no jardim de infância, decidiu me tirar de lá, porque o sistema educacional era "embrutecedor, emburrecedor, arcaico e materialista". Eu não sei como alguém pode chamar pintura a dedo de arcaico e materialista. Bagunçado, sim. Embrutecedor, não. Ele me tirou da escola com a intenção de me educar ele próprio, e, em vez de me deixar pintar com os dedos, lia para mim as cartas que Vincent van Gogh escreveu ao irmão Theo pouco antes de cortar a própria orelha, e também passagens do livro *Humano, demasiado humano*, para que, juntos, pudéssemos "resgatar Nietzsche dos nazistas". Depois, passou a matar o tempo olhando para o espaço, e eu ficava sentado no quintal de casa torcendo os dedos e desejando que estivessem cobertos de tinta. Passadas seis semanas, ele me devolveu ao jardim de infância, e, de repente, na segunda semana do primeiro ano, quando começava a parecer que eu poderia enfim ter uma vida normal, ele entrou na sala de aula e me arrancou de lá outra vez, tomado pelo medo de que estivesse deixando meu cérebro impressionável "na latrina do diabo".

Dessa vez ele estava falando sério, e, da mesa manca da cozinha, enquanto batia cinzas de cigarro numa pilha de pratos sujos, me ensinou literatura, filosofia, geografia, história e algumas disciplinas sem nome que incluíam folhear os jornais diários ladrando sobre como a mídia fazia algo que ele chamava de "incitar o pânico moral" e exigindo que eu respondesse por que as pessoas se permitiam ser moralmente levadas ao pânico. Outras vezes, ele me dava aulas sentado em sua cama, em meio a centenas de livros de segunda mão, retratos de solenes poetas mortos, garrafas vazias de cerveja, recortes de jornal, mapas velhos, cascas de banana pretas e duras, maços de cigarros por fumar e cinzeiros cheios dos já fumados.

Uma aula típica corria assim:

— Muito bem, Jasper. É isto: o mundo já não está mais desmoronando de modo imperceptível, hoje em dia desmorona com estrépito! Em todas as cidades do mundo, o cheiro de hambúrgueres avança descaradamente pela rua à procura de velhos amigos! Nos contos de fadas tradicionais, a bruxa malvada era feia; nos modernos, ela tem maçãs do rosto saltados e implantes de silicone! As pessoas não são misteriosas porque nunca calam a boca! A fé ilumina tanto quanto uma venda nos olhos! Está me ouvindo, Jasper? Algum dia você vai estar andando pela cidade tarde da noite, e uma mulher à sua frente vai se voltar, olhar para você e então atravessar a rua, simplesmente porque alguns membros do seu sexo estupram mulheres e abusam de crianças!

Cada aula era igualmente impressionante, abrangendo uma gama de assuntos. Meu pai tentava me estimular a travar diálogos socráticos com ele, mas acabava representando ambos os lados. Quando, durante uma tempestade, havia um blecaute, ele costumava acender uma vela e segurá-la sob o queixo para me mostrar como o rosto humano é capaz de se transformar em uma máscara maligna com a devida iluminação. Ele me ensinou que, ao marcar encontro com alguém, eu deveria me recusar a seguir o "estúpido costume humano" de escolher arbitrariamente um horário baseado em intervalos de 15 minutos. "Nunca encontre as pessoas às 7h45 ou às 6h30, Jasper; escolha horários como 7h12 e 8h03!" Se o telefone tocava, ele atendia e não dizia nada; então, quando a pessoa do outro lado da linha dizia *alô*, ele simulava uma voz fina e vacilante e dizia: "O papai não está em casa." Mesmo sendo criança, eu sabia que um adulto fingindo ser o filho de 6 anos para se esconder do mundo era grotesco, mas muitos anos depois me vi fazendo a mesma coisa, com a diferença de que eu fingia ser ele: "Meu filho não está em casa. Do que se trata?", eu trovejava. Meu pai balançava a cabeça em sinal de aprovação. Mais que qualquer coisa, ele aprovava o ato de se esconder.

Essas aulas também se davam no mundo lá fora, onde meu pai tentava me ensinar a arte do escambo, embora não vivêssemos naquele tipo de sociedade. Eu me lembro dele me levando para comprar o jornal e gritando com o vendedor, que o olhava perplexo: "Nenhuma guerra! Nenhuma crise na Bolsa! Nenhum assassino à solta! Por que você está me cobrando um preço desses? Não aconteceu nada!"

Também me lembro de ele me sentar em uma cadeira de plástico amarela e cortar o meu cabelo; para ele, aquilo era tão distante de uma cirurgia cerebral que ele se recusava a acreditar que alguém com duas mãos e uma tesoura não seria capaz de fazê-lo. "Eu não vou gastar dinheiro no barbeiro, Jasper. O que é preciso saber? Obviamente, você para quando chega no couro cabeludo." Meu pai, o filósofo — não podia nem mesmo fazer um simples corte de cabelo sem refletir sobre o significado daquilo. "Cabelo, símbolo da virilidade e da vitalidade; se bem que há gente bem flácida com cabelo comprido, e há muitos carecas vigorosos andando por aí. Afinal, por que o cortamos? O que temos contra o cabelo?", dizia, e desancava o meu cabelo a furiosas e espontâneas tesouradas. Ele também cortava o próprio cabelo, muitas vezes sem usar espelho. "Você não precisa ganhar nenhum prêmio", dizia, "é só fazer ficar mais curto." Éramos pai e filho com cabelos dementes e desiguais — personificações de uma de suas ideias favoritas, que só vim a compreender muito mais tarde: há liberdade em parecer louco.

Ao anoitecer, as lições do dia eram rematadas com uma história para dormir que ele mesmo inventava. Argh! Eram sempre contos sombrios, horripilantes, e todos tinham um protagonista que claramente me representava. Eis um deles: *Era uma vez um garotinho chamado Kasper. Todos os amigos de Kasper pensavam a mesma coisa sobre um menino gordo que morava no fim da rua. Eles o odiavam. Kasper queria continuar sendo amigo do grupo e por isso passou a odiar o gordo também. Então, ao despertar certa manhã, Kasper descobriu que seu cérebro tinha começado a apodrecer, até que finalmente saiu por suas nádegas na forma de dolorosas secreções anais.* Pobre Kasper! Ele passou por maus bocados. Naquela série de histórias para dormir, foi alvejado, esfaqueado, espancado, imerso num mar fervente, arrastado sobre cacos de vidro; teve as unhas arrancadas, os órgãos devorados por canibais; sumiu do mundo, explodiu, implodiu; e muitas vezes sucumbiu a espasmos violentos e à surdez. A moral era sempre a mesma: se você seguir a opinião pública sem pensar com a própria cabeça, sofrerá uma morte repentina e cruel. Durante anos, tive medo de concordar com qualquer um sobre qualquer coisa, até mesmo sobre que horas eram.

Kasper nunca teve um triunfo significativo. É claro, ganhou pequenas batalhas de vez em quando e foi recompensado (duas moedas de ouro, um beijo, a aprovação do pai), mas nunca, nem sequer uma vez, ganhou a guerra. Agora percebo que foi porque a filosofia do meu pai rendera a *ele* poucas vitórias pessoais: nenhum amor, nenhuma paz, nenhum sucesso, nenhuma felicidade. Sua mente não era capaz de imaginar paz duradoura ou uma vitória significativa; essas coisas não faziam parte de seu repertório de vida. É por isso que Kasper estava condenado desde o início. Nunca teve chance, o coitado.

•

Uma das aulas mais memoráveis foi quando meu pai entrou no meu quarto com uma caixa de sapato verde-oliva embaixo do braço e disse:

— A lição de hoje é sobre você.

Ele me levou até o parque que havia em frente ao nosso prédio, um daqueles tristes parques desamparados que parecem ter sido palco de uma guerra entre crianças e drogados e em que as crianças levaram a pior. Grama seca, escorregadores quebrados, um par de balanços de pneu à mercê do vento em correntes enroscadas e enferrujadas.

— Olha, Jasper — disse ele, quando nos sentamos em um banco. — É hora de você saber como seus avós se ferraram, assim você pode entender o que com os fracassos dos seus antepassados: você os aceita ou fazer contra eles, cometendo suas próprias gafes gigantes no lado oposto. Todos nós nos afastamos debilmente do túmulo de nossos avós com seu triste ato de morrer soando em nosso ouvido, e na boca temos o ressaibo de sua mais grosseira violência contra si mesmos: a vergonha da vida não vivida. É na simples e constante acumulação de arrependimentos e fracassos, e em *nossa* vergonha, ou em *nossa* vida não vivida, que se encontra a chave para entendê-los. Se, por alguma peça do destino, tivéssemos sorte na vida, saltando com vigor de um grande sucesso a outro, *jamais* os entenderíamos! Jamais!

Ele abriu a caixa de sapato.

— Quero que veja uma coisa — disse, levantando uma pilha de fotografias soltas. — Este é seu avô — continuou, segurando uma foto em preto e branco de um jovem barbudo encostado num poste de luz. O homem não estava sorrindo; parecia que estava se apoiando no poste por medo de cair.

Meu pai passou à fotografia de uma jovem com um rosto oval comum e um sorriso débil.

— Esta é sua avó — disse, antes de folhear as fotografias como se estivesse sendo cronometrado.

O que consegui vislumbrar desse passado monocromático era intrigante. As expressões eram imutáveis: meu avô tinha uma carranca permanentemente angustiada, enquanto o sorriso da minha avó parecia mais deprimente que o mais triste franzir de testa.

Então tirou outra fotografia.

— Este é meu pai número dois. Meu pai verdadeiro. As pessoas sempre pensam que o biológico é mais "real" que o homem que realmente nos cria, mas ninguém é criado por uma gota potente de sêmen, é?

Ele segurou a fotografia diante dos meus olhos. Eu não sei se é possível dizer que um rosto é o extremo oposto de outro, mas, ao contrário do rosto solene do primeiro avô, este arreganhava os dentes como se tivesse sido fotografado no dia mais feliz não só da sua vida, mas de todas as vidas em toda parte. Ele vestia um macacão respingado de tinta branca, tinha cabelo loiro despenteado e estava coberto de suor.

— Na verdade eu não vejo muito essas fotos, porque tudo o que enxergo quando vejo fotos de gente morta é que eles estão mortos — disse meu pai. — Não importa se é Napoleão ou minha própria mãe, são simplesmente os Mortos.

•

Naquele dia soube que minha avó nascera na Polônia, exatamente no infeliz momento em que Hitler aniquilava suas ilusões de grandeza tornando-as reais — surgindo como um líder poderoso com um tino de marketing. Enquanto os alemães avançavam, os pais de minha avó fugiram para Varsóvia, arrastaram-na por toda a Europa Oriental e, após alguns meses angustiantes, chegaram à China. Foi lá que minha avó cresceu — viveu no gueto de Xangai durante a guerra. Cresceu falando polonês, iídiche e mandarim, sofrendo as doenças fastidiosas das monções, racionamento severo e ataques aéreos norte-americanos, mas sobreviveu.

Depois que as tropas dos Estados Unidos entraram em Xangai com as más notícias do holocausto, muitos na comunidade judaica partiram da China para todos os cantos do mundo, mas meus bisavós decidiram ficar, tendo se estabelecido como proprietários de um açougue kosher e de um cabaré multilíngue de sucesso. Isso veio bem a calhar para minha avó, que já estava apaixonada pelo meu avô, um ator do cabaré. Então, em 1956, com apenas 17 anos, minha avó ficou grávida, forçando as duas famílias a acelerar os preparativos do casamento, como tinha de ser feito no Velho Mundo quando se queria evitar que as pessoas fizessem os cálculos. Uma semana após o casamento, a família de minha avó decidiu voltar para a Polônia, para criar o bebê — o aglomerado de células que se tornaria meu pai — em sua terra natal.

Não foram recebidos de volta de braços abertos, para dizer o mínimo. Quem sabe se foi culpa, medo de retaliação ou simplesmente a surpresa indesejada de uma família tocando a campainha e dizendo, "Vocês estão na minha casa", mas eles estavam em casa havia menos de dez minutos quando, diante de minha avó, seus pais foram espancados até a morte com um cano de ferro. Minha avó fugiu, mas o marido ficou e tomou um tiro por rezar em hebraico pelos corpos dos sogros, embora não tenha chegado a dizer "Amém" e a mensagem não tenha sido transmitida. ("Amém" é como o ícone Enviar em um e-mail.)

Vendo-se de repente viúva e órfã, minha avó fugiu da Polônia pela segunda vez em sua juventude, desta vez em um navio que seguia para a Austrália, e, após dois meses contemplando a circunferência intimidante do horizonte, entrou em trabalho de parto exatamente quando alguém gritou, "Lá está!". Todos correram para a beira do navio e se inclinaram sobre o parapeito. Rochedos íngremes coroados por árvores verdes adornavam a costa. A Austrália! Os passageiros mais novos soltaram gritos de alegria. Os mais velhos sabiam que a chave da felicidade consiste em não ter demasiadas expectativas, então vaiaram.

•

— Está me acompanhando? — perguntou meu pai, fazendo uma pausa. — Estes são os tijolos da sua identidade: Polonês. Judeu. Perseguido. Refugiado. Estas são apenas algumas das hortaliças com as quais fazemos uma sopa Jasper. Entendeu?

Balancei a cabeça. Eu entendia. Meu pai continuou.

•

Embora ainda mal soubesse uma palavra em inglês, minha avó se juntou ao meu avô número dois em apenas seis meses. É discutível se isso deve ser motivo de orgulho ou de vergonha, mas ele era um homem cuja família remontava ao último carregamento de criminosos ingleses nativos despejado em solo australiano. Embora seja verdade que alguns condenados foram enviados para lá por crimes sem importância, como roubar um pão, o antepassado do meu pai não fora um deles — isto é, até pode ter sido, mas também estuprou três mulheres, e se após estuprá-las furtou um pão a caminho de casa, não se sabe.

O namoro deles foi rápido. Aparentemente impávido em assumir uma criança que não era sua, em um mês, munido de um dicionário de polonês e um livro de gramática inglesa, pediu minha avó em casamento. "Sou apenas um combatente, o que significa que seremos nós contra o mundo, e é provável que o mundo ganhe facilmente todas as vezes, mas jamais desistiremos de lutar, não importa o que aconteça, que tal?" Ela não respondeu. "Vamos, apenas diga 'aceito'", rogou ele. "Vem do verbo 'aceitar'. Só precisamos disso no momento."

Minha avó considerou sua situação. Ela não tinha ninguém para ajudá-la a cuidar do bebê se fosse trabalhar fora, e não queria que a criança crescesse pobre e sem pai. Pensou: "Tenho a falta de escrúpulos necessária para me casar com um homem que não amo pelo bem-estar do meu filho? Sim." Então, olhando para o rosto desafortunado do futuro marido, pensou: "Eu poderia estar pior", uma das frases mais ostensivamente benignas, ainda que assustadora, em qualquer idioma.

Ele estava desempregado quando os dois se casaram, e quando minha avó se mudou para o apartamento dele, ficou consternada ao descobrir que estava repleto de um pot-pourri apavorante de brinquedos de macho: carabinas, réplicas de pistolas, miniaturas de aviões de guerra, pesos e halteres. Quando estava imerso na musculação, no kung fu ou limpando sua arma, ele assobiava amavelmente. Em momentos de silêncio, quando vinha a frustração do desemprego e ele era tomado por raiva e depressão, seu assobio era sinistro.

Então ele conseguiu um emprego no sistema carcerário de New South Wales, perto de uma cidadezinha que ficava a quatro horas dali. Ele não ia trabalhar na prisão — ia ajudar a construí-la.

Uma vez que uma prisão logo assomaria nos arredores da cidade, um jornal malévolo de Sydney alcunhou o povoado (em que meu pai cresceria) de o lugar menos desejável para viver em New South Wales.

A estrada que adentrava a cidade era uma ladeira, e quando o carro de meus avós se aproximou, eles avistaram os alicerces da penitenciária no alto de uma montanha. Localizada entre árvores enormes e silenciosas, aquela prisão semiconstruída pareceu, aos olhos de minha avó, estar semidemolida, e o pensamento a afligiu como um mau agouro. Parece um mau agouro a mim também, considerando que meu avô se mudou para essa cidade para construir uma prisão, e agora estou escrevendo sobre uma. O passado é, na verdade, um tumor inoperável que se alastra para o presente.

Eles se mudaram para uma casa quadrada revestida de madeira e, no dia seguinte, enquanto minha avó explorava a cidade, assustando sem querer os moradores com sua aura de sobrevivente, meu avô começou no novo emprego. Não sei exatamente qual era a função dele, mas, ao que parece, durante os meses seguintes ele falou sem parar sobre portas trancadas, corredores frios, medidas de celas e janelas gradeadas. Quando o edifício estava quase pronto, ele ficou obcecado por tudo que tivesse a ver com prisões, e chegou a consultar livros na biblioteca local, recém-inaugurada, para saber mais sobre essas construções e sua história. Ao mesmo tempo, minha avó, com igual dedicação, tratava de aprender inglês, e este foi o início de uma nova catástrofe. Conforme aumentava sua compreensão da língua inglesa, ela começava a entender o marido.

Suas piadas se revelaram estúpidas e racistas. Além disso, algumas não eram nem mesmo piadas, e sim histórias sem sentido que terminavam com meu avô dizendo coisas como "E então eu disse, 'Ah, é?'". Ela percebeu que ele reclamava o tempo todo da vida, e quando não estava sendo sórdido, era simplesmente banal; quando não era paranoico, era monótono. Logo as conversas fizeram seu rosto bonito ficar feio; sua expressão adquiriu um ar cruel; sua boca, meio aberta, tornou-se a manifestação de sua estupidez. Daí em diante, cada dia era pior devido à nova barreira linguística que se erguia entre eles — a barreira de falar a mesma língua.

Meu pai colocou as fotografias de volta na caixa com uma expressão sombria, como se tivesse tido vontade de passear pelas veredas da memória, mas ao chegar lá tivesse lembrado que estas eram as últimas ruas que queria ver.

— Estes são seus avós. Tudo o que precisa saber sobre seus avós é que eles também foram jovens um dia. Precisa saber que eles não pretendiam ser a personificação da decadência nem queriam se agarrar com especial afinco a suas ideias até o fim. Deve saber que eles não queriam que seus dias se esgotassem. Precisa saber que eles estão mortos, e que os mortos têm sonhos ruins. Eles sonham conosco.

Ele me encarou por uns instantes, esperando que eu dissesse alguma coisa. Hoje, é claro, sei que tudo o que falou era meramente uma introdução. Na época, eu não entendia que, após um monólogo purificante daqueles, tudo o que meu pai queria era que eu o cutucasse, exigindo o monólogo seguinte. Mas eu simplesmente apontei para os balanços e pedi que ele me empurrasse.

— Quer saber? — meu pai falou. — Talvez eu deva mandar você de volta ao ringue para outro round.

Ele ia me pôr na escola outra vez. Talvez soubesse que era lá que eu conheceria a segunda parte da história, que eu inevitavelmente descobriria outro ingrediente crucial de minha própria sopa de identidade.

•

Depois de um mês na nova escola, eu ainda estava tentando me adaptar ao fato de estar de novo entre outras crianças, e concluí que jamais compreenderia por que meu pai me mandava ora desprezar essas pessoas, ora me enturmar com elas.

Eu tinha feito apenas um amigo, mas tentava acumular mais, porque para sobreviver é necessário não menos que dois, para o caso de um ficar doente. Um dia, na hora do almoço, eu estava parado atrás da cantina assistindo a dois garotos brigarem por uma pistola d'água preta.

— Você pode ser o policial. Eu quero ser Terry Dean — disse um dos garotos.

— Não, *você* é o policial. *Eu* sou Terry Dean — retrucou o outro.

Eu também queria brincar.

— Talvez eu deva ser Terry Dean. Afinal, é meu nome.

Eles me olharam daquele jeito sarcástico e superior com que os garotos de 8 anos costumam olhar.

— Meu nome é Jasper Dean — completei.

— Você é parente dele?

— Acho que não.

— Então cai fora.

Aquilo doeu.

— Bom, então eu sou o policial — falei.

Aí eles me deram atenção. Todo mundo sabe que, em jogo de polícia e ladrão, o ladrão é sempre o herói, e os policiais estão lá para fazer número. Eu tinha me oferecido como bucha de canhão; e bucha de canhão nunca é demais.

Brincamos durante toda a hora do almoço, e quando soou o sinal, traí minha ignorância ao perguntar "Quem é Terry Dean?" — uma pergunta que irritou meus companheiros.

— Merda! Você nem sabe quem ele é!

— É o homem mais perigoso do mundo.

— Foi ladrão de banco.

— E assassino! — disse o outro, antes de desaparecerem sem falar tchau, como quando se está numa balada com os amigos e eles se arranjam com alguém.

Naquela tarde, fui para casa e encontrei meu pai golpeando a beira de um armário com uma banana, produzindo um barulho seco.

— Congelei uma banana — falou, indiferente. — Dá uma mordida... se tiver coragem.

— Eu sou parente de Terry Dean, o famoso ladrão de banco? — perguntei.

A banana tombou como um bloco de cimento. Meu pai puxou os lábios para dentro da boca, e, de algum lugar lá dentro, escutei uma voz miúda e quase inaudível dizer:

— Ele era seu tio.

— Meu o quê? Meu tio? Eu tenho um tio? — perguntei, incrédulo. — E ele é um ladrão de banco famoso?

— Era. Está morto — falou, antes de completar: — Era meu irmão.

Aquela era a primeira vez que eu ouvia falar nele. Terry Dean, assassino de policiais, ladrão de bancos, herói da nação, orgulho do combatente — ele era meu tio, irmão do meu pai, e lançaria uma longa sombra sobre nossa vida, uma sombra que durante muito tempo nos impediu de conseguir um bronzeado decente.

Se você é australiano, provavelmente já ouviu falar em Terry Dean. Do contrário, não; porque, embora a Austrália seja um lugar agitado, o que acontece lá tem tanta relevância para os jornais mundiais quanto "Abelha morre na Nova Guiné após ferroar árvore por engano". Tudo bem. Estamos longe demais. É o que um famoso historiador australiano certa vez chamou de "tirania da distância". O que ele quis dizer é que a Austrália é como uma senhora solitária morta em seu apartamento; se cada alma viva no continente de súbito tivesse um infarto exatamente ao mesmo tempo, e o deserto de Simpson morresse de sede, e as florestas tropicais se afogassem, e os recifes de corais sangrassem até a morte, dias se passariam até que o cheiro, levado pelo oceano até nossos vizinhos do Pacífico, fizesse alguém chamar a polícia. Senão, teríamos de esperar até que o hemisfério Norte comentasse sobre a correspondência não recolhida.

Meu pai nunca falava comigo sobre o irmão. Toda vez que eu pedia detalhes, ele soltava um suspiro longo e profundo, como se este fosse outro retrocesso de que ele não necessitava. Então, embarquei em uma pesquisa independente.

Primeiro perguntei aos colegas de escola, mas obtive respostas tão loucamente díspares entre si que precisei desconsiderá-las. Então, examinei a precária coleção de fotos de família, que antes eu só tinha visto de relance, aquelas que estão na caixa de sapato verde enfiada no armário do corredor. Dessa vez, observei que três fotografias haviam sido cortadas para remover a cabeça de alguém. A operação dificilmente poderia ser descrita como imperceptível. Eu ainda divisava o pescoço e os ombros em duas fotos, e uma terceira eram apenas dois pedaços unidos grosseiramente com tiras irregulares de fita adesiva marrom. Concluí que meu pai tentara apagar qualquer imagem do irmão a fim de esquecê-lo. A inutilidade da tentativa era patente; quando uma pessoa se esforça muito para esquecer alguém, o próprio esforço se torna uma lembrança. Então tem de esquecer o ato de esquecer, e isso também é memorável. Felizmente, meu pai não conseguira eliminar os artigos de jornal que encontrei na biblioteca pública descrevendo as fugas de Terry, a onda de assassinatos, perseguição, captura e morte. Tirei fotocópias e colei nas paredes do meu quarto, e à noite eu fantasiava que eu era meu tio, o criminoso mais perigoso, e que escondia um corpo no solo e esperava que germinasse.

Numa tentativa de aumentar minha popularidade, contei a todo mundo na escola sobre meu parentesco com Terry Dean, fazendo tudo que podia para divulgar o fato sem contratar um publicitário. Foi uma grande notícia por algum tempo, e um dos piores erros que já cometi. No início, diante dos colegas, inspirei admiração. Mas então crianças de todas as idades apareceram do nada querendo brigar comigo. Algumas queriam construir reputação derrotando o sobrinho de Terry Dean. Outras estavam loucas para tirar o sorriso orgulhoso do meu rosto; o orgulho deve ter exagerado minhas feições de maneira pouco atraente. Consegui me livrar de várias brigas só na conversa, mas um dia, antes da aula, meus agressores me pegaram de jeito ao desrespeitar o horário habitual da brigas; elas sempre acontecem *depois* da escola, nunca de manhã, antes de as crianças tomarem o café. Bom, o fato é que havia quatro brutamontes com cara amarrada e de punhos cerrados. Eu não tive chance. Estava encurralado. Foi isto: minha primeira briga.

Uma multidão tinha se amontoado para assistir. Eles atiçavam a briga no melhor estilo *O senhor das moscas*. Eu os olhava buscando um aliado. Sem chance. Todos queriam me ver gritar e levar a pior. Não levei para o lado pessoal. Era apenas a minha vez, só isso. Vou dizer uma coisa, é indescritível a alegria das crianças em assistir a uma briga. Para uma criança, é um orgasmo natalino. E isso é a natureza humana antes de ser diluída pela idade e pela experiência! Isso é a humanidade recém-saída do forno! Quem afirma que é a vida que transforma as pessoas em monstros deveria dar uma olhada na natureza infantil crua, uma porção de fedelhos que ainda não tiveram nenhuma dose de fracasso, arrependimento, decepção e traição mas ainda assim se comportam como cães selvagens. Eu não tenho nada contra crianças, só não confio que uma delas não riria se eu tropeçasse acidentalmente em uma mina terrestre.

Meus inimigos fecharam o cerco. A briga estava a segundos de começar e provavelmente a segundos de terminar. Eu não tinha para onde ir. Eles se aproximavam. Tomei uma decisão colossal: *Eu não encararia uma briga. Eu não a enfrentaria como um homem. Não a enfrentaria como um combatente.* Eu sei que as pessoas gostam de ler sobre os pequenos em força que compensam em espírito, como meu tio Terry. Respeitados são aqueles que lutam até o fim, certo? Mas mesmo essas nobres criaturas levam uma baita de uma surra, e eu não queria levar nenhuma surra. Além do mais, lembrei de algo que meu pai havia me ensinado em uma de nossas aulas à mesa da cozinha. Ele disse: "Ouça, Jasper. O orgulho é a primeira coisa que você tem que abandonar na vida. Serve para fazê-lo se sentir bem consigo mesmo. É como vestir um terno em um espantalho e levá-lo para o teatro e fingir que é alguém importante. O primeiro passo para a libertação pessoal é se livrar do amor-próprio. Eu entendo por que é útil para alguns. Quando as pessoas não têm nada, ainda podem ter seu orgulho. É por isso que deram aos pobres o mito da nobreza, porque as despensas estão vazias. Está me ouvindo? Isso é importante, Jasper. Eu não quero que você tenha nada de nobreza, orgulho ou amor-próprio. São ferramentas que só vão ajudá-lo a banhar sua própria cabeça em bronze."

Sentei no chão de pernas cruzadas. Nem sequer endireitei as costas. Me encolhi. Eles tiveram de se abaixar para acertar meu queixo. Um deles ficou de joelhos para fazê-lo. Eles se alternavam. Tentaram me colocar de pé; deixei o corpo mole. Um deles tentou me segurar, claro, mas eu me fiz de escorregadio e deslizei pelos dedos até atingir o chão. Eu continuava levando uma surra, e minha cabeça era desnorteada por fortes socos, mas o espancamento era desleixado, confuso. Finalmente, meu plano funcionou: eles desistiram. Perguntaram o que havia de errado comigo. Perguntaram por que eu não reagia. Talvez a verdade fosse que eu estava muito ocupado lutando contra as lágrimas para lutar contra as pessoas, mas eu não disse nada. Eles cuspiram em mim e então me deixaram contemplar a cor do meu próprio sangue. Em contraste com o branco da camiseta, era de um vermelho berrante.

Quando cheguei em casa, encontrei meu pai em pé ao lado da minha cama, olhando paralisado para os recortes de jornal nas paredes.

— Jesus. O que aconteceu com você?

— Não quero falar sobre isso.

— Venha, vamos limpar.

— Não, quero ver o que acontece com o sangue quando você deixa no corpo a noite toda.

— Às vezes fica preto.

— Quero ver.

Eu estava prestes a rasgar as fotos do tio Terry quando meu pai falou:

— Eu queria que você tirasse isso daí —, e é claro que eu as deixei exatamente onde estavam.

Então ele disse:

— Este não é quem ele foi. Eles o transformaram em herói.

De repente, eu me vi amando meu tio degenerado outra vez, e por isso falei:

— Ele *é* um herói.

— O herói de um garoto é o pai dele, Jasper.

— Tem certeza?

Meu pai se virou e bufou diante das manchetes.

— Você não pode saber o que é um herói, Jasper. Você cresceu em uma época em que essa palavra foi corrompida, destituída de todo significado. Estamos nos tornando o primeiro país cuja população consiste unicamente de heróis que não fazem nada além de celebrar uns aos outros. É claro que sempre transformamos excelentes esportistas em heróis, pois se você tem um bom desempenho representando o país em uma maratona, você é tanto heroico quanto rápido, mas agora tudo o que precisa fazer é estar no lugar errado na hora errada, como o coitado que foi soterrado por uma avalanche. O dicionário o teria definido como "sobrevivente", mas a Austrália está louca para chamá-lo de herói; afinal, o dicionário não sabe de nada! E agora *todos* que retornam de um conflito armado também são chamados de heróis. Antigamente, você tinha que ser valoroso de forma específica *durante* a guerra; agora, só precisa se apresentar. Hoje em dia, quando há uma guerra, heroísmo parece significar "presença"

— O que isso tem a ver com o tio Terry?

— Bom, ele se encaixa na última categoria de heroísmo. Ele foi um assassino, mas suas vítimas foram bem escolhidas.

— Não entendi.

Meu pai se virou para a janela, e, pela forma como suas orelhas se mexiam para cima e para baixo, dava para ver que ele estava falando consigo mesmo daquele jeito estranho como movimentava a boca mas sem emitir som. Finalmente, falou como gente:

— As pessoas não me entendem, Jasper. E está tudo bem, mas às vezes é irritante, porque pensam que entendem. Mas tudo o que elas veem é essa máscara que uso na presença dos outros, e, na verdade, fiz pouquíssimos ajustes à persona Martin Dean com o passar dos anos. Ah, claro, um retoque aqui, outro ali, você sabe, para acompanhar os novos tempos, mas em essência permaneceu intacta desde o primeiro dia. As pessoas estão sempre dizendo que o caráter de um indivíduo é imutável, mas acima de tudo é a persona que não muda, e não o indivíduo, e por baixo dessa máscara imutável há uma criatura evoluindo como louca, transformando-se sem controle. Eu vou dizer uma coisa, a pessoa mais coerente que você conhece é muito provavelmente um completo estranho, em quem brotam todo tipo de asas, tentáculos e terceiros olhos. Você poderia sentar ao lado dessa pessoa em uma baia de escritório por dez anos e não notar as explosões de crescimento acontecendo bem diante do seu nariz. Para ser franco, qualquer um que disser que um amigo não mudou em anos simplesmente não sabe diferenciar uma máscara de um rosto de verdade.

— De que raios está falando?

Ele foi até minha cama e, após curvar-se sobre a almofada, deitou e se ajeitou em uma posição confortável.

— Estou dizendo que sempre nutri esse sonho de que alguém ouvisse sobre como foi minha infância em primeira mão. Por exemplo, você sabia que minhas imperfeições físicas quase me mataram? Já ouviu a expressão "Quando o fizeram, jogaram o molde fora"? Bom, foi como se alguém pegasse um molde que já tinha sido jogado fora e, apesar de estar rachado e entortado pelo sol e cheio de formigas e depois de um velho bêbado ter urinado sobre ele, o reutilizasse para me fazer. Você também provavelmente não sabia que as pessoas estavam sempre me maltratando por eu ser inteligente. Elas diziam: "Você é inteligente além da conta, Martin, sabichão demais, até irrita." Eu sorria e pensava que elas deviam estar enganadas. Como alguém pode ser inteligente demais? Não é como ser bonito demais? Ou rico? Ou feliz? O que eu não entendia era que as pessoas não pensam; elas repetem. Elas não processam; regurgitam. Não digerem; copiam. Na época, eu tinha apenas uma vaga noção de que não importa o que alguém diga, escolher entre as opções disponíveis não é o mesmo que pensar por si mesmo. A única forma verdadeira de pensar por si mesmo é criar opções por si próprio, opções que não existem. Foi isso que minha infância me ensinou e é isso que deve ensinar a você, Jasper, se você me ouvir até o fim. Então, quando as pessoas estiverem falando de mim, eu não serei o único a saber que elas estão redondamente enganadas. Entende? Quando as pessoas falarem de mim diante de nós, você e eu seremos capazes de dirigir olhares secretos e furtivos um para o outro, e será muito divertido, e talvez um dia, depois que eu morrer, você lhes diga a verdade, revele tudo sobre mim, tudo o que eu contei a você, e talvez elas se sintam burras, ou talvez deem de ombros e digam, "Ah, verdade? Interessante", e voltem a prestar atenção ao game show ao qual estarão assistindo na TV. Mas, em todo caso, isso é com você, Jasper. Eu certamente não quero pressioná-lo a derramar os segredos do meu coração e da minha alma, a não ser que sinta que isso o tornará mais rico, espiritual ou financeiramente.

— Pai, vai me contar sobre o tio Terry ou não?

— Se eu vou... do que acha que eu estava falando?

— Não faço a mínima ideia.

— Bom, sente-se e fique quieto, que vou contar uma história.

E foi isso. Hora de o papai se abrir e despejar sua versão das crônicas da família Dean, a versão contrária à fofoca mistificadora do país. Então ele começou a falar. Falou e falou sem parar até às 8 da manhã, e se por baixo de todas aquelas palavras ele estava respirando, eu não podia ver nem ouvir, mas é claro que podia cheirar. Quando terminou, eu senti como se tivesse viajado pela cabeça do meu pai e saído um pouco diminuído, ligeiramente menos convencido de minha própria identidade do que quando entrara. Para fazer justiça a seu monólogo ininterrupto, penso que seria melhor se o ouvissem em suas palavras — as palavras que ele legou a mim e que se tornaram as minhas próprias, as palavras que nunca esqueci. Assim vocês conhecem duas pessoas de uma vez só. Assim podem ouvir essa história como eu a ouvi, em parte como uma crônica de Terry Dean, mas predominantemente como a história da infância atípica do meu pai, uma infância adoentada, sob constante ameaça de morte, com visões místicas, ostracismo e misantropia, seguida de uma adolescência de desamparo, fama, violência, dor e morte.

Afinal, vocês sabem como é. Toda família tem uma história como esta.

Mortimônio

Tenho escutado a mesma pergunta repetidas vezes. Todos querem saber a mesma coisa: como era Terry Dean quando criança? Eles esperam histórias de violência infantil, um bebê de coração corrupto. Imaginam um minicriminoso engatinhando pelo chiqueirinho, perpetrando atos imorais entre uma mamada e outra. Ridículo! Hitler ia marchando a passo de ganso até o seio da mãe? Está bem, é verdade, houve indícios, se quiser interpretá-los assim. Aos 7 anos, quando Terry era o mocinho, nas brincadeiras de polícia e ladrão, ele soltava quem molhasse a mão dele com um pirulito. Quando brincava de esconde-esconde, escondia-se como um fugitivo. Mas e daí? Isso não significa que a pessoa tenha predisposição para a violência gravada no DNA. Sim, as pessoas sempre ficam decepcionadas quando digo que, até onde sei, Terry era um bebê normal; ele dormia e chorava e comia e cagava e mijava e, aos poucos, foi percebendo que era uma criatura diferente, por exemplo, da parede (esta é sua primeira lição na vida: você não é uma parede). Quando criança, ele corria por aí gritando com aquela voz fina com as quais as crianças gritam. Adorava pegar substâncias nocivas e meter na boca (o instinto suicida de um bebê é muitíssimo aguçado) e tinha um tino extraordinário para chorar exatamente quando nossos pais estavam pegando no sono. Pelo que consta, era um bebê comum. *Eu* era o diferente, embora apenas por minhas incapacidades.

Antes de Terry chegar, nossa vida era dominada pela doença. Hoje me surpreende o quão pouco eu sabia sobre meu estado de saúde, e o quão pouco queria saber. A única coisa que me interessava eram os sintomas violentos (dores de estômago, dores musculares, náusea, tonturas); as causas latentes pareciam totalmente irrelevantes. Não tinham nada a ver comigo. Encefalite? Leucemia? Deficiência imunológica? Até hoje, eu realmente não sei. Na época em que passou pela minha cabeça encontrar uma resposta, todos os que poderiam me responder estavam mortos havia muito tempo. Sei que os médicos tinham *teorias*, mas também lembro que eles não conseguiam chegar a uma conclusão. Só consigo recordar algumas palavras, como "anormalidade muscular", "transtorno do sistema nervoso" e "eutanásia", que, na época, tiveram pouco impacto sobre mim. Eu me lembro de ser espetado com agulhas e forçado a engolir comprimidos que tinham o tamanho e o formato de um polegar inchado. Lembro que, quando tiraram radiografias, os médicos deram o fora rapidinho, como se tivessem acabado de acender um rojão.

Isso tudo aconteceu antes de Terry nascer.

Então, um dia, piorei de vez. Minha respiração era curta e difícil. O ato de engolir levava um século; minha garganta era um agreste, e eu teria vendido a alma por um pouco de saliva. Minha bexiga e meu intestino tinham vontade própria. Um médico de rosto descorado me visitava duas vezes ao dia, falando com minha mãe aflita ao pé da minha cama como se eu estivesse em outro quarto. "Poderíamos levá-lo ao hospital", costumava dizer. "Mas para quê? Ele está melhor em casa."

Foi então que comecei a me perguntar se morreria e se seria enterrado no novo cemitério que estava sendo construído na nova cidade. Eu estava à beira da morte, e eles ainda estavam derrubando as árvores. Será que daria tempo de terminarem? Se eu batesse as botas antes de ficar pronto, eles teriam de despachar meu corpo para um cemitério em alguma cidade distante onde eu nunca havia morado, cujos habitantes passariam por meu túmulo sem pensar "eu me lembro dele". Insuportável! Então pensei que talvez se eu adiasse a morte por algumas semanas, se aguardasse o momento certo, poderia ser o primeiro cujo corpo transformaria o terreno vazio em cemitério de verdade, o defunto inaugural. Assim eu não seria esquecido. Sim, eu fazia planos enquanto esperava a morte chegar. Pensava nos vermes e larvas naquele terreno e em como eles teriam uma agradável surpresa. Não petisquem, vermes! Há carne humana a caminho! Não estraguem o jantar!

Deitado na cama, vendo o sol entrar pela fresta na cortina, eu já não pensava em outra coisa. Levantava e abria a cortina. Gritava para as pessoas que passavam. O que estava acontecendo com o cemitério? Como estava indo? Eu estava em cima do lance. E as notícias eram boas. As árvores tinham sido cortadas. Na entrada do cemitério, ergueram-se portões de ferro atados a blocos de pedra. Lápides de granito foram trazidas de Sydney; tudo o que eles precisavam era de um nome! As pás estavam a postos. Tudo ia às mil maravilhas!

Então, tive uma péssima notícia. Meus pais estavam conversando na cozinha. Segundo meu pai, a dona do pub local tinha sofrido um terrível AVE no meio da noite. Não um qualquer, mas um *grave*! Eu me aprumei com dificuldade. Como é que era? O que é isso? Sim, dizia meu pai, ela mal se aguentava. Ela não estava *à beira* da morte, já estava com um pé no além! Ah, não! Que catástrofe! Seria uma disputa até a linha de chegada! Quem seria o primeiro? A velha coroca tinha uns 80 anos, o que quer dizer que vinha ensaiando morrer havia muito mais tempo que eu. Ela tinha a natureza ao seu lado. Só me restava contar com a sorte. Eu era jovem demais para morrer de velhice, e velho demais para a mortalidade infantil. Estava empacado no meio, naquele terrível intervalo de tempo em que não nos resta outra opção a não ser respirar.

No dia seguinte, quando meu pai passou pelo meu quarto para me ver, perguntei como a senhora estava.

— Nada bem — ele falou. — Não deve passar deste fim de semana.

Eu sabia que tinha no mínimo mais uma semana, talvez dez dias. Golpeei a cama. Rasguei os lençóis. Ele teve de me segurar.

— O que deu em você? — gritou.

Eu contei a ele. Expliquei que, se era para morrer, eu queria ser o primeiro no cemitério. Ele riu bem na minha cara, o desgraçado. Chamou minha mãe.

— Adivinha o que o teu filho acaba de me dizer!

E então contou a ela, que me olhou com uma pena infinita, sentou à beira da cama e me abraçou como se estivesse tentando me fazer parar de cair.

— Você não vai morrer, querido. Não vai.

— Ele está muito doente — disse meu pai.

— Quieto!

— É melhor se preparar para o pior.

No dia seguinte, meu pai, orgulhoso, contou aos colegas no trabalho o que eu havia dito. Eles também riram, os canalhas. À noite, contaram às esposas. Elas riram também, as vadias. Acharam graça. As crianças não dizem as coisas mais fofas? Logo toda a cidade estava rindo. Então eles pararam de rir e começaram a se perguntar. Era uma boa pergunta: quem *seria* o primeiro? Não deveria haver uma cerimônia para comemorar o defunto inaugural? Não seria um funeral qualquer. Seria um verdadeiro espetáculo! Um grande acontecimento! Talvez uma banda, que tal? O primeiro enterro é um momento importante para uma cidade. Se uma cidade enterra os próprios mortos é porque está viva. Só cidades mortas exportam seus defuntos.

Vinham indagações sobre meu estado de saúde de toda parte. As pessoas chegavam em bandos para ver o "animal raro". "Como ele está?", eu as escutava perguntar a minha mãe. "Está bem", ela respondia, tensa. Empurrando-a de lado, elas entravam no meu quarto. Tinham de ver com os próprios olhos. Dúzias de rostos passaram pelo meu quarto, espreitando, cheios de expectativa. Vinham para me ver abatido, inerte, moribundo. Apesar disso, todos falavam muito. Quando as pessoas pensam que seus dias estão contados, ficam muito amáveis com você. É só quando você está tentando progredir no mundo que elas mostram as garras.

Vinham apenas os adultos, é claro; as crianças da cidade não podiam suportar estar no mesmo quarto que eu. Elas me ensinaram algo digno de nota: os saudáveis e os doentes não são iguais, não importa o que, fora isso, tenham em comum.

Ao que parece, todos incomodavam a velha também. Eu soube que eles se amontoavam ao redor da cama dela olhando para o relógio. Eu não conseguia entender por que estavam tão interessados. Mais tarde descobri que tinham feito apostas. A velha era a favorita. Eu era o azarão. A diferença entre nós era de mais de 100 para 1. Quase ninguém apostava em mim. Acho que ninguém, nem mesmo em um jogo mórbido do tipo "Adivinha quem morre primeiro", gostava de imaginar a morte de uma criança. Simplesmente não era aceitável.

— Ele morreu! Ele morreu! — gritou alguém certa tarde.

Verifiquei meu pulso. Ainda pulsava. Levantei da cama e, da janela, gritei para o velho George Buckley, nosso vizinho mais próximo:

— Quem? Quem morreu?

— Frank Williams! Ele caiu do telhado!

Frank Williams. Morava a quatro casas da minha. Da janela, vi toda a cidade correndo para a casa dele para ver. Eu também queria ver e me arrastei para fora da cama e me movi feito uma lesma pegajosa pelo chão do quarto, pelo corredor, até que saí pela porta de casa sob o sol ofuscante. Manter a calça do pijama no lugar era um problema, mas quando não é? Serpenteando pelo gramado fanado, eu pensava em Frank Williams, último inscrito e vencedor surpresa da nossa pequena competição. Pai de quatro. Ou seriam cinco? Todos homens. Estava sempre tentando ensinar os filhos a andar de bicicleta. Quando não era um filho que passava cambaleando pela minha janela com uma careta histericamente tensa, era outro. Eu sempre odiei os William por demorarem tanto a aprender. Hoje em dia sinto pena deles. Ninguém deveria perder um pai por ele ser desengonçado. Durante toda a vida, os meninos teriam de dizer: "Sim. Meu pai caiu do telhado. Perdeu o equilíbrio. O quê? Que importa o que ele estava fazendo lá em cima?" Pobres garotos. Limpar calhas não é motivo para um homem morrer. Simplesmente não há honra nisso.

A horda de curiosos agachados em torno do morto não se deu conta do vermezinho doente que se arrastava na direção deles. Com muito esforço, cheguei até as pernas de Bruce Davies, o açougueiro da cidade. Ele olhou para baixo no mesmo momento em que olhei para cima. Nossos olhares se entrelaçaram. Pensei que alguém deveria dizer a ele para se afastar da carcaça morta da vizinhança. Não gostei do brilho nos olhos daquele açougueiro.

Cheguei mais perto. Frank tinha o pescoço quebrado. Sua cabeça havia rolado por uma poça de sangue escuro e pendia entre os ombros. Quando um pescoço quebra, quebra mesmo. Olhei ainda mais. Os olhos estavam bem abertos, mas não havia nada por trás deles, apenas uma caverna assustadora. Pensei: Isso logo serei eu. O nada vai me engolir assim como o engoliu. Devido à competição e a minha própria participação nela, eu vi essa morte não só como um prenúncio da minha morte, mas como um eco. Frank e eu estávamos juntos nisso, ligados um ao outro em uma espécie de casamento macabro para toda a eternidade — um abraço mortal, como o chamo agora, a afinidade que os vivos têm com os mortos. Não é para todos. Ou você sente, ou não. Eu senti naquele momento, e o sinto agora. Sinto profundamente: esse laço sagrado, insidioso. Sinto que estão esperando que eu me junte a eles em sagrado mortimônio.

Apoiei a cabeça no colo de Frank, fechei os olhos e deixei que as vozes dos habitantes da cidade me ninassem.

— Pobre Frank — alguém disse.

— Ele viveu bastante.

— O que estava fazendo no telhado?

— Tinha 42 anos.

— Esta é a minha escada?

— Quarenta e dois é jovem. Que vida longa que nada.

— Faço 42 na semana que vem.

— O que você está fazendo?

— Deixe isso aí!

— Esta é a minha escada. Eu emprestei para ele no ano passado, mas quando pedi de volta ele jurou que já tinha devolvido.

— E os garotos?

— Ah, meu Deus... os garotos.

— O que será da vida deles?

— Eles vão ficar bem. Ainda têm a mãe.

— Mas não vão ficar com esta escada. É minha.

Então, caí no sono.

Despertei na cama, mais doente que nunca. O médico disse que, ao rastejar por meio quilômetro para ver meu primeiro defunto, eu tinha piorado, como se fosse um relógio recém-ajustado para o horário de verão. Depois que ele saiu, minha mãe sentou à beira da minha cama, o rosto exausto a poucos centímetros do meu, e me contou, com um tom quase culpado, que estava grávida. Eu estava fraco demais para parabenizá-la, e simplesmente fiquei lá deitado enquanto ela acariciava minha testa, algo que eu adorava e ainda adoro, embora não exista nada confortador em se acariciar a própria testa.

•

Nos meses seguintes, enquanto meu estado de saúde piorava cada vez mais, minha mãe, grávida, sentava-se ao meu lado e me deixava tocar a barriga dela, que estava inchando horrivelmente. De tempos em tempos, eu sentia o chute, ou talvez cabeçada, do feto lá dentro. Certa vez, quando ela pensou que eu estava dormindo, eu a escutei sussurrar:

— É uma pena que você não chegará a conhecê-lo.

Então, logo quando eu estava mais fraco que nunca e a morte já lambia os beiços, algo inesperado aconteceu.

Eu não morri.

Mas também não vivi.

Totalmente por acaso, escolhi a terceira opção: entrei em coma. Adeus, mundo; adeus, consciência; adeus, luz; se ferrou, morte; olá, éter. Foi uma coisa. Eu estava me escondendo entre os braços abertos da morte e os braços cruzados da vida. Eu estava em lugar nenhum, absolutamente em lugar nenhum. Para dizer a verdade, de um coma não se pode sequer chegar ao limbo.

Coma

Meu coma não foi nada parecido com aqueles sobre os quais depois vim a ler: eu soube de pessoas que entraram em coma no meio de uma piada e, 42 anos depois, contaram o final. Para essas pessoas, aquelas décadas de esquecimento foram um instante de nada, como se tivessem atravessado os buracos de minhoca de Sagan, o tempo tivesse se curvado sobre si mesmo e elas tivessem fluído através dele em 1/16 de segundo.

Descrever os pensamentos, as visões e as sensações que eu tive durante aquele coma é quase impossível. Não era o nada, porque havia uma boa quantidade de alguma-coisa (quando se está em coma, até mesmo o qualquer-coisa é bom), mas eu era jovem demais para compreender aquela experiência. Posso dizer, no entanto, que tive tantos sonhos e visões quanto se tivesse consumido uma dose cavalar de peiote.

Não, não vou tentar descrever o indescritível, apenas digo que ouvi sons que não poderia ter ouvido e vi coisas que não poderia ter visto. O que estou prestes a dizer parecerá loucura — ou pior, misticismo, e você sabe que não sou inclinado a esse tipo de coisa —, mas aqui está: se você enxergar o inconsciente como um grande barril, no decorrer normal da vida a tampa está aberta, e visões, sons, experiências, vibrações negativas e sensações são despejados lá dentro durante as horas de vigília; mas quando não há nenhuma hora de vigília, absolutamente nenhuma, por meses ou anos, e o barril está fechado, é possível que a mente inquieta, desesperada por algo para fazer, alcance o fundo do barril, a parte mais profunda do inconsciente, trazendo à tona um monte de coisas que foram deixadas lá pelas gerações passadas. Essa é uma explicação junguiana e eu nem mesmo sei se gosto de Jung, mas, fora isso, há pouquíssima coisa capaz de explicar de alguma forma o que vi e que não poderia ter visto, de justificar o que ouvi e que não poderia ter ouvido.

Vou colocar de outra forma. Há um conto de Borges chamado "O Aleph". Na história, o Aleph, escondido no 19º degrau da escada de um porão, é um antigo portal misterioso para cada ponto do universo — não estou brincando, cada um dos pontos —, e se alguém olhar através dele, verá, bem, simplesmente tudo. Estou supondo que em alguma parte ancestral nossa poderia existir um portal similar, repousando quieto numa fenda ou fresta, ou nos recantos da memória de nosso próprio nascimento, mas normalmente nunca chegamos a alcançar ou ver esse portal porque a atividade rotineira da vida empilha um monte de bobagens sobre ele. Não estou dizendo que acredito nisso, estou apenas dando a melhor explicação que encontrei até hoje para a origem da miscelânea absolutamente vertiginosa de visões e sons que surgiam rodopiando diante dos olhos e ouvidos da minha mente. Se a mente pode ter olhos, por que não ouvidos? Provavelmente, você acredita que o nariz da mente também não existe. Bem, existe. E, assim como Borges em sua história, eu não posso descrevê-lo com precisão porque minhas visões eram simultâneas e, uma vez que a linguagem é consecutiva, eu tenho de registrá-las dessa maneira. Então, use a imaginação, Jasper, quando eu lhe contar um enésimo do que vi:

Vi todos os amanheceres surgirem cedo demais e todos os meios-dias lembrando que é melhor se apressar e todos os entardeceres sussurrarem "Você não vai conseguir" e todas as meias-noites resignadas dizerem "Mais sorte amanhã". Vi todas as mãos que já acenaram para um estranho pensando ser ele um amigo. Vi todos os olhos que já piscaram para dizer a alguém que o insulto era apenas uma piada. Vi todos os homens secarem o assento da privada antes de urinar, mas nunca depois. Vi todos os homens solitários olharem para os manequins das lojas de departamento e pensarem "Estou atraído por um manequim. Isso está ficando triste". Vi todos os triângulos amorosos, alguns quadrados amorosos e um alucinante hexágono amoroso na sala dos fundos de um café parisiense abafado. Vi todas as camisinhas colocadas do avesso. Vi todos os motoristas de ambulância presos no trânsito em seu dia de folga desejando que houvesse alguém morrendo no banco de trás. Vi todos os caridosos piscarem para o céu. Vi todos os budistas serem picados por aranhas que eles não matariam. Vi todas as moscas batendo incessantemente contra as portas de tela e todas as pulgas rindo enquanto passavam de um animal de estimação a outro. Vi todos os pratos quebrados em todos os restaurantes gregos e todos os gregos pensando: "Tudo bem manter a tradição, mas isso aqui está ficando caro." Vi todas as pessoas solitárias assustadas por seus próprios gatos. Vi todos os carrinhos de bebê, e quem diz que todos os bebês são fofos não viu os bebês que eu vi. Vi todos os funerais e todos os conhecidos dos mortos desfrutando suas tardes de folga do trabalho. Vi todas as colunas de astrologia prevendo que 1/12 da população da terra receberá a visita de um parente que quer pegar dinheiro emprestado. Vi todas as falsificações de grandes quadros, mas nenhuma falsificação de grandes livros. Vi todas as placas proibindo a entrada e a saída, mas nenhuma proibindo provocar incêndio ou cometer assassinato. Vi todos os carpetes com marcas de cigarro e todas as rótulas de joelhos com marcas de carpetes. Vi todos os vermes dissecados por crianças curiosas e cientistas eminentes. Vi todos os ursos polares e ursos pardos e coalas usados para descrever pessoas gordas que você só quer abraçar. Vi todos os homens feios batendo em todas as mulheres felizes que cometeram o erro de sorrir para eles. Vi dentro de todas as bocas, e é um local bastante desagradável. Vi tudo pelos olhos de todos os pássaros, que acham que a humanidade até parece bem ativa para um bando de cabeças de bagre...

O que eu deveria fazer com tudo isso? Sei que a maioria das pessoas teria considerado uma visão divina. Talvez até considerassem ter encontrado Deus pulando diante delas feito uma caixa-surpresa sagrada. Eu não. Tudo o que vi foi o homem e todo o seu insignificante som e fúria. O que vi moldou minha perspectiva do mundo, é claro, mas não creio que tenha sido uma dádiva sobrenatural. Uma garota certa vez me disse que, pensando assim, eu estava desprezando a mensagem de Deus e que deveria estar andando por aí com a alma repleta de espiritualidade. Parece legal, mas o que posso fazer? Eu não sou assim. Se foi sua intenção me dizer alguma coisa em todo aquele ruído visual, Deus escolheu o cara errado. Minha incapacidade de dar um salto de fé está esculpida em meu DNA. Sinto muito, Senhor. Acho que a sarça ardente de um homem é o foco de incêndio do outro.

Seis meses devem ter se passado naquele estado. No mundo externo, eu era banhado e alimentado por tubos; meus intestinos e minha bexiga eram esvaziados, meus membros massageados, e meu corpo manipulado para assumir qualquer forma que divertisse os que estavam cuidando de mim.

Então ocorreu uma mudança: o Aleph, se isso é o que era, foi, inesperadamente e sem cerimônia, sugado de volta a seu esconderijo, e todas as visões sumiram num instante. Sabe-se lá que mecanismo estava por trás do levantamento da tampa do barril, mas ele abriu uma fenda grande o suficiente para que uma torrente de som entrasse com tudo; minha audição voltou e eu estava bem acordado, embora ainda cego e mudo e paralisado. Mas eu podia ouvir. E o que ouvi foi, alta e nítida, a voz de um homem que eu não reconhecia, e suas palavras eram poderosas, antigas e assustadoras:

> Que escureçam as estrelas da sua manhã; que ela espere a luz, e a luz não venha; e que a sua mãe me desse à luz e não me poupou todo este sofrimento! Por que não nasci morto?

Mesmo estando paralisado, eu podia sentir meus órgãos internos tremerem. A voz continuou:

> Por que os infelizes continuam vendo a luz? Por que deixar que vivam os que têm o coração amargurado? Eles esperam a morte, e ela não vem, embora a desejem mais do que riquezas. Eles ficam

muito alegres e felizes quando por fim descem para a sepultura.
Deus os faz caminhar às cegas e os cerca de todos os lados.

(Mais tarde descobri que a voz pertencia a Patrick Ackerman, um dos conselheiros da cidade. Ele estava lendo a Bíblia para mim de cabo a rabo. Como você bem sabe, Jasper, eu não acredito em sina ou destino, mas não deixa de ser interessante que no exato momento em que meus ouvidos se abriram e estavam prontos para escutar, essas palavras foram as primeiras que os alcançaram.)

Ao recobrar a consciência e a audição, eu instintivamente soube que logo viria a visão, seguida da capacidade de tocar a mim mesmo. Em síntese, a vida. Eu estava voltando.

Mas, antes de retornar, havia ainda um longo caminho a percorrer, e esse caminho era pavimentado com vozes. Uma verdadeira procissão — vozes velhas e sedutoras, vozes jovens e expressivas, vozes roucas de quem tem câncer na garganta —, e as vozes eram cheias de palavras, e as palavras estavam contando histórias. Apenas muito mais tarde vim a saber que a cidade me adotara como uma espécie de projeto comunitário. Algum médico havia dito que era necessário que falassem comigo, e com nossa nova cidade padecendo de desemprego, todas aquelas almas semialtruístas que não tinham nada o que fazer com seus dias apareceram em bandos. O engraçado é que eu perguntei a alguns e nenhum deles acreditava que eu realmente estivesse ouvindo. Mas eu *estava* ouvindo. Mais que ouvindo, estava absorvendo. E mais que absorvendo, estava recordando. Devido aos detalhes peculiares de tudo isso, talvez devido ao estado de cegueira paralítica em que estava aprisionado, os livros lidos para mim enquanto estive em coma ficaram gravados em minha memória. Esta foi minha educação sobrenatural: aqueles livros lidos para mim durante o coma, posso citar para você palavra por palavra.

Quando ficou claro que eu não morreria logo e talvez permanecesse petrificado para sempre, as vozes foram diminuindo, até que sobrou apenas uma: a da minha mãe. O resto da cidade me considerava uma tora de madeira, mas minha mãe continuou lendo. Minha mãe, uma mulher que, tendo deixado sua terra natal fazia apenas alguns anos, jamais tinha lido um livro em inglês em toda a sua vida, agora os devorava às centenas. E a consequência inesperada foi que, enquanto abastecia minha mente com palavras, pensamentos, ideias e sensações, ela fez o mesmo com a dela. Foi como se caminhões enormes cheios de palavras se dirigissem até nossas cabeças e despejassem o conteúdo diretamente em nossos cérebros. Toda aquela imaginação solta iluminava e ampliava nossa mente com relatos incríveis de feitos heroicos, amores dolorosos, descrições românticas de terras remotas, filosofias, mitos, as histórias de nações se erguendo, caindo, enfurecendo-se e desabando no mar, aventuras de guerreiros e padres e fazendeiros e monstros e conquistadores e garçonetes e russos tão neuróticos que davam vontade de arrancar os próprios dentes. Era uma mistura extraordinária de lendas que minha mãe e eu descobrimos simultaneamente, e aqueles escritores e filósofos e contadores de histórias e profetas se tornaram nossos ídolos.

Foi só muito mais tarde, quando a sanidade de minha mãe foi questionada, que pensei sobre o que podia ter acontecido à sua cabeça frustrada e solitária ao ler em voz alta todos esses livros surpreendentes ao filho inerte. O que aquelas palavras significaram para ela no silêncio doloroso do meu quarto, com o fruto de seu ventre deitado lá feito um pernil de cordeiro? Imagino sua mente sofrendo as dores de crescer, como um corpo torturado esticado em uma roda. Imagino-a ruminando o que lera. Imagino-a dilacerando-se pelos confins de suas ideias consolidadas com todas aquelas verdades belas e brutais. Deve ter sido um martírio lento e desconcertante. Quando penso no que ela se transformou muito mais tarde, que tragédia demente ela havia se tornado no fim de sua juventude, posso imaginar em minha mãe o prazer agonizante do leitor que escuta pela primeira vez todas as divagações da alma e as reconhece como suas.

O jogo

Logo depois do meu oitavo aniversário, eu simplesmente despertei. Quatro anos e quatro meses após ter entrado em coma, eu estava de volta. Não só meus olhos podiam ver, como eu podia usar as pálpebras para piscar os olhos. Abri a boca e pedi uma batida — eu queria algo doce. Só nos filmes é que as pessoas que recobram a consciência pedem água. Na vida real, a gente pensa em coquetéis com abacaxi e guarda-chuvinhas.

Na semana em que retornei ao mundo dos vivos, uma porção de rostos alegres passou pelo meu quarto. As pessoas pareciam felizes de verdade em me ver, e todas diziam "Bem-vindo", como se eu tivesse estado em uma longa viagem e a qualquer momento fosse tirar os presentes da mala. Minha mãe me abraçou e cobriu minhas mãos de beijos molhados que eu podia agora secar no pijama. Até meu pai estava exultante, tendo deixado de ser o desafortunado com o enteado aberrante, a Incrível Criança Adormecida. Mas o pequeno Terry, de 4 anos, se escondeu. Meu renascimento súbito foi um verdadeiro choque. Minha mãe o chamava para vir conhecer o irmão até perder o fôlego, mas Terry não aparecia. Eu estava cansado e fraco demais para ficar ofendido. Mais tarde, quando tudo saiu mal, fui forçado a considerar o que deve ter sido para a mente em desenvolvimento de Terry crescer ao lado de um corpo e então ouvir: "Aquela múmia caquética é seu irmão." Deve ter sido fantasmagórico, especialmente à noite, quando a luz da lua atingia meu rosto gélido e meus olhos inertes fitavam a pobre criança, como se tivessem se solidificado daquela forma de propósito, só para olhar.

No terceiro dia após minha ressurreição, meu pai irrompeu no quarto e disse:

— Vamos dar uma volta.

Ele e minha mãe agarraram meus braços e me ajudaram a sair da cama. Minhas pernas estavam pesadas e mortas, e eles me arrastaram pelo quarto como se eu fosse um amigo bêbado que estivessem escorando na saída do bar. Então meu pai teve uma ideia:

— Ei! Você provavelmente esqueceu de seu rosto!

Era verdade. Eu tinha esquecido. Uma vaga imagem de um garotinho flutuava em algum lugar da minha mente, mas eu não podia ter certeza se era eu ou alguém que um dia me odiara. Com meus pés descalços dobrados para trás, meu pai me arrastou até o banheiro para que eu me olhasse no espelho. Foi um espetáculo devastador. Até os feios reconhecem a beleza quando não a veem.

•

Terry não podia me evitar para sempre. Já era hora de sermos devidamente apresentados. Logo depois que toda aquela agitação em me parabenizar por ter despertado passou, ele veio até o quarto e sentou em sua cama, quicando no colchão, as mãos pressionando os joelhos como que para evitar que voassem.

Eu me recostei na cama, olhando para o teto, e puxei as cobertas. Podia ouvir a respiração do meu irmão. Também podia ouvir minha própria respiração — qualquer um poderia; o ar assobiava ruidosamente ao passar por minha garganta. Me sentia estranho e ridículo. Pensei: ele vai falar quando tomar coragem. Minhas pálpebras pesavam uma tonelada, mas eu não lhes concederia a satisfação de fechar. Tinha medo de que o coma voltasse.

Levou uma hora para Terry transpor a distância entre nós.

— Você dormiu pra caramba — falou.

Eu fiz que sim com a cabeça, mas não consegui pensar em nada para dizer. Ver meu irmão era esmagador. Eu me sentia absurdamente sensível e queria um abraço, mas concluí que era melhor permanecer distante. Mais que qualquer coisa, eu não conseguia superar o fato de que parecia não haver relação alguma entre nós. Sei que tínhamos pais diferentes, mas era como se nossa mãe não tivesse um único gene dominante no corpo. Enquanto eu tinha a pele amarela e oleosa, o queixo pontudo, cabelo castanho, os dentes ligeiramente protuberantes e as orelhas grudadas na cabeça como se estivessem aguardando a passagem de alguém, Terry tinha cabelo loiro e grosso, olhos azuis e um sorriso de propaganda de pasta de dente, a pele clara com adoráveis sardas alaranjadas; os traços tinham perfeita simetria, como o manequim de uma criança.

— Você quer ver o buraco que eu fiz? — disse ele, subitamente. — Cavei um buraco no quintal.

— Mais tarde. Estou um pouco cansado.

— Vá — disse meu pai, franzindo a testa. Ele me olhava da porta. — Você precisa de ar fresco.

— Agora não posso — eu disse. — Me sinto muito fraco.

Desapontado, Terry bateu em minha perna atrofiada e correu para brincar no quintal. Eu o observei da janela, um pequeno dínamo pisoteando canteiros de flores, um espoleta pulando para dentro e para fora do buraco que havia cavado. Enquanto eu o observava, meu pai continuou pairando na porta do quarto, com os olhos em fogo e um ar de desdém.

•

É o seguinte: eu tinha olhado por sobre o abismo, tinha olhado dentro dos olhos amarelos da morte, e agora que estava de volta ao mundo dos vivos, eu queria sol? Queria beijar as flores? Queria correr e brincar e gritar "Estou vivo! Estou vivo!"? Na verdade, não. Eu queria ficar na cama. É difícil explicar por quê. Tudo o que sei é que uma imensa preguiça me impregnou durante o coma, uma preguiça que correu pelo meu sangue e se solidificou em minha essência.

Tinham-se passado apenas seis semanas desde meu cambaleante despertar quando — embora a dor que eu sentia ao andar estivesse remodelando meu corpo, que parecia um eucalipto retorcido pelo fogo — meus pais e os médicos resolveram que era hora de eu voltar para a escola. Esperavam que o garoto que dormira durante parte considerável de sua infância retornasse despercebido à sociedade. No início, as crianças me receberam com curiosidade: "Você sonhava?", "Conseguia escutar as pessoas falando com você?", "Deixa a gente ver as tuas escaras!". Mas o que o coma não ensina é como se misturar aos demais (a não ser que todos à sua volta estejam dormindo). Eu só tive alguns dias para tentar entender isso. Obviamente, fui um fracasso total, visto que os ataques começaram em menos de duas semanas. Os empurrões, as surras, a intimidação, os insultos, os gracejos, os cuecões, as caretas e, pior de tudo, o silêncio agonizante: havia uns duzentos alunos em nossa escola, e eles viraram para mim duzentas costas indiferentes. Era o tipo de frieza que queimava como fogo.

Eu ansiava pelo fim das aulas para poder ir para a cama. Queria passar todo o meu tempo lá. Adorava ficar deitado, com a luminária de cabeceira acesa, coberto apenas com um lençol, os cobertores amontoados em rolos ao pé da cama. Na época, meu pai estava desempregado (a prisão tinha sido concluída e inaugurada enquanto eu estava em coma), e ele irrompia no meu quarto a toda hora gritando: "SAIA DA CAMA! DEUS DO CÉU! ESTÁ UM DIA LINDO LÁ FORA!" Sua fúria se multiplicava por dez quando se dirigia a Terry, que também ficava deitado na cama. Você vê, hoje pode ser difícil de acreditar, mas de alguma forma, mesmo sendo um inválido juvenil, eu ainda conseguia ser um herói para Terry. Ele me adorava. Me idolatrava. Quando eu ficava o dia todo na cama, Terry ficava o dia todo na cama. Quando eu vomitava, ele enfiava os dedos na própria garganta. Eu ficava encolhido embaixo dos lençóis, tremendo de febre, e Terry também ficava encolhido e tremendo. Que meigo.

Meu pai estava morrendo de medo por causa dele, por ele, por seu filho verdadeiro, e concentrava todos os seus esforços mentais em prever futuros terríveis, todos por minha causa.

Um dia ele teve uma ideia, e, para um pai, não era uma ideia ruim. Se seu filho tem uma obsessão doentia, a única forma de livrá-lo dela é substituí-la por uma sadia. A obsessão que meu pai escolheu para fazer Terry desistir de querer ser um inválido era tão australiana quanto uma picada de aranha teia de funil no joelho.

Esporte.

•

Era Natal. Terry ganhou uma bola de futebol americano. Meu pai lhe disse:

— Vamos jogar bola, você e eu?

Terry não queria ir, porque sabia que eu ficaria em casa. Meu pai foi firme e o arrastou esperneando e gritando para o sol. Eu assisti pela janela. Terry simulava manqueira. Cada vez que meu pai jogava a bola, ele claudicava tristemente pelo campo para agarrá-la.

— Pare de mancar!

— Não consigo!

— Não tem nada de errado com a sua perna!

— Tem sim!

Meu pai cuspiu, revoltado, e voltou para casa resmungando, maquinando e tramando como fazem os pais, por amor. Concluiu que, por algum tempo, precisava manter o filho saudável longe do enteado enfermo;

ele entendia a doença como uma combinação de preguiça e debilidade, como uma inclinação, e em nossa casa não se podia nem tossir sem que ele visse isso como reflexo de um caráter repulsivo. Ele normalmente não era um homem insensível, e teve de batalhar bastante na vida, mas era uma dessas pessoas que nunca tinham ficado doentes (com exceção da náusea provocada por contas não pagas) e não havia sequer conhecido alguém que tivesse ficado doente. Seus pais morreram num acidente de ônibus, sem padecer de doenças prolongadas. Sei que já disse antes: se minha infância me ensinou alguma coisa, é que as diferenças entre os ricos e os pobres não são nada. É o abismo entre os saudáveis e os enfermos que é impossível de transpor.

Na manhã seguinte, com meu pai arrastando duas malas e Terry arrastando a perna, eles entraram no carro e desapareceram em redemoinhos de poeira. Dois meses depois, quando voltaram, Terry me contou que eles tinham seguido o time de futebol americano local por todo o estado, indo a todos os jogos. Depois de algumas semanas, o time começou a notá-los e, comovidos com a devoção de uma criança aparentemente manca, eles elegeram meu irmãozinho como seu mascote não oficial. Na primeira oportunidade, meu pai desabafou com os jogadores, contou a eles tudo sobre mim e a influência insidiosa que eu tinha sobre Terry, e implorou que eles o ajudassem a restaurar o genuíno espírito australiano que abandonara a perna esquerda de seu filho caçula. O time inteiro aceitou o desafio e atendeu orgulhosamente ao pedido. Eles levaram Terry ao verde homogêneo do campo e, sob o hálito quente do sol, o instruíram nos princípios mais elementares do jogo, inspirando-o a mancar cada vez menos em seu desejo de impressioná-los. Após dois meses na estrada, ele já não mancava e era um verdadeiro esportista mirim. Meu pai não era nenhum tonto. Terry tinha mordido a isca.

Quando voltou, Terry entrou para o clube de futebol americano da cidade. Eles jogavam duro naquela época — os pais viam as cabeças estropiadas dos filhos colidirem nos entardeceres frios de outono, contorcendo-se de êxtase. As crianças estavam sendo testadas, e mesmo quando saíam do campo com os cabelos duros de sangue seco, ninguém podia estar mais contente. Na Austrália, como em toda parte, ritos de passagem não são insignificâncias.

Percebia-se de imediato que Terry era um jogador naturalmente brilhante, um astro no campo. Vê-lo atacar, passar, fintar, livrar-se da marcação e driblar as legiões esqueléticas de atletas mirins era de encher os olhos. Ele corria como se estivesse possuído, completamente concentrado. De fato, no campo, Terry passou por uma transformação de caráter e disposição. Embora bancasse o palhaço em praticamente todas as situações imagináveis, ele não tinha o menor senso de humor com relação ao jogo; quando soava o apito, ele encarava aquela bola oval e dura com tanta seriedade quanto um cirurgião cardiovascular diante de um coração oval e mole. Assim como eu e, provavelmente, como a maioria dos australianos, Terry rejeitava autoridade de forma inata. A disciplina era incompatível com sua natureza. Se alguém o mandasse sentar quando ele estava buscando uma cadeira, ele provavelmente a atiraria pela janela mais próxima. Mas, quando se tratava de *auto*disciplina, era um mestre zen. Era impossível detê-lo. Terry dava voltas no jardim enquanto a lua enorme inflava-se como uma bolha de sabão. Nas tempestades, ele costumava manter a forma com abdominais e flexões, e quando o sol afundava atrás da prisão, suas botas devoravam moitas de grama espessa molhada e lagos de lama.

No verão, Terry entrou para a equipe de críquete. Mais uma vez, ele se destacou desde o primeiro dia. Como arremessador, era rápido e preciso; como rebatedor, implacável e eficaz; como interceptador, seu olho era minucioso, e seus reflexos, aguçados. Era sobrenatural o quão natural ele era como atleta. Todos comentavam. E quando abriram a nova piscina, adivinhe quem foi o primeiro na água? O cara que a construiu! E quem foi o segundo? Terry! Eu pergunto: o corpo de uma pessoa pode ser genial? Os músculos? Os tendões? Os ossos? Tinha de vê-lo na piscina. E calmo! No início da competição, enquanto os outros garotos tremiam sobre o bloco de saída, Terry ficava lá como se estivesse esperando um ônibus. Mas de repente era dada a largada! Ele era tão rápido que você não se lembraria de tê-lo visto mergulhar; deslizava pela água como se estivesse sendo rebocado por um jet ski. Para que Terry tivesse seu herói torcendo por ele, eu ia, sempre meio que me escondendo no fundo das arquibancadas, bradando mais alto que todos. Deus, que folia! É como se eu estivesse lá agora: o eco dos corpos caindo na água e dos pés molhados trotando pelos frios ladrilhos encharcados da piscina coberta, o odor penetrante de cloro que levaria um embalsamador à nostalgia, a sucção de uma touca ao sair de uma cabeça, o fio de água caindo de um par de óculos. E aqueles meninos adoravam. Era como se alguém lhes tivesse dito: "Os seres humanos precisam de água para viver, portanto entrem!" E eles entravam. E ficavam felizes.

Terry era o mais feliz de todos. Por que não seria? Astro do futebol, astro do críquete, astro da natação. A cidade tinha sua primeira celebridade local, ainda mais memorável porque ele era um garoto de 7 anos. Apenas 7! Ele era o Mozart do esporte, um prodígio como ninguém jamais tinha visto. A cidade o adorava, mimando-o e encorajando-o com todos os seus olhos enamorados. Não há como negar que era uma devoção absoluta. O jornal local também fazia um enorme estardalhaço sobre o incrível Terry. Quando um jornal de Sydney fez uma reportagem sobre jovens atletas com mais probabilidade de fazer história e Terry foi listado, meu pai quase morreu de alegria.

Caso você esteja se perguntando, não havia rivalidade entre nós, nem um pingo de inveja da minha parte, e, embora eu me sentisse esquecido como aqueles carros carbonizados em subúrbios abandonados, eu tinha orgulho do meu irmão, o herói do esporte. Mas eu também estava preocupado; fui o único a perceber que, para Terry, o esporte era mais que mera habilidade e atletismo.

Não foi o modo como ele jogava que me levou a pensar isso, mas o modo como assistia quando estava de fora. Para começar, não se conseguia arrancar duas palavras dele antes de um jogo. Eram as únicas ocasiões em que posso afirmar que o vi demonstrar algo parecido com nervosismo. E eu o vi se apresentar ao tribunal para ser condenado à prisão perpétua, então sei do que estou falando.

Nós chegávamos para assistir a um jogo e uma profunda agitação tomava conta dele — para Terry, um estádio vazio era um lugar sombrio e místico. A partida começava, e ele sentava ereto e expectante, boquiaberto, com os olhos grudados em cada lance. Ficava verdadeiramente comovido. Era como se estivesse escutando uma língua que só ele entendia. Sentava-se com uma intensidade muda, como se estivesse vendo algo sagrado — como se marcar um gol nos últimos 30 segundos fosse um ato imortal. Depois de um jogo, ganhasse ou perdesse, sua alma parecia repleta de satisfação. Ele atingia um fervor religioso! Quando seu time marcava um gol, ele tremia. Eu o vi assim com meus próprios olhos, e não me importa o que os outros digam, um garotinho tremendo de fervor religioso é simplesmente assustador. Ele não tolerava empates. Não se podia falar com ele depois de um. Erros do árbitro também o induziam ao destempero. Eu dizia: "Podemos ir para casa agora?", e ele se virava devagar para me fitar, os olhos cheios de dor, a respiração curta; parecia estar sofrendo. Em casa, depois de um jogo ruim, todos tínhamos de andar na ponta dos pés (o que não é fácil quando se usa muletas).

Como eu disse, Terry e eu tínhamos corpos diferentes. Seus gestos eram soltos, fáceis, autênticos e ágeis, enquanto os meus eram custosos, dolorosos, hesitantes e ineptos. Mas nossas diferenças viam-se mais em nossas obsessões, e obsessões contrárias podem ser um verdadeiro divisor. Por exemplo, se você tem um amigo que fala sem parar sobre não ter encontrado um amor, e outro que é ator e só fala sobre se Deus lhe deu o nariz adequado, ergue-se uma parede entre eles e as conversas se desintegram em monólogos concorrentes. De certo modo, era isso que estava começando a acontecer conosco. Terry só falava de heróis do esporte. Eu sentia algum interesse, mas uma parte importante de ter um herói é imaginar os feitos heroicos como seus próprios feitos. O fato é que eu só sentia um prazer trivial em me imaginar marcando um gol ou correndo 1 quilômetro em menos de 4 minutos. Fantasias em que multidões efusivas gritavam "Viu como ele é rápido?" simplesmente não me satisfaziam. Estava claro que eu precisava de um herói totalmente diferente.

A obsessão de Terry enfim se apoderou de sua vida; tudo, das refeições às idas ao banheiro, era um intervalo indesejado entre os momentos em que ele podia jogar, praticar ou pensar em esporte. Jogos de cartas o entediavam, livros o entediavam, dormir o entediava, Deus o entediava, comida o entediava, afeição o entediava, nossos pais o entediavam, e finalmente eu também o entediava. Começamos a discutir por coisas estúpidas, principalmente por meu comportamento: agora que ele estava desfrutando da vida lá fora em companhia de outras crianças que não estavam deitadas na cama se lamentando, minha negatividade perversiva e minha incapacidade para a alegria se tornaram cansativas para ele. Ele começou a me criticar por qualquer coisinha: não gostava do modo como eu delicadamente tocava o ombro das pessoas com a muleta quando queria passar por elas, não gostava de como eu logo descobria aquilo de que a pessoa tinha mais orgulho e imediatamente a ridicularizava a fim de diminuí-la, estava cansado de minha profunda desconfiança em relação a tudo e todos, de portas de igreja a sorrisos.

Tristemente, no intervalo de alguns meses, Terry enfim me viu tal como eu era: um reclamão de 11 anos, uma criança amarga, depressiva, agressiva, orgulhosa, feia, egoísta, míope e misantropa — você conhece o tipo. Os dias de me seguir, imitar minha tosse e fingir compartilhar minhas agudas dores abdominais não passavam de uma lembrança doce e distante. É claro, em retrospecto, é fácil ver que a raiva e a censura de Terry em relação a mim nasceram da frustração e do amor; ele não entendia por que eu não podia ser tão livre e solto no mundo como ele. Mas, na época, tudo o que enxerguei foi traição. Parecia que todas as injustiças do mundo se levantavam contra mim como um vendaval.

•

Agora que eu estava perdendo meu único aliado, tudo o que eu queria era me esconder, mas o problema é que, numa cidade pequena, não existe anonimato. Obscuridade, sim. Anonimato, não. É realmente detestável não se poder andar pela rua sem que alguém diga oi ou lhe sorria. O melhor que se pode fazer é encontrar lugares onde todos odeiam ir. E, sim, mesmo numa cidade pequena há lugares que as pessoas evitam em massa — faça uma lista mental, e lá você pode viver sua vida imperturbado sem ter de se isolar em sua cama. Em nossa cidade, havia um lugar que tinha sido aberto por Lionel Potts. Ninguém jamais botou os pés lá, porque Lionel era o homem mais desprezado no bairro. Todos o odiavam, mas eu não entendia por quê. Diziam que era porque ele era "um rico filho da puta". Eles pensavam: "Quem ele pensa que é, sem ter que dar duro pra pagar o aluguel? Que descarado!"

Eu pensava que devia haver algo secreto e sinistro sobre Lionel Potts. Não podia acreditar que o odiassem apenas por ser rico, pois percebia que a maioria das pessoas também estava louca para ser rica; do contrário, não comprariam bilhetes de loteria, nem pensariam em planos para ficar ricas rápido e nem apostariam em cavalos. Para mim, não fazia sentido que as pessoas odiassem aquilo que almejavam ser.

O café era pouco iluminado, e as mesas e os bancos compridos de madeira escura o faziam parecer uma taberna espanhola ou um estábulo para gente. Na parede havia samambaias, pinturas de homens montados a cavalo e excessivamente vestidos e uma série de fotografias em preto e branco de um conjunto de árvores antigas e majestosas onde hoje ficava a farmácia. O lugar ficava vazio de manhã à noite; eu era o único cliente. Lionel reclamava com a filha que não tardaria para que ele tivesse de fechar o negócio, enquanto me olhava com curiosidade, obviamente se perguntando por que eu era o único na cidade a não aderir ao boicote. Às vezes a filha também me fitava.

Caroline tinha 11 anos e era alta e magra, e estava sempre encostada no balcão com a boca meio aberta, como se surpresa. Tinha olhos verdes e cabelo da cor de uma deliciosa maçã dourada. Tinha o peito chato e braços e ombros torneados; eu me lembro de pensar que ela provavelmente conseguiria me derrotar em uma luta e que, se isso algum dia viesse a acontecer, seria um vexame. Aos 11 anos, ela tinha aquela coisa que foi aperfeiçoada nas passarelas parisienses — beicinho. Na época eu não sabia, mas beicinhos funcionam assim: eles indicam uma insatisfação temporária que o instiga a satisfazê-la. Você pensa: Se ao menos eu pudesse satisfazer aquele beicinho, eu seria feliz. É só um lapso recente na evolução, o beicinho. O homem paleolítico nunca ouviu falar nisso.

Sentei no canto mais escuro do café e a observei sair do porão carregando engradados de garrafas. Nem ela nem o pai me davam muita atenção ou me tratavam de modo especialmente amável, considerando que eu era o único cliente, mas eu tomava milk-shake e Coca-Cola e lia livros e tinha meus pensamentos e, com um caderno em branco diante de mim, me esforçava para traduzir em palavras as visões que me apareceram durante o coma. Todos os dias ela me trazia bebidas, mas eu era muito tímido para falar com ela. Quando ela dizia "oi", eu respondia "Tudo bem".

Um dia ela sentou diante de mim com um rosto que parecia prestes a irromper em uma risada cruel.

— Todo mundo pensa que o seu irmão é fodão — falou.

Eu quase caí pra trás, de tão desacostumado que estava a falarem comigo. Recobrei minha compostura e disse sabiamente:

— Bem, sabe como são as pessoas.

— Para mim, ele é um exibido.

— Bem, sabe como são as pessoas.

— E se acha.

— Bem... — falei.

Foi isso. A única pessoa na cidade que não se derretia pelo meu irmão foi a garota que escolhi amar. Por que não? Até os Kennedy devem ter tido *alguma* rivalidade entre irmãos. Caroline ia aos jogos como todo mundo, mas dava para perceber que ela realmente odiava Terry, porque sempre que a multidão pulava e o aplaudia, ela continuava sentada tão imóvel quanto uma estante de biblioteca e só se mexia para colocar a mão sobre a boca, como quem se choca com notícias ruins. E quando Terry irrompia no café para me levar para casa para o jantar, você precisava vê-la! Ela não falava com ele ou sequer o olhava, e eu confesso que achava a cena deliciosa, porque por cinco minutos Terry sentia um pouco do gosto do sapo viscoso que eu era forçado a engolir dia infeliz após dia infeliz.

É por isso que Caroline Potts figura nesta história como minha primeira amiga. Conversávamos todos os dias naquele café escuro, e eu finalmente fui capaz de liberar muitos de meus pensamentos acumulados, e senti uma notável melhora em meu estado mental. Eu a encontrava com as mãos suadas de luxúria pré-adolescente, e mesmo quando caminhava devagar em sua direção, a visão de seu rosto sorridente e ligeiramente andrógino era um choque tão visceral quanto se ela tivesse vindo por trás e me pego de surpresa. É claro que eu sabia que ela se aproximara de mim porque também não tinha amigos, mas creio que ela realmente gostava de minhas observações sarcásticas, e estávamos em total acordo quando discutíamos compulsivamente sobre a estupidez sem limites da devoção tola da cidade para com meu irmão. Eu revelei a ela o único segredo que sabia sobre ele: a estranha reverência religiosa por esporte. Me senti bem por não ser o único a saber que algo não era tão normal em Terry Dean, mas logo depois que Caroline e eu nos conhecemos, algo terrível aconteceu, e então todos souberam.

Foi numa festa de aniversário. O aniversariante completava 5 anos, uma grande ocasião. Eu perdi a minha por causa do coma, mas agora não tinha grandes expectativas porque previa um incidente sombrio, você sabe, quando a inocência de uma criança mostra sinais de desgaste e a criança de 5 anos começa, com tristeza e alarde, a questionar por que está subitamente dividida entre a ambição e o desejo de dormir mais. Deprimente! Mas agora eu já não dependia de muletas e já não podia usar minha doença como desculpa para evitar a vida. Terry, por outro lado, estava tão empolgado que, ao amanhecer, já estava na porta de casa vestindo roupa de festa. A essa altura já deve saber a resposta para aquela pergunta irritante, como era Terry quando criança? Ele era um rejeitado? Metido a besta, teimoso e averso à autoridade? Não, eu é que era assim.

Quando chegamos à festa, o som das risadas nos conduziu pela casa fresca e iluminada até o quintal dos fundos, onde todas as crianças estavam sentadas no grande jardim sem cerca, diante de um mágico que vestia uma ostentosa capa preta e dourada. Ele fazia todo tipo de truque idiota. Quando terminou com as pombas, caminhou entre as crianças e leu a sorte. Acredite, se você nunca presenciou isso, não há nada mais imbecil que um adivinho em uma festa de criança.

— Você será grande e forte — eu o ouvi dizer —, mas só se comer legumes.

Era óbvio que o farsante estava recebendo dicas dos pais e enganando as crianças com futuros falsos. É desalentador ver mentiras e corrupção no aniversário de uma criança, mas nada surpreendente.

Então brincamos de passar o pacote, uma brincadeira em que todos se sentam em um círculo e vão passando adiante algum brinde vagabundo embrulhado em jornal como se fosse um peixe morto, e cada vez que a música para, quem estiver segurando o pacote remove uma camada. É uma brincadeira de ganância e impaciência. Eu causei um rebuliço quando interrompi o jogo para ler o jornal. Havia uma manchete sobre um terremoto na Somália: setecentos mortos. As crianças gritavam para eu continuar, recriminações implacáveis apitando no meu ouvido. Vou te dizer, brincadeiras infantis são coisa séria. Não se pode bobear. Passei o pacote para o garoto seguinte, mas cada vez que retiravam outra folha eu a pegava, esperando descobrir mais a respeito do terremoto. As outras crianças não se importavam com a vida de setecentos seres humanos; elas só queriam o presente. Enfim, foi revelado: uma pistola d'água verde-fluorescente. O ganhador comemorou. Os perdedores comemoraram com sorrisos amarelos.

O sol de novembro nos fazia derreter, e algumas crianças se jogaram na piscina azul-clara para brincar de Marco Polo, em que uma criança com os olhos fechados nada pela piscina tentando pegar as que estão com os olhos abertos. Ela grita "Marco!" e as outras gritam "Polo!", e se ela disser "Peixe fora d'água!" e abrir os olhos e vir uma criança fora da piscina, esta passa a ser o pobre coitado que tem de nadar pela piscina com os olhos fechados. Eu não sei o que isso tem a ver com Marco Polo, mas parece haver uma crítica embutida em algum lugar ali.

Enquanto Terry foi brincar com os demais na piscina, eu me sujeitei a uma coisa terrível chamada dança das cadeiras, outro jogo cruel. Há uma cadeira a menos, e quando a música para, você tem de correr para conseguir um lugar. Festas infantis são riquíssimas em matéria de lições de vida. A música toca no último volume. Nunca se sabe quando vai parar. Você fica aflito durante toda a brincadeira; a tensão é insuportável. As crianças dançam em círculo ao redor das cadeiras, mas não é uma dança feliz. Todas têm os olhos grudados na mãe que comanda o rádio, a mão a postos no controle de volume. De tempos em tempos, uma criança se antecipa e se atira em uma cadeira. As outras gritam. Ela se levanta da cadeira outra vez. Está uma pilha de nervos. A música continua. Os rostos das crianças estão contorcidos de terror. Ninguém quer ser excluído. A mãe troça delas fingindo que vai mexer no volume. As crianças desejam que ela morra. O jogo é uma analogia da vida: não há cadeiras bastantes ou bons momentos o suficiente, não há comida suficiente, nem alegria, nem camas, nem empregos, nem risadas, nem amigos, nem sorrisos, nem dinheiro, nem ar puro para respirar... mas a música continua.

Eu fui um dos primeiros a perder, e estava pensando em como, na vida, sempre se deve carregar a própria cadeira para não precisar compartilhar recursos escassos, quando ouvi uma comoção perto da piscina. Fui até lá. Os braços de Terry estavam imersos na água e duas mãozinhas se erguiam das profundezas cristalinas tentando arrancar os olhos dele.

A cena não dava margem a interpretações: Terry estava tentando afogar alguém.

Agora as outras crianças estavam de pé no gramado, todas peixes fora d'água. Um pai consternado mergulhou, tirou Terry de cima do garoto e arrastou os dois para fora da piscina, onde, horrorizada, a mãe do semiafogado deu um tapa no rosto de Terry. Mais tarde, perante um grupo de pais indignados, meu irmão, defendendo-se, explicou que tinha visto a vítima trapacear.

— Eu não trapaceei! — gritou o garoto.

— Eu vi! O seu olho esquerdo estava aberto! — gritou Terry.

— Mesmo assim, amiguinho — disse meu pai —, é só um jogo.

O que meu pai não sabia era que "só um jogo" jamais significou coisa alguma para Terry Dean. Para ele, a vida era um jogo, e os jogos sempre seriam a vida, e se eu não tivesse me dado conta disso, não teria manipulado essa informação a favor de minha triste fantasia de vingança, que inesperadamente alterou o rumo da vida do meu irmão.

Esta é uma daquelas lembranças que eu preferia esquecer — quando todos os meus piores ímpetos se fundiram em um instante terrivelmente vergonhoso. Só havia se passado um mês quando, depois de anos tendo aulas particulares entre um esporte e outro, Terry finalmente começou a ir à escola (um acontecimento que eu temia, visto que até então eu conseguira esconder da família a minha enorme impopularidade). Dave e Bruno Browning, gêmeos fraternos, tinham me amarrado ao galho de uma árvore atrás do ginásio. Eles não só eram os valentões oficiais da escola como também ladrões, candidatos a criminosos e encrenqueiros, e eu sempre pensei que o lugar deles era na cadeia ou então em covas tão rasas que, quando as pessoas passassem sobre elas, estariam literalmente pisando nas caras feias e mortas de Dave e de Bruno. Quando terminaram de me amarrar, eu disse:

— Como vocês sabiam que esta é minha árvore preferida? Meu Deus, que vista! Que bonito!

Continuei meu discurso desonesto enquanto eles desciam.

— Sinceramente — gritei —, vocês não sabem o que estão perdendo!

Fiz um sinal de positivo para um pequeno grupo reunido ao pé da árvore.

Meu sorriso amarelo derreteu assim que vi Terry no meio da aglomeração, olhando fixo para mim. Como ele era um herói do esporte, abriram espaço e deixaram-no passar. Eu lutava contra as lágrimas, mas mantive a encenação:

— Ei, Terry. Isto aqui é incrível. Por que não vem me visitar?

Ele escalou a árvore, sentou no galho à minha frente e começou a desatar os nós.

— O que está acontecendo?

— Como assim?

— Todo mundo te odeia!

— Tá certo. Eu não sou popular. E daí?

— E por que todo mundo te odeia?

— Eles precisam odiar alguém. Quem mais vão odiar se não eu?

Ficamos sentados naquela árvore a tarde toda, por cinco horas, sendo que passei duas delas sentindo vertigem aguda. O sinal tocava de tempos em tempos, e observávamos as crianças irem de uma sala a outra, obedientes mas descontraídas, como soldados em tempos de paz. Nós as observamos o dia todo; nenhum de nós falava. No silêncio, todas as nossas diferenças pareceram de repente não ter importância. O balançar de Terry no galho ao meu lado era um gesto de solidariedade tremendamente significativo. Sua presença me dizia: Você está sozinho, mas não totalmente sozinho. Somos irmãos, e nada pode mudar isso.

O sol cruzou o céu. Nuvens de gaze eram transportadas por ventos ligeiros. Eu olhava para os meus colegas como que por uma janela de vidro duplo à prova de balas e pensava: Não há mais possibilidade de comunicação entre nós do que entre uma formiga e uma pedra.

Mesmo depois das 15 horas, quando as aulas já haviam terminado, Terry e eu não saímos do lugar, assistindo em silêncio a uma partida de críquete que começava lá embaixo. Bruno, Dave e outras cinco ou seis crianças estavam dispostos em um semicírculo, correndo e pulando e se jogando na terra como se não houvesse nada frágil no corpo humano. Eles urravam cada vez mais, e de vez em quando os gêmeos olhavam para cima e chamavam meu nome cantarolando. Estremeci ao pensar nas surras que ainda teria de encarar, e meus olhos se encheram de lágrimas. Eram lágrimas de medo. Como eu conseguiria sair dessa situação? Eu via aqueles dois valentões lá embaixo e desejava ter poderes perigosos e misteriosos que eles fossem sentir nas vísceras. Eu os imaginei entoando zombarias com a boca cheia de sangue.

De repente, tive uma ideia.

— Eles estão trapaceando — eu disse a Terry.

— Estão?

— Sim. Eu odeio trapaças. Você não?

A respiração de Terry se tornou vagarosa e irregular. Era algo extraordinário de presenciar; seu rosto estalando feito gordura quente na frigideira.

Não é melodramático dizer que todo o destino da família Dean foi selado por aquela tarde na árvore. Não estou orgulhoso por ter incitado meu irmãozinho a atacar meus agressores, e é claro que se eu soubesse que, ao manipular sua reverência fanática por esporte, eu estaria, com efeito, encomendando dúzias de sacos para cadáveres diretamente aos fabricantes, provavelmente não o teria feito.

Não posso dizer muito sobre o que aconteceu depois. Mas posso dizer que Terry desceu da árvore, tomou o bastão de críquete de um Bruno estupefato e enterrou-o na lateral de sua cabeça. Posso dizer que a briga durou uns 15 segundos, até que Dave, o mais feio dos gêmeos não idênticos, agarrou um canivete e o enfiou na perna de Terry. Posso dizer como foi o grito, porque foi meu. Terry não soltou um pio. Mesmo quando o sangue jorrou da ferida e eu desci, corri para o tumulto e o arrastei para longe, ele permaneceu em silêncio.

•

No dia seguinte, no hospital, um médico insensível disse a Terry, com indiferença, que ele jamais jogaria futebol americano novamente.

— E nadar?

— Provavelmente não.

— Críquete?

— Talvez.

— Mesmo?

— Não sei. Dá para jogar críquete sem correr?

— Não.

— Então não.

Eu ouvi Terry engolir em seco. Todos nós ouvimos. Foi muito alto. A brandura de seu rosto de 8 anos instantaneamente deu lugar a uma expressão severa. Testemunhamos o exato momento em que ele foi separado à força de seus sonhos. Um segundo depois as lágrimas caíram, e ele emitiu ruídos guturais e desagradáveis que tive o azar de ouvir uma ou duas vezes desde então, ruídos inumanos que acompanham a chegada repentina do desespero.

Filosofia

O antigo desejo de Terry fora concedido: ele se tornara um aleijado igualzinho ao irmão mais velho. Só que, agora que eu havia recobrado a saúde, Terry estava sozinho. Ele usava minhas antigas muletas para ir de A até B, mas às vezes preferia ficar em A por dias a fio, e então, quando já não precisava das muletas, passou a usar uma bengala envernizada de madeira escura. Esvaziou o quarto de toda a parafernália esportiva: os cartazes, as fotografias, os recortes de jornal, a bola de futebol, o bastão de críquete e os óculos de natação. Terry queria esquecer. Mas como poderia? Você não pode fugir da própria perna, especialmente uma perna que carrega o peso de sonhos perdidos.

Minha mãe tentou consolar o filho (e a si mesma) infantilizando-o — preparando-lhe a refeição favorita (feijão ao forno com linguiça) todos os dias, tentando lhe dar colo, falando tatibitate com ele e acariciando-lhe constantemente os cabelos. Se ele tivesse deixado, ela teria lhe acariciado a testa até esfolá-la. Meu pai também estava deprimido — de mau humor, comendo demais, competindo para ver quem tomava cerveja mais rápido e ninando nos braços os troféus esportivos de Terry como se fossem bebês mortos. Foi nessa época que ele engordou. Num frenesi, comia cada refeição como se fosse a última. Nos primeiros meses, tudo se projetou para a frente e seu esqueleto naturalmente esquálido abalou-se com a alteração súbita, mas enfim cedeu para que a cintura e os quadris também ficassem alinhados, expandindo-se para uma largura exatamente 1 centímetro maior que a largura de uma porta comum. Culpar a mim pela calamidade o animava um pouco. Não se trata de uma daquelas revelações que precisariam ser arrancadas dele por psicoterapia. Ele não escondia o que pensava; ao contrário, manifestava-o abertamente, durante o jantar, sacudindo ameaçador o garfo em minha direção como o crucifixo de um exorcista.

Felizmente, meu pai logo se distraiu retornando a sua velha obsessão: a prisão na colina. Ele e o guarda saíam para beber juntos e, durante anos, jogaram bilhar todas as noites. Faziam apostas de brincadeira, de 100 mil dólares em cada jogo. O guarda devia a meu pai uma quantia astronômica de dinheiro de mentira. Um dia meu pai surpreendeu o amigo exigindo que lhe pagasse, mas em vez de insistir que a dívida fosse paga com dinheiro, fez um trato estranho e obscuro: ele esqueceria os 27 milhões que lhe eram devidos e, em troca, o guarda deveria trazer cópias dos arquivos dos detentos, que ficavam em seu escritório. Com o futuro do filho destruído, a única coisa da qual meu pai se orgulhava era ter ajudado a construir aquela prisão, uma conquista sólida que ele podia ver da porta de casa. Então é claro que ele acreditava ter o direito de saber quem eram os hóspedes. O guarda fotocopiou os arquivos, e noite após noite meu pai matutava sobre as histórias de assassinos, estupradores e ladrões e os imaginava chacoalhando as grades que ele mesmo havia soldado. Se quer saber, este foi o começo do fim para o meu pai, embora uma queda incrivelmente longa ainda estivesse por vir. Também foi nessa época que começou a gritar tanto com minha mãe em público que ela já não podia suportar estar com ele fora de casa; desde então ela nunca mais saiu com ele, e nas raras ocasiões em que se esbarravam na rua, um constrangimento os dominava e eles eram sinistramente educados. Só em casa é que suas personalidades normais reapareciam e eles tagarelavam insultos *ad nauseam*.

Por algum tempo, as coisas também estiveram estranhas na escola. Como sabe, eu nunca me encaixei; não consegui sequer me enfiar com jeitinho. Terry, por outro lado, tinha sido aceito e incluído desde o primeiro dia, mas agora que sua perna estava inutilizada para os esportes, ele se excluiu com jeitinho. Eu ficava de olho nele enquanto manquejava pela escola, pressionando a ponta da bengala contra os pés dos colegas com todo o peso de seu corpo. O que eu acho é que não era só a decepção que o estava tornando frio e cruel. Era também uma reação à compaixão interminável com que ele precisava lidar. Sabe, as pessoas eram todas muito simpáticas com ele por causa da perda que ele sofrera, e o cobriam com uma exasperante torrente de gentilezas. Para ele, isso era a pior coisa. Algumas pessoas se recusam de corpo e alma a ser alvo de piedade. Outras, como eu, podem absorvê-la com sofreguidão, sobretudo porque, tendo sentido pena de si mesmas por tanto tempo, parece certo que todos os demais afinal façam o mesmo.

Bruno e Dave encaravam Terry com um olhar ameaçador cada vez que seus caminhos se cruzavam. Terry se mantinha firme e abria seu sorriso mais falso. Isso os levou a se encarar mutuamente até que um desistisse, uma dessas disputas de masculinidade que, aos olhos de um passante, é uma completa estupidez. Algum tempo depois, quando eu segui Terry pelos corredores da escola, acabei percebendo que ele seguia Bruno e Dave aonde quer que fossem. O que ele queria com os dois? Revanche? Uma nova disputa? Implorei para que os deixasse em paz. "Não enche, Marty!", cuspiu ele.

Voltei para o topo da árvore. Agora eu me dirigia até lá por conta própria. Tinha se tornado o meu esconderijo secreto. Aprendi uma lição valiosa: as pessoas quase nunca olham para cima. Por que será? Talvez elas estejam olhando para o chão como uma espécie de trailer do seu futuro. E estão certas. Para mim, qualquer um que diz que olha para o futuro e não mantém um olho na terra é míope.

Um dia, vi uma comoção lá embaixo: os alunos corriam a esmo pelo parquinho, entrando e saindo das salas de aula, gritando. Aguceі os ouvidos daquele jeito estranho como os humanos conseguem aguçar quando querem. Estavam gritando meu nome. Abracei o galho da árvore com tanta força que fiquei com farpas por todo o corpo. A escola inteira estava atrás de mim por algum motivo. Mas o que era agora? *O que era, agora?* Dois alunos pararam sob a árvore para tomar fôlego, e eu pesquei a notícia: Bruno e Dave exigiam minha presença atrás do ginásio da escola. Já era hora, diziam. Se esfaquear meu irmão fora uma afirmação, talvez eu fosse ser o ponto de exclamação. O consenso era que eles me partiriam ao meio. Todos queriam fazer sua parte.

Então uma garota me viu, e dois minutos depois uma multidão estava me carregando nos ombros como se eu fosse um herói, mas, na verdade, estavam entregando carne ao açougueiro. Saltavam feito cachorrinhos enquanto me levavam para Bruno e Dave, que esperavam atrás do ginásio.

— Aqui está ele! — gritaram as crianças, jogando-me na terra sem cerimônia.

Eu me levantei devagar, por motivo nenhum. Poderiam ter vendido entradas: era o espetáculo mais quente da cidade.

— Martin — gritou Dave —, se qualquer um... *qualquer um*... encostar um dedo em você... ou te bater... ou empurrar... ou mesmo olhar torto para você, *uma vezinha que seja*, é só você me procurar que eu ACABO COM A RAÇA DELE! Entendeu?

Eu não entendia. Ninguém entendia.

— Agora você está sob nossa proteção, certo?

Eu disse que sim.

A multidão estava em silêncio. Dave virou para encará-la.

— Alguém tem alguma coisa contra?

Ninguém tinha nada contra. Eles se contorceram como se estivessem todos pendurados num anzol.

— Certo. — Dave virou para mim e perguntou: — Vai um cigarro?

Eu não me mexi. Então ele colocou um cigarro em minha boca e o acendeu.

— Agora trague.

Eu traguei e tossi violentamente. Dave deu uns tapas nas minhas costas de forma amistosa.

— Você é legal, cara — disse ele, com um sorriso cheio de dentes.

Então os dois se foram. A multidão estava chocada demais para se mexer. Eu me esforçava para manter o equilíbrio. Pensei que estivesse lá para uma surra, e não para a salvação. Agora, eu era uma espécie protegida. Isso me fez inflar feito um baiacu. Eu me voltei para a horda confusa e desafiei-os com o olhar. Eles olharam para o outro lado — todos eles, sem exceção.

Aos 8 anos, Terry Dean havia feito um pacto com o diabo em nome do irmão de 12: foi o que salvou minha pele. Ele tinha me visto acovardado atrás das latas de lixo um dia e sofrendo o peso monótono da invisibilidade no outro, e então — irmão leal que era — propôs um acordo: se os gêmeos me oferecessem proteção, ele entraria para seu bando demente. Ele propôs ser seu estagiário, um aprendiz de criminoso. Sabe-se lá por que aceitaram. Talvez tenham gostado de sua coragem. Talvez tenham ficado confusos com a audácia da proposta. Qualquer que seja o motivo, quando pediram a ele para escrever um pequeno documento detalhando o pacto com seu próprio sangue, Terry, sem hesitar, cortou-se com um estilete e escreveu, de modo que o pacto estava todo lá, em vermelho e branco.

Essa foi a iniciação prematura de meu irmão no crime. Nos anos seguintes, ele passou todo o tempo pós-aula com Bruno e Dave, e, uma vez que era jovem demais para passar essas horas sozinho, eu tinha de ir junto com ele. No início, os gêmeos tentaram me coagir a fazer uns serviços para eles, mas por insistência de Terry permitiram que eu sentasse sob uma árvore e lesse, mesmo durante as brigas de rua. E havia brigas sempre. A gangue não conseguia dormir bem se não tivesse quebrado a cara de alguém em algum momento do dia. Depois de ter brigado com cada provável candidato na cidade, Bruno passou a roubar o Land Rover do pai e levá-los às cidades vizinhas. Havia um monte de crianças com quem brigar. Toda cidade tem valentões, uma nova geração de recheio de prisão esperando para acontecer.

Todas as tardes eles davam aulas de luta a Terry. Haviam construído todo um sistema filosófico baseado em violência e combate e, quando os punhos de Terry assumiram a forma de dois grandes tijolos, Bruno e Dave se converteram em uma dupla cômica, em que um fazia uma pergunta e o outro respondia.

— Para que servem as mãos?

— Para esmurrar.

— Para que servem as pernas?

— Para chutar.

— E os pés?

— Pisar na cara.

— Dedos?

— Arrancar o olho.

— Dentes?

— Morder.

— Cabeça?

— Dar cabeçada.

— Cotovelo?

— Acertar o queixo.

Et cetera.

Eles pregavam o corpo humano não só como uma arma, mas como um arsenal completo, e enquanto eu os via martelar esse evangelho nauseante na cabeça de Terry, pensava em meu próprio corpo em comparação — um arsenal voltado para dentro, contra mim mesmo.

Quando não estavam lutando, estavam roubando — todas as coisas, qualquer coisa. Sem o menor senso de valor, roubavam carros abandonados, peças de carro quebradas, suprimentos escolares, produtos esportivos; invadiam padarias e roubavam pão, e se não houvesse pão roubavam a massa; invadiam lojas de ferragens e roubavam martelos e escadas e lâmpadas e duchas; invadiam açougues e roubavam linguiças e ganchos de carne e pernil de cordeiro; dos correios, roubavam selos e cartas não reclamadas; invadiam o restaurante chinês e roubavam pauzinhos e molho agridoce e biscoitos da sorte; e do posto de gasolina roubavam gelo e, freneticamente, tentavam vendê-lo antes que derretesse.

Se você tivesse o azar de esbarrar neles depois de uma de suas sessões de furto, tinha de estar preparado para comprar. A técnica de vendas de Bruno e Dave era impressionante. Para eles, os negócios estavam sempre bombando, porque tinham encontrado um nicho de mercado: crianças amedrontadas.

Terry também participava dessas missões, arrastando-se por janelas e dutos de ventilação, chegando a lugares de difícil acesso enquanto eu esperava do lado de fora e, por dentro, suplicava que eles andassem logo com aquilo. Eu tanto supliquei que me ferrei. Com o passar dos meses, enquanto Terry desenvolvia músculos, agilidade e técnicas de combate corpo a corpo, eu degenerava outra vez. Meus pais, temendo que eu voltasse a padecer da antiga doença, chamaram um médico. Ele ficou desnorteado.

— Parece ser de nervoso — falou —, mas por que um garoto de 12 anos estaria nervoso?

O médico examinou com curiosidade o meu couro cabeludo.

— O que aconteceu com seu cabelo? — perguntou. — Parece que perdeu um pouco.

Dei de ombros e olhei ao redor, como que procurando o cabelo perdido.

— O que é isso? — gritou meu pai. — Ele está perdendo cabelo? Ah, meu Deus, que criança!

Uma caixa de pandora de angústia se abria cada vez que eu presenciava meu irmão num roubo; mas, quando havia uma briga de rua, eu me afligia de corpo e alma. Todos os dias, enquanto voltávamos juntos para casa, implorava a Terry para que largasse aquela vida. Eu estava totalmente convencido de que o veria morrer bem diante dos meus olhos. Por causa da idade e do tamanho do meu irmão, Bruno e Dave equiparam-no com um bastão de críquete, que ele sacudia no ar ao soltar um grito de guerra e correr manquejando em direção aos inimigos. Raramente um oponente esperava para ver o que ele faria com o bastão, embora alguns de fato se mantivessem firmes e, durante uma briga, Terry tivesse sido ferido com uma faca. Ofegando, corri para o meio da briga e o arrastei para fora. Bruno e Dave deram-lhe uns tapas para reanimá-lo e o mandaram de volta à briga enquanto o sangue ainda estava quente. Eu protestei gritando até ficar sem voz, e então gritei ar.

Essas não eram brigas de escola, era guerra entre gangues. Eu olhava para os rostos raivosos dos garotos quando se lançavam na luta, divertindo-se como se estivessem em um grande momento de suas vidas. A indiferença para com a dor e a violência me deixava atônito. Eu não conseguia compreender aquelas criaturas, ardentes de alegria em se esmagarem no meio da poeira. E o modo como idolatravam seus ferimentos — era desconcertante. Eles fitavam as feridas abertas como amantes reunidos após uma longa separação. Era coisa de louco.

Caroline tampouco conseguia entendê-los. Ela estava furiosa comigo por deixar meu irmãozinho se unir a esses criminosos, embora estivesse feliz pelo fato de a gangue estar me protegendo. Suas palavras furiosas me deixavam radiante: a atenção dela era tudo de que eu precisava. Ainda me admiro por minha amizade com Caroline. Nossas conversas eram o que de melhor havia em mim e a única coisa que eu amava na vida, em especial desde que, todas as tardes, Bruno e Dave passaram a bater a cinza de seus cigarros acesos em mim e a me ameaçar com várias torturas engenhosas — sendo minha favorita a de que me enterrariam vivo num cemitério de animais. No entanto, eles nunca as cumpriam, porque Terry havia deixado claro que, se eu sofresse um arranhão sequer, ele sairia. É evidente que os gêmeos sabiam identificar talentos. Eles perceberam que Terry era um prodígio do crime; por que outro motivo dois delinquentes o obedeceriam? Se alguém perguntasse, eles talvez dissessem que era uma mistura de energia, senso de humor, disposição para acatar qualquer ordem e destemor absoluto. O que quer que fosse, eles se sentiam bem em tê-lo por perto, mesmo que isso significasse tolerar o taciturno irmão mais velho, que não fazia outra coisa senão ler. Meus livros os incomodavam de verdade. Ironicamente, eles pensavam que *eu* era inumano vendo como eu devorava os livros da biblioteca.

— Como você sabe qual escolher? Quem te diz? — Dave me perguntou certa vez.

Eu expliquei que havia uma linha:

— Se você lê Dostoievski, ele menciona Pushkin, e então você vai e lê Pushkin e ele menciona Dante, e então você vai e lê Dante e...

— Tá certo!

— Todos os livros são, de alguma forma, sobre outros livros.

— Já entendi!

Era uma busca sem fim, e infinitamente frutífera; os mortos me lançavam através do tempo, através dos séculos, e enquanto Bruno ficava furioso diante da minha reverência crédula por algo tão inerte e afeminado quanto um livro, Dave ficava intrigado. Às vezes ele desabava no chão ao meu lado depois de uma briga e, com o sangue ainda escorrendo pela cara, dizia: "Me conta sobre o que está lendo." E eu contava, de olho em Bruno, que queimava de ódio ignaro. Mais de uma vez ele picotou meu livro em mil pedaços. Mais de uma vez eu assisti horrorizado a um deles voar pelo abismo de um penhasco. Lá se vai *Crime e castigo*! Lá se vai a *República* de Platão! Ao cair, as páginas se abriam como asas, mas os livros não voavam.

Os garotos exigiram que, enquanto eu lesse, ficasse de olho na polícia e nos turistas. Terry me cutucou de uma forma que queria dizer "faça esse pequeno favor para manter a paz", então eu aceitei, embora fosse um péssimo vigia. Eu estava ocupado demais observando a gangue, e chegando a conclusões que estava louco para compartilhar. Esmagando a todos que encontravam no caminho, Bruno, Dave e Terry tinham conquistado a supremacia do bairro a safanões, e agora estavam invictos e entediados. Eles tinham grandes planos; queriam escalar o submundo — o que, presumo, é uma descida —, mas estavam sem eira nem beira, se afogando no tédio, e não sabiam por quê. *Eu sabia por quê*, e não podia suportar o fato de que ninguém me perguntava. Depois de uma incursão no galpão do meu pai, eu tinha até mesmo encontrado a solução.

Um dia, mesmo sabendo que não deveria, eu falei, e empurrei meu irmão em uma direção nova e terrível.

— Eu sei por que vocês estão entediados — falei.

— Ele fala! — gritou Dave.

— É — disse Bruno. — Agora cala a boca.

— Calma aí — disse Dave. — Eu quero ouvir o que ele tem a dizer. Anda, seu inútil de merda, diz por que estamos entediados.

— Vocês pararam de aprender — falei. Ninguém respondeu, então afrontei o silêncio e fui direto ao ponto: — Vocês chegaram ao topo. Sabem lutar. Sabem roubar. Continuam fazendo a mesma coisa todo santo dia. Vocês não têm mais estímulo. Vocês precisam é de um mentor. Precisam de alguém no mundo do crime que lhes diga como chegar ao próximo nível.

Todos captaram meu conselho. Retornei ao livro, mas estava apenas fingindo que lia. Eu estava tão entusiasmado! Um rio cálido fluía por minhas veias. O que era aquela sensação? Era completamente nova.

Bruno jogou uma pedra que passou a poucos centímetros da minha cabeça.

— Olha em volta, seu babaca. Não estamos na cidade. Onde caralhos vamos encontrar alguém assim?

Sem tirar os olhos do livro, e ocultando meu ardor interior, apontei para a maior realização do meu pai: a prisão da colina.

— E como vamos saber a quem procurar? — perguntou Dave.

— Eu já sei — respondi.

O galpão do meu pai estava forrado com todos os detalhes imagináveis sobre a prisão e a vida lá dentro, incluindo, graças a sua vitória sobre o guarda no bilhar, os arquivos dos próprios prisioneiros. Depois que tive a ideia, estudei os arquivos de toda a escória lá de cima e roubei a ficha do vencedor óbvio.

— Primeiro eliminei os criminosos de colarinho-branco, de violência doméstica e qualquer um que tenha cometido um só ato passional — falei.

— E?

— E também excluí estupradores.

— Por quê?

— Por que não tem dinheiro envolvido.

— Que inferno, você escolheu alguém ou não? — gritou Bruno.

Encostei o livro e busquei a ficha em minha mochila. Meu coração batia de forma tão descompassada que eu podia senti-lo contra o peito. Deslizei a ficha pela grama até as mãos de Bruno e, com a boca seca como uma toalha nova, falei:

— Esse é o cara.

Bruno deu uma olhada. Os outros se amontoaram ao redor. O nome do detento era Harry West; ele cumpria perpétua. Havia cometido todo tipo de crime: furto em lojas, agressão, invasão de domicílio, posse ilegal de arma de fogo, lesão corporal dolosa, dano corporal grave, posse de drogas, tráfico de drogas, produção de drogas, tentativa de suborno de um funcionário do tribunal, suborno efetivo de um funcionário do tribunal, evasão de impostos, receptação de produtos roubados, venda de produtos roubados, incêndio criminoso, apropriação indébita, carnificina, assassinato — o kit completo. Ele ateava fogo em bordéis. Havia atirado em um homem na pista de dança de um bar por dançar foxtrote durante uma valsa. Esfaqueara um cavalo no hipódromo. Quebrara braços, pernas, pés, dedos, ligamentos, fragmentos, partículas, matéria; sua lista de acusações começava cinquenta anos antes.

— Por que ele?

Eu me levantei de um salto.

— O submundo do crime controla as indústrias do jogo e da prostituição. Bordéis, casas de striptease, bares são os locais onde a ação acontece. Vocês precisam encontrar alguém que tenha vínculos com todas essas coisas. E alguém que tenha carreira no crime. Vocês não querem um amador.

Você tinha de reconhecer, eu sabia do que estava falando. Os garotos ficaram impressionados. Deram mais uma olhada nos feitos de Harry West. Parecia que ele tinha passado mais de metade da vida numa cela. Isso é que é uma vida cheia de ação.

Continuei:

— É impossível saber se ele está mesmo no topo do submundo do crime, mas mesmo que só atendesse aos telefonemas, estaria fazendo isso por tempo suficiente para saber como todo o sistema opera. Estou dizendo, esse é o cara!

Eu estava elétrico. Ninguém nunca tinha me visto daquele jeito. Os olhos deles me inspecionavam. Uma voz em minha cabeça me censurava por estimulá-los, mas eu havia passado quase toda a minha vida encubando ideias estranhas, e ninguém, com exceção de Caroline, jamais tinha ouvido sequer uma até agora.

— Vamos falar com ele — disse Bruno, e meu estômago imediatamente se contraiu.

Por quê? Uma estranha reação física acontecia dentro de mim. Assim que minha ideia foi adotada, eu parei de gostar dela. Agora parecia uma ideia idiota, realmente horrível. Eu gostava muito mais quando estava dentro da minha cabeça, completamente sozinha. Agora que ela estava no mundo, eu seria responsável por algo que já tinha escapado do meu controle.

Esta foi a primeira de uma vida inteira de batalhas com ideias: a batalha de quais divulgar e quais enterrar, queimar, destruir.

•

Foi decidido que, como Bruno e Dave tinham a ficha suja, seria mais seguro se Terry fosse encontrar Harry West e relatasse suas descobertas para a gangue. Certa manhã cedinho, em pleno inverno, antes da aula, eu o acompanhei até a prisão. Eu estava louco para ir, não só porque tinha sido ideia minha mas também porque eu jamais tinha estado no Palácio (como muitas vezes se dizia lá em casa) que meu pai construíra.

Naquele dia, não se podia vê-la da cidade. Uma grossa camada de neblina cinza engolia metade da colina, inclusive a prisão, e serpenteou ao nosso encontro quando tentávamos alcançar o topo. Quando chegamos à metade do caminho, víamos a parede móvel de neblina à nossa frente. Espiralava, formando aglomerações. Entramos bem no meio daquela espécie de sopa. Por pelo menos vinte minutos não conseguimos distinguir nada. Para tornar a subida ainda mais difícil, tinha chovido, e a estrada poeirenta e sinuosa que levava ao pico era um rio de lama. Eu amaldiçoava minha própria cabeça durante todo o percurso. Eu e minha língua!

Quando vimos os portões pesados da prisão surgirem na neblina, um longo calafrio percorreu meu corpo. Terry sorriu com otimismo. Por que ele não estava preocupado? Como a mesma situação pode fazer uma pessoa morrer de nervoso e a outra ficar alegre e radiante?

Do outro lado do portão, um guarda solitário estava em pé, ereto. Ele nos olhou com curiosidade quando nos aproximamos das grades.

— Queremos ver Harry West — falei.

— Da parte de quem?

— Martin e Terry Dean.

O guarda nos olhou desconfiado.

— Vocês são parentes?

— Não.

— Então por que querem vê-lo?

— Trabalho da escola — disse Terry, dando-me uma discreta piscadela.

Atrás do portão, uma rajada de vento dispersou a neblina, e pela primeira vez vimos de perto a prisão que levara uma revista semanal a chamar nossa cidade de "o lugar menos desejável para viver em New South Wales". Não parecia tanto um castelo fortificado como quando vista da cidade. De fato, não era um, mas quatro grandes edifícios de tijolo vermelho e de dimensões iguais, tão inócuos e feios quanto nossa própria escola, e, sem a cerca de arame em primeiro plano, parecia tão ordinária quanto um prédio administrativo do governo.

O guarda se inclinou para a frente, pressionando a cabeça contra o portão gelado.

— Trabalho da escola, é? De que matéria?

— Geografia — respondeu Terry.

O guarda coçou a cabeça, apático. Presumi que a fricção no couro cabeludo fizera seu cérebro arrancar como um motor.

— Está bem.

Ele destrancou o portão, que fez um ruído trepidante ao abrir. Eu também fiz um ruído trepidante quando, junto com Terry, entrei na penitenciária.

— Sigam o caminho até chegar à próxima guarita — disse o guarda atrás de nós.

Caminhamos devagar. Duas cercas altas de arame ornadas com arame farpado delimitavam o caminho em ambos os lados. Atrás da cerca à direita havia um pátio de concreto onde os prisioneiros se moviam, afastando a neblina letargicamente. Os uniformes de jeans os faziam parecer fantasmas azuis flutuando pelo além.

Chegamos à segunda guarita.

— Nós viemos ver Harry West.

O guarda barbado tinha uma expressão triste e exausta que nos informava que ele era mal pago, e pouco valorizado e não recebia um abraço havia mais de uma década. Ele enfiou as mãos em meus bolsos e os vasculhou sem dizer sequer um bom-dia. Também meteu as mãos nos bolsos de Terry, que riu.

Quando terminou, o guarda disse:

— Tudo certo. Jim, leve-os lá para dentro.

Um homem surgiu da neblina. Jim. Nós o seguimos pela entrada da prisão. A neblina também entrou. Estava por toda parte, flutuando através das janelas gradeadas e arrastando-se em trilhas finas pelos corredores estreitos. Fomos conduzidos por uma porta aberta até a sala de visitas.

— Esperem aqui.

Com exceção de uma mesa comprida com cadeiras em ambos os lados, a sala estava vazia. Sentamos um ao lado do outro, esperando que

Harry West ocupasse uma cadeira do lado oposto, mas eu comecei a ficar preocupado. E se ele contrariasse as expectativas e se instalasse ao nosso lado, de modo que todos estaríamos olhando para a parede?

— Vamos dar o fora daqui — falei.

Antes que Terry pudesse responder, Harry West entrou e ficou nos olhando fixamente da porta. Seu nariz parecia ter sido esmagado, esticado e então esmagado outra vez. Tratava-se de um rosto com muita história para contar, uma história cheia de punhos cerrados. Quando se aproximou, observei que, assim como Terry (e como eu, no passado), Harry era bem manco. Ele carregava a perna como certas pessoas carregam a bagagem. Sabe como alguns animais arrastam o ânus pelo chão para marcar terreno? Eu tinha a impressão de que Harry estava fazendo a mesma coisa, cavando sulcos no chão empoeirado com aquela perna. Felizmente, ele sentou em uma cadeira do lado oposto, e quando o vi de frente percebi que seu crânio era terrivelmente deformado, como uma maçã mordida.

— O que posso fazer por vocês, camaradas? — perguntou alegremente.

Terry levou muito tempo para falar, mas finalmente disse:

— Bom, eu e meus amigos, nós temos uma gangue na cidade, e invadimos algumas casas, e nos metemos em umas brigas de rua, mas às vezes são no mato, e, hum... — ele divagou.

Eu disse:

— A gangue é jovem. Não tem experiência. Eles precisam de orientação. Precisam aprender com alguém que está nesse jogo há algum tempo. Resumindo, estão procurando um mentor.

Harry ficou ali sentado por um instante, pensativo. Ele coçou a tatuagem. Não saía de sua pele. Então levantou e foi até a janela.

— Maldita neblina. Não consigo ver nada. Merda de cidade, esta aqui, não? Mesmo assim, não me importaria de olhar para ela.

Antes que pudéssemos dizer alguma coisa, Harry se virou e sorriu para nós, revelando uma boca com uma arcada dentária que era buraco, dente, buraco, dente.

— Quem diz que os jovens não têm iniciativa não entende porra nenhuma! Garotos, vocês me fazem ter fé de novo! Eu me deparei com legiões de criminosos em ascensão todos esses anos, e nenhum deles jamais me pediu conselho. Nenhum. Nunca ouvi alguém com a coragem de dizer: "Estou buscando conhecimento." Não, esses canalhas por aí, eles são preguiçosos. Passam a vida recebendo ordens. É claro, eles sabem quebrar uma perna! Mas você tem que dizer qual. Eles também sabem cavar uma cova, mas se você não ficar em cima, eles cavam bem no meio de uma praça, a dois quarteirões da delegacia. Porra, eles vão fazer isso em plena luz do dia se você não ficar atrás deles gritando: "De noite, idiotas! De noite!" São o pior tipo de parasitas. E são desleais! Vocês não acreditariam! Quantos dos meus antigos colegas me visitaram desde que me trancaram neste lugar desgraçado? Nenhum! Nem uma carta! Nem uma palavra! E vocês tinham que ver o que eram antes de me conhecer! Estavam roubando trocados das canecas dos mendigos! Eu acolhi os sujeitos, tentei ensinar os truques. Mas eles não querem saber de truques. Querem beber, jogar e dormir com putas o dia todo. Uma hora ou duas já basta, não é mesmo? Ei, vocês têm armas?

Terry fez que não com a cabeça. Parecia que Harry estava gostando da incumbência; ele tinha muito mais para revelar. Havíamos despertado o leão.

—Bem, essa é a primeira missão de vocês. Consigam armas! Precisam de armas! Muitas armas! E aqui está a primeira lição: quando conseguirem armas, devem encontrar esconderijos em toda a cidade e escondê-las; nos fundos de bares, em cima de árvores, em bueiros, em caixas de correio. Porque, se estão embarcando numa vida de crime, nunca sabem quando os inimigos vão atacar, jamais vão poder andar por aí sem olhar para trás. Estão prontos para isso? O pescoço tem que fazer muito exercício, podem crer. A qualquer lugar que forem, seja ao bar, ao cinema, ao banco, ao dentista, assim que entrarem numa sala, é melhor encontrar uma parede e manter as costas grudadas nela. Preparem-se. Fiquem atentos. Não deixem ninguém se aproximar pelas costas, entenderam? Mesmo quando estiverem cortando o cabelo: *Sempre façam o cabeleireiro ficar de frente para vocês.*

Harry bateu as duas mãos na mesa e avançou sobre nós.

— Esse é nosso estilo de vida, garotos. Isso abalaria os alicerces de um cara comum, mas nós temos que ser fortes e estar preparados para viver contra a parede com os olhos brilhando e os dedos contraídos. Depois de um tempo, isso passa a ser inconsciente. A gente desenvolve um sexto sentido. É verdade. A paranoia faz um homem evoluir. Aposto que não ensinam isso na escola! Precognição, percepção extrassensorial, telepatia: nós, criminosos, temos uma alma profética. Sabemos o que está por vir, mesmo antes de acontecer. É preciso. É um mecanismo de sobrevivência. Facas, balas, punhos cerrados, tudo isso vem depois. Todos querem pôr nosso nome numa lápide, então fiquem espertos! É uma vida de merda. Mas *tem* recompensas. Vocês não querem ser um zé-ninguém. Vocês só precisam olhar pela janela e ver. Eu digo a vocês o que há lá fora: um bando de escravos apaixonados pela liberdade que acreditam ter. Mas eles estão amarrados a um trabalho ou outro, ou a um bando de pirralhos. Também são prisioneiros, só não sabem disso. E é nisso que o mundo do crime está se transformando. Em rotina! Opressão! Todos os dias a mesma coisa! Esse negócio todo precisa de uma faísca! Imaginação! Caos! Está morto por dentro. Acorrentado à roda. Nada inesperado acontece. É por isso que, se vocês seguirem meu conselho, terão a vantagem. Eles não estarão preparados para isso. A coisa mais inteligente que podem fazer é surpreendê-los; esse é o segredo. Esperteza, vigor, coragem, sede de sangue, ganância: todas características boas e necessárias. Mas imaginação! É isso o que falta no mundo do crime! Basta olhar para o básico: furto, roubo, invasão de domicílio, jogo, drogas, prostituição. Vocês acham que isso é inovar?

Terry e eu nos olhamos inutilmente. Não havia nada que pudesse conter essa explosão de palavras.

— Meu Deus, que bom ver vocês, garotos. Vocês realmente me deram uma injeção de ânimo! E logo quando as coisas pareciam tão sem graça, vocês me deram esperança! A organização está em ruínas. Ninguém quer ideias novas. Tudo o que eles querem é mais do mesmo. Eles são seus próprios inimigos, e os piores. Seu apetite é insaciável! Isso me leva a minha próxima dica. Controlem seus apetites e vocês serão mil. Acumulem o que precisarem para ficar confortáveis e aí aproveitem um pouco a vida. Queimem como uma fornalha, e aí escondam sua luz do mundo. Tenham a força necessária para extinguir a própria chama. Entendem? Recuem e ataquem! Recuem e ataquem! A chave é essa! E mantenham uma equipe pequena, esta é outra dica. Quanto maior a equipe, maiores as chances de um deles te trair e te jogar em alguma cova rasa.

Sabem por quê? Porque todos querem estar por cima! Todos! Bom, aqui está a próxima lição: não fiquem por cima. Fiquem ao lado! É isso mesmo. Ouviram bem. Deixem os outros se consumirem atacando uns aos outros como touros. Vocês abaixam a cabeça e seguem suas vidas. Não há nada, minhas preciosas crianças infratoras, nada que eu possa dizer que seja mais importante do que o que acabei de dizer: evitem a escada traiçoeira! Esse é o melhor conselho que posso dar. Eu queria que alguém tivesse me dito tudo isso quando tinha a idade de vocês. Eu não estaria aqui hoje. Se ao menos soubesse que era a escada que me levaria ao fim. Aquela escada tem lâminas em vez de degraus!

Eu me esforçava para acompanhar. O que eu estava fazendo, falando com aquele maluco quando deveria estar na escola?

— Vejam. Acreditem em mim, *não* construam uma reputação, sejam anônimos, o máximo possível. Todos dirão que tudo tem a ver com reputação, e essa é a armadilha! Todos querem ser Capone ou Netti ou Squizzy Taylor. Querem que o nome deles ecoe por toda a eternidade, como Ned Kelly. Bem, eu digo a vocês, a única forma de ter seu nome ecoando assim é ser massacrado em uma chuva de balas. É isso que vocês querem? Claro que não. Aqui está mais uma lição: estão preparados? Não deixem o mundo saber quem é o chefe. Isso vai acabar com eles! Eles vão se roer por dentro. Sejam uma gangue sem *líderes*. Deem a impressão de que pertencem a uma *cooperativa democrática do crime*! Isso vai fazer eles pirarem. Não vão saber de quem ir atrás. Este é um conselho irrefutável, garotos. Não deem na vista! Sejam uma organização sem rosto. Diabos, sejam uma não organização. Vocês vão mostrar uma coisa a esses palhaços. Deixem que eles especulem, mas não deixem que saibam. O paradoxo do mundo do crime é que você precisa de uma reputação para fazer as coisas, mas ter uma reputação pode te matar. Mas se a sua reputação é misteriosa, se você está em uma sociedade secreta, como os templários... Sabem quem foram os templários? É claro que não. Bem...

— Os templários foram uma ordem militar internacional formada em 1118, durante as Cruzadas — falei.

Os olhos de Harry grudaram nos meus.

— Quantos anos você tem?

— Catorze.

— Um garoto culto! Maravilhoso! É isso o que falta entre os criminosos! Um mínimo de esperteza.

— Só estou aqui para dar apoio moral. Crime é assunto do Terry.

— Ah, é uma pena, uma pena. Bem, você deve garantir a educação do seu irmão. Não precisamos de mais cabeças fracas no mundo do crime, isso é certo. Terry, escute seu irmão, tá?

— Tá.

— Excelente. É muito bom que vocês tenham me procurado. Qualquer outro teria falado uma porção de merda regurgitada que os levaria à morte ou à cadeia.

— O tempo acabou! — gritou um guarda do corredor.

— Bem, parece que a aula de hoje termina aqui. Voltem na semana que vem e eu digo como conquistar e manter a lealdade dos policiais.

— Eu disse que o tempo acabou! — gritou o guarda. Agora ele estava parado na porta, piscando irritado.

— Bom, garotos, ouviram. Hora de ir. Mas voltem, eu tenho muito mais a dizer. E nunca se sabe, talvez possamos trabalhar juntos algum dia. Só porque estou aqui em perpétua não significa que não estarei lá fora algum dia. A vida inteira não significa realmente a vida inteira. É só uma figura de linguagem. Significa uma eternidade que, na verdade, é mais curta que a vida, se é que me entendem.

Harry continuou falando enquanto éramos escoltados para fora da sala.

•

Bruno e Dave acharam que o conselho de Harry era bobagem. Personagem anônimo do submundo? Cooperativa democrática do crime? Que merda era essa? É claro que o nome deles ecoaria por toda a eternidade! A infâmia tinha alta prioridade em sua lista de afazeres. Não, a única parte do monólogo de Harry que atraía Bruno e Dave era sua referência a acumular e esconder armas.

— Não somos nada sem armas. Precisamos passar para o próximo nível — entoou Bruno.

Estremeci ao imaginar o que aquele nível incluía, e não sabia como argumentar com eles, principalmente porque eu é que havia sugerido que consultassem Harry. Eu também não conseguia tirar meu irmão da vida de violência. Era como tentar persuadir um baixinho a ser mais alto. Mas eu sabia que Terry não era cruel, apenas indiferente. Ele não estava preocupado com sua própria integridade física, e estendia essa indiferença ao corpo dos outros.

Ele visitava Harry uma vez por mês, sempre sozinho. Por mais que ele quisesse que eu o acompanhasse, e por mais que as vociferações do detento muitas vezes tenham parecido fazer sentido, eu me recusei a voltar à prisão. Para mim, Harry era um maníaco perigoso e/ou um idiota intolerável. Eu podia viver sem jamais escutá-lo outra vez.

Dito isso, cerca de seis meses depois da primeira visita eu voltei à prisão, dessa vez sozinho. Por quê? Harry tinha solicitado minha presença. Concordei com relutância, porque Terry tinha implorado que eu fosse, e quando Harry chegou mancando à sala de visitas, observei que ele tinha novos cortes e contusões no rosto.

— Você deveria ver o outro cara. Ele parece muito bem, na verdade — disse Harry, arriando em uma cadeira.

Ele me olhava com curiosidade. Eu o olhava impaciente. Nossos olhares eram de caráter totalmente distintos.

— Bom, Martin, sabe o que vejo quando olho para você? Vejo uma criança querendo se esconder. Olha. Você cobriu parte da sua mão com a manga. Você está se encurvando. Para mim, aqui está uma criança querendo ser invisível.

— É por isso que queria me ver?

— Terry fala muito de você. Ele me contou tudo sobre você. Você começou a me intrigar.

— Legal.

— Ele me contou que você não tem amigos.

Eu não soube o que dizer diante daquilo.

— Olha como está franzindo o rosto! É muito leve. Quase imperceptível. Só nos olhos. Você está me julgando, não está? Tá legal, vai em frente, meu pequeno misantropo. É mais do que óbvio que já fui julgado antes, julgado, acusado e condenado! Deus, nunca conheci uma coisa tão perturbada assim tão jovem. Você é muito prematuro, não?

— O que é que você quer? — falei. — Já disse que não estou interessado em crime.

— Mas eu estou interessado em você. Quero ver como está se saindo lá no mundo cruel. Não como seu irmão, tenho certeza. Ele é um camaleão, incrivelmente adaptável, e um cachorro, muito leal, feliz feito um passarinho. Um temperamento maravilhoso, o do seu irmão, embora... — Harry se inclinou para a frente e disse: — Tem algo de instável nele. Você já notou, claro.

Eu tinha notado.

— Pouca coisa te escapa, aposto. Não vou usar aquela frase banal de que você parece comigo quando eu era pequeno porque, pra ser sincero, não parece. Você parece comigo hoje, um adulto, na prisão, e é muito assustador que eu possa fazer essa comparação, Martin, não acha? Considerando que você é só uma criança.

Eu entendia aonde ele queria chegar, mas fingi que não.

— Você e seu irmão são únicos. Vocês não são, nenhum dos dois, influenciados de forma significativa por aqueles à sua volta. Vocês não tentam imitá-los. Vocês se mantêm independentes, até mesmo um do outro. Esse tipo forte de traço individualista é raro. Vocês dois são líderes natos, você sabe.

— Terry, talvez.

— Você também, Marty! O problema, amigo, é que você está no meio do nada! O tipo de adeptos que você poderia ter tido não dá aqui. Me diz uma coisa: você não gosta muito de gente, né?

— Tanto faz.

— Você se acha superior a elas?

— Não.

— Então por que não gosta delas?

Eu me perguntei se deveria me abrir para aquele lunático. Me ocorreu que ninguém jamais tinha se interessado minimamente em saber o que eu pensava ou sentia. Ninguém nem sequer tinha se interessado por *mim*.

— Bom, primeiro — falei — tenho inveja da felicidade delas. E segundo, fico furioso por elas parecerem ter a cabeça feita sem ter pensado primeiro.

— Continue.

— Parece que elas só estão se mantendo ocupadas com qualquer tarefa que as distraia do impulso de pensar sobre a própria existência. Por que outro motivo elas arrebentariam a cabeça dos vizinhos por torcer para um time diferente se isso não servisse ao propósito de ajudá-las a evitar pensar na própria morte iminente?

— Sabe o que está fazendo?

— Não.

— Está filosofando.

— Não, não estou.

— Está sim. Você é um filósofo.

— Não, não sou! — gritei.

Eu não queria ser filósofo. Tudo o que eles fazem é ficar sentados pensando. Eles ficam gordos. Não sabem fazer nada prático, como capinar o próprio jardim.

— É sim. Não estou dizendo que é um bom filósofo, só que é um filósofo nato. Não é um insulto, Marty. Escute. Muitas vezes me rotularam de criminoso; de anarquista, rebelde, às vezes lixo humano, mas nunca de filósofo, o que é uma pena, porque é o que eu sou. Escolhi uma vida à margem da corrente, não só porque a corrente me dá asco, mas porque eu questiono a lógica da corrente, e não é só isso: eu nem mesmo sei se a corrente existe! Por que eu deveria me atar à roda quando a própria roda pode ser um construto, uma invenção, um sonho comum para nos escravizar? — Harry inclinou-se para a frente e senti o mau cheiro de seu hálito de fumante. — Você também sentiu isso, Marty. Como disse, você não sabe por que as pessoas agem sem pensar. Você pergunta por quê. Essa é uma pergunta importante para você. Agora eu te pergunto: por que o porquê?

— Não sei.

— Sabe sim. Está tudo bem, Martin. Me diz: por que o porquê?

— Bom, até onde consigo me lembrar, toda tarde minha mãe me servia um copo de leite gelado. Por que não morno? Por que leite? Por que não água de coco ou suco de manga? Um dia, perguntei. Ela disse que era isso o que crianças da minha idade tomavam. E outra vez, durante o jantar, ela me censurou por colocar os cotovelos em cima da mesa enquanto comia. Perguntei por quê não poderia fazer isso. Ela disse: "É falta de educação." E perguntei: "Para quem? Para você? Em que sentido?" Outra vez ela ficou perplexa, e quando fui para a cama "porque às 7 é a hora de criança dormir", percebi que estava cegamente seguindo ordens de uma mulher que estava cegamente seguindo algo que ouvira de alguém. Pensei: talvez as coisas não precisem ser desse jeito. Poderiam ser feitas de outro jeito. Qualquer outro jeito.

— Então você acha que as pessoas aceitam coisas que podem não ser verdade?

— Mas elas precisam aceitar as coisas, do contrário não podem viver sua vida. Elas têm que alimentar a família e garantir um teto. Não podem se dar ao luxo de ficar sentadas por aí pensando e perguntando por quê.

Harry aplaudiu, satisfeito.

— E agora você adota o ponto de vista oposto para ouvir a contra-argumentação! Está argumentando consigo mesmo! Isso também é sinal de que você é um filósofo!

— Não sou porra nenhuma de filósofo!

Harry veio e sentou-se ao meu lado, o rosto assustadoramente espancado perto do meu.

— Escuta, Marty, deixa eu te dizer uma coisa. Sua vida não vai melhorar nem um pouco. Pense em seu pior momento. Pensou? Bem, eu te digo. É daí pra pior.

— Pode ser.

— Você sabe que não tem a mínima chance de ser feliz.

Aquilo era uma notícia perturbadora de se ouvir, e reagi mal, talvez porque tinha a desconfortável sensação de que Harry me entendia. Meus olhos se encheram de lágrimas, mas lutei contra elas. Então comecei a pensar sobre as lágrimas. O que a evolução tinha em mente quando tornou o corpo humano incapaz de esconder a tristeza? É, de alguma forma, crucial à sobrevivência da espécie que sejamos incapazes de ocultar nossa melancolia? Por quê? Qual o benefício evolutivo de chorar? Provocar compaixão? A evolução tem um caráter maquiavélico? Depois de chorar muito, você sempre se sente esgotado, exausto e às vezes constrangido, principalmente se as lágrimas vêm depois de assistir a um comercial de chá na TV. Faz parte do projeto da evolução nos rebaixar? Nos humilhar?

Droga.

— Sabe o que eu acho que você deve fazer? — perguntou Harry.

— O quê?

— Se matar.

— Tempo! — chamou o guarda.

— Mais dois minutos! — gritou Harry.

Estávamos fitando um ao outro.

— É, eu recomendo que você cometa suicídio. É o melhor para você. Por aqui deve haver um penhasco ou algo de onde você possa pular.

Minha cabeça se moveu lentamente, mas não foi concordando nem discordando. Foi uma leve reverberação.

— Vá sozinho. Quando não houver ninguém com você. Não escreva um bilhete. Muitos possíveis suicidas gastam tanto tempo escrevendo suas últimas palavras que acabam morrendo de velhice! Não deixe esse ser o seu erro. Quando se trata de tirar a própria vida, preparar é procrastinar. Não diga adeus. Não faça as malas. Simplesmente vá até o penhasco sozinho num fim de tarde: à tarde é melhor porque fica bem no fim do dia, quando nada em sua vida mudou para melhor e você não está sofrendo a doce ilusão do potencial e da possibilidade que a manhã normalmente traz. Então, à beira do penhasco, sozinho, não faz contagem regressiva começando no dez nem no cem, não faça disso grande coisa, simplesmente vá, não pule, não é a Olimpíada, é um suicídio, então simplesmente dê um passo no abismo do penhasco como se estivesse subindo os degraus de um ônibus. Você já esteve dentro de um ônibus? Ótimo. Então sabe do que eu estou falando.

— Eu disse que o tempo acabou! — gritou o guarda, dessa vez da porta.

Harry me lançou um olhar que iniciou uma reação intestinal em cadeia.

— Bem — falou —, acho que é hora de dizer adeus.

•

O que não falta é lugar para cometer suicídio quando se mora num vale. Nossa cidade era rodeada por penhascos. Subi ao mais íngreme que encontrei; uma escalada exaustiva, quase vertical, a um cume ladeado por árvores altas. Depois da visita à prisão, eu admitira que Harry estava certo: provavelmente, eu era um filósofo, ou ao menos algum tipo de eterno inadaptado, e a vida não ficaria nem um pouco mais fácil para mim. Eu tinha me separado da corrente, expulsado minha cápsula espacial da nave mãe. Agora eu me lançaria ao espaço que assomava infinito diante de mim.

O clima luminoso da manhã era incompatível com um suicídio, mas talvez fosse exatamente isso o que ela queria que eu pensasse. Olhei pela última vez à minha volta. Vi, na distância nebulosa, a cumeeira irregular das colinas ao redor e, acima, o céu, que parecia uma janela de vidro laminado, alta e inalcançável. Uma leve brisa trazia em ondas a fragrância aconchegante das flores, e pensei: As flores são mesmo lindas, mas não o suficiente para justificar o volume sufocante de pinturas e poemas inspirados por elas, enquanto praticamente inexistem pinturas e poemas de crianças se jogando de penhascos.

Dei um passo em direção ao abismo. Eu ouvia os sons dos pássaros nas copas das árvores. Eles não gorjeavam, estavam apenas se mexendo e fazendo tudo farfalhar. Mais perto do solo, besouros marrons reviravam a terra, sem pensar na morte. Não parecia que eu perderia muita coisa. A existência é mesmo humilhante. Se alguém nos estivesse observando construir, ruir, criar, degenerar, acreditar e definhar como fazemos, jamais pararia de rir. Sendo assim, por que não? O que eu sei sobre suicídio? Só sei que é um ato melodramático, assim como reconhecer que o calor está quente demais e por isso estou dando o fora dessa cozinha dos infernos. E por que um garoto de 14 anos não deveria cometer suicídio? Os de 16 cometem o tempo todo. Talvez eu seja simplesmente precoce. Por que não deveria acabar com tudo?

Pisei bem na beira do precipício. Pensei que, quando Caroline me visse naquela tarde, gritaria: "Eu amava esse resto esmigalhado de ser humano." Examinei a queda assustadora. Meu estômago se agitou e todas as minhas articulações travaram e tive o seguinte horrível pensamento: Você passa a vida sozinho; pode ser o mais íntimo que quiser de outra pessoa, mas sempre tem que haver uma parte de você e de sua existência que é incomunicável; você morre sozinho, a experiência é só sua; pode haver uma dúzia de espectadores que o amam, mas seu isolamento, do nascimento à morte, nunca é penetrado por completo. E se a morte for a mesma solidão, mas por toda a eternidade? Uma solidão incomunicável, cruel e infinita. Não sabemos o que é a morte. Talvez seja isso.

Eu me afastei do penhasco e corri na direção oposta, e só parei quando tropecei numa pedra e caí.

•

Voltei a visitar Harry West para lhe dizer umas poucas e boas. Ele não parecia surpreso em me ver.

— Então, você não se jogou, hein? Acha que tem que esperar até chegar ao fundo do poço antes de colocar um fim à própria vida? Bom, deixa eu poupar o seu tempo. Não existe fundo. O desespero não tem fundo. Nunca vai chegar lá, e é por isso que eu sei que nunca vai se matar. Você não. Sabe, uma pessoa que venera a vida, a família e tudo isso será a primeira a colocar o pescoço numa corda, mas aqueles que não valorizam tanto assim seus amores e as coisas que possuem, aqueles que sabem muito bem a falta de propósito de tudo isso, eles são os que não conseguem se matar. Sabe o que é ironia? Bom, você acabou de ouvir. Se você acredita na imortalidade, pode se matar, mas se acha que a vida é uma breve centelha entre dois imensos vazios aos quais a humanidade está injustamente condenada, você não se atreveria. Veja, Marty, você está numa situação insustentável. Não tem recursos para viver uma vida plena, mas não consegue provocar a própria morte. Então, o que você faz?

— Eu não sei! Eu tenho 14 anos!

— Você e eu estamos no mesmo barco. Aqui na prisão um homem não pode viver bem. Não pode conhecer mulheres, nem preparar a própria comida, nem fazer amigos, nem sair para dançar, nem fazer nada dessas coisas que nos levam a deslizar sobre a superfície da vida acumulando experiências e boas lembranças. Então, assim como você, eu não posso viver. E, assim como você, não posso morrer. Pergunto outra vez: o que um homem pode fazer?

— Não sei.

— Criar!

— Ah.

— Você sabe desenhar ou pintar?

— Não. Nada.

— Sabe criar e escrever histórias?

— Não.

— Sabe atuar?

— Não.

— Escrever poesia?

— Hum-hum.

— Tocar música?

— Nem uma nota.

— Projetar edifícios?

— Creio que não.

— Bom, algo vai te ocorrer. Aliás, acho que você já sabe.

— Não, não sei.

— Sabe sim.

— Não sei, sério.

— Você sabe que sabe. Agora se mexa. Dá o fora daqui. Tenho certeza de que está louco para começar.

— Não estou não, porque *não sei do que você está falando*!

Saí da visita extremamente confuso e oco, à beira de um ataque de nervos ou de uma descoberta maravilhosa. Criar, ele dissera.

Criar o quê?

Eu precisava pensar. Precisava de uma ideia. Sentindo-me pesado, me arrastei até a cidade e andei para cima e para baixo pelas cinco míseras ruas da cidade. Quando cheguei ao fim de uma delas, quase continuei mata adentro, dei meia-volta e as percorri outra vez. Por que não me aventurei pela pradaria que circundava a cidade por todos os lados? Bom, queria poder tirar inspiração da Mãe Natureza, mas, para dizer a verdade, a vagabunda não me acrescenta nada. Nunca acrescentou, nunca vai acrescentar. Eu simplesmente não tenho nenhuma grande ideia olhando para árvores ou para gambás transando. É claro, o anjo adormecido em meu peito se agita como o de qualquer pessoa quando se depara com um pôr do sol de tirar o fôlego ou com um riacho borbulhante, mas não me leva a lugar nenhum. Uma folhinha de grama tremulando é encantadora, mas me dá um grande branco mental. Sócrates deve ter pensado o mesmo quando disse: "As árvores no campo não me dizem nada." Instintivamente, eu sabia que só podia buscar inspiração no homem e nas coisas feitas pelo homem. É pouco romântico, mas é assim que eu sou.

Parei no cruzamento e observei as pessoas se arrastarem de um lado para outro tratando de seus assuntos. Olhei para o cinema. Olhei para a venda. Olhei para a barbearia. Olhei para o restaurante chinês. Que tudo isso tenha brotado da sopa primordial era um mistério profundo e impossível. Para mim, não há nada impressionante no fato de um arbusto frondoso ter se originado do Big Bang, mas que um posto de correio exista por causa do carbono liberado com a explosão de uma supernova é um fenômeno tão exorbitante que faz minha cabeça girar.

Então aconteceu.

Chamam isto de inspiração: ideias repentinas que explodem em seu cérebro justo quando você está convencido de que é um idiota.

Eu tive a minha ideia, e era das grandes. Corri para casa pensando que Harry estava instruindo a nós dois, a Terry e a mim, em lições diferentes; mas, para ser honesto, não creio que Terry tenha tirado algum proveito. Ah, algumas sugestões práticas, é claro, mas nada da filosofia, nada do sumo!

Primeiro projeto

Não sou habilidoso por natureza. Os objetos por mim construídos que existem no mundo são poucos; espalhados em aterros de lixo pelo país estão um cinzeiro disforme, um cachecol não terminado, um crucifixo torto do tamanho certo para um gato sacrificar a vida por todos os futuros pecados de gatinhos não nascidos, um vaso deformado e o objeto que fiz na noite seguinte à visita que fiz a Harry em sua prisão fétida: uma caixa de sugestões.

Eu a construí com otimismo; era uma verdadeira caverna, 50 centímetros de largura, 30 de profundidade, com espaço suficiente para receber literalmente milhares de sugestões. A caixa parecia uma enorme cabeça quadrada, e depois de passar verniz eu peguei o serrote e abri a boca ainda mais, elevando os cantos alguns centímetros de cada lado, de modo que a boca parecia estar sorrindo. A primeira coisa que pensei foi em fixá-la a um pau e fincá-la no solo em algum lugar da cidade, mas quando se está construindo algo para acesso público, é preciso levar em conta os vândalos; todo lugar da terra tem vândalos, e até fora dela.

Pense no mapa da nossa cidade: uma rua principal, larga e ladeada por árvores, com quatro ruas menores saindo do meio. Nesse cruzamento ficava o epicentro: a sede da prefeitura. Ninguém podia chegar a seu destino sem passar por lá. Sim, tinha de ser na sede da prefeitura, para dar um ar oficial à caixa de sugestões. Mas, para adquirir permanência, de modo que não se pudesse removê-la facilmente, tinha de se tornar parte da estrutura, parte do próprio edifício. Tinha de ser soldada, isso era óbvio, mas tente soldar madeira a concreto! Ou a tijolo!

Revirei o quintal dos fundos em busca dos restos de chapa de ferro ondulada que não tinham ido parar no telhado do galpão do meu pai. Com a serra, cortei-os em quatro pedaços e, com o maçarico, guarneci o topo, os fundos e as laterais da caixa. Coloquei um cadeado e, às 3 da manhã, quando todos na cidade estavam dormindo e as luzes das casas estavam apagadas, soldei a caixa na base do corrimão da escada que conduzia até a porta da prefeitura.

Coloquei a chave do cadeado num envelope e o deixei na porta da casa de Patrick Ackerman, o medíocre representante do conselho da cidade. Escrevi o nome dele do lado de fora do envelope e, dentro, as seguintes palavras:

> Estou confiando ao senhor a chave para liberar o potencial de nossa cidade. O senhor é o responsável por ela. Não abuse de seu privilégio. Não seja lento, preguiçoso, nem negligente. A cidade está contando com o senhor.

Achei que era um bilhete elegante. Quando o amanhecer se ergueu sobre as colinas e a prisão foi iluminada por um sinistro brilho alaranjado, eu me sentei nos degraus e redigi as sugestões inaugurais. Precisavam ser exemplares; precisavam inspirar, entusiasmar, e deveriam ser realizáveis. Por isso evitei colocar algumas de minhas sugestões mais bizarras e impraticáveis, como a de que deveríamos deslocar a cidade inteira daquele vale funesto e instalá-la mais perto de alguma fonte de água — uma boa ideia, mas além da jurisdição de nosso conselho de três homens, um dos quais ninguém via desde a última grande chuva. Não, as primeiras sugestões precisavam dar o tom e encorajar o povo a fazer igual. Foram:

1. Explorar a nosso favor esse rótulo descabido de "o lugar menos desejável para se viver em New South Wales". Deveríamos nos vangloriar disso. Colocar placas. Talvez até exagerar, a fim de transformá-lo em uma atração turística sem igual.
2. Para Jack Hill, o cabeleireiro da cidade: embora seja admirável que você continue a cortar nosso cabelo apesar da artrite incapacitante que o aflige, a consequência é que temos cortes feios, irregulares e totalmente misteriosos mais que qualquer outra cidade no mundo. Você está nos transformando em excêntricos. Por favor: aposente suas tesouras trepidantes e contrate um aprendiz.
3. Para Tom Russell, proprietário da venda, Russell and Sons: em primeiro lugar, Tom, você não tem filhos. E não só isso, você não tem esposa, e agora que os anos estão chegando, você, ao que parece, nunca terá um filho. É verdade, você tem pai, e é possível que seja você mesmo o "*son*" a que sua loja se refere, mas, até onde eu sei, seu pai morreu há muito tempo, décadas antes de você se mudar para esta cidade, e, sendo assim, o nome da sua venda é uma designação incorreta. Em segundo lugar, Tom, quem é responsável pelo seu estoque? Estive em sua loja ontem e há itens para os quais provavelmente nenhum ser humano encontraria utilidade. Barris vazios, canecas de estanho exageradamente grandes, mata-moscas em forma de chinelo, e, por Deus, seus suve-

nires são curiosos: normalmente se compra uma réplica da Torre Eiffel na França, na Torre Eiffel, e não em cidadezinhas australianas. Eu sei que é uma loja de artigos em geral, mas você foi longe demais. Sua loja é mais vaga do que geral.

4. Para Kate Milton, gerente do Paramount, nosso querido cinema local. Quando um filme está em cartaz há oito meses, Kate, você pode muito bem dar por certo que todos já vimos. Solicite alguns filmes novos, por Deus. Uma vez por mês estaria de bom tamanho.

Reli minhas sugestões e concluí que precisava de mais uma. Das grandes.

É impossível articular o que eu pensava estar errado com as pessoas da cidade em um nível além de cortes de cabelo ruins e vendas vagas — problemas mais profundos, problemas existenciais. Eu não conseguia pensar em uma sugestão que os abordasse de forma direta. Era simplesmente impossível apontar para o leito do rio da existência, mostrar a rachadura e esperar que pudéssemos refletir sobre sua importância sem que todas as pessoas ficassem incomodadas com isso. Em vez disso, pensei em uma ideia para abordar a questão de forma *indireta*. Eu achava que os problemas deles tinham algo a ver com prioridades que precisavam mudar, e, se fosse assim, a causa subjacente devia estar relacionada com a visão, com que partes do mundo eles estavam selecionando e que partes estão deixando de fora.

Minha ideia era a seguinte: eu queria ajustar sua perspectiva, se pudesse. Isso me levou à sugestão número 5:

5. No Farmer's Hill, construam um pequeno observatório.

Não forneci nenhuma explicação, mas incluí as seguintes citações de Oscar Wilde e Espinosa, respectivamente: "Estamos todos na sarjeta, mas alguns de nós estão olhando para as estrelas" e "Olhe para o mundo da perspectiva da eternidade".

Reli as sugestões e, com grande satisfação, enfiei-as na receptiva boca de meu recém-construído adendo para a cidade.

•

A caixa de sugestões virou o assunto da cidade. Patrick Ackerman presidiu uma reunião improvisada, na qual leu minhas sugestões em voz alta num tom solene, como se tivessem vindo de cima, e não de baixo, onde eu estava sentado. Ninguém sabia quem havia colocado a caixa lá. Tinham palpites, mas não conseguiam chegar a um acordo. Os habitantes da cidade reduziram os amigos e vizinhos a uma pequena lista de oito possibilidades, mas nenhum deles era certo. Eles certamente não suspeitavam do garotinho inofensivo aqui. Embora eu tivesse saído do coma havia alguns anos, ainda me viam como alguém adormecido.

Para minha surpresa, Patrick Ackerman estava entusiasmado com a coisa. Ele era o tipo de líder que queria desesperadamente ser inovador e progressista, mas lhe faltavam motivação e ideias, e ele pareceu adotar minha caixa de sugestões como seu cérebro auxiliar. Calava com violência todo escárnio e oposição, e, devido à sua inesperada explosão de entusiasmo, o Conselho, motivado principalmente pelo choque, concordou com cada uma das minhas sugestões. Foi fantástico! Eu realmente não esperava. Por exemplo, foi decidido que Paul Hamilton, um jovem de 17 anos, o filho perneta e desempregado de Monica e Richard Hamilton, começaria imediatamente como aprendiz de cabeleireiro de Jack Hill. Foi decidido que Tom Russell teria um ano para remover as palavras "*and Sons*" das placas de sua loja, ou então se casar e se reproduzir, ou adotar um filho, desde que a criança fosse branca e proveniente da Inglaterra ou do norte da Europa. Foi decidido que Kate Milton, a gerente do cinema local, deveria ter a diligência de adquirir pelo menos um filme novo a cada dois meses. Era inacreditável! Mas o verdadeiro choque ainda estava por vir. Foi decidido que imediatamente se desenhariam projetos para a construção de um observatório na Farmer's Hill, e, embora o orçamento alocado fossem irrisórios mil dólares, a ideia estava lá. Eu não podia acreditar. Eles iam mesmo fazê-lo.

Patrick determinou que a caixa só seria aberta uma vez por mês, por ele. Ele leria as sugestões com atenção para se assegurar de que inadvertidamente não leria em voz alta algo profano ou ofensivo, e as anunciaria para a cidade em reunião pública, após a qual haveria discussões, debates e votação para decidir quais seriam realizadas e quais seriam ignoradas.

Era uma emoção tremenda! Vou te dizer, só tive um ou dois sucessos na vida até agora, mas nenhum me deu a sensação completa de satisfação daquela primeira vitória.

Como o observatório levaria algum tempo para ser projetado, minha ideia de usar o questionável título "o lugar menos desejável para se viver em New South Wales" como uma atração turística foi imediatamente colocada em prática. Placas foram colocadas no ponto em que a estrada desembocava na cidade, e também do outro lado, onde emergia dela.

Então esperamos os turistas chegarem.

Por incrível que pareça, eles vieram.

Quando carros entravam em nossas ruas, os habitantes da cidade faziam uma cara macambúzia e arrastavam os pés.

— Ei, como é aqui? Por que é tão ruim? — perguntavam os turistas.

— Porque é... — vinha a resposta abatida.

Os visitantes vagavam pelas ruas e viam em cada rosto uma expressão de desespero e solidão. Dentro do bar, os moradores locais se comportavam como infelizes.

— Como é a comida aqui? — perguntavam os turistas.

— Terrível.

— Posso só tomar uma cerveja, então?

— Misturamos com água e cobramos mais caro. Tudo bem?

— Ei, este é mesmo o lugar menos desejável para se viver em New South Wales!

Quando os turistas iam embora, os sorrisos voltavam, e toda a cidade tinha a sensação de ter pregado uma grande peça.

Todos aguardavam ansiosos a abertura mensal da caixa de sugestões, que, na maioria das vezes, estava transbordando. As reuniões eram abertas ao público e geralmente abarrotadas de gente. Costumavam começar com Ackerman manifestando sua decepção diante das coisas encontradas na caixa que não eram sugestões — cascas de laranja, pássaros mortos, jornais, pacotes de batatas chips e chicletes — e prosseguiam com ele lendo as sugestões em voz alta, uma gama assombrosa de anteprojetos de possibilidades. Parecia que todos tinham caído no feitiço das ideias.

Haviam compreendido o potencial da cidade para subir de posição, melhorar, evoluir. As pessoas começaram a carregar consigo bloquinhos de notas aonde quer que fossem; você as via parar abruptamente no meio da rua, ou encostadas em um poste, ou agachadas na calçada, acometidas por uma ideia. Todos anotavam suas ideias, e com tal sigilo! O anonimato da caixa de sugestões permitia enunciar aspirações e desejos, e, com efeito, elas propuseram as coisas mais estranhas.

Primeiro foram as sugestões práticas com relação a infraestrutura e assuntos municipais em geral: eliminar todas as restrições de estacionamento, reduzir os impostos e o preço da gasolina e fixar o preço da cerveja em 1 centavo. Alguns sugeriram que tivéssemos nosso próprio hospital, nosso próprio tribunal e nossos próprios arranha-céus, para não mais depender da metrópole. Havia propostas de eventos festivos, como churrascos comunitários, queimas de fogos de artifício e orgias romanas, e havia inúmeras sugestões para a construção de coisas: estradas melhores, uma casa da moeda, um estádio de futebol, um hipódromo e, apesar de estarmos no meio do continente, uma ponte sobre um porto. A lista continuava com propostas basicamente inúteis que a administração de nossa cidade não era próspera o bastante para realizar.

Então, quando os assuntos municipais as entediaram, as pessoas passaram a se voltar umas contra as outras.

Sugeriu-se que a Sra. Dawes não deveria andar por aí como se "fosse melhor que todo mundo", e que o Sr. French, o dono da mercearia, parasse de fingir "não ser bom com números" quando pego roubando no troco, e que a Sra. Anderson parasse imediatamente de expor o neto esfregando fotografias dele no nariz de todos porque, embora ele tivesse apenas 3 anos, todos "começavam a resmungar cada vez que o viam". As coisas mudaram tão depressa porque Patrick Ackerman padeceu de pneumonia e seu vice, Jim Brock, assumiu a tarefa. Jim era velho, amargo e malicioso, e lia em voz alta as sugestões mais profanas, pessoais, idiotas e provocadoras em tom inocente, mas dava para notar em sua voz que ele sorria, ainda que não se pudesse ver. Jim era futriqueiro, e uma vez que o anonimato garante a honestidade (como disse Oscar Wilde, "Dê a um homem uma máscara e ele dirá a verdade"), todos na cidade estavam realmente se soltando.

Uma sugestão dizia: *Linda Miller, sua puta. Pare de dar para nossos homens ou vamos organizar um linchamento para cortar fora suas tetas gigantes.*

E havia esta: *Maggie Steadman, sua velha burra. Você não deveria ter permissão para estacionar o carro em nenhuma parte da nossa cidade se não tem noção da dimensão das coisas.*

E esta: *Lionel Potts deveria parar de exibir seu dinheiro e de comprar tudo na cidade.*

E mais uma: *Andrew Christianson, você não tem pescoço! Não tenho uma sugestão para corrigir isso, só queria comentar.*

E esta: *Sra. Kingston, pare de nos importunar com preocupações sobre a fidelidade do seu marido. O hálito dele fede a ovo podre evacuado em uma caganeira. Você não tem com que se preocupar.*

E esta: *Geraldine Trent, apesar de suas promessas de "Não vou contar pra ninguém", você é uma tremenda de uma fofoqueira e traiu a confiança de praticamente todo mundo na cidade. P.S.: Sua filha é viciada e lésbica. Mas não se preocupe, não vou contar pra ninguém.*

As pessoas passaram a temer a leitura das sugestões receando que elas próprias fossem mencionadas. Começaram a se sentir vulneráveis e expostas, e se olhavam mutuamente nas ruas com desconfiança, até que começaram a passar menos tempo socializando e mais tempo se escondendo em casa. Eu estava furioso. No intervalo de poucos meses, minha caixa de sugestões tinha de fato transformado nossa cidade no lugar menos desejável para se viver em New South Wales e, por sinal, do mundo todo.

•

Enquanto isso, os gêmeos completaram 16 anos e celebraram a ocasião abandonando a escola. Bruno e Dave estavam economizando para comprar armas e planejando uma investida na metrópole, e Terry queria ir com eles. Quanto a mim, eu finalmente tinha conseguido me livrar da gangue. Não havia nenhum motivo para eu fingir que estava fazendo algo útil cuidando de Terry. Bruno chegara ao ponto de querer "vomitar o estômago inteiro" quando me via, e, para ser sincero, eu estava farto de todos eles. O benefício que consegui ao me associar com a gangue estava firmemente assegurado; meus colegas de escola tinham me deixado em paz. Eu não acordava mais com medo todos os dias, e minha mente agora estava livre para outras coisas. É só depois que o medo se vai que se percebe o quanto ele consome seu tempo.

Eu passava cada milissegundo livre com Caroline. Estava fascinado não só por seu corpo cada vez mais suculento, como também por suas peculiaridades. Ela estava obcecada pela ideia de que as pessoas escondiam o jogo. Não se cansava de lhes arrancar histórias; achava que os mais velhos, tendo vivido em muitos lugares e cidades, haviam experimentado tudo o que a vida tem a oferecer, e queria que eles lhe contassem. As crianças da cidade não lhe interessavam; elas não sabiam nada. Era fácil fazer os adultos falarem. Eles pareciam sempre atentos a um receptáculo onde despejar o esgoto não tratado acumulado durante a vida. Mas, depois de ouvi-los, ela costumava incinerá-los com um olhar desassombrado que dizia claramente: "É só isso?"

Ela também lia, só que captávamos dos livros coisas muito diferentes. Era obcecada pelas vidas dos personagens, como comiam, se vestiam, bebiam, viajavam, exploravam, fumavam, transavam, festejavam e amavam. Ansiava por exotismo. Queria viajar pelo mundo. Queria fazer amor em um iglu. Era cômico o modo como Lionel Potts encorajava a filha. "Um dia vou beber champanhe pendurada de ponta-cabeça em um trapézio", dizia ela. "Que ótimo! Eu sei que você vai chegar lá! É importante ter objetivos! Pense grande!", ele divagava sem parar. Ela realmente o instigava.

Mas Caroline não estava tão descontente com o mundo a sua volta quanto eu. Ela encontrava beleza onde eu simplesmente não conseguia enxergar. Tulipas em um vaso, idosos de mãos dadas, uma peruca óbvia — as coisas mais insignificantes a faziam soltar gritos de alegria. E as mulheres da cidade a adoravam. Ela estava sempre arrumando-lhes os chapéus e colhendo flores para adorná-los. Mas quando estava sozinha comigo, ela era diferente. Eu percebia que sua doçura, o modo como ela lidava com as pessoas da cidade, era sua máscara. Era uma boa máscara, do melhor tipo que existe: uma mentira verdadeira. Sua máscara era uma colcha de retalhos arrancados de todas as partes bonitas de si mesma.

Certa manhã, fui até a casa dela e me surpreendi ao encontrar Terry parado do lado de fora, jogando pedras que caíam no canteiro sob a janela da frente.

— O que está fazendo? — perguntei.

— Nada.

— Terry Dean! Pare de jogar pedras no nosso jardim! — gritou Caroline da janela de cima.

— Vivemos em um mundo livre, Caroline Potts!

— Não na China!

— O que está acontecendo? — perguntei.

— Nada. Posso tacar pedras aqui, se eu quiser.

— Talvez.

Caroline observava da janela. Ela acenou para mim. Eu acenei de volta. Então Terry também acenou, mas seu aceno foi sarcástico, se é que pode imaginar. Caroline acenou com ironia, o que é totalmente distinto. Eu me perguntei o que Terry tinha contra ela.

— Vamos para casa — falei.

— Daqui a pouco. Quero tacar pedras mais um pouco.

— Deixe ela em paz — falei, irritado. — Ela é minha amiga.

— Grande coisa. — Terry cuspiu, jogou as pedras no chão e saiu.

Eu o vi ir embora. O que era aquilo? Eu não consegui entender. É claro, naquela época eu não sabia nada sobre amor infantil. Não tinha ideia, por exemplo, de que era possível expressar amor com agressão pueril e cusparadas.

Nessa época fui até a prisão para ver Harry. Eu não sabia, mas aquela seria minha última visita. Ele já estava na sala, me esperando com uma expressão embasbacada e ansiosa, como se tivesse colocado uma almofada de pum embaixo do meu colchão e quisesse saber se eu já tinha sentado nela. Como eu não disse nada, ele falou:

— Você anda mesmo agitando as coisas lá embaixo!

— Do que está falando?

— Da caixa de sugestões. Eles piraram, não foi?

— Como sabe disso?

— Ah, dá para ver um monte de coisas daqui de cima — falou, com a voz valsando num compasso três por quatro. Não era verdade. Não dava para ver porra nenhuma. — Tudo vai terminar mal, é claro, mas você não pode se odiar por isso. Foi por esse motivo que te chamei aqui hoje. Eu queria te dizer para não se preocupar com isso.

— Você não me chamou.

— Não chamei?

— Não.

— Bom, também não chamei as nuvens, mas lá estão elas — falou, apontando para a janela. — O que estou dizendo, Marty, é para não deixar isso te destruir. Nada corrói mais a alma do que a culpa.

— Por que eu deveria sentir culpa?

Harry deu de ombros, mas foi o dar de ombros mais pesado que já vi.

O tempo mostrou que ele tinha razão; ao criar algo tão inócuo como uma caixa vazia, eu tinha mais uma vez empurrado o destino da minha família numa direção muito desagradável.

•

Começou cerca de um mês depois, quando o nome de Terry apareceu pela primeira vez na caixa de sugestões.

> O Sr. Dean deveria aprender a controlar o filho. Terry Dean caiu sob influência de jovens irrecuperáveis. Mas Terry é jovem. Não é tarde demais. Tudo o que ele precisa é de um pouco de orientação paterna, e se seus pais não sabem fazer isso, encontraremos alguém que possa.

Todos no salão aplaudiram. Os moradores da cidade consideravam a caixa uma espécie de oráculo; uma vez que a sugestão não vinha direto da boca dos vizinhos, e sim de um papel tirado cerimoniosamente da caixa e lido no tom autoritário de Jim Brock, as palavras ganhavam mais seriedade do que mereciam, e muitas vezes eram seguidas com assustadora obediência religiosa.

— Não é minha culpa se é um enorme desperdício criar os filhos sob orientação moral rigorosa quando eles são tão influenciados pelos colegas — disse meu pai naquela noite no jantar. — Um amigo errado, e seu filho pode ser levado para o mau caminho.

Todos sentamos apreensivos a escutá-lo, observando os pensamentos rodopiarem em sua cabeça feito poeira ao vento.

No dia seguinte, ele apareceu no parquinho na hora do almoço. Tanto Terry quanto eu tratamos de nos esconder, mas ele não estava atrás de nós. Com um caderno no colo, sentou num balanço e observou as crianças brincarem; estava listando os garotos que considerava adequados para serem amigos de seus filhos. É claro que as crianças devem ter pensado que ele era louco (quando hoje em dia teriam simplesmente presumido que era pedófilo), mas ver seus esforços fervorosos para nos colocar na linha me fez ter pena dele e admirá-lo em igual medida. De tempos em tempos, meu pai chamava um garoto e batia papo com ele, e eu me lembro de estar secretamente impressionado por seu comprometimento com uma ideia tão completamente estranha.

Sabe-se lá sobre o que conversavam durante essas entrevistas informais, mas depois de uma semana a lista do meu pai continha 15 amigos aprovados: crianças excelentes e respeitáveis, de boas famílias. Ele nos apresentou os resultados de sua pesquisa intensiva.

— Estes são amigos adequados — falou. — Vão e façam amizade com eles.

Eu disse a ele que não podia fazer um amigo assim do nada.

— Não venha com essa — papai vociferou. — Eu entendo de fazer amigos. É só ir lá e falar com eles.

Ele não dava trégua. Queria relatórios constantes. Queria resultados. Queria ver desfiles de amigos do peito perante seus olhos — era uma ordem! Finalmente, Terry e sua gangue "persuadiram" algumas crianças inocentes da lista a dar um pulo no meu quintal depois da aula. Elas vinham, tremiam a tarde toda, e por um tempo isso aplacou meu pai.

Mas não a caixa de sugestões. Toda a cidade via que Terry continuava a andar com Bruno e Dave.

A sugestão seguinte foi esta: *Sugiro que, embora seus pais não sejam religiosos, Terry receba alguma orientação espiritual. Não é tarde demais. Terry ainda pode ser corrigido.*

Mais uma vez meu pai ficou furioso, embora estranhamente obediente. Seria o padrão, e, enquanto a quantidade de sugestões sobre o comportamento errante de Terry aumentava e nossa família se tornava objeto permanente de atenção e análise, meu pai amaldiçoava a caixa e a "serpente" que a colocara lá, mas ainda assim obedecia.

Quando chegou da prefeitura, meu pai discutiu com minha mãe. Ela queria que um rabino viesse falar com Terry. Ele achava que um padre seria mais adequado para a tarefa. No fim das contas, minha mãe ganhou. Um rabino veio a nossa casa e falou com Terry sobre violência. Os rabinos sabem muito sobre violência porque servem uma divindade famosa por sua ira. O problema é que os judeus não acreditam em inferno, e sendo assim não existe a câmara de medo prontamente acessível que os católicos têm na manga para envenenar o sistema nervoso dos jovens. Não se pode virar para um garoto judeu e dizer: "Sabe aquele lago de fogo? É para lá que você vai." Você tem de lhe contar histórias de vingança do Todo-Poderoso e esperar que ele entenda a indireta.

Terry não entendia, e mais sugestões estavam por vir, mas não pense que a caixa tinha apenas meu irmão como alvo. Numa noite de verão de uma segunda-feira, meu nome foi mencionado.

Alguém deveria dizer ao jovem Martin Dean que é falta de educação encarar as pessoas, começou a sugestão, inspirando toda a sala a irromper em aplausos. *Ele é um garoto carrancudo que deixa todo mundo nervoso de tanto olhar para eles. E não dá a Caroline Potts um minuto de sossego.* Eu vou lhe dizer, estou acostumado a humilhação, mas nada jamais superou aquele momento mortificante.

Um mês depois, outra sugestão para a família Dean foi tirada da caixa, desta vez dirigida, dentre todas as pessoas, a minha mãe.

> A Sra. Dean deveria parar de nos fazer perder tempo com justificativas demoradas sobre o porquê de seu marido e seus filhos serem casos perdidos. Terry não é só "agitado", é um desnaturado. Martin não "pensa por conta própria", ele é um sociopata; e o pai não tem uma "imaginação sadia", é um mentiroso descarado.

Não havia dúvida: nossa família era o alvo preferido, e os moradores da cidade realmente pareciam ter algo contra Terry em especial. Minha mãe temia por ele, e comecei a ter medo do medo dela. O medo dela era aterrorizante. Ela sentava na cama de Terry e sussurrava "Eu te amo" enquanto ele dormia, da meia-noite ao amanhecer, como se tentasse alterar seu comportamento inconscientemente. Ela percebia que os moradores adotaram a reeducação de seu filho como uma de suas principais prioridades; ele fora o orgulho número um da cidade e agora era a decepção número um, e quando ficou óbvio que Terry continuava a andar por aí com a gangue, roubando e brigando, outra sugestão foi apresentada para lidar com o problema: *Sugiro que o renegado do Terry Dean seja levado para a prisão da colina para falar com um dos detentos e ouvir sobre o horror da vida lá dentro. Talvez o pânico funcione com ele.*

Só para garantir, meu pai me forçou a ir junto, caso me desse na telha seguir meu irmão na vida de crime. Subimos até a prisão, nossa verdadeira escola, pela estrada de terra que sulcava a colina como uma ferida aberta.

Ficou combinado que conheceríamos o pior criminoso da prisão. Seu nome era Vincent White. Ele passou maus bocados lá dentro: foi esfaqueado sete vezes, teve o rosto talhado, deixaram-no cego de um olho e com um lábio pendurado do rosto feito uma etiqueta que dá vontade de arrancar. Os três nos sentamos diante dele na sala de visitas. Terry havia conhecido Vincent numa ocasião anterior, com Harry.

— Que surpresa você querer me ver — disse Vincent sem rodeios. — Briga de casal com o Harry?

Terry balançou a cabeça de modo imperceptível, tentando fazer-lhe um sinal, mas o único olho de Vincent que enxergava estava percorrendo a sala, inspecionando meu pai.

— Quem é esse cara? É o seu velho?

Meu pai nos arrastou da prisão como se houvesse um incêndio, e daquele dia em diante fomos proibidos de visitar qualquer um lá dentro. Tentei voltar uma ou duas vezes para ver Harry, mas fui barrado. Foi um baque e tanto. Agora, mais do que nunca, eu precisava do conselho dele. Sabia que as coisas estavam chegando a um clímax que obviamente não acabaria a nosso favor. Talvez se eu tivesse mais presença de espírito, tivesse encorajado meu irmão a sair da cidade quando, logo depois do incidente da prisão, ele teve a oportunidade de escapar da terrível bagunça que eu havia criado.

Era uma tarde de sexta-feira, e Bruno e Dave encostaram o jipe roubado carregado de suas coisas e também das coisas de outrem. Terry e eu saímos ao encontro deles.

— Vem, cara, vamos dar o fora dessa cidade de merda — disse Dave a Terry.

— Eu não vou.

— Por quê?

— Porque não.

— Seu maricas!

— Você nunca vai comer ela — disse Bruno.

Terry não disse uma palavra.

Bruno e Dave aceleraram o carro sem motivo antes de arrancar. Nós os observamos até desaparecerem. Eu estava admirado de como, depois de toda dor, nervosismo, drama e ansiedade que as pessoas causam, elas saem de sua vida tão sem cerimônia. Terry olhava, apático, para a estrada vazia.

— Quem é que você não vai comer? — perguntei.

— Ninguém — disse Terry.

— Nem eu.

A reunião seguinte da prefeitura seria segunda-feira, e todos a temíamos. Sabíamos que o oráculo teria mais sugestões para Terry Dean. Quando entramos, evitamos os olhos daqueles rostos hostis, que pareciam ter sofrido um ataque de fúria na infância e então tê-lo guardado durante a vida toda para usá-lo na ocasião propícia. Eles abriam espaço para nós à medida que passávamos. Quatro lugares foram deixados na frente, e meus pais e eu ocupamos três deles. Terry tinha ficado em casa, boicotando sensatamente a assembleia. Eu sentei na desconfortável cadeira de madeira, com os olhos semicerrados, olhando por baixo das pálpebras para uma fotografia na parede que retratava a rainha em seu aniversário de 21 anos. Ela também parecia estar com um pouco de medo. A rainha e eu aguardávamos impacientemente enquanto ouvíamos as demais sugestões. Eles deixaram a de Terry por último. Então veio.

Sugiro que Terry Dean seja levado ao Instituto Mental de Portland e seja tratado por uma equipe de psiquiatras por seu comportamento violento e transgressor.

Saí correndo da prefeitura na claridade inesperada da noite. O céu estava iluminado por uma lua enorme, não tão cheia quanto ampla, pairando sobre as ruas desertas. Meus passos eram o único som na cidade, fora o latido de um cachorro que me seguiu por uns instantes, agitado pelo meu pânico. Não parei de correr até chegar em casa — não, nem lá eu parei. Entrei com tudo pela porta da frente e atravessei como um raio o corredor até nosso quarto. Terry estava sentado na cama, lendo.

— Você tem que dar o fora daqui! — gritei. Encontrei uma bolsa esportiva e joguei as roupas dele dentro. — Eles estão vindo! Vão te colocar num hospício!

Terry me olhou em silêncio.

— Canalhas estúpidos. A Caroline estava lá?

— Sim, estava, mas...

Escutei passos avançando depressa pelo corredor.

— Se esconde! — sussurrei. Terry não se moveu. Os passos estavam quase na porta. — Tarde demais! — gritei inutilmente. A porta do quarto se abriu e Caroline entrou correndo.

— Você tem que sair daqui! — gritou ela.

Terry a fitou com olhos brilhantes. Aquilo a tirou de órbita. Eles olharam um para o outro, sem se mover, parecendo manequins dispostos de modo estranho. Eu estava completamente isolado da energia no quarto. Aquilo me chocou. Caroline e Terry sentiam alguma coisa um pelo outro? Quando isso tinha acontecido? Resisti ao forte impulso de arrancar meu próprio olho e mostrar a eles.

— Estou ajudando ele a fazer as malas — falei, quebrando o clima. Minha própria voz era irreconhecível. Caroline gostava de Terry, talvez até o amasse. Eu estava furioso! Me senti encharcado por toda a chuva do mundo. Tossi impaciente. Ninguém olhou para mim nem me deu qualquer indício de que eu fazia parte do momento.

Ela sentou à beira da cama dele e tamborilou os dedos nos lençóis.

— Você tem que ir embora — falou.

— Para onde a gente vai?

Olhei para Caroline para ver qual seria a resposta dela.

— Eu não posso ir — disse ela, finalmente. — Mas vou te visitar.

— Onde?

— Não sei. Sydney. Vá para Sydney.

— *E anda logo com isso!* — gritei, tão alto que não escutamos a segunda leva de passos.

Dois homens entraram, ávidos integrantes adiantados de um linchamento. Era uma espécie de radiotáxi da opressão. Terry resistiu inutilmente enquanto mais pessoas entravam aos enxames em nossa casa, todas com rostos hostis e determinados. Elas o arrastaram para fora, seu rosto descorado sob a luz da lua.

Caroline não chorou, mas manteve a mão sobre a boca em um suspiro de vinte minutos enquanto eu, num frenesi, gritava com meus pais — que assistiam impotentes — até ficar sem voz.

— O que estão fazendo? Não deixem eles levarem o Terry!

Minha mãe e meu pai riscavam o chão como cachorros assustados. Eles estavam com medo de contrariar o comando do oráculo e a determinação irrefreável dos demais habitantes. A opinião pública os colocara na defensiva.

— É para o bem dele. Ele está desequilibrado. Eles vão saber consertá-lo.

Meu pai disse isso enquanto assinava os papéis necessários, e minha mãe olhava resignada. Ambos tinham expressões tão obstinadas que não se poderia remover nem a marteladas.

— Ele não precisa de conserto! Acho que já está consertado! Ele está apaixonado!

Ninguém me ouviu. Caroline e eu permanecemos lado a lado enquanto eles arrastavam Terry para um hospício. Olhei incrédulo para meus pais, para suas almas inexoravelmente mornas. Tudo o que eu podia fazer era protestar em vão e pensar que era inacreditável como as pessoas eram ávidas por se tornar escravas. Jesus. Às vezes, elas jogam fora a própria liberdade com tanta pressa que até parece que antes era um fardo.

Não é que a insanidade seja contagiosa, embora a história humana esteja *entulhada* de fábulas de histeria em massa — como a época em que todos no mundo ocidental usavam mocassins brancos sem meias —, mas, assim que Terry desapareceu na casa de loucos, nossa própria casa se tornou também um lugar sombrio, a começar por meu pai, que voltou a si uma semana depois e fez tudo o que estava a seu alcance para tirar Terry do hospital, para descobrir que uma vez que você submete alguém a cuidados psiquiátricos forçados, os administradores levam esses cuidados tão a sério quanto o dinheiro que o governo lhes paga para isso. Meu irmãozinho foi considerado um perigo para si e para os demais — sendo os demais, principalmente, os funcionários do hospital com quem ele lutava para escapar. Meu pai fez uma petição aos tribunais e consultou vários advogados, mas logo percebeu que tinha perdido o filho em meio à papelada. Ele estava de mãos atadas. Em consequência, começou a beber cada vez mais, e embora minha mãe e eu tentássemos conter sua espiral decadente, não se consegue impedir alguém de virar um pai alcoólatra simplesmente dizendo que é um clichê. Nos meses que se seguiram à internação de Terry, ele por duas vezes perdeu as estribeiras e bateu em minha mãe, atirando-a no chão, mas não é mais fácil afastar um homem do papel de Marido Agressor que convencer uma mulher a fugir da própria casa afirmando que ela tem a Síndrome da Esposa Agredida. Não surte nenhum efeito.

Assim como meu pai, minha mãe oscilava entre loucura e tristeza. Algumas noites depois que Terry foi levado, eu estava me preparando para dormir e falei em voz alta:

— Acho que não vou escovar os dentes. Por que deveria? Fodam-se os dentes. Tô de saco cheio deles. De saco cheio. De saco cheio. De saco cheio dos dentes das outras pessoas. Dentes são um fardo, tô de saco cheio de polir meus dentes todas as noites como se fossem as joias da Coroa.

Quando, indignado, joguei a escova longe, vi uma silhueta nítida fora do banheiro.

— Oi? — disse eu à sombra.

Minha mãe entrou no banheiro e ficou parada atrás de mim. Olhamos um para o outro no espelho.

— Está falando sozinho — perguntou, colocando a mão em minha testa. — Está com febre?

— Não.

— Um pouco quente — disse ela.

— Sou mamífero — murmurei. — É assim que somos.

— Vou até a farmácia comprar remédio para você — ela falou.

— Mas eu não estou doente.

— Não estará se tratarmos agora.

— Tratar agora o quê? — perguntei, examinando seu rosto triste.

A reação de minha mãe por ter colocado o filho num hospício foi se tornar maníaca pelo meu bem-estar. Não aconteceu gradativamente, mas de repente, quando descobri que não podia passar por ela na escada sem que ela me esmagasse em um abraço. Eu tampouco podia sair de casa sem que ela abotoasse meu casaco até em cima, e quando isso ainda deixava exposta uma pequena parte do pescoço, ela costurava um botão extra para que eu sempre estivesse coberto até o nariz.

Ela ia até a cidade quase todos os dias para visitar Terry, e sempre voltava para casa com boas notícias que, de algum modo, me soavam más.

— Ele está um pouco melhor — dizia, numa voz perturbada.

Logo descobri que isso não passava de uma mentira. Eu tinha sido proibido de ir ao hospital porque se presumiu que minha psique débil não o suportaria. Mas Terry era meu irmão, e certa manhã cumpri todo o ritual de um garoto que se prepara para ir à escola e, quando o ônibus passou retumbando, me escondi atrás de um arbusto cheio de espinhos, ao qual mais tarde ateei fogo por ter me espetado. Então fui até o manicômio pegando carona com um técnico de motores de geladeiras, que durante todo o trajeto zombou das pessoas que não descongelavam seus refrigeradores.

Ver meu irmão foi um choque. Seu sorriso estava meio largo demais, os cabelos despenteados, o olhar vago, a pele pálida. Eles o faziam vestir uma camisola de hospital para que lembrasse o tempo todo que estava instável demais para um fecho de zíper ou de abotoar. Foi só quando ele brincou sobre a conta de eletricidade de sua terapia de choque que me convenci de que essa experiência não o destruiria. Almoçamos juntos numa sala surpreendentemente aconchegante, cheia de vasos de plantas e com uma grande janela panorâmica que oferecia a visão perfeita para um adolescente com mania de perseguição.

Terry se tornou sombrio quando a caixa de sugestões surgiu na conversa.

— Eu queria saber quem foi o babaca de merda que colocou aquilo lá — resmungou.

Antes de eu ir embora, ele me contou que não tinha recebido uma visita sequer de nossa mãe e que, embora não a estivesse culpando, na cabeça dele as mães eram melhores que isso.

Quando cheguei em casa, ela estava no quintal. Tinha chovido a tarde toda, e vi que ela havia tirado os sapatos e estava afundando os pés na lama. Ela insistiu para que eu fizesse o mesmo, porque a lama fria deslizando por entre os dedos é o maior prazer que se pode imaginar. Ela não estava mentindo.

— Aonde você vai todos os dias? — perguntei.

— Visitar Terry.

— Eu fui lá hoje. Ele disse que não a tem visto.

Ela não disse nada, e meteu os pés o mais fundo na lama que podia. Eu fiz o mesmo. Um sinal tocou. Ambos olhamos para a prisão no alto da colina e a observamos por um bom tempo, como se o som tivesse tecido um caminho visível pelo céu. A vida lá em cima era regulada por sirenes que dava para ouvir em todas as casas da cidade. A que acabava de tocar significava que era hora do exercício da tarde. Em breve haveria outra anunciando o final da atividade.

— Você não pode contar para o seu pai.

— Contar o quê?

— Que eu estive no hospital.

— Terry disse que você não esteve lá.

— Não, num hospital comum.

— Por quê?

— Acho que tenho alguma coisa.

— O quê?

No silêncio que se seguiu, seus olhos caíram sobre suas mãos. Eram coisas brancas e enrugadas, com veias azuis da espessura de fios de telefone. Ela soltou um pequeno suspiro.

— Tenho as mãos iguais às da minha mãe! — disse ela subitamente, com surpresa e desgosto, como se as mãos da mãe dela não tivessem sido mãos de verdade, e sim pedaços de merda em forma de mãos.

— Você está doente? — perguntei.

— Estou com câncer — disse ela.

Quando abri a boca, saíram as palavras erradas. Palavras práticas, nenhuma das palavras que eu realmente queria dizer:

— É algo que eles podem tirar com uma faca? — perguntei.

Ela fez que não com a cabeça.

— Quanto tempo você tem?

— Não sei.

Era um momento terrível e que se tornava ainda mais terrível a cada segundo. Mas já não havíamos tido essa conversa antes? Eu sentia uma estranha espécie de déjà-vu. Não do tipo que você sente como se já tivesse vivenciado um acontecimento, mas a sensação de que você já teve o déjà-vu com o acontecimento.

— Vai ficar ruim — falou ela.

Eu não disse nada, e estava começando a me sentir como se tivessem injetado algo gelado em minha corrente sanguínea. Meu pai saiu pela porta dos fundos, de pijamas, arrastando os pés, e parou lá carrancudo com um copo vazio na mão.

— Quero beber alguma coisa gelada. Você viu o gelo?

— Quem sabe no freezer? — disse ela, e então cochichou para mim: — Não me deixe sozinha.

— O quê?

— Não me deixe sozinha com ele.

Foi quando fiz uma coisa inacreditável que até hoje ainda não me entra na cabeça.

Tomei a mão da minha mãe e disse:

— Juro que vou ficar com você até o dia em que você morrer.

— Jura?

— Juro.

Assim que eu disse aquilo, me pareceu uma ideia muito ruim, até mesmo autocastradora, mas quando sua mãe moribunda pede que lhe prometa devoção eterna, o que você diz? Não? Ainda mais considerando que eu sabia que o futuro dela seria exatamente o oposto de próspero. O que lhe aguardava? Lentos períodos de deterioração cortados por fases intermitentes de falsas esperanças e convalescência, e então degeneração outra vez, tudo sob o peso da crescente agonia e do terror da aproximação da morte, que não avançava silenciosamente, e sim com trombetas soando a grande distância.

Então por que fiz essa promessa? Não é que eu sentisse pena ou estivesse dominado pela emoção. É só que pareço ter por princípio uma repugnância para com a ideia de uma pessoa ser deixada sozinha para sofrer e morrer, porque eu mesmo odiaria ser deixado sozinho para sofrer e morrer, e essa repugnância está incrustada tão profundamente em mim que não havia nada nobre em prometer devoção a minha mãe, uma vez que constituía não uma escolha moral mas um reflexo moral. Em suma, tenho coração mole, mas isso não me comove.

— Está com frio? — ela me perguntou de repente.

Eu disse que não. Ela apontou para o meu braço arrepiado.

— Vamos entrar — falou, e passou o braço sobre meu ombro como se fôssemos velhos amigos de bebedeira entrando para mais uma partida de sinuca.

Enquanto íamos em direção à casa e o sinal da prisão ressoava mais uma vez por todo o vale, senti que um muro entre nós tinha caído ou sumido, mas não conseguia saber que muro era aquele.

•

Com Terry no hospital, eu passava quase todas as tardes com Caroline. Obviamente, falávamos de Terry o tempo todo. Meu Deus, quando penso nisso, não houve um momento em minha vida em que não tive de falar sobre o desgraçado. É difícil continuar amando alguém, mesmo depois de morto, quando se tem de tagarelar sobre ele sem parar.

Sempre que Caroline mencionava o nome de Terry, moléculas do meu coração se fragmentavam e se dissolviam em minha corrente sanguínea — eu sentia meu centro emocional se tornando cada vez menor. O dilema de Caroline era este: ela deveria namorar um gângster maluco? É claro que ela se deliciava com o drama e o romance da situação, mas também havia uma voz sensata em sua cabeça, uma que tinha o descaramento de buscar sua felicidade, e essa era a voz que a estava deprimindo. Deixava-a infeliz. Eu escutava sem interromper. Não tardou para que eu conseguisse ler nas entrelinhas: Caroline não via nenhum problema em conjecturar fugas à la Bonnie e Clyde, mas estava claro que ela não tinha tanta fé na sorte de Terry. Ele já estava atrás das grades e nem sequer tinha sido preso. Aquilo não se encaixava nos planos dela.

— O que é que eu faço? — gritava ela, andando de um lado para o outro.

Eu estava num dilema. Eu a queria para mim. Queria a felicidade do meu irmão. Eu o queria a salvo. Eu o queria longe do crime e do perigo. Mas, acima de tudo, eu a queria para mim.

— Por que não escreve para ele e lhe dá um ultimato? — falei hesitante, sem saber exatamente a causa de quem eu estava apoiando.

Era a primeira sugestão concreta que eu fazia, e Caroline se atirou sobre ela:

— Como assim? Dizer para ele escolher entre mim e o crime?

O amor é poderoso, admito, mas o vício também. Eu estava apostando que o vício absurdo de Terry pelo crime era mais forte que o amor que ele sentia por ela. Foi uma aposta amarga e cínica que fiz comigo mesmo, uma aposta que eu não apostaria que ia ganhar.

Como eu passava muito tempo na casa de Caroline, Lionel Potts se tornou o único aliado de nossa família. Numa tentativa de fazer com que Terry fosse libertado da instituição, ele telefonou para vários escritórios de advocacia em nosso nome, e quando isso falhou, ele conseguiu, por meio de um colega, que o psiquiatra mais renomado de Sydney fosse conversar com Terry. A versão dos psiquiatras de fazer um orçamento é esta: aparecer para você em trajes casuais e conversar como um velho amigo. O psiquiatra, um homem de meia-idade com rosto cansado e caído, chegou até mesmo a ir a nossa casa para comunicar suas descobertas. Tomamos chá na sala de estar enquanto ele nos contava o que havia descoberto dentro da caixola de meu irmão.

— Terry facilitou as coisas para mim, muito mais que a maioria dos meus pacientes, e não necessariamente pela consciência de si mesmo, o que, para ser honesto, não tem nada de especial, mas por sua candura e total disposição para responder sem pausa e sem se desviar de qualquer pergunta que eu lhe fizesse. De fato, ele talvez seja o paciente mais sem rodeios que já vi na vida. Eu gostaria de dizer, a esse respeito, que vocês fizeram um excelente trabalho ao criar alguém verdadeiramente honesto e aberto.

— Então ele não é louco? — perguntou meu pai.

— Ah, não façam uma ideia errada. Ele é louco de pedra. Mas aberto!

— Não somos pessoas violentas — disse meu pai. — Tudo isso é um grande mistério para nós.

— Nenhum homem é um mistério. Acreditem em mim, há ordem e estrutura até no crânio mais ostensivamente caótico. Parece haver dois acontecimentos importantes na vida de Terry que o moldaram mais que quaisquer outros. O primeiro eu não teria acreditado se não fosse por minha total fé na honestidade dele.

O médico se aproximou e disse, quase num sussurro:

— Ele realmente passou os primeiros quatro anos de vida dividindo o quarto com um garoto em coma?

Meus pais se entreolharam em sobressalto.

— Isso foi errado? — perguntou minha mãe.

— Não tínhamos outro quarto — disse meu pai, perturbado. — Onde o senhor queria que colocássemos o Marty? No galpão?

— Terry descreveu a cena com tanta riqueza de detalhes que me deu calafrios. Eu sei que calafrios não são uma reação profissional, mas foi o que senti. Ele falou sobre olhos virados para trás que espontaneamente viravam para a frente e o fitavam. Contrações e espasmos repentinos, salivação incessante...

O psiquiatra se voltou para mim e perguntou:

— Você seria o garoto que esteve em coma?

— É, sou eu.

Ele apontou um dedo para mim e disse:

— Minha opinião profissional é que esse corpo quase sem vida deu ao pequeno Terry Dean o que só posso diagnosticar como um calafrio permanente. Isso, mais do que qualquer coisa, o fez recolher-se em uma vida fantasiosa, em que ele é o protagonista. Vejam bem, há traumas que afetam as pessoas, traumas que são repentinos, mas há também traumas prolongados, demorados, e muitas vezes eles são os mais insidiosos, porque seus efeitos crescem junto com todo o resto e se tornam tão parte do sofredor quanto seus próprios dentes.

— E a segunda coisa?

— O ferimento que o impediu de praticar esportes. Lá no fundo, embora fosse muito pequeno, Terry estava convencido de que se destacar nos esportes era a razão de sua existência. E quando ele foi privado disso, passou de criador a destruidor.

Ninguém falou; todos apenas absorvemos.

— Acho que, no início, quando Terry descobriu que já não poderia jogar futebol, nem críquete, nem nadar, ele abraçou a violência como uma perversão do que sabia fazer: ser habilidoso. Ele não queria fazer nada além de se mostrar, pura e simplesmente. Você vê, a perna manca e inútil era um insulto à sua autoimagem, e ele não conseguia aceitar a impotência sem recuperar a habilidade de agir. Então ele agiu violentamente, a violência do homem a quem é negada a expressão positiva — disse o psiquiatra, com um orgulho que pareceu impróprio para a ocasião.

— Do que é que o senhor está falando? — perguntou meu pai.

— Então como ele deixa de ser afetado? — perguntei.

— Bem, aí você está falando de transcendência.

— Transcendência que poderia ser encontrada, por exemplo, na expressão do amor?

— É, creio que sim.

Essa conversa foi muito intrigante para meus pais, uma vez que eles nunca tinham visto meu cérebro antes. Eles tinham visto a casca, mas não o que havia dentro. A resposta a tudo isso era óbvia para mim: um médico não podia fazer meu irmão mudar da água para o vinho, nem um padre, nem um rabino, nem deus algum, nem meus pais, nem um susto, nem uma caixa de sugestões e nem mesmo eu. Não, a única esperança para a recuperação de Terry era Caroline. A esperança dele era o amor.

Eternidade

Eu não havia notado sua ascensão. Não dava para vê-lo da cidade devido ao muro alto de árvores frondosas no cume do Farmer's Hill, mas no sábado à noite todos serpentearam pela estrada rumo a sua inauguração. Precisava ter visto todos nós saindo enfileirados da cidade, como se participássemos de uma simulação de incêndio em que ninguém acreditava. Ninguém tagarelava as amenidades de sempre; havia algo diferente no ar. Todos sentíamos a expectativa. Alguns nem sequer sabiam o que era um observatório, e os que sabiam estavam entusiasmados com toda a justificativa. A coisa mais exótica nas cidades das pradarias é o *dim sum* servido nesses restaurantes chineses que há em toda parte. Isso era extraordinário.

Então nós vimos: um grande domo.

Todas as árvores tinham sido removidas da frente dele porque onde há telescópios, até mesmo uma única folha de um ramo pendente pode obscurecer a galáxia. O observatório estava pintado de branco; os muros do edifício eram assentados sobre vigas de madeira e cobertos com telhas de metal. Quanto ao telescópio propriamente dito, eu sabia pouco a respeito, além do fato de que era grosso, longo e branco, tinha um espelho esférico simples, ficava em um pilar isolado, uma plataforma estável a fim de evitar a transmissão de vibrações, estava projetado para incluir capacidade de expansão, pesava mais de 120 quilos, estava a 10 graus do horizonte sul, *não* podia ser apontado para baixo em direção aos banheiros femininos da escola, estava embutido numa cúpula de fibra de vidro e tinha um teto de vidro que era levantado por uma dobradiça. Para mover o telescópio, se quisesse espreitar outro canto da galáxia ou seguir o trânsito de objetos celestiais pelo céu, a ideia de motores rotativos foi descartada em favor de girá-lo "no braço mesmo".

Todos subiram, um por um, até o grande olho.

Era preciso escalar uma escadinha para chegar até ele. Cada um posicionava o olho firmemente contra o ocular, e quando o tempo acabava, descia em uma espécie de transe, como se lobotomizado pela vastidão do universo. Foi uma das noites mais estranhas que vivi naquela cidade.

Eu também tive minha vez no telescópio. Excedeu minhas expectativas. Vi uma quantidade enorme de estrelas: fracas, velhas e amarelas. Vi estrelas vivas e brilhantes, aglomerados de estrelas jovens e azuis. Vi faixas de glóbulos e poeira, pistas escuras e sinuosas serpenteando por gases luminosos e luzes dispersas, que me lembravam todas as visões que eu tivera durante o coma. Pensei: As estrelas são pontos. Então pensei em cada ser humano como um ponto também, mas percebi tristemente que a maioria de nós mal podia iluminar uma sala. Somos pequenos demais para ser pontos.

Ainda assim, retornei ao telescópio noite após noite, familiarizando-me com o céu do sul, e depois de um tempo compreendi que observar o universo se expandir é como observar a grama crescer, e em vez disso passei a observar os moradores da cidade. Depois que eles subiam em silêncio, bisbilhotavam os recantos mais distantes de nossa galáxia, soltavam um assobio e desciam, eles vinham para fora, fumavam e conversavam. Provavelmente sua ignorância de astronomia os ajudava a mudar a conversa; esta é uma daquelas áreas em que a falta de conhecimento trivial e inútil — os nomes das estrelas, no caso — é uma grande vantagem. O importante não é como as estrelas se chamam, mas aquilo que implicam.

No começo, as pessoas vinham com generalidades incríveis sobre o universo, como "É bem grande, não?". Mas acho que elas eram lacônicas de propósito. Estavam cheias de admiração e espanto e, como alguém que acordou mas permanece imóvel na cama tentando voltar ao sonho, não queriam despertar inadvertidamente ao se mexer. Mas então, pouco a pouco, começaram a falar, e não era sobre as estrelas ou seu lugar no universo. Escutei com surpresa quando disseram coisas como:

Eu deveria passar mais tempo com meu filho.

Quando jovem, eu também costumava observar as estrelas.

Eu não sinto que as pessoas me amam. Sinto que apenas gostam de mim.

Eu me pergunto por que não vou mais à igreja.

Meus filhos ficaram diferentes do que eu esperava. Mais altos, talvez.

Eu queria viajar de férias com a Carol, como fizemos quando nos casamos.

Não quero mais ficar sozinho. Minhas roupas fedem.

Quero realizar alguma coisa.

Eu fiquei tão preguiçoso. Não aprendi nada desde que saí da escola.

Vou plantar um limoeiro, não para mim, mas para os filhos dos meus filhos. Os limões são o futuro.

Foi comovente ouvir tudo aquilo. O universo incessante os tinha feito olhar para si mesmos, se não da perspectiva da eternidade, ao menos com um pouco mais de clareza. Por alguns minutos eles estiveram profundamente emocionados, e eu de repente me senti retribuído e compensado por todo o estrago que minha caixa de sugestões havia causado.

O universo me fez pensar também.

Uma noite, depois de voltar do observatório, eu me vi paralisado no jardim à meia-noite preocupando-me com o futuro da minha família, tentando pensar em ideias para salvar a todos. Infelizmente, o banco de ideias estava vazio. Eu tinha feito muitos saques. Além disso, como você salva uma mãe que está morrendo, um pai alcoólatra e um irmão caçula criminosamente insano? A ansiedade ameaçava causar problemas em meu estômago e também em minha uretra.

Carreguei um balde de água e o joguei em um fosso raso na beira do jardim. Pensei: Posso não ser capaz de proporcionar uma vida melhor para as pessoas que amo, mas ainda posso fazer lama. A terra encontrou a água e engrossou conforme o esperado. Mergulhei meus pés na lama. Estava fria e pegajosa. Minha nuca formigava. Agradeci minha mãe em voz alta por me ensinar as maravilhas da lama. É raro as pessoas darem um conselho prático de verdade. Normalmente elas dizem coisas como "Não se preocupe" e "Vi ficar tudo bem", o que não só é pouco prático como exasperante, e você tem de esperar até que elas sejam diagnosticadas com uma doença terminal para poder lhes dizer o mesmo com algum prazer.

Afundei mais na lama, usando toda a minha força, até cobrir os tornozelos. Eu queria ir mais fundo no lodo frio. Bem mais fundo. Pensei em pegar mais água. Muito mais. Foi então que ouvi passos correndo pelo mato e vi galhos estremecendo, como que empurrados. Um rosto apareceu e disse:

— Marty?

Harry saiu à luz da lua. Ele vestia o uniforme jeans da prisão e estava todo cortado, sangrando.

— Eu escapei! O que está fazendo? Esfriando os pés na lama? Aguenta aí.

Harry veio e afundou os pés descalços no fosso, perto dos meus.

— Assim está melhor. Bem, lá estava eu. Deitado na minha cela, pensando em como os melhores anos da minha vida tinham passado e como eles nem tinham sido assim tão bons. Então, calculei que tudo o que podia esperar era apodrecer e morrer na prisão. Você viu a prisão; aquilo não é lugar para se viver. Pensei: Se eu nem ao menos tentar escapar, jamais vou me perdoar. Certo. Mas como? Nos filmes, os prisioneiros sempre escapam se escondendo dentro de um caminhão de roupa para lavar. Poderia funcionar? Não. Sabe por quê? Porque talvez nos velhos tempos as prisões mandassem as roupas para lavar em outro lugar, mas a gente lava as nossas lá dentro! Então isso estava descartado. Segunda opção, cavar um túnel. Olha, eu cavei sepulturas suficientes na vida para saber que é um trabalho tedioso e extenuante, e, além disso, toda a minha experiência é nos dois primeiros metros, o suficiente para esconder um corpo. Sabe-se lá o que há mais fundo? Lava derretida? Uma camada impenetrável de minério de ferro?

Harry olhou para os próprios pés.

— Acho que a lama está endurecendo. Me ajude a sair daqui — falou, estendendo o braço como se estivesse à venda. Eu o ajudei a sair e ele despencou num montinho de grama. — Me arrume alguma coisa para vestir, e uma cerveja, se tiver. Rápido.

Eu entrei e fui de mansinho até o guarda-roupa do meu pai; ele estava dormindo de bruços, um sono profundo de bêbado com um ronco tão estrondoso que eu quase parei para ver se ele tinha um amplificador ligado no nariz. Peguei um terno velho, e então fui buscar as cervejas na geladeira. Quando voltei, Harry estava outra vez afundado na lama até os tornozelos.

— A primeira coisa que fiz foi fingir que estava doente: dores abdominais tremendas. O que mais eu usaria? Dor nas costas? Infecção do ouvido médio? Dizer que vi uma gota de sangue na urina? Não, eles precisavam pensar que era questão de vida ou morte. Então fiz isso e fui enviado para a enfermaria, às 3 da manhã, quando só havia um homem no posto. Lá estava eu na enfermaria, dobrado em pretensa dor. Perto das 5, o guarda daquele turno saiu para mijar. Imediatamente, eu saí da cama, quebrei o cadeado do armário de remédios e roubei todos os tranquilizantes líquidos que consegui. Dei uma injeção no guarda quando ele voltou e então saí por aí em busca de outro guarda para me ajudar a sair de lá. Eu sabia que jamais sairia sem a ajuda de um guarda, mas esses canalhas são insubornáveis, a maioria deles. Não que eles não sejam corruptos, é só que eles não gostam de mim. Mas, algumas semanas atrás, cobrei todos os meus antigos favores e consegui que um dos meus comparsas fornecesse informações sobre a família de um deles. Escolhi um dos caras mais novos: ele se chama Kevin Hastings, está por lá tem só dois meses, então era mais provável que não entendesse porra nenhuma das coisas lá dentro. É hilário como esses canalhas pensam que são anônimos na prisão. Você consegue fazer eles entrarem em pânico dizendo que sabe precisamente que posições eles usam com a esposa, duração, etc. Mas como eu estava dizendo, Hastings era perfeito. O cara tem uma filha. Eu não teria feito nada, mas tinha que matar o filho da puta de susto. E mesmo que ele não mordesse a isca, o que eu tinha a perder? Eles se dariam ao trabalho de me condenar a *outra* perpétua? Eu já tenho seis! — Harry parou aqui por um momento, refletindo, e disse calmamente: — Vou te dizer uma coisa, Marty, há liberdade na eternidade.

Eu fiz que sim com a cabeça. Parecia verdade.

— Enfim, fui direto até Hastings e sussurrei no ouvido dele: "Me tira daqui agora ou então sua adorável filhinha Rachael vai desfrutar o prazer de um homem muito doente que eu conheço." O rosto dele ficou branco e ele me passou as chaves, me deixou acertar a cabeça dele para não suspeitarem dele, e foi isso. Eu não sinto orgulho por ter dito aquilo, mas foi só uma ameaça. Quando estiver escondido e em segurança, ligo para ele e o tranquilizo, digo que a filha dele está a salvo.

— Boa — eu disse.

— E quais são seus próximos planos, Marty? Eu estava pensando se você não quer vir comigo; ser meu cúmplice. O que me diz?

Contei a Harry sobre o compromisso que eu tinha assumido com minha mãe, que me impedia de sair da cidade no momento.

— Espere, que tipo de compromisso?

— Bem, foi mais um juramento.

— Você fez um juramento para sua mãe?

— O que tem de tão estranho? — perguntei, incomodado.

O que tinha de mais? Não é como se eu tivesse confessado ter *dormido* com minha mãe, eu simplesmente prometi não sair do lado dela.

Harry não disse nada. Sua boca estava meio aberta e eu sentia seus olhos cravados no fundo do meu crânio. Ele deu um tapa no meu ombro.

— Bem, eu não posso fazer você desistir de um juramento, posso?

Eu concordei que não.

— Bem, boa sorte, garoto — ele falou antes de se virar e desaparecer na mata escura. — Até a próxima — gritou sua voz despersonificada.

Ele partiu sem sequer perguntar por Terry.

•

Uma semana depois, minha mãe veio até o meu quarto com uma grande notícia:

— Teu irmão vem para casa hoje. Teu pai está indo buscá-lo — falou, como se ele fosse uma encomenda há muito esperada.

Terry havia se tornado uma espécie de personagem fictício para nós no ano que passara afastado, e o psiquiatra, ao reduzi-lo a um catálogo de sintomas psicológicos, roubou de meu irmão sua individualidade. A verdade é que a complexidade de sua psicose nos impressionava — ele era um efeito colateral em uma guerra travada entre seus instintos mais profundos —, mas levantava uma pergunta que nos atormentava: qual Terry estaria voltando para casa? Meu irmão, o filho da minha mãe, ou o destruidor impotente desesperado pela transcendência do eu?

Todos estávamos com os nervos à flor da pele.

Eu não estava preparado para vê-lo entrando pela porta dos fundos — ele parecia tão feliz que você teria pensado que estivera nas ilhas Fiji saboreando margaritas no coco. Sentou à mesa da cozinha e disse:

— E aí, que tipo de boas-vindas vocês planejaram para o filho pródigo? Engordaram algum novilho?

Minha mãe estava em tal estado que gritou:

— Um novilho? Onde vou conseguir isso?

Então Terry pulou da mesa e a abraçou e a girou pela sala e ela quase gritou de terror, tamanho era o medo que sentia do próprio filho.

Depois do almoço, Terry e eu caminhamos pela estreita estrada de terra que levava à cidade. O sol estava forte. Todas as moscas do bairro vieram cumprimentá-lo. Ele as espantou e disse:

— Não posso fazer isso atado a uma cama.

Eu lhe contei a história da fuga de Harry e sua aparição aquela noite no jardim.

— Tem visto Caroline? — perguntou ele.

— De vez em quando.

— Como ela está?

— Vamos até a casa dela.

— Espere. Estou bem assim?

Dei uma olhada rápida e fiz que sim com a cabeça. Como sempre, ele estava bem. Não, melhor que isso. Terry já parecia um homem, enquanto eu, mais homem que ele em idade, parecia um garoto com a doença do envelhecimento precoce. Caminhamos em silêncio até a cidade. O que se diz a alguém que acabou de sair do inferno? "Era quente o bastante para você?" Acho que, no fim das contas, deixei escapar algo como "Como você está?", com ênfase no está, e ele murmurou:

— Os cachorros não conseguiram me destruir.

Eu sabia que ele tinha passado por uma experiência que jamais seria capaz de comunicar.

Chegamos à cidade, e Terry dirigia a cada pessoa na rua um olhar desafiador. Havia amargura e raiva naquele olhar. Claramente, o "tratamento" do hospital não tinha feito nada para acalmar sua raiva. Ele guardava rancor de todos. Tinha decidido não culpar nossos pais por sua sentença, mas concentrou sua fúria em todas as pessoas que seguiam a palavra da caixa de sugestões.

Com exceção de uma. Lionel Potts veio pulando, agitando os braços descontroladamente.

— Terry, Terry!

Ele era a única pessoa na cidade que estava feliz em ver meu irmão. Era um alívio bem-vindo sentir a energia do entusiasmo infantil de Lionel. Ele era o tipo de homem com quem se fala sobre o clima e ainda assim sai sorrindo.

— Os irmãos Dean, juntos outra vez! Como vai, Terry? Graças a Deus você saiu daquele buraco. Uma merda de lugar, não? Deu meu telefone para aquela enfermeira loira?

— Desculpa, cara — disse Terry. — Para isso você vai ter que se internar.

Então quer dizer que Lionel tinha ido visitar Terry.

— Pode ser, Terry. Ela parecia valer a pena. Ei, Caroline está no café, fumando. Ela finge que esconde de mim e eu finjo que não sei. Já falou com ela?

— Íamos fazer isso agora — disse Terry.

— Excelente! Espere aqui! — Lionel pegou um maço de cigarros. — Estes são light. Veja se consegue fazê-la parar com o Marlboro extraforte, tá? Se não te incomodar um conluiozinho.

— De jeito nenhum. Como estão suas costas?

— Uma porcaria! Meus ombros parecem braçadeiras. Um massagista nesta cidade, esse é o tipo de sugestão que ajudaria em alguma coisa — disse Lionel enquanto massageava os próprios ombros com as duas mãos.

Terry e eu chegamos à porta do café. Estava fechado. Agora ficava sempre fechado; o boicote finalmente vencera. Caroline estava escondida lá dentro; o café era seu esconderijo particular enquanto o pai não conseguisse vendê-lo. Nós a vimos pela janela: estava apoiada no balcão fumando, tentando soprar anéis de fumaça perfeitos. Era lindo. Os anéis saíam como semicírculos espiralados. Dei uma batidinha no vidro e tentei colocar a mão no ombro de Terry em apoio fraterno, mas minha mão ficou no ar. Quando virei, vi suas costas se afastando depressa, e quando Caroline destrancou a porta e saiu para a rua, ele já não estava.

— Que foi? — perguntou ela.

— Nada.

— Quer entrar? Estou fumando.

— Talvez mais tarde.

Quando me afastei, senti um mau cheiro no ar, como o de pássaros mortos apodrecendo ao sol.

Encontrei Terry sentado sob uma árvore, com um monte de cartas nas mãos. Olhei para as cartas.

— São dela — disse ele.

Cartas de Caroline! Cartas de amor, sem dúvida.

Eu me estiquei na grama e fechei os olhos. Não havia vento, e quase nenhum som. Tive a impressão de estar dentro de um cofre de banco.

— Posso dar uma olhada? — perguntei.

Um traço masoquista em mim estava morrendo de vontade de colocar as mãos naquelas cartas nojentas. Eu estava louco para ver como ela expressava seu amor, mesmo que não fosse por mim.

— São particulares.

Senti algo rastejando em meu pescoço, talvez uma formiga, mas não me mexi — não queria conceder-lhe a vitória moral.

— Bom, você pode resumir? — pedi.

— Ela diz que só quer ficar comigo se eu desistir do crime.

— E você vai desistir?

— É, acho que sim.

Eu me senti um pouco diminuído. É claro que eu estava feliz porque Terry seria salvo pela mulher que ele amava, mas não conseguia me alegrar. O sucesso de um irmão é o fracasso do outro. Droga. Eu não achava que ele teria coragem.

— É só que... — falou ele.

Eu me sentei e olhei para ele. Seus olhos estavam pesados. Talvez o hospital o tivesse transformado, afinal. Eu não sabia exatamente como; talvez dentro dele algo líquido tivesse endurecido, ou talvez algo sólido tivesse derretido. Terry olhou fixamente em direção ao centro da cidade.

— Tem uma última coisa que eu preciso fazer — falou. — Só uma última coisinha ilegal.

Só uma coisa. Todos dizem isso. Só uma e ele estará pronto para a próxima, e antes que se dê conta ele será uma bola de neve rolando montanha abaixo e juntando neve amarela de xixi.

— Bom, você é quem sabe — falei, sem encorajá-lo diretamente, mas também sem desencorajá-lo.

— Talvez eu não devesse fazer isso — disse Terry.

— Talvez.

— Mas eu quero.

— Bom — falei, escolhendo as palavras com cuidado —, às vezes as pessoas precisam fazer certas coisas, sabe, para tirar do caminho as coisas que precisam ser feitas.

O que eu estava dizendo? Absolutamente nada. Era simplesmente impossível recomendar a Terry que agisse de determinada maneira; essa era minha defesa para o inconcebível de mau irmão que eu estava sendo.

— É — falou ele, absorto em pensamentos, e fiquei lá parado como uma placa de "pare", embora na verdade dissesse "siga".

Terry levantou e sacudiu a grama de sua calça jeans.

— A gente se vê daqui a pouco — falou, e foi andando devagar na direção oposta do café de Caroline.

Ele estava mesmo enrolando, acho que porque queria que eu o impedisse. E não fiz nada.

A traição usa muitas máscaras diferentes. Não precisa cometê-la com espalhafato, como fez Brutus, não precisa deixar um cabo sobressaindo da base da espinha dorsal de seu melhor amigo, e depois ficar lá apurando o ouvido por horas, mas tampouco escutará um galo cantar. Não, as traições mais insidiosas são cometidas meramente por deixar o colete salva-vidas pendurado no guarda-roupas enquanto mente para si mesmo que não deve ser do tamanho do homem que está se afogando. É assim que nos deixamos levar, e enquanto isso atribuímos os problemas do mundo ao colonialismo, ao imperialismo, ao capitalismo, ao corporativismo, à estupidez do homem branco e à América, mas não há necessidade de criar um novo nome para a culpa. Egoísmo: essa é a origem da nossa decadência, e ele não começa nas salas de reunião nem nos centros de comando. Começa em casa.

Horas depois, ouvi a explosão. Da janela, vi nuvens espessas de fumaça espiralando na noite banhada pelo luar. Meu estômago se contraiu enquanto eu corria para a cidade. Não fui o único. Todo o povo estava reunido na rua principal que saía da sede da prefeitura. Eles olhavam horrorizados, a expressão perfeita de uma multidão de espectadores que se reúnem especificamente para tragédias. Minha caixa de sugestões venenosa fora destruída. Havia pedaços dela por toda a rua.

Uma ambulância chegara, mas não por causa da caixa quebrada. Um homem estava estirado na calçada, o rosto coberto com um pano branco encharcado de sangue. Primeiro pensei que estivesse morto, mas ele removeu o pano, revelando um rosto coberto de sangue e pólvora carbonizada. Não, não estava morto. Estava cego. Tinha se aproximado da caixa para colocar uma sugestão quando tudo explodiu na cara dele.

— Não estou enxergando! Não estou enxergando nada! — gritava, em pânico.

Era Lionel Potts.

Havia mais de cinquenta homens e mulheres na cena, e em seus olhos havia um brilho especial, como se tivessem vindo dançar nas ruas em uma noite encantada. Ao fundo da multidão, vi Terry sentado na sarjeta com a cabeça entre as pernas. O horror de seu inoportuno ato de vandalismo era demais para ele. Lionel fora a única luz em um mundo de gente apagada, e Terry lhe tinha arrancado os olhos. Era estranho ver cacos de minha caixa de sugestões espalhados por toda a via, e meu irmão afundado na sarjeta, e Lionel estatelado na calçada, e Caroline curvada sobre ele; parecia que todas as pessoas que eu amava também tinham explodido. A fumaça ainda estava suspensa no ar, espiralando-se na luz azulada, e o cheiro era muito similar ao de uma noite de queima de fogos.

Depois de apenas cinco dias, nossa família vestia sua melhor roupa de domingo.

Os tribunais juvenis são exatamente iguais aos tribunais comuns. Como uma ricaça provando ternos em seu gigolô favorito, o Estado experimentou várias acusações contra Terry: tentativa de homicídio doloso, tentativa de homicídio culposo, lesão corporal dolosa — os promotores não chegavam a uma conclusão. Eles deveriam ter me prendido também. Não sei se incitar um crime por amor é um delito previsto por lei, mas deveria ser.

No fim das contas, Terry foi condenado a três anos de prisão em um centro de detenção juvenil. Quando o levaram, ele me deu uma piscadela. Então já não estava lá, simplesmente. O resto de nós fica abraçado em grupo no tribunal, totalmente chocado. Vou te dizer, as engrenagens da Justiça podem girar devagar, mas quando o Estado quer você fora de circulação, essas engrenagens que o levam giram na velocidade de um cometa.

Democracia

Depois que Lionel ficou cego, eu me vi assombrado por perguntas, e, com a prisão de Terry, senti que aquelas perguntas me oprimiam de todos os lados. Precisava fazer alguma coisa. Mas o quê? Eu tinha de ser alguém. Mas quem? Eu não queria imitar a burrice das pessoas à minha volta. Mas deveria imitar a burrice de quem? E por que me sentia mal à noite? Eu estava com medo? O medo estava me deixando ansioso? Como poderia pensar com clareza se estava ansioso? E como poderia entender alguma coisa se não podia pensar com clareza? E como agiria neste mundo se não conseguia entender coisa alguma?

Foi nesse estado de confinamento que cheguei à escola, mas não consegui atravessar os portões. Por mais de uma hora fiquei parado olhando para os prédios de tijolo, os estudantes estúpidos, as árvores no parquinho, as calças de poliéster marrom das professoras produzindo um som sibilante entre suas coxas roliças enquanto marchavam de sala em sala, e pensei: Se eu estudar muito, passo nas provas, mas e daí? O que faço entre *esse* momento e o momento da minha morte?

Quando cheguei em casa, nem minha mãe nem meu pai pareciam se importar muito com o fato de eu ter abandonado a escola. Meu pai estava lendo o jornal local. Minha mãe estava escrevendo uma carta para Terry, uma carta longa, de pelo menos quarenta páginas. Eu dei uma espiada, mas não consegui passar do primeiro parágrafo, que dizia: "Eu te amo eu te amo meu filho querido minha vida meu amor o que você fez meu amor meu filho amado?"

— Vocês não me ouviram? Eu disse que saí da escola — repeti num sussurro doído.

Eles não reagiram. O que visivelmente faltava no silêncio era a pergunta: "O que você vai fazer agora?"

— Vou entrar para o exército! — gritei de modo ridículo, para impressionar.

Funcionou, ainda que à maneira de um buscapé que chia e faísca no chão e então apaga abruptamente. Meu pai disse "Rá!", enquanto minha mãe mal virou a cabeça em minha direção e disse, numa voz calma e austera: "Não faça isso." E foi tudo.

Em retrospecto, vejo o quão desesperadamente eu precisava de atenção depois de uma vida inteira sendo letra miúda em comparação com as manchetes do meu irmão. Não posso encontrar nenhum outro motivo para minha decisão teimosa, impetuosa e autodestrutiva de prosseguir com minha ameaça. Dois dias depois, na sala de alistamento do exército australiano, lá estava eu respondendo perguntas estúpidas com respostas estúpidas.

— Diga-me, filho, o que acha que é um bom material para o exército? — perguntou o recrutador.

— Algodão leve? — arrisquei, e depois de não rir por dez segundos, ele me mandou, de má vontade, para o médico.

Infelizmente, aquele foi o fim da minha aventura. No exame físico obrigatório, fui reprovado com distinção. O médico me examinou com um olhar atônito no rosto e concluiu que nunca tinha visto um corpo tão fora de forma quanto o meu em tempos de paz.

Contra toda razão, levei a mal a rejeição e caí em profunda depressão. O que se seguiu foi um tempo perdido: três anos durante os quais me senti rodeando as perguntas que me haviam rodeado, embora nunca encontrasse as respostas de que necessitava. Enquanto buscava, saía para caminhar. Lia. Aprendi a arte de ler andando. Deitava sob as árvores e assistia, através de um véu de folhas, às nuvens se arrastarem pelo céu. Passei meses inteiros pensando. Descobri mais sobre as propriedades da solidão, como é parecida com ter os testículos lentamente espremidos por uma mão que acabou de sair da geladeira. Se eu não conseguia encontrar um meio de estar no mundo de forma autêntica, encontraria um modo superior de me esconder, e para isso tentei máscaras diferentes: tímido, elegante, pensativo, animado, jovial, frágil; eram máscaras simples, definidas por uma única característica. Outras vezes, experimentava máscaras complexas, melancólico mas animado, vulnerável mas alegre, orgulhoso mas taciturno. Estas últimas eu por fim abandonei, pois sua manutenção requeria muita energia. Acredite: manter uma máscara complexa acaba com a gente.

Os meses se arrastaram e viraram anos. Eu vaguei e vaguei, enlouquecendo com a inutilidade da minha vida. Sem renda, eu vivia com pouco. Juntava bitucas de cigarro que encontrava nos cinzeiros dos pubs. Meus dedos adquiriram uma cor amarelo-enferrujada. Eu fitava estupidamente as pessoas da cidade. Dormia ao relento. Dormia na chuva. Dormia em minha cama. Aprendi lições valiosas sobre a vida — por exemplo, que uma pessoa que está sentada tem oito vezes mais probabilidade de lhe dar um cigarro que uma pessoa que está caminhando, e 28 vezes mais probabilidade que uma pessoa dentro de um carro presa no trânsito. Nenhuma festa, nenhum convite, nenhuma socialização. Aprendi que me desvincular é fácil. Fugir? Fácil. Me esconder? Esvair? Extirpar? Simples. Quando você se retira do mundo, o mundo também se retira em igual medida. São dois para lá, dois para cá, você e o mundo. Eu não ia atrás de problemas, e me exauria o fato de que nenhum problema vinha a meu encontro. Fazer nada é tão turbulento para mim quanto trabalhar no saguão da Bolsa de Valores de Nova York na manhã de uma crise no mercado. É assim que eu sou. Nada me aconteceu em três anos, e foi muito, muito estressante.

Os moradores da cidade começaram a olhar para mim com algo que lembrava horror. Admito, eu era uma figura estranha naqueles dias: pálido, sujo, a barba por fazer. Uma noite de inverno, descobri que tinha sido proclamado não oficialmente o primeiro mendigo maluco da cidade, embora eu ainda tivesse casa.

E as perguntas permaneciam, e a cada mês minha demanda por respostas gritava mais alto e com mais insistência. Passei por um período ininterrupto de olhar para as estrelas internas, onde as estrelas eram meus próprios pensamentos, impulsos e atos. Andava a esmo, abarrotando minha cabeça com literatura e filosofia. A primeira pista verdadeira de alívio viera de Harry, que me apresentara Nietzsche quando eu o encontrara na prisão. "Friedrich Nietzsche, Martin Dean", disse ele, apresentando-o ao jogar um livro na minha mão. "As pessoas se irritam com aqueles que adotam padrões de vida muito individuais; elas se sentem humilhadas, reduzidas a seres ordinários, pelo tratamento extraordinário que tais homens dispensam a si mesmos", falou, citando seu ídolo.

Desde então, eu devorara vários livros de filosofia da biblioteca, e parecia que a maior parte da filosofia eram discussões mesquinhas sobre coisas que simplesmente não há como saber. Pensei: Por que perder tempo com problemas insolúveis? Que importa se a alma é feita de átomos suaves e redondos ou de Lego? Não temos como saber, então simplesmente descartemos. Também descobri que, gênios ou não, a maioria dos filósofos subestimou a própria filosofia, de Platão em diante, porque quase nenhum parecia disposto a começar do zero ou suportar a incerteza. Dava para ler os preconceitos, o egoísmo e os desejos de cada um deles. E Deus! Deus! Deus! As mentes mais brilhantes propondo todas essas teorias complicadas e então dizendo: "Mas vamos simplesmente presumir que há um Deus e vamos presumir que ele é bom." Por que presumir alguma coisa? Para mim, era óbvio que o homem criou Deus a sua imagem. O homem não tem imaginação para inventar um deus totalmente diferente dele, e é por isso que, nas pinturas renascentistas, Deus parece uma versão magricela do Papai Noel. Hume diz que o homem só recorta e cola, não inventa. Os anjos, por exemplo, são homens com asas. Do mesmo modo, o Pé-Grande é um homem com pé grande. É por isso que eu via, na maioria dos sistemas filosóficos "objetivos", os medos, impulsos, preconceitos e aspirações do homem rabiscados por toda parte.

A única coisa de valor que eu fazia era ler livros para Lionel, cujos olhos estavam irrevogavelmente danificados, e, numa tarde chuvosa, quase perdi a virgindade com Caroline, um acontecimento que precipitou sua saída da cidade no meio da madrugada. Foi assim que aconteceu:

Estávamos tentando ler um livro juntos para o pai dela, mas ele continuava interrompendo para se convencer de que sua vida tinha mudado para melhor. Lionel estava fazendo tudo o que podia para superar a cegueira. "Semblantes Críticos! Olhares condescendentes que recebi desde o dia em que me mudei para esta cidade podre! Nunca mais os verei novamente! Graças a Deus — eu já não aguentava mais!" Lionel estava finalmente desabafando sobre a antipatia automática das pessoas para com ele como se sua personalidade fosse uma extensão de seu saldo bancário. Elas não queriam saber quem ele era ou conhecer sua história. Não se importavam que dois anos antes de se mudar para a cidade, descobriram que a mãe de Caroline tinha uma porção de tumores incuráveis que cresciam dentro dela como ameixas. Não se importavam que ela tivesse sido uma mulher meio insensível e neurótica, e que em vias de morrer não se tornara exatamente um amor de pessoa. Não acreditavam que um homem com tanto dinheiro pudesse ter qualidades humanas dignas de empatia. Ele se insurgia contra o preconceito mais fétido que existe: os que odeiam ricos.

Ao menos racistas, homens que odeiam negros, por exemplo — eles não têm o desejo oculto de *ser* negros. Seu preconceito, embora abominável e estúpido, é ao menos completo e honesto. A aversão aos ricos por parte daqueles que se lançariam à primeira oportunidade de trocar de lugar com eles é um clássico exemplo de dor de cotovelo.

— Ei! Também nunca mais vou precisar ver um rosto decepcionado! Agora, quando eu deixar alguém para baixo, se ele não disser "Ahhhhhhhhh", eu não vou me sentir oprimido! Merda de olhares reprovadores! Me livrei!

Finalmente, ele embalou no sono. Enquanto Lionel roncava como se ele inteiro fosse um nariz, entramos silenciosamente no quarto de Caroline. Ela havia decidido esquecer tudo sobre Terry, mas falava tanto nisso que era a única coisa que tinha na cabeça. Por mais que eu amasse o som de sua voz porosa, eu precisava me desligar. Acendi uma guimba que havia encontrado numa poça e secado ao sol. Enquanto fumava, senti os olhos dela em mim, e quando olhei para ela, vi seu lábio inferior encurvar um pouco, como uma folha quando atingida por uma gota de chuva.

De repente, ela abaixou a voz.

— O que vai acontecer com você, Martin?

— Comigo? Não sei. Nada de ruim, espero.

— O seu futuro! — ela falou, ofegante. — Não suporto pensar nisso!

— Ora, não pense.

Ela veio correndo e me abraçou. Depois se afastou, e nos olhamos nos olhos e respiramos nas narinas um do outro. Então ela me beijou com os olhos fechados — eu sei disso porque os meus estavam bem abertos. Em seguida abriu os olhos também, e eu fechei os meus depressa. Era inacreditável! Minhas mãos buscaram seus seios, algo que eu queria fazer antes mesmo de eles existirem. Suas mãos, enquanto isso, foram direto para o meu cinto, e tentavam descobrir como desabotoá-lo. Por uma fração de segundo, pensei que ela quisesse me bater com o cinto. Até que peguei o jeito da coisa: levantei a saia dela e lhe tirei a calcinha. Estatelamos na cama feito soldados abatidos. Lá, lutamos juntos, esforçando-nos por nos livrar das roupas importunas, até que ela de repente se afastou de mim e gritou:

— O que a gente está fazendo!

Antes que eu pudesse responder, ela correu para fora do quarto chorando.

Fiquei na cama dela, confuso, durante meia hora, cheirando seu travesseiro de olhos fechados, absorto no espetáculo de um sonho de vida escorrendo pelos meus dedos. Quando vi que ela não voltaria, me vesti e fui sentar embaixo da minha árvore preferida para pensar meus pensamentos suicidas e arrancar ervas daninhas.

Evitei Caroline na semana seguinte. Já que fora ela quem ficara histérica, cabia a ela me contactar. Então, no sábado, Lionel me telefonou em pânico. Ele não conseguia encontrar a escova de dentes, e embora estivesse cego, isso não queria dizer que ele não tivesse medo de gengivite. Fui até lá e a encontrei flutuando no vaso sanitário, respingada de fezes. Eu disse a ele que, infelizmente, ele teria de dar adeus àquela escova de dentes, mas de preferência sem um beijo.

— Ela foi embora — disse ele. — Acordei ontem de manhã e havia uma pessoa estranha respirando no meu quarto. Você sabe, eu consigo reconhecer uma pessoa pela respiração. Foi o maior susto da minha vida. Gritei: "Quem é você?" O nome dela era Shelly, uma enfermeira que Caroline havia arranjado para cuidar de mim. Não sei o que vou fazer. Estou com medo, Martin. A escuridão é monótona e surpreendentemente marrom.

— Para onde Caroline foi?

— Se eu soubesse! Mas aposto que ela está se divertindo. É isso que se ganha por dar uma educação liberal ao seu filho: liberdade.

— Tenho certeza de que ela vai voltar logo — menti.

Eu achava que ela jamais voltaria. Sempre soube que Caroline desapareceria algum dia, e finalmente aquele dia tinha chegado.

Nos meses seguintes, recebemos cartões-postais de toda parte. O primeiro era de um rio em Bucareste, com a palavra "Bucareste" estampada sobre ele, e no verso Caroline rabiscara: "Estou em Bucareste!" Outros desse tipo chegaram a cada duas semanas da Itália, Viena, e de Varsóvia e de Paris.

Enquanto isso, eu visitava Terry com frequência. Era uma viagem longa, pegava um ônibus até a capital, depois um trem, e então outro ônibus para um bairro pobre na periferia. O centro de detenção parecia um conjunto residencial com poucos andares. Cada vez que eu entrava, o administrador me cumprimentava como se eu fosse o patriarca de uma família ilustre e me levava pessoalmente à sala de visitas, passando por uma longa série de corredores, onde o tempo todo eu me sentia fisicamente ameaçado por jovens delinquentes que nunca deixavam de parecer furiosos, como se tivessem sido presos depois de atravessar o Himalaia a pé. Terry normalmente estava esperando por mim na sala de visitas. Às vezes ele tinha hematomas fresquinhos ao redor dos olhos. Um dia, sentei com ele para ver uma marca perfeita de soco em seu queixo, que apenas começava a desaparecer. Ele me olhou com grande intensidade.

— Caroline me visitou antes de ir embora e disse que, apesar de eu ter deixado o pai dela cego, ela sempre vai me amar.

Como não respondi, ele falou sobre o ato de cegar Lionel como uma passagem sem volta para uma vida de crime.

— Na sociedade normal, você não se queima — falou —, é incinerado.

Ele falou depressa, como se estivesse dando ordens durante uma emergência. Estava ávido por se justificar, se abrir, obter minha aprovação para seu novo plano. Ele estava recolhendo os cacos daquela caixa de sugestões e, com eles, construindo a história de sua vida. Ele os encaixaria de uma forma que lhe permitisse seguir vivendo.

— Não pode simplesmente abaixar a cabeça e se dedicar aos estudos? — supliquei.

— Claro, eu estou estudando. Alguns de nós temos grandes planos para quando sairmos daqui — disse ele, piscando. — Conheci uns sujeitos que estão me ensinando umas coisinhas.

Saí de lá torcendo as mãos, pensando sobre centros de detenção, reformatórios, prisões; é nesses lugares que delinquentes promissores mais tiram proveito de sua socialização. O Estado está sempre se encarregando de apresentar criminosos perigosos uns aos outros; eles são conectados diretamente à rede de contatos.

•

Se meu pai teve uma ideia para acelerar a própria deterioração, foi conseguir um emprego em uma dedetizadora. Nos últimos anos, ele havia se tornado o faz-tudo da cidade. Cortava grama, consertava cercas, fazia bicos como pedreiro, mas agora, finalmente, ele tinha encontrado o trabalho perfeito: exterminar pragas. Inalava gases tóxicos o dia todo, lidando com substâncias como veneno de insetos e bolinhas azuis e letais, e eu tinha a impressão de que ele estava adorando a própria toxicidade. Ele chegava em casa mostrando as mãos e dizia: "Não me toquem! Não cheguem perto de mim! Estou com veneno nas mãos! Rápido! Alguém abra as torneiras!" Às vezes, quando se sentia mais nocivo que de costume, ele corria em nossa direção com as mãos venenosas esticadas e ameaçava tocar nossa língua. "Eu vou pegar sua língua! Vocês estão fritos!"

— Por que não usa luvas?! — minha mãe gritava.

— Luvas são coisas de proctologista! — ele respondia enquanto nos perseguia pela casa.

Eu deduzi que esse era seu estranho modo de lidar com o câncer de minha mãe, fingindo que ela era uma criança doente e ele, o palhaço contratado para animá-la. Ela finalmente dera a meu pai a má notícia, e embora ele tivesse sido compassivo o suficiente para parar de surrá-la quando estava bêbado, o câncer dela, com seu ciclo de tratamento, remissão e recaída, o deixava cada vez mais instável. Agora, enquanto meu pai nos ameaçava com mãos envenenadas, minha mãe me fitava fixa e demoradamente, fazendo com que eu me sentisse um espelho da morte que a aguardava.

E assim eram as coisas em nossa casa; com minha mãe enfraquecendo, meu pai se convertendo em vetor de toxinas letais e Terry passando do hospital psiquiátrico à prisão, o que antes havia sido um ambiente venenoso em metáfora se tornou um literalmente também.

•

Quando finalmente Terry saiu do centro de detenção, eu, sem nenhum motivo em especial, renovei minhas esperanças de que ele estivesse reabilitado e talvez até quisesse voltar para casa e ajudar nossa mãe enferma. Fui para um endereço que ele havia me passado por telefone. Para chegar lá, tive de viajar quatro horas até Sydney e então pegar outro ônibus para viajar mais uma hora até um distrito da zona sul. Era um bairro calmo e arborizado; as famílias estavam ao ar livre, passeando com seus cachorros e lavando o carro, e um entregador de jornais empurrava pela rua uma carreta amarela, arremessando despreocupadamente os exemplares de modo a caírem na porta de cada casa — que precisão admirável — com a manchete da primeira página virada para cima. A casa em que Terry estava morando tinha uma camionete Volvo bege estacionada na entrada. Um irrigador molhava com delicadeza a grama perfeitamente aparada. A bicicleta prateada de um garoto repousava nos degraus que levavam à varanda da frente. Seria isso mesmo? Será que Terry fora adotado por engano por uma família de classe média baixa?

Uma mulher de bobes no cabelo castanho e camisola cor-de-rosa atendeu a porta.

— Aqui é Martin Dean — balbuciei hesitante, como se talvez eu não fosse mesmo ele.

Seu sorriso gentil desapareceu tão rápido que me perguntei se não o tinha imaginado.

— Eles estão nos fundos — falou.

Enquanto me conduzia por um corredor escuro, a mulher tirou os bobes com o cabelo junto: era uma peruca. Seu cabelo real, amarrado num coque apertado e preso com grampos, era vermelho fogo. Ela tirou também a camisola cor-de-rosa e revelou uma lingerie preta envolvendo um corpo curvilíneo que tive vontade de levar para casa a fim de usar de travesseiro. Quando a segui pela cozinha, vi que havia buracos de bala nas paredes, nos armários, nas cortinas; o sol entrava pelos minúsculos círculos perfeitos e se espalhava diagonalmente pelo cômodo em bastões dourados. Uma mulher roliça e seminua estava sentada à mesa com a cabeça entre as mãos. Passei por ela e saí para o quintal. Terry estava virando linguiças na churrasqueira. Uma escopeta estava apoiada na cerca de madeira ao seu lado. Dois homens com cabeças raspadas descansavam em espreguiçadeiras tomando cerveja.

— Marty! — gritou Terry. Ele veio até mim e me deu um abraço apertado. Com um braço sobre meu ombro, apresentou-me com entusiasmo: — Pessoal, este é o meu irmão, Marty. Ele ficou com o cérebro.

Eu fiquei com o que sobrou. Marty, este é o Jack, e aquele sujeito ali com cara de tímido é o Machadão.

Sorri nervosamente para aqueles homens fortes, pensando que raras vezes um machado era necessário em um churrasco. Ao olhar para meu irmão robusto e musculoso, eu, num gesto automático, endireitei as costas. Em algum momento durante os últimos anos, eu me dera conta de que tinha desenvolvido uma ligeira corcunda, de modo que, de longe, eu parecia ter cerca de 73 anos.

Terry disse:

— E agora, o *grand finale*...

Ele tirou a camisa e eu balancei em choque. Terry tinha tatuado o corpo inteiro! Da cabeça aos pés, meu irmão era um labirinto de ilustrações malucas. Nos dias de visita, eu já tinha visto as tatuagens rastejando por sob as mangas de sua camisa, mas era a primeira vez que eu via o que ele tinha feito com seu corpo. Agora eu podia decifrar, de seu pomo de Adão a seu umbigo, um tigre da Tasmânia arreganhando os dentes, um ornitorrinco rosnando, um emu rugindo de modo ameaçador, uma família de coalas exibindo facas em suas patas cerradas, um canguru com as gengivas gotejando sangue, com um facão na bolsa. Todos animais australianos! Eu nunca tinha percebido como meu irmão era patriótico. Terry flexionou os músculos, e era como se os animais raivosos estivessem respirando; ele aprendera a contorcer o corpo de forma que os animais parecessem ganhar vida. O efeito era mágico e assustador. As cores entrelaçadas me causavam vertigem.

— Tá ficando um pouco lotado este zoológico aqui, não? — disse Terry, farejando minha reprovação. — Ah, adivinha quem mais veio!

Antes que eu pudesse responder, uma voz familiar gritou de algum lugar no alto. Harry estava debruçado em uma janela no andar de cima, com um sorriso tão largo que a boca parecia engolir o nariz. Um minuto depois ele estava conosco no quintal. Tinha envelhecido desde que o vira pela última vez. Cada fio de cabelo adquirira um triste tom grisalho, e as feições em seu rosto cansado e enrugado pareciam ter sido cravadas em seu crânio. E notei que sua manqueira também havia piorado: ele arrastava a perna atrás de si como a um saco de tijolos.

— Estamos fazendo, Marty! — gritou Harry.

— Fazendo o quê?

— A cooperativa democrática do crime! É um momento histórico! Estou feliz que você esteja aqui. Sei que não posso obrigá-lo a se juntar a nós, mas pode ser uma testemunha, não? Deus, é maravilhoso que seu irmão esteja livre. Eu tive uns momentos merda. Ser fugitivo é ser só.

Harry explicou como enganara a polícia com telefonemas anônimos informando falsos paradeiros de si mesmo. Havia patrulhas realizando buscas em todas as ruas de Brisbane e da Tasmânia. Caiu na gargalhada ao pensar nisso.

— É tão fácil despistar a polícia! Afinal, eu só estava dando um tempo até que a pena de Terry terminasse. E agora estamos aqui! É como o senado grego! A gente se encontra todas as tardes às 4 horas, na beira da piscina.

Olhei para a piscina. Era uma dessas que ficam acima do solo, a água de um verde serpentino. Uma lata de cerveja boiava na água. Claramente, democracia não tinha nada a ver com higiene. O lugar era uma cloaca. A grama estava alta, havia caixas vazias de pizza esparramadas e buracos de bala em toda parte, e na cozinha eu podia ver a puta sentada à mesa, coçando-se com indiferença.

Terry sorriu para ela pela janela. Coloquei a mão no ombro dele.

— Posso ter uma palavra com você?

Contornamos a piscina até o outro lado. Na churrasqueira de tijolos, as linguiças haviam queimado e estavam secando ao sol.

— Terry — falei —, o que você está fazendo? Por que não desiste do crime e arranja um emprego normal em algum lugar? A cooperativa nunca vai funcionar, sabe disso. Além do mais, Harry é louco — agreguei, embora não estivesse convencido disso.

A verdade era que, quando fitei os olhos desvairados de Terry, comecei a suspeitar de que meu irmão fosse o verdadeiro louco, e Harry, apenas um velho excêntrico com ideias estranhas.

— E quanto a você? — perguntou Terry.

— Quanto a mim?

— O que é que vai fazer com a *sua* vida? Não sou eu quem está preso numa jaula, é você. Não sou eu que estou vivendo numa cidade que odeio. Não sou eu que ignora o próprio potencial. Qual é o *seu* destino, cara? Qual é a *sua* missão na vida? Você não pertence àquela cidade. Não pode ficar lá para sempre. Não pode proteger a mamãe do papai, nem da morte. Você tem que se libertar deles. Tem que sair de lá e viver a sua vida. A minha vida está mais ou menos mapeada. Mas você... você é que está aí sentado sem fazer nada.

Aquilo me impressionou. O desgraçado tinha razão. Era *eu* quem estava preso. Eu não tinha ideia de para onde ir ou o que fazer. Eu não queria ficar atado a uma rotina pesada, mas também não era um criminoso. Além do mais, eu tinha criado aquele vínculo indissolúvel com minha mãe, e estava começando a me cansar dele.

— Marty, já pensou em fazer faculdade?

— Eu não vou para a faculdade. Nem terminei a escola.

— Pô, cara, você tem que fazer alguma coisa! Por que não começa saindo daquela merda de cidade?

— Eu não posso sair da cidade.

— E por que não?

Mesmo sabendo que não deveria, contei a Terry sobre a promessa que havia feito. Expliquei que estava de mãos atadas. Brutal e completamente atadas. O que podia fazer? Deixar minha mãe sozinha para morrer com meu pai insensível? A mulher que lia para mim enquanto eu estava em coma durante todos aqueles anos? A mulher que havia arriscado tudo por mim?

— Como ela está? — perguntou Terry.

— Está bem, na medida do possível — falei, mas era mentira.

Evitar a morte estava tendo um efeito estranho sobre ela. De tempos em tempos, minha mãe se arrastava até meu quarto à noite e lia para mim. Eu não suportava aquilo. O som de uma voz lendo um livro me fazia lembrar aquela outra prisão, aquela detestável morte em vida: o coma. Às vezes, no meio da noite, quando eu dormia profundamente, era acordado por uma sacudida violenta. Era minha mãe, querendo ter certeza de que eu não tinha entrado em coma outra vez. Era impossível dormir.

— O que vai fazer? — perguntou Terry. — Ficar lá até ela morrer?

Era um pensamento terrível, o de que ela morreria um dia e que eu tinha feito esse voto que agora me estrangulava. Como eu podia continuar desse jeito sem sucumbir ao pensamento mais abominável: "Ei, mãe. Morre logo!"?

Terry me dissuadiu de visitá-lo em casa outra vez. Por insistência dele, nos encontrávamos em jogos de críquete ou de rúgbi, dependendo da temporada. Durante esses jogos, ele me colocava a par das travessuras da cooperativa democrática: como eles mudavam o modus operandi o tempo todo e nunca faziam o mesmo trabalho duas vezes, ou até faziam, mas não do mesmo jeito. Por exemplo, uma vez eles efetuaram dois assaltos a bancos seguidos. O primeiro foi no fim do dia, e todos entraram vestindo balaclavas e forçaram os clientes e funcionários a ficar com o rosto grudado no chão. Da segunda vez eles apareceram na hora do almoço, vestiram máscaras de gorilas, só falaram em russo uns com os outros e fizeram os clientes e funcionários darem as mãos e formar um círculo. Eles eram rápidos. Eram eficientes. E, acima de tudo, eram anônimos. Foi ideia de Harry que a gangue aprendesse alguns idiomas — não a coisa toda, só o tipo de vocabulário necessário em uma situação de roubo: "Pega o dinheiro", "Diz pra eles colocarem as mãos pra cima", "Vamos dar o fora", esse tipo de coisa. Harry era mesmo um gênio quando se tratava de despistar as pessoas. Era um mistério como ele havia passado tanto tempo na cadeia. Ele também descobriu alguns informantes da polícia, que alimentava com informações falsas. E quanto a um ou dois inimigos seus dos velhos tempos, com quem a gangue tinha de lidar, eles os atacaram quando estavam mais vulneráveis: quando tinham mais de duas mercadorias roubadas para esquentar.

O único problema era que a construção de uma cooperativa democrática, a realização do sonho de Harry, parecia inflamar sua paranoia inigualável. Você não podia ficar atrás dele! Ele deslizava contra a parede, e se alguma vez estivesse em um lugar aberto, girava feito um pião. Ele entrava em pânico em multidões, e quando se via no meio de uma, tinha espasmos violentos. O mais engraçado era quando precisava mijar ao ar livre. Não ia atrás de uma árvore, porque assim suas costas ficavam expostas; ele encostava na árvore virado para fora, uma mão no pau, a outra segurando uma 45. E em casa ele armava campainhas e cordas de modo que não se podia entrar no quarto dele sem disparar um alarme. Ele checava os jornais todos os dias para ver se tinha sido mencionado. Virava as páginas freneticamente, os olhos esbugalhados.

— Não subestime o valor das notícias diárias — Harry me disse certa vez. — Salvou a pele de muitos fugitivos. A polícia está sempre tentando provar que está progredindo: "Ah, temos uma aparição aqui, conseguimos esta pista e aquela." Some isso à fome incansável do público por notícias que não têm nada a ver com eles, e você tem a melhor coisa para um fugitivo que continua ativo no crime. Você acha que *eu* sou paranoico? Dê uma olhada no público em geral. Eles querem notícias atualizadas sobre as investigações porque pensam que as autoridades estão escondendo o jogo, escondendo informações sobre criminosos que estão no quintal da casa deles com armas e paus de fora, prontos para barbarizar.

Acusou os outros na cooperativa de nutrir pensamentos mercenários. Dizia que farejava, em todos eles, a avareza que estava grudada neles como gotas de suor. "Mil dólares na mão não é suficiente?", gritava. Harry previu que seu pequeno senado grego ruiria em chamas. A democracia no crime não estava se revelando nada diferente das democracias em toda parte: uma ideia sublime na teoria, manchada pela realidade de que lá no fundo ninguém acredita que todos os homens foram criados iguais. A cooperativa estava em constante disputa sobre a participação nos lucros e a distribuição de trabalhos chatos, tais como raspar os números de série de mil câmeras roubadas. Seus integrantes estavam aprendendo que, tal como se manifestam em escalas nacionais, as democracias motivadas pelo lucro criam desequilíbrios, encorajam a ganância e a impaciência e, uma vez que ninguém vai votar em si mesmo para limpar os banheiros públicos, levam os participantes a se dividir em facções e a atacar em bando os membros mais fracos e impopulares. Além disso, Harry farejava que o anonimato os estava frustrando. Era assim que ele descobria tudo, por meio de suas narinas.

— Você é o pior! — falou, apontando para Terry.

— Cara, eu não disse uma palavra — retrucou Terry.

— Nem precisava! Estou sentindo o cheiro!

E talvez realmente sentisse. Ele não me disse certa vez que a paranoia prolongada concede poderes telepáticos a um indivíduo? Talvez estivesse mesmo percebendo alguma coisa. Talvez estivesse *realmente* vendo o futuro. Ou talvez só estivesse constatando o óbvio: que meu irmão tinha ideias, e que aquelas ideias iriam destruí-lo, e a todos que estivessem com ele. Mas, para ser honesto, na época isso não era óbvio para mim. Eu simplesmente não vi chegar. Bom, talvez Bob Dylan estivesse errado. Talvez você precise ser um homem do tempo para saber para que lado o vento está soprando.

Segundo projeto

Normalmente, lá está sua vida, e você liga a TV e lá estão as notícias, e não importa o quão graves sejam, ou o quão mal esteja o mundo, ou quão relevantes as informações possam ser para sua própria existência, sua vida permanece uma entidade à parte delas. Você ainda precisa lavar a roupa íntima durante uma guerra, não é? E não precisa brigar com as pessoas que ama e depois pedir desculpas se esta não era sua intenção, mesmo quando há um buraco no céu carbonizando tudo? É claro que sim. Via de regra, não há buraco, por maior que seja, que interrompa essa labuta interminável de viver, mas *há* exceções, exemplos horríveis na vida de uns poucos azarados seletos, em que as notícias nos jornais e as notícias em sua cama coincidem. É um momento assombroso e aterrorizante quando tem de ler o jornal para descobrir sobre seus próprios conflitos.

Começou longe de casa. Certa manhã, as manchetes alardearam que os principais jogadores da equipe australiana de críquete foram pegos aceitando suborno de agenciadores de apostas para perderem partidas internacionais. Era uma grande notícia, talvez maior do que o fato merecia, principalmente porque se, como já foi dito, o esporte é a religião nacional na Austrália, era como se todos os fundamentalistas cristãos descobrissem que Deus fez as árvores e as montanhas sem antes lavar as mãos. Deixou uma porção de gente abalada. Houve protestos públicos e decepção em massa e gritos de guerra e em toda parte as pessoas diziam que aquela era uma mancha odiosa, repulsiva e indelével no esporte. As vozes no rádio clamavam por sangue. Queriam ouvir pescoços estalarem: o pescoço dos agenciadores e o pescoço dos verdadeiros traidores, os próprios jogadores. Os políticos pediam justiça e prometiam investigar até o fim, e até o primeiro-ministro prometeu "uma investigação completa e exaustiva da corrupção no esporte".

Para mim, esse escândalo esportivo era mero ruído de fundo. Eu estava demasiado preocupado com meus próprios problemas: minha mãe estava morrendo e se isolando feito uma rainha louca, meu pai estava desaparecendo garrafa adentro, e meu irmão estava causando estragos pelo mundo com uma arma em uma das mãos e um machado na outra.

No sábado em que Terry e eu nos encontramos para mais um jogo, a Austrália entrava em campo contra o Paquistão. Havia dúvida sobre se o jogo aconteceria ou não, considerando o escândalo, mas a tecnicalidade do "inocente até que se prove o contrário" significava que seguiria adiante conforme planejado. O céu estava claro e o ar, repleto de primavera — o tipo de dia que o embala em uma falsa sensação de segurança; mas, ainda assim, senti a apreensão que sempre sinto com grupos de 35 mil pessoas prestes a eclodir em fúria coletiva a qualquer momento.

Quando os jogadores entraram em campo, a multidão começou a vaiar como louca, porque aqueles eram os homens envolvidos no escândalo. Alguns dos jogadores ignoraram o público, enquanto outros mostraram o dedo médio, às vezes os dois dedos médios ao mesmo tempo. Foi engraçado. Eu adoro vaias. Quem não gosta? Algumas das vaias eram cheias de fúria; outras eram mais alegres, misturadas com risadas. Ao meu lado, Terry não soltou um pio.

Quando o capitão foi atirar a bola, não só houve vaias como também assobios, e as pessoas começaram a jogar coisas, como latinhas de cerveja e sapatos — os próprios sapatos! Um dos espectadores pulou o alambrado, entrou em campo e tentou atacar o capitão. Em seguida, uma multidão também vazou pelo gramado. Alguém apitou, e o jogo tinha claramente terminado quando Terry se virou para mim e disse:

— Vamos.

Pensei que ele quisesse dizer "Vamos para casa", e por isso concordei, mas antes que eu entendesse o que estava acontecendo, ele desceu a arquibancada correndo em direção ao campo de críquete. Tentei ir atrás, mas por um bom tempo não consegui divisá-lo na louca multidão que vinha de todos os lados e bloqueara a saída dos times. Foi tudo muito tribal e me abalou os nervos. Sabe como são multidões descontroladas.

Então ouvi um grito que era diferente do murmúrio comum da multidão furiosa. Vi para o que eles estavam olhando, uma imagem que nunca consegui desgrudar da retina: Terry tinha sacado uma arma e a estava apontando para o capitão do time australiano. Ele tinha o olhar inocente e penetrante, o rosto revigorado, como se tivesse acabado de se banhar em águas cristalinas. Tinha uma expressão inusitada de autoadmiração. A multidão assistia, petrificada. Eles queriam correr, mas a curiosidade queria que ficassem. A curiosidade venceu. A polícia se esforçava para abrir caminho pela arquibancada quando meu irmão deu um tiro no estômago do capitão do time australiano de críquete.

•

Não sei como saímos de lá. Lembro que Terry me viu no meio da multidão e acenou. Lembro que corri. Lembro que Terry riu e sugeriu que nos separássemos antes de desaparecer na multidão dizendo: "Vamos ver se ele rouba no jogo com a morte."

Não houve história maior na Austrália, nem antes nem depois. Nem mesmo a Federação teve tanta cobertura na imprensa. E o pior de tudo era que eles tinham fotos. Alguém tirou uma bonita de Terry lá parado, os olhos brilhando, o braço esticado, a arma apontada e um sorriso amistoso no rosto, como se estivesse prestes a dar ao capitão um conselho amigável. A imagem apareceu em todos os jornais e canais de televisão. Daquele momento em diante, ele passou a procurado. Esse foi o verdadeiro início da infâmia de Terry.

Nossa cidadezinha foi inundada por policiais e repórteres. Os repórteres eram um estorvo. Não aceitavam "vai se foder" como resposta. A polícia também era irritante. Eles me faziam todo tipo de pergunta, e por um tempo *eu* estive sob suspeita. Admiti ter ido ao jogo com meu irmão, mas disse que o perdi de vista assim que ele correu para a multidão. Não, respondi, eu não vi o tiro. Não, respondi, não tive notícias dele desde então. Não, respondi, eu não sabia onde ele morava. Não, não éramos próximos. Eu não sabia quem eram seus amigos ou companheiros. Não, eu não sabia onde ele conseguira a arma. Não, eu não esperava ter notícias dele. Não, se eu tivesse alguma notícia eu não chamaria a polícia, porque, afinal de contas, ele ainda era meu irmão. Sim, eu já tinha ouvido falar de obstrução da justiça. Sim, eu sabia o que significava ser um cúmplice. Sim, eu estaria disposto a ir para a cadeia, mas preferia não ir.

A polícia também colocou minha mãe contra a parede, mas ela não respondia nem mesmo à pergunta mais simples — quando o detetive chefe perguntava, ela não respondia sequer que horas eram.

Terry jamais poderia voltar para casa. Foi isso que matou minha mãe. Ela chorava inconsolavelmente, e desde então dormiu quase todas as noites na cama de Terry. Preparava um de seus pratos favoritos todas as refeições e, talvez para punir a si mesma, prendeu na geladeira, com um ímã em forma de abacaxi, o recorte de jornal com a foto de Terry. Ficou obcecada pela foto, chegando ao ponto de medi-la com uma régua. Certa manhã, desci e a encontrei estudando a foto.

— Deixe eu jogar isso fora — falei.

Ela não disse nada, mas quando fui pegar a foto me deu uma cotovelada no estômago. Minha própria mãe! Mais tarde, perto das 4 da manhã, acordei e a encontrei sentada à beira da minha cama.

— O que foi?

— Você se lembra de *William Wilson,* de Poe? E *O sósia*, de Dostoievski?

Eram livros que ela tinha lido para mim enquanto eu estava em coma. Eu me lembrava perfeitamente, quase palavra por palavra.

— Acho que Terry tem um sósia — falou.

Balancei a cabeça.

— Acho que não.

— Escute. Todo mundo tem um sósia em algum lugar no mundo. Foi isso o que aconteceu aqui. Terry não atirou em ninguém. Foi ele, o sósia!

— Mãe, eu estava lá. Foi o Terry.

— Eu reconheço que se parece com ele. Os sósias são assim. Parecem iguais. Parecem *idênticos*, e não *quase* iguais.

— Mãe...

Antes que eu pudesse dizer mais alguma coisa, ela foi embora.

Então, onde Terry estava? Na casa de Harry? No dia seguinte, durante o café da manhã, decidi verificar por mim mesmo. Quando saí, vi que os repórteres tinham ido para casa, mas, no ônibus para a cidade, me ocorreu que eu provavelmente estava sendo seguido. Examinei os carros na estrada. Vi claramente: um Commodore azul me seguia. Desci na parada seguinte e fui ao cinema. Assisti a uma comédia sobre um marido que morre mas retorna como fantasma e assombra a esposa cada vez que ela olha para outro homem. Todos estavam rindo, menos eu; achei grotesco e me fez odiar de verdade os mortos, imbecis egoístas. Duas horas depois, quando saí, o carro ainda estava lá. Eu sabia que precisava despistá-los, então me meti numa loja. Era uma alfaiataria. Experimentei um smoking preto, que ficou bem em mim, mas as mangas eram um pouco curtas demais. Da janela, por entre pernas de manequins, eu via meu cão de caça azul. Perguntei se eles tinham uma entrada pelos fundos, embora eu quisesse usá-la como saída. Tinham. Na ruela havia outro Commodore, só que esse era branco com bancos de couro dos quais eu quase podia sentir o cheiro. Andei rápido pela rua e procurei outra loja onde me meter.

Foi assim o dia inteiro. Era muito, muito irritante. Eu não conseguia despistá-los. Eles pareciam sempre adivinhar minha ação seguinte. Desanimado, peguei o ônibus de volta para casa e decidi que tentaria outra vez quando a história de Terry Dean tivesse acalmado um pouco, quando não estivesse tão fresca. Em algum momento teria de terminar, calculei. O público tem transtorno de déficit de atenção. Todos sabem disso. Mas o que eu não imaginava era que a história de Terry Dean não pararia por aí porque Terry Dean não pararia por aí.

No dia seguinte houve mais notícias, e mais policiais e mais repórteres. Os dois agenciadores mencionados no caso foram encontrados mortos a tiros em seus apartamentos. Testemunhas tinham visto um jovem com a descrição de Terry Dean deixar a cena. Nos jornais e no rádio, a linguagem usada para descrevê-lo indicava uma mudança sutil na opinião pública: ele já não era um "louco solitário". Era agora um "justiceiro".

Enquanto isso, o país inteiro tinha os olhos grudados nas investigações de corrupção no esporte, que estavam sendo realizadas com velocidade incomum. Não escapava à atenção de ninguém que todo agenciador ou jogador de críquete mencionado no relatório se tornaria um alvo em potencial para Terry Dean, o Justiceiro-Geral.

O relatório foi publicado e se tornou de domínio público. Citava nomes. Três outros jogadores foram mencionados: alguns por entregar jogos, outros por passar informações sobre a partida. Mais agenciadores também foram citados. Todos estavam de guarda. Eles foram colocados sob proteção da polícia 24 horas. A polícia achava que estava pronta para capturar Terry, pois, se deduziram alguma coisa, era que ele havia começado algo que sentia que precisava terminar. Mas Terry estava um passo à frente deles.

A questão é que ninguém realmente prestava atenção às investigações sobre a corrupção no esporte. Eles liam sobre os jogadores de críquete e esperavam ansiosamente que Terry agisse. Mas o primeiro-ministro prometera uma investigação exaustiva, e eles forneceram um relatório exaustivo, que também continha seções e subseções detalhando a corrupção nas corridas de cavalos, na liga de rúgbi, na união de rúgbi, no futebol, no futebol australiano, nos jogos da Commonwealth, nos jogos de boliche na grama, no *snooker*, no ciclismo, no remo, no boxe, na luta romana, no iatismo, no hóquei, no basquete... se envolvia um australiano correndo ou suando ou tocando bolas que não fossem as suas, estava lá.

A primeira vez que Terry demonstrou a amplitude de sua paixão foi com o assassinato de um jóquei chamado Dan Wonderland; ele foi encontrado espancado e forçado a engolir sedativos para cavalo em quantidade suficiente para dopar uma manada. Observei minuciosamente a fotografia desse homem cuja vida meu irmão havia tirado, na esperança de ver algo de mau, algo que sinalizasse de forma inequívoca que o imprestável merecia morrer. A foto foi tirada depois da vitória em uma corrida, e nela Dan Wonderland estava sorrindo e com o braço erguido, triunfante. Mesmo se eu não soubesse que meu irmão o matara, teria percebido algo infinitamente triste no rosto desse jóquei, o olhar de um homem que acabara de conquistar o sonho de uma vida inteira só para se dar conta de que, na verdade, isso não tinha nada de especial.

No dia seguinte, houve mais um assassinato: o campeão de peso-médio Charlie Pulgar, que claramente concordara em entregar os pontos no ringue, caindo quando, ao som do gongo, o adversário bateu as luvas uma contra a outra. Com a ajuda de Terry, Charlie Pulgar caiu pela última vez — do telhado de seu edifício de 17 andares em um fluxo de tráfego ininterrupto.

Assim que os investigadores começaram a prever os passos de Terry, ele mudou de tática outra vez. As investigações de corrupção no esporte também tinham revelado um fenômeno que se infiltrava no mundo do esporte profissional: o doping. Com um trabalhinho de detetive, Terry averiguou quem as estava comprando e administrando: os técnicos. Os homens que sempre tinham trabalhado incansavelmente nos bastidores entraram em cena; seus queixos quadrados e rostos desgastados eram cada vez mais frequentes nas páginas dos jornais, conforme, um por um, eles apareciam mortos.

Mas o aspecto mais perigoso da cruzada de Terry era que, compreensivelmente, os agenciadores não ficaram quietos. As relações que eles mantinham no submundo lhes garantiam armas e proteção, e, pouco a pouco, relatos de tiroteios nos fundos de restaurantes e bares apareceram nos noticiários. Terry infringira a lei mais importante de Harry: ele não só estava tão longe do anonimato quanto alguém pode estar, como também despertara a fúria dos criminosos em toda parte. Em sua escalada criminal, provocava uma verdadeira avalanche. Além das polícias estadual e federal, a superestrutura do crime queria sua cabeça.

Meus pais lidaram com a situação à sua própria maneira. Em vez de enfrentar a horrível verdade, reforçaram suas ilusões sobre o filho. Minha mãe perseguia obstinadamente sua teoria de que ele tinha um sósia, e meu pai dava uma interpretação positiva a toda a carnificina, transformando a racionalização em uma arte. Se Terry atirava na perna de um policial, meu pai o elogiava por sua misericórdia em não ter mirado o coração; se atirava no coração, elogiava-lhe a pontaria. Pelo modo como falava, o fato do filho se esquivar da polícia era prova de sua inteligência, destreza e superioridade em todos os aspectos.

Lionel Potts me ligava cinco vezes por dia, implorando que fosse até sua casa para dar as últimas notícias. Enquanto eu lia em voz alta cada matéria que aparecia no jornal, ele tirava os óculos escuros. Seus olhos mortos pareciam enxergar a quilômetros de distância, e ele se recostava e balançava a cabeça com vigor.

— Conheço um ótimo advogado; ele defenderia Terry. Só sinto por não tê-lo recomendado da última vez. Eu estava meio irritado. Afinal de contas, ele me deixou cego. Mas este advogado seria perfeito para ele.

Rangendo os dentes, eu ficava sentado escutando Lionel falar e falar. Eu não suportava. Pode parecer loucura, mas eu estava morrendo de inveja. Terry estava fazendo alguma coisa com a própria vida. Ele tinha encontrado sua vocação; por mais insana e sanguinária que pudesse ser, ainda era uma vocação, e ele a desempenhava com afinco.

Todas as manhãs, eu ia correndo buscar o jornal na esquina para ler sobre as atrocidades do meu irmão. Nem todas as suas vítimas eram mortas. Do jogador de *snooker* que, supostamente, tinha encaçapado a bola branca depois da preta "sem querer", Terry só quebrou a mão direita, e, estranhamente, esse jogador, junto com algumas das outras vítimas de Terry, saiu em defesa de sua cruzada. Submetidos a uma espécie de trote público, eles confessaram seus pecados e disseram que Terry Dean estava limpando uma instituição que um dia fora pura e se sujara ao se deixar seduzir pelo dinheiro. Não foram os únicos.

Esportistas, comentadores, intelectuais, apresentadores de programas de entrevistas, escritores, acadêmicos, políticos e locutores de rádio polêmicos — todos estavam falando sobre ética no esporte, ideais, heróis e o espírito australiano. Terry colocara em marcha um diálogo no país, e todos os esportistas se comportavam melhor que nunca.

•

Certo dia, durante esse caos, Caroline voltou para a cidade arrastando uma mala. Eu estava sentado na escada da sede da prefeitura, contando as linhas do meu dedo indicador, quando a vi caminhando pela rua. Ela me viu, arrastou a mala mais depressa e jogou os braços em volta de mim, lambuzando minhas bochechas com beijos platônicos. Eu soube, naquele momento e naquele lugar, que jamais discutiríamos aquela noite no quarto dela. Dei uma boa olhada nela. Tinha se transformado em uma mulher, mas também havia coisas estranhas: o cabelo estava mais claro, quase loiro, e embora o rosto estivesse mais cheio e seu lábio inferior mais maduro, parecia haver algo faltando, uma luz ou um brilho. Pensei que talvez, em suas viagens, ela tivesse visto algo que a espantara.

— Tá sabendo do Terry? — perguntei.

— É incrível.

— Foi por isso que você voltou?

— Não, eu só soube quando vi um jornal no aeroporto, e o motorista do ônibus me contou o resto. Na Europa, não se fala muito sobre a Austrália, Marty. É estranho. Ninguém sabe nada a nosso respeito.

Foi quando descobri que viver na Austrália é como ter um quarto distante em uma casa muito grande. Melhor assim, pensei.

— Eu só vim buscar meu pai. Vou levá-lo comigo.

— Para onde?

— Paris.

Escrevi meu nome no chão com uma vareta. Martin Dean. Pequenos torrões de terra se empilhavam em seu contorno.

— Você falou com ele? — perguntou ela.

— Não.

— Ele vai acabar sendo morto.

— É o que parece.

Perto do meu nome, escrevi o nome dela na terra. Estavam um ao lado do outro.

— Ele está fazendo uma coisa importante — disse ela.

— Ele é um assassino.

— Mas ele acredita em alguma coisa.

— E daí?

— Nada. Ele acredita em alguma coisa, só isso.

— Estupradores e pedófilos também acreditam em alguma coisa. Hitler acreditava em alguma coisa. Toda vez que Henrique VIII cortava a cabeça de outra esposa, ele acreditava em alguma coisa. Não é difícil acreditar em alguma coisa. Todo mundo acredita.

— Você não.

— É, eu não.

As palavras saíram pela minha boca antes que eu percebesse o que tinha dito. Pensando melhor, percebi que isso era totalmente verdadeiro. Eu não podia citar uma única coisa em que acreditava. Para mim, um por cento de dúvida tem o mesmo efeito que cem por cento. Então, como eu podia acreditar em alguma coisa quando o que podia não ser verdade também podia não ser verdade?

Desenhei um coração em volta dos nossos nomes.

— Se tivesse notícias do Terry, você me contaria, não é?

Depressa, cobri os nomes com terra. Estava sendo um idiota. Ela não me amava. Amava Terry. Subitamente, corei de vergonha.

— Você teve notícias dele.

Ela agarrou meu pulso, mas eu me desvencilhei.

— Não sei de nada.

— Sabe sim!

— Não sei, estou te dizendo!

Ela me puxou em seu encontro e agarrou meu rosto com as duas mãos e me deu um longo beijo, bem longo, na boca. Depois se afastou, me deixando atordoado e sem palavras. Eu não podia abrir os olhos.

— Se você vir o Terry, dê isso a ele por mim.

Aquilo me fez abrir os olhos. Eu sorri para que minha boca parasse de espumar. Senti ódio dela. Queria jogá-la no chão. Eu disse algo como "eu te odeio e vou te odiar para o resto da vida" e fui embora para casa, embora esse fosse o último lugar aonde eu quisesse ir. Tinha se transformado num lugar de importância histórica secundária, como o banheiro que Hitler usou antes do incêndio do Reichstag, e lá estavam os repórteres outra vez, com seus maus modos e empatia zero, berrando perguntas imbecis pela janela da frente.

Quando cheguei em casa, ficou claro que meu pai tinha chegado ao limite. Ele estava à porta, cambaleando, bêbado. Seu rosto estava duro, como se tivesse trismo.

— Vocês querem entrar, seus patifes? *Então entrem!* — gritava ele.

Os repórteres se entreolharam antes de tentar entrar. Pensaram que fosse uma armadilha. Não era. Era apenas um homem à beira da insanidade.

— Aqui. Tirem uma foto disso! — disse meu pai, abrindo os armários da cozinha. Ele arrancou os assoalhos. Levou os repórteres até nosso quarto. Enfiou uma cueca de Terry no nariz deles. — Cheirem! Cheirem! — Virava tudo do avesso. — Vocês precisam ver de onde ele surgiu! — Abriu o zíper da calça, colocou o pênis para fora e o balançou. — Aqui, seus vermes! Ele era um esperma delinquente! Chegou primeiro no óvulo! Ele saiu daqui! Filmem! Filmem, seus parasitas imundos! — Os repórteres riam, enquanto minha mãe os perseguia pela casa.

Mas eles não queriam ir embora. Estavam tendo um momento impagável, segurando a barriga de tanto rir. O desespero emocional daquele homem embriagado era a melhor coisa que eles tinham visto em décadas. Eles não viam minha mãe chorando? Ah, sim, eles podiam ver muito bem; podiam ver com lentes de aumento.

Assim que os fizemos recuar para o gramado lá fora, tentei falar com eles de modo sensato:

— *Por favor*, vão embora — implorei.

— Onde está o seu irmão? — perguntaram.

— Lá está ele! — gritei, apontando para atrás deles. Eles viraram a cabeça feito idiotas. Quando olharam para mim outra vez, falei: — Peguei vocês.

Uma pequena vitória.

•

Eu não tinha mentido para Caroline. Todo esse tempo, eu não ouvira uma palavra de Terry nem de Harry, e ainda não tinha conseguido dar um jeito de ir até o esconderijo no subúrbio. Eu me sentia excluído, e minha curiosidade natural queimava o tempo todo dentro de mim. Eu estava farto de me basear em matérias de jornal pouco confiáveis e programas de fofocas. Queria um vazamento exclusivo. Imagino que parte de mim também quisesse participar de alguma forma, se não ajudando a matar, pelo menos como testemunha. Tudo que acontecera na vida de Terry até aquele momento me incluía de um jeito ou de outro. Eu queria fazer parte dela outra vez. Eu sabia que, no momento em que entrasse no mundo dele, minha vida seria alterada para sempre.

E estava certo.

Era hora de tentar de novo. Eu não podia pressupor que a polícia tinha se cansado de me vigiar. Passei a tarde percorrendo com cuidado uma trilha labiríntica pelo mato, e atravessei a pé uma clareira ampla e vazia, olhando para todos os lados a cada minuto para ver se alguém me seguia. Nada. Não havia ninguém. Só para ter certeza, preferi caminhar os 8 quilômetros até a cidade seguinte e pegar um ônibus de lá.

Fiquei surpreso de ver que a grama do esconderijo suburbano já não estava bem aparada como antes. A caminhonete não estava lá. As persianas estavam fechadas. Era como se a família boa e normal que eles vinham simulando estivesse passando por tempos difíceis.

A porta abriu assim que apareci na entrada. Harry devia estar observando da janela.

— Depressa! Entre! Entre!

Corri para dentro, e Harry trancafiou a porta atrás de mim.

— Ele está aqui? — perguntei.

— Não, não mesmo, e é bom ele não colocar os pés na minha área se não quiser uma bala na cabeça!

Segui Harry até a sala de estar, onde ele desabou no sofá. Eu desabei também.

— Marty, seu irmão adora chamar atenção. Não consigo fazê-lo parar. A cooperativa está arruinada! Em cacos! Meu sonho! Virou um fracasso absoluto. Terry fodeu com tudo. Ele quer ficar famoso, não quer? Ignorou todos os meus conselhos. Eu o considerava quase um filho. Mas nenhum filho meu mijaria na minha cara desse jeito. Quer dizer, eu não tenho filhos, mas quando você tem filhos, não espera uma chuva dourada! Nos primeiros dois anos, até espera, mas depois baixa a guarda. E olha só por que é que ele explodiu tudo! Ele está atacando esportistas, jogadores de futebol, agenciadores! Nem rouba nada, só estraçalha os caras sem motivo algum! Onde é que está o dinheiro nisso tudo? E sabe o que mais? Você viu os jornais? Todo mundo pensa que a gangue é dele! Não minha, dele. Bom, não é dele. É minha! Minha, droga! Tudo bem, é claro que eu queria ser anônimo, mas toda a gangue tem que ser anônima, e se não for assim, quero meus merecidos créditos! Agora é tarde demais. Ele está me deixando em segundo plano. E criminosos que conheço há cinquenta anos pensam que estou trabalhando para ele! Diz aí se isso não é um tapa na cara? É humilhante! Mas tenho um plano. Preciso da sua ajuda. Vem cá, quero te mostrar uma coisa.

Harry levantou e saiu mancando em direção ao quarto. Eu o segui. Era a primeira vez que entrava no quarto dele. Além de uma cama, não havia nada. Absolutamente nada. Ele era anônimo até mesmo no próprio quarto.

Levantou o colchão e tirou dali de baixo um grosso maço de papéis.

— Pensei que a cooperativa democrática anônima do crime pudesse ser uma dádiva inigualável para o mundo. Mas agora vejo que estava condenada desde o começo. Nunca ia funcionar. Não se pode contornar a natureza humana. As pessoas acham que precisam de notoriedade para crescer. Ninguém consegue suportar o anonimato. Já que é assim, este é o plano B em que venho trabalhando há dez anos. Algo que nunca foi feito. Ninguém nunca nem pensou nisso. Este vai ser meu legado. É isso, Marty. Mas preciso de ajuda. Não posso fazer isso sozinho. É aí que você entra.

Ele bateu no meu peito com a pilha de páginas.

— O que é isso?

— Isso, meu garoto, é meu opus. Um manual para criminosos! Tudo que aprendi escrevi aqui. Isso vai ser um livro! Escrevi a cartilha do crime! A obra definitiva!

Peguei a coleção de páginas manuscritas e escolhi uma ao acaso.

Sequestro

Se a mídia ficar sabendo da história, você está numa encrenca se não soube escolher a vítima. Nunca leve alguém jovem e atraente, a última coisa que um sequestrador precisa é de um clamor público [...]

[...] encontre um lugar adequado para esconder as vítimas [...] evite a tentação de usar quartos de motel ou de hotel, para o caso de a vítima escapar por tempo suficiente para solicitar serviço de quarto ou toalhas limpas.

— Como pode ver, Marty, preciso que esses pensamentos sejam desenvolvidos e colocados em capítulos...

Peguei outra página.

Vendo o circo pegar fogo: incêndios e você

> Todos gostam de ver um incêndio, inclusive você. Evite a tentação! Depois de atear fogo num prédio, não espreite da esquina para poder admirar a conflagração [...] é uma cilada comum [...] a maioria dos incendiários foi pega a poucos metros da cena do crime, e a polícia está sempre à caça de personagens questionáveis que estejam por perto dizendo aos transeuntes: "Que incêndio, hein?"

Sua obra-prima estava escrita em pedaços de papel, no verso de receitas, em guardanapos, papel toalha, papel higiênico e centenas de páginas soltas, resmas delas. Havia instruções, diagramas, fluxogramas, pensamentos, reflexões, máximas e aforismos sobre todos os aspectos imagináveis da vida do crime. Cada pensamento tinha um título sublinhado, que era a única pista de como alguém poderia encontrar alguma ordem no caos.

Invasão de domicílio

> Não entre numa casa a não ser que você tenha certeza de que o morador não saiu apenas para buscar uma caixa de leite [...] seja rápido [...] não pare para ver as estantes de livros [...]

— É claro que há inúmeros livros sobre crime, mas são estudos sociológicos ou escritos para ajudar os criminologistas e a polícia. Combate ao crime, basicamente. Nenhum livro foi escrito por e para os criminosos. — Ele enfiou os papéis numa mochila marrom e a embalou como a um bebê. — Estou confiando isso a você.

Peguei a mochila. Era pesada: tinha o peso do sentido da vida de Harry.

— Não estou fazendo isso por dinheiro. Cinquenta por cento do lucro fica para você.

— Harry, não sei se quero fazer isso.

— Quem se importa se você quer? Tenho um monte de conhecimento para transmitir! Tenho que divulgar isso pelo mundo antes de morrer, ou minha vida terá sido em vão! Fiquei com tudo! Não me importo! De verdade. Tome.

Harry correu até a cama, agarrou um travesseiro e o chacoalhou, até cair dinheiro da fronha, esparramando-se pelo chão. Com a perna boa, ele agachou e saltou pelo quarto, recolhendo o dinheiro.

— Você quer dinheiro? Quer me tirar o couro? Quer a minha alma? É só dizer. É seu. Mas, pelo amor de Deus, me ajuda! Me ajuda! *Me ajuda!*

Ele enfiou o dinheiro na minha cara. Como eu poderia me negar a ajudá-lo? Peguei o dinheiro e seu opus, mas pensei: Dá tempo de mudar de ideia mais tarde.

Naquela noite, no galpão do meu pai, examinei, perplexo, os rabiscos de Harry. Algumas das notas eram curtas e pareciam ter sido escritas para um retardado mental.

Roubo de carro

Se você só sabe dirigir com câmbio automático, não roube carros com câmbio manual.

Outras eram mais detalhadas e não só abordavam como realizar o crime, incluíam também insights psicológicos da futura vítima.

Assalto

Esteja preparado! Apesar do que diz o senso comum, as pessoas *arriscarão* a vida para correr atrás dos 2 dólares que estão na carteira ou na bolsa [...] e se o assalto ocorrer em plena luz do dia, elas ficam particularmente inflamadas [...] a audácia de um criminoso em roubar com o sol a pino é tão irritante para as pessoas, que elas correrão atrás de você como o herói de um filme de ação, mesmo se você estiver segurando uma faca ou uma arma [...] além disso, parece que a chatice de cancelar um cartão de crédito e a ideia de ter de tirar uma nova carteira de motorista são tão insuportáveis para a maioria das pessoas que elas estão mais do que dispostas a morrer para evitar isso [...] na cabeça delas, uma morte lenta e agonizante provocada pela ferida de uma faca é infinitamente preferível a ter de lidar com a burocracia do departamento de trânsito [...] é por isso que você precisa estar tão em forma quanto um corredor de maratona.

Eu não conseguia decidir se aquilo era um lixo ou se era genial. Levantei da mesa a fim de fazer uma pausa, mas, quando me dei conta, estava de pé, encurvado sobre as anotações de Harry, lendo-as febrilmente. Algo naquela insanidade me irritava. Parecia haver um padrão se configurando: meu pai construiu uma prisão; Terry se tornou um criminoso influenciado por um prisioneiro que conheceu na prisão que meu pai construiu. E eu? Talvez esse fosse o meu papel. Talvez aquele livro fosse, finalmente, algo pelo qual eu seria capaz de arriscar a vida, algo para levar comigo na fornalha fria e esquecida da morte. Eu não conseguia me afastar do livro. As páginas estavam acenando para mim como o brilho de uma moeda no fundo de uma piscina. Sabia que tinha de mergulhar para saber se a moeda era valiosa ou se era só um pedaço de alumínio levado pelo vento.

Acendi um cigarro e parei à porta do galpão, onde fiquei olhando para o céu. Era uma noite escura, com apenas três estrelas visíveis, e nem eram famosas. Coloquei a mão no bolso e senti os maços amassados de dinheiro. Depois de todos os sermões sobre crime que dei a Terry, como eu poderia fazer aquilo? Eu não estaria sendo hipócrita? E se eu for? Ser um hipócrita é algo assim tão terrível? A hipocrisia, na verdade, não é uma demonstração de flexibilidade? Se você defende seus princípios, isso não significa que é inflexível e cabeça fechada? Sim, eu tenho princípios, mas e daí? Isso significa que tenho de viver a vida rigidamente por causa deles? Escolho os princípios de modo inconsciente para guiar meu comportamento, mas uma pessoa não pode dar ouvidos à mente consciente e ignorar a inconsciente? Quem é que manda aqui, afinal? E devo permitir que minha juventude dite os padrões do meu comportamento durante a vida toda? E não posso estar enganado acerca de tudo? Por que deveria ater-me às reflexões do meu próprio cérebro? Não estou agora, neste momento, racionalizando porque quero o dinheiro? E por que não deveria racionalizar? O fato de possuirmos uma mente racional não é a grande vantagem da evolução? O frango não seria mais feliz se também tivesse uma? Assim ele poderia dizer à humanidade: "Por favor, parem de arrancar minha cabeça para ver se vou correr por aí sem ela! Até quando vocês vão se divertir com isso?"

Esfreguei a cabeça. Sentia uma enxaqueca existencial se aproximando, daquelas que até cegam.

Saí e andei pela estrada escura até a cidade. Com sua celebridade recém-adquirida, Terry tinha dado um rosto ao mundo do crime. Com aquele livro, Harry e eu lhe daríamos um cérebro. Parecia bom fazer parte de algo maior do que eu. As luzes da cidade se apagavam, uma a uma. Eu via a silhueta da prisão na colina. Grande e grotesca, pairava como a cabeçorra de pedra de algum deus morto há muito erodindo em um penhasco. Falei em voz alta:

— Por que eu não deveria fazer o que quero? O que me impede?

Senti, na garganta, um caroço do tamanho de um punho. Era a primeira vez que eu me questionava com tanto rigor, e parecia que as perguntas estavam sendo formuladas por alguém mais velho que eu.

Continuei a falar em voz alta:

— As pessoas confiam demais em si mesmas. Aquilo que aceitam como verdade, elas permitem que governe suas vidas, e se eu resolver encontrar um modo de viver em que eu tenha o controle da minha vida, eu, de fato, perco o controle, porque a coisa sobre a qual eu havia decidido, a minha verdade, se torna o governante, e eu me torno o servo. E como posso ser livre para evoluir se estou me submetendo a um governante, a qualquer governante, mesmo que esse governante seja eu?

Estava assustado com minhas próprias palavras, porque suas implicações estavam começando a entrar na cabeça.

— Ausência de leis, falta de sentido, caos, confusão, contusão — falei para ninguém, para a noite.

Eu estava andando em círculos. Minha cabeça latejava. Estava pensando o tipo de coisa que a fazia latejar.

De repente, com clareza ofuscante, percebi que Harry era um gênio. Um profeta, talvez até mesmo um mártir — isso seria decidido mais tarde, dependendo da natureza de sua morte. Ele estava inovando. Por isso é que Harry me escolhera para trazer da montanha suas tábuas estúpidas.

Ele estava me mostrando o caminho. Por exemplo, estava me mostrando que não é preciso um deus para inovar, criar, inverter, destruir, oprimir e inspirar; um homem pode fazer tudo isso, e no momento que lhe for conveniente. Não em seis dias, como um certo Alguém. Não precisava ser um trabalho apressado. E mesmo se, depois de todos os meus esforços, eu acabasse inspirando apenas ódio ou indiferença, eu soube, naquele lugar e naquele momento, que era meu dever tentar, porque esse era meu despertar, e um despertar é isto: levantar-se. Não tem nenhuma utilidade despertar e logo depois apertar o botão de soneca e voltar a dormir.

Aquelas eram grandes ideias, grandes e gordas. Encontrei no chão um cigarro fumado pela metade e o peguei. Parecia poderoso em minha mão, como uma tocha olímpica. Acendi-o e andei pela cidade. Fazia frio. Eu batia os pés e conservava as mãos no sovaco para me aquecer. O livro de Harry era o primeiro passo de uma revolução inominável que estava ocorrendo, e eu tinha sido escolhido pela minha mente brilhante. Eu queria me elogiar sem culpa. Queria beijar meu próprio cérebro. Senti como se tivesse milhares de anos de idade. Me senti mais velho que o solo. Fui tomado pela força e pelo poder das palavras e das ideias. Pensei em meu primeiro pai, meu pai número um, na Polônia, e pensei em sua insanidade: morrer por um deus. Que motivo estúpido para morrer: por um deus, um deus nojento! Gritei em voz alta para uma árvore:

— Quero morrer porque sou uma criatura com data de validade! Quero morrer porque sou um homem e é isso que os homens fazem; eles se desintegram, deterioram, desaparecem!

Continuei caminhando, amaldiçoando a estupidez cega do meu pai. Gritei:

— Morrer por uma ideia! Receber uma bala por uma divindade! Que idiota!

Nossa cidade tinha postes de luz apenas na rua principal; os caminhos que levavam a ela eram deixados à mercê da lua e das estrelas, e quando não havia nem uma coisa nem outra, era um breu. As árvores se agitavam com o vento oeste. Fui até uma casa, sentei na varanda e esperei. O quê? Não o quê: quem. Era a casa de Caroline. Percebi subitamente que românticos são idiotas. Não há nada de maravilhoso ou interessante no amor não correspondido. Eu acho que é uma bosta, simplesmente uma bosta. Amar alguém que não corresponde a seus sentimentos pode ser emocionante em livros, mas na vida real é insuportavelmente chato. Vou dizer o que é emocionante: noites cheias de paixão e suor. Mas sentar na varanda da casa de uma mulher adormecida que não está sonhando com você é a mais triste das perdas de tempo.

Eu esperava que Caroline despertasse e viesse até a varanda me abraçar. Achava que a força do meu pensamento estava tão forte que seria capaz de despertá-la e atraí-la para a janela. Eu contaria minhas ideias e ela finalmente saberia quem eu era. Pensava ser tão bom quanto minha mente, e ela ficaria impressionada com ambos; esqueci por completo do meu corpo e do meu rosto, que não eram tão atraentes. Me aproximei da janela da frente e, ao ver meu reflexo, mudei de ideia. Me afastei e fui para casa. Esse foi meu despertar, Jasper! Harry, o pobre Harry, ele foi tremendamente importante para mim: uma mente livre. Antes de conhecê-lo, todas as mentes que eu conhecia estavam acorrentadas, surpreendentemente acorrentadas. A liberdade da mente de Harry era hilariante. Era uma mente verdadeira consigo mesma, que seguia por conta própria. Nunca antes eu tinha encontrado uma mente atemporal, que não se deixava influenciar por aqueles à sua volta.

Fui para casa e examinei um pouco mais as notas de Harry. Eram tolices tremendas! Aquele livro, o manual para criminosos, era uma aberração. Não deveria existir. Não poderia existir. Era por isso que eu tinha de fazê-lo ganhar vida. Eu *tinha* de fazer isso! Dividi o livro em duas seções principais: *Crime* e *Castigo*. Então, dentro de cada seção criei capítulos, e incluí um índice e notas de rodapé, como num manual de verdade. Fui completamente fiel às anotações de Harry. De tempos em tempos, conforme digitava, eu me deparava com uma passagem e ria bem alto, de corpo inteiro. Era maravilhoso! Suas palavras eram estupendas! Colavam fundo no meu cérebro.

Invasão de domicílio

Quando estiver lá dentro, seja rápido e metódico. Use luvas o tempo todo. Nunca as tire, em circunstância alguma. Você ficaria surpreso se soubesse quantos invasores tiram as luvas para tirar meleca. Nunca é demais ressaltar: não deixe digitais em parte alguma! Nem mesmo dentro do seu nariz!

Digitei tudo, palavra por palavra. Não deixei nada de fora. Não preguei o olho até ter terminado. A eletricidade atravessava o meu corpo. Não conseguia me desligar. Lembro-me de mais uma:

Suborno

Ao subornar uma autoridade, uma técnica comum é deixar o dinheiro cair no chão diante da pessoa em questão e dizer-lhe em tom casual: "Deixou cair isso?" Essa técnica é arriscada porque existe a possibilidade de ele dizer: "Sim, obrigado." E prendê-lo após embolsar o dinheiro. Embora nenhuma manobra de suborno seja cem por cento garantida, recomendo simplesmente chegar e dizer: "E aí, você aceita subornos ou não?" Desse modo, se ele não aceitar, e lhe acusar de tentar subornar um oficial, pode se defender explicando que você nunca ofereceu suborno, e não ofereceu mesmo; você só estava verificando se a pessoa que o levava preso era honesta e não um hipócrita.

Sua lógica era infalível. Até mesmo as chamadas para os capítulos me faziam rodopiar de alegria:

Crimes sem motivação: o porquê.
Assalto a mão armada: como sair do banco às gargalhadas
Crime e moda: balaclavas estão sempre em alta
A polícia e você: como identificar um policial corrupto pelos sapatos

O capítulo intitulado "Batendo carteiras: um crime íntimo" tinha as seguintes frases: "*Se precisar abrir um zíper, não é um bolso. Retire a mão imediatamente!*" Dá para argumentar com isso? Não, não dá. Lembro-me de algumas das chamadas de outros capítulos. Havia:

Agressão: esmurrando seus inimigos
Imputação: incriminando os amigos
Homicídio culposo: oops!
Escapando da prisão: não corra, ande
Amor: o verdadeiro informante
Crimes passionais: assassinato de cabeça quente
Crimes sexuais: só para quem ama

Era um volume completíssimo. Ele não tinha deixado nada de fora. Nenhum crime era demasiado pequeno, conforme se verificava no capítulo 13: "Delitos menores e outros crimes sem fins lucrativos: travessia fora da faixa, vadiagem, pichação, despejo de lixo em local proibido, direção perigosa e atentado ao pudor." Quando Harry disse que esta seria sua obra definitiva, ele não estava brincando!

Saí de casa ao amanhecer, a cabeça fervilhando de especulações. Harry veria aquele livro maluco publicado? Quem o publicaria? Qual seria a reação do público?

Quando coloquei o pé para fora, observei, na manhã fria, a fumaça de uma fogueira e, ao lado, quatro repórteres dormindo acampados sob as árvores. Quando eles chegaram lá? Um arrepio percorreu meu corpo. A presença deles significava uma de três coisas: Terry tinha cometido outro crime ou tinha sido preso ou estava morto. Eu queria acordá-los e perguntar o que tinha acontecido, mas não ousei, não estando a caminho da casa de Harry — um fugitivo menor, é claro, mas igualmente um fugitivo. Deixei os repórteres dormirem, desejando a eles todos os pesadelos possíveis, e caminhei até o ponto de ônibus.

Escutei passos atrás de mim. Fiz uma careta, esperando a polícia ou um bando de repórteres. Nem uma coisa, nem outra. Era minha mãe, de camisola bege e pés descalços. Seu aspecto era o de quem não dormia havia décadas. Ela também devia ter passado sorrateiramente pelos repórteres.

— Aonde vai a essa hora da manhã? Ver Terry?

— Não, mãe, eu não sei onde ele está.

Ela me agarrou pelo braço. Vi algo terrível em seus olhos. Parecia ter chorado, drenando de seu corpo o sal e outros minerais essenciais. A doença estava cobrando caro. Minha mãe já estava mais magra, estava uma velha. Disse pesarosamente:

— Houve outro ataque. Deu no rádio. Dessa vez outro jogador de críquete; eles o encontraram com a cabeça quebrada e uma bola de críquete enfiada na boca. Estão dizendo que o seu irmão fez isso. Por que, por que estão dizendo que foi ele?

— Porque provavelmente foi ele.

Ela me deu um forte tapa na cara.

— Não diga isso! É mentira! Encontre o Terry e diga para ele ir até a polícia. Se ele ficar se escondendo, só vai parecer o culpado.

O ônibus chegou enquanto ela ainda balbuciava histericamente.

— E se você não conseguir encontrar o Terry, então, pelo amor de Deus, encontre o sósia!

Subi no ônibus e ocupei um assento. Enquanto partia, olhei para minha mãe pela janela. Ela apoiava uma das mãos em uma árvore e, com a outra, arrancava pedregulhos das solas dos pés.

Ao chegar à casa de Harry, vi que ele me olhava intensamente pela janela da frente. Quando entrei, resisti a um forte ímpeto de abraçá-lo.

— O que você está fazendo aqui? — Harry gritou na minha cara. — Eu esperava não te ver até estar tudo terminado! Mudou de ideia, não foi? Filho da puta! Traidor! Sua consciência falou mais alto! Por que não dá o fora daqui e entra para um monastério, hipócrita maldito!

Segurando um sorriso, tirei o manuscrito da mochila marrom e sacudi na cara dele. Ele arregalou os olhos.

— Isso é...

Eu já não conseguia conter o sorriso. Deixei explodir.

— Tão depressa?

— Eu tinha um texto genial com que trabalhar.

Harry avançou sobre o manuscrito e o folheou entusiasmado. Quando chegou ao final, voltou para a primeira página. Eu fiquei lá de pé por um tempo, até que percebi que ele ia ler tudo até o fim. Fui para o quintal dos fundos, banhado de sol. A piscina tinha virado um pântano fétido. A grama tinha crescido e estava cheia de ervas daninhas. As armações de metal das espreguiçadeiras estavam marrons de ferrugem. Me estirei em uma e olhei para o céu. Nuvens grávidas flutuavam nele. Minhas pálpebras cerraram e, languidamente, comecei a pegar no sono. Antes de chegar lá, em semissonho, pensei ter visto Terry se escondendo em uma das nuvens. Eu o via puxar o véu fofo sobre o rosto a cada vez que passava um avião. Então adormeci.

Acordei suando. O sol me atingia em cheio. Piscando na luz ofuscante, vi a silhueta da cabeça de Harry. Parecia enorme. Quando ele entrou na sombra, vi que ele sorria para mim. Ele sentou na beira de minha espreguiçadeira e me prendeu num abraço apertado, me cobrindo de beijos. Ele me beijou até na boca, o que era nojento, mas aceitei no espírito em que me foi dado.

— Você fez um excelente trabalho, Martin. Eu não vou esquecer enquanto viver.

— Houve outro ataque — falei.

— É, ouvi no rádio. Aquele imbecil.

— Alguma notícia dele? Alguma ideia de onde ele possa estar?

Harry balançou a cabeça em triste negativa.

— Ele se tornou uma grande celebridade. Não se pode evitar os policiais por muito tempo. Caras conhecidas não se escondem fácil.

— Acha que se eles o pegarem, ele vai se entregar?

— É bem provável que não — falou, pegando o manuscrito e alisando-o como se fosse uma coxa. — Venha. Vamos fazer algum barulho também.

•

Encontrar um editor não seria fácil, e não só por causa do conteúdo arriscado. Harry era um fugitivo. Se fôssemos a um editor com seu nome estampado em todo o manuscrito, poderíamos receber mais que uma simples rejeição. Era possível que um dos editores chamasse a polícia. Uma dupla rejeição! Depois de muito argumentar, consegui convencer Harry de que deveríamos manter sua identidade secreta até o último minuto — só revelaríamos o nome do autor no momento de imprimir. Mas, ainda assim, ele queria ir junto para escolher a editora mais digna de seu volume. Parecia impossível. Ele era um homem procurado — não no nível de Terry, mas a polícia não se esquece de procurar fugitivos só porque a imprensa não está morrendo de amores por eles. Para completar, a perna de Harry estava tão ruim que ele mal podia caminhar. Infelizmente, nada que eu dissesse o dissuadiria de conduzir pessoalmente seu legado até a editora. Era demasiado vital para ser deixado em minhas mãos inexperientes.

Saímos no dia seguinte. Com a manqueira e a barba por fazer, ele parecia um pária. Sugeri que se barbeasse e ficasse mais apresentável, mas ele insistiu que os autores sempre parecem inadaptados sociais, e sendo assim era melhor para nós se ele parecesse um lixo. Apesar do sol quente, jogou nas costas um casaco velho e escondeu no bolso interno uma escopeta de cano serrado. Eu não disse nada.

— Então vamos, hein.

Eu me ofereci para ser sua muleta humana e ele colocou todo o peso sobre mim, desculpando-se profusamente. Senti como se carregasse um defunto.

O prédio da primeira editora dava a impressão de que você tinha de pagar só para entrar. Dentro, o saguão era cheio de espelhos que só faziam comprovar que você era um largado. Subimos até o vigésimo andar, compartilhando o espaço interno do elevador com dois ternos que traziam homens capturados dentro deles. Os escritórios do editor monopolizavam o andar inteiro. O topo da cabeça da recepcionista perguntou se tínhamos hora marcada. O pouco que podíamos ver de seu rosto sorriu cruelmente quando deixamos escapar um "não".

— Bom, ele está muito ocupado para recebê-los hoje — falou ela em uma voz inegociável. Harry foi direto ao assunto.

— Escute aqui: se você perder esta oportunidade, vai querer morrer. Que nem o editor que rejeitou aquele livro famoso que depois vendeu um montão de exemplares. Qual era o nome do livro, Martin? Você sabe, aquele que foi rejeitado e depois vendeu um montão de exemplares?

Eu não sabia, mas pensei que seria melhor entrar no jogo. Mencionei o campeão de vendas de todos os tempos:

— A Bíblia, edição do rei Jaime.

— Sim, por Deus, foi esse. A Bíblia! A recepcionista não deixou o apóstolo passar, embora ele tivesse uma mina de ouro nas mãos.

— Ah, façam-me o favor — disse a recepcionista, suspirando. Ela deu uma olhada na agenda. — Ele tem uma reunião no fim do dia e, se terminar cedo, podem vê-lo por cinco minutos antes de ele ir para casa.

— Está bem, amável dama — disse Harry, dando uma piscadela.

Eu o amparei até uma cadeira na sala de espera.

Esperamos.

Harry tremia e tinha as mãos totalmente enfiadas no casaco, o que me deixava nervoso, sabendo o que mais havia ali. Ele apertava os dentes como se alguém tivesse pedido para ele sorrir para uma foto 12 horas antes e ainda não tivesse tirado o retrato.

— Você está bem? — perguntei.

Eu podia ver que a paranoia estava incendiando todos os circuitos dele. Seus olhos percorriam a sala, enquanto o pescoço fazia a cabeça oscilar da entrada ao corredor. Quase na hora do almoço, percebi que Harry tinha os dedos nos ouvidos. Quando lhe interroguei a respeito, ele resmungou algo sobre um ruído. Eu não ouvia nada. Uma fração de segundo depois houve um grande estrondo. Virei a cabeça e, por uma das portas, vi um rapaz destruindo uma fotocopiadora. Olhei para Harry incrédulo e lembrei que, quando Terry e eu fomos visitá-lo pela primeira vez na prisão, ele mencionou algo sobre a telepatia altamente desenvolvida pela mente de criminosos profissionais. Anos de paranoia concedem às pessoas certo nível de percepção extrassensorial, dissera ele, ou algo do tipo. Seria verdade? Na época eu não o levara a sério, mas e agora? Eu não sabia o que pensar. Examinei seu rosto. Ele acenava com a cabeça para mim com presunção quase imperceptível.

Às 16h55, fomos levados até o escritório do editor. Tudo naquele lugar fazia você se sentir pequeno e insignificante. Era espaçoso, silencioso, tinha ar-condicionado e carpetes novos, e em vez de uma janela havia uma parede de vidro que não abria, pela qual não poderia se jogar mesmo se quisesse; no máximo poderia apertar o rosto contra ela e sonhar em cair. O editor nos olhou como se alguém tivesse lhe dito que se ele sorrisse perderia tudo aquilo por que trabalhara.

— Você escreveu um livro. Eu publico livros. Você acha que isso significa que somos feitos um para o outro. Não significa. Tenho que ficar impressionado com o que quer que tenha escrito, e eu não me rendo facilmente — falou.

Harry pediu ao editor que desse uma olhada rápida enquanto esperávamos. O editor riu sem sorrir. Harry soltou o discurso sobre perder oportunidades de ouro, que foi direto ao coração do homem, aquele em seu bolso traseiro. Ele pegou o manuscrito e o folheou, estalando a língua como se estivesse chamando um cachorro. Depois se levantou, foi até a parede de vidro e se pôs a ler encostado nela. Eu tive medo que o vidro quebrasse e o fizesse desabar na rua. Depois de um minuto, ele jogou o manuscrito em nós como se ele estivesse lhe sujando as mãos.

— Isso é uma piada?

— Garanto que não.

— Publicar isso seria suicídio. Você está instruindo as pessoas a infringir a lei.

— Por que ele está me dizendo do que trata o meu livro? — Harry me perguntou.

Dei de ombros.

— Saiam daqui antes que eu chame a polícia! — o editor gritou para nós.

Enquanto descíamos no elevador, Harry balançou a cabeça furioso.

— Patife — resmungou.

Eu me senti igualmente afetado. Não sabia muito sobre o mundo editorial, mas tentei explicar a ele que tínhamos de estar preparados para algumas rejeições.

— Isso é normal. Teria sido muito esperar que o primeiro caísse de quatro pelo livro.

No segundo andar, o elevador parou.

— Por que estamos parando? — gritou Harry para mim.

As portas se abriram e um homem entrou.

— *Não pode usar a escada para descer uma merda de um único andar?* — gritou Harry, e o homem saiu num pulo, pouco antes de as portas fecharem.

Na rua, foi impossível conseguir um táxi. Não era recomendável demorar tanto na rua desse jeito com um fugitivo conhecido, mas nenhum de nós parecia capaz de fazer um táxi se materializar só por desejá-lo.

— Estamos feitos! — sussurrou ele.

— O quê?

— Eles estão atrás de mim!

— Quem?

— Todo mundo!

Ele estava fora de controle. Tentava se esconder atrás de mim, mas a multidão estava em toda parte. Ele circundava meu corpo feito um tubarão. Estava chamando muita atenção em sua tentativa desesperada de permanecer imperceptível.

— Lá! — gritou ele, e me empurrou no meio do trânsito para dentro de um táxi. Os carros pararam e buzinaram enquanto entrávamos.

Depois daquilo, eu fui firme. Harry ficaria em casa. Eu simplesmente me recusava a continuar ajudando se ele insistisse em ir junto. Ele opôs resistência, mas acabou cedendo. O último incidente somara 17 anos à idade aparente de seu rosto. Até ele percebia.

•

As semanas seguintes foram um pesadelo. Errei de escritório em escritório, sem distinção. Em todos, era a mesma coisa. Eu não me conformava de serem tão silenciosos. Todos falavam sussurrando e, se não fosse pelos telefones, o modo como andavam na ponta dos pés faria você pensar que estava em um templo sagrado. As recepcionistas todas tinham os mesmos olhares desdenhosos e condescendentes. Muitas vezes eu sentava nas salas de espera com outros autores. Eles também eram todos a mesma coisa. Todos emanavam medo e desespero, e pareciam tão esquálidos que abririam mão dos próprios filhos em troca de uma pastilha antigripe, os pobres coitados.

Em uma das editoras, onde esperei por dois dias inteiros seguidos e ainda assim não consegui uma audiência com o rei, troquei meu original com o de um escritor para passar o tempo. Sua história se passava em uma pequena cidade do interior e era sobre um médico e uma professora grávida que se cruzavam todos os dias na rua mas eram tímidos demais para dizer oi. Era impossível de ler. Quase tudo descrição. Eu me animei um pouco quando, na página 85, ele se permitiu colocar um esboço de diálogo entre os personagens. Prosseguir com a leitura era um verdadeiro desafio, mas ele estava sentado bem ao meu lado, e eu tinha de persistir, por educação. De tempos em tempos, trocávamos olhares para ver como estávamos indo. Finalmente, quase na hora do almoço, ele se virou para mim e disse:

— Que livro peculiar! É sátira?

— De jeito nenhum. O seu também é interessante. Os personagens são mudos?

— De jeito nenhum.

Devolvemos o original um do outro e olhamos para o relógio.

Todas as manhãs, eu amargava a viagem de quatro horas de ônibus até Sydney, onde passava o dia indo de editor em editor. A maioria ria bem na minha cara. Um deles teve de sair de trás da mesa para fazer isso, porque minha cara estava longe demais. Era desestimulante. Além do mais, os editores não gostavam da ideia de eu esconder o nome do autor até o dia da impressão. Isso os deixava desconfiados. Muitos pensavam que era uma tramoia para deixá-los na merda. Você nunca conheceu uma classe comercial tão paranoica, cretina e bitolada em toda a sua vida. Aqueles que levavam o original a sério, os que não pensavam se tratar de uma fraude, peça ou conspiração, me xingavam dos piores nomes possíveis. Achavam que a obra era uma abominação e que eu era um anarquista perigoso e irresponsável por tentar propagá-la. Antes de me jogarem na rua, todos eles diziam a mesma coisa: este livro jamais seria publicado enquanto eles vivessem. Acho que aquilo queria dizer que quando eles morressem o mundo inteiro poderia entrar pelo cano que eles não se importavam.

Harry ficou mal. Furioso, me acusou de ser preguiçoso e de sabotar as reuniões por incompetência. Aquilo me exasperou. Eu estava trabalhando feito um camelo para vender o livro dele, mas era do livro que eles não gostavam, e não de mim. Então, depois da décima rejeição, ele começou a amaldiçoar o mercado editorial australiano em vez de mim.

— Talvez devêssemos levar o livro para os Estados Unidos. Lá eles têm mais liberdade de expressão. Têm uma coisa chamada liberdade de imprensa. Têm emendas que determinam isso. As ideias são encorajadas a florescer. Aqui o mercado editorial está mais rançoso que pão embolorado. Este país é tão conservador que dá vontade de vomitar. É um milagre alguém conseguir publicar alguma coisa aqui.

Talvez ele tivesse razão. Talvez os editores locais estivessem simplesmente assustados. Ele começou a falar em me comprar uma passagem de avião para Nova York, mas rebati essa ideia o máximo que pude. Eu não queria ir para Nova York. Não podia deixar minha mãe doente ou Terry, onde quer que ele estivesse. Estava convencido de que algum dia, em breve, Terry precisaria de mim, possivelmente para salvar sua vida. Eu tinha de estar por perto.

Caroline não sentia tal obrigação. Ela e Lionel foram até a porta de nossa casa na quase escuridão do crepúsculo para se despedirem. Eles tinham vendido a casa e estavam de partida. Lionel me deu um abraço enquanto Caroline balançava a cabeça.

— Não vou ficar por aí para ver Terry ser morto — falou.

— Ninguém está pedindo para você ficar — respondi, embora fosse isso o que eu quisesse.

Começou a chover fininho. Ela também me deu um abraço, mas não foi tão apertado quanto eu precisava, e quando a vi guiar o pai cego pela noite, senti como se tivesse renunciado à minha humanidade. Gritei "tchau!" enquanto ela desaparecia na escuridão, mas foi como se eu quisesse dizer: Vá em frente, eu não sou um homem, afinal. Não há nada de humano em mim, então vá embora.

Uma semana depois, eu estava na casa de Harry vendo TV quando Terry ligou. Depois de lhe dar uma bronca, Harry jogou o telefone em cima de mim.

— Como está se virando? — perguntei, desesperadamente. — Estão dizendo que você tomou um tiro.

— No tornozelo! Quem atira no tornozelo? Olha, não se preocupe comigo, cara. Tenho uma menina que faz maravilhas com tintura de iodo. Estou cansado, só isso. De resto está tudo bem.

— Você é famoso.

— Não é fantástico?

— Vai acabar sendo pego.

— Eu sei.

— E o que vai fazer?

— Olha. Talvez eu tenha começado isso tudo sem pensar direito, mas logo percebi que estou fazendo alguma coisa, algo que sinto que é importante. Todo mundo está se comportando melhor que nunca. Ninguém está trapaceando. Ninguém está jogando sujo. Ninguém está roubando ninguém. Ninguém está fodendo com ninguém. O esporte está se regenerando. Todo mundo está falando seriamente sobre ética.

— Como você pode falar em ética! Você é um assassino frio! Eu acho que deveria se entregar.

— Ficou louco? É isso que eu sou! É para isso que fui colocado aqui!

— Caroline voltou.

Houve uma profunda inspiração. Eu ouvia Terry se movendo, arrastando uma cadeira pelo solo. Então, ouvi ele se sentar.

— Onde ela está? Ela sabe? Pode dar um recado para ela?

— Ela foi embora de novo.

Ele inspirou outra vez, agora mais fundo, e eu esperei trinta segundos antes de ouvi-lo expirar. Ele abriu uma lata de alguma coisa, e então tomou talvez metade, pelo barulho que fez. Continuava sem dizer nada. A ausência de Caroline parecia pesar mais sobre nós do que os assassinatos.

— Então, vai parar ou não? — perguntei.

— Escuta, Marty, um dia você vai entender isso. O dia em que acreditar em alguma coisa. Opa. Tenho que ir. A pizza chegou.

— Ei, eu acredito em...

Tu tu tu.

Coloquei o fone no gancho e chutei a parede. É normal pensar que as leis da física não se aplicam quando se está com raiva, que seu pé furioso vai atravessar o tijolo. Acariciando o dedo machucado, eu me sentia extremamente inquieto. O tom de profunda satisfação na voz de Terry fora suficiente para me deixar nervoso. Ele não me dera uma chance de contar que eu tinha encontrado minha crença. Eu também estava fazendo algo importante. Ele não sabia que eu estava irresistivelmente atraído pelo livro de Harry e colaborando para que fosse publicado. Bom, como poderia saber? Eu não conseguiria convencer alguém a publicá-lo. E por que não? Terry estava fazendo todo o possível para assassinar aqueles atletas, mas e eu, estava realmente fazendo todo o possível pelo livro? Começou a me atormentar a ideia de que eu não tinha coragem de ir até o fim, de percorrer com total devoção uma estrada na qual era impossível voltar atrás. Terry estava demonstrando absoluta obstinação em busca de seu objetivo, e eu precisava ter a mesma obstinação implacável para seguir meu caminho; do contrário, eu seria apenas mais um inútil assustado e hipócrita e que não estava disposto a me arriscar por uma causa.

Tomei uma decisão revolucionária.

Se o próximo editor recusasse o livro, eu simplesmente não aceitaria. Eu rejeitaria a rejeição. Não aceitaria um não como resposta. Eu *exigiria* a publicação, e se isso quisesse dizer manter o editor como refém até que o livro estivesse nas lojas, que fosse. Não seria nada difícil colocar as mãos em uma arma. Na casa de Harry, bastava abrir um armário ou enfiar a mão bem fundo no pote de açúcar para encontrar uma semiautomática. É claro, eu desprezava armas e tudo o que vinha junto com elas, como feridas e morte, mas, por outro lado, eu gostava da ideia de infringir mais um dos Dez Mandamentos, principalmente considerando que eu também não honrava meu pai. Eles não poderiam forçá-lo a sofrer por *duas* eternidades, não é?

Aquela noite, antes de ir para casa, enquanto Harry estava inconsciente de tanta vodca e remédios para dormir, enfiei a mão bem fundo no pote de açúcar. A pistola saiu coberta de cristais pegajosos. Eu os sacudi em uma xícara com chá e bebi. Dava para sentir o gosto da arma.

No dia seguinte, saí de casa enquanto ainda estava escuro. Terry não fazia um sussurro no mundo fazia no mínimo uma semana, e não havia repórteres acampando em nosso quintal, embora as bitucas de cigarro estivessem úmidas de orvalho. Peguei o ônibus para a cidade. O prédio da editora seguinte da lista ficava em frente à Estação Central. Antes de entrar, estudei os horários do trem para o caso de precisar fugir rápido. Algum trem partia a cada três minutos, se eu não fosse muito específico quanto ao destino. Comprei um punhado inteiro de bilhetes, passagens para toda parte.

O saguão tinha um quadro negro coberto de vidro listando os inquilinos do edifício em letras brancas. Lá, no quarto andar, estava o nome da minha última esperança. Strangeways Publicati ns. Faltava o "o". Não era difícil entender por quê. No sexto andar havia uma empresa chamada Voodoo Cooperative Clothing, e no segundo uma que se chamava Ooooops! Stain Remover Inc.

Peguei o elevador até o quarto andar. Havia um banheiro no final do corredor. Entrei e inclinei a cabeça sobre o vaso sanitário e fiquei assim por uns bons vinte minutos, criando estratégias, antes de voltar ao corredor e seguir até a porta da Strangeways Publications. Antes de bater, busquei dentro da mochila. A arma ainda estava lá, mas o açúcar tinha desaparecido. Já não havia nada de doce naquela arma.

Bati. Ouvi uma voz dizer:

— Entre.

Um homem estava sentado atrás de uma mesa, lendo. Sem olhar para cima, ele apontou para que eu sentasse. Eu estava nervoso demais para sentar. Meus joelhos não dobravam. Estavam rígidos. Corri os olhos pelo escritório. Era do tamanho de um armário, e era um chiqueiro. Jornais empilhados do chão ao teto. Um monte de roupas e uma mala marrom em um canto. A janela estava fechada e não havia ar no local. O editor tinha uns 40 anos. O que quer que estivesse lendo o fazia sorrir como um velho babão. Havia uma escova de dentes e uma tigela branca cheia de água verde na mesa. A escova de dentes me dava náusea. Tinha um cabelo nela.

— O que posso fazer por você? — perguntou ele, olhando para cima.

Enfiei a mão na mochila, senti a arma e retirei o manuscrito. Joguei na mesa dele e falei o de sempre. O autor, expliquei, deveria permanecer anônimo no momento, estava buscando o editor certo para sua obra pioneira, e, devido à natureza sensível do assunto, eu não poderia deixar o manuscrito com ele, mas se ele tivesse um mínimo de curiosidade e não quisesse perder a oportunidade mais sensacional de uma vida inteira, precisava mesmo examinar o manuscrito agora, enquanto eu esperava. Eu tinha feito esse discurso tantas vezes que falei sem pensar. Ele me fitou o tempo todo, com olhos semiembriagados, sorrindo aquele sorriso de velho babão como se estivesse pensando em banheiras cheias de espuma.

— Bom, sendo assim, vamos dar uma olhada, certo?

Ele abriu na primeira página. Pela janela atrás dele, vi um trem serpentear até a estação. O editor folheou até a metade do manuscrito, quando riu de alguma coisa, e então depositou-o na mesa.

— Uma sátira, hein? Adoro uma boa sátira. Está bem escrita e é muito engraçada, mas, para ser honesto, não é minha linha.

Minha mão, agarrando a arma, estava toda suada.

— De todo modo, obrigado por vir.

Eu não me movi. Um minuto se arrastou. Ele fez gestos com os olhos que me dirigiam até a porta. Eu os ignorei.

— Olhe — falou —, as coisas estão um pouco difíceis para mim neste momento. Eu não poderia bancar a publicação do meu próprio obituário, então por que não dá o fora?

Eu não me mexia. Era como se o ar na sala tivesse se solidificado e me prendido no lugar.

— Sabe o que eu estava lendo quando você entrou? Não? Nada; isso é o que eu estava lendo! Eu estava fingindo ler para parecer ocupado. Triste, hein? — Como eu ainda não mostrava sinais de respirar, ele falou: — Dê uma olhada nisso.

Uma pilha de livros formava uma torre ao lado de sua mesa, e ele pegou o que estava no topo e me entregou. Eu dei uma olhada. Era um livro didático de biologia.

— Em Londres, eu trabalhava para os tabloides. Isso foi há muito tempo. — Ele deu a volta e sentou na borda da mesa, os olhos correndo pela sala. — Esta é uma editora pequena. Nada muito chamativo. Publicamos livros didáticos de ciências. Física, biologia, química, o de sempre. Minha esposa e eu dividíamos este negócio, meio a meio. Dinheiro dela, herdado do pai, e dinheiro meu, poupado com o suor do meu rosto. Então, por dez anos gerenciamos esta pequena empresa, e é claro, tínhamos nossas brigas domésticas, e eu tinha minhas indiscrições, mas era discreto, então que mal havia? Dê uma olhada nisso. Encha seus olhos com o pivô da minha destruição! — Ele colocou o livro de biologia em minhas mãos e disse: — Página 95.

Abri na página 95. Era uma imagem do corpo humano, com todas as partes identificadas e suas funções explicadas. Parecia o folheto de instruções de um rádio.

— Vê algo estranho? — perguntou ele.

Eu não via. Parecia um corpo humano bastante convencional. É claro, faltavam alguns elementos comuns, como pneuzinhos na barriga, rugas e estrias, mas fora isso era relativamente abrangente.

— Ela fez de propósito. Sabia que eu estaria muito mamado para conferir tudo antes de imprimir.

— Eu não vejo nada.

— O cérebro! Veja do que ela chamou o cérebro!

Eu olhei. Dizia "testículos". E onde estavam os testículos, dizia não só "cérebro", mas "o cérebro de Stanley". De fato, agora que ele havia chamado minha atenção, quase todos os órgãos no corpo masculino eram uma crítica a sua vida dominada por bebida, jogo e mulheres: o coração, os rins, os pulmões, os intestinos, tudo, tinha notas explicativas que descreviam seu consumo excessivo de álcool, sua dieta ruim, sua agressividade e seu mau desempenho sexual. Continuava a perder de vista. Eu entendia por que aquilo não seria apropriado para certos alunos.

— Ela me sabotou. Tudo porque dormi com uma garçonete em nossa casa. Tá certo, eu não deveria ter feito isso, mas arruinar meu ganha-pão! Dez mil livros que não posso vender! E não posso processar ninguém, porque assinei a aprovação. Entreguei pessoalmente o livro na gráfica. É claro que ela também perdeu tudo, mas ela não se importa. As mulheres vingativas são assim. Valeu a pena, disse ela, só para me derrubar. Você já viu tanto veneno? Provavelmente não. Agora estou esperando os cobradores baterem na minha porta. Não consigo nem pagar o aluguel do escritório. Sendo assim, por mais que eu fosse adorar publicar sua deliciosa sátira...

— Não é uma sátira.

— Não?

— Não.

Ele olhou para o manuscrito e o percorreu com o polegar.

— Isso é sério?

Eu fiz que sim.

— Então, isto seria um livro didático para jovens criminosos?

Confirmei mais uma vez.

— Você pode nos colocar na cadeia por publicar isto.

— Estou disposto a arriscar, se você estiver.

Ele se recostou na cadeira e disse:

— Ora, vejam só.

Olhou o manuscrito outra vez, e um pouco depois falou:

— Ora, ora, ora.

Fechou os olhos por um momento antes de abri-los outra vez. Aquele momento pareceu uma eternidade, mas provavelmente foi só metade dela.

— O que fez você vir até mim? — perguntou ele.

— Todos os outros disseram não.

— É claro que disseram — falou, rindo. Aquilo parecia lhe causar prazer infinito.

A boca dele se abriu em um sorriso, e ele pulou como se estivesse atendendo a um chamado ou dever; o sorriso continuou se abrindo e se abrindo, até que minha boca doeu.

•

Fui correndo até a casa de Harry e subi tropeçando os degraus da entrada. Estava tão entusiasmado que quase esqueci a batida secreta. Era elaborada demais. Quatro batidas, uma pausa, uma batida, uma pausa, três batidas, então eu dizia: "Ei, Harry. Sou eu, Martin." Se você quer saber, poderíamos ter nos virado muito bem sem isso, mas Harry era inflexível nesse aspecto. Eu me atrapalhei com as batidas: duas... pausa... três — não, melhor começar de novo... ouvi o som nefasto de uma escopeta sendo engatilhada.

— Harry, sou eu! — falei, todo afobado.

Percebendo meu erro, eu me abaixei, esperando a chuva de balas. Não vieram. Uma série de trincos e corrediças. Harry estava passando pela tediosa rotina de abrir as trancas. Demorou mais que o normal. Ele devia ter adicionado algumas trancas novas. A porta abriu com estrépito. Harry ficou lá parado de cueca, escopeta numa das mãos, machado na outra. Os olhos estavam cheios de medo e fúria. Eu não podia esperar. Contei a novidade:

— Encontrei um editor! Ele adorou! Ele é da Inglaterra, então cresceu em meio a escândalos! Ele não tem medo de arriscar. Adorou seu livro! Está apostando tudo nele! O livro vai direto para publicação!

Harry estava atordoado demais para falar. Estava petrificado. Você já viu um homem congelado por uma boa notícia? É hilário.

— O quê? Como é que é?

— Conseguimos! Seu livro vai virar livro!

Alívio e medo e amor e terror e júbilo encheram-lhe o rosto. Até mesmo os egocêntricos mais cêntricos têm uma parte que duvida de que alguma coisa um dia vai dar certo. Aquela parte de Harry estava em torvelinho. Era tão inesperado. Sua percepção extrassensorial tinha um ponto cego por causa daquela voz pessimista, que gritava mais alto que os sussurros proféticos de seu terceiro olho. Ele ria e chorava e levantava a escopeta para o alto e atirava. O teto veio abaixo em grandes blocos de reboco. Foi assustador. Ele me abraçou. Dançamos pelo corredor, mas era difícil desfrutar da situação, porque Harry continuava segurando a arma e o machado. Ele tentou me dar um beijo na boca de novo, mas desta vez, estando de sobreaviso, ofereci-lhe a bochecha. Ele beijou meu ouvido. Enquanto continuávamos girando, sua perna morta balançava e acertava a mesinha de canto. Era isso! Seu livro! Seu filho! Seu legado! Sua imortalidade!

•

As semanas seguintes passaram voando. Dias emocionantes! Eu ia até o escritório de Stanley quase diariamente. Fizemos tudo juntos: escolhemos a tipografia, reorganizamos os capítulos. Ele disse para eu pedir ao misterioso autor que escrevesse um prefácio, e Harry se pôs a trabalhar nisso, dia e noite, fora da minha vista. Stanley vendera tudo o que tinha para conseguir o dinheiro para pagar a gráfica.

— Eles não sabem o que os aguarda — dizia ele. — Haverá um rebuliço quando chegar às livrarias. Então será proibido. Publicidade grátis! Não há nada como censura para aumentar as vendas de um livro. Será um ultraje à moral! Cópias banidas passarão furtivamente de mão em mão! O livro viverá nas sombras e crescerá como cogumelos no escuro do pântano! Então uma voz solitária, alguém, dirá: "Ah! Isso é genial!" E então as outras cabeças que balançavam com ódio começarão a balançar em aprovação! Nosso defensor será alguém que pode não acreditar em uma palavra do que está dizendo. Isso não nos importa. Com sorte, alguns críticos simplesmente precisam ir contra a corrente, não importa qual seja. A corrente pode ser "Ame seu próximo" e a crítica dirá: "Não! Deteste aquele verme!"

Stanley vinha com esse discurso todos os dias. Era sempre a mesma coisa. Ele antevia coisas grandiosas para o livro de Harry, mas continuava me pressionando para revelar o nome do autor.

— Nada feito — eu sempre dizia. — No dia da impressão, tudo será revelado.

Stanley batia na mesa. Ele fazia tudo o que podia para arrancá-lo de mim.

— Estou arriscando meu pescoço aqui, Marty. Como sei que o autor não é um pedófilo? Quer dizer, escândalo é uma coisa, sabe que não tenho medo disso, mas ninguém tocaria no livro se o autor tiver colocado as mãos em uma criança.

Eu dei minha palavra de que Harry era só mais um ladrão assassino comum.

•

Um dia, a esposa de Stanley veio para ver o que ele andava fazendo. Era uma mulher magra e atraente, com um nariz pontudo que, mais que esculpido, parecia afiado com um amolador. Ela andou pelo escritório e tentou meter o olho no manuscrito que estava na mesa dele, mas ele jogou um jornal em cima.

— O que você quer, sua bruxa?

— Você está aprontando alguma coisa.

Ele não respondeu, só deu aquele sorriso que dizia: "Talvez, sua piranha, mas não é da sua conta."

Ela se virou para mim e começou a me examinar.

— Eu conheço você de algum lugar.

— Acho que não.

— Você me pediu dinheiro no trem uma vez?

Eu disse a ela que nunca tinha pedido dinheiro a alguém em um trem, o que não era verdade, porque pedira sim uma vez.

— Certo, a visita acabou — disse Stanley, agarrando-a pelos ombros e empurrando-a para fora do escritório.

— Tá legal, tá legal! Eu só vim pedir o divórcio!

— Como quiser. Embora eu preferisse ser viúvo.

— Vai se foder! Tomara que morra, canalha!

Quando ela estava no corredor, ele bateu a porta na cara dela e me disse:

— Chame um chaveiro. Temos que trocar as fechaduras, depois voltamos ao trabalho.

Stanley tinha delegado a Harry algumas tarefas. A primeira era o título, e Harry me entregou uma folha com as sugestões. Eu sentei e li a lista. *Um manual para criminosos, Um manual para jovens criminosos, O manual do crime para criminosos jovens e crianças, Crime: como cometer, Procedimentos para infringir a lei, Crime para principiantes, O guia do crime, Ilegalidade: é fácil!...* e a lista continuava.

Depois foi o problema do prefácio. Harry me entregou o primeiro rascunho e pediu que eu o passasse a Stanley intocado. Eu não podia tocá-lo nem se quisesse. Era a efusão de um homem ansioso. Era mais ou menos assim:

> Há homens vindos a este mundo para criar leis projetadas para violar o espírito dos homens. E há aqueles que vieram para ter o espírito violado por aqueles vindos aqui para violá-los. E há aqueles que estão aqui para violar as leis que violam os homens que violam o espírito de outros homens. Eu sou um desses homens.
>
> — *O autor*

Stanley o devolveu e disse para ele tentar de novo. A segunda tentativa não foi nada melhor:

> Eles estão com você na mira. Eles estão com seu nome na lista. Eles querem transformar o produto do sangue de seu sêmen em máquinas de produzir eletricidade para iluminar a vida deles. Bom, estou aqui para lhe dizer que, se você ler este livro e seguir

> meus conselhos, poderá encher os próprios bolsos de ouro para variar, deixando que os filhos de outros carreguem as lajotas de pedra para os corpulentos capatazes egípcios. Quer dizer, por que não pegá-los antes?
>
> — *O autor*

Stanley achava que nada que parecesse amargo ou insano ajudaria nas vendas. Eu compreendia. Gentilmente, pedi a Harry que fizesse só mais uma tentativa, que eu abri e li enquanto o ônibus seguia para a cidade. Dizia apenas:

> Rá, rá, rá! Venerem-me, seus merdas!
>
> — *O autor*

Eu o rasguei e compus meu próprio prefácio, colocando o nome de Harry.

> O mundo é um lugar abundante, tão abundante que você pensaria que há o suficiente para todos. Não há. Portanto, alguns têm de meter a mão no que podem sem seguir as regras, porque as regras determinam que eles tenham quase nada. A maioria se aventura por esse caminho sem guia nem mapa. Ao escrever este livro, não estou tentando causar uma revolução, só estou dando certa assistência rodoviária aos desfavorecidos na estrada menos percorrida, iluminando um pouco, mostrando os buracos e as armadilhas, fincando placas de entrada e saída e limites de velocidade.
>
> Dirijam bem, jovens criminosos, dirijam bem...
>
> — *O autor*

Finalmente chegou o dia da impressão. Eu tinha de ir ao escritório de Stanley e revelar o nome do autor. Harry e eu sentamos no quintal dos fundos, fumando cigarros-desjejum. Ele estava para lá de ansioso; as mãos tremiam vigorosamente. Os dois tentamos não perceber isso, e quando tive de acender o cigarro para ele, fingimos que era porque eu era seu criado de longa data. Falei:

— Aqui está, Sir.

E ele respondeu:

— Obrigado, garoto.

Acima, o céu tinha uma cor estranha, o mesmo verde-alga da piscina.

— Esse editor. Podemos confiar nele? — perguntou Harry.

— De olhos fechados.

— Ele vai foder com a gente?

— Não.

— Da próxima vez que falar com ele, diga que eu matei 17 homens, duas mulheres e uma criança.

— Você matou uma criança?

— Bom, um rapaz.

Harry me entregou uma folha de papel. Nela havia uma lista de agradecimentos. Eu a peguei e saí para selar nosso destino, e cruzei as ruas com os dois braços balançando ao léu. É assim que se caminha quando se está fazendo o trabalho sujo do destino.

Encontrei Stanley no escritório dele. Ele estava agitado demais para sentar. Nos primeiros dois minutos depois que cheguei, ele foi da porta à janela três vezes, fazendo gestos estranhos com as mãos, como se estivesse estrangulando galinhas.

— É isso, cara. A gráfica está esperando. Estou pronto para o nome.

— Muito bem, aqui está. O homem que escreveu *O manual do crime* é Harry West.

A boca de Stanley se abriu e ficou daquele jeito enquanto ele deixou escapar uma longa expiração gutural.

— Quem?

— Harry West!

— Nunca ouvi falar.

Eu o coloquei a par dos antecedentes criminais de Harry, sem deixar nada de fora.

— Harry West — disse Stanley, enquanto anotava o nome, parecendo um pouco desapontado.

Então, com as informações que lhe dei, ele compôs uma biografia para a seção "sobre o autor". Era mais ou menos assim:

> Harry West nasceu em Sydney em 1922. Durante os 55 anos seguintes, infringiu todas as leis do hemisfério Sul. Escapou da prisão e atualmente está foragido da polícia.

— E Harry escreveu uma lista de agradecimentos que ele quer que seja incluída no começo — falei.

— Ótimo.

Stanley deu uma olhada na lista. Era apenas uma página de agradecimentos normal, como as que precedem outros trabalhos.

> Agradeço a meu pai, por me ensinar a gostar de violência, e a meu avô, por ensinar meu pai a gostar de violência, que por sua vez ensinou a mim. Eu não tenho filhos, por isso tive de ensinar conhecidos e transeuntes. Agradeço também ao sistema de justiça criminal de New South Wales, por me ensinar sobre injustiça, à polícia de New South Wales, por sua corrupção infatigável e brutalidade incansável, à violência no cinema, por tornar as vítimas insensíveis — assim elas levam mais tempo para dizer "ai" —, a minhas vítimas, por perder, aos que me venceram, por me mostrar que não há desonra em uma bala na coxa, e finalmente a meu editor, amigo e irmão no isolamento, Martin Dean.

— Você tem certeza que quer seu nome nisso? — Stanley me perguntou.

— Por que não? — perguntei estupidamente, sabendo por que não. Eu estava praticamente admitindo um crime: protegendo um fugitivo conhecido e editando sua obra. — Acho que sim — falei.

— Pense a respeito por um segundo.

Eu pensei a respeito. Estaria cometendo um erro? Era óbvio que não havia um motivo sério para que meu envolvimento precisasse ser mencionado de alguma forma. Mas aquele trabalho também era meu. Eu tinha dado duro para levar aquele livro tão longe, e queria que o mundo soubesse.

— Sim, deixe aí.

— Tá certo, então. Bom, estamos prontos. Vou levar isso até a gráfica. Depois, posso conhecer o Harry?

— Não sei se essa é uma boa ideia agora.

— Por quê?

— Ele não está muito bem. Está um pouco... nervoso. Talvez quando o livro estiver nas livrarias. Falando nisso, quando vai ser?

— Em três semanas.

— Não posso acreditar que está realmente acontecendo.

— Pode apostar — Stanley falou, e logo antes de sair do escritório ele se virou para mim com um olhar estranho e distante no rosto e disse: — Diga ao Harry que eu acho ele um gênio.

Eu garanti a ele que diria.

•

— O que ele falou quando disse o meu nome? Que cara ele fez? Me conta tudo. Não deixe nada de fora — disse Harry da porta de casa, sem respirar, quando apareci na entrada da casa dele.

— Ficou impressionado — menti. — Ele já tinha ouvido falar de você.

— É claro que já. Um homem não mata constantemente por cinquenta anos sem criar uma reputação. E quando vai estar nas livrarias?

— Em três semanas.

— Três semanas. *Merda!*

Não restava nada a fazer além de esperar. Tudo estava em ordem. Eu tinha aquela sensação de satisfação e anticlímax que surge quando um trabalho é concluído. Agora eu sabia como todos aqueles escravos egípcios deviam ter se sentido quando a pedra pontiaguda foi colocada no topo da pirâmide de Quéops e todos eles tiveram de sentar em volta e esperar o cimento secar. E eu tinha também uma sensação de desassossego. Havia participado de algo significativo pela segunda vez na vida, depois da caixa de sugestões; e agora, o que eu ia fazer? A ambição crescendo em meu peito não encontrava uma nova saída. Aquilo era irritante.

Depois de algumas horas prevendo nosso sucesso fenomenal em um minuto e nosso fracasso sombrio no instante seguinte, eu me arrastei de volta para casa a fim de cuidar da minha mãe. A quimioterapia e o constante bombardeamento de radiação a deixavam fatigada o tempo todo, ela tinha perdido peso e parte do cabelo e se locomovia pela casa tateando as paredes. Era visível que o corpo que ela habitava estava rapidamente se tornando inabitável. A única surpresa agradável era meu pai, que no fim das contas se mostrou não tão diferente de um ser humano, e também um dos bons. Ele passou a ser amoroso e gentil com minha mãe, apoiando-a num nível muito mais profundo e mais comprometido que ela ou eu teríamos esperado dele. Sendo assim, eu precisava mesmo estar por lá o tempo todo? Agora que eu estivera no mundo, cada molécula do meu ser se indignava perante a ideia de passar mais um segundo naquela cidade infeliz. É por isso que nunca se deve criar um laço impossível de se romper. Nunca se sabe o que as moléculas do seu ser vão querer fazer com o passar dos anos.

Aquelas semanas de espera foram uma tortura complexa e elaborada. Eu sempre soube que há 1.440 minutos em um dia, mas durante aquelas três semanas eu os *senti* profundamente. Estava eletrizado como um fio desencapado. Eu beliscava, mas não conseguia comer. Fechava os olhos, mas não conseguia dormir. Ficava embaixo do chuveiro, mas não conseguia tomar banho. Os dias resistiam feito monumentos à eternidade.

De algum modo, como que por mágica, o dia do lançamento chegou. Às 3 da manhã, peguei um ônibus até a cidade. No caminho, tive a sensação presunçosa de que eu era uma pessoa famosa sentada em um lugar público e só estava esperando alguém se virar e gritar: "Ei! Lá está o fulano de tal!" Aquele era eu: o Fulano de Tal. Parecia bom.

A cidade grande é um lugar estranho ao amanhecer. O sol simplesmente não penetra até as ruas frias, e levou duas horas para o dia ficar ensolarado. Caminhando pela George Street, passei por um aglomerado de festeiros que caíam uns sobre os outros e se beijavam e amaldiçoavam a chegada indesejada da manhã. Ao passar por mim, eles cantaram na minha cara uma música de bêbados para a qual fiz uma dancinha que deve ter sido legal, porque todos eles me deram vivas. Eu correspondi na mesma moeda. Foi animador.

As livrarias da rede Dymocks tinham prometido colocar um exemplar na vitrine. Eu estava duas horas adiantado. Fumei alguns cigarros.

Sorri só para fazer alguma coisa. Apertei contra os dedos as meias-luas brancas na base das minhas unhas. Um fio solto na minha camisa me ajudou a suportar o período das 8 às 8h30. Então, faltando poucos minutos para as 9, uma mulher apareceu dentro da livraria. Não sei como ela entrou. Talvez houvesse outra entrada nos fundos. Talvez ela tenha passado a noite lá. Mas o que ela estava fazendo lá dentro? Estava apenas encostada no balcão, como se fosse uma cliente. E por que ela estava mexendo na caixa registradora? Por que aquilo era importante *agora*? Quando as livrarias têm um novo livro para colocar na vitrine, esta deveria ser a prioridade número um. É óbvio!

Ela ficou de joelhos e, com uma faca, cortou a tampa de uma caixa de papelão. Pegou uma porção de exemplares e foi em direção à janela. Lá estava ele! Subindo no pequeno pódio, ela colocou os exemplares numa estante vazia. Quando vi os livros, meu coração parou.

Isto foi o que eu vi:

O manual do crime, de Terry Dean

O que é isso? O que é isso? Eu precisava ver mais de perto. Terry Dean? Terry Dean! Como é que aquilo tinha acontecido? Corri para a porta. Ainda estava trancada. Bati no vidro. A mulher dentro da loja me olhou pelo outro lado.

— O que você quer?

— Aquele livro! *O manual do crime*! Eu preciso ver!

— Ainda faltam dez minutos para abrir.

— Preciso ver agora! — gritei, enquanto esmurrava a porta.

Ela resmungou um insulto cruel baixinho. Acho que foi "bibliófilo". Não havia nada que eu pudesse fazer. Ela não abriria a porta. Corri outra vez para a janela e grudei os olhos contra o vidro. Vi a capa. Dizia, em cores, com uma estrela ao redor,

Um livro do fugitivo Terry Dean — escrito em fuga!

Eu não conseguia entender. Em nenhum lugar na capa havia menção alguma a Harry. Merda! Harry! Ele ia... uma porta de aço fechou num estrondo dentro da minha cabeça. Meu cérebro não me deixava pensar em Harry. Era perigoso demais.

Exatamente às 9 horas, a livraria abriu; eu corri para dentro, agarrei um exemplar de *O manual do crime* e o folheei freneticamente. A seção "sobre o autor" estava totalmente diferente. Era a história de vida de Terry, e a dedicatória dizia apenas: "A Martin, meu irmão e editor."

Stanley tinha nos passado a perna! Mas como? Eu nunca mencionara que era irmão de Terry! Empurrei algum dinheiro para a balconista e saí correndo da loja sem esperar o troco. Corri sem parar até o escritório de Stanley. Quando irrompi pela porta da frente, ele estava sentado à mesa, falando ao telefone:

— Não, ele não pode dar entrevista. Simplesmente não dá. Por quê? Porque ele é um fugitivo.

Ele desligou e sorriu para mim, triunfante.

— O telefone está tocando sem parar! A coisa saiu do controle! É melhor do que eu imaginava!

— O que você fez?

— Garanto que a primeira tiragem vai estar esgotada antes do fim da tarde. Acabei de pedir a impressão de mais 50 mil. Primeiro dia, e é um sucesso!

— MAS NÃO FOI TERRY QUEM ESCREVEU!

— Ah, sem essa, Martin. Eu já sei de tudo. Sei que você é irmão do Terry. Você tentou esconder de mim, seu garoto malcriado. De fato, acredite ou não, sabe quem me fez enxergar isso? A imprestável da minha ex-mulher! Ela reconheceu você dos jornais. Aquele dia, umas duas horas depois de sair daqui, ela me ligou querendo saber o que eu estava editando com Terry Dean. Foi aí que me caiu a ficha. É claro! Era tão óbvio! Harry West era um pseudônimo para Terry Dean! Não é tão engenhoso quanto um anagrama ou algo assim, mas isso é o de menos. O problema é que pseudônimos não vendem livros, meu amigo. Não quando o autor é famoso como o seu irmão!

Eu me aproximei da mesa de Stanley, me perguntando se eu seria forte o bastante para levantá-la e esmagá-lo com ela.

— Escuta, seu cretino — rugi. — Não foi o Terry que escreveu! Foi o Harry! Ah, meu Deus! O Harry! Ele vai explodir!

— É mesmo? E quem é esse Harry?

— Ele foi mentor do Terry.

Stanley olhou para mim por um bom tempo com curiosidade.

— Já chega, Marty, desista.

— Estou te dizendo. Você estragou tudo, cacete! O Harry vai ficar uma fera! Ele vai fazer picadinho de nós dois, seu idiota!

O rosto de Stanley parecia estar jogando cara ou coroa para decidir se sorria ou se franzia a testa, e finalmente assumiu uma combinação desconfortável das duas coisas.

— Você está falando sério?

— Muito sério.

— Então está querendo dizer que Terry não escreveu esse livro?

— Terry não sabe nem escrever o nome na neve com mijo!

— É mesmo?

— Mesmo!

— Ah — disse Stanley, antes de enterrar o rosto atrás de uma pilha de jornais.

Ele pegou um lápis e começou a rabiscar alguma coisa. Eu me aproximei e arranquei o papel de suas mãos. Ele tinha escrito: "Ops!"

— Ops? Ops! Você não sabe! Você não conhece o Harry! Ele vai me matar! E depois vai matar você! E depois vai matar o Terry e depois vai se matar!

— E por que não pode ser ele primeiro? — Stanley gritou, sem sentido.

Ele se levantou, abotoou a jaqueta, desabotoou-a e sentou. Finalmente teve o bom-senso de entrar em pânico.

— Você nem pensou em pelo menos *verificar* a minha história? Você não pensou em descobrir alguma coisa sobre o Harry?

— Espere aí...

— Ligue para eles!

— Eles quem?

— A imprensa! Os editores! Todo mundo!

— Espere um segundo!

— Ligue!

— Não posso!

— Mas é tudo mentira!

— Sente-se. Fique calmo. Temos que pensar. Estamos pensando? Vamos pensar. Certo. Pensar. Você está pensando? Eu não. Não tenho um pensamento na cabeça. Pare de me olhar por um segundo. Não consigo pensar com alguém me olhando. Vire para o outro lado. Estou falando sério, Martin, vire para o outro lado.

Relutante, virei um pouco o corpo e fiquei de frente para a parede. Eu queria esmagar minha cabeça contra ela. Eu não podia acreditar! Lá estava Terry outra vez. No centro, outra vez! E eu? Quando seria a minha vez?

Stanley repetia pensamentos que empesteavam a sala.

— Muito bem. Certo. Está bem. Então... o que tivemos, com *O manual do crime*, foi um escândalo literário. Espetacular. Controverso. Polêmico. Isso nós já temos. Mas agora acontece que o autor na verdade não é o autor. Isso significa... que *agora* temos, além do escândalo... uma fraude literária.

— Uma o quê?

— Está bem, pode se virar agora.

Quando virei de volta, Stanley estava sorrindo para mim, triunfante.

— Dois em um! — gritou, alegre.

— Stanley — comecei.

— Isso é brilhante! Vai ser bom para nós. Diga ao Harry para ser paciente; em um ano ou dois, contamos a verdade. Ele vai ficar famoso.

— Um ano ou dois!

— Claro, qual é a pressa?

— Você ainda não entendeu! Harry vai pensar que eu estava metido nisso. Vai me achar um traidor. O livro é o legado dele para o mundo. Você tem que contar a ele! Você tem que dizer que foi culpa sua, que você cometeu um erro! Seu imbecil! Ele vai nos matar!

— E daí? Deixe que ele venha. Eu não tenho medo! Se tenho que morrer, que seja por um livro. É, eu gosto da ideia! Que seja por *este* livro. É! Mande-o vir!

Stanley ergueu o punho no ar como se fosse um prêmio que ele acabara de ganhar. Quem podia com isso? Essa era a pior crise imaginável, e eu estava em companhia de um homem bem no momento em que ele descobrira algo por que morrer. Parecia repulsiva e descabidamente tranquilo. Eu queria arrancar os lábios daquela cara.

•

Peguei um táxi até a casa de Harry, pensando que teria de ir com muito, muito cuidado. Harry me adorava, e eu o adorava, mas isso não significava que ele estava acima de meter uma bala no meio da minha testa. Afinal, isso é amor. Abaixei a janela do táxi. Do lado de fora, o ar estava sobrenaturalmente parado, como numa sala sem janelas. Nada se movia. Era como se as comportas do mundo tivessem sido hermeticamente fechadas e estivéssemos, todos nós, encerrados do lado de dentro.

Fiz a batida secreta e depois a nem tão secreta, aquela que qualquer um pode fazer. Gritei o nome dele. Gritei um pedido de desculpas. Eu gritava à toa — ele não estava em casa. O que eu deveria fazer? Um táxi passou e fiz sinal; voltei para a cidade, onde caminhei sem rumo pelas ruas, afundado em meu tumulto interior. O nível de atividade mental me deixava tonto, e me irritava que ninguém mais parecesse perdido. Um pouco tristes e solitários, talvez, mas eles sabiam para onde iam. Eu esbarrava nas pessoas de propósito, na esperança irracional de provocar algum tipo de reação compassiva. Os rostos de uma cidade assumem um caráter extremamente cruel e indiferente quando você caminha por ela em meio a uma crise pessoal. É deprimente que ninguém pare para lhe dar a mão.

Entrei num pub, o Park View, encontrei um lugar no balcão e não dei importância ao fato de, contrariando o nome, não haver parque nem vista. Pedi uma cerveja. No rádio, tocava uma música, uma canção de amor bonita e alegre que entrava em choque com meu humor. A cerveja acabou depressa. O pub estava vazio, a não ser por dois velhos bêbados que discutiam sobre alguém chamado Gazza; um dos velhos achava que Gazza estava de quatro pela nova noiva, enquanto o outro achava que Gazza a tinha contra a parede. De um jeito ou de outro, a conclusão era que Gazza não vinha tanto ao pub quanto antes, e já não era a mesma coisa sem ele. Eu balancei tristemente a cabeça, e olhava para o copo vazio como se ele tivesse me enganado pela última vez.

O rádio começou a dar notícias e meus ouvidos entraram em alerta. O fugitivo Terry escrevera um livro escandaloso instruindo futuros criminosos a infringir a lei. Os últimos detalhes: o editor de *O manual do crime* estava preso.

Ora! Então Stanley estava preso! Melhor assim, concluí. Pelo menos isso o manteria a salvo de Harry por ora. Presumi que eles não poderiam detê-lo por muito tempo. Quando a polícia está atrás de alguém que não consegue encontrar, sente um certo alívio ao prender outra pessoa que tenha alguma ligação com o fugitivo.

Enquanto eu imaginava Stanley atrás das grades e a possibilidade de que, como intermediário, eu fosse o nome seguinte na berlinda, veio a última parte das notícias: o fugitivo Harry West subira ao topo da ponte da Baía de Sydney armado até os dentes e estava ameaçando se jogar. A história incluía uma pequena reflexão que colocava tudo em perspectiva: se Harry West se jogasse, ele seria a primeira pessoa a cometer suicídio da ponte da Baía de Sydney ao vivo pela televisão. Sim, fazia todo o sentido. Terry lhe roubara a cooperativa democrática, e Stanley lhe puxara o tapete ao atribuir *O manual do crime* a Terry. Harry estava desesperado para deixar seu legado, qualquer legado. A primeira pessoa a ser televisionada cometendo suicídio da Ponte de Sydney, e em cores. Não era de surpreender que Harry tivesse levado seu arsenal até lá. Se alguém tentasse se jogar primeiro, tomaria um tiro antes de colocar um dedo do pé para fora da ponte.

Saí correndo do pub, pulei em um táxi em movimento e disparei até a ponte. Se ele estava armado, presumi que haveria uma chance de que atirasse em mim, mas eu tinha de explicar que aquilo era um erro que poderia ser esclarecido em um ou dois dias. Eu tinha a sensação nauseabunda de que algo terrível aconteceria naquela ponte. Ele ia se jogar no mar; isso parecia inevitável. Mas, conhecendo Harry, ele ia querer arrastar junto consigo para o abismo o maior número de almas possível. Ele queria tingir a baía de vermelho, eu simplesmente sabia.

O sol do meio-dia atingia direto meus olhos, e em meio à luz ofuscante eu vi a ponte ao longe. A polícia bloqueara a entrada em ambos os lados e não sabia o que fazer com os transeuntes presos no meio. Policiais em pânico guiavam as pessoas por toda parte, mas o caos reinava. Um dos policiais desnorteados parecia estar apontando em direção à água.

Quando saí do táxi no meio do trânsito, o motorista deixou claro que não gostava do fato de eu estar terminando nossa relação de forma tão inesperada. Pessoas de uniforme afluíam de toda parte. Mais policiais, bombeiros, ambulâncias e vans da imprensa costuravam por entre os carros estacionados. Os serviços de emergência estavam desnorteados.

Nenhum deles sabia o que fazer. A futura vítima era também o suposto perpetrador. Era confuso. Por um lado, ele tinha uma arma, mas por outro lado, só ameaçava usá-la contra si mesmo. Eles queriam matá-lo, mas você atira em um homem que está ameaçando se suicidar? É só isso o que ele quer.

Atravessei correndo a passagem estreita entre os carros parados e rapidamente me vi em uma barreira de policiais. Ultrapassei a longa faixa amarela e expliquei para o policial que gritava comigo que eu era grande amigo de Harry West e talvez o convencesse a descer. Na confusão, eles me deixaram passar.

Eu podia vê-lo, quase no topo. Ele era apenas um pontinho lá no alto, como um noivinho de plástico em um bolo de casamento. Lá em cima era muito longe, mas eu tinha de ir atrás dele.

Soprava um vento fortíssimo. Era difícil me segurar. Enquanto eu subia, meu estômago se tornou o órgão predominante, e eu não sentia mais nada além de seu ronco. Lá embaixo, eu via o mar, os subúrbios arborizados, umas poucas casas. O vento fazia a ponte inteira ranger e parecia fazer de tudo para me desequilibrar. Pensei: O que estou fazendo aqui? Não é da minha conta! Me perguntei por que eu simplesmente não o deixava se jogar. Eu sentia que era minha culpa, ele era minha responsabilidade, assim como as pessoas que ele possivelmente mataria. Mas por quê? Como eu entro nessa? Eu não sou Jesus Cristo. Não tenho complexo de salvador. Toda a humanidade pode ter angina aguda que eu não me importo.

Pensamentos como esses, e a percepção de que os homens em minha vida, Harry, Terry e Stanley, com seus pequenos projetos, estavam me arrastando com eles para o poço, deveriam ficar para depois do desenlace, acompanhados de uma caneca de chocolate quente, e não durante, à beira de um precipício assustador. Eu interrompera a subida para analisar o significado existencial de tudo isso. Como sempre, eu não podia evitar. Naquela escada cambaleante de metal, pensei: O sonho de um homem é a âncora do outro. Um nada, o outro afunda, e ainda por cima na piscina do nadador: um duplo insulto. Enquanto isso, o vento ameaçava me derrubar na baía. Eu sabia, naquele lugar e naquele instante, que refletir sobre a importância de uma ação no meio da ação simplesmente não era certo.

Continuei a subir. Agora, eu o ouvia. Harry estava gritando, e o vento transportava sua voz até mim antes que eu pudesse ao menos ver seu rosto. Ao menos, eu acho que era ele. Ou isso, ou o vento tinha acabado de me chamar de canalha.

Meu sapato escorregou. Olhei para a água lá embaixo e tremi da cabeça aos pés. Era como uma laje de concreto azul, perfeitamente plana.

— Obrigado pela punhalada nas costas, cara!

Harry estava encostado em uma barra de aço, a mesma que eu agarrava desesperado, branco de susto. Arrastar a perna até lá em cima deve ter sido um pesadelo. Talvez fosse por exaustão que ele se deixava balançar, quase tombando com o vento.

Seu rosto estava todo enrugado. Ele franzira tanto a testa que suas linhas de preocupação racharam.

— Harry, foi um engano! — gritei.

— Já não importa.

— Mas podemos consertar! Desça daí e todo mundo vai saber que o livro é seu!

— É tarde demais, Martin! Eu vi!

— Viu o quê?

— A hora da minha morte!

— Quando?

— Que horas são agora?

— Harry, não pule!

— Eu não vou pular! Vou cair! Você não pode dizer a uma pessoa para não cair! Isso é com a gravidade, não comigo! — Ele estava rindo de medo, de histeria. Tinha os olhos em todas aquelas armas apontando para ele lá de baixo. Sua paranoia finalmente alcançara a iluminação. As fantasias paranoicas e a realidade estavam passando por uma fusão absoluta. — Eu caio... eu morro... há outra guerra... um terremoto... e o retorno da Madonna... só que agora ela é cantora... mas ainda é virgem... e agora a revolução sexual... e jeans marmorizado...

Sua percepção extrassensorial estava chegando ao infinito, ofuscando-lhe o presente. Seus olhos pequenos e inquietos, que costumavam girar rapidamente na órbita, tinham finalmente petrificado; eles estavam percorrendo, explorando e vendo tudo. Tudo.

— Computadores... todos têm um... em casa... e eles são gordos... todos são gordos.

Ele estava fora de controle, prognosticando feito louco! Via mapeado todo o futuro da humanidade. Estava folheando as páginas! Era demais para ele.

— Ela está morta! Ela está morta! — Quem? Ele não conseguia entender o que via. — Uma terceira guerra mundial! Quarta! Quinta! Décima! Nunca termina! Eles estão mortos! — Quem está morto? — O astronauta! O presidente! A princesa! Outro presidente! Suas esposas! Agora vocês! Agora seus filhos! Todos! Todos!

Continuou por centenas de anos, talvez milhares. Então a humanidade persistiria, afinal de contas. Seus olhos atravessavam o espaço e o tempo. Ele não perdia nada.

Sua linha de comunicação com o infinito foi interrompida pelo som das sirenes que voltaram a soar. Olhamos para baixo e vimos a polícia e os caminhões da imprensa recuando. Estavam todos indo embora.

— *Aonde é que vocês vão?* — gritou Harry para o mundo lá embaixo.

— Espere — falei. — Eu vou ver.

Na metade do caminho, encontrei um repórter paralisado que tivera um ataque de vertigem durante a subida e não conseguia mais se mover nem para cima, nem para baixo.

— O que está acontecendo?

— Você não ouviu? Capturaram Terry Dean! Ele tem reféns! Vai haver um confronto!

A voz do repórter estava agitada, mas ele tinha o típico rosto inexpressivo que normalmente se vê ao volante de um carro funerário. Eu subi outra vez até Harry.

— O que é? — perguntou ele.

— Terry — falei, temendo sua reação.

Harry abaixou a cabeça e viu melancolicamente o último repórter se afastar depressa.

— Cara — falei — , tenho que ir e ver se posso ajudar o Terry.

— Tá legal. Vai.

— Sinto muito, eu...

— *Vai!*

Eu desci, com os olhos focados no corrimão e em meus pés, e antes que eu chegasse ao chão ouvi a explosão de uma arma, um corpo zunindo pelo ar e, mais abaixo, um "chuá", na verdade mais como um baque.

Foi isso.

Lá se fora Harry.

Adeus, Harry.

•

Terry fora encurralado pela polícia em uma pista de boliche. Sabendo que a Austrália inteira estaria correndo para lá como se eles fossem água e meu irmão o desaguadouro, pulei para dentro de um táxi e prometi ao motorista riquezas inenarráveis se ele conseguisse chegar o mais próximo da velocidade da luz de que um V6 é capaz. Quando você está correndo para tirar o irmão da forca, não se preocupa com os centavos, e cada vez que o pé do taxista tocava o freio eu jogava mais dinheiro no colo dele. Quando ele pegou o guia de ruas, arranquei exatamente um terço do cabelo que ainda me restava. É um mau sinal quando o motorista vira a cabeça para trás para olhar uma placa que ele acabou de passar.

Mas procurar o caminho era desnecessário; uma verdadeira procissão de veículos e corpos percorria as ruas em uma única direção: carros de polícia, ambulâncias, carros de bombeiros, jipes do exército, caminhões da imprensa, vans de sorvete, espectadores, jardineiros, rabinos, qualquer um em Sydney que tivesse rádio e quisesse participar de um acontecimento histórico.

Todos querem um assento na primeira fila para ver a história acontecer. Quem recusaria a oportunidade de assistir à cabeça de Kennedy explodir se recebesse uma passagem para Dallas em 1963, ou à queda do Muro de Berlim? As pessoas que *estiveram* lá falam como se em suas roupas tivesse respingado o cérebro de JFK, como se o Muro de Berlim tivesse caído graças a suas cotoveladas insistentes. Ninguém quer perder nada; seria como espirrar durante um leve terremoto e se perguntar por que todo mundo está gritando. A captura e possível morte de Terry Dean era o maior terremoto da Austrália em cinquenta anos, e é por isso que eles se dirigiam àquela pista de boliche não importava como.

Saltei do táxi e escorreguei desajeitadamente sobre os capôs dos carros, machucando o quadril no retrovisor lateral de um Ford. Eu vi: a pista de boliche. Parecia que toda a polícia de New South Wales estava lá. Franco-atiradores estavam a postos no telhado e nas árvores que ficavam no parque infantil, em frente. Um franco-atirador estava subindo no trepa-trepa, outros dois se equilibrando numa gangorra.

Eu não conseguia atravessar a multidão. Estava empacado. Gritei:

— Sou Martin Dean! Irmão de Terry Dean!

Eles entenderam. Abriram caminho e me deixaram passar, até que empaquei outra vez. Algumas pessoas à minha volta me transformaram na missão da vida delas, levantando-me acima da multidão: fui passado por sobre centenas de ombros feito um deus do rock. Eu estava chegando perto, mas às vezes a multidão me empurrava em direções diferentes. Em certo momento, eu ia de lado, e não para a frente.

— Para a frente! Para a frente! — gritei, como se eu fosse o capitão Ahab e aquela pista de boliche fosse minha grande baleia branca.

Então ouvi a multidão gritando algo novo:

— Deixe-a passar! Deixe-a passar!

Virei o pescoço. Eu não conseguia ver a quem eles se referiam.

— É a mãe dele! A mãe de Terry Dean! — gritavam.

Então a vi: minha mãe, vindo da direção oposta, subindo e descendo no balanço do mar humano. Ela deu tchauzinho para mim. Eu dei tchauzinho de volta. Ambos estávamos sendo impelidos ao encontro do destino de nossa família. Agora, eu conseguia ouvi-la. Ela gritava:

— É o sósia! O sósia! Nós o encurralamos!

Ela estava fora de si! E agora a multidão nos empurrava tão rápido que quase colidimos. Eles nos jogaram no chão diante da polícia, que estava tentando afastar a multidão e a mídia ao mesmo tempo. Os dois grupos gritavam ofensas. Tivemos de nos enfiar no círculo da polícia e começar a responder perguntas. Mostramos nossas carteiras de identidade. Eu só queria entrar, mas minha mãe não estava ajudando com seu discurso maluco sobre o *doppelgänger*. Ela *era* a mãe de Terry Dean, dizia, mas o homem lá dentro não era filho dela. Eles não conseguiam entender. Eu tive de gritar mais alto que ela:

— Eu posso convencê-lo a sair em paz! Só preciso de uma chance!

Mas os policiais tinham outros planos. Veio-me à cabeça que eles não queriam que ele saísse vivo daquela pista de boliche. Eu tinha de agir rápido. Falei:

— Vocês querem transformá-lo num mártir? Querem que o nome dele passe para a história como mais um fora da lei massacrado pela polícia? Se o matarem, ninguém vai se lembrar dos crimes que ele cometeu! Vão transformá-lo num herói! Igual a Ned Kelly! E vocês é que vão ser os maus na história. Deixem-no ir a julgamento, assim toda a sua brutalidade virá à tona. Aí o herói será o homem que o capturou vivo! Qualquer um pode atirar num homem, assim como qualquer um pode atirar em um javali, e depois correr por aí gritando, eu o peguei!, eu o peguei! Mas capturar um javali de mãos vazias, isso é que é coragem!

Eu tive de dizer tudo isso tapando a boca da minha mãe, e ela me mordia com força. Estava louca mesmo.

— Atirem para matar! — gritou ela quando tirei a mão.

— A senhora não é a mãe dele? — eles perguntaram, confusos. Não conseguiam entender o significado dessa coisa de gêmeo malvado.

Pesando o destino de meu irmão em uma balança, os policiais deliberavam entre si, sussurrando com maldade, quase com violência.

— Está bem, você pode entrar — disseram para mim, e, infelizmente, deixaram minha mãe entrar também.

A pista de boliche era no segundo andar. Havia um policial de olhos brilhantes em cada degrau da escada de concreto. Pensei: Esses homens são indescritivelmente perigosos, como substitutos de atores esperando que o chamem para ser o astro, o ego tempestuoso determinado a não se deixar arruinar por medo do palco. No meio da subida, um detetive nos colocou a par da situação. Até onde ele sabia, Terry fora até a pista em que Kevin Hardy, o tricampeão mundial, estava fazendo uns arremessos. Havia boatos pouco fundamentados de que, durante a competição, Hardy pagara alguém atrás dos pinos para derrubar com um cabo de vassoura os que ele não acertasse. Uma vez que as acusações eram duvidosas, Terry não fora até lá para matá-lo, apenas para quebrar os dedos que ele usava para jogar, inclusive o mindinho, para o caso de ele ser um desses raros jogadores que usam o mindinho para dar mais efeito. Mais tarde, Terry fora seduzido por duas garotas bonitas que trabalhavam no bar. Terry nunca resistia à tietagem, a inegável vantagem da vida de celebridade. Infelizmente, assim que ele escolheu entre as duas garotas, a rejeitada chamou a polícia, e quando Terry, depois de ter quebrado a mão de Kevin e feito sexo com a tiete, estava pronto para dar o fora, já estava encurralado.

Agora ele estava ajoelhado no meio da última pista, com a arma na mão, usando quatro reféns como escudo humano. Havia policiais em cada ponto da pista de boliche; via-se até mesmo a ponta do cano preto do fuzil de um franco-atirador assomando entre os pinos. Eles o tinham cercado, e eu soube instantaneamente que se pudessem atirar, eles o fariam, mas Terry estava bem escondido atrás de uma fileira de rostos retorcidos de terror.

— Você! — gritou minha mãe.

A polícia a segurou. Eles não achavam Terry incapaz de atirar na própria mãe, principalmente considerando-se a história maluca de que ele não era seu filho verdadeiro, e sim um clone pérfido.

— Terry — gritei —, sou eu, Marty.

Eu não tive chance de dizer mais nada antes de minha mãe começar:

— Quem é você? — gritou ela.

— Mãe? Merda, Marty, tire ela daqui!

Ele tinha razão, é claro. Quando um homem está vivendo seu último embate sangrento, ele não quer a mãe por perto.

Tentei persuadi-la a ir embora, mas ela não ouvia.

— Pare de se acovardar atrás desses coitados, seu impostor! — berrou ela.

— Mãe, vá embora daqui! — gritou Terry.

— Não me chama de mãe! Eu não sei quem você é, nem por que tem o rosto do meu filho, mas você não me engana!

— Terry, se entregue — gritei.

— Por quê?

— Eles vão te matar!

— E...? Olha, cara, a única coisa que me incomoda é que essa cena toda está ficando meio monótona. Espere um segundo.

Houve um sussurro frenético para o escudo humano. De repente, eles começaram a se mover. Moveram-se lentamente até a prateleira de bolas de boliche, e então voltaram à pista. E pronto! Uma bola voou pelo centro da pista. Terry estava jogando! Os olhos dos policiais assistiram à bola rolar em direção aos pinos. Fez-se um profundo silêncio que beirava o religioso. Um strike! Terry conseguiu! Derrubou todos os dez pinos! A multidão parecia gritar em uníssono, fazendo-me lembrar que o ser humano é muitas vezes burro quando sozinho, mas em bando é totalmente cretino. Eles podiam ser policiais no desfecho de uma longa caçada humana, mas eram também australianos loucos por esporte — e nada dispara o coração mais rápido que uma vitória, não importa quão sanguinário seja o vencedor.

No momento em que a bola acertou os pinos, uma bala acertou Terry. A bola era sua manobra para tentar fugir, mas nem todos os policiais são tão ingênuos ou gostam de boliche.

Ele deitou na pista, lambuzado no próprio sangue, gritando:

— Meu tornozelo! Outra vez no tornozelo! Exatamente no mesmo lugar, seus animais! Isso nunca vai sarar!

E ficou lá deitado enquanto era dominado por quarenta policiais, todos competindo para ser aquele que o levaria para fora sob os flashes dos paparazzi, para conquistar sua pequena dose de imortalidade.

Despedida

Não sou especialista em linguística ou na etimologia das palavras, por isso não faço ideia se a palavra "banana" era realmente o melhor conjunto de sílabas disponível para descrever uma fruta comprida amarela em forma de arco, mas posso afirmar que quem quer que tenha cunhado a frase "circo midiático" realmente sabia do que estava falando. Simplesmente não há melhor descrição para um bando de jornalistas clamando por declarações e fotografias, embora "primatas midiáticos", "motim midiático" ou "explosão de supernova midiática" também pudessem servir. Fora do tribunal onde Terry seria julgado, havia centenas deles: jornalistas de ambos os sexos, suados, com o olhar malicioso, se empurrando e se acotovelando e ridicularizando e, com seu comportamento pavoroso, degradando a espécie humana em nome do interesse público.

Dentro, o tribunal estava abarrotado. Uma vez que Terry não negara nenhuma acusação, era mais uma condenação do que um julgamento, e seu advogado, nomeado pelos tribunais, estava lá para conduzi-lo pela burocracia do sistema, e não para ajudá-lo a se defender. Terry era indefensável. Ele admitia tudo; tinha de admitir: estava atado a sua infâmia. Negar o que ele vinha fazendo teria sido como os cruzados explicarem sua jornada pelo mundo islâmico dizendo que só saíram para fazer um passeio um pouco maior.

Terry permanecia, desafiador, ao lado do advogado, e quando o juiz deu início às deliberações, ele esfregou as mãos como se estivesse prestes a ser condenado a duas bolas de sorvete de morango. Falando devagar e solenemente, como um ator tarimbado em sua oportunidade única de recitar o solilóquio de Hamlet, o juiz projetou a voz até o fundo do tribunal com as palavras: "Eu o condeno à *prisão perpétua.*" Foi uma atuação brilhante. Todos soltaram o típico murmúrio que se segue aos julgamentos, embora fosse só encenação. Ninguém estava surpreso. Não podia ter terminado de outra forma. O que sim foi surpresa, entretanto — embora você talvez esteja pensando que eu já deveria estar acostumado ao gosto das ironias extraídas do espremedor cósmico —, é que a prisão a que Terry foi condenado era a que ficava em nossa cidade.

Isso mesmo.

Nossa prisão. Em nossa cidade.

Num gesto automático, olhei para meu pai. Terry fora condenado a passar o resto da vida na prisão que ele construíra, a prisão que ficava a 3 quilômetros da porta de casa.

•

Com o filho pródigo de volta à casa mas não em casa, detido em um edifício que podíamos ver da varanda da frente e da janela da cozinha, o pouco de sanidade que ainda restava a meus pais começou a desaparecer num ritmo alarmante. Embora houvesse algum conforto em ver Terry a salvo dos franco-atiradores da polícia, tê-lo tão tantalizadoramente fora de alcance era um tormento que tornava impossível dizer qual dos dois, se meu pai ou minha mãe, mais tinha se afastado da luz e da vida; eles deterioravam tão rápido, cada um à sua própria triste maneira, que parecia uma competição. Era como viver com dois fantasmas que tinham acabado de aceitar a própria morte, desistindo de tentar se misturar aos vivos. Eles finalmente reconheceram sua transparência como tal.

Com um olhar alegre no rosto, a um só tempo curioso e maluco, minha mãe se empenhou em um novo projeto: ela enquadrou cada fotografia de Terry e de mim quando crianças e as pregou em todas as paredes disponíveis. Não havia uma foto nossa depois dos 13 anos, como se, por crescer, nós a tivéssemos traído. E agora também vejo meu pai, sentado na extremidade direita da varanda, que proporcionava uma vista da prisão desobstruída de copas de árvores, com os binóculos pressionados contra os globos oculares, tentando vislumbrar o filho. Ele passava tantas horas do dia espiando por aqueles binóculos que, quando finalmente os colocava de lado para descansar, contraía os olhos para nos ver. Às vezes gritava: "Lá está ele!" Eu saía correndo para ver, mas ele nunca me deixava usar os preciosos binóculos. "Você já fez muito estrago", dizia inexplicavelmente, como se meu olhar fosse como o de uma terrível bruxa grega. Depois de um tempo, parei de pedir, e quando ouvia meu pai gritar "Lá está ele outra vez! No pátio! Contando uma piada para um grupo de detentos! Eles estão rindo! Parece estar se divertindo a valer!", eu não movia um músculo. É claro, eu poderia ter conseguido meus próprios binóculos, mas não me atrevi. Na verdade, acho que ele não conseguia ver absolutamente nada.

Nossa cidade se tornou um lugar de peregrinação para jornalistas, historiadores, estudantes e bandos de mulheres curvilíneas com cabelo armado e maquiagem demais que apareciam nos portões da prisão para visitar Terry. A maioria era barrada e terminava perambulando pela cidade, muitos agarrados à primeira e única edição de *O manual do crime*. O livro tinha sido recolhido das prateleiras no dia do lançamento e rapidamente proibido para todo o sempre. Já era item de colecionador. Os fãs obsessivos vasculhavam a cidade, adivinham em busca de quem? De *mim*! Eles queriam que eu, como editor, autografasse! No início senti uma comoção por ser finalmente o centro das atenções, mas logo não conseguia mais suportar. Cada maníaco por autógrafo me cercava com perguntas intermináveis sobre Terry.

Terry, de novo.

Foi nesse frenesi de fãs idiotas que me deparei com Dave! Ele vestia um terno, sem gravata, e seu cabelo estava asseadamente penteado para trás. Estava mesmo recuperado. Estava buscando uma nova vida. Aparentemente, ele tinha encontrado Deus, o que o tornava menos violento, mas não menos insuportável. Eu não conseguia me livrar dele; ele estava empenhado em me salvar.

— Você gosta de livros, Martin. Sempre gostou. Mas você já leu este? É bom. De fato, é o Livro do Bem. — Ele segurou a Bíblia tão perto do meu rosto que eu não sabia se ele queria que eu a lesse ou a comesse. — Fui ver seu irmão hoje de manhã — continuou ele. — Foi por isso que eu voltei. Eu o fiz cair em tentação, e agora tenho de salvá-lo.

A conversa bíblica estava me irritando, por isso mudei de assunto e perguntei por Bruno.

— Má notícia — ele falou, com tristeza. — Foi morto com um tiro durante uma luta de faca. Martin, como vai a família? Com toda a sinceridade, ver Terry foi só metade da minha missão. Eu também vim para ver seus pais e implorar perdão.

Eu o adverti energicamente contra a ideia, mas ele foi inabalável. Era a vontade de Deus, e eu não consegui pensar em um argumento persuasivo contra isso além de dizer que Deus me dissera o contrário. Fanáticos religiosos! Não basta acreditarem em Deus, eles têm de ir além, penetrar nas profundezas do seu intelecto. Pensam que a fé lhes dá acesso a sua gloriosa lista de tarefas.

No fim das contas, Dave não apareceu em nossa casa; encontrou meu pai por acaso do lado de fora do correio, e antes que ele pudesse sacar a Bíblia do bolso de trás, meu pai já tinha as mãos no pescoço do pobre coitado. Dave não reagiu. Ele acreditava que era a vontade de Deus que ele fosse estrangulado na escada do correio, e, quando meu pai o empurrou contra o chão e lhe deu um chute na cara, ele achou que Deus tinha mudado de ideia na última hora.

Sabe, meu pai tinha mesmo uma lista, e Dave estava nela. A lista caiu de seu bolso durante a briga. Eu a apanhei. Eram seis nomes.

Pessoas que destruíram meu filho
(não necessariamente nesta ordem)
~~Harry West~~
Bruno
Dave
O inventor da caixa de sugestões
O juiz Phillip Krueger
Martin Dean

Considerando-se que ele não se intimidara em me culpar com cada olhar e gesto durante a maior parte da minha vida, não fiquei surpreso em ver meu próprio nome na lista, e sorte minha que meu pai não percebeu que, na verdade, eu aparecia nela duas vezes.

Depois da briga, meu pai saiu tropeçando no escuro, resmungando ameaças:

— Vou pegar cada um de vocês! — gritava para ninguém, para a noite.

A polícia perambulava por perto como sempre, feito garis depois de uma festa de rua, e assim que Dave retomou o fôlego, gritou:

— Eu não quero fazer acusações! Deixe-o voltar! Vocês estão impedindo a vontade de Deus!

Fiz uma careta, esperando, para o bem de Dave, que Deus não estivesse escutando seu falatório insolente. Não imagino que Deus goste de bajuladores, dado que pessoas normais já não gostam.

Para dizer a verdade, aquele episódio evitou que eu morresse de tédio. Com O *manual do crime* terminado e enterrado logo em seguida, Caroline na Europa, Terry preso e Harry morto, a cidade tinha pouco a me oferecer. Meus amores estavam todos fora do meu alcance, e eu não tinha nada para me manter ocupado. Em síntese, eu já não tinha nenhum projeto.

Mas eu não podia ir embora. É verdade, eu não suportava coabitar com os mortos-vivos por muito mais tempo, mas o que fazer com a promessa infeliz de não abandonar minha mãe em circunstância alguma? Certamente, enquanto ela deteriorava de modo tão desagradável, parecia impossível.

Não havia nada que eu pudesse fazer para aliviar seu estado ou sofrimento físico, mas eu sabia que minha presença na casa proporcionava certa paz de espírito a ela. Jasper, você conhece o fardo de ser capaz de fazer alguém feliz com sua simples presença? Não, imagino que não. Bom, minha mãe sempre foi visivelmente afetada pelos filhos: o brilho em seus olhos era inequívoco cada vez que Terry ou eu entrávamos na sala. Que carga pesada para nós! Sentíamos que tínhamos de entrar na dita sala ou então seríamos responsáveis pela tristeza dela. Que saco! É claro, quando alguém precisa de você ao ponto de sua própria existência funcionar como uma espécie de apoio para a vida dessa pessoa, na verdade isso não é nada mau para a sua autoestima. Mas, Jasper, sabe como é ver essas mesmas pessoas queridas deteriorarem diante dos seus próprios olhos? Já tentou reconhecer alguém do outro lado da rua quando está chovendo forte? Era assim. O corpo dela ficou magro demais para conter vida. E com a morte dela se aproximando, viria também a morte dessa necessidade dela por mim. Mas isso não acontecia em silêncio. Nunca. A vida lhe tinha dado duas coisas: Terry e eu, e Terry não só escorregara por entre seus dedos havia muito tempo como também, agora, definhava para sempre ligeiramente fora de seu alcance. Só restava eu. De seus dois garotos, que ela um dia dissera que desejava "prender à própria pele para jamais perdê-los", eu era o único que restava, a única coisa que lhe dava algum sentido. Eu não a abandonaria, por mais revoltante que fosse a noção de que eu só estava naquela casa chata esperando que ela morresse.

Além disso, eu não tinha um centavo. Não podia ir a parte alguma.

Então, uma carta entregue pelo carteiro complicou as coisas. Era de Stanley.

Caro Martin,

Ah! Que cagada!

O livro foi recolhido das gráficas, das livrarias, está fora de circulação. O Estado está me processando, os canalhas. Mas você está limpo, por uns cinco minutos. Se eu fosse você, me afastaria por um tempo. Vá para o exterior, Martin. Escutei esses palhaços com muito cuidado. Eles ainda não terminaram. Vão atrás de você. Eu falei para você não colocar seu nome naquele livro! Agora eles vão acusá-lo de proteger um fugitivo famoso e corrigir sua sintaxe. Mas você ainda tem um pouco de fôlego. Os policiais não sabem absolutamente nada sobre editoração. Estão procurando um modo de derrubar a defesa de que a coisa toda foi feita por correspondência. Além do mais, para começar, que tal isto: eles não querem saber do Harry. Eles me dão um tapa na cara cada vez que eu menciono o nome dele. Recusam-se a acreditar que Terry não escreveu o livro. Devem imaginar que isso dá mais importância ao caso. Não me surpreende que o mundo esteja uma bagunça. Como se pode confiar que alguém vai agir decentemente se tudo o que eles querem é nos tirar do caminho para estar sob os holofotes? Fazer o quê?

Sinceramente, Martin, espero que me dê ouvidos desta vez. DÊ O FORA DO PAÍS. Eles vão atrás de você com uma pasta cheia de acusações furadas.

Estou lhe mandando tudo o que recebi com as vendas iniciais. Não pense que estou sendo generoso. A verdade é que não faz sentido eu me apegar a isso; afinal, vou acabar perdendo tudo nos tribunais. Mas eu sei o quanto você se dedicou a esse livro. Sei o quanto significava para você. Além do mais, quero lhe agradecer por me proporcionar a grande aventura da minha vida. Fizemos alguma coisa! Fizemos barulho! Pela primeira vez, eu senti que estava participando de algo importante. Por isso, meu muito obrigado.

Estou lhe enviando um cheque de 15 mil dólares. Pegue o dinheiro e vá embora. Eles irão atrás de você, Martin. E não vão demorar.

Atenciosamente,
Stanley

Chacoalhei o envelope pardo até que caiu algo de bom. O cheque. Lá estava: 15 mil dólares. Não era uma grande quantia de dinheiro, mas para os padrões de um homem que tinha o hábito de reciclar cigarros velhos, era considerável.

Então era isso. Eu estava indo embora. Para o inferno o meu elo inquebrável: eu iria quebrá-lo. Pensei que não seria de nenhuma serventia para a minha mãe eu apodrecer na cadeia ao lado de seu outro filho em putrefação. Além do mais, cadeia era coisa de Terry. Eu não resistiria à primeira ducha.

Eu nem sequer tinha subido a colina para vê-lo desde que ele fora preso. Isso pode soar estranho, depois de tanto me preocupar e me mobilizar para ajudá-lo, mas, para dizer a verdade, eu estava de saco cheio de tudo que tinha a ver com Terry Dean. No fim das contas, a veneração pública conseguiu me irritar. E agora já não havia mais nada que eu pudesse fazer por ele. Eu precisava de um tempo para respirar. Mas eu tinha recebido um bilhete, e me lembro de ter pensado que era a primeira vez que eu via sua caligrafia.

Querido Marty,

Que merda é essa de livro? Todo mundo não para de falar nisso. Se tiver um tempinho, pode resolver isso pra mim, por favor? Eu não quero ficar conhecido como escritor. Quero ficar conhecido como o vigilante que libertou o esporte das mãos sujas da corrupção. Não por ter feito um livro idiota.

A cadeia — bah. Mas consigo ver nossa casa daqui de cima. O encarregado me trata bem por eu ser uma celebridade, e me emprestou os binóculos outro dia, e adivinha o que eu vi? O papai olhando para mim com um par de binóculos! Estranho!

Bem, não se esqueça de sair da cidade e fazer alguma coisa da vida. Política, cara. Eu acho que isso é para você. Você é o único com cérebro em todo esse circo idiota.

Com carinho,
Terry

P.S.: Venha me visitar algum dia.

Comecei a fazer as malas imediatamente. Desenterrei uma velha mala marrom e joguei umas poucas roupas dentro dela, e depois vasculhei o quarto em busca de objetos de recordação, mas parei quando lembrei que o propósito desses objetos é fazer recordar. Foda-se. Eu não queria arrastar minhas memórias por toda parte. Eram pesadas demais.

— O que está fazendo? — perguntou minha mãe.

Eu me virei, vermelhíssimo, como se tivesse sido pego me masturbando.

— Estou indo embora — falei.

— Para onde?

— Não sei. Paris, talvez — falei, surpreso comigo mesmo. — Vou atrás de Caroline Potts e pedir que ela case comigo.

Ela não disse nada, só balançou o corpo para trás e para a frente.

— O almoço estará pronto em meia hora.

— Tá legal — falei, e depois que ela saiu, a boca escancarada da mala aberta me olhava de modo acusador.

Depois de um almoço silencioso, subi pela última vez ao topo da colina para dizer adeus a Terry. Era o dia mais quente do verão, tão quente que daria para fritar bacon em uma folha. O vento também estava quente, e eu sentia como se estivesse entrando em um secador de cabelo. O suor caía em meus olhos. Quando passei pelos portões, as mãos calejadas da nostalgia apertaram meu coração, e percebi que a gente sente falta dos tempos ruins tanto quanto dos bons, porque no fim das contas, aquilo que realmente faz falta é o próprio tempo.

O guarda não queria me deixar entrar.

— Nada de visitas. Terry está na solitária — falou.

— Por quê?

— Briga.

— Bom, e por quanto tempo ele vai ficar lá?

— Sei lá. Um mês?

— Um mês! Na solitária! Isso é permitido por lei?

— Sei lá.

Jesus! Eu não podia esperar um mês só para dizer tchau. Eu estava com muito medo de perder meu ímpeto de entusiasmo.

— Bom, pode lhe dizer que o irmão dele veio se despedir?

— Mas o irmão dele não esteve aqui.

— Eu sou o irmão dele.

— Ah. E qual é a mensagem?

— Diga que fui para o exterior.

— Mas agora você está de volta, hein. Por quanto tempo ficou fora?

— Não sei. Dois anos, talvez. Mas quando for dizer a ele, diga no tempo futuro, está bem?

— Por quê?

— Piada interna.

— Certo. Vou dizer que o irmão dele *está indo* passar dois anos no exterior — falou, dando-me uma piscadela.

— Perfeito — falei, e, afastando-me da prisão, desci pela encosta íngreme da colina sem árvores e obtive uma vista total, desbloqueada, de nossa cidade. Cidade agradável. Cidadezinha agradável.

Foda-se, cidadezinha agradável.

Espero que seja incinerada.

Caminhei pelas ruas, nutrindo várias fantasias vingativas de voltar rico e bem-sucedido um dia, mas logo afastei essa ideia. Na verdade, tudo o que eu queria era que todos gostassem de mim, e voltar rico e bem-sucedido para um lugar nunca fez ninguém conquistar corações.

Enquanto eu pensava essas coisas descabidas, percebi uma sensação esquisita em meu interior, e um ruído estranho, como se um homenzinho estivesse gargarejando enxaguante bucal em meu abdome. A sensação logo se transformou em uma dor terrível. Eu me dobrei e apoiei a cabeça em um poste de luz. O que era aquilo? Senti como se as glândulas em meu corpo tivessem começado a secretar ácido de bateria.

De modo igualmente repentino, a dor diminuiu, e, sentindo-me mareado, voltei para casa tateando o caminho.

Quando cheguei ao quarto, a dor voltou pior que antes. Deitei e fechei os olhos pensando que uma soneca de vinte minutos era tudo de que eu precisava para me recuperar.

Mas isso era apenas o começo.

Na manhã seguinte, eu ainda estava mal. Alguma doença maluca me derrubou de repente, com cólicas estomacais debilitantes, vômito e então febre. A princípio, fui diagnosticado com uma gripe, mas minha mãe e eu ficamos preocupados; aqueles eram os sintomas que eu tivera quando criança e que me levaram aos braços negros do coma aterrador. Mais uma vez, eu estava confinado à cama, e temia que minha breve centelha de luz estivesse se tornando prematuramente turva, e cada vez que eu me cagava por causa das cólicas estomacais, eu me cagava de medo. Não havia dúvidas. A doença e o medo estavam me tornando incontinente. Foi enquanto estive deitado na cama que percebi que a doença é nosso estado natural. Estamos sempre doentes, só não sabemos disso. O que queremos dizer com saúde é simplesmente que nossa deterioração física constante é indetectável.

Quero que saiba uma coisa: eu não concordo com a teoria de que todas as doenças são criadas pela mente. Sempre que alguém me diz isso, e afirma que todas as doenças se devem a "pensamentos negativos", tenho os pensamentos mais feios, severos e furiosos do meu repertório de pensamentos feios, severos e furiosos. Penso: Espero vê-lo no funeral de sua filha para que possa me explicar como sua filhinha de 6 anos fabricou a própria leucemia. Como eu disse, nada agradável, mas essa teoria me deixa mesmo furioso. Velhice não significa nada para esses teóricos. Eles acham que a matéria deteriora porque está infeliz.

O problema com as pessoas é que elas estão tão apaixonadas por suas crenças que suas epifanias têm de ser ou absolutas e abrangentes, ou nada. Elas não conseguem aceitar a possibilidade de que suas verdades possam conter apenas um *elemento* de verdade. Sendo assim, é possível que algumas doenças *nasçam* na mente, e uma vez que o desespero torna o homem ainda mais desesperado, eu estava até disposto a considerar uma causa sobrenatural para meu estado decadente.

Quando você agoniza, diagnosticar a si mesmo dá certo alívio; a gente recupera parte da ilusão de poder. Mas quando se conhece as complexidades do corpo humano tão bem quanto mecânica de avião, você tem de ser criativo. Primeiro, eu meditei sobre a velha e simples ansiedade. Mas, com a exceção de uma preocupação fatigada por minha mãe e uma inquietação sobre a possibilidade de ser acusado em uma investigação policial, eu não estava tão aflito assim. Na verdade, o fato de a porta da cela ter sido batida na cara de Terry era um enorme alívio para mim. Aquela porta significava o fim dos meus dias de preocupação. Eu estava aliviado por ele estar preso.

A segunda etapa de investigação me levou ao mundo espiritual. Meu pensamento era este: eu tentara romper o vínculo com minha mãe e, se essa era a causa da minha doença, eu tinha de escolher entre origens psicológicas e sobrenaturais. Talvez, inconscientemente, eu tivesse provocado a doença. Talvez meu corpo tivesse se revoltado diante daquela traição. Ou, sobrenaturalmente, era possível que o vínculo com minha mãe fosse tão forte que me condenara a manter a palavra. Talvez eu tivesse sido engrupido pela maldição de uma mãe polonesa e não soubesse disso.

De um modo ou de outro, eu estava muito doente. Diga um sintoma qualquer, e eu o tinha: vômito, diarreia, cólicas estomacais, febre, vertigem, falta de fôlego, visão turva, dor nas juntas, músculos doloridos, dedos dos pés inflamados, bater de dentes, língua branca. Eu tinha tudo, com a exceção de sangue escorrendo dos olhos, e não duvidava que isso se seguisse. Estava tão fraco que não podia levantar para ir ao banheiro. Ao lado da minha cama havia duas bacias, uma para vomitar, a outra para mijar e cagar. Eu estava em estupor, olhando para a mala semifeita e assistindo, através de um véu nebuloso, um desfile de memórias de infância passar diante de meus olhos. Eu estava bem no ponto onde havia começado! Aquela era a parte mais dolorosa de estar doente outra vez, perceber que eu tinha voltado à estaca zero, e tudo o que eu conseguia pensar era em como eu tinha desperdiçado meus anos de boa saúde vagando sem destino em vez de escalar o Everest.

Minha mãe veio até meu quarto com uma porção de livros e começou a ler para mim outra vez, como nos velhos tempos. Ela própria quase sem vida, sentou-se sob a luz tênue da luminária e leu para mim, começando com uma escolha nefasta: *O homem da máscara de ferro*. Deitado naquele estado entorpecido, não era difícil imaginar um aparato metálico similar comprimindo minha própria cabeça. Ela lia da manhã à noite, e depois de um tempo passou a dormir na antiga cama de Terry, ao lado da minha, e assim dificilmente havia um momento em que não estávamos juntos.

A conversa dela muitas vezes se desviava para a época em que vivera em Xangai, antes de engravidar de mim, quando ainda estava grávida de possibilidades. Ela falava com frequência do meu pai número um, e recordou momentos de intimidade entre eles, quando ele acariciava o cabelo dela enquanto dizia seu nome como se fosse uma coisa sagrada. Foi o único momento em que ela gostou do som do próprio nome. Ela me disse que minha voz era parecida com a dele, e certa noite me pediu para chamá-la pelo primeiro nome. Isso me deixou muito desconfortável, uma vez que eu já tinha familiaridade com as obras de Freud, mas chamei, para deixá-la feliz. Então ela começou a desabafar ao lado da minha cama com um monte de confissões horríveis como esta:

— Sinto que tomei o caminho errado, mas fui tão longe que não tive energia para voltar. Por favor, Martin, você precisa se lembrar disso. Quando se pega o caminho errado, nunca é tarde demais para voltar. Mesmo que leve uma década, é preciso fazer isso. Não fique parado porque o caminho de volta parece muito comprido ou muito escuro. Não tenha medo de não ter nada.

E esta:

— Permaneci fiel ao seu pai durante todos esses anos, mesmo sem amá-lo. Agora vejo que deveria ter dado por aí. Não deixe a moral impedi-lo de viver a vida. Terry matou aqueles homens porque era o que ele queria fazer com a vida dele. Se precisar trair, traia. Se precisar matar, mate.

E esta:

— Eu me casei com seu pai por medo. Fiquei aqui por medo. O medo governou a minha vida. Não sou uma mulher corajosa. É muito ruim chegar ao fim da vida e descobrir que não se é uma pessoa corajosa.

Eu nunca sabia o que dizer quando minha mãe se abria desse jeito. Eu só sorria para seu rosto, que um dia fora um jardim bem cuidado, e acariciava suas mãos esqueléticas, meio embaraçado, porque é embaraçoso observar uma vida se autoavaliar no final e perceber que tudo o que leva consigo é a vergonha de não ter vivido plenamente.

Um dia, imaginei que estava em minha execução depois de um longo e custoso julgamento. Pensei: num dia claro, dá para ver que estou morrendo. Eu estava pensando em Caroline também, que eu talvez jamais a visse de novo, que ela jamais entenderia a amplitude e a profundidade dos meus sentimentos. Pensei que eu morreria virgem. Droga. Respirei fundo. Havia um odor nauseabundo e repulsivo no ar. Era eu.

Eu estava sonhando? Não os escutei entrar. Em pé diante de mim havia dois homens de terno marrom, sem casacos, com as mangas arregaçadas, o suor caindo em seus olhos. Um deles tinha um maxilar tão extremamente protuberante que eu não sabia se deveria apertar-lhe a mão ou o queixo. O outro tinha olhos pequenos em uma cabeça pequena, e um nariz pequeno apoiado sobre uma boca pequena com lábios tão finos que pareciam desenhados com lápis 2B.

— Queremos conversar, Sr. Dean — disse o queixo, e essa frase foi notável porque era a primeira vez na vida que alguém me chamava de Sr. Dean. Eu não gostei.

— Ele pode me ouvir? O que há de errado com ele?

— Enfermidade infantil — disse minha mãe.

— Ele não é um pouco grandinho para isso?

— Ouça, Sr. Dean. Gostaríamos de um depoimento seu sobre a natureza exata de seu trabalho como editor do livro.

— Que livro? — gemi estupidamente.

O pequeno limpou o suor do rosto e o esfregou nas calças.

— Sem joguinhos, Sr. Dean. Foi um trabalho considerável o seu, ao editar *O manual do crime* para Terry Dean.

— Harry West — falei.

— O quê?

— *O manual do crime* foi escrito por Harry West, e não por Terry Dean.

— O cara que se jogou da ponte da baía — disse o queixo para os lábios finos.

— Jogar a culpa em um homem morto porque ele não pode corroborar sua história é um pouco conveniente demais. Não gosto disso.

— Você precisa gostar de uma coisa para que ela se torne um fato? — perguntei, e antes que eles pudessem responder, falei: — Com licença um minuto.

Eu sentia o almoço querendo sair para tomar ar. Agarrei uma bacia e vomitei dentro dela. Um longo fio prateado de saliva conectava meu lábio inferior com a borda da bacia.

— Escute aqui, Dean. Você vai dar seu depoimento ou não?

Eu apontei para a bacia e falei:

— Acabei de dar.

— Veja bem. Não há necessidade de ser hostil. Não o estamos acusando de nada, estamos apenas fazendo algumas perguntas preliminares.

Poderia nos dizer como, exatamente, editou o livro? Onde você e Terry se encontravam?

— Seu irmão não é o homem mais estudioso do mundo. Deve ter havido uma porção de erros de ortografia, de gramática e outros.

Olhei para minha mãe, que olhava fixamente pela janela em uma espécie de transe.

— Nós investigamos. Os editores trabalham em estreita parceria com os autores.

— Seu irmão tinha algum cúmplice? Estamos investigando novos crimes.

Eu não disse nada, mas também tinha lido os detalhes nos jornais. Assim como os artistas, os assassinos são seduzidos pela fusão fascinante e inesperada de originalidade e sucesso, e um ou dois pretendentes a criminosos plagiaram os assassinatos de Terry nos meses seguintes em que ele foi preso, mas lhes faltava inspiração e criatividade. Quando o campeão australiano de xadrez foi encontrado com o bispo e dois peões alojados na garganta, o país deu pouca atenção, principalmente porque o candidato a vigilante não percebera que xadrez é um jogo, e não um esporte.

Percebendo que eu não estava em condições de responder a suas perguntas, um dos detetives disse:

— Voltaremos quando estiver se sentindo um pouco melhor, Sr. Dean.

Depois que eles saíram, meu pai veio se arrastando de pijama pelo corredor e parou na porta. Com um olhar que eu não consegui decifrar de imediato, olhou para mim e para minha mãe e para mim de novo, antes de sair se arrastando outra vez. Que fique claro que eu não vi esse olhar como algo sinistro e, apesar de toda a sua amargura e seu ressentimento para comigo, de certo modo eu ainda era seu filho. Eu nunca dei muita importância a sua lista infame, nem à possibilidade de que sua loucura o tivesse levado a um lugar onde ele poderia de fato me prejudicar intencionalmente.

Na manhã seguinte, ouvi a voz da minha mãe me chamando em uma mistura de sussurro e murmúrio, e, quando abri os olhos, vi que minha mala estava pronta e colocada à porta com minhas botas marrons ao lado, os bicos apontando para o corredor. Minha mãe, com o rosto branco feito papel, me examinava com atenção.

— Rápido. Você precisa ir agora — falou, olhando-me fixamente, mas não nos olhos; em algum outro ponto do meu rosto, talvez meu nariz.

— O que é que está acontecendo? — grasnei, mas ela apenas arrancou os lençóis da cama e puxou meu braço com força surpreendente.

— Hora de ir, Marty. Você vai pegar o ônibus agora. — Beijou minha testa suada. — Eu te amo muito, mas não volte mais aqui — disse.

Tentei levantar, mas não consegui.

— Percorremos uma longa estrada juntos, Marty. Eu o carreguei no colo, lembra? Mas não posso carregá-lo desta vez. Você tem que ir sozinho. Vamos, mexa-se. Vai perder o ônibus. — Ela envolveu a parte de trás da minha cabeça com a mão e, delicadamente, me ajudou a levantar.

— Não estou entendendo — falei.

Ouvimos passos no corredor, as tábuas do assoalho rangendo. Minha mãe jogou os lençóis sobre mim outra vez e pulou na cama de Terry. O rosto do meu pai apareceu na porta, e ele me viu ainda meio apoiado na cama.

— Está melhor? — perguntou.

Eu fiz que não, e quando ele saiu, virei a cabeça e vi minha mãe com os olhos fechados; ela fingia estar dormindo.

Mais tarde, eu só tinha uma lembrança vaga e fugaz de tudo isso, mas a sensação residual permanecia, a sensação de estar no meio de uma peça de Harold Pinter e ser obrigado a imediatamente dar uma explicação diante de um tribunal, pois do contrário seria executado. Minha mãe, por sua vez, parecia não se lembrar de nada, e quando o mencionei ela disse que eu passara a noite toda de cama com febre alta, babando feito um lunático. Eu não sabia em que acreditar.

Então as coisas foram de piores a cataclísmicas.

Estava quente, 40 graus. Um vento meridional escaldante soprava pela janela aberta. Tentei tomar um pouco da sopa de legumes que meu pai havia preparado. Minha mãe trouxe até o quarto. Tomei só duas colheres, mas não consegui segurar. Alcancei a bacia e vomitei tudo. Minha cabeça ficou pendurada sobre a bacia e eu a deixei lá, fitando estupidamente a face caleidoscópica de meu próprio vômito. Lá, no vômito, vi talvez a coisa mais aterrorizante que já vi em toda a minha vida, e isso porque desde então eu já vi cachorros serrados ao meio.

Isto foi o que eu vi:

Dois. Comprimidos. Azuis.

Isso mesmo, veneno de rato.

Isso mesmo, veneno de rato.

Por um momento, tentei entender como poderia tê-los engolido sozinho por engano. Mas, não tendo colocado o pé fora da cama desde que a doença começara, eu simplesmente tinha de descartar essa possibilidade. Sendo assim, só me restava uma resposta. Meu estômago se comprimiu como um tornilho. Estou sendo envenenado, pensei. Ele, meu pai, está me envenenando.

•

A verdade é esta: os sentimentos humanos podem ser ridículos. Lembrando-me daquele momento, como me senti ao perceber que meu padrasto estava me matando aos poucos, eu não senti raiva. Não senti revolta. Eu me senti magoado. É isso mesmo. Que aquele homem com quem eu vivera a vida toda, o homem que se casara com minha mãe e, para todos os efeitos práticos, era meu pai, estivesse maleficamente me envenenando até a morte *feria meus sentimentos*. Ridículo!

Derrubei a bacia, e o vômito derramou no carpete e gotejou pelas fendas do assoalho. Olhei e olhei de novo para confirmar que eu não estava tendo uma alucinação como na noite anterior, segundo afirmara minha mãe.

Minha mãe! Qual era a parte dela naquilo tudo? Estava claro que ela sabia; era por isso que ela queria que eu fugisse, um desejo que cessara abruptamente quando ela temeu que, se o assassino soubesse que eu estava fugindo, ele abandonaria no mesmo instante seu plano lento e enfiaria uma faca em minhas vísceras ou uma almofada em meu rosto.

Deus do céu! Que situação!

Manter-se calmo enquanto seu pai tenta matá-lo é praticamente impossível. Assistir a seu assassino franzir o rosto com nojo enquanto limpa seu vômito em silêncio pode ter seu quê de humor negro, mas ao mesmo tempo é tão deprimente que tudo o que você deseja é se enrolar em posição fetal e permanecer assim até a próxima era glacial.

Eu não conseguia tirar os olhos dele. Estava consumido por uma curiosidade perversa por ver o que ele faria. Eu deveria dizer alguma coisa, pensei, mas o quê? Confrontar seu assassino é um negócio delicado; você não quer provocar o próprio assassinato só porque precisa desabafar.

— Da próxima vez, tente acertar a bacia — disse ele brandamente.

Eu não respondi nada, apenas o fitei como se ele tivesse me magoado.

Quando ele saiu, meu raciocínio deu sinal de vida. O que é que eu ia fazer? Parecia razoável, sendo a vítima em potencial, retirar-me da cena do crime a fim de evitá-lo. Sim, era hora de testar a teoria da força super-humana concedida a pessoas em situações de risco de vida. Uma vez que meu corpo era imprestável, eu contava com meu desejo de viver para me tirar desse drama familiar shakespeariano. Joguei as pernas para o lado da cama e fiquei em pé, usando a mesa para me equilibrar. Eu me encolhi de dor ao andar, pois meu estômago se contraía e contorcia terrivelmente. Procurei minha mala e percebi que continuava pronta, devido ao episódio da noite anterior. Meus pés entraram com dificuldade em minhas botas, e com grande esforço comecei a caminhar: quando você não usa calçado há um certo tempo, até mesmo sandálias parecem pesadas feito blocos de cimento. Tentando fugir sem fazer nenhum ruído, eu me arrastei pelo corredor. Dava para ouvir uma discussão na sala de estar. Estavam os dois gritando, minha mãe chorando. Havia som de vidro quebrando. Eles estavam brigando, fisicamente. Talvez minha mãe o tivesse confrontado sobre seu plano! Na porta, coloquei a mala no chão e fui para a cozinha. O que mais eu podia fazer? Eu não podia largar minha mãe nas mãos psicóticas do meu pai. Eu sabia o que deveria fazer. Eu tinha de matar meu padrasto.

Vou lhe dizer, já levei mais tempo escolhendo um prato num menu do que decidindo se colocaria fim à vida do meu pai ou não. E, sendo alguém que sempre lutou contra o vício pernicioso da indecisão — a começar pelo momento em que minha mãe balançou os mamilos nus de duas tetas cheias de leite no meu rosto e disse "Escolha uma" —, descobri que ter feito uma escolha rápida, por mais assustadora que fosse, me deu uma sensação incrivelmente gratificante de autonomia.

Na cozinha, passei a mão num facão. Tinha cheiro de cebola. Por uma fenda na porta, dava para ver meus pais brigando. Estavam brigando para valer. Ele já tinha batido na minha mãe muitas vezes, sempre tarde da noite, na privacidade do quarto deles, mas nunca mais desde que ela contara que tinha câncer. Minha mãe unhava-o o melhor que podia em seu estado moribundo, e em troca ele deu tamanho tabefe nela que ela caiu estatelada no chão.

Quase sem energia, irrompi pela porta, hesitante, mas continuei segurando com força o cabo da faca. Eles me viram — primeiro minha mãe, depois meu pai —, mas não prestaram atenção à faca em minhas mãos. Eu podia muito bem estar segurando uma pena; eles estavam totalmente absortos em seu próprio pesadelo.

— Martin! Saia daqui! — gemeu minha mãe.

Ao me ver, o rosto do meu pai fez algo que eu nunca tinha visto um rosto fazer. Contraiu para metade de seu tamanho normal. Ele olhou de novo para minha mãe, agarrou uma cadeira e a despedaçou no chão, de modo que os fragmentos se espalharam ao redor.

— Saia de perto dela! — gritei, com a voz falhando e tremendo ao mesmo tempo.

— Martin... — disse ele com uma voz estranha.

Minha mãe soluçava histericamente.

— Eu disse para sair de perto! — repeti.

Então ele falou, numa voz que soou como uma granada:

— A louca da sua mãe estava colocando veneno de rato na sua comida!

Eu fiquei lá parado feito um poste.

— Foi *você* — falei.

Ele apenas fez que não com a cabeça, triste.

Confuso, eu me virei para minha mãe, cujo rosto estava parcialmente coberto pela mão. Seus olhos se encheram de lágrimas; seu corpo arfava em soluços. No mesmo instante, eu soube que era verdade.

— *Por quê?* — gritou meu pai, socando a parede perto dela. Ela gritou. Ele olhou para mim com ternura e confusão e soluçou: — Martin, por quê?

Minha mãe estava tremendo. Sua mão livre agarrou uma cópia de *Os três mosqueteiros*, de Alexandre Dumas. Aquele era o livro seguinte que ela planejara ler para mim.

— Porque assim ela podia cuidar de mim — falei, num tom quase inaudível.

Ele me olhou confuso. Ele não conseguia entender. Não entendia absolutamente nada.

— Sinto muito, filho — disse, na primeira demonstração de amor que me deu em toda a vida.

Aquilo era demais. Eu cambaleei pela cozinha e pelo corredor e, agarrando minha mala, irrompi pela porta da frente.

Se eu estivesse em condições minimamente razoáveis, teria imediatamente percebido algo de errado no mundo a minha volta. Eu caminhava embriagado, sentindo o calor do dia em meu rosto. Caminhava sem parar, rápido, como se carregado por uma forte corrente. Meus pensamentos partiram na metade, e então replicaram: raiva se dividindo em horror e ira, e então em piedade e desgosto, e assim por diante. O tempo todo eu continuei andando, sentindo-me mais forte a cada passo. Caminhei até o topo do Farmer's Hill.

Então eu vi.

O céu.

Grandes cones de fumaça densa espiralavam em rastros finos. Camadas de um laranja enevoado se sobrepunham a faixas cinzas que se prolongavam a partir do horizonte.

E então senti. O calor. Eu tremi. A terra estava pegando fogo!

Um incêndio!

Dos grandes!

Parado no topo da colina, vi outra de uma rápida série de imagens marcantes que eu soube na hora que jamais sairiam de minha cabeça. Vi o fogo se dividir. Metade correu em direção à casa dos meus pais, a outra metade para a prisão.

Não sei o que me possuiu enquanto assisti ao fogo contornar a cidade — mas me convenci de que estava em meu poder resgatar ao menos parte da minha família. Eu sabia que provavelmente não poderia ajudar Terry, e que ele morrer de forma violenta e desagradável na prisão que meu pai ajudara a construir encerrava tão completamente o assunto que minha escolha era clara. Eu tentaria salvar minha mãe, embora ela tivesse acabado de tentar me matar, e meu pai, embora ele não tivesse.

A temporada de queimadas começara mais cedo naquele ano. As temperaturas elevadas e os ventos fortes asseguravam que pequenos focos de incêndio surgissem na periferia noroeste de New South Wales durante todo o verão. Só é preciso uma rajada repentina de vento abrasador para soprar os focos isolados, fazendo com que em pouco tempo se transformem em infernos incontroláveis. É assim que sempre acontece. O Incêndio tinha algumas estratégias astutas em suas mangas flamejantes: lançava brasas no ar. As brasas eram então carregadas pelos ventos a um destino a alguns quilômetros de distância, com a intenção de começar novos incêndios, de modo que quando o Incêndio principal chegava ali, sua cria já estava devastando e tirando vidas. O Incêndio não estava de brincadeira. Avançava como louco.

A fumaça se arrastou sobre a cidade em uma nuvem opaca. Corri em direção à casa dos meus pais, passando por árvores caídas, postes e fios de eletricidade. Chamas se alastravam por ambos os lados da estrada. A fumaça lambia meu rosto. A visibilidade era zero. Eu não diminuí a velocidade.

As árvores caídas tornaram a estrada intransitável. Tomei um caminho pelo mato. Eu não conseguia ver o céu; uma espessa cortina de fumaça o encobria. Tudo ao meu redor era um barulho, um estalido só, como se alguém estivesse pulando sobre jornais velhos.

Escombros em chamas voavam pelas copas das árvores. Era impossível saber que caminho tomar. Continuei mesmo assim, até que ouvi uma voz gritar:

— Pare!

Eu parei. De onde vinha aquela voz? Era difícil dizer se vinha de longe ou de dentro da minha cabeça.

— Vá para a esquerda — disse a voz. — Esquerda!

Normalmente, vozes exigentes que não se apresentam teriam feito eu ir para o lado oposto, mas eu sentia que essa voz queria me ajudar. Terry estava morto, eu simplesmente sabia, e a voz era dele, suas últimas palavras para mim quando ele estava a caminho do outro mundo.

Fui para a esquerda e, ao fazê-lo, vi o caminho da direita consumido pelas chamas.

Perto da curva seguinte, eu me deparei com um grupo de homens esguichando água nas árvores. Eles seguravam grandes pítons intumescidos que saíam de dois carros de bombeiro, e usavam trapos úmidos sobre a boca. Eu queria um. Então pensei: Não há praticamente nenhuma situação em que não desejamos o que o outro tem.

— Martin! — chamou uma voz.

— Não vá por esse caminho! — gritou outra.

— Minha mãe e meu pai estão lá! — gritei de volta, e quando corri, tive a impressão de ter ouvido alguém gritar: "Diga que mandei um beijo!"

Vi o fogo pulando o leito de um riacho seco. Passei pela carcaça flamejante de uma ovelha. Eu tive de ir devagar. A fumaça se tornara mais espessa, formando uma parede cinza; de repente, ficou impossível dizer onde estavam as chamas. Meus pulmões ardiam. Eu sabia que se não conseguisse logo um sopro de ar, esse seria o fim. Engasgado, vomitei fumaça. E cenouras também.

Quando cheguei a minha rua, uma parede irregular de chamas bloqueava a entrada. Atrás dela, consegui distinguir um grupo parado do outro lado. A parede de fogo permanecia como portões de uma fortaleza. Com os olhos semicerrados, olhei para o intenso clarão enquanto a fumaça amarela e preta avançava sobre as pessoas.

— Viram meus pais? — gritei.

— Quem é você?

— Martin Dean!

— Marty! — pensei ter ouvido a voz de minha mãe.

Era difícil dizer. O fogo engoliu as palavras. Depois o ar ficou muito quieto.

— O vento! — alguém gritou.

Eles paralisaram. Estavam todos esperando para ver que direção o fogo tomaria em seguida. Uma chama rodopiando atrás deles, majestosa, estava pronta para o ataque. Eu me sentia como um homem prestes a ser guilhotinado esperando que a cabeça pudesse ser colocada de volta mais tarde. Uma brisa quente tocou meu rosto.

Antes que eu pudesse gritar, as chamas se lançaram sobre mim. Em uma fração de segundo, minha cabeça estava pegando fogo. E depois, com igual rapidez, o vento mudou de rumo e as chamas foram embora em direção ao grupo de pessoas. Dessa vez, seguiram em frente.

Embora o fogo tivesse ido embora, meus olhos e pulmões estavam cheios de fumaça e meu cabelo estava em chamas. Eu gemia de dor. Rasguei minhas roupas, me joguei no chão e esfreguei a cabeça na terra. Levou alguns segundos para o fogo apagar, e nesse meio-tempo ele já tinha devorado uma orelha e chamuscado meus lábios. Sob as pálpebras inchadas, vi o furacão flamejante tragar o grupo de pessoas, incluindo meus pais, e devorá-lo. Nu e queimado, me coloquei de joelhos e gritei, em fúria desvairada e impotente.

•

A maioria dos prisioneiros conseguira escapar, com a exceção daqueles na solitária. Eles ficaram inacessíveis no nível inferior da prisão, e não houve tempo de salvá-los.

Como eu suspeitava, Terry se fora.

Embora ainda houvesse pequenos incêndios fora da cidade, a mídia não tardou em fazer um grande estardalhaço de Terry Dean ter perecido na prisão. Ele não passava de um monte de cinzas. Depois que os fotógrafos da polícia tiraram fotos da cela, eu entrei. Os ossos também estavam lá. Mas tudo o que valia a pena estava nas cinzas. Munido de vassoura, pá e de uma pequena caixa de papelão, eu recolhi meu irmão. Não foi fácil. Parte de suas cinzas se misturou com as cinzas do beliche de madeira. Pobre Terry. Não se podia distingui-lo de uma cama. Isso era triste.

Eu deixei os ossos. Que o Estado os enterrasse. Levei o resto. Como eu disse, o que valia a pena estava nas cinzas.

Fora da prisão, cinzas negras rodopiaram pelo ar, subiram ao céu e, quando o vento parou, assentaram no chão, nos carros e nos jornalistas. Centelhas vermelho-fogo pousaram no asfalto quente. Olhei para as grandes extensões negras e fumegantes de pasto queimado e para as colinas ressecadas. Toda parte eram cinzas ardendo. Toda casa era uma imundície de cinzas e escombros queimados. Todo odor era acre. Toda cor era lúgubre.

Mãe morta. Pai morto. Irmão morto. Harry morto. Caroline longe. Lionel longe. Cidade acabada. Promessa também acabada; rompido o vínculo sagrado com minha família.

Livre.

Soube-se que um homem estava grelhando um bife nas brasas de sua própria casa. Todos os repórteres se amontoaram ao redor. Acharam hilário. Imagino que fosse mesmo.

Veio uma breve tempestade. Um grupo de sobreviventes que permanecia nas ruínas da cidade falava sobre a origem do incêndio. O que o havia provocado, dessa vez? Eu tinha presumido que fossem incendiários. Quase sempre, são incendiários. Qual é a desses malditos incendiários? Imagino que é menos provável que eles sejam criaturas malignas do que simplesmente estúpidos e entediados: uma combinação mortal. E o que quer que aconteça durante a infância, eles surgem da adolescência sem o menor vestígio de empatia. Essas pessoas estúpidas, entediadas e pouco empáticas estão em toda parte. Não podemos esperar que todos se comportem bem. Precisamos estar sempre atentos. Este é um exemplo clássico: não acontece todo dia, mas de tempos em tempos, *as pessoas cagam em piscinas públicas*. Para mim, isso já diz tudo.

Mas não, diziam os sobreviventes, dessa vez não foram os incendiários.

Foi o observatório.

Meu sangue gelou.

Eu me aproximei. Foi isto o que ouvi:

Com o passar dos anos, a novidade do observatório se desgastou; a coisa toda ficou largada, arruinando lá na colina, abandonada à natureza. O telhado do observatório levantava em uma dobradiça. *Alguém tinha deixado aberto*. A lente concentrara os raios do sol de verão, formando um feixe quente de luz que incendiou a estrutura; o vento fez a parte dele, e tudo terminou nessa catástrofe.

Foi o observatório.

Meu observatório!

O observatório que eu tinha sugerido que fosse criado foi a causa direta da morte da minha mãe, do meu pai e do meu irmão. Foi a gota d'água daquela minha caixa de sugestões odiosa, aquela caixa repugnante que fizera a cidade se voltar contra minha família, colocar meu irmão num hospício, depois num centro de detenção juvenil e agora na cova (metaforicamente falando; literalmente, em uma caixa de papelão que um dia contivera uvas sem caroço). Eu acreditara que com o observatório eu poderia mudar a alma das pessoas para melhor, mas em vez disso só consegui acelerar sua destruição. Quando meu irmão foi para o hospital, eu deveria ter destruído a caixa de sugestões que o colocara lá; e quando *ele* a destruiu, cegando nosso único amigo, eu deveria ter destruído tudo relacionado àquela caixa, a caixa que de súbito me fez lembrar da outra caixa que estava agora em minhas mãos, aquela com meu irmão dentro.

Continuei caminhando.

Não esqueci das advertências de Stanley, ou dos detetives e sua determinação em me processar. Hora de dar o fora. Além do mais, não havia mais nada para aprender ali. Hora de viajar para novas terras para praticar velhos hábitos. Novos anseios! Novas desilusões! Novas tentativas e erros! Novas perguntas! A pasta de dente teria o mesmo sabor em toda parte? A solidão seria mais amarga em Roma? A frustração sexual seria menos opressora na Turquia? Ou na Espanha?

Eu pensava nisso enquanto atravessava o silêncio da cidade morta, a cidade que estava carbonizada e negra feito torrada queimada. Não raspem! Não recuperem! Joguem minha cidade no lixo. É cancerígena.

As brasas da minha infância se apagavam, transformando-se em escombros duros e frios. Nenhum vento poderia trazê-las à vida agora. Estava tudo acabado. Eu não tinha ninguém no mundo. A Austrália continuava sendo uma ilha, mas eu já não era náufrago nela. Estava finalmente à deriva. E era infinito, o mar à minha frente. Sem horizonte.

Ninguém me conheceria em meu destino, ninguém conhecia minha história, a história de meu irmão. Minha vida estava reduzida a não mais que uma anedota secreta que eu poderia revelar ou manter oculta para todo o sempre. A decisão era minha.

Caminhei pela estrada comprida, poeirenta e tortuosa, deixando a cidade para trás.

Eu tinha a sensação de estar indo embora de um parque de diversões sem ter andado em nenhum brinquedo. Embora sempre tivesse odiado a cidade, as pessoas, suas vidas, ainda assim eu existira ao lado delas. Mas jamais me deixara levar pelo fluxo da vida, e isso era lamentável, porque mesmo que esse seja o pior parque de diversões do mundo, se você vai passar 22 anos lá, poderia pelo menos tentar. O problema era que todos os brinquedos me davam náusea. O que é que eu podia fazer?

Então lembrei que ainda tinha Terry em uma caixa de papelão.

Definitivamente, eu não teria um colapso nervoso decidindo o que fazer com as cinzas de meu agora diminuto irmãozinho: eu simplesmente me livraria delas, depressa, em segredo, sem cerimônia. Se uma criança passasse por mim na rua, eu lhe daria a caixa. Se visse um parapeito adequado, eu a deixaria lá. Continuei nessa linha de pensamento até que fiquei tão fascinado com toda essa história de cinzas que fiquei com sede.

Mais adiante, vi um posto de gasolina e uma loja de conveniência. Entrei. A geladeira estava nos fundos. Caminhei pelo corredor e peguei uma Coca. Ao voltar, vi ao meu lado uma prateleira que continha potinhos de temperos indianos, pimenta-de-caiena e ervas italianas. Sem que o atendente visse, abri os potinhos um por um e joguei metade do conteúdo no chão. Depois, despejei as cinzas de Terry nos potes com pouca precisão, derrubando grande parte dele em meus pés, de modo que, quando terminei, saí com meu irmão em meus sapatos. E então — terei esta imagem na cabeça para sempre — eu o removi dos sapatos com as mãos e, para completar, o lavei numa poça perto dali, deixando, assim, seus últimos restos flutuando em uma poça rasa de água de chuva ao lado da estrada.

É engraçado.

As pessoas sempre me perguntam, "Como era Terry quando criança?", mas ninguém jamais me fez a pergunta mais pertinente: *Como ele era em uma poça?*

A resposta: quieto, de cor marrom acobreada e surpreendentemente opaco.

Da janela, dava para ver um amanhecer cor-de-rosa cobrindo o quintal dos fundos e provavelmente mais longe, pelo menos até a loja da esquina. Os pássaros da manhã, que não conhecem o conceito de dormir até tarde, chilreavam como de costume seus chilros matinais. Meu pai e eu estávamos sentados em silêncio. Falar por 17 horas e cobrir quase todos os minutos de seus primeiros 22 anos na terra o esgotaram. Escutá-lo também me esgotou. Não sei qual de nós estava mais exausto. De repente, meu pai se animou e disse:

— Ei, adivinha?

— Que foi?

— O sangue coagulou!

Sangue? Que sangue? Ah, sim — eu *me meti* numa briga, não foi? Tomei uma surra de meus colegas, não foi? Senti meu rosto. Havia uma substância dura e cascuda em meu lábio inferior. Corri para ver no espelho do banheiro. Uau! É, em algum momento durante a história do meu pai o sangue no meu rosto tinha ficado preto e coagulado. Meu aspecto era asqueroso. Sorri pela primeira vez desde muito antes de a história começar.

— Quer que eu tire uma foto antes de se lavar? — gritou meu pai do meu quarto.

— Não, vai vir muito mais sangue de onde veio este.

— Verdade.

Peguei a ponta de uma toalha, molhei com água quente e removi o sangue seco. Enquanto limpava o rosto e a água fazia o sangue preto ficar vermelho e manchava a toalha também, pensei na história do meu pai: a história de Terry Dean. Parecia que eu não tinha aprendido tanto sobre o tio Terry quanto se esperaria em um monólogo de 17 horas, mas aprendi um montão de coisas sobre meu pai.

Eu tinha a incômoda sensação de que talvez cada palavra que ele tinha dito fosse verdade. Certamente, ele acreditava em tudo. Havia algo perturbador em um homem de 32 anos colocando sua alma de 32 anos na boca de uma criança, mesmo que aquela criança fosse ele mesmo quando garoto. Meu pai era um anarquista de 8 anos? Um misantropo de 9 anos? Ou o garoto na história era uma reinvenção inconsciente, um homem com a experiência do mundo de um adulto tentando dar sentido a sua infância, eliminando pelo caminho qualquer pensamento ou perspectiva que ele realmente pudesse ter tido naquela época? É possível. Afinal, a memória talvez seja a única coisa no mundo que podemos realmente manipular a nosso favor, para que não tenhamos de olhar para trás e pensar: que idiota!

Mas meu pai não era de maquiar as memórias. Ele gostava de preservar tudo em seu estado natural, do cabelo ao passado. Foi assim que eu soube que cada palavra que ele tinha dito era verdade, e é por isso que me irrito quando me lembro da descoberta chocante que veio depois dessa, a revelação bombástica sobre a mulher mais importante que nunca esteve em minha vida: minha mãe.

DOIS

Eu estava tomando um banho de 45 minutos. Sei que estava sendo imperdoavelmente antiecológico, mas eu tinha lido na *New Scientist* que daqui a 2 bilhões de anos o universo terá se expandido até o limite e, como um elástico, começará a se contrair, o tempo correrá para trás e (portanto) a água, enfim, voltará à ducha.

— Jasper! Eu esqueci completamente! — ouvi meu pai gritar.

— Estou tomando banho!

— Eu sei. Sabe que dia é hoje?

— Não.

— Adivinha.

— Dois de dezembro.

— Não. Dezessete de maio! Não posso acreditar que esqueci! Ande logo!

Dezessete de maio, aniversário da minha mãe. Inexplicavelmente, meu pai sempre comprava um presente para ela. Inexplicavelmente, ele me fazia abrir o pacote. Eu nunca sabia se deveria agradecer. Quase sempre era chocolate ou um livro, e depois que eu abria e dizia algo do tipo "Escolheu bem", meu pai sugeria que entregássemos a ela pessoalmente.

Isso significava uma visita ao cemitério. Essa manhã, uma vez que a data passara em branco, meu pai correu pela casa à procura de algo para embrulhar. Acabou encontrando uma garrafa de uísque em que restavam dois modestos goles. Esperei, nervoso, enquanto ele embrulhava, e momentos depois ele esperou, ansioso, enquanto eu desembrulhava e dizia:

— Escolheu bem.

Minha mãe estava enterrada em um cemitério judeu, uma possível menção a meus avós. Caso não saibam, a religião judaica espera que se coloque uma pedra antiga sobre o túmulo dos entes queridos. Eu não via nenhum motivo para contrariar tradições excêntricas tão baratas quanto esta, e por isso fui para fora me perguntando que tipo de pedra imunda minha mãe morta poderia querer como símbolo de minha devoção.

Quando finalmente chegamos ao cemitério, não conseguíamos encontrar o túmulo. O labirinto de pedras cinzentas nos confundiu, mas enfim o encontramos onde sempre esteve, entre Martha Blackman, que inspirara e expirara por tediosos 98 anos, e Joshua Wolf, cujo coração injustamente parara de bater aos 12. Avistamos uma tábua de pedra com o nome dela.

Astrid.

Sem sobrenome, sem data de nascimento ou de morte — apenas o nome sozinho na lápide, falando tomos de silêncio.

Tentei imaginar como teria sido minha vida com uma mãe por perto. Eu não conseguia conceber. A mãe que eu velava era um amálgama de lembranças fabricadas, fotografias de atrizes de filmes mudos, imagens afetuosas do arquétipo maternal. Ela estava sempre se transfigurando, uma visão em constante movimento.

Ao meu lado, meu pai pulava no lugar como se estivesse aguardando o resultado de um jogo. Ele deu um passo à frente e limpou as folhas de outono em forma de estrela que cobriam a lápide.

Olhei para ele. Olhei para seus pés.

— Ei! — gritei.

Ele se virou para mim, assustado, e disparou:

— Não faça barulho assim, do nada, num cemitério, seu macabro! Quer me matar de susto?

— Seus pés! — gritei, apontando para eles.

Ele levantou os calcanhares para ver se não tinha pisado em cocô de cachorro.

— Você está pisando nela!

— Não estou não.

E estava. Estava pisando bem em cima da minha mãe. Qualquer idiota podia ver.

— Você está pisando no túmulo dela! Saia daí!

Ele sorriu, mas não fez nada. Eu o agarrei pelo braço e o arrastei para o lado. Isso só o fez rir.

— Ei, relaxa, Jasper. Ela não está aí dentro.

— Como assim, ela não está aí dentro?

— Não está enterrada aqui.

— Como assim?

— Tem um caixão aí. Só que está vazio!

— Um caixão vazio?

— E sabe o que é pior? Eles cobram o mesmo preço que cobrariam se tivesse um corpo dentro! Achei que fosse proporcional ao peso, mas, pelo visto, não.

Olhei horrorizado para seu rosto triste. Ele sacudia a cabeça, lamentando o dinheiro perdido.

— CADÊ A MINHA MÃE?

•

Meu pai explicou que ela morrera na Europa. Não disse muito mais a respeito. Ele comprara o lote no cemitério por mim, supondo que um garoto tem o direito de velar a mãe no lugar adequado. Senão, onde? No cinema?

Durante todos aqueles anos, quando o assunto vinha à tona, meu pai nunca me contava nada sobre ela, além do fato de ela estar morta e de que os mortos não podem fazer o jantar. O que não consigo acreditar é no quanto reprimi minha curiosidade. Imagino que, por não querer falar sobre isso, meu pai me convencera de que era grosseiro ficar escarafunchando a respeito de gente morta. Minha mãe era um assunto que ele colocava na prateleira mais alta, fora do alcance de perguntas. Eu aceitei isso sem questionar, que em circunstância alguma se pergunta sobre a destruição de alguém que se supunha indestrutível.

Mas agora, subitamente, com a revelação de que durante todo aquele tempo eu vinha chorando sobre um túmulo vazio, a raiva se transformou em uma curiosidade febril. No carro, quando voltávamos do cemitério, eu disse a ele que se, aos 9 anos, eu tinha idade suficiente para o luto, também tinha idade suficiente para saber alguma coisa sobre ela.

— Ela foi só uma mulher com quem saí por um tempo — disse meu pai.

— *Só uma mulher?* Vocês não foram casados?

— Ah, Deus, não. Eu nunca passei nem perto de um altar.

— Bom, e você... amava ela?

— Não sei como responder a essa pergunta, Jasper. Realmente não sei.

— Tente.

— Não.

Mais tarde, naquela noite, ouvi o som de um martelo e fui até o banheiro; meu pai estava pendurando cortinas no espelho.

— O que está fazendo?

— Um dia vai me agradecer por isto — disse ele.

— Pai, só me fale dela. Como ela era?

— Você ainda está insistindo nisso?

— É.

— Isto vai resolver. — Ele terminou de martelar, colocou o varão e puxou a cortina bege na frente do espelho com um cordão. — Por que as pessoas precisam se olhar no espelho enquanto escovam os dentes? Elas não sabem onde os dentes estão?

— Pai!

— O quê? Jesus Cristo! O que você quer saber, informações factuais?

— Ela era australiana?

— Não, europeia.

— De onde, exatamente?

— Eu não sei, exatamente.

— Como pode não saber?

— Por que de repente está tão interessado na sua mãe?

— Não sei, pai. Acho que só estou sentimental.

— Bom, eu não estou — falou, mostrando-me algo familiar: suas costas.

•

Nos meses seguintes, apertei, pressionei e espremi e, aos poucos, consegui extrair estas escassas informações: minha mãe era bonita em certos ângulos, era muito viajada e não gostava que lhe tirem fotos tanto quanto a maioria das pessoas não gosta que lhe tirem dinheiro. Falava muitas línguas fluentemente, tinha entre 26 e 35 anos quando morreu e, embora a chamassem Astrid, é muito provável que este não fosse seu nome verdadeiro.

— Ah, e ela *odiava* o Eddie — disse ele, um dia.

— Ela conhecia o Eddie?

— Eu conheci o Eddie mais ou menos na mesma época.

— Em Paris?

— Logo na saída de Paris.

— O que você estava fazendo logo na saída de Paris?

— Você sabe. O de sempre. Andando por aí.

Eddie, o melhor amigo do meu pai, era um tailandês magro com um bigode ralo que sempre parecia estar em plena flor da vida e nem um dia a mais. Quando ele ficava ao lado do meu pai, sempre pálido, eles, mais que amigos, pareciam médico e paciente. Agora estava claro que eu teria de interrogá-lo a respeito da minha mãe. Encontrá-lo era o problema. Ele fazia viagens frequentes e inexplicadas para o exterior, e eu não fazia ideia se ele viajava a negócios, lazer, inquietude, genocídio ou por afronta. Eddie tinha um modo categoricamente inespecífico de ser. Ele nunca chegava ao ponto de dizer, por exemplo, que estivera visitando parentes na província tailandesa de Chiang Mai, mas se você pressionasse, ele poderia admitir que estivera "na Ásia".

Esperei seis meses para que Eddie reaparecesse. Durante esse tempo, preparei uma lista de perguntas, passando e repassando a entrevista com ele em minha cabeça, inclusive as respostas. Previ — erroneamente, como vim a descobrir — uma história de amor melodramática em que minha mãe imaculada se martirizava num enredo do tipo Romeu e Julieta: imaginei que os amantes condenados haviam feito um pacto tragicamente romântico de suicídio duplo, mas meu pai caiu fora no último minuto.

Finalmente, uma manhã eu estava no banheiro escovando os dentes com as cortinas fechadas quando ouvi a voz melosa de Eddie chamar:

— Marty! Você está aqui? Estou falando com um apartamento vazio?

Corri para a sala.

— Aqui está ele — disse Eddie, e, como sempre, antes que eu pudesse dizer não, levantou a Nikon que tinha pendurada no pescoço e tirou uma foto de mim.

Eddie era fanático por fotografia e não podia passar cinco minutos sem tirar uma foto minha. Ele era multitarefa: com um olho na lente de sua Nikon, era capaz de fumar um cigarro, tirar uma foto da gente e alisar o cabelo ao mesmo tempo. Embora ele dissesse que eu era fotogênico, eu não podia desmenti-lo — ele nunca me mostrou os resultados. Eu não sabia nem se ele revelava as fotos, ou mesmo se tinha filme na câmera. Este era apenas mais um exemplo de sua misteriosidade patológica. Ele nunca falava sobre si. Nunca contava como eram as coisas em sua época. Você nem sequer sabia se ele tivera uma época. Ele era, de corpo e alma, reservado.

— Como está o seu pai? Continua por aí?

— Eddie, você conheceu minha mãe?

— Astrid? Claro que sim. Que pena o que aconteceu com ela, né?

— Não sei, é?

— Como assim?

— Me fale dela.

— Tá legal.

Eddie desabou no sofá e ajeitou a almofada perto dele. Pulei no sofá empolgado, sem saber o quão desagradável nossa conversa seria: em toda a minha ânsia, eu tinha me esquecido completamente de que Eddie era o pior contador de histórias do mundo.

— Eu a conheci em Paris, com seu pai — começou ele. — Acho que era outono, porque as folhas estavam marrons. Acho lindo o nome norte-americano para outono, "the fall". Eu, pessoalmente, gosto do outono, ou do *fall*, como eles dizem, e também da primavera. Não consigo suportar o verão nos primeiros três dias, e depois disso já estou buscando um frigorífico onde me esconder.

— Eddie...

— Ah, desculpe. Eu me desviei do assunto, né? Esqueci de contar como me sinto no inverno.

— Minha mãe.

— Certo. Sua mãe. Ela era uma mulher bonita. Eu não acho que fosse francesa, mas tinha o mesmo tipo físico. As francesas são pequenas e magras e têm seios bem pequenos. Se quiser seios grandes, tem que atravessar a fronteira da Suíça.

— Meu pai disse que você conheceu minha mãe em Paris.

— Isso mesmo. Foi em Paris. Sinto falta de Paris. Você sabia que na França eles têm uma palavra diferente quando não gostam de alguma coisa? Você não pode dizer "eca!". Ninguém vai saber o que você quer dizer. Você tem que dizer "berk!". É estranho.

— O que o meu pai estava fazendo em Paris?

— Ele não fazia nada naquela época, o mesmo tipo de nada que ele faz agora, só que em francês. Bom, não é verdade que ele não fazia nada. Estava sempre escrevendo em seu caderninho verde.

— Todos os cadernos do papai são pretos. Ele sempre usa o mesmo tipo.

— Não, esse era verde, tenho certeza. Lembro como se fosse hoje. É uma pena que você não possa ver as imagens que tenho na cabeça agora mesmo. São tão vívidas. Seria ótimo se pudéssemos projetar todas as nossas imagens mentais em uma tela e vender entradas para vê-las. Acho que o quanto esperaríamos que o público pagasse determinaria nossa autoestima.

Eu pulei do sofá, dizendo a Eddie para continuar sem mim, fui até o quarto do meu pai e fiquei parado à porta, olhando estupidamente para o vasto caos e desordem que poderia ou não esconder a história secreta de minha mãe em um caderno verde. Eu não costumo entrar no quarto do meu pai, pelo mesmo motivo que não se entra no banheiro para conversar com alguém que está lá, mas isso era suficientemente importante para me forçar a violar minha própria regra. Entrei nas vísceras abertas do meu pai, sua enorme tempestade de areia; que ele dormisse ali era, por si só, um mérito.

Encarei minha tarefa. Primeiro, tive de navegar por um arquivo de jornais amarelados que eram páreo para os da biblioteca pública. Estavam empilhados e socados nos cantos escuros do quarto, as pilhas tão numerosas que revestiam o piso inteiro até a cama. Pisei nos jornais e em coisas que eu só conseguia imaginar que ele havia tirado de latas de lixo e outras que eu supunha que ele tinha arrancado da boca das pessoas. No caminho, encontrei coisas que havia muito considerava perdidas: o molho de tomate, a mostarda, todas as colheres de chá, as colheres de sopa, os pratos grandes. Abri um de seus guarda-roupas e, sob um monte de roupas, encontrei a primeira pilha de cadernos. Devia haver uma centena deles. Eram todos pretos. Pretos, pretos, pretos. No segundo guarda-roupa, encontrei outra centena; mais uma vez, para minha decepção, todos pretos. Entrei no guarda-roupa — era bem fundo. Lá, encontrei uma pilha de revistas, mas tentei não me demorar nelas. De todas as fotografias internas, meu pai tinha recortado os olhos. Tentei não dar importância a isso. Um homem pode ler uma revista e ser inclinado a remover os olhos se achar que o estão encarando de modo insolente, não? Eu os ignorei, e fui mais para o fundo do guarda-roupa (era um guarda-roupa realmente fundo). Mais uma caixa revelou mais uma pilha de cadernos, e também os olhos recortados das revistas. Eles me olhavam impiedosamente enquanto eu vasculhava os cadernos, e pareceram arregalar junto com os meus quando vi, socado sob a aba de papelão na base da caixa, um verde.

Peguei e saí correndo daquele quarto sufocante. Dava para ouvir Eddie na sala, ainda falando sozinho. Fui para o meu quarto examinar o caderno verde.

As bordas estavam gastas. Abri e vi que a tinta tinha escorrido em algumas partes, mas não ao ponto de a escrita estar ilegível. A caligrafia ia de pequena e asseada a grande e floreada, e, em passagens posteriores, quando descia pela página em diagonal, era como se ele tivesse escrito enquanto estava montado em um camelo ou na proa de um navio sacudido pelo mau tempo. Algumas páginas estavam meramente dependuradas por um grampo, e quando o caderno era fechado, os cantos ficavam para fora como se fossem marcadores.

Havia uma página com um título em francês: *Petites misères de la vie humaine.*

Isso não significa pequenas misérias, como pensei a princípio; a tradução seria, mais ou menos, "problemas menores da vida humana". Causou-me certa náusea — o que serviu para me preparar para a história de como eu vim a existir — o relato que encontrei no diário, e que reproduzo aqui para que vocês leiam.

Petites misères de la vie humaine

11 de maio

Paris — cidade perfeita para estar sozinho e infeliz. Londres — nefasta demais para um inepto com um mínimo de dignidade. Ah, Londres! Cidade horrível! Nuvem cinza e fria! Baixa camada de bruma e neblina! Denso lamento! Suspiro desolado e garoento! Poça rasa de genes! Cidade de trabalho! Cidade irritadiça! Império decaído! Cidade dos tabloides! Lição de Londres: o inferno não é vermelho e quente, é frio e cinza.

E Roma? Cheia de predadores sexuais que moram com a mãe.

Veneza? Um monte de turistas tão idiotas quanto crentes alimentando pombos italianos, embora em suas próprias cidades os desprezem.

Atenas? Em toda parte há policiais a cavalo; só param para que os cavalos possam cagar nas ruas de pedra — merda de cavalo em montes tão gigantes que é de pensar que não deve haver melhor laxante no mundo que feno.

Espanha? Ruas fedendo a meias fritas em urina; católicos demais batizados no mijo. Mas o verdadeiro problema com a Espanha é que os fogos de artifício fazem você se sentir frustrado o tempo todo — o cheiro de sexo das *fiestas* é sal na ferida da solidão.

Mas Paris: bonita pobre feia opulenta vasta complexa cinza chuvosa e francesa. A gente vê mulheres inacreditáveis, guarda-chuvas, mendigos, ruas arborizadas, bicicletas, torres de igrejas, africanos, domos em ruínas, sacadas, vasos de plantas quebrados, grosseria que ecoará pela eternidade, pedestres sem rumo, jardins majestosos, árvores negras, dentes podres, lojas chiques, socialistas subindo as mãos pelas coxas de intelectuais, artistas protestando, motoristas barbeiros, banheiros pagos, cheiros palpáveis de queijo, lenços graciosos, sombras de ce-cê no metrô, cemitérios modernos, travestis atraentes, luz difusa, favelas, fuligem, desejo, postes de luz artísticos, catarro multicolorido de fumantes passivos de chaminé, pétreos rostos dementes nos terraços dos cafés, golas altas, chocolates quentes, gárgulas chamativas, boinas de veludo, gatos sarnentos, batedores de carteira fugindo com tripas brilhantes de turistas ricos alemães e grandes monumentos fálicos nas praças e nas sex shops.

Não é boato: parisienses empinados e arrogantes sentam de pernas cruzadas em cafés e filosofam sem ser convidados. Mas por que é que quando escuto alguém fazer uma grande argumentação filosófica tenho a mesma sensação de quando vejo que alguém colocou roupas em seu cachorro?

Tenho comigo o último cartão-postal de Caroline. Típico de Caroline. "Estou em Paris" e um endereço, algum subúrbio sujo logo na saída da cidade. Vou até lá e digo a ela que meu irmão está morto, o homem que ela amava, e aí... Mas AINDA NÃO — declarações de amor malfeitas são um grande perigo para o coração. Devo vê-la? Devo esperar? O problema com a maioria das pessoas é que elas NUNCA foram partidas ao meio, não assim, bem no meio como eu fui, NUNCA se dilaceraram NUNCA facções opostas apresentaram argumentos AMBAS de modo tão convincente E tão preciso e elas não sabem o que é ter o cérebro e o corpo querendo DUAS coisas cada um, isso são QUATRO ideias irresistíveis todas de uma vez.

Eu me pergunto se estou atrás de Caroline em particular ou apenas de alguém que me conheça há mais de cinco minutos.

4 de junho

Esta manhã despertei com o som de crianças rindo. Isso me aniquilou. Pior ainda — descobri que a decisão tinha ocorrido na minha cabeça durante a noite: hoje Martin Dean vai encontrar Caroline Potts e declarar devoção e amor eterno. Fiquei deitado na cama alimentando o frio na barriga. Pensei em como todas as minhas decisões de mudar a vida são tomadas no topo da hierarquia do eu — quando as ordens emanam do comandante em chefe, o que é que se pode fazer? Tomei banho, fiz a barba, tomei vinho estragado e me vesti. Na cabeça, duas memórias fragmentadas de Caroline: 1. seu sorriso, mas não seu rosto sorridente, só o sorriso feito um par suspenso de dentaduras 2. ela plantando bananeira — saia xadrez caída sobre as axilas — Jesus, como aquele ato inocente de criança fazia com que eu quisesse me jogar sobre ela de modo brutal mas sincero.

Entrei nas vísceras da cidade e depois tomei o metrô sufocante até a periferia de Paris. Vi quatro pessoas com cara de cavalo. Pivetes de 14 anos tentaram roubar minha carteira, me fazendo perceber que não sei como se diz Ei! em francês.

Finalmente sentei num muro baixo de pedra diante de um pequeno edifício com muitas janelas, todas as venezianas fechadas como se para sempre. Difícil acreditar que este prédio sujo abriga a mulher que amo. O comandante, sentindo que eu estava prestes a demorar, berrou no meu ouvido, e então marchei até a porta da frente e bati. Também mordi o lábio inferior apesar de o comandante não ter ordenado.

A maçaneta da porta virou devagar e impassivelmente para prolongar a mais pura agonia. Enfim abriu, revelando uma mulher baixa e corpulenta de largura e comprimento iguais — em outras palavras, um quadrado perfeito.

— *Oui?*

— Caroline Potts, ela está aqui? — perguntei, em perfeita tradução inglesa de um francês gramaticalmente correto.

A mulher saiu resmungando em seu idioma e fez que não com a cabeça. Caroline não estava mais lá.

— E *monsieur* Potts? O homem cego?

Ela me olhou sem entender.

— Cego. Sem olhos. Sem olhos — repeti feito idiota, pensando "Bom, posso entrar e cheirar o travesseiro dela?"

— Olá! — uma voz gritou da janela das escadas. Um rosto asiático estava lá suspenso em busca de um corpo correspondente. — Espere aí! — disse o rosto, e desceu correndo sem respirar.

— Você está procurando a garota e o cego?

— Sim!

— Sou Eddie.

— E...?

— E nada. A garota foi embora faz um mês, depois que o cego morreu.

— Morreu? Tem certeza?

— Claro que sim. Eu estive no funeral. Qual é o seu nome?

— Martin. Como ele morreu?

— Eu costumava vê-los da janela. Todos os dias ela o levava até as lojas para que ele soubesse onde ficavam os buracos na rua, mas nesse dia ele foi sozinho. Ele deve ter se confundido, porque foi bem até o meio da rua e ficou lá parado.

— Ele foi atropelado?

— Não, teve um ataque do coração. Está enterrado no cemitério aqui perto. Quer ver o túmulo dele? Eu levo você. Vamos — disse ele, abotoando o casaco, mas eu hesitei.

Algo em seus modos estava fora de lugar: suas mãos faziam gestos delicados e em sua voz havia um tom conciliatório como se tivéssemos brigado e ele quisesse fazer as pazes.

— Vamos ver seu amigo morto? — perguntou, todo meigo, e pensei: "Não gosto desse homem não que eu tenha algum motivo real para não gostar dele mas e daí?" Já fui alvo de antipatia de pessoas que não eram capazes sequer de me diferenciar em uma identificação de suspeitos.

Sob o céu cinza subimos pela estrada da mesma cor em um silêncio mortal até o alto da colina. O cemitério ficava a apenas 100 metros — lugar conveniente para morrer. O túmulo tinha apenas o nome dele e a data de nascimento e de morte e mais nada, nenhuma observaçãozinha espirituosa, nada. Perguntei se Lionel morrera instantaneamente ou c/ o último suspiro pensou em algo banal tipo "Preciso comprar leite." Então pensei em todas as mortes que conhecia — pensei que Harry escolhera a dele e que Terry ficara provavelmente chocado com a sua e que a morte de meus pais deve ter sido uma surpresa desagradável para eles como uma conta na caixa de correio que eles pensavam já ter pago.

Eddie me convidou para entrar e tomar vinho quente. Sua sala pequena e com poucos móveis cheirava a uma mistura de casca de laranja queimada e bochecha de senhora que você é forçado a beijar num encontro de família. Com o carpete coberto com grandes manchas de gordura, a sala falava com eloquência dos idiotas desajeitados que um dia moraram lá.

Comemos sanduíches e tomamos vinho quente. Eddie era dessas pessoas adeptas de resumir a vida em menos de um minuto. Nascido na Tailândia. Estudou medicina — nunca praticou. Viajou muito. Agora experimentava Paris.

Nada a dizer diante daquilo.

A conversa fluía que nem água pela descarga. Ele me fitava de modo tão intenso que eu sentia como se meus olhos fossem espelhos de bolso e ele estivesse ajeitando o cabelo.

A noite chegou rápido — fiquei nervoso por ele não acender as luzes. Olhei para o relógio na parede mas tive medo de me mover, e se aquele tonto preferia a brincadeira abafada das sombras então eu também. Finalmente ele esticou a mão para trás e acendeu uma lâmpada. A luz pequena se gravou e aumentou em meus olhos.

— Então, você teve uma decepção hoje — disse ele.

— É, achei que ela estaria aqui.

Isso o fez rir em espasmos violentos, uma risada que parecia um defeito congênito.

— Eu falava da morte do seu amigo.

— Ah, é, isso também.

— Você ama essa garota?

— É uma velha amiga lá da minha terra.

— Austrália — disse ele, suavemente fazendo o nome do meu país soar como uma coisa velha que um dia ele possuíra mas jogara fora.

Eu disse aham e ele continuou c/ perguntas. O que eu estava fazendo em Paris? Por quanto tempo iria ficar? Eu trabalhava? Por que não? Etc. Ofereceu para me ajudar no que eu precisasse. Dinheiro ou emprego ou um lugar para ficar. Eu agradeci e disse que estava ficando tarde.

— Você se incomodaria muito se eu tirasse uma foto sua?

Eu me incomodaria.

— Ah, vai. É só um hobby que eu tenho — disse ele, sorrindo.

Corri os olhos pela sala em busca de provas dessa afirmação — uma fotografia, talvez —, mas as paredes estavam vazias e quando ele foi para a outra sala buscar seu "aparato", que era como ele chamava a câmera, isso me fez tremer, porque sempre que alguém diz a palavra aparato eu vejo pinças enormes cintilantes c/ uma única gota gorda de sangue na ponta.

— Acho que é melhor eu ir andando — falei.

— Só uma fotinho. É rápido — disse ele, c/ um sorriso fixo feito uma janela pintada fechada.

Enquanto ele se preparava, eu me convenci de que ele ia pedir para eu tirar a roupa. Ele estava o tempo todo dizendo "Você pode me dizer se houver qualquer coisa que eu possa fazer por você", me convencendo não só de que ele ia me pedir para tirar a roupa como também que ele mesmo a arrancaria. Ele acendeu outra luz — uma única lâmpada irradiou trilhões de watts e ele tirou uma foto minha sentado na cadeira e levantando e colocando o casaco e caminhando até a porta.

— Venha jantar aqui amanhã — falou.

— Certo — menti, e saí correndo.

A caminho de casa dei uma volta pelo cemitério para um último adeus a Lionel, onde tentei ser solene e sentir REMORSO TRISTEZA PERDA ALGUMA COISA respirei fundo não ajudou nada eu não sentia NADA além de puro desgosto comigo mesmo — procrastinei por tanto tempo que perdi o que poderia ter sido um momento decisivo na minha vida quando será o próximo? Eu imaginara nossa união um zilhão de vezes. Caroline era o motivo de eu estar na Europa ou falando francamente, de eu estar vivo, e por medo e indecisão eu a perdera.

Chutei a lápide num ataque de fúria impotente, mas então me lembrei de Lionel. Tentei ficar triste outra vez mas em meu coração não havia espaço para chorar sua morte. Ocupado demais chorando o amor.

Tributo insensível a velho amigo interrompido por passos suaves pela grama — Eddie ao pé do cemitério mãos nos bolsos olhando. Fingi que não vi e saí disparado pela noite pensando em pinças.

Eu de novo

Não posso fingir que os pequenos infortúnios das outras pessoas não são extremamente divertidos para mim porque são — não morte ou doença, mas quando o dinheiro de alguém é engolido por um telefone público que se recusa a fazer uma chamada é muito engraçado. Posso passar o dia inteiro assistindo a pessoas esmurrando telefones.

Encontrei um lugar engenhoso para pensar: dentro das catedrais frescas e escuras de Paris. É claro que crentes como tontos patriotas conversam, mas as conversas são quietas já que são c/ Deus. Que estúpido pensarmos que Deus só ouve nossos pensamentos quando os dirigimos a ele em particular e não quando temos nossos pensamentozinhos imundos cotidianos tipo espero que Fred morra logo, pois assim posso ficar com o escritório dele, é muito melhor que o meu. Ter fé significa entendermos que o Criador não vai ouvir nossa mente sussurrar consigo mesma sem ser convidado.

Café Gitane

Faz meses desde a última vez que escrevi. Louco de solidão louco de indecisão louco de olhos imaginários. Dias preenchidos c/ caminhar pensar ler comer beber fumar e em geral tentar arrombar o cadeado da vida mas é difícil quando você é a espada cega deixada de fora de toda guerra. Espero não sofrer os mesmos problemas no futuro, não consigo pensar em nada pior. (Não que eu tenha alguma coisa contra problemas, eu não tenho — imagino que vá ter problemas a vida toda —, só não quero que sejam os mesmos problemas. Espero que uma nova aflição terrível marque cada novo ano.) Acho que os 20 e poucos anos devem ser a idade em que você se depara com os padrões que vão arruinar sua vida.

Uma quinta-feira

Falando em combinações voláteis agora TESÃO E SOLIDÃO se fundiram de modo insuportável meu corpo grita minha alma grita por tocar por ser tocado ao meu redor há incontáveis casais formosos e impecáveis parece que estão prestes a começar nova competição intolerável de ex-astros de novela DEVE haver alguém para mim em algum lugar.

2h30 — um dia de semana?

Todo dia: mesmo café, livro diferente para ler. Eu não falo com NINGUÉM e mantenho os olhos em lugares estranhos quando peço o café mas eles conhecem meu rosto aqui. Os fregueses fumam qualquer coisa inflamável e o garçom pergunta o que você quer beber como se talvez fosse seu velho inimigo do colegial mas ele não tem certeza e sento a uma mesinha perto do aquecedor pensando aqui estou eu outra vez querendo ser invisível e depois furioso quando ignorado.

Pela janela grande eu olho para a vida. Que bando maldito de bípedes! Austrália — bípedes jogando bola. Paris — bípedes usando pulôveres com gola olímpica. Fernando Pessoa chamava a humanidade de "variável mas inaperfeiçoável" — difícil encontrar descrição melhor que essa. O garçom chega com a conta. Discuto c/ ele e logo perco. Não é de surpreender que os principais existencialistas tenham sido franceses. É natural ficar horrorizado com a existência quando se tem de pagar 4 dólares por um café.

Sem data

Imagino que no dia do juízo final Deus te chame em uma sala branca minúscula c/ uma cadeira de madeira desconfortável em que você senta e se espeta em farpas ao se mexer com nervoso. Ele entra sorrindo como um maquinista de trem que te pegou sem o bilhete e diz Eu não me importo se fizeste o bem ou o mal e não me importo se acreditaste em mim ou em meu filho ou em qualquer outro membro da minha família e não me importo se deste generosamente aos pobres ou se deste mesquinhamente com a mão fechada mas aqui está um relato minuto a minuto de tua vida na terra. Então ele pega um relatório com 10 mil quilômetros de comprimento e diz, Leia isso e se explique. O meu seria assim:

14 de junho

9h	*acordou*
9h01	*deitado na cama, olhando para o teto*
9h02	*deitado na cama, olhando para o teto*
9h03	*deitado na cama, olhando para o teto*
9h04	*deitado na cama, olhando para o teto*
9h05	*deitado na cama, olhando para o teto*
9h06	*deitado na cama, olhando para o teto*
9h07	*deitado na cama, olhando para o teto*
9h08	*virou para o lado esquerdo*
9h09	*deitado na cama, olhando para a parede*
9h10	*deitado na cama, olhando para a parede*
9h11	*deitado na cama, olhando para a parede*
9h12	*deitado na cama, olhando para a parede*
9h13	*deitado na cama, olhando para a parede*
9h14	*deitado na cama, olhando para a parede*
9h15	*dobrou o travesseiro, sentou para olhar pela janela*
9h16	*sentado na cama, olhando pela janela*
9h17	*sentado na cama, olhando pela janela*

9h18	*sentado na cama, olhando pela janela*
9h19	*sentado na cama, olhando pela janela*

E depois Deus diria A vida é um presente e nem te deste ao trabalho de desembrulhá-la. E então me castigaria.

Noite de Ano-Novo

Paris inteira em contagem regressiva para o Natal agora em contagem regressiva para o Ano-Novo provando que não só estamos mais obcecados do que nunca com o tempo como simplesmente não podemos parar de fazer contagem regressiva para tudo. Nossa percepção é de que o tempo está indo para a frente, mas os cientistas dizem que estamos redondamente enganados de fato eles dizem que estamos tão enganados que eles se sentem um pouco encabulados por nós.

É noite de Ano-Novo e não tenho NADA para fazer NINGUÉM para tocar NINGUÉM para beijar.

1º de janeiro

Que noite! Se alguém sentiu fortes tremores repentinos no mundo é porque eu finalmente me esgueirei para a caçapa peluda e aromática do sexo oposto. Sim, é oficial — sou um fornicador!

Sentei num banco no cemitério de Montmartre em frente ao túmulo de Nijinski e fiz uma lista de resoluções. As bobagens de sempre: parar de fumar e ser feliz com o que tenho e dar aos pedintes mas não aos pidões e não se rebaixar nem para mim mesmo e mijar vinho e cagar ouro blá-blá-blá. Lista banal de promessas para mim mesmo numeradas até cinquenta e quando as rasguei pensei que as resoluções de Ano-Novo são a confissão de que o tempo todo sabemos que a culpa de nossa infelicidade é nossa e não dos outros.

Caminhei pelas ruas até meia-noite em meio às pessoas de Paris transbordando de alegria e me senti burro e inadequado em minha infelicidade e parecia muito claro para mim que a solidão é a pior coisa do mundo e que as pessoas SEMPRE devem ser perdoadas por todas as concessões que fazem por amor.

À meia-noite coloquei os dedos nos ouvidos mas não adiantou nada — eu ainda escutava. A contagem regressiva para o Ano-Novo era a pior coisa que eu já tinha ouvido.

Continuei caminhando. A janela de um café comum reluzia na neblina em um círculo de luzes pontilhadas. Quando entrei o garçom gordo me serviu champanhe sorrindo. Tomei e lhe desejei Feliz Ano-Novo em francês. Os fregueses de sempre se fizeram todos de loucos para saber quem eu era e me encheram de perguntas e deixaram escapar suspiros de surpresa quando eu disse que era da Austrália — para eles meu país ficava tão longe quanto a lua. Fiquei bêbado e respondi perguntas c/ perguntas e descobri quem tinha filhos quem estava divorciado quem tinha câncer de bexiga quem ganhou um pequeno prêmio literário por um poema intitulado "A vida em miúdos" quem tinha dificuldades financeiras e quem pertencia aos francos-maçons mas não contava a ninguém.

Quatro da manhã — notei uma mulher parada na outra ponta do bar. Não vi quando ela entrou. Ela tinha um belo rosto angular e grandes olhos castanhos e usava um chapéu preto peludo e quando tirou o chapéu caiu cabelo por toda parte sobre seu rosto e dentro de seu champanhe. Tinha um monte de cabelo. Descia por suas costas. Entrava em minha mente. Cobria seus ombros e meus pensamentos.

Eu a observei beber e pensei que o rosto dela tinha sido adquirido a duras penas — havia naquele rosto uma desilusão com o mundo como se tivesse visto todos os atos de criação e todos os atos de destruição e tivesse empacado no gargalo da história e se arrastado nu por quilômetros e quilômetros de corpos quebrados e peças de máquinas e acabado ali naquele bar para uma rápida taça de champanhe para enxaguar o gosto de holocausto da boca.

O álcool me deu coragem e fui até ela sem pensar no que ia dizer.

— *Bonsoir, mademoiselle. Parlez-vous anglais*? — perguntei.

Ela fez que não com a cabeça como se eu fosse um policial a interrogá-la depois de um estupro por isso me afastei e voltei ao meu lugar na outra ponta do bar. Humilhado, tomei o champanhe em um só gole e quando terminei vi que ela caminhava em minha direção.

— Eu falo inglês sim — disse ela, acomodando-se num banco ao meu lado.

Difícil identificar o sotaque dela, europeu mas não francês. Eu a peguei olhando para as cicatrizes em minhas orelhas, nada discreta, e antes que eu entendesse o que estava acontecendo ela enfiou o dedo numa cicatriz e eu gostei porque não havia pena em seus olhos apenas certa curiosidade. A pena é a terrível irmã da empatia, estupefata e desorientada. A pena não sabe o que fazer consigo mesma e só faz Ohhhhhhh.

Ela me surpreendeu mais ainda ao não fazer nenhuma pergunta a respeito.

— Você tem alguma cicatriz? — perguntei.

— Não tenho nem um arranhão — respondeu ela, baixinho, como se tivesse a mão sobre a boca.

Seu cardigã estava aberto apenas o suficiente para revelar uma camiseta preta justa que escondia pequenos seios incríveis que pareciam ovos duros.

Pendurei meu sorriso débil na frente dela e perguntei o que ela estava fazendo em Paris.

— Nada basicamente.

Nada basicamente. Aquelas palavras estranhas soaram por um instante em minha cabeça, se reorganizaram (basicamente nada) e enfim morreram ali.

O tesão atingia proporções espantosas; senti meus pensamentos secretos propagados por um megafone. Ela me perguntou de onde eu era e eu lhe contei e vi seus olhos se encherem com a visão de uma terra que ela nunca tinha visto. Eu sempre quis ir à Austrália disse ela, mas já viajei demais. Falamos sobre a terra por um tempo e eu dificilmente conseguia pensar em um país onde ela já não se perdera. Ela me contou que fala inglês francês italiano alemão russo. Domínio de idiomas impressiona meu preguiçoso cérebro australiano.

Essa mulher estava aceitando minhas cantadas? Até mesmo correspondendo? Aí tem coisa, pensei. Ela me quer por algum motivo banal tipo ajudá-la a arrastar algum móvel.

— Você quer me beijar? — perguntou ela de repente.

— Para começar.

— Então por que não beija?

— E se você rejeitar e fizer uma cena?

— Não vou fazer isso.

— Promete?

— Prometo.

— Que você morra se for mentira?

— Acima de tudo, que eu morra.

— Em geral, ou se eu te beijar?

— Qual é o seu problema?

— Não sei. Lá vou eu.

Me inclinei para ela e ela agarrou meu rosto e suas unhas compridas contra minha bochecha eram mais afiadas do que pareciam e nos beijamos por um bom tempo, acho que eu estava fazendo algo errado porque nossos dentes ficaram se chocando. Quando terminamos o beijo ela disse, rindo, sinto o gosto da sua solidão — tem gosto de vinagre.

Aquilo me irritou. Todo mundo sabe que a solidão tem gosto de sopa de batata fria.

— Você sente gosto de quê, em mim? — perguntou ela alegremente.

— Sinto o gosto da sua maluquice — falei.

— E tem gosto de quê?

— Roquefort.

Ela riu e bateu palmas e então jogou os braços em volta de mim e agarrou meu cabelo e doeu.

— Solta.

— Não enquanto você não me beijar de novo. Quero saborear um pouco mais sua solidão — falou ela.

Fiquei feliz por ninguém no bar saber inglês; era um papo maluco e constrangedor e eu não queria ninguém no café pensando no gosto da minha alma solitária.

— Vamos tomar outro drinque — falei.

Bebemos por mais uma hora e eu mutilei muitos de meus pensamentos mais coerentes ao colocá-los em palavras.

Não lembro como terminamos no apartamento dela. Lembro-me das mãos dela apoiadas em meus braços enquanto ela falava e me lembro de beijá-la na rua e depois ouvir o som de assobios imaturos por perto. Lembro-me dela me dizendo para parar de assobiar.

Lembro que o sexo foi bom. Para prolongar o momento, pensei em valas coletivas e seringas e gengivite. Não sei no que ela pensou ou mesmo se quis prolongar o momento.

Foi não oficialmente minha primeira vez. Oficialmente também.

Agora 5 da manhã. Ela caiu no sono antes de mim e estou escrevendo isto muito bêbado e animado na cama ao lado dela. Ó Seja-lá-qual-for-o-seu-nome! Você dorme profundamente feito um belo cadáver e seu rosto branco e fantasmagórico jaz estranhamente sobre o travesseiro como um pedaço da lua.

Ainda 1º de janeiro, mais tarde

Acordei sentindo a respiração dela na minha nuca. A noite toda repassou-se em minha cabeça em tecnicolor. Me arrastei pelos lençóis e me virei e olhei para suas sobrancelhas escuras e os lábios grandes e longos cabelos castanhos e corpo magro e seios pequenos e seu belo rosto angular tão quieto tão calcário. Eu queria sair da cama sem despertá-la e procurei um objeto a meu alcance que tivesse aproximadamente a mesma densidade do meu corpo para me substituir mas só consegui ver um cabideiro que descartei por respeito a minha autoimagem. Levantei da cama e me vesti em silêncio. Ela é a primeira mulher c/ quem já dormi. É uma flor delicada, pensei enquanto saía furtivamente pela porta.

Cheiro de Paris em minha boca, menta com recheio mastigável. O céu um vasto país estrangeiro. O sol se pondo em meus olhos mas feliz demais para piscar. Devo ter dormido pesadamente o dia todo — o sono de um corpo humano exaurido de sêmen?

Voltei ao café engrandecido devido à conquista da noite anterior. Eu o conquistado? Ela a conquistadora? A lua acabou de aparecer. Me sinto preguiçoso e com ressaca, a sensação agradável de exaustão prazerosa lentamente diminuindo. Os limites do meu velho ser deplorável voltando para casa.

Sei que jamais vou vê-la outra vez.

2 de janeiro (noite)

Eu a vi outra vez. Ela veio ao café e sentou na minha frente. Meu cérebro em busca de desculpas por ter saído de fininho do apartamento dela mas ela não parecia pedir uma — simplesmente começou a falar em seu sotaque estranho como se tivéssemos combinado de nos encontrar. Por trás de seus olhos eu percebi que ela estava feliz em me ver. Aquilo era surpreendente. Então percebi que ela ficou triste por eu estar surpreso com sua felicidade. E então ela caiu num silêncio estranho e deu um sorriso amarelo escondendo a dor e tentou me encarar mas seus olhos desviaram.

Ela limpou a garganta e numa voz incerta falou que para deixar os franceses desconfortáveis é só falar em dinheiro. Como continuei sem dizer nada ela disse não quero te incomodar. Continue lendo e tirou um caderno de desenho e um lápis da bolsa e começou a desenhar meu rosto e pediu um café e bebeu devagar enquanto me fitava c/ estranhos olhos grandes, me desenhando.

Eu estava grato por ela ter tirado minha virgindade mas agora já foi e eu não via nenhum outro propósito para ela. Como jantar com um médico depois de uma operação bem-sucedida. Qual o sentido?

— Não consigo me concentrar com você olhando para minha cabeça como se fosse uma escultura.

Isso a fez rir.

— Quer dar uma volta? — perguntou.

A cabeça sussurrou que não. A boca disse que sim.

Quando saíamos ela me disse que seu nome era Astrid e eu lhe disse meu nome e me perguntei se não deveria ter dado um nome falso mas agora era tarde demais.

Jardins de Luxemburgo. Ventanias frias e árvores despidas, assustadoras contra o céu branco. Ela chutava montinhos de folhas que voavam a nossa volta com o vento, um ato de alegria infantil que ela fez parecer violento. Perguntou qual era a minha altura. Ignorei c/ olhar de desdém — de tempos em tempos alguém me faz essa pergunta cretina e fica estupefato por eu não saber. Por que deveria? Para quê? Saber a própria altura não serve a nenhum propósito prático em nossa sociedade além de ser capaz de responder a essa pergunta.

Eu lhe fiz perguntas pessoais, ela foi evasiva e seus olhos sobre mim eram como chuva gelada. De onde ela era? Sua família estava sempre se mudando disse ela — Espanha Itália Alemanha Bucareste Malvinas. Mas onde ela nasceu? Nasci na estrada, falou, olhos semicerrados. A família a trata mal e ela não quer voltar para eles, nem mesmo em pensamento. O futuro também é um assunto insuportável. Para onde ela vai? O que vai fazer? Ela fazia que não com a cabeça como que dizendo que essas eram as perguntas erradas.

E depois numa voz empolgada ela começou a me entediar com discursos históricos demorados. FRANCAMENTE que me importa se Luís XVI se cortou fazendo a barba na manhã em que foi guilhotinado? EU REALMENTE QUERO SABER que uma testemunha da estaca em que Joana d'Arc foi queimada a escutou falar com Deus em meio às chamas dizendo Eu não renunciei ao Senhor! E Deus retrucando Mulher idiota! Que me importa o que essa gente pensa? Afinal embora eu goste de ler sobre história, algo dentro de mim se rebela quando alguém vem me contar episódios como se eu fosse um estudante lento incapaz de abrir um livro.

Como que percebendo meu aborrecimento ela de repente ficou em silêncio e baixou os olhos para o chão e pensei há algo nela de muito pegajoso. Me veio à cabeça que se eu não desse o fora dali naquele mesmo segundo estaria me desgrudando dela mais tarde com uma garrafa de bebida mentolada à luz de velas mas ela mesma se convidou para ir até a minha casa e eu aceitei.

Ela entrou e ficou parada no meio da sala de um jeito que me lembrou vacas e cavalos que dormem em pé. Fizemos amor no quarto escuro, só às vezes o luar iluminava seu rosto, e vi que seus olhos estavam não só fechados como bem apertados.

Então eu a vi se deliciar rasgando o plástico de um maço novo de cigarros como se estivesse despetalando margaridas. Ela parecia estar relaxada agora pois fumava e falava apaixonadamente sobre tudo que seus olhos viam: tetos e janelas e cortinas e papéis de parede desbotados como se ela viesse contemplando esses objetos há séculos e eu fiquei impressionado com seu conhecimento e suas ideias e perguntei se sua intensidade era uma característica europeia.

— Não, sou só eu — disse ela, sorrindo.

Depois ela me perguntou se eu a amava. Eu esperei muito tempo para dizer isso honestamente a Caroline, então falei que não. Eu queria dizer mais, magoá-la para que ela nunca mais voltasse, e por isso falei Talvez você deva ir embora agora antes que seu rosto angular corte alguma coisa.

Ela explodiu, acabando comigo, criticando tudo em mim. O subtexto era claramente Você não me ama, mas em minha defesa se é que uma pessoa precisa se justificar por não amar alguém, eu só a conhecia havia dois dias.

Ela saiu furiosa e eu me perguntei o que ela queria com minha vida oca. Queria preenchê-la e, ao fazê-lo, esvaziar a si mesma?

Algumas noites depois

É assim que funciona: ela aparece sem ser convidada e fica parada na minha frente como aquelas vacas cochilando e às vezes preparamos o jantar e às vezes comemos e às vezes fazemos amor e às vezes ela chora no meio e eu odeio muito isso.

Muitas vezes ela pega meu braço mesmo quando caminhamos pelo apartamento e enquanto ela fala eu dificilmente consigo acompanhar. O inglês dela é fluente mas em geral eu não faço ideia do que ela quer dizer como se ela estivesse expressando um resumo de seus próprios pensamentos. Às vezes ela conta histórias e embora ela tenha uma risada verdadeiramente doce eu simplesmente não consigo entender o que é tão engraçado. Ela também ri do que eu falo mas em momentos tão estranhos, até onde sei ela poderia muito bem estar rindo da palavra "você". Sua risada é tão alta e prolongada que tenho medo de ser sugado para dentro de sua boca e terminar do lado errado do universo.

E ela acredita em Deus! Eu nunca imaginei que estaria com alguém que acredita — só de tédio começo uma pequena discussão sobre Deus, lançando preguiçosamente a velha máxima se há um Deus por que há tanta miséria e maldade no mundo, e ela vem e me aborrece c/ a resposta engraçadinha e sabichona de Deus a Jó: onde estavas quando eu criei os céus e a terra? ISSO LÁ É RESPOSTA?

Acho que o amor dela por mim não tem nada a ver comigo além de proximidade — lugar errado, hora errada. Ela me ama como um homem faminto ama qualquer resto de comida que colocar diante dele — não um elogio à culinária mas um testemunho de sua fome. Sou o resto de comida nessa analogia.

Quero estar apaixonado por ela mas não estou. Quer dizer ela é muito bonita especialmente quando demonstra surpresa ou espanto e é por isso que estou sempre dando sustos nela mas não consigo amá-la. Não sei por quê. Talvez seja porque ela é a primeira pessoa não parente/médica a me ver nu e vulnerável ou talvez porque ela sempre parece tão genuinamente satisfeita só por estar comigo — algo dentro de mim se irrita com a ideia de eu ter a capacidade de fazer alguém feliz só por existir quando minha existência nunca fez nada por mim.

Ontem ela me pediu para chamá-la de Pauline.

— Uso um nome diferente dependendo do país em que estou — falou.

— Então o que você está me dizendo, Astrid não é seu nome verdadeiro?

— É verdadeiro se você me chamar e eu atender.

— Qual é o seu nome?

— Pauline.

— Não, esse é seu nome francês. Qual o seu nome original?

— Não existem nomes originais. Todos já foram usados antes.

Eu rangi os dentes e pensei o que estou fazendo com essa maluca? Ela fala muito e seu choro me frustra e depois me aborrece e dia a dia eu fico cada vez mais convencido de que ela passou um tempo num hospital psiquiátrico e se não passou decididamente deveria pensar a respeito.

Blá-blá-blá

Tentei me fechar para ela mas não surte nenhum efeito. Astrid ou Pauline ou qualquer que seja seu nome se dedicou furtivamente a me entender encontrando passagens que eu sublinhei em livros. Outro dia ela encontrou esta em Lermontov: "Eu era melancólico — as outras crianças eram alegres e falantes. Eu me sentia superior a elas — mas era considerado inferior: tornei-me invejoso. Estava pronto para amar o mundo inteiro — mas ninguém me entendia: e aprendi a odiar." Esta passagem em particular a impressionou pois estava sublinhada circulada destacada com marca-texto e anotada com as palavras Minha infância! Preciso ser mais cuidadoso ao deixar pedaços de alma por aí desse jeito.

Vou ter de colocar um fim nisso mas não sei como uma vez que foi minha indiferença o que provavelmente a fez se apaixonar ainda mais por mim — se eu quisesse ficar ela provavelmente teria me dado um fora mas desde que ela percebe que quero ir embora ela não quer. Ela sabe que o prazer de empurrar alguém pela porta é consideravelmente menor quando c/ a menor cutucada a pessoa já sai correndo.

Um dia feio

Eddie está de volta. Eu estava na rue de Rivoli me perguntando se caso eu roubasse só uma castanha torrada o vendedor se daria ao trabalho de ir atrás de mim quando tive a estranha sensação de que alguém falava comigo não em uma linguagem de palavras mas de energia e vibrações. Quando virei vi um rosto asiático esquisito me observando — ficamos nos olhando, os dois sem nos mover. Depois de muuuuuito tempo ele acenou humildemente e atravessou a multidão para apertar a mão que eu tinha no bolso. Teve de tirá-la dali. Conversamos num tom amigável e fiquei surpreso em descobrir o quanto estava feliz por ver um rosto familiar. A familiaridade é importante em um rosto. Não gosto do rosto de Eddie embora seja limpo e brilhante feito um azulejo de banheiro de hotel grã-fino. Não sei como nos encontramos de novo — quando digo adeus a uma pessoa espero não vê-la tão cedo. Caminhamos sob o ar frio e a luz invernal e Eddie me contou que está trabalhando no cais e me perguntou se tenho emprego e o que ando fazendo sem um? Eu lhe contei que conheci uma garota porque é a única coisa exterior que me aconteceu — algumas coisas internas aconteceram mas não são da conta dele e além do mais são incomunicáveis.

— Como ela é? — perguntou.

Não sou bom em descrever as pessoas e acabei parecendo uma testemunha numa entrevista policial. Branca, 1,70m, cabelo castanho...

Eddie disse que gostaria de conhecê-la, tentando outra vez se enfiar em minha vida. Eu sinto que ele é problema, muito legal muito inteligente muito solícito muito gentil. Problema. Ele quer alguma coisa. Não sei por que mas o convidei para jantar e então pensei Agora nunca mais me livro dele.

— Se livrar de quem? — perguntou Eddie e quando as lâmpadas da rua acenderam percebi que em algum momento eu tinha pego o hábito de pensar em voz alta.

Possivelmente um dia de semana

Mudando de opinião sobre Eddie. Embora ele esteja sempre me assustando com a ideia fixa de ser meu amigo eu gosto de suas contradições: ele é um cara no auge da forma física que se recusa a caminhar a qualquer parte e odeia todos os turistas especialmente quando eles atrapalham sua vista da Torre Eiffel e embora suas roupas estejam sempre imaculadamente lavadas ou limpas a seco o cara simplesmente não escova os dentes. Mas o que eu mais gosto nele é que ele parece interessado de verdade em tudo que me diz respeito e sempre quer saber o que eu penso e ri das minhas piadas e de vez em quando até me chama de gênio. Quem não ia gostar de um cara assim?

Um trio estranho — Eddie e Astrid e eu. No começo quando jantávamos juntos eles emudeciam toda vez que eu saía para fazer alguma coisa e eu ria sozinho de ver duas pessoas crescidas relutarem em ser deixadas na mesma sala. Mas logo uma quase amizade surgiu baseada em se divertir com minha falta de jeito e desmemória e negligência para com higiene — rir dos meus defeitos é o que os une.

Às vezes os três caminhamos à beira do Sena. Compramos queijo e pão e vinho barato e falamos sobre tudo mas eu sempre fico impaciente c/ a opinião das outras pessoas porque tenho certeza de que só estão repetindo algo que escutaram em algum lugar ou então regurgitando ideias que lhes foram incutidas na infância. Olha, todos têm o direito de ter sua própria opinião e eu nunca calaria ninguém que estivesse expressando uma, mas você tem certeza que é realmente uma opinião própria? Eu não tenho.

Catástrofe!

Esta noite Astrid Eddie e eu fomos lavar roupa e para passar o tempo tentamos adivinhar a origem das manchas uns dos outros. Astrid achava que toda mancha de vinho era sangue e toda mancha de café um respingo de tuberculose. Estava frio lá fora e a janela da lavanderia estava toda embaçada e não conseguíamos ver lá fora e Eddie estava inclinado na frente da secadora erguendo suas roupas na altura do nariz e cheirando cada peça com prazer antes de dobrá-la meticulosamente como que preparando para enviar as cuecas para a guerra.

— Ei, que é isso? gritou Eddie de repente ao cheirar a roupa, o rosto se contorcendo com cada grande fungada. Deve ter alguma coisa na máquina! Isso tem cheiro de merda!

Ele sacudiu as roupas no nariz de Astrid.

— Não sinto cheiro de nada.

— Como não sente cheiro de nada? Talvez você não sinta o mesmo cheiro que eu mas tem que sentir cheiro de alguma coisa.

— Não sinto cheiro de nada ruim.

— Martin. Isso não tem cheiro de merda?

Relutante, dei uma cheirada.

— Cheira bem.

— Merda cheira bem?

Eddie colocou a cabeça na secadora de roupa e continuou farejando. Eu ria e Astrid ria e era um momento agradável. Então Astrid disse estou grávida e Eddie bateu a cabeça dentro da secadora.

Um bebê! Uma porra de um bebê! Um bípede malformado e cagão com o cérebro do tamanho de uma ervilha! Um terrível homúnculo sem dentes! Uma encarnação do ego! Uma serpente cheia de necessidades! Um primata careca e chorão!

Minha vida acabou.

Ajuda!

O assunto do momento: aborto. Sou um defensor fervoroso. Me vejo em conversas c/ Astrid exaltando as virtudes do aborto como se fosse uma nova tecnologia de economia de tempo sem a qual não podemos viver. Como sempre suas reações se alternam entre vaga e indistinta e totalmente misteriosa. Ela diz um aborto provavelmente seria inútil — seja lá o que isso quer dizer.

Sexo: o encontro que dispara o fogo de artifício humano. Em nosso palácio sem amor construímos uma criança. De repente, estar praticamente duro se enche de um significado novo e assustador combinado com a terrível descoberta de que não tenho a coragem/astúcia/audácia/amoralidade necessária para simplesmente dar o fora do país sem uma palavra e nunca mais voltar. Para meu horror os princípios se infiltraram em cada célula do meu ser. Não consigo me lembrar de uma única situação em que meus pais mostraram ter fibra, mas ainda assim está lá dentro de mim e eu sei que não posso abandonar Astrid. Estou numa enrascada. Numa verdadeira enrascada!

Muito mais tarde

Não escrevo há meses. Astrid muito grávida. O feto se expande com persistência. O invasor se aproxima. Minha própria explosão populacional particular: lesão medular da minha independência. Eu me importo se ele morrer?

A única coisa boa que consigo imaginar de ter um filho: o que posso aprender com ele, não das tentativas enjoativamente meigas de andar falar cagar que emocionam todos os pais e por isso eles repetem suas descobertas *ad nauseam* até que você não só despreze todas as crianças em toda parte como também descobre que está tomado por uma aversão repentina e irracional por filhotes de gato e de cachorro. Mas me ocorre que eu poderia aprender dessa criança algo sobre a natureza humana — e se eu aceitar a declaração de Harry de que sou um filósofo nato então este bebê poderia ser um ambicioso projeto filosófico! E se eu o criar num armário sem luz? Ou numa sala cheia de espelhos? Ou de pinturas de Dalí? Aparentemente os bebês têm de aprender a sorrir; e se eu jamais lhe ensinasse ou mostrasse uma risada? Nenhuma televisão é claro nenhum filme talvez nenhuma sociedade — e se ele nunca visse outro ser humano além de mim ou nem mesmo eu? O que aconteceria? Nesse universo em miniatura surgiria crueldade? Sarcasmo? Ira? Sim eu realmente poderia aprender algo aqui mas por que parar em um filho? Eu poderia ter um coletivo de filho ou "família" e alterar variáveis no ambiente que governará a vida de cada um para ver o que é natural e o que é inevitavelmente ambiental e o que é condicionante. Acima de tudo vou me esforçar para criar um ser que entenda a si mesmo. E se eu desse à criança uma vantagem encorajando autoconsciência numa idade atipicamente jovem, talvez aos 3 anos? Talvez mais cedo? Precisaria criar condições otimizadas para o florescimento do autoconhecimento. Esta criança conhecerá muita solidão isso é certo.

Argh

Se for menina, Astrid quer chamar o bebê de Wilma por alguma razão; se for menino, Jasper. Só Deus sabe de onde ela tirou esses nomes — para mim, dá tudo na mesma. Se receber a criação adequada, numa certa idade ele/ela escolherá seu próprio nome para refletir quem ele/ela pensa que é para se sentir completamente confortável em sua própria pele — nada pior que ouvir chamarem seu nome e sentir um calafrio desapaixonado ou gelar quando vê o próprio nome escrito e é por isso que a maioria das assinaturas são rabiscos praticamente indecifráveis: o inconsciente se rebelando contra o nome, tentando destruí-lo.

Preocupado com grana. Astrid também. Ela diz que já ficou sem grana antes em mais países que posso nomear em tal pobreza que nem posso imaginar mas nunca fez isso com um bebê e teme que minha preguiça inerente garanta nossa fome mútua. Claramente, a crítica é o novo fogo que não quer apagar. Ter um filho é estar diariamente espetado no prego da responsabilidade.

Cristo!

Estupidez (ou insanidade?) redefinida como o que vi hoje quando cheguei em casa: Astrid cutucando os fusíveis na cozinha com os pés numa pequena poça d'água. Eu a joguei em cima do meu ombro e a atirei na cama.

— Está tentando se matar? — gritei.

Ela me olhou como se eu tivesse vestido o rosto do avesso e disse num tom baixo e aborrecido Se eu conseguisse pensar num modo inteligente de cometer suicídio, eu cometeria.

Suicídio?

— Como pode pensar em suicídio estando grávida? — falei me surpreendendo c/ meus pensamentos pró-vida.

— Não se preocupe. Suicídios costumam falhar. Quando eu era criança meu tio pulou de um penhasco e depois deu tchauzinho lá de baixo, com as costas quebradas. E meu primo tomou uma overdose de comprimidos e acabou apenas vomitando por uma semana. Meu avô enfiou uma arma na boca, apertou o gatilho e sei lá como conseguiu errar o cérebro.

— Isso é a primeira coisa que você me conta sobre a sua família!

— É?

— Todas as pessoas da sua família tentaram suicídio em algum momento?

— Meu pai nunca tentou.

— Quem foi seu pai? Como ele se chamava? O que ele fazia? Ele ainda está vivo? De que país ele é? De que país você é? Qual é sua língua nativa? Onde você cresceu? Por que não fala sobre nada? Por que não me conta nada? Algo terrível aconteceu com você? O que...

Um olhar vitrificado dominou seu rosto — ela estava regredindo rápido. Sua alma em um trem expresso, de volta a lugar nenhum.

Dias muito estranhos

Coisas c/ Astrid piores que nunca. Uma parede de gelo entre nós. Ela não faz nada o dia todo, só fica olhando pela janela ou para o próprio inchaço. Em raras ocasiões diz alguma coisa suas opiniões são tão desanimadas e estéreis quanto as minhas costumavam ser antes de eu me cansar delas. (Eu não virei otimista simplesmente me cansei do pessimismo e por isso agora tenho pensamentos belos e leves para variar — infelizmente isso também está começando a ficar monótono — o que vem depois?)

Eu digo Deveríamos sair um pouco.

Ela diz Para fazer o quê?

Eu digo Podíamos sentar num café e ficar olhando as pessoas.

Ela diz Não consigo mais olhar as pessoas. Já vi pessoas demais.

A vida perdeu o encanto. Nada que eu proponha a tira de seu feitiço catatônico.

Museus? Ela já esteve em todos. Passeios no parque? Já passeou sob folhas de todas as cores. Cinema? Livros? Nenhuma história nova só mudam os nomes dos personagens. Sexo? Já fez em cada posição incontáveis vezes.

Eu pergunto Você está aborrecida?

— Não, triste.

— Deprimida?

— Não, arrasada.

— É o bebê?

— Desculpe. Não consigo explicar, mas você está sendo um doce, Martin. Obrigada — ela diz apertando minha mão e me olhando com seus grandes olhos apáticos.

Uma noite ela limpou o apartamento inteiro e saiu e voltou c/ vinho e queijo e chocolates e para mim um chapéu fedora que vesti pelado e a fiz rir histericamente e percebi o quanto eu sentia falta de sua risada.

Mas na manhã seguinte ela estava arrasada outra vez.

Recordando a manhã seguinte à noite em que nosso relacionamento começou em que ela desenhara meu rosto com lápis eu saí e comprei tintas e uma tela gastando todo o dinheiro que eu tinha na vã esperança de que ela pudesse expressar sua angústia abrasadora na tela em branco em vez de em mim.

Quando revelei o presente ela chorou e sorriu sem querer e então colocou a tela ao lado da janela e começou a pintar.

Aquilo deu início a algo novo.

Cada pintura uma versão do inferno, ela tem muitos infernos e pinta todos eles. Mas o inferno é só um rosto, e é só o rosto que ela pinta. Um rosto. Um rosto terrível. Pintado muitas vezes.

— De quem é esse rosto? — perguntei hoje.

— De ninguém. Não sei. É só um rosto.

— Estou vendo que é um rosto. Eu disse que era um rosto. Não disse "De quem é essa mão?"

— Não pinto bem — disse ela.

— Eu não entendo muito de pintura, mas acho que está muito bom. Mas não é disso que estou falando. Quero saber a quem pertence o rosto.

— Eu pintei — disse ela. — Pertence a mim.

Dá para perceber que era impossível falar com ela como se fala com uma pessoa normal. Você tinha de tapeá-la.

— Já vi esse rosto antes — falei. — Conheço ele.

— Não é um homem. Ele não está no mundo — disse ela e minha suspeita se transformou em certeza: essa mulher é louca.

Sempre telas pequenas, sempre a mesma pintura, só as cores diferem marrons e negros e vermelhos opacos. Posso ver sua loucura naquele rosto.

Mais tarde estudo os rostos pintados na esperança de que no estado alucinante em que ela pinta lapsos de seu inconsciente tenham deixado pistas na tela. As pinturas talvez sejam mapas elegantemente simbólicos capazes de me levar ao epicentro de sua morbidez. Meus olhos apontam para elas, dissecando-as furtivamente sob a lâmpada fraca. Mas não consigo ver nada naquele rosto além do horror que lhe provoca e que rapidamente passou a provocar em mim também. É um rosto realmente horrível.

Ontem

Sejam quais forem os sentimentos religiosos que ela tinha acumulados dentro de si, eles despertaram com a ideia de pintar. Às vezes ela está perdida na pintura e grita Perdão Senhor! e então se põe a conversar com ele em semissussurros fazendo pausas demoradas nas quais ele supostamente responde. Quando hoje ela disse Perdão Senhor eu fiz o papel dele e disse Está bem, estás perdoada. Agora fique quieta.

— Ele não crê no Senhor.

— Ele está certo de não crer em mim. Eu não sou muito crível. Além do mais, o que eu fiz por ele?

— O Senhor o guiaste até mim!

— E pensas que és uma dádiva? Nem sequer és honesta com ele!

— Sou sim, Senhor, sou honesta com ele.

— Tu não lhe contas nada sobre o teu passado.

— Eu lhe conto sobre meus sentimentos.

— Ah fala sério! Vá buscar uma cerveja para ele. Ele está com sede! gritei e alguns segundos depois ela entrou na sala com a cerveja sorrindo docemente e me enchendo de beijos e eu não soube o que pensar.

Cada vez mais curioso

É assim que nos comunicamos. É assim que estou descobrindo um pouco mais sobre ela. Existe mesmo alguma possibilidade de ela não saber que sou eu fazendo o papel de Deus?

Esta manhã ela pintava enquanto eu lia sentado ao seu lado.

— Ó Senhor! Por quanto tempo! — gritou ela de repente.

— O quê?

— Por quanto tempo mais!

— Por quanto tempo mais o quê? Astrid, do que estás falando?

Ela não estava olhando para mim estava olhando para o teto. Pensei por alguns minutos e então fui até a outra sala e deixei a porta entreaberta e observando pela fresta tentei este experimento e gritei de volta Por quanto tempo mais o quê? Sê específica, minha filha. Eu não leio pensamentos.

— Os anos! Por quanto tempo mais vou viver?

— Por muito tempo! — falei e vi o brilho em seu rosto desaparecer rapidamente.

Não consegui tirar mais nada dela depois disso.

E ainda mais curioso

Só acontece quando ela está pintando seus rostos sinistramente repugnantes. Eu estava sentado na privada quando ouvi da sala Senhor! Eu temo! Eu temo por este bebê!

Abri um pouco a porta para que ela pudesse me ouvir.

— Isto é ridículo! O que há para se temer?

Falar como Deus estando na privada deu à coisa toda certa autenticidade, a acústica fez minha voz ecoar como a dele ecoaria.

— Ele será um bom pai? — perguntou ela.

— Ele fará o possível!

— Ele não vai ficar. Eu sei. Um dia ele vai embora e vou ficar sozinha com este bebê, este bebê doente!

— Não há nada de errado com o bebê.

— O Senhor sabe que ele deve ser doente como eu.

Então ela deu uma risada longa e horrível e caiu no silêncio.

Essas sessões de bate-papo com o Senhor quer dizer comigo pareciam assumir proporções de uma ópera fabulosa. Gritando lá da sala, ela confia em mim como nunca.

— Senhor?

— Fala comigo.

— Minha vida é um lixo!

— Não diz isso.

— Eu andei por toda parte! Não tenho amigos! Não tenho país!

— Todos têm um país.

— Eu mudei rápido demais! Eu vi demais! Eu não esqueci nada! Sou incapaz de esquecer!

— Isso é tão ruim? Quer dizer que tens uma boa memória. Escuta, de quem é o rosto que estás pintando?

— Do meu pai.

— É mesmo!

— Do pai do meu pai.

— Ora, de quem é?

— Do pai do pai do meu pai.

— Escuta, Astrid. Queres que eu te castigue?

Ela não disse mais nada. Eu lhe incutira temor a Mim.

Suspiro

Esta noite Eddie e eu discutimos minha patética situação financeira e ele se ofereceu para me dar dinheiro não como um empréstimo e sim como um presente. Por falso orgulho recusei me mordendo por dentro. Andei pelas ruas sem destino escolhendo cafés e perguntando em meu parco francês se eu podia trabalhar lá. As respostas vinham em olhares mudos de escárnio. O que vou fazer? O relógio está correndo. Um período de gestação de nove meses não é tempo suficiente de preparação. Rezo para que o bebê não seja prematuro — pessoas malpassadas são um problema.

Amar é trabalhar duro

Eu estava na cozinha e Astrid na sala pintando os restos de sua alma e a ouvi gritar *Dieu*!

— O quê?

— *Dieu! Vous êtes ici? Pouvez-vous m'entendre*?

— Em inglês, minha filha.

— Hoje vi o cadáver de um bebê, ó Senhor.

— Argh. Onde?

— Entrando no hospital. Um casal o carregava nos braços para o pronto-socorro, eles estavam correndo mas eu vi que a criança já estava morta.

— Que chato — falei.

— Por que o levastes, ó Senhor?

— Por que me culpar? Eu não estava nem perto daquela criança!

Ela ficou em silêncio por dez minutos e então falou Onde estais, Senhor?

— No banheiro.

— ONDE ESTAIS, SENHOR?

— NO BANHEIRO!

— E se depois que o bebê nascer nada mudar?

— Estás louca? Um bebê muda tudo.

— Mas dentro de mim? No meu sangue.

— Astrid, foste ao médico?

— Sim, Senhor, fui a médicos na Áustria e na Itália e na Grécia e na Alemanha e na Turquia e na Polônia e todos eles dizem a mesma coisa. Eu tenho o sangue mais saudável que já viram.

— Viste, aí está. Foste mesmo a um médico na Turquia? Ele lavou as mãos?

— Estou condenada.

— Estás imaginando coisas. Não há nada de errado contigo. Todos o disseram. Recebeste um atestado de boa saúde. Não podes continuar imaginando que há algo errado com teu sangue. Isso não passa de papo de maluco, está bem?

— Está bem.

— Estamos conversados?

— Sim, Senhor.

— Ótimo. O que há para o jantar?

Três da manhã

Esta noite eu trabalhei!

Eddie — sem me consultar — convenceu alguém a me dar um emprego.

— Eu não o autorizei a fazer isso.

— Você está quase sem dinheiro. Você tem uma criança em quem pensar agora.

— Bom, está certo então, o que vou fazer?

— Vai trabalhar comigo. Carregar contêineres.

— Isso parece tranquilo.

— É um trabalho duro, que te deixa quebrado.

— É, ouvi falar — eu disse me perguntando por que as pessoas sempre se gabam de fazer alguma coisa que te deixa quebrado.

Pont Neuf ao anoitecer: nenhum barco. As águas escuras do Sena imóveis. Esperamos nas margens de pedra do rio e observamos a água marrom lá parada.

— O que fazemos agora? — perguntei.

— Esperamos.

Barcos e barcaças passavam lentamente. Uma chuva fina caía e a noite caía com ela. As luzes coloridas da cidade se refletiam no leito do rio. A chuva caía sem parar.

Duas horas depois Eddie disse:

— Agora é com a gente.

O barco se aproximava implacavelmente, um pesadelo cheio de contêineres pesados. Dois homens saíram, mal se via onde terminavam os gorros e começavam as cicatrizes. Trabalhamos sem dizer uma palavra na noite anônima descarregando os contêineres um por um e transportando-os pela rampa até a rua onde o caminhão esperava. O motorista do caminhão tinha olhos sonolentos e morosos e enquanto trabalhávamos tentei adivinhar seus sofrimentos mas não consegui pensar em nada além de "Ele odeia trabalhar à noite". Eddie e eu descarregamos aqueles contêineres pesados durante horas enquanto os demais gritavam ordens uns para os outros em sussurros ásperos. Ao final quando o barco vazio partiu para o mar meu corpo inteiro doía.

O motorista do caminhão deu a Eddie um envelope e fomos embora juntos suando sob o luar frio. Eddie entregou o envelope a mim, numa tentativa de me fazer ficar com todo o dinheiro para alimentar minha família indesejada e repentina mas eu lhe dei a metade — meu eu ganancioso se debatendo com meu eu de princípios.

Fui para casa e fiquei angustiado de ver que eu estava intacto depois de uma noite de trabalho pesado. Imaginei que meu rosto estaria coberto de fuligem mas simplesmente não há fuligem em carregar contêineres por mais pesados que sejam.

— Como foi? — perguntou Astrid como se eu tivesse ido ver um filme muito comentado.

Olhei para sua barriga e ocorreu-me que não havia nada lá dentro nenhum bebê nem sequer um sistema digestivo só uma casca oca e vazia inflada com ar e fui até ela e coloquei a mão em sua intumescência, o que ela recebeu como um gesto de carinho, e beijou minha mão, o que me deixou indiferente, e pensei Sou incapaz de amar esta mulher a mãe de meu filho, e talvez também não seja capaz de amar esta criança. E por que sou assim? Será porque não tenho amor-próprio? Tenho carinho próprio, mas isso é o bastante?

Uma semana depois, um acidente

Trabalhamos noite após noite, silhuetas silenciosas suando no escuro. As horas se arrastam e para passar o tempo imagino que sou um escravo egípcio construindo uma das pirâmides menores. Meu devaneio é destruído quando sem querer o comunico a Eddie dizendo quando derrubamos um contêiner pela terceira vez Pô Eddie, pelo amor de Rá!

Esta noite quando cheguei em casa Astrid estava no chão.

— Você está bem? O que aconteceu?

— Caí da escada.

O primeiro pensamento compassivo foi pelo bebê — sua cabeça ficaria amassada e toda esmagada de um lado pensei.

Eu a levei para a cama e dei-lhe comida e li para ela como minha mãe fazia para mim mas ao que tudo indicava ela não se machucou na queda. Ela ficou na cama me olhando só com o branco dos olhos. Suas pupilas ficaram lá feito pedacinhos quebrados de noite. Ela me disse para não exagerar. Você acha que o bebê está bem? perguntei. Será melhor levarmos sua barriga para o hospital?

— Você não quer este bebê — ela falou sem olhar para mim.

— Isso não é verdade! — gritei em defensiva. Eu não queria o bebê mas agora que está chegando aceitei o inevitável — menti esperando convencer a mim mesmo de minha bravura estoica.

Não funcionou.

Esta noite

Algo aconteceu esta noite. Trabalhando fora como sempre, uma lua inútil derramando uma luz difusa através de um fino véu de nuvens, a noite parecendo uma mordida numa maçã gelada — fazia meus dentes doerem. Atei o barco ao píer e pensei que se alguém engarrafasse cheiro de corda molhada e vendesse sem receita médica eu compraria.

Gritos repentinos. Acima de nós um grupo de quatro árabes descia os degraus caminhando muito juntos — pisadas decididas, de caras durões. Casacos pretos compridos e rostos ainda mais compridos. Os árabes gritaram alguma coisa e nossos rapazes gritaram de volta e pararam de trabalhar e agarraram o que quer que estivesse à mão, canos traves ganchos de metal. Os dois grupos discutiam numa irrupção de francês e árabe. Eu não entendia sobre o que eles estavam discutindo mas a tensão era palpável. Os dois grupos se aproximaram de modo ameaçador e houve um certo empurra-empurra e eles pareciam tanto torcedores de times de futebol rivais entupidos de cerveja que a cena toda me fez sentir saudades de casa.

Eddie falou para mim É melhor a gente ficar fora disso. O que acha?

Eu não disse o que achava porque o que eu achava era isto: Todo mundo tem barba menos Eddie e eu.

Eu não conseguia entender o significado de todos aqueles sons guturais — só a hostilidade era clara. Depois que o grupo se separou e subiu de volta a rampa íngreme o líder do grupo árabe cuspiu no chão, um gesto que sempre me diz Estou assustado demais para cuspir na sua cara por isso só vou deixar um pouco de catarro a cerca de meio metro do seu pé esquerdo, certo?

Amanhecer

Estou mudando? O caráter de um homem é mutável? Imagine um imortal. Revoltante pensar que ele pode estar cometendo os mesmos velhos erros estúpidos ao longo dos séculos. Pensar no imortal em seu aniversário de 700.552 anos ainda tocando o prato mesmo quando alguém lhe disse que está quente — é claro que temos uma profunda capacidade de mudança mas nossos 80 anos não nos oferecem uma grande oportunidade. Você tem de aprender rápido. Tem de se preparar para a infinitude em um reles punhado de décadas.

Esta manhã passei por um pedinte terrivelmente deformado que para todos os efeitos práticos não passava de um torso chacoalhando uma caneca — fui eu mesmo quem lhe deu 100 francos e disse Tire o dia de folga? Não fui eu, não exatamente. Foi um dos meus eus, um da multidão. Alguns deles riem de mim. Outros roem as unhas em suspense. Um bufa de escárnio. É assim que elas são, as multidões. Alguns dos eus são filhos e outros são pais. É por isso que todo homem é seu próprio pai e seu próprio filho. Com os anos, se aprender o suficiente, você pode aprender a descansar seus eus como células cutâneas mortas. Às vezes eles se desprendem de você e andam por aí.

Sim estou mudando. A mudança é quando novos eus vêm ao primeiro plano enquanto outros somem no horizonte remoto. Talvez a definição de ter vivido uma vida plena é quando cada cidadão no salão dos eus consegue te levar para dar uma volta — o comandante o amante o covarde o misantropo o lutador o padre o guardião moral o guardião imoral o que ama a vida o que odeia a vida o tolo o juiz o júri o carrasco — quando todas as almas estão satisfeitas no momento da morte. Se algum desses eus não passou de espectador ou turista a vida está incompleta.

Meu comandante, a voz mais elevada na hierarquia da minha cabeça — está de volta — tirano filho da puta. Ele ordena que eu fique c/

Astrid e aguente firme. Não é de surpreender que eu esteja confuso. Estou oprimido pelo estado policial totalitário em que vivo. Um dia desses deve haver uma revolução. Uma revolta de todos os meus eus — mas não sei se possuo o eu necessário para liderá-los: um libertador.

Escapou!

O bebê escapou! O fluido se tornou carne. Agora não tem mais volta. Nós o chamamos de Jasper.

Motivo de comemoração e medo e tremedeira. Astrid está orgulhosa de ser mãe — eu, semiorgulhoso. Nunca colaborei muito. O bebê foi um projeto conjunto mas é difícil determinar onde está minha assinatura.

Hoje o bebê no lençol chutava pernas gorduchas para o alto. Eu disse a Astrid para não deixá-lo no chão — seria um vexame se ele fosse comido por ratos. Me inclinei sobre o bebê e olhei, mas na verdade queria olhar dentro de seu crânio para saber se existe algum mal ou crueldade ou intolerância ou sadismo lá dentro. Um novo ser humano. Não estou impressionado por ser meu.

Não consigo evitar pensar que neste bebê forjamos um monumento absurdo ao nosso relacionamento desapaixonado — criamos um símbolo de algo indigno de ser simbolizado: um edifício demente de carne que crescerá na mesma proporção em que morre nosso amor minguante.

Que cheiro! Que cheiro!

Há mais fezes aqui que na cela da prisão do marquês de Sade.

Silêncio

O bebê não chora. Eu não sei nada sobre bebês além do fato de que eles choram. O nosso não está chorando.

— Por que ele é tão quieto? — perguntei.

— Não sei.

Astrid sentou na sala toda pálida olhando pela janela. Não posso evitar, olho para este bebê e vejo não uma criança ou um novo ser humano mas um velho. Uma ideia repugnante se apossou de mim: este bebê sou eu prematuramente reencarnado. Eu detesto esta criança — eu a detesto porque ela sou eu. Sou eu. Ela vai me superar. Vai me arruinar. Vai saber o que eu sei, todos os meus erros. Outras pessoas têm filhos. Não eu. Eu dei à luz algo monstruoso: a mim mesmo.

— Acho que ele está com fome — falei.

— E daí?

— E daí coloque o peito para fora.

— Ele está me deixando seca.

— Está bem. Então dou um pouco de leite comum.

— Não! Isso não faz bem para ele!

— Ah, merda, não sou especialista nisso. Só sei que o bebê precisa de algum alimento.

— Por que você não lê para ele? — disse ela rindo. A noite passada ela me pegou lendo trechos de Heidegger para ele.

— Ele não entende — gritava ela.

— Eu também não! — gritava eu de volta. — Ninguém entende!

Uma situação muito desagradável. De nós três, está claro quem é aquele cujo bem-estar deve ser proporcionado a todo custo, quem é o mais importante aqui.

Eu.

Quase morri esta noite!!!!!!

O barco nunca chega na hora e por isso esperamos e lemos o jornal e então ele chega feito os quatro cavaleiros do Apocalipse num cruzeiro enluarado. A escuridão foi interrompida pelas luzes oscilantes do barco que se aproximava e enquanto ele ancorava os rostos tesos de nossos patrões se contraíram no escuro.

Esta noite Eddie e eu erguemos um contêiner particularmente pesado que simplesmente não se mexia e eu só o tinha levantado meio centímetro do chão quando percebi em pânico que não estava dobrando os joelhos. Temendo pela longevidade de minha coluna abaixei o contêiner e me afastei dele e embora fosse muito tarde dobrei os joelhos.

— O que você está fazendo? — perguntou Eddie.

— Vamos fazer uma pausa — falei, e tirei um livro do bolso e comecei a ler: um romance que eu tinha comprado em uma das barracas perto do Sena: *Viagem ao fim da noite* de Céline.

Não li mais de uma linha — meu olho avistou uma massa escura se movendo em nossa direção, um grupo de homens que você pensaria ter saído para um alegre passeio não fossem as armas em suas mãos.

Um tiro zuniu pelo ar. Nossos colegas evadiram-se em todas as direções correndo a torto e a direito pelo Sena. É engraçado ver a indiferença pétrea das pessoas desaparecer quando a vida delas está em risco.

Eddie e eu nos emparedamos atrás de uma torre de contêineres. Nossa única rota de fuga teria sido o Sena gelado ou a aparição repentina de uma escada dourada para as nuvens. Ficamos agachados atrás dos contêineres.

— Em que você me meteu? — perguntei a Eddie louco para jogar a culpa nele.

Eddie correu na frente e desatou as cordas que nos atracavam à margem do rio e empurrou com o pé e correu de volta e se juntou a mim atrás dos contêineres. O barco vagava lentamente.

Escutamos os passos se aproximando e escutamos os passos pularem no barco que agora deslizava pelo Sena.

— Saiam daí — disse uma voz rude.

Talvez ele não esteja falando com a gente pensei com otimismo e me irritei com a obediência automática de Eddie. Ele ergueu as mãos para o alto como se já tivesse feito isso antes.

— Você também — disse a voz para alguém, eu esperando que não fosse para mim. — Vamos, estou vendo sua sombra.

Olhei para minha sombra e percebi que é só a cabeça que te entrega. Do contrário, agachado você bem podia ser um saco velho de batatas.

Levantei as mãos mas achei que era muito clichê e por isso virei as palmas para dentro.

Nosso candidato a agressor tinha uma barba que me lembrava um malamute-do-alasca e era gerações mais velho que eu e me senti ultrajado. Sempre imaginei que seria morto por um jovem punk — turbulento, desorientado e com raiva do mundo.

Ele apontou a arma para mim. Então olhou para minha mão no alto e inclinou ligeiramente a cabeça.

— Viagem — falou. Eu tinha esquecido que ainda estava segurando o livro.

— Céline — repliquei num sussurro.

— Adoro esse livro.

— Ainda estou na metade.

— Você já chegou na parte em que...

— Ei, me mate, mas não me conte o final!

Ele abaixou a arma e disse Você não vai entender a não ser que leia tudo. Não funciona em episódios. De quem mais você gosta?

— Dos russos.

— Ah, sim, dos russos. E dos norte-americanos?

— Hemingway é legal.

— Eu gosto dos contos dele. Dos romances não. Gosta de Henry James?

— Não muito. Mas adoro o irmão dele.

— William James! Ele é um gênio!

— Totalmente.

Ele abaixou a arma e disse Merda vamos levar este barco de volta.

Eddie, o malamute-do-alasca e eu demos a partida no barco e o conduzimos de volta à margem do rio. Salvo por um livro!

— O que é tudo isso? — perguntei a ele.

— Somos concorrentes. Meu chefe quer que o seu levante acampamento.

— Ah, merda, isso não significa que você tem que sair por aí atirando, ou tem?

— Sim, significa.

Faz sentido. A maioria das pessoas morre lentamente de tanto trabalhar ao longo das décadas e eu tinha de vir parar em um emprego que provavelmente me mataria na primeira semana.

GRANDES problemas em casa. Astrid dorme insaciavelmente — sua fadiga é infatigável e talvez por causa disso ela trate o pobre bebê como se ele fosse as dentaduras de alguém. Seu amor por mim também ficou todo flácido. Agora sou irritante para ela. Às vezes encontro o bebê no chão, às vezes atrás do sofá, um dia cheguei em casa e ele estava na banheira vazia com a cabeça apoiada no ralo.

Outras vezes ela assume seu papel maternal e deixa o bebê sugar seus mamilos, no rosto um grande vazio. Eu pergunto se dói e ela faz que não com a cabeça e diz Você não percebe nada, seu idiota?

Não há como entendê-la.

Há apenas cinco minutos ela estava no sofá abraçando os joelhos. Eu pigarreei e só com isso ela soltou um grito. E se todos os relacionamentos são como este a portas fechadas?

— Era a única coisa que eu ainda não tinha feito diz ela. — Eu pensei que esse bebê mudaria alguma coisa dentro de mim.

— É uma grande mudança.

— Eu quis dizer bem lá dentro.

— Eu acho que você mudou.

— Quero dizer bem lá no fundo mais profundo da minha essência.

Eu não sei o que ela quer dizer. Ela é louca. Fico de queixo caído quando penso nos eus subordinados e secretos DELA. Que dissensão estaria acontecendo naquela mulher! Um completo pandemônio! Acho que ela é suicida — de uma parede intestinal à outra, completamente abarrotada de extremistas traidores clamando pelo fim.

Pego o bebê no colo e o conforto.

Não sei o que fazer.

Digo a Astrid que já ouvi falar disso. Depressão pós-parto.

Ela ri ruidosamente embora não seja <u>tão</u> engraçado.

Como sempre saí e arrastei minhas ansiedades pelos bulevares até que encontrei um café para sentar quando as ansiedades quiseram café e cigarro. Paris toda ao meu redor. Um bêbado mijando como se não fosse nada além de uma bexiga e um chapéu, seu fio de urina serpenteando pelas pedras do calçamento. Dois policiais andavam a passos lentos pelo bulevar porque marchar daria a impressão errada.

Caminhei até o Sena e me sentei à sua margem.

No banco ao meu lado uma mulher estava com as pernas esticadas tomando uma dose rara de sol. Lindas pernas — compridas e fortes. Ela olhava para mim enquanto eu olhava para suas pernas. Fiz uma combinação de dar de ombros e sorriso e, antes que meu cérebro a reconhecesse, a boca o fez.

— Caroline! — gritei.

— Marty!

Levantamos de um salto os dois ao mesmo tempo e olhamos um para o outro com profunda surpresa e alegria.

— Eu fui te procurar! — gritei.

— Meu pai morreu!

— Eu sei! Visitei o túmulo dele!

— Foi horrível!

— Todos que eu amo também estão mortos!

— Eu sei!

— Todos! Minha mãe! Meu pai! Terry! Harry!

— Eu soube! Telefonei para casa quando meu pai morreu e meu tio em Sydney me contou!

— Foi horrível!

— Estou casada! É terrível!

— Não!

— Sim!

— Bom, eu sou pai!

— Não!

— Foi o que eu disse!

— Marty, vamos fugir juntos!

— Eu não posso!

— Pode sim!

— Tenho que cumprir meu dever de pai!

— Bom, eu também não posso abandonar meu marido!

— Por que não?!

— Eu ainda o amo!

— Então estamos empacados!

— Irremediavelmente!

— Você está ótimo!

— Você está linda!

Ambos tomamos fôlego e rimos. Eu nunca estivera tão empolgado. Ela tomou meu rosto nas mãos e me cobriu de beijos.

— O que você vai fazer? — perguntei.

— Vamos alugar um quarto de hotel e fazer amor.

— Tem certeza?

— Sinto muito por tê-lo abandonado.

— Você estava apaixonada pelo meu irmão.

— Eu era jovem.

— E linda.

— Vamos arranjar um quarto logo.

Num pequeno hotel em cima de um restaurante, fizemos amor a tarde toda. Não vou entrar em detalhes a não ser para dizer que eu não fiz feio — a duração foi respeitável e deixamos as cortinas abertas e um temporal caía lá fora e eu soube que isso ficaria difuso em nossa memória como um sonho do qual teríamos uma vaga lembrança e depois voltaríamos a nossas vidas e quando pensei nisso meu coração se contraiu dolorosamente naquela penumbra.

— Então você é pai de uma criança francesa — ela falou.

Estranhamente aquele pensamento jamais tinha me ocorrido antes e embora eu ame os franceses e em teoria seja indiferente a meu próprio país, nossas raízes têm uma estranha influência sobre nós. De repente aborrecido por meu filho não ser australiano. Não há melhor país no mundo do qual fugir. Fugir da França está bem quando os tanques alemães estão avançando mas em época de paz por que se dar ao trabalho?

Nós nos abraçamos com força, ela era magra e tão macia que eu poderia fazê-la saltar em um lago, e ela me apertava em espasmos, e eu continuava a beijá-la como um modo de tentar fazer com que ela parasse de olhar para o relógio conforme o dia se tornava noite. Eu não podia perder a oportunidade e não suportaria me odiar outra vez, então falei que não me coloquei deliberadamente no caminho do amor, mas que aconteceu, e para isso eu deixaria Astrid e o bebê e ficaríamos juntos. Ela caiu em um longo silêncio, mal dava para ver seu rosto no escuro. Então falou em uma voz suave, Você não pode abandonar seu filho e a mãe do seu filho, eu não poderia aguentar a culpa e além do mais amo meu marido (um russo que dentre tantos nomes se chamava Ivan). Essas pessoas são obstáculos intransponíveis, falou e então agregou Eu também te amo, mas pensando bem o dela foi um eu te amo cheio de poréns.

Senti uma mudança de humor violenta chegando.

Ela e Ivan estavam indo visitar a família dele na Rússia por um tempo talvez seis meses ou mais mas quando nos despedimos combinamos de nos encontrar outra vez em exatamente um ano não no alto da Torre Eiffel mas ao lado e ver se alguma coisa tinha mudado. Ela disse eu te amo outra vez e eu tentei acreditar nela e depois que dissemos adeus caminhei sem rumo sentindo como se meu coração tivesse aberto brevemente e então fechado antes que eu tivesse a chance de ver o que havia dentro. Caminhei por algumas horas desejando desesperadamente chorar no ombro de alguém mas quando cheguei ao Sena encontrar Eddie meu único amigo me levou a proteger meu segredo.

— Onde você estava? Está atrasado.

— O barco ainda não chegou, certo?

— Não — falou ele, contemplando distraidamente o Sena silencioso.

Acho que um dia a história vai me julgar mal, ou o que é pior, corretamente.

Noite

Agora é noite e estou vendo Astrid dormir e pensando em Van Gogh. Quando ele foi mandado embora de um antigo emprego escreveu Quando uma maçã está madura uma brisa suave a faz cair da árvore.

O amor é assim. O amor estava guardado lá dentro e se derramou sobre ela arbitrariamente. Eu digo isso porque percebo droga eu a amo eu a amo mas não gosto dela amo a garota de quem não gosto. Isso é amor para você! Fica óbvio que amar tem pouco a ver com a outra pessoa é o que está dentro de você que conta — é por isso que os homens amam carros montanhas gatos seus próprios músculos abdominais é por isso que amamos filhosdaputa e vadiasdesalmadas. Eu não gosto nem um pouco da Astrid mas a amo.

Talvez a rejeição tácita de Caroline tenha tido o mesmo efeito sobre meu amor por Astrid quanto o resfriamento do universo sobre a formação da matéria. E quem teria adivinhado que o coração tem espaço suficiente para amar não uma mas duas pessoas de uma vez? Talvez três? Talvez eu possa amar meu filho também.

O fim!

Este é o fim!

Tudo mudou de forma drástica e permanente. Última grande mudança — a vida nunca mais será a mesma.

Começou bem comum. Eu estava na livraria Shakespeare & Co. folheando livros baratos de segunda mão quando ouvi uma voz Ei Céline!

Uma voz familiar, uma feiura familiar. O malamute-do-alasca vindo na minha direção não diminuindo o passo como as pessoas normalmente fazem mas caminhando a plena velocidade e parando abruptamente a 3 centímetros da minha cara.

— Eu estava te procurando. Não vá ao píer esta noite — ele falou.

— Por que não?

— Você já terminou a Viagem?

— Ainda não — menti.

— Vai dar merda esta noite. Não posso dizer mais que isso.

— Continue.

— Está bem. Vamos explodir seu barco fora da água.

— Por quê?

— Vocês são nossos rivais.

— Eu não. Eu nem sei o que há naqueles contêineres.

— É por isso que você não deve aparecer por lá.

Corri por aí a tarde toda tentando encontrar Eddie e escrevi bilhetes e os deixei para ele em toda parte em sua casa em seu restaurante predileto em seu barbeiro. Os bilhetes eram todos idênticos:

Fique longe do trabalho esta noite. Eles vão explodir o barco em um trilhão de pedaços.

Deixei um bilhete até na minha casa na mesa da cozinha para Astrid pedindo que ela desse o recado se visse Eddie. Ela não estava em casa. Por que eu estava tão aterrorizado com a ideia de que Eddie morresse? As amizades são um ônus imprevisível.

Às 4 saí para ver um filme e na volta passei pela casa de Eddie mais uma vez mas ele não estava e quando cheguei em casa abri a porta e o encontrei sentado na cozinha com uma cerveja na mão como se fosse um dia qualquer mas vi que faltava algo em seu otimismo incansável. Eu o peguei suspirando pesadamente.

— Astrid acabou de sair — disse ele.

— Eu te procurei por toda parte. Que emprego foi esse em que você me meteu!

— Dor nas costas de novo? De todo modo, achei que iríamos juntos.

— O que você quer dizer? Astrid não te deu o recado?

— Não, ela disse que estava indo até o Sena.

Eu fiquei pensando por alguns segundos até entender. Olhei para o relógio. Sete e quarenta da noite.

Deixei o bebê c/ Eddie e saí correndo de casa e pela calçada molhada coberta por um suor frio. Cambaleando, me lancei rumo ao poderoso Sena. O que ela estava pensando? Corri palpitando, os pés atingindo a calçada molhada feito breves batimentos cardíacos. O que ela vai fazer? Corri e de repente não estava sozinho: comigo veio a vergonha de um homem que descobre de uma vez que foi ingrato e assim corríamos os três — eu e a vergonha e a ingratidão correndo juntos como três sombras de três homens que corriam logo à frente. Eu sei o que ela está pensando. Quase sem fôlego. Meus pulmões estão meio vazios ou meio cheios? Não sei o que fazer com meus desejos. Astrid me amava sofregamente e eu a amava às lambiscadas relutantes. Pensei que fosse tão pequeno quanto poderia ser mas estava errado já que mais uma vez eu encolhera diante de meus próprios olhos. Sei o que ela vai fazer!

De repente eu a vi logo acima. Uma coisinha num vestido preto ela tentava se esquivar dos feixes de luz que emanavam dos postes, figura esbelta entrando e saindo da escuridão. É claro que ela é maluca eu sei disso sei que ela quer se matar de modo original ela estava procurando. Está correndo para conseguir fazer isso — faz sentido. Ninguém vai passeando de encontro à própria morte. Não se deixa a Morte esperando desse jeito. Não se perde tempo.

Eu a perco e então a vejo outra vez correndo à margem do Sena. Os postes de luz enchem o rio de brilho. O barco se aproxima ruidosamente. Acima vejo o malamute-do-alasca se escondendo atrás de uma parede. Ele segura uma granada c/ a mão e me manda ir embora c/ a outra. O barco atraca e nosso garoto o ata ao píer. Três árabes vêm correndo pistolas fumegantes e granadas nas mãos. Astrid pula no barco.

Eles gritam com ela mas ela os ignora e os assassinos não sabem o que fazer. Eles não querem matar uma civil, não há grana extra por isso.

Ela está no barco e se recusa a sair.

Um dos homens me vê. Tira uma foto e eu me agacho atrás do muro de pedra.

Uma sirene.

Os homens consultam uns aos outros em gritos guturais. Não há tempo a perder. É agora ou nunca. Olho para Astrid e seu rosto é pequeno e pálido e está pronto para a morte. Todo o seu rosto contraído como se esperando que a explosão do barco não passe de um ruidoso estouro.

— Astrid! Saia daí! — grito.

Ela olha para mim e sorri num eloquente comunicado de que o sofrimento dilacerante de sua vida está fazendo sua última reverência. Havia um *adiós* naquele sorriso, não um *au revoir*.

Um segundo depois o barco foi pelos ares numa série de pequenas explosões. Exatamente como a caixa de sugestões de Terry. Astrid no meio dela, um suicídio totalmente único. Pedaços dela por toda parte. Na margem. No Sena. Se fosse pó não estaria mais espalhada.

As pessoas boquiabertas, terrivelmente entusiasmadas por terem testemunhado minha tragédia.

•

Fui para casa deixando Astrid em um milhão de pedacinhos. Ninguém olhou para mim. Eu era uma visão desagradável. Mas a todo rosto eu pedia perdão. Todo rosto era um elo numa cadeia de rostos, num rosto partido. Arrependimentos vieram à tona e me perguntaram se eu gostaria de possuí-los. Eu recusei a maioria deles mas aceitei alguns apenas para não sair desse relacionamento de mãos vazias. NUNCA tinha imaginado que o desfecho de nosso caso amoroso seria Astrid explodindo em pedacinhos. Quer dizer, metaforicamente talvez.

Nunca imaginei que ela fosse literalmente EXPLODIR.

A morte é cheia de surpresas.

Sob o arco paro e penso, o bebê! Agora sou o único responsável por cuidar dele minha alma amaldiçoada e imunda feito um corpo esquecido no campo de batalha. Pela primeira vez pensei talvez devesse voltar para a Austrália. De repente e sem motivo algum senti falta de meus compatriotas judiados pelo sol.

De volta ao apartamento o cheiro dela em toda parte. Eu disse a Eddie para ir para casa e então fui ver o bebê que dormia no quarto, sem saber que a cabeça e os braços e o rosto da mãe estavam todos em lugares separados.

Só eu e este bebê fazendo caretas.

Ele acordou gritando de fome ou angústia existencial. O que vou fazer? Não parece haver nenhum seio na geladeira. Abri uma caixa de leite e despejei numa xícara e então levei a xícara até Jasper e virei um pouco de leite na boca dele pensando sou praticamente viúvo. Não éramos casados mas um bebê é um contrato mais vivo que um pedaço insignificante de papel.

Encontrei este bilhete colado no espelho do banheiro:

> Sei que você vai se preocupar sobre como ser pai. Você só precisa amá-lo. Não tente mantê-lo a salvo de todo mal. Ame-o, é só iso o que precisa fazer.

Bastante simplista, pensei, dobrando o bilhete. Agora vejo que era seu plano o tempo todo embora nem ela mesma soubesse. Ter este filho e então se desfazer de si mesma.

Astrid morta. Nunca a conheci de verdade. Será que ela sabia que eu a amava?

Subi as escadas e joguei algumas roupas numa mala e depois voltei para o quarto e olhei para o bebê. É isso que estou fazendo agora. Olhando para este bebê. Meu bebê. Pobre bebê. Jasper. Pobre Jasper.

Sinto muito sinto muito sinto muito que terríveis amanhãs teremos juntos que sina miserável sua alma cair no corpo do meu filho seu pai é um solitário incapacitado para o amor. Vou ensiná-lo a decifrar todos os rostos confusos fechando os olhos e a se envergonhar quando alguém disser as palavras "sua geração". Vou ensiná-lo a não demonizar seus inimigos e a parecer pouco apetitoso quando as hordas se levantarem para te devorar. Vou ensiná-lo a gritar com a boca fechada e a roubar felicidade e a nunca comer num restaurante vazio e a não deixar as janelas do seu coração abertas quando parecer que vai chover e vou ensiná-lo que a única alegria real é melhor pelada e a cantar até ficar rouco e que todo mundo tem um toco onde algo necessário foi amputado. Vou ensiná-lo a saber o que está faltando.

Nós vamos.

Vamos para casa, para a Austrália.

E eu vou lhe ensinar que se você alguma vez se surpreender por ainda estar vivo que verifique outra vez. Nunca é demais confirmar.

•

Foi isso. A última anotação.

Fechei o diário, com dor no estômago. A história do meu nascimento virou um escombro no meu cérebro. Cada estilhaço refletia uma imagem da história do diário. Então foi assim e a partir de tudo isso — da solidão, da loucura e do suicídio — que eu laboriosamente nasci. Até aí, nenhuma surpresa.

•

No ano seguinte, na manhã do aniversário da minha mãe, meu pai veio até o meu quarto enquanto eu estava me trocando.

— Bom, amigo, é 17 de maio outra vez.

— E?

— Você está pronto para ir depois do almoço?

— Tenho outros planos.

— É aniversário da sua mãe.

— Eu sei.

— Você não vai visitar o túmulo?

— Não é um túmulo. É só um buraco. Eu não vou velar um buraco.

Meu pai ficou lá, e eu percebi que havia um presente na mão dele.

— Comprei um presente para ela — ele falou.

— Legal.

— Você não quer abrir?

— Estou atrasado — falei, deixando-o sozinho no meu quarto com seu presente triste e sem sentido.

Em vez disso, fui até o porto olhar os barcos. Durante o ano que se passara, pensei contra a minha vontade em tudo o que estava no diário do meu pai. Nada do que eu lera antes ou desde então ficou gravado em minha memória com tal permanência. Apesar dos engenhosos truques da arte do esquecimento que minha mente conhece, eles não têm nenhum impacto sobre isso. Lembro-me de cada assombrosa palavra.

Fiquei o dia todo sentado, observando os barcos. Ou então olhava para as rochas e a camada lustrosa de óleo flutuando na água. Fiquei lá por um bom tempo. Fiquei até que a lua surgiu e uma mancha de estrelas se descortinou sobre o céu e as luzes na ponte da baía brilharam contra o breu. Os barcos todos boiavam suavemente no escuro.

Minha alma é ambiciosa e mercenária em seu desejo de conhecer a si mesma. O diário do meu pai deixou esse objetivo insatisfeito, e a história da minha mãe era um mistério maior do que quando eu não sabia absolutamente nada. Eu tinha concluído que minha mãe era provavelmente louca e de origens desconhecidas. Além daquilo, minha investigação só levara a mais perguntas. Quanto a meu pai, não me surpreendia que eu tivesse sido tão violentamente indesejado. A única coisa concreta que aprendi sobre *ela* foi que meu nascimento era o último item em sua lista de afazeres, e depois de riscá-lo ela pôde morrer. Eu nasci para eliminar os obstáculos em seu caminho para a morte.

Esfriou. Eu tremi um pouco.

Os ritmos do universo eram perceptíveis na forma como os barcos oscilavam na corrente.

•

Alguns anos depois voltei ao cemitério. O túmulo da minha mãe não estava mais lá.

Havia alguém novo lá, encravado entre a velha Martha Blackman e o pequeno Joshua Wolf. Seu nome era Frances Pearlman. Morreu aos 47 anos. Deixou dois filhos, uma filha e um marido.

Desde que encontrei o diário eu o reli inúmeras vezes.

A parte mais incômoda naquele livrinho desagradável foi a afirmação de que eu possivelmente era uma reencarnação prematura de seu eu ainda vivente, de que *eu era meu pai:* o que aquilo tudo significava? Que em algum lugar dentro dele, ele temia que minha autonomia pudesse significar sua morte?

Pensei nisso olhando para o túmulo de Frances Pearlman.

Havia flores frescas espalhadas em cima. Este não era um amor disforme ou um caixão vazio. Pensei em meu pai, em como um de nós era o hospedeiro e o outro o parasita, e eu não sabia quem era quem. Parecia que não podíamos ambos sobreviver. Parecia que um dia, inevitavelmente, um de nós teria de ir. Parecia que lutaríamos um com o outro pela supremacia da alma. Parecia que eu estaria disposto a matá-lo para sobreviver.

Aqueles eram pensamentos sinistros, mas, afinal de contas, eu estava num cemitério.

TRÊS

Nas notícias que circularam nos jornais e na televisão logo após a morte do meu pai, muito se falou do início da década de 1990, o período dos piores excessos de sua chamada insanidade. Essa época foi notória não só devido à chegada de Anouk Furlong (como era então conhecida), uma mulher que exerceu um papel nada insignificante no desencadeamento do colapso mental dele, mas também como os anos memoráveis que incluíram clubes de striptease, hospícios, cirurgia plástica, prisões, e o que ocorreu quando meu pai tentou esconder nossa casa.

Foi assim que tudo aconteceu:

Um dia, sem avisar, meu pai deu um golpe retumbante em nossa pacífica carestia: arranjou um emprego. Ele o fez por mim e nunca deixou de me lembrar disso. "Eu poderia secar todo o leite da seguridade social se fosse só eu, mas não basta para dois. Você me obrigou a ser parte da força de trabalho, Jasper. Eu nunca vou te perdoar!"

Mais uma vez, foi Eddie quem arrumou o emprego. Um ano depois de voltarmos de Paris, Eddie apareceu à porta do nosso apartamento, o que deixou meu pai surpreso, já que ele nunca tivera uma amizade duradoura em sua vida inteira, certamente não uma que atravessasse continentes.

Eddie deixou Paris logo depois de nós, voltou à Tailândia e depois se mudou para Sydney.

Onze anos depois, ele arrumava emprego para o meu pai pela segunda vez. Eu não fazia ideia se esse novo serviço era igualmente sombrio ou se era tão perigoso quanto o primeiro. Para ser sincero, eu não me importava. Eu tinha 12 anos, e pela primeira vez meu pai estava fora de casa. Sua pesada presença foi subitamente retirada da minha vida, e me senti livre para comer meus cereais sem escutar vezes e mais vezes por que o homem era a pior coisa que já acontecera à humanidade.

Meu pai trabalhava o tempo todo, e não que as muitas horas longe dele me dessem sensação de solidão (eu já era solitário antes), mas eu sentia que havia algo de errado com isso. É claro, não é incomum os pais trabalharem o tempo todo porque eles estão colocando o pão na mesa, e ao que parece o pão está sempre escondido em escritórios, construções e minas de carvão, mas em nossa casa havia um mistério quanto ao paradeiro do nosso pão. Comecei a pensar nisso todos os dias. Onde é que estava o nosso pão? Eu me perguntava isso porque meus amigos viviam em casas, não em apartamentos, e suas geladeiras estavam sempre cheias de comida enquanto a nossa estava cheia de espaço. Meu pai trabalhava o dia todo, todos os dias, inclusive nos fins de semana, mas não parecíamos ter nenhum dinheiro a mais do que quando ele estava desempregado. Nem um centavo. Um dia eu lhe perguntei:

— Para onde vai todo o dinheiro?

— Que dinheiro?

— O dinheiro que você ganha com o seu trabalho.

— Estou economizando.

— Para quê?

— É surpresa.

— Detesto surpresas.

— Você é jovem demais para detestar surpresas.

— Tá legal, eu gosto de surpresas, mas também gosto de saber.

— Bom, não dá para ter as duas coisas.

— Dá sim, se me contar e depois eu esquecer.

— Quer saber, eu te deixo escolher. Você pode ter a surpresa, ou posso te contar para quê estou economizando. Você decide.

Aquilo era de matar. No final, decidi esperar.

Enquanto eu esperava, Eddie deixou escapar que meu pai estava gerenciando um clube de striptease em Kings Cross chamado *The Fleshpot*. Uma boate de strip? Meu pai? Como isso era possível? E gerente? Meu pai? E como Eddie conseguira convencer seus dúbios contatos a contratar meu pai para esse cargo? Encarregado de responsabilidade? Meu pai? Eu tinha de ver com meus próprios olhos.

Certa noite eu dei uma volta por Kings Cross, subi travessas que não passavam de grandes mictórios públicos, passei por turistas ingleses bêbados, um casal de drogados com olhos apáticos e um skinhead que parecia cansado de sua própria personagem. Quando entrei no bar, uma prostituta de meia-idade gritou alguma coisa sobre chupar, a voz rouca conferindo à sugestão uma imagem nauseabunda de lábios murchos. Um segurança me agarrou pela camisa e apertou a gola até que eu lhe disse que estava lá para ver meu pai. Ele me deixou entrar.

Minha primeira vez em um clube de striptease e eu estava visitando a família.

Não era o que eu imaginava. As strippers sacudiam o corpo, pouco entusiasmadas, bamboleando para cima e para baixo ao som de uma música dance repetitiva, sob a luz dos holofotes e os olhares maliciosos de homens mudos vestindo ternos. É claro, eu fiquei exultante de ver tanta carne macia e elástica reunida, mas não fiquei tão excitado quanto esperava. Na vida real, mulheres quase nuas escancarando as pernas em um cano não é tão sexy quanto se imagina.

Avistei meu pai gritando no telefone atrás do balcão. Quando fui até lá, ele enviou um franzir de testas para me interceptar.

— O que está fazendo aqui, Jasper?

— Só dando uma olhada.

— Gostou?

— Já vi coisa melhor.

— Só em sonho.

— Não, em vídeo.

— Bom, você não pode ficar aqui. Você é menor de idade.

— O que você faz aqui? — perguntei.

Ele me mostrou. Não era fácil. Ele tinha de tomar conta do bar, embora tivesse mulheres peladas desfilando por todo lado, tinha de ser gerenciado como qualquer outro bar. Além do mais, ele escolhia as mulheres; elas vinham e faziam uma apresentação para ele. Como se ele soubesse alguma coisa de dança! Ou mulheres! E como ele podia aguentar aquelas criaturas sexuais elásticas todas se rebolando e exibindo suas curvas provocantes todo santo dia? A energia vital é como uma batata quente, e embora pensamentos impuros possam fazer você queimar no inferno por toda a eternidade depois que morrer, aqui na vida o que nos deixa fritos e assados é nossa incapacidade de dar vazão a eles.

É claro, eu não sei de tudo. Talvez ele se entregasse a suas fantasias lascivas. Talvez comesse todas as dançarinas daquele lugar. Eu não consigo imaginar, mas que filho conseguiria?

Assim, trabalhar naquele adorável antro de pecado foi o modo como ele escolheu sustentar a família — eu — e economizar. Mas para quê? Para ajudar a afastar minha curiosidade, meu pai assaltou sua conta bancária e me comprou um presentinho: quatro peixes-balão em um aquariozinho imundo. Eram como peixinhos dourados, só que pretos. Sobreviveram em nosso apartamento por apenas três dias. Ao que parece, morreram por excesso de comida. Ao que parece, eu lhes dei comida demais. Ao que parece, peixes são glutões terríveis sem o mínimo de autocontrole, que simplesmente não sabem quando estão satisfeitos e se entopem até a morte com aqueles inócuos farelinhos bege que recebem o criativo nome de "comida para peixe".

Meu pai não me acompanhou no velório dos peixes. Estava ocupado demais com suas strippers. Para um homem que passou a maior parte de sua vida laboral sem trabalhar, ele estava realmente dando duro. No fim das contas, eu teria de esperar mais um ano para descobrir para quê ele estava economizando. Às vezes eu ficava louco tentando adivinhar, mas consigo ser muitíssimo paciente quando acredito que a recompensa pode valer a espera.

Não valeu. Definitivamente, não valeu.

•

Eu tinha 13 anos quando, ao chegar em casa um dia, vi meu pai segurando uma foto grande e reluzente de uma orelha. Ele me explicou que era para isso que vinha economizando. Uma orelha. Uma orelha nova para substituir aquela que ganhara uma cicatriz no incêndio que consumira sua cidade e sua família. Ele ia buscar um cirurgião plástico para que o *des*-deformassem. Era para isso que ele vinha se sacrificando? Que decepção. Não tem nada de divertido em um enxerto de pele.

Meu pai passou uma noite no hospital. Eu me sentia pressionado a comprar flores, mesmo sabendo que ele não ia gostar. Além do quê, flores sempre me pareceram um presente ilógico para alguém que está sentindo dor (que tal um frasco de morfina?), mas adquiri um par de enormes girassóis. Meu pai não gostou. Eu não liguei. O importante é que a operação foi um sucesso. Ele disse que o médico ficou muito satisfeito. Uma dica para vocês: nunca se deem ao trabalho de perguntar pelo paciente; é uma perda de tempo. O importante é descobrir como o médico está se sentindo. E o do meu pai estava nas nuvens.

Eu estava lá quando tiraram os curativos. Para dizer a verdade, a expectativa era tanta que eu estava meio que esperando algo de maior escala: uma orelha colossal que também funcionasse como abridor de garrafa, ou uma orelha que viajasse no tempo escutando conversas do passado, ou uma orelha universal que escutasse todos os vivos, ou uma orelha de Pandora, ou uma orelha com uma minúscula luz vermelha que mostrasse quando estava gravando. Basicamente, a orelha-mor de todas as orelhas. Mas não era nada disso. Era só uma orelha normal.

— Fale com ela — disse meu pai.

Eu fui até a lateral da cama e me inclinei sobre sua nova aquisição.

— Alô. Um, dois, três, testando.

— Bom. Funciona — disse ele.

Quando foi liberado do hospital, ele se aventurou pelo mundo ansioso para se ver. O mundo colaborou. Meu pai perdeu a capacidade de andar em linha reta. Agora, ir de A a B tinha sempre escalas nos retrovisores dos carros, nas vitrines das lojas e nas chaleiras de aço inoxidável. Só quando alguém fica obcecado com a aparência é que percebe quantas superfícies espelhadas há por aí.

Uma noite ele veio até a porta do meu quarto e ficou lá, respirando ruidosamente.

— Está a fim de brincar com minha câmera?

— Você está fazendo filme pornô?

— Por que eu estaria fazendo pornô?

— Isso é com você e o seu biógrafo.

— Só quero tirar algumas fotos da minha orelha, para o álbum.

— O álbum da orelha?

— Esquece. — E ele sumiu rápido corredor adentro.

— Espera.

Eu me senti mal por ele. Meu pai parecia incapaz de se reconhecer. Seu exterior estava mais apresentável, mas o interior tinha encolhido um número. Eu sentia que havia algo funesto em tudo aquilo, como se ao agregar uma nova orelha ele tivesse destruído uma parte fundamental de si mesmo.

•

Mesmo depois da cirurgia plástica, ele trabalhava todos os dias. Novamente não havia dinheiro nenhum. Mais uma vez nossas vidas continuavam na mesma.

— Tá legal, e agora o que você está fazendo com o dinheiro? — perguntei.

— Estou economizando outra vez.

— Para quê?

— É surpresa.

— A última surpresa foi uma porcaria.

— Desta você vai gostar.

— É melhor valer a pena.

Não valeu. Era um carro. Um carro esportivo vermelho e lustroso. Quando saí para ver, meu pai estava parado ao lado do carro, acariciando-o como se aquela máquina tivesse acabado de rolar e sentar e se fingir de morto. Honestamente, eu não teria ficado mais chocado se ele tivesse torrado o dinheiro em doações políticas. Meu pai? Um carro esportivo? Pura loucura! Não era apenas frívolo, era meticulosamente frívolo. Seria uma distração? Era um anúncio de sua dissolução? Era uma redenção ou uma conquista? Que parte de si ele pretendia consertar com aquilo? Uma coisa era clara: ele estava quebrando os próprios tabus.

Era cômico vê-lo entrar naquele carro esportivo, um MGB conversível modelo 1979. Uma vez atado ao assento, ele parecia tão apreensivo quanto o primeiro astronauta.

Hoje em dia penso que foi uma tentativa corajosa, um ato engenhoso de total desafio a si mesmo e às vozes dentro dele que tentavam categorizá-lo. Meu pai naquele carro esportivo era um homem se reinventando de fora para dentro. Um renascimento condenado ao aborto espontâneo.

— Você vem?

— Para onde?

— Vamos dar uma voltinha nele.

Entro no carro. Eu sou jovem. Não sou uma máquina. É claro que adoro aquele carro. Adoro. Mas há algo nele que simplesmente não está certo, como se você flagrasse seu professor do jardim de infância com uma stripper no colo.

— Por que comprou isso? — perguntei.

— Por quê? — repetiu ele, ganhando velocidade.

Ele está tentando deixar a si mesmo para trás na poeira, pensei, e em certo nível eu já ouvia os tendões e ligamentos de sua sanidade arrebentando e rompendo. Emprego, horários, terno, a orelha nova, e agora o carro novo: ele estava criando uma tensão insuportável entre os eus. Em alguma coisa isso vai dar, pensei, e não vai ser legal.

II

Deu. E não foi legal.

Estávamos num restaurante chinês lotado e meu pai pediu frango ao limão.

— Algo mais? — perguntou o garçom.

— Só arroz cozido e a conta.

Meu pai sempre gostava de pagar antes de comer, pois assim ele podia ir embora no segundo em que terminasse de engolir. Havia algo em permanecer num restaurante sem comer que ele simplesmente não suportava. A impaciência se apoderava dele como uma convulsão. Infelizmente, alguns restaurantes fazem você pagar no final, não importa o que você diga. Nessas situações meu pai ficava de pé ao lado da mesa para mostrar que já não tinha nada a ver com ela. Então ele pedia a conta como se estivesse implorando misericórdia. Às vezes ele levava o prato até a cozinha. Às vezes sacudia o dinheiro no nariz do garçom. Às vezes abria a caixa registradora, pagava a conta e dava o troco a si mesmo. Eles odiavam.

Naquela noite meu pai tinha uma mesa na janela e estava olhando para fora, o rosto no modo "encarnação do tédio". Eu estava lá, mas ele comia sozinho. Eu estava em greve de fome por alguma causa heroica da qual não me lembro agora, mas isso foi provavelmente na época em que comemos fora por 87 noites seguidas. Meu pai costumava cozinhar nos velhos tempos, mas eram velhos, aqueles tempos.

Ambos olhávamos para a rua porque isso requeria muito menos esforço que falar. Nosso carro estava lá fora, estacionado atrás de uma van branca, e ao lado havia um casal brigando e andando. Ela puxava o rabo de cavalo preto que ele usava, e ele ria. Eles vieram bem até a janela e começaram a brigar exatamente na nossa frente, como se estivessem dando um show. Era uma performance audaciosa. O cara estava curvado com um grande sorriso no rosto, tentando fazê-la soltar o cabelo dele. Parecia doer, ter o cabelo puxado daquele jeito, mas ele não parava de rir. É claro, agora que sou mais velho eu sei por que ele tinha de continuar rindo daquele jeito; sei que ele teria continuado rindo mesmo se ela tivesse lhe arrancado a cabeça e jogado na sarjeta e mijado em cima e ateado fogo. Mesmo com o ardor de mijo em seus olhos moribundos, ele teria continuado a rir, e eu sei por quê.

O frango ao limão chegou.

— Certeza que você não quer nada? — perguntou meu pai, uma elevação inquieta em sua voz.

O cheiro de limão quente fez de meu estômago e minha cabeça inimigos mortais. Meu pai me lançou um olhar cheio de si e vitorioso, e eu devolvi um presunçoso e triunfante. Depois de cinco longos segundos, ambos viramos bruscamente a cabeça para a janela, como que em busca de ar.

Na rua, a luta estava no intervalo. A garota estava sentada no capô de um Valiant preto; o cara estava de pé ao lado dela, fumando. Eu não conseguia ver as mãos dela porque ela as mantinha sob os braços, mas imaginei-as segurando pedaços do couro cabeludo dele. Então ouvi metal arranhando. Havia um vulto no fundo, atrás do casal, alguém de parca vermelha, apoiando os cotovelos sobre o carro do meu pai. A parca vermelha se movia ao longo do carro, devagar. Era difícil dizer exatamente o que ele estava fazendo, mas parecia estar raspando a pintura com uma chave.

— Ei, olhe! — gritei, e mostrei a cena para o meu pai, mas seu corpo magro já estava de pé, correndo para a porta.

Levantei da cadeira de um pulo e fui atrás dele. Esta seria minha primeira cena de perseguição pelas ruas de Sydney. Houve outras com o passar dos anos, e nem sempre sou eu o perseguidor, mas esta foi a primeira e por isso tem lugar especial em minha memória.

Não corremos com elegância, é claro; ao contrário, manquitolamos em alta velocidade, pela faixa principal, quase caindo, esbarrando em casais que passeavam distraídos em nossa direção, trombando com eles. Lembro-me de cantarolar uma melodia enquanto corria, uma música de espionagem. Corremos pela cidade como se estivéssemos pegando fogo. As pessoas olhavam como se nunca tivessem visto alguém correndo. Vai ver não tinham mesmo. Na entrada de um cinema, executivos e executivas indistinguíveis uns dos outros mantiveram as posições quando nos aproximamos, como se aquele metro quadrado de calçada tivesse sido herdado de seus ancestrais. Nós os empurramos ao passar correndo por eles. Alguns gritaram. Vai ver também nunca tinham sido tocados antes.

O homem de parca vermelha tinha pés motorizados. Ele fugiu por uma rua congestionada, esquivando-se do fluxo constante de tráfico. Eu mal tinha tirado um pé da calçada quando a mão do meu pai agarrou meu pulso, quase o arrancando.

— Juntos — falou.

Cuidado com pai e filho em busca do vilão misterioso de parca vermelha. Cuidado com o duo ameaçador que anda de mãos dadas durante a perseguição. Viramos uma esquina e entramos numa rua vazia. De algum modo, nossa presença a tornou ainda mais vazia. Não havia ninguém à vista. Era como se tivéssemos nos deparado com uma parte remota e esquecida da cidade. Paramos um momento para tomar fôlego. Meu coração golpeava meu peito como um ombro tentando derrubar uma porta de madeira.

— Ali — falou meu pai.

Na metade do quarteirão havia um bar. Chegamos à entrada. Não havia placa na porta. Evidentemente, o bar não tinha nome. As janelas estavam escuras e não dava para ver lá dentro. O lugar parecia mais perigoso devido à pouca iluminação. Dava para perceber de fora. Era o tipo de lugar onde tipos execráveis esfaqueiam qualquer um que pergunte que horas são, aonde vão assassinos em série para esquecer seus problemas, onde putas e traficantes trocam números de telefone e sociopatas riem das vezes em que foram confundidos com naturopatas.

— Quer esperar aqui fora?

— Eu vou entrar.

— As coisas podem ficar feias.

— Eu não ligo.

— Está bem, então.

Mal entramos e já estávamos na chapelaria — via-se a parca vermelha num cabide, balançando feito música.

Havia uma banda no palco, e a voz do vocalista dava a sensação de morder papel-alumínio. Instrumentos musicais estavam pendurados na parede do bar, acima das garrafas — um violino, um acordeão, um *ukulele*. Parecia uma casa de penhores. De tempos em tempos, dois garçons exaustos serviam-se tragos de tequila. Meu pai pediu uma cerveja para ele, limonada para mim. Eu também queria cerveja, mas tomei limonada. A vida toda foi assim.

Meu pai e eu ficamos de olho na chapelaria e passamos algumas horas tentando adivinhar quem poderia ser nosso alvo, mas numa sala cheia de rostos não é mais fácil identificar um vândalo que um adúltero ou um pedófilo. As pessoas carregam seus segredos em lugares ocultos, não no rosto. No rosto elas levam sofrimento. E também amargura, se houver espaço. De todo modo, tínhamos nossos palpites; com base em quê, não sei. Meu pai escolheu um cara baixo e corpulento com um cavanhaque. Esse é o nosso homem, insistiu. Eu quis ser diferente e escolhi um cara com cabelo castanho e comprido e uma boca roxa e feia. Meu pai achava que ele parecia um estudante, e não um vândalo. Estudante de quê, então?

— Arquitetura — falou. — Um dia ele vai construir uma ponte que vai ruir.

— As pessoas vão morrer? — perguntei.

— Sim, umas mil.

Enquanto eu imaginava os mil mortos, meu pai pediu outra bebida e notou uma mulher com cabelo loiro oxigenado e dentes manchados de batom apoiada no balcão. Ele deu a ela o sorriso número três, aquele normalmente reservado para se livrar de multas por excesso de velocidade. Ela o fitou sem mover a cabeça.

— Oi — disse meu pai.

Como resposta ela acendeu um cigarro, e ele saltou sobre um banco para chegar mais perto.

— O que acha da banda? — perguntou. — Não curto esse tipo de música. Posso te pagar uma bebida? O que você acha da banda?

Ela soltou uma risada que mais parecia um gargarejo, já que não deixou sua garganta. Depois de um longo minuto em que nada aconteceu, meu pai se cansou de fitá-la de perfil e por isso retornou ao banco original. Bebeu a cerveja num só trago.

— Você acha que algum dia vai se casar? — perguntei.

— Não sei.

— Você quer?

— Não sei. Por um lado, não quero ficar sozinho para sempre.

— Você não está sozinho. Eu estou aqui.

— É, tá certo — falou ele, sorrindo.

— E por outro lado? — perguntei.

— O quê?

— Você falou: "Por um lado, não quero ficar sozinho para sempre."

— Ah, mmm. Merda. Não lembro mais. Esqueci.

— Vai ver não existe outro lado.

— É, vai ver é isso.

Observei os olhos do meu pai seguirem a loira quando ela foi do balcão até uma mesa só de mulheres. Ela deve ter dito alguma coisa sobre nós, porque todas elas nos fitaram, e parecia muito óbvio que elas estavam dando cusparadas mentais no meu pai. Ele fingia beber de seu copo vazio. A cena toda me irritou, e por isso voltei um olho para a chapelaria e o outro para a boca roxa, sórdida e sanguinária do estudante de arquitetura, e o imaginei num escritório no alto de um edifício, olhando para os mil corpos mortos e para os suportes prateados de sua ponte quebrada lá embaixo.

A parca vermelha continuava lá, matando tempo. Estava ficando tarde. Eu estava ficando cansado. Minhas pálpebras queriam fechar.

— Podemos ir?

— A que horas o bar fecha? — meu pai perguntou ao garçom.

— Lá pelas 6.

— Merda — ele disse a mim, e pediu outra bebida.

Estava claro que ele ficaria a noite toda se fosse preciso. E por que não deveria? Não havia ninguém em casa esperando por nós. Nenhuma testa enrugada de preocupação. Nenhum lábio esperando para nos dar um beijo de boa-noite. Ninguém para sentir nossa falta se nunca mais voltássemos.

Apoiei a cabeça no balcão. Havia algo úmido e pegajoso sob minha bochecha, mas eu estava cansado demais para me mover. Meu pai sentou ereto no banco, vigilante, observando a chapelaria. Eu caí no sono. Sonhei com um rosto flutuando no escuro. Nada além de um rosto. O rosto estava gritando, mas o sonho era silencioso. Era assustador. Acordei com um pano úmido no meu nariz.

— Afaste a cabeça, por favor.

Era o garçom limpando o balcão.

— O que está acontecendo?

— Estamos fechando.

Senti gosto de sal. Levantei e enxuguei os olhos. Eu tinha chorado enquanto dormia. Isso me confundiu. Não me lembrava de o rosto ser triste, só assustador. O garçom me olhou de um jeito que dizia que eu não seria um homem de verdade enquanto chorasse durante o sono. Eu sei que ele tinha razão, mas o que é que eu podia fazer?

— Que horas são?

— Cinco e meia.

— Você viu meu...

— Ele está ali.

Meu pai estava de pé ao lado da chapelaria, pulando no lugar. Eu virei o pescoço e vi que a parca vermelha continuava lá pendurada. Restavam poucas pessoas no bar: o cara com a boca roxa, uma mulher de rosto bravo e cabeça raspada, um homem barbudo cheio de penduricalhos no rosto, uma chinesa de macacão e um cara com a maior pança que eu já tinha visto.

— Estou fechando — gritou o garçom para eles. — Voltem para suas famílias.

Aquilo fez todo mundo rir. Eu não entendi o que havia de tão engraçado. Fui até lá e esperei com o meu pai.

— Dormiu bem? — perguntou ele.

— Estou enjoado.

— Qual é o problema?

— O que você vai fazer quando encontrá-lo?

Meu pai indicou com as sobrancelhas que considerava minha pergunta ignorante. Os fregueses começaram a ir embora, um por um. Finalmente, a garota com a cabeça raspada se apoiou no balcão da chapelaria.

— Essa é minha — falou ela, apontando. — A vermelha.

Aquele era nosso homem — ou melhor, mulher. A culpada. A vândala. O balconista lhe entregou a parca. E agora?

— Oi — disse meu pai.

Ela se virou para ele. Demos uma boa olhada nela. Ela tinha olhos verdes-claros e o rosto mais ossudo que eu já vi. Pensei que ela deveria agradecer a Deus por aqueles olhos; eram a única coisa bonita nela. Seus lábios eram finos, quase inexistentes. Seu rosto era pálido e esquelético. Ela não passaria de uma pele branca esticada sobre um crânio comprido se não fosse por aqueles olhos translúcidos. Meu pai disse oi de novo. Ela o ignorou, abriu a porta com o pé e foi para a rua.

Lá fora, caía uma chuva fina de um céu amarelo metálico. Não dava para ver, mas eu sabia que o sol estava ali em algum lugar — seus bocejos iluminavam o ar. Respirei fundo. Não havia dúvida, a aurora tem um cheiro diferente do resto do dia; há um certo frescor, como quando você dá uma mordida num pé de alface e o devolve à geladeira com o lado da mordida virado para baixo, para ninguém perceber.

A moça estava sob o toldo, abotoando a famosa parca vermelha.

— Ei, você. — A voz do meu pai não tinha nenhum impacto sobre ela.

Pensei que pigarrear talvez ajudasse. Ajudou. Seus olhos verdes vivos lançaram-se feito um holofote sobre nós.

— O que você quer?

— Você arranhou meu carro — disse meu pai.

— Que carro?

— Meu carro.

— Quando?

— De noite, por volta das 20h45.

— Quem disse?

— Eu estou dizendo — disse meu pai, e então deu um passo em direção à parca vermelha com holofotes verdes. — Eu sei que foi você.

— Fique longe de mim, ou eu chamo a polícia.

— Ahh... você quer chamar a polícia, é?

— É, talvez eu chame, ricaço.

— Do que você me chamou?

— Te chamei de ricaço, ricaço.

— Cada vez que você abre a boca, está se incriminando. Por que você acha que sou um ricaço se não viu meu carro?

Boa, pai, pensei. Agora ela está sem saída.

— Esse seu terno é o tipo de coisa que um rico gordo e canalha usaria.

Boa, Olho Verde. Ela te pegou, pai.

— Para seu governo, não sou nenhum ricaço — disse meu pai.

— Não me importa o que você é.

Essa noite absurda parecia estar chegando a um beco sem saída. Meu pai cruzou os braços e tentava encarar a Olho Verde, mas ela também cruzou os braços e olhou fixo para ele com olhos tão grandes que nitidamente não tinham pálpebras. O que era isso? Podemos ir para casa agora?

— Quantos anos você tem?

— Vai se foder.

— Só quero duas coisas de você.

— Bom, você não vai conseguir.

— Quero uma confissão e uma explicação. Só isso.

Esse é exatamente o tipo de coisa que um homem solteiro faz às 5h30 da manhã, pensei — é exatamente por isso que as pessoas têm esposas e maridos e namoradas e namorados, para não se permitirem ser tão repulsivas. Mas deixe um homem sozinho por tempo suficiente e não há nada tão bizarro que ele não faria. Viver na solidão enfraquece o sistema imunológico da mente, e seu cérebro se torna suscetível a um ataque de ideias estranhas.

— Quero uma confissão e uma explicação — repetiu meu pai, e colocou a mão no ombro dela como se fosse um segurança flagrando um ladrão de loja.

Ela começou a gritar:

— Socorro! Polícia! Estupro!

Então meu pai teve outra ideia questionável: começou a gritar polícia também. Ele me cutucou. Queria que eu o acompanhasse. Eu gritei junto com eles, gritando estupro, chamando os policiais. Mas não parei aí. Também chamei uma equipe da SWAT. Pedi helicópteros. Invoquei Satanás. Chamei para a terra engolir o céu. Aquilo a aquietou. Ela saiu da calçada e ficou na chuva. Meu pai e eu fomos para o lado dela sem falar. De tempos em tempos, a Olho Verde dava uma olhada para mim.

— O que você está fazendo com esse idiota? — ela me perguntou.

— Não sei.

— Ele é seu pai?

— Diz ele que é.

— Isso não significa nada.

— Ei, vândala. Não fale com ele. Você tem uma confissão a fazer.

— Você não pode provar nada, ricaço.

— Não posso? Não posso? Bom, sua vândala, alguma chave você tem no bolso, não tem? Não levaria mais que alguns segundos para um investigador forense identificar que as partículas de tinta na sua chave correspondem à pintura que falta na lateral do meu carro.

A Olho Verde tirou uma chave do bolso e a derrubou numa poça d'água.

— Oops, que estabanada — falou, e então se ajoelhou ao lado da poça, esfregou a chave e depois a secou na manga da parca. Colocou a chave de volta no bolso. — Foi mal, ricaço — cantarolou.

Atravessamos o Hyde Park, que passava por uma transformação de luz e cor. A aurora estava se derretendo nas sombras das árvores. Como a Olho Verde caminhava rápido, meu pai pegou minha mão e me fez acompanhar o ritmo dela. Na época eu não conseguia entender o que estava acontecendo. Agora, lembrando sua determinação em seguir aquela estranha, parece que de algum modo ele sabia a confusão em que ela iria nos meter, e não a deixaria escapar.

Quando chegamos ao alto do parque, adivinhem quem vimos pairando sobre a Taylor's Square? Ele mesmo: o sol laranja, gigante, intenso e abrasador. Olho Verde acendeu um cigarro. Os três assistimos ao amanhecer em silêncio, e eu pensei: um dia a Terra vai ser sugada por aquele sol esplendoroso, e todos os restaurantes chineses e todas as loiras oxigenadas e todos os bares imundos e todos os homens solteiros e todos os vândalos e todos os carros esportivos serão obliterados num flash branco ofuscante, e fim de papo. Basta dizer que era um amanhecer incrível. Eu me senti como um globo ocular lá parado, um globo ocular do tamanho de um garoto, um globo ocular com orelhas e um nariz e uma língua e mil nervos que se estiravam feito cabelos não cortados tocando tudo. Eu era todos os sentidos ao mesmo tempo, e isso era bom.

De repente, fiquei feliz por não haver ninguém em casa esperando por nós. Pais e filhos normais não podem ficar fora a noite toda para ver o sol nascer se há uma esposa e mãe preocupada em uma janela aberta, o dedo ossudo comprido pairando sobre a tecla de discagem rápida para a polícia. Virei-me para meu pai e disse:

— Que bom que você está sozinho.

Sem olhar para mim, ele respondeu:

— Não estou sozinho. Você está aqui.

Senti a Olho Verde olhando para mim, antes de fixar os olhos em meu pai. Ela continuou caminhando. Nós a seguimos até a Oxford Street e depois por Riley, até que chegamos a uma casa geminada em Surry Hills.

— Obrigada por me acompanhar até a minha casa, ricaço. Agora você já sabe onde eu moro. Agora você também já sabe onde o meu namorado mora. Logo ele chega, e vai fazer picadinho de você. Então some! — gritou ela.

Meu pai sentou à porta de entrada e acendeu um cigarro.

— *Por favor*, podemos ir para casa agora? — implorei.

— Ainda não.

Cerca de vinte minutos mais tarde, a Olho Verde voltou vestindo calças de ginástica e uma camiseta amarela. Ela estava segurando um jarro de água com alguma coisa flutuando. Quando olhei mais de perto, vi que era um absorvente. Um absorvente interno usado flutuando no jarro. Um fino fio de sangue serpenteava pela água, dissolvendo-se em camadas de um vermelho nebuloso.

— O que você vai fazer com isso? — perguntou meu pai, horrorizado.

— Relaxa, ricaço. Só vou aguar minhas plantas.

Ela mexeu o absorvente dentro do jarro e então derramou a água vermelha sobre o que parecia ser pés de maconha apoiados no parapeito.

— Isso é asqueroso — disse meu pai.

— Deste corpo eu gero vida — retrucou ela.

— Por que arranhou meu carro?

— Não enche — ela cuspiu; então, dirigindo-se a mim, perguntou: — Quer tomar alguma coisa?

— Não se for daquele jarro.

— Não, da geladeira.

— O que tem?

— Água ou suco de laranja.

— Suco de laranja.

— Mas não é para você dar nada para o seu pai. Espero que ele morra de sede.

— Eu te entendo.

Meu pai deu um tapa na minha cabeça. Ei! Por que eu não deveria falar bobagem? Eu estava cansado, constrangido e entediado. Por que meu pai não estava cansado e constrangido e entediado? Era uma coisa bizarra, o que estávamos fazendo, ali parados na porta de uma estranha esperando uma confissão.

A porta da frente abriu outra vez.

— Não esquece o que acabamos de combinar — disse ela, entregando-me um copo de suco de laranja.

— Não vou dar nem um golinho para ele — prometi.

Ela sorriu afetuosamente. Na outra mão, segurava uma bolsa esportiva preta. Ajoelhou ao lado do meu pai e abriu a bolsa. Dentro havia envelopes e cartas.

— Se vai ficar no meu pé, pode pelo menos ser útil para alguma coisa. Coloque isso dentro dos envelopes.

Meu pai pegou os envelopes sem dizer uma palavra. Ele buscou uma posição confortável e começou a lambê-los como se fosse a coisa mais natural do mundo lamber envelopes à porta de um estranho, a língua trabalhando como se essa fosse sua razão de existir, a razão pela qual tínhamos ido até ali às 6 da manhã.

— E você, menino, quer ajudar?

— Meu nome é Jasper.

— Quer lamber uns envelopes, Jasper?

— Não quero não, mas tudo bem.

Os três sentamos à porta e ficamos enchendo envelopes com destreza e precisão. Era impossível articular o que exatamente estava acontecendo ali; era como se fôssemos atores improvisando numa peça estudantil, e de vez em quando olhávamos uns para os outros com divertimento mal disfarçado.

— Quanto te pagam para fazer isso? — perguntou meu pai.

— Cinco mangos para cada cem envelopes.

— Não é grande coisa.

— Não, não é.

Quando ela disse isso, percebi que seu rosto sério e grave se tornou sereno e gentil.

— Por que você odeia tanto os ricos? — perguntei.

Ela apertou os olhos verdes e disse:

— Porque eles sempre se dão bem. Porque os pobres estão dando duro enquanto os ricos reclamam da temperatura de suas piscinas. Porque quando as pessoas comuns têm algum problema, a lei fode com elas, e quando os ricos se metem em problema, eles saem ilesos.

— Talvez eu não seja rico — meu pai falou. — Talvez um carro esportivo vermelho seja a única coisa de valor que eu tenho.

— Quem se importa?

— Meu filho.

— É verdade? — ela me perguntou.

— Acho que sim.

Algo nessa conversa não estava funcionando. Era como se a linguagem nos faltasse quando mais precisávamos dela.

— Precisamos de uma governanta — disse meu pai de repente.

A língua da Olho Verde estacou no meio da lambida.

— Verdade isso?

— É. Verdade.

A Olho Verde largou os envelopes e seu rosto endureceu outra vez.

— Não sei se quero trabalhar para um rico filho da puta.

— Por que não?

— Porque eu te odeio.

— E daí?

— E daí que seria hipocrisia.

— Não, não seria.

— Não?

— Não, seria ironia.

A Olho Verde pensou a respeito por um instante, e seus lábios começaram a se mover sem emitir som algum, para que soubéssemos que ela estava pensando.

— Eu tenho namorado, você sabe.

— Isso a impede de limpar casas?

— Além do mais, você é muito velho e muito feio para mim. Eu não vou dormir com você.

— Escuta. Eu só estou procurando alguém para limpar nosso apartamento e cozinhar para o Jasper e para mim de vez em quando. A mãe dele morreu. Eu trabalho o tempo todo. Não tenho tempo de cozinhar. Além disso, só para constar, não estou interessado em você sexualmente. Essa sua cabeça raspada te deixa meio masculinizada. E o seu rosto é oval. Eu só gosto de rostos redondos. Rosto oval não me atrai. Pode perguntar a qualquer um.

— Talvez eu vá.

— Então, quer o emprego?

— Tá legal.

— Por que você arranhou meu carro?

— Eu não arranhei o seu carro.

— Sua mentirosa.

— Seu esquisito.

— Está contratada.

— Fechou.

Olhei para o meu pai, que tinha um olhar estranho no rosto, como se tivéssemos andado a noite toda para chegar a uma cachoeira secreta, e lá ela estava. Continuamos com os envelopes enquanto a aurora se transformava em manhã.

•

Na primeira noite em que Anouk veio cozinhar e limpar para nós, sua confusão era hilária; ela esperava uma casa espaçosa de homem rico e o que encontrou foi nosso apartamentinho asqueroso, podre feito o casco de um velho barco. Depois de fazer o jantar, ela perguntou:

— Como vocês conseguem viver assim? Vocês são porcos. Estou trabalhando para porcos.

— É por isso que você cozinhou esta lavagem? — retrucou meu pai.

Ela ficou furiosa, mas — por motivos que nunca entendi totalmente (*existem* outros empregos) — voltou semana após semana, dirigindo-se a nós sempre com incansável reprovação agressiva e uma expressão no rosto que fazia crer que tinha acabado de chupar uma cesta de limões. Ela entrava, abrindo cortinas e despejando luz em nosso buraco e, pisando nos livros de biblioteca com empréstimo vencido que cobriam todo o chão, me dirigia um olhar indagador, como se eu fosse um cativo que ela estivesse pensando em libertar.

No começo, Anouk vinha por algumas horas às segundas e sextas, mas pouco a pouco foi quebrando a rotina e começou a aparecer à hora que queria, não só para cozinhar e limpar, mas muitas vezes também para comer e criar confusão. Ela comia conosco regularmente, discutia conosco constantemente, e me apresentou a uma espécie que eu ainda não conhecia: a de uma esquerdista, amante das artes e autoproclamada "espiritual" cuja forma escolhida de comunicar suas nobres ideias sobre paz e amor e natureza era gritando com você.

— Sabe qual é o seu problema, Martin? — perguntou ela ao meu pai certa noite depois do jantar. — Você prefere os livros à vida. Sabe, eu não acho que os livros devam substituir a vida. Eles são mais um complemento.

— O que é que você sabe sobre isso?

— Eu sei quando vejo alguém que não sabe viver.

— E você sabe?

— Tenho algumas ideias.

Para ela, meu pai e eu éramos problemas esperando solução, e ela começou tentando nos transformar em vegetarianos, desfilando na nossa frente imagens de animais mutilados urrando enquanto nos deliciávamos com um bife suculento. Quando fracassou, ela inseriu furtivamente substitutos de carne em nossos pratos. E não era só comida; Anouk advogava, barbaramente, todas as formas de espiritualidade: arte-terapia, renascimento, massagem terapêutica, óleos com cheiros estranhos. Ela recomendou que recebêssemos massagens na aura. Nos arrastou a peças teatrais indecorosamente obscuras, inclusive uma em que os atores encenavam de costas para o público durante toda a produção. Era como se um lunático estivesse de posse das chaves do nosso cérebro, enfiando coisas como cristais e mensageiros do vento e panfletos de palestras de gurus Gucci um atrás do outro, todos místicos, esquerdistas e praticantes de levitação. Foi então que ela começou, com cada vez mais urgência, a avaliar criticamente nosso modo de vida.

Toda semana ela inspecionava um novo canto de nossas vidas abafadiças e nos entregava uma avaliação. Nunca era um elogio. Nunca ganhávamos um polegar para cima. Os polegares estavam sempre apontando para a cloaca. Depois que ela descobriu que meu pai estava gerindo uma boate de strip, as avaliações se tornaram mordazes, começando pelas beiradas e penetrando pouco a pouco. Ela criticava nosso hábito de personificar um ao outro ao telefone, e o modo como ambos ficávamos paralisados de terror sempre que alguém batia à porta, como se vivêssemos num regime totalitário e estivéssemos imprimindo um jornal clandestino. Ela dizia que viver feito estudantes de arte enquanto meu pai tinha um carro esportivo luxuoso era totalmente insano; ela demolia o hábito do meu pai de beijar livros e não a mim, e o fato de ele passar semanas sem se dar conta da minha existência, e depois semanas sem me dar um minuto de paz. Ela esmiuçava tudo, do modo como meu pai se encolhia na cadeira a como ele gastava uma hora pesando os prós e os contras de ter um chuveiro, passando por sua maneira sociopata de se vestir (foi Anouk quem notou pela primeira vez que ele usava pijamas por baixo do terno) e seu jeito displicente de se barbear, deixando tufos de cabelo brotando em áreas aleatórias do rosto.

Talvez fosse o tom de voz gélido e depreciativo de Anouk, mas ele simplesmente olhava de mau humor para seu café enquanto ela divulgava o último maldito relatório de frente de batalha. Sua forma mais inquietante e nociva de reprovação, entretanto, era quando ela criticava a crítica do meu pai; isso o deixava fora de esquadro. Você vê, ele passara praticamente a vida toda afiando seu desdém para com os outros, e tinha quase concluído seu veredicto de "culpado" para o mundo quando Anouk chegou e o demoliu. "Sabe qual é o seu problema?", dizia ela (sempre começava assim). "Você se odeia e por isso odeia os outros. É só ressentimento. Está ocupado demais lendo e pensando em coisas importantes. Não se importa com as pequenas coisas da sua própria vida, e isso significa que você desdenha de qualquer um que se importe. Você nunca se esforçou tanto quanto eles se esforçam, porque nunca se importou tanto quanto eles se importam. Nunca se coloca na pele deles." Quase sempre, enquanto ela disparava suas críticas, meu pai ficava estranhamente quieto, e raras vezes se erguia em defesa própria.

— Sabe qual é o seu problema? — perguntou ela certa tarde depois que meu pai lhe contou a história de sua vida. — Você está reformulando seus velhos pensamentos. Percebe isso? *Você está citando a si mesmo*, e seu único amigo é um bajulador desprezível — Eddie — que concorda com tudo que você diz, e nunca divulga as suas ideias num fórum em que elas possam ser desafiadas, só as comunica para si mesmo e então se parabeniza quando concorda com o que acabou de dizer."

Ela não parava, e nos meses seguintes, enquanto eu ingressava desconfortavelmente pela adolescência e minha relação com meu pai se debilitava a cada dia, como se tivesse osteoporose, Anouk não derramava ácido só sobre as ideias, as esperanças e a autoestima *do meu pai*; ela apontava para mim também. Foi ela quem me disse que eu só era bonito o suficiente para atrair cerca de 22 por cento da população feminina. Achei que este fosse um número sombrio, realmente abominável. Foi só quando fui capaz de identificar a solidão no rosto dos homens que percebi que ser atraente para 22 por cento das mulheres é um enorme sucesso. Há legiões de sociopatas feios, miseravelmente solitários e irremediavelmente ineptos por aí que caem na categoria dos zero a dois por cento — hostes e hostes deles —, e todos matariam pelos meus 22 por cento.

Ah, e ela também me repreendeu por negligenciar o segundo lote de peixes.

Sabe, a conta bancária do meu pai estava engordando outra vez e, inabalado pelo episódio anterior de homicídio (suicídio?), ele me comprou três peixes mais, desta vez peixes dourados comuns, como se pensasse que possuir peixes passava por graus de dificuldade segundo a espécie, e que a causa do desastre anterior fora que ele havia comprado peixes difíceis demais para o meu nível. Para ele, peixes-dourados eram peixes com rodinhas: imortais, impossíveis de matar.

Ele estava errado. No fim eu me desembaracei facilmente daqueles peixes também, mas desta vez por lhes dar comida de menos. Eles morreram de fome. Mas, daí até o dia em que meu pai morreu, nós discutimos sobre de quem tinha sido a culpa. Eu fiquei uma semana na casa do meu amigo Charlie e, juro por Deus, quando eu estava saindo do apartamento falei para o meu pai: "Não esqueça de dar comida para os peixes." Meu pai se lembra disso de modo muito diferente, e na versão dele, ao sair do apartamento eu na verdade falei: "Então tá, tchau." Seja como for, em algum momento durante minha ausência de uma semana os peixes se viram morrendo de fome e, ao contrário de seres humanos em situação similar, não pensaram em recorrer ao canibalismo. Simplesmente se deixaram morrer.

Anouk ficou do lado do meu pai dessa vez, e eu percebi que a única ocasião em que meu pai desfrutou dos benefícios de um cessar-fogo foi quando ele conseguiu se juntar com Anouk contra mim. Tenho de admitir, a relação entre eles me deixava perplexo. Eram uma dupla improvável, como se um rabino e um criador de pit bulls fossem abandonados juntos numa ilha deserta; estranhos incompatíveis coligados em época de crise, só que a de meu pai e de Anouk era uma crise inominável, sem começo nem fim.

•

Quando Anouk completou um ano trabalhando conosco, meu pai recebeu um telefonema inesperado.

— Você está brincando — falou ele. — Meu Deus, não. De jeito nenhum. Nem se você me estuprasse e me torturasse. Muito, quanto? Bom, está bem, então. Eu disse que sim, não disse? Quando começo?

Eram boas notícias! Uma produtora de filmes norte-americana ficara sabendo da história de Terry Dean e queria transformá-la num blockbuster de Hollywood. Eles queriam a ajuda do meu pai para ter certeza de que haviam entendido direito, embora fosse ambientada nos Estados Unidos como a história de um jogador de beisebol que retorna do inferno para se vingar dos companheiros de equipe que o espancaram até a morte.

Assim, parecia que meu pai poderia fazer um bom dinheiro com suas lembranças, mas por que agora? Já havia uns dois ou três filmes australianos absurdamente imprecisos baseados na história, e meu pai se recusara a cooperar com todos eles. Por que essa redenção, essa disposição repentina para explorar seus mortos? Era mais uma numa série alarmante de reviravoltas abruptas, permitindo que um roteirista chegasse com um belo cheque em troca do direito de tirar as cascas de ferida do cérebro do meu pai para ver o que havia embaixo.

Anouk, com seu dom sinistro de identificar o bicho na maçã, disse:

— Sabe qual é o seu problema? Você está vivendo à sombra do seu irmão.

E quando o roteirista de 23 anos apareceu alegremente no apartamento na semana seguinte, mascando chiclete, ele só precisou dizer "Então, me conte como Terry era quando criança" para que meu pai o agarrasse pelas mangas da camisa e o atirasse pela porta com o laptop por cima. Uma aparição nos tribunais mais tarde, seu novo "emprego" lhe custou 4 mil dólares e alguma publicidade indesejada.

— Sabe qual é o seu problema? — disse-lhe Anouk aquela noite. — Você é fanático, mas é fanático por tudo. Não percebe? Está dispersando seu fanatismo.

Mas quer saber qual é o verdadeiro problema? Ninguém consegue perambular tranquilamente pelo nevoeiro quando tem alguém ao seu lado gritando: Isso é luxúria! Isso é orgulho! Isso é preguiça! Isso é hábito! Isso é pessimismo! Isso é inveja! Isso é ressentimento! Anouk estava obstruindo nosso costume profundamente arraigado de viver bufando e rastejando perniciosamente naquele apartamento claustrofóbico. O único jeito que conhecíamos de seguir em frente era nos arrastar em direção a nossos desejos insignificantes e arfar ruidosamente para conseguir atenção. E Anouk, sempre otimista, queria transformar criaturas como nós em superseres! Ela queria que fôssemos atenciosos, solícitos, conscientes, morais, fortes, compassivos, amáveis, altruístas e corajosos, e ela não dava uma trégua, até que pouco a pouco recaímos no hábito deplorável de vigiar o que fazíamos e o que dizíamos.

Depois de meses com ela martelando e importunando, já não usávamos sacolas de plástico, e raramente comíamos alguma coisa que sangrasse; firmávamos abaixo-assinados, participávamos de protestos infrutíferos, inalávamos incenso, dobrávamo-nos em posições difíceis de ioga — escaladas preciosas na montanha da evolução pessoal. Mas também havia mudanças estúpidas, mergulhos de cabeça no precipício. Por causa de Anouk, vivíamos com medo de nós mesmos. Quem quer que tenha sido o primeiro a equiparar autoconhecimento com mudança não tem respeito pela debilidade humana e deveria ser encontrado e devorado. Explico por quê: Anouk apontou nossos problemas, mas não tinha os recursos ou o conhecimento para ajudar a corrigi-los. Nós certamente também não tínhamos. Então, graças a Anouk, nós não só estávamos empacados com a avalanche de problemas que já possuíamos, como agora tínhamos a assombrosa consciência de que eles existiam. Isso, é claro, levou a novos problemas.

III

Havia algo de muito errado com meu pai. Ele estava chorando; estava em seu quarto, chorando. Ouvia-se ele soluçar atrás da parede. Dava para ouvi-lo andando de um lado para o outro no mesmo espaço exíguo. Por que ele estava chorando? Eu nunca o tinha ouvido chorar antes; achei que ele não fosse capaz. Agora era toda noite depois do trabalho e toda manhã antes do trabalho. Tomei como mau agouro. Eu achava que ele estava chorando profeticamente: não pelo que acontecera, mas pelo que estava para acontecer.

Entre um soluço e outro, ele falava consigo mesmo:

— Maldito apartamento. Pequeno demais. Não consigo respirar. É um túmulo. Preciso guerrear. Quem sou eu? Como posso definir a mim mesmo? As escolhas são infinitas e portanto limitadas. O perdão um grande tema da Bíblia, mas em nenhum lugar diz que você deve perdoar a si mesmo. Terry nunca se perdoou, e era amado por todos. Eu me perdoo todos os dias, e ninguém me ama. Todo esse pavor e insônia. Não posso ensinar meu cérebro a dormir. Como anda a sua confusão estes dias? Cada vez mais gorda.

— Pai?

Empurrei um pouco a porta do quarto, e nas sombras seu rosto era sério e sua cabeça parecia uma lâmpada pendendo do teto.

— Jasper. Me faça um favor. Finja que é órfão.

Eu fechei a porta, fui para o meu quarto e fingi que era órfão. Não me pareceu tão ruim.

Então, de modo tão abrupto quanto havia começado, o choro parou. De repente ele começou a sair à noite. Aquilo era novo. Aonde ele ia? Eu o segui. Ele caminhava pelas ruas, saltitando e saudando as pessoas ao passar por elas. Elas não correspondiam. Ele parou em um pequeno pub lotado. Espreitei pela janela e o vi empoleirado no bar, bebendo. E ele tampouco estava amuado sozinho num canto; estava falando com as pessoas, dando risada. Aquilo era formidavelmente novo. Seu rosto estava todo rosado e, depois de engolir duas cervejas, ele subiu no banco do bar, desligou o jogo de futebol e disse algo para a multidão enquanto ria e chacoalhava o punho como se fosse um ditador contando uma piada na execução de seu dissidente favorito. Quando terminou, fez uma reverência (mas ninguém aplaudiu) e foi para outro pub, gritando "Oi, pessoal!" ao entrar, e então "Vou ver o que posso fazer!" ao sair. Depois entrou num bar pouco iluminado e caminhou em círculos e saiu sem pedir nada. E depois uma boate! Cristo! Foi isso que Anouk provocou?

Ele desapareceu na escada rolante do Fishbowl, uma *concept disco* projetada como uma enorme tigela de vidro com uma plataforma ao redor. Eu subi na plataforma e espiei dentro da tigela. No começo eu não o via. No começo eu não via nada além de pessoas bonitas imaculadamente esculpidas, iluminadas por breves segundos pelas luzes de neon. Então eu o avistei. *Caralho, ele estava dançando.* Estava ofegante e ensopado de suor, movendo o corpo desajeitadamente e fazendo movimentos estranhos e apáticos com os braços, como um lenhador cortando árvores no espaço, mas estava *se divertindo*. Estava mesmo? Seu sorriso tinha o dobro do tamanho dos sorrisos normais, e ele fitava com volúpia decotes de todos os tamanhos e credos. Mas o que era aquilo? Ele não estava dançando sozinho! Estava dançando com uma mulher! Estava mesmo? Ele estava dançando atrás dela, girando em suas costas. Ela o ignorava sem muito esforço, e por isso ele deu a volta para ficar de frente para ela, e tentou arrebatá-la com aquele sorriso de 1 quilômetro de largura. Eu me perguntei se ele a convidaria para nosso apartamento triste e imundo. Mas não, ela não estava na dele. Então ele passou para outra mulher, uma mais baixa e mais roliça. Ele a abordou e a acompanhou até o bar. Pagou uma bebida para ela e entregou o dinheiro como se estivesse pagando um resgate. Enquanto conversavam, ele colocou a mão nas costas dela e a puxou em sua direção. Ela resistiu e se afastou, e o sorriso do meu pai ficou ainda maior, fazendo-o parecer um chimpanzé com pasta de amendoim besuntada nas gengivas para um comercial de TV.

Chegou um segurança sem pescoço e de nariz chato vestindo uma camiseta preta justa. Sua mão de Golias envolveu a nuca do meu pai, e ele o escoltou para fora do clube. Na rua, meu pai o mandou comer a própria mãe, caso ainda não o tivesse feito. Aquilo bastou para mim. Eu já tinha visto o suficiente. Era hora de ir para casa.

Às 5 da manhã ele bateu na porta. Tinha perdido a chave. Ao abrir a porta, notei que ele estava amarelo e suava no meio de uma frase. Voltei para a cama sem escutar o final. Aquela foi a única noite em que o segui, e quando contei a história para Anouk ela disse que isso ou era um "ótimo sinal", ou era um "péssimo sinal". Não sei o que ele fez durante o resto daquelas noites fora na cidade. Só me resta presumir que eram variações do mesmo infrutífero tema.

Um mês depois ele estava em casa outra vez, chorando. Mas o que era pior é que ele começou a me observar enquanto eu dormia. Na primeira noite que fez isso, veio até o meu quarto justo quando eu estava pegando no sono e sentou à beira da janela.

— O que foi? — perguntei.

— Nada. Durma.

— O quê, com você sentado aí?

— Vou ler aqui um pouco — ele falou, segurando um livro.

Ele acendeu a luz e começou a ler. Eu o observei por um minuto, depois encostei a cabeça no travesseiro de novo e fechei os olhos. Ouvia-se o virar das páginas. Alguns minutos depois eu abri disfarçadamente um olho e quase me sobressaltei. Ele estava olhando para mim. Meu rosto estava na sombra, por isso ele não podia ver que eu o observava me observar. Então ele virou a página outra vez. Percebi que ele estava *fingindo ler*, uma desculpa para me observar dormir. Isso aconteceu noites a fio, meu pai fingindo ler no meu quarto enquanto eu ficava acordado de olhos abertos, sentindo os olhos dele em mim e escutando o som das páginas virando. Vou te contar, que noites em claro mais sinistras foram aquelas.

Então ele começou a roubar lojas. Começou bem. Chegou em casa com a sacola cheia de abacates e maçãs e grandes couves-flores. Frutas e verduras, nada do que reclamar. Depois roubou pentes, pastilhas para garganta e band-aids — produtos farmacêuticos. Úteis. Depois roubou itens absurdos de lojas de presentes: um velho pedaço de madeira flutuante com as palavras "Meu lar é meu castelo" gravadas, um mata-moscas em forma de chinelo e uma caneca que dizia "Você nunca sabe quantos amigos tem até comprar uma casa na praia", que pode ser engraçado para se colocar numa casa na praia, quando se tem uma. Nós não tínhamos.

Depois ele estava na cama chorando outra vez.

Depois ele estava me observando dormir outra vez.

Depois ele estava à beira da janela. Eu não sei quando exatamente ele assumiu o posto lá, ou por quê, mas se mantinha vigilante em sua nova função. Metade de seu rosto olhava pela janela, a outra metade enterrava-se nas cortinas amontoadas. Nós devíamos ter venezianas, o acessório perfeito para surtos repentinos de paranoia aguda; não há ambientação melhor que aquelas fendas com faixas de sombra sobre o seu rosto. Mas, afinal, o que ele olhava através da janela? Basicamente, os fundos de apartamentos de merda. Basicamente banheiros e cozinhas e quartos. Nada fascinante. Homem com pernas pálidas e magricelas em pé de cueca devorando maçã, mulher passando maquiagem enquanto discute com pessoa fora de quadro, casal de velhos escovando os dentes de pastor-alemão que não coopera, esse tipo de coisa. Olhando para fora, meu pai tinha um ar sombrio. Não era inveja, isso eu sei. Para ele, a grama do vizinho nunca era mais verde. Quando muito, era mais marrom.

Tudo dera uma guinada para a obscura idade. Seu humor era obscuro. Seu rosto era obscuro. Seu vocabulário, obscuro e ameaçador.

— Maldita puta — ele falou, certo dia, à janela. — Maldita piranha.

— Quem? — perguntei.

— A puta do outro lado da rua olhando para nós.

— Bom, você também está olhando para ela.

— Só para ver se ela está olhando.

— E está?

— Não agora.

— Então qual o problema? — perguntei.

Este é o problema: ele costumava ser engraçado. Quer dizer, eu sei que reclamei dele a vida toda, mas eu sentia falta do meu velho pai. O que aconteceria com sua impiedade alegre e despreocupada? Ela era engraçada. A reclusão é hilária. A rebelião, uma explosão de riso! Mas chorar raramente é engraçado, e a fúria sociopata nunca é motivo de risadas — não para mim, pelo menos. Agora ele mantinha as cortinas insulsamente fechadas o dia todo. Nenhuma luz entrava no apartamento. Já não havia meios-dias ou manhãs ou flutuações sazonais de tipo algum. A única mudança era na escuridão. Havia coisas florescendo nela. Quaisquer que fossem os cogumelos que existiam em sua psique, eles estavam prosperando naquele lugar escuro e pantanoso. Nada engraçado.

Uma noite eu derrubei café na cama. Foi café, eu juro, que vazou pelos lençóis e penetrou no colchão, porém mais parecia urina. Pensei: Anouk vai pensar que é urina. Tirei os lençóis da cama e os escondi. Fui buscar lençóis limpos no armário. Não havia nenhum.

— Onde foram parar os lençóis? — perguntei ao meu pai.

— Lá fora — disse ele.

Nós não tínhamos um "lá fora". Vivíamos em um apartamento. Fiquei intrigado com esse mistério por um tempo antes de chegar a uma conclusão assustadora. Fui conferir. Abri as cortinas. *Não havia o mundo lá fora*. Eu via lençóis; ele os havia pendurado sobre as janelas do lado de fora, talvez como um escudo branco balançante para nos esconder de bisbilhoteiros. Mas não, eles não eram brancos. Também não eram um escudo. Eram um letreiro. Havia algo escrito do outro lado dos lençóis, em vermelho. As palavras "Maldita puta".

Isso era ruim. Eu sabia que isso era ruim.

Tirei os lençóis e os escondi com os demais, aqueles com urina. Merda, eu escrevi isso, não foi? Está bem, eu admito. *Era* urina (não é por querer atenção que as crianças molham a cama, é por medo dos pais).

Fiquem sabendo que não é preciso ser religioso para rezar. Reza não é tanto um artigo de fé quanto algo herdado culturalmente do cinema e da televisão, como beijar na chuva. Eu rezei pela recuperação do meu pai como um ator mirim possivelmente rezaria: de joelhos, palmas grudadas, cabeça abaixada, olhos fechados. Cheguei ao ponto de acender uma vela para ele, não numa igreja — hipocrisia tem limite —, mas na cozinha tarde da noite, quando ele estava no auge de seus roncos noturnos. Eu esperava que a vela removesse o que quer que o estivesse atando com tanta força.

Anouk estava na cozinha comigo, limpando-a de cima a baixo, resmungando que queria não só ser paga como também reconhecida, e, citando cocô de rato e ninhos de barata como prova, insinuava que ao limpar a cozinha estava salvando a nossa vida.

Meu pai estava esticado no sofá com as mãos cobrindo o rosto.

Ela parou de limpar e parou na porta. Ele percebeu que ela o fitava e pressionou com mais força as palmas das mãos contra os olhos.

— O que é que está havendo com você, Martin?

— Nada.

— Quer que eu lhe diga?

— Deus, não.

— Você está chafurdando em autopiedade, é o que eu acho. Tá legal, você está frustrado. Suas aspirações não se realizam. Você acha que é uma pessoa especial que merece tratamento especial, só que está começando a perceber que ninguém no mundo concorda. E para piorar as coisas, seu irmão é celebrado como o deus que você acha que é, e isso finalmente te derrubou nessa espécie de poço sem fundo de depressão em que todos esses pensamentos obscuros estão te atormentando e se alimentando uns dos outros. Paranoia, complexo de perseguição, provavelmente impotência também, eu não sei. Mas deixe eu te dizer. Tem que tomar uma atitude, antes que faça alguma coisa da qual se arrependa.

Dava tanta aflição quanto ver alguém acender fogos de artifício, e então espiar de cima pensando que falhou. Só que meu pai não falhara.

— Pare de me criticar, sua vadia intrometida!

— Escute, Martin. Qualquer outra pessoa daria o fora daqui. Mas alguém tem que colocar um pouco de juízo na sua cabeça. E além do mais está assustando o menino.

— Ele está bem.

— Ele não está bem. Ele está mijando na cama!

Meu pai levantou a cabeça sobre o encosto do sofá, e tudo que eu consegui ver foi o grande progresso da sua calvície.

— Jasper, venha cá.

Eu fui até a calvície.

— Você já se sentiu deprimido? — perguntou meu pai.

— Não sei.

— Você está sempre tão calmo. É só fachada, não é?

— Talvez.

— Me diga, o que o atormenta, Jasper?

— Você! — gritei, e corri para o quarto.

O que eu não conseguia entender era que o estado desvairado do meu pai tinha a capacidade de me despachar para o mesmo caminho perigoso.

Logo depois daquela noite, Anouk me levou ao Royal Easter Show para me animar. Depois dos brinquedos e do algodão-doce e das sacolas de surpresas, fomos ver o julgamento de animais. Enquanto olhava para o gado, eu de repente fingi estar sofrendo um ataque de desequilíbrio crônico, um novo passatempo meu que incluía trombar com as pessoas, tropeçar, cair contra vitrines, esse tipo de coisa.

— O que foi? — guinchou ela, agarrando-me pelos ombros.

— Não sei.

As mãos dela apertaram as minhas.

— Você está tremendo!

É verdade, eu estava. O mundo girava, minhas pernas dobravam-se feito palha. Meu corpo inteiro tremia fora de controle. Eu tinha me levado a um estado de agitação tal que a doença fabricada tomou conta, e por um minuto esqueci que não havia nada de errado comigo.

— Socorro! — gritei.

Uma multidão de espectadores correu até mim, inclusive alguns funcionários do local. Eles pairaram sobre mim, embasbacados (numa emergência de verdade, milhares de olhos contra o seu crânio não é assim tão útil).

— Ele precisa tomar ar! — gritou uma voz.

— Está tendo uma convulsão! — exclamou outra.

Eu me sentia aturdido e nauseado. Lágrimas rolaram pelo meu rosto. Então, de repente, lembrei que só estava brincando. Meu corpo relaxou, e a náusea foi substituída pelo medo de ser descoberto. Os olhos recuaram alguns centímetros, mas a força dos olhares continuava intacta. Anouk me segurava em seus braços. Eu me senti ridículo.

— Tire as mãos de mim! — gritei, empurrando-a.

Voltei para o gado. Eles estavam sendo julgados por um comitê de gente em roupas de couro e chapéus *Akubra*. Eu me inclinei sobre a cerca. Ouvi Anouk sussurrando freneticamente atrás de mim, mas me recusei a olhar. Depois de um minuto, ela veio até mim.

— Está bem agora? — perguntou ela.

Minha resposta foi inaudível. Ficamos lado a lado, em silêncio. Um minuto depois, uma vaca marrom com uma mancha branca nas costas ganhou o primeiro prêmio por ser o bife com aspecto mais suculento no paddock. Todos aplaudimos como se não houvesse nada de estranho em aplaudir vacas.

— Você e seu pai são um belo par — disse Anouk. — Podemos ir embora quando quiser.

Eu me senti péssimo. O que eu estava fazendo? E daí se a cabeça dele era uma concha vazia em que se podia ouvir o tormento do mar? O que aquilo tinha a ver com o meu bem-estar mental? Seus gestos se tornaram pássaros malucos chocando-se contra janelas. Isso queria dizer que os meus também precisavam ser assim?

Algumas semanas depois, meu pai e eu levamos Anouk até o aeroporto. Ela iria viajar, ficaria alguns meses sendo massageada em uma praia em Bali. Logo antes de passar pelo portão de embarque, ela me puxou de lado e falou:

— Eu me sinto um pouco culpada por te deixar logo agora. Seu pai está prestes a surtar.

Acho que ela queria que eu dissesse: “Não, nós vamos ficar bem. Aproveite, bastante.”

— Por favor, não vá — falei.

Mas ela foi mesmo assim, e uma semana depois ele surtou.

•

Meu pai entrou em seu ciclo mensal de chorar, andar de um lado para o outro, gritar, me observar dormir e roubar lojas, mas desta vez foi tudo em uma única semana. Então tudo se comprimiu ainda mais e ele passou por todo o ciclo em um dia, com cada etapa durando cerca de uma hora. E então ele passou pelo ciclo em uma hora, suspirando e resmungando e reclamando e roubando (da banca da esquina) numa torrente de lágrimas, correndo para casa e rasgando as roupas e andando pelado de um lado para o outro no apartamento, seu corpo parecendo um monte de peças sobressalentes encaixadas às pressas.

Eddie chegou esmurrando a porta.

— Por que seu pai não tem vindo trabalhar? Ele está doente?

— É, mais ou menos.

— Posso vê-lo?

Eddie entrou no quarto e fechou a porta. Depois de meia hora ele saiu, coçando o pescoço como se meu pai lhe tivesse causado urticária, e falou:

— Meu Deus. Quando isso tudo começou?

Eu não sei. Há um mês? Um ano?

— Como a gente conserta ele? — Eddie se perguntou. — Precisamos pensar. Vamos ver. Deixe eu pensar.

Ficamos parados num silêncio pantanoso por longos vinte minutos. Eddie estava pensando. Eu estava irritado com o modo como ele sibilava pelas narinas, que estavam parcialmente bloqueadas por algo que eu podia ver. Depois de outros dez minutos ele falou:

— Vou pensar um pouco mais sobre isso em casa.

E então saiu. Não tive mais notícias dele depois daquilo. Se ele teve alguma ideia brilhante, não foi rápido o suficiente.

Uma semana depois, bateram à porta. Fui até a cozinha, fiz umas torradas e comecei a tremer. Não sei como, mas eu sabia que o universo tinha vomitado algo especial para mim; eu simplesmente sabia. As batidas na porta persistiram. Eu não queria onerar minha imaginação e, contrariando meus instintos, abri. Era uma mulher de rosto flácido e grandes dentes marrons, com um olhar de dó no rosto. Havia um policial com ela. Supus que não fosse do policial que ela sentia pena.

— Você é Kasper Dean? — perguntou ela.

— O que foi?

— Podemos entrar?

— Não.

— Sinto muito por lhe dar esta notícia. Seu pai está no hospital.

— Ele está bem? O que aconteceu?

— Ele não está bem. Vai ficar lá por um tempo. Quero que venha com a gente.

— Do que está falando? O que aconteceu com ele?

— A gente explica no carro.

— Eu não sei quem vocês são e o que querem comigo, mas vão se foder.

— Vamos, filho — disse o policial, claramente disposto a ignorar minha sugestão.

— Para onde?

— Tem uma casa onde você pode ficar por alguns dias.

— Esta é a minha casa.

— Não podemos deixar você aqui sozinho. Não até completar 16 anos.

— Ah, pelo amor de Deus. Eu sempre cuidei de mim mesmo.

— Vamos, Kasper — ladrou o policial.

Eu não lhe contei que meu nome era Jasper. Não lhe contei que Kasper era um personagem fictício que meu pai inventara e que Kasper havia sido morto muitos anos antes. Decidi entrar no jogo até entender o que estava acontecendo. Eu sabia o seguinte: eu não tinha 16 anos, e isso significava que eu não tinha direitos. As pessoas estão sempre falando dos direitos da criança, mas nunca são os direitos de que você precisa quando precisa deles.

Fui com eles no carro de polícia.

No caminho eles explicaram que meu pai tinha se jogado de carro contra a vidraça do Fleshpot. Foi um ato que poderia ter sido tomado como um infeliz acidente, não fosse pelo fato de, ao atravessar a vidraça, ele ter travado o volante num círculo fechado e girado o carro pela pista de dança, avançando sobre mesas e cadeiras, quebrando tudo, destruindo o bar. A polícia teve de arrastá-lo para fora do carro. Evidentemente, ele tinha enlouquecido. E agora estava num hospício. Eu não fiquei surpreso. Denunciar civilizações tem seu preço quando você continua a existir nela. Tudo bem se você faz isso do alto de uma montanha, mas meu pai estava bem no meio, e suas contradições em polvorosa finalmente haviam se nocauteado.

— Posso ver meu pai?

— Hoje não — disse a mulher. Chegamos a uma casa no subúrbio. — Vai ficar aqui por alguns dias, enquanto vemos se algum parente pode vir buscá-lo.

Parente? Eu não conhecia nada parecido.

Era uma casa térrea de tijolos e parecia uma casa de família como outra qualquer. Do lado de fora não se dizia que era ali que abrigavam os caquinhos de famílias destroçadas. O policial tocou a buzina quando chegamos e logo uma mulher com um seio gigante saiu lá de dentro com um sorriso que eu previ que veria eternamente em milhares de pesadelos terríveis. O sorriso dizia: "A tua tragédia é o meu ingresso para o céu, então venha cá e me dê um abraço."

— Você deve ser o Kasper — falou ela, e ao seu lado apareceu um careca que continuou fazendo que sim com a cabeça como se *ele* fosse Kasper.

Eu não disse nada.

— Sou a Sra. French — disse a mulher de um seio só meio que se gabando, como se ser a Sra. French fosse por si só uma conquista alcançada com grande esforço.

Continuei sem dizer nada, e eles me levaram para conhecer a casa. Me mostraram um bando de crianças vendo televisão. Por hábito, inspecionei os rostos femininos na sala. Faço isso mesmo entre as fragmentadas. Faço isso para ver se há alguma beleza física com que posso sonhar ou sentir tesão; faço isso em ônibus, em hospitais, em funerais de amigos queridos; faço isso para aliviar um pouco a tensão; farei isso em meu leito de morte. Mas todos naquele lugar eram feios, ao menos por fora. Todas as crianças me examinaram como se eu estivesse à venda. Metade delas parecia resignada a o que quer que o destino lhes estivesse preparando; a outra metade rosnava em desafio. Naquele momento eu não estava interessado em suas histórias. Tenho certeza de que todas elas tinham tragédias perfeitamente terríveis, capazes de me fazer chorar por séculos, mas eu estava ocupado demais envelhecendo dez anos a cada minuto passado naquele limbo para crianças.

O casal continuou o tour. Ele me mostraram a cozinha. Mostraram o quintal. Mostraram meu quarto, um cubículo melhorado. As pessoas podiam estar sendo bondosas, amáveis e gentis, mas eu preferia economizar tempo e simplesmente presumir que eram pervertidos esperando o cair da noite.

Quando joguei minha bolsa na cama, a Sra. French falou:

— Você será feliz aqui.

— Deve estar brincando — retruquei. Eu não gosto de pessoas me dizendo quando e onde serei feliz. Isso não cabe nem a mim decidir. Perguntei: — E agora? Tenho direito a meu único telefonema?

— Isto aqui não é uma prisão, Kasper.

— Vamos ver.

Telefonei para Eddie para ver se eu podia ficar com ele. Ele admitiu que seu visto já havia vencido e que ele estava ilegal é que, sendo assim, não podia fazer a solicitação para ser meu tutor. Liguei para a casa de Anouk e ouvi sua colega de quarto me contar o que eu já sabia: que ela continuava buscando a iluminação num centro de meditação budista em Bali e que só voltaria para casa quando o dinheiro acabasse. Eu não tinha a quem recorrer. Desliguei o telefone e voltei para o meu pequeno pedaço de escuridão e chorei. Eu nunca tinha pensado negativamente sobre meu futuro até aquele momento. Acho que a verdadeira perda da inocência é esta: quando, pela primeira vez, você vislumbra as barreiras que vão limitar seu potencial.

Não havia tranca na porta, mas consegui calçar a maçaneta com a cadeira. Fiquei acordado a noite toda, aguardando aquele estrondo sinistro. Perto das 3 da manhã caí no sono, e por isso só me resta supor que eles vieram abusar sexualmente de mim quando eu estava longe, sonhando com oceanos e horizontes que eu jamais alcançaria.

IV

No dia seguinte, acompanhado pela Sra. French, fui ver meu pai. Admito, vergonhosamente, que quando entramos no carro eu estava entusiasmado. Eu nunca havia entrado num hospital psiquiátrico — seria como nos filmes, com uma sinfonia de gritos inumanos agudos? Cheguei ao ponto de desejar que os pacientes não estivessem sedados demais para batucar em panelas com colheres de pau.

No carro, quando estávamos a caminho, eu não disse nada. A Sra. French continuou a me olhar impaciente, irritada porque eu não abria meu coração para ela. O silêncio nos perseguiu durante todo o caminho até o hospital. Ela encostou o carro numa banca de jornais e, dando-me 10 dólares, falou:

— Por que não compra umas revistas para o seu pai?

Eu entrei e pensei: O que alguém fora de si gostaria de ler? Pornografia? Entretenimento? Peguei uma revista sobre cavalos, mas a coloquei de volta. Não era apropriada. Acabei escolhendo um livro de passatempos labirintos, anagramas e charadas para estimular o cérebro dele.

Dentro do hospital, ouvimos gritos frenéticos do tipo que geralmente associamos a rios fervilhantes de sangue. Ao sair do elevador, vi pacientes caminhando sem rumo pelos corredores, pernas se debatendo, línguas para fora, bocas escancaradas como se estivessem no dentista. Vi algo amarelo em seus olhos. Senti um cheiro diferente de todo cheiro que já havia sentido. Aquelas eram pessoas que haviam sido jogadas na escuridão, restos humanos fitando os próprios pesadelos, cobertos com finas camisolas brancas, suas psiques sobressaindo feito costelas. Eram as brasas de um fogo se apagando. Em que lugar no mundo poderiam fazer sentido?

Os médicos caminhavam energicamente para despir os pacientes de sua risada maluca. Estudei os rostos dos enfermeiros: como eles conseguiam trabalhar lá? Deviam ser sádicos ou santos. Não poderiam ser outra coisa, mas seria possível que fossem ambas? Os enfermeiros e os médicos pareciam cansados: drenar cabeças de ideias equivocadas é, com certeza, uma atividade exaustiva.

Pensei: Que coisa humana poderia surgir desse edifício de pesadelos violentos e dizer "Muito bem, agora, de volta ao mundo!"?

A enfermeira na recepção estava misteriosamente imóvel e tinha uma expressão dolorosa, como se estivesse se preparando para um soco na cara.

— Jasper Dean deseja ver Martin Dean — falei.

— Você é parente?

Como eu não disse nada por um instante, ela falou:

— Vou chamar o Dr. Greg.

— Espero que este seja o sobrenome dele.

Ela pegou um telefone e contatou o Dr. Greg. Examinei o rosto da Sra. French em busca de algum reconhecimento de que eu não me referira a mim mesmo como Kasper. Se ela me escutou, não estava deixando transparecer nada.

Alguns minutos depois, o Dr. Greg chegou, com um ar elegante, sorrindo como alguém que pensa que é sempre querido, sobretudo à primeira vista.

— Estou feliz que esteja aqui. Seu pai não fala conosco — anunciou ele.

— E...?

— E eu estava pensando se você poderia vir até o quarto e nos ajudar.

— Se ele não quer falar com você, quer dizer que ele não liga para o que você pensa. A minha presença não vai mudar isso.

— Por que ele não liga para o que eu penso?

— Bom, provavelmente disse coisas do tipo: "Estamos do seu lado, Sr. Dean" e "Estamos aqui para ajudá-lo".

— O que há de errado com isso?

— Olha. Você é psiquiatra, certo?

— E?

— Ele leu livros escritos por seus predecessores: Freud, Jung, Adler, Rank, Fromm e Becker. Esses caras. Ele precisa se convencer de que você é do mesmo naipe.

— Bom, eu não sou Freud.

— E é exatamente esse o problema.

A Sra. French esperou na recepção enquanto eu segui o médico por corredores sombrios e por incontáveis portas com tranca que eram abertas e fechadas. Chegamos ao quarto do meu pai, e ele o destrancou. Dentro havia uma cama, uma mesa, uma cadeira e bocados semimastigados de uma comida indefinível num prato. Meu pai permaneceu de costas para a gente, olhando pela janela. Observá-lo era como olhar para uma árvore nua no inverno.

— Martin, seu filho está aqui para vê-lo — disse o Dr. Greg.

Quando ele se virou, deixei escapar um pequeno suspiro. Era como se todos os ossos e músculos do seu rosto tivessem sido removidos.

— Como vai? — perguntei, como se estivéssemos nos encontrando pela primeira vez.

Ele deu um passo à frente com o olhar perplexo de uma mãe após o parto.

Qualquer voto de silêncio que meu pai tivesse feito, ele abandonou ao me ver.

— Jasper, escute. Você nunca pode matar os seus velhos eus. Eles jazem lá, numa vala comum, enterrados vivos, amontoados, aguardando a oportunidade de ressuscitar, e então, já que eles um dia foram mortos, eles o guiam como se você fosse um zumbi, já que eles mesmos são zumbis. Entende o que estou dizendo? Todos os seus velhos fracassos revivendo monstruosamente!

Olhei para o Dr. Greg e falei:

— Você queria que ele falasse. Bom, ele está falando.

Meu pai sugou o lábio em provocação. Fui até ele e sussurrei:

— Pai, você tem que sair daqui. Me levaram para um orfanato do governo. É horrível.

Ele não disse nada. O Dr. Greg também não. Corri os olhos pelo quarto e pensei que aquele era o pior lugar possível para uma mente que sofrera um colapso, já que lhe daria mais tempo para refletir, e se a doença dele tinha uma causa, era reflexão em excesso; pensar demais tinha feito o cérebro dele enguiçar. Olhei de novo para o Dr. Greg: ele estava encostado na mesa, como se assistisse a uma peça em que nenhum dos atores sabia de quem era a vez de falar.

— Olha. Eu trouxe uma coisa para você — falei, entregando ao meu pai as palavras cruzadas.

Ele me dirigiu um olhar triste ao pegar o livro, mas então começou a examiná-lo e a emitir pequenos "hmm".

— Um lápis — disse em um sussurro áspero, esticando a mão sem olhar para cima.

Olhei para o Dr. Greg até que, relutante, ele vasculhou o bolso da camisa e me entregou um lápis com a delicadeza de quem me entregava um facão. Dei o lápis para meu pai. Ele abriu o livro e começou a resolver o primeiro labirinto. Tentei pensar em alguma coisa para dizer, mas só consegui pensar em "de nada", embora ele não tivesse agradecido.

— Pronto — falou ele para si mesmo terminar.

— Martin — disse o Dr. Greg.

Meu pai piscou, virou a página e começou o segundo labirinto. Do meu ponto de vista, o livro estava de cabeça para baixo, e fiquei tonto ao observá-lo. Depois de um minuto ele disse:

— Fácil demais. — Ele virou a página e começou a enfrentar o terceiro labirinto. — Eles ficam cada vez mais difíceis conforme você avança no livro — disse para ninguém.

Agora ele atacava as palavras cruzadas compulsivamente. O Dr. Greg me lançou um olhar como que para dizer "O que o levou a dar a um homem mentalmente confuso um compêndio de enigmas?", e tive de concordar que teria sido muito melhor seguir meu primeiro instinto e comprar revistas de mulheres peladas.

— Eddie falou que você pode voltar para o trabalho quando estiver pronto para isso — eu disse.

Sem olhar para cima, meu pai falou:

— Filho de uma puta.

— Acho que ele está sendo muito legal com você, considerando que destruiu o clube dele.

— No dia em que conheci Eddie, em Paris, ele me ofereceu dinheiro, depois me ofereceu um emprego. Depois encontrou um emprego para mim. E depois me seguiu até aqui na Austrália para me dar dinheiro para alimentar você. Não muito, 100 aqui, 100 ali, mas ele continua me ajudando.

— Parece que você tem um grande amigo — disse o Dr. Greg.

— O que é que você sabe? — vociferou meu pai.

Chega dessa conversinha, pensei. Fui para perto do meu pai e tentei sussurrar no ouvido dele outra vez:

— Pai, preciso que você saia daqui. Eles me puseram num orfanato.

Ele não disse nada, apenas começou a solucionar o último labirinto do livro.

— É perigoso. Um cara me assediou — menti.

Ele continuou sem dizer nada, só enrugou o rosto, irritado — não com minha mentira desagradável, mas com a charada que ele não conseguia resolver.

— Martin — interrompeu o Dr. Greg —, não quer olhar para o seu filho?

— Eu sei como ele é — disse meu pai.

Estava claro que a mediocridade atordoante do Dr. Greg estava sufocando meu pai. O médico estava pisando no terreno pouco iluminado da mente dele com botas lamacentas, pisoteando tudo sem entender nada. Como eu disse, meu pai queria ser investigado por um Freud ou um Jung, e caso não houvesse outra evidência de sua mente desvairada, esperar que um gênio ignoto estaria definhando ali naquela espelunca estatal seria prova suficiente.

Ele continuava tendo dificuldade com o último labirinto. O lápis o percorria, mas só chegava a becos sem saída.

— Que merda?! — exclamou.

Ele estava rangendo os dentes tão ruidosamente que podíamos ouvir.

— Martin, por que não deixa o livro de lado um pouco e fala com o seu filho?

— Cala a boca!

De repente, meu pai levantou e bateu o pé. Ele agarrou uma cadeira e a segurou acima da cabeça, respirando tão profundamente que seu corpo inteiro se arqueou.

— Me tire daqui agora! — gritou, brandindo a cadeira no alto.

— Abaixe isso! — gritou o Dr. Greg. — Jasper, não se assuste.

— Não estou com medo — falei, embora estivesse um pouco assustado. — Pai — falei —, não seja cretino.

Então o reforço chegou, como nos filmes. Um enfermeiro entrou correndo, agarrou meu pai e o empurrou sobre a mesa. Outro me agarrou e me tirou da sala. Eu ainda podia ver meu pai pela janelinha da porta. Os enfermeiros o haviam imobilizado à mesa e estavam enfiando uma agulha em seu braço. Ele gritava e esperneava; o que quer que houvesse na agulha, estava demorando a agir. O metabolismo teimoso e acelerado do meu pai demorava a reagir, sua agitação era elétrica demais. Depois disso não consegui ver mais seu rosto porque um dos enfermeiros entrou na frente, e pensei que quando chegasse o Apocalipse com certeza haveria algum cabeludo na minha frente. Enfim o enfermeiro se moveu para o lado, e vi que meu pai estava todo babando e sonolento e medicado à ambivalência. Quando, alguns espasmos depois, ele ficou em paz, o Dr. Greg saiu para falar comigo. Seu rosto estava vermelho e suado, e detectei um ar sutil de satisfação em seus olhos, como se ele estivesse dizendo com seus botões: "É para isso que este lugar existe!"

— Vocês não podem segurar meu pai aqui! — gritei.

— Podemos sim.

Ele me mostrou alguns documentos. Havia um monte de palavreado técnico. Eu não entendi nada. Era tudo muito chato. Até a tipografia era monótona.

— Escuta. O que é preciso para tirar meu pai daqui?

— Ele precisa melhorar.

— Ora, dá para ser mais específico?

— Mais equilibrado. Precisamos ter certeza de que ele não vai machucar a si mesmo, nem a você, nem aos demais.

— E como vocês pretendem conseguir isso? Seja específico, lembre-se.

— Fazendo ele falar comigo. E medicando-o para que ele fique estável.

— Isso tudo parece muito demorado.

— Não vai acontecer da noite para o dia.

— Bom, quanto tempo? Preciso de uma estimativa.

— Não sei, Jasper. Seis meses? Um ano? Olhe para ele; seu pai está muito mal.

— Bom, e o que é que eu devo fazer? Morar num maldito orfanato?

— Não tem nenhum parente que possa cuidar de você?

— Não.

— Tios ou tias?

— Mortos.

— Avós?

— Mortos! Mortos! Droga, todo mundo está morto!

— Sinto muito, Jasper. Isso não é algo que possa andar rápido.

— Tem que andar.

— Não vejo como.

— Isso é porque você é um idiota — falei, e saí em disparada pelos corredores, sem parar para contemplar os gemidos ruidosos nas laterais.

Na recepção, a Sra. French examinava atentamente as próprias unhas, como alguém que não gosta de ser deixada sozinha com seus pensamentos. Aquelas unhas eram um modo de escapar deles. Eu a deixei com suas unhas e entrei em silêncio no elevador. Enquanto descia, pensei em todas as pessoas que escutara pomposamente se autoproclamarem loucas e lhes desejei um montão, mas um montão mesmo de azar.

Peguei um ônibus para casa. Os outros passageiros pareciam tão cansados e exaustos quanto eu. Pensei em meu problema: Aquele hospital, em vez de ser um caminho para o bem-estar, só aceleraria a decadência do corpo, da mente e do espírito de meu pai, e para ele ficar bem, tinha de sair de lá, mas para sair de lá ele precisava estar bem. Para fazê-lo ficar bem, eu precisava descobrir exatamente o que o havia deixado doente, de que forma ele se tornara imprestável.

•

De volta ao apartamento, procurei os cadernos mais recentes do meu pai. Eu precisava de uma ideia, e nenhum manual poderia me ajudar mais do que aquele que ele mesmo tinha escrito. Mas eu não conseguia encontrá-los. Não estavam no guarda-roupa, nem embaixo da cama, nem embrulhados em sacolas de plástico e nem escondidos na caixa de descarga — em nenhum de seus esconderijos usuais. Depois de uma hora de busca meticulosa, eu tive de admitir que eles não estavam no apartamento. O que ele tinha feito com eles? Eu virei o quarto dele de cabeça para baixo mais uma vez, o que só o levou de um estado caótico a outro. Exausto, deitei na cama dele. A atmosfera estava empesteada pelo colapso do meu pai, e eu fiz o possível para afastar a desagradável noção de que aquele não era o começo do fim, mas o verdadeiro fim definitivo e conclusivo, o fim do fim.

Na mesinha ao lado da cama do meu pai havia um cartão-postal de Anouk. Havia "Bali" impresso em letras vermelhas em negrito sobre uma imagem de trabalhadores numa plantação de arroz. Do outro lado, ela havia escrito "Vocês precisam de umas férias", e só isso. Precisávamos mesmo.

Levantei da cama. Algo em seu travesseiro tinha cutucado meu crânio. Sacudi o travesseiro — de dentro caiu um caderno preto! Havia 140 páginas, todas numeradas. Muito bem, eu era o único que podia libertar meu pai, e aquele livro me diria como. O problema era que adentrar seu estado mental implicava certo perigo, porque o pensamento dele era do tipo que se fechava em torno de você, e não de forma lenta ou furtiva, mas rápida feito o estalo de uma armadilha para ursos. Minha defesa, então, seria lê-lo com ironia, e, com isso em mente, eu me preparei e comecei.

Como era de se esperar, foi uma experiência profundamente desconfortável, como devem ser todas as jornadas rumo à dissolução e à loucura. Havia frustrações genéricas, como na página 88:

> Tenho demasiado tempo livre. O tempo livre faz as pessoas pensarem; pensar deixa as pessoas morbidamente ensimesmadas; e a não ser que você seja perfeito e inequívoco, o ensimesmamento excessivo leva à depressão. É por isso que a depressão é a segunda doença do mundo, depois da fadiga visual associada com a pornografia na internet.

E observações inquietantes a meu respeito, como na página 21:

> Pobre Jasper. Eu o observo dormir enquanto finjo que estou lendo. Acho que ele ainda não percebe que a cada dia seu estoque de minutos diminui. Talvez ele deva morrer quando eu morrer, será?

E observações sobre si mesmo:

> Meu problema é que eu nunca consigo me resumir em uma frase. Tudo o que sei é quem não sou. E percebi que há um acordo tácito entre a maioria das pessoas de que elas ao menos tentarão se ajustar ao meio à sua volta. Sempre senti a necessidade de me rebelar contra ele. É por isso que quando estou no cinema e a tela

fica preta tenho um impulso irresistível de ler um livro. Por sorte, sempre tenho comigo uma lanterna de bolso.

Os pensamentos mais recorrentes eram o desejo do meu pai de se esconder, estar sozinho, estar isolado, não ser incomodado por barulho nem por pessoas. Seu discurso de sempre. Mas, para minha surpresa, também havia indícios de megalomania que eu nunca o viria articular, passagens em seu caderno que aludiam a um desejo de dominar e mudar o mundo — isso parecia ser uma evolução de seus pensamentos obsessivos —, que lançavam nova luz a seu desejo habitual de estar sozinho. Eu o entendia agora como um desejo de ter um quartel-general isolado onde ele poderia planejar seu ataque. Havia, por exemplo, isto:

> Nenhuma jornada simbólica pode acontecer em um apartamento. Não há nada metafórico em uma ida à cozinha. Não há nada para subir! Nada para descer! Nenhum espaço! Nenhuma verticalidade! Nenhuma cosmicidade! Precisamos de uma casa espaçosa, arejada. Precisamos de recantos e fendas e cantos e buracos e sótãos e escadas e porões e celeiros. Precisamos de um segundo banheiro. A ideia importante e essencial que me levará de Homem de Teoria a Homem de Ação é impossível de ser aplicada aqui. As paredes estão perto demais da minha cabeça, e as distrações são muitas — o barulho da rua, a campainha, o telefone. Jasper e eu precisamos nos mudar para o mato para que eu possa fazer os planos da minha importante tarefa que venho conservando em forma de embrião. Eu também estou me conservando em forma de embrião. Sou um homem a meio caminho, e preciso de espaço para concentração intensa se quero sussurrar num ouvido de ouro e mudar a cara deste país.

E isto:

> Emerson entendeu! "No momento em que nos encontramos com alguém, cada um se torna uma fração", disse ele. Esse é o meu problema. Sou um quarto do que eu deveria ser! Talvez até mesmo

um oitavo. E então ele disse: "As vozes que ouvimos na solidão se tornam débeis e inaudíveis quando adentramos o mundo." Este é exatamente o meu problema: eu não consigo me ouvir! Ele também disse: "É fácil, no mundo, viver de acordo com a opinião do mundo; é fácil, na solidão, viver de acordo consigo mesmo; mas o grande homem é aquele que, em meio à multidão, mantém com perfeita doçura a independência da solidão." Eu não consigo fazer isso!

E então, em minha segunda leitura, encontrei uma frase que era tão assustadoramente precisa que cheguei a gritar "Arrá!", algo que eu nunca dissera antes nem diria depois. Foi isto, na página 101:

> Pascal observa que durante a Revolução Francesa todos os manicômios ficaram vazios. Os internos de repente encontraram sentido na vida.

Fechei o caderno e fui até a janela; olhei para os telhados retorcidos e para as ruas lá embaixo e para o horizonte da cidade, e então corri os olhos para o céu, para as nuvens dançando. Senti como se alimentasse meu corpo com uma nova e revigorante fonte de energia. Pela primeira vez na vida, eu sabia exatamente o que precisava fazer.

•

Peguei um ônibus até a casa de Eddie e trilhei um caminho estreito serpenteando entre dispendiosas florestas de samambaia até a entrada de arenito de sua casa. Toquei a campainha. Não dava para ouvi-la do lado de fora. Eddie devia ter feito muito dinheiro com os clubes de striptease — apenas pessoas ricas conseguem se dar ao luxo de viver naquele silêncio; o silêncio se deve à grossura da porta, e quanto mais dinheiro você tem, mais grossa é sua porta. O mundo é assim. Os pobres ficam mais franzinos e os ricos, mais corpulentos.

Eddie abriu a porta, penteando os cabelos finos. Dava para sentir o cheiro do gel que pingava do pente aos bocados. Fui direto ao ponto:

— Por que você é sempre tão bom com o meu pai?

— O que você quer dizer?

— Você sempre está oferecendo dinheiro e ajuda e gentilezas. Por quê? Meu pai disse que começou no dia em que vocês se conheceram em Paris.

— Ele disse isso?

— Sim.

— Então eu não entendo. O que é que você quer saber?

— Essa sua generosidade... o que é que tem por trás?

O rosto de Eddie ficou tenso. Ele terminou de pentear o cabelo enquanto procurava as palavras certas para me responder.

— E enquanto responde, responda a isto também: por que está sempre tirando fotos da gente? O que você quer?

— Não quero nada.

— Então é só amizade.

— É claro!

— Então você pode nos dar 1 milhão de dólares.

— Isso é muito.

— Bom, e quanto você pode dar?

— Talvez, não sei, um sexto disso.

— Quanto é isso?

— Não sei.

— Bom, meu pai vinha economizando, e não sei quanto ele tem, mas não vai ser suficiente.

— Suficiente para quê?

— Para ajudar ele.

— Jasper, eu lhe dou a minha palavra. Qualquer coisa que eu possa fazer, ou dar.

— Então você vai dar um sexto de 1 milhão de dólares?

— Se for para ajudar você e o seu pai, sim.

— Você é louco.

— Não sou eu que estou no hospital, Jasper.

De repente, me senti mal por perturbá-lo. Ele era mesmo uma pessoa estranha, e dava para perceber que a amizade do meu pai significava muito para ele. Eu até tive a impressão de que ele acreditava que a amizade deles tinha uma rara qualidade espiritual, que de forma alguma era diminuída pelo fato de meu pai ocasionalmente odiá-lo.

Quando voltei para o hospital, meu pai estava amarrado a uma cama na mesma sala verde-oliva. Eu o observei. Seus olhos giravam em sua cabeça feito bolas de gude atiradas numa xícara de chá. Me inclinei e sussurrei em seu ouvido. Eu não tinha certeza de que ele estivesse escutando, mas sussurrei até ficar rouco. Depois puxei a cadeira para o lado dele, coloquei a cabeça sobre sua barriga, que subia e baixava, e caí no sono. Quando acordei, percebi que alguém tinha colocado um cobertor sobre mim e uma voz rouca estava falando. Não sei quando meu pai começou seu monólogo, mas ele já estava no meio de uma frase.

— ...e é por isso que eles disseram que a arquitetura era como reproduzir o universo, e todas as velhas igrejas e monastérios estavam empreendendo a tarefa divina de replicar o céu.

— O quê? O que está acontecendo? Você está bem?

Eu só conseguia ver a forma estranha de sua cabeça. Ele estava se esforçando para mantê-la erguida. Levantei, acendi a luz e o desatei da cama. Ele virou a cabeça de um lado para o outro, experimentando o pescoço.

— Vamos construir um mundo, Jasper, projetado por nós, onde ninguém vai poder entrar sem nossa permissão.

— Vamos construir um mundo nosso?

— Bom, uma casa. Tudo que precisamos fazer é projetá-la. O que acha?

— Acho ótimo — falei.

— E sabe o que mais, Jasper? Quero que este também seja o seu sonho. Quero que me ajude. Quero sua contribuição. Quero suas ideias.

— Tá. É. Legal — falei.

Funcionou. Em sua tempestade de areia, meu pai encontrou um novo projeto. Ele decidiu construir uma casa.

V

Seguindo as instruções do meu pai, eu levei para ele todos os livros sobre teoria e história da arquitetura que consegui encontrar, inclusive tomos pesados sobre construções animais, como ninhos de pássaros, barragens de castores, favos de abelhas e tocas de aranhas. Ele recebeu os livros com prazer. Nós construiríamos um contêiner para nossas almas bolorentas!

O Dr. Greg entrou e observou as pilhas de livros sobre arquitetura.

— O que está acontecendo aqui?

Orgulhoso, meu pai lhe contou a ideia.

— O grande sonho australiano, hein?

— Como?

— Falei que você está indo atrás do grande sonho australiano. Acho que é uma ótima ideia.

— Como assim? Existe um sonho coletivo? Por que ninguém me contou? Do que se trata?

— Ter sua própria casa.

— Ter sua própria casa? *Esse* é o grande sonho australiano?

— Você sabe que sim.

— Espere um minuto. Nós não simplesmente nos apropriamos do grande sonho *americano* e substituímos pelo nome do nosso país?

— Acho que não — disse o Dr. Greg, aparentemente preocupado.

— Se você diz... — meu pai falou, revirando os olhos de modo que ambos pudemos ver.

•

Uma semana depois, eu voltei. Os livros estavam abertos e as páginas, arrancadas e espalhadas por todo o quarto. Quando entrei, meu pai segurava a cabeça como uma vela de barco desfraldada.

— Que bom que está aqui. O que acha de manifestar o paraíso simbólico do útero, uma casa enorme e reluzente, e nos enterrarmos dentro dela, onde poderemos de fato apodrecer com privacidade?

— Parece legal — falei, tirando uma pilha de livros da cadeira para poder sentar.

— Diga-me se algum destes significa alguma coisa para você: mansão francesa, chalé inglês, vila italiana, castelo alemão, simplicidade campestre.

— Na verdade, não.

— Mas simplicidade geométrica, certo? Fundamentalmente simples, ordenada, ruidosa, ostentosa e exagerada, sem ser devastadoramente de mau gosto.

— O que você preferir.

— Acima de tudo, eu não quero nada angular, então talvez devesse ser redonda.

— Boa ideia.

— Você acha? Você ia gostar de viver num orbe?

— É, parece legal.

— O que queremos é nos misturar à natureza ao redor. Uma síntese orgânica, é isso o que buscamos. E dentro acho que dois quartos, dois banheiros, uma sala, uma cozinha e uma sala escura, não para revelar fotos, só para que possamos ficar no escuro. E o que mais? Vamos falar sobre o umbral.

— O quê?

— O portal para a casa.

— Você quer dizer a porta da frente?

— Quantas vezes preciso dizer?

— Só uma bastaria.

Os olhos do meu pai viraram dois traços finos e os cantos da boca se curvaram para baixo.

— Se vai continuar desse jeito, vamos simplesmente descartar o projeto inteiro. Que tal morar numa caverna?

— Uma caverna?

— Pensei que tivéssemos concordado em viver num símbolo uterino.

— Pai.

— Bom, e se morarmos no tronco de uma árvore centenária, que nem o Merlim? Ou espere. Já sei. Podíamos construir plataformas *nas* árvores. O que acha, Jasper? Sermos arborícolas?

— Não exatamente.

— Desde quando você não quer viver em meio a uma sensualidade frondosa?

O Dr. Greg tinha entrado na sala. Ele nos devorava com os olhos, como um juiz da Suprema Corte observando um par de neonazistas lavar seu carro no sinal de trânsito.

— Pai, por que a gente não pode ter uma casa comum? Só uma casa boa, normal e comum.

— Você tem razão. Não precisamos exagerar. Tá certo. Qual você prefere? Uma casa comum cúbica ou uma casa comum cilíndrica?

Eu suspirei.

— Cúbica.

— Você já viu a torre de Samara, no Iraque?

— Não. Você já?

— Muito bem. Aqui está um dilema estrutural que precisamos resolver. Quero escutar o eco dos meus próprios passos, mas não o dos seus. O que podemos fazer a respeito?

— Não sei.

— Está bem, então. Vamos falar do pé-direito. Você gosta de pé-direito alto?

— É claro, por que alguém ia querer um pé-direito baixo?

— Para se enforcar. Certo? Espere um segundo. Vamos ver... — Meu pai folheou os livros. — Uma tenda indígena?

— Pô, pai, o que aconteceu com o seu cérebro? Você não está dizendo coisa com coisa.

— Tem razão. Tem razão. Precisamos ter foco. Precisamos ser razoáveis. Precisamos ser lógicos. Então, sejamos lógicos. Quais são os objetivos inerentes ao projeto de uma casa? Atender a nossas necessidades físicas. Comer, dormir, cagar e foder. Isso se traduz em conforto, utilidade, eficiência. Mas e nossas necessidades psicológicas? A mesma coisa. Na verdade, não entendo por que deveríamos nos separar do homem primitivo quanto a isso. Nosso objetivo deveria ser viver num clima consistente e manter os predadores do lado de fora.

— Ótimo.

— Mas é preciso lembrar que a forma do nosso habitat terá influência desmedida sobre nosso comportamento. Precisamos usar a cabeça. Que tal um iglu?

— Não.

— Uma casa sobre rodas! Uma ponte levadiça! Um fosso!

— Não! Pai! Você está perdendo o controle!

— Tá legal! Tá legal! Vamos fazer do seu jeito. Faremos algo simples. A única coisa em que eu insisto é que a ideologia por trás do projeto da nossa casa deve ser o velho provérbio italiano.

— Que provérbio?

— Que a melhor armadura é ficar fora do alcance.

Essa ideia era um tiro no pé. O Dr. Greg assistiu calmamente a essas sessões de brainstorming com os olhos semicerrados, julgando. Meu pai se iluminara com as ideias, mas dera o indesejável salto de maníaco-depressivo a obsessivo-compulsivo.

Enquanto isso, decidi entrar no jogo e ser um bom órfão provisório, e assim voltei à casa de crianças perdidas. Fazia sentido, pois se eu gazeteasse eles estariam de tocaia cada vez que eu visitasse meu pai no hospital, e invadir um asilo de loucos era tão difícil quanto escapar dele. Eu também tive de voltar para a escola. A Sra. French me levava de carro pela manhã, e durante o dia eu evitava a todo custo contar a quem quer que fosse que meu pai havia tido um surto, ou que estávamos morando em casas separadas porque ele não estava batendo bem da cabeça — falar sobre isso teria significado me render à realidade. Eu apenas continuava com a rotina de sempre. É claro, voltar da escola todas as tardes era um pesadelo, embora, afinal de contas, simplesmente todos naquela casa se abstiveram de abusar sexualmente de mim, e nada de interessante aconteceu por lá, exceto que eu enfim cedi a minha curiosidade mordente e escutei as histórias de cada um deles, que eram muito piores que a minha. Foi assim que aquelas crianças abandonadas todas me privaram até da autopiedade. Foi quando eu cheguei de fato ao fundo do poço. Incapaz de sentir pena de mim mesmo, já não me restava nada.

E pior, de tempos em tempos os idiotas do hospital permitiam que meu pai desse um telefonema. Eu atendia e sofria com uma conversa como esta:

Minha voz: Alô?

Voz do meu pai: Este é um dilema espacial: como dispor a casa de modo a ser confortável para nós, mas, ao mesmo tempo, desestimular as visitas a ficarem mais de 45 minutos?

A minha: Não sei bem.

A do meu pai: Jasper! Isso tem que ser um exercício prático e difícil! Nada de errar o alvo! Algo que reflita a minha personalidade, não, o meu dilema, a minha mentira, que, obviamente, é a minha personalidade. E a cor. Quero que seja branca! Branca de ofuscar!

A minha: Pai, por favor, podemos fazer algo simples?

A do meu pai: Concordo plenamente. Queremos algo simples que possa ser desgastado pelas intempéries. Não queremos algo que dure mais do que nós.

A minha: Tá.

A do meu pai: Espaço de convivência aberto. Não. Isso desestimula a intimidade humana. Não, espere, eu quero isso. Quero...

Longo silêncio.

A minha: Pai? Você ainda está aí?

A do meu pai: Praça de touros! Catedral gótica! Casinha de barro!

A minha: Você está tomando o seu remédio?

A do meu pai: E sem cornijas de lareira! Eles sempre me fazem pensar em urnas com cinzas dentro.

A minha: Tá legal! Deus do céu!

A do meu pai: O que você prefere, um alpendre ou uma varanda? Qual é a diferença, afinal? Espere. Eu não me importo. Vamos ter os dois. E te digo mais. A decoração pode ir para o inferno. *Nós somos a decoração!*

Então desliguei o telefone e me culpei por despachar meu pai para aquela que eu acreditava ser mais uma estrada rumo à destruição. Essas conversas certamente não me prepararam para a mudança abrupta que estava prestes a acontecer.

•

Um dia, ao ir ao hospital, fiquei chocado quando vi que meu pai tinha disposto os livros numa pilha ordenada. Todas as páginas de projetos erráticos tinham sido jogadas fora, e quando sentei naquela sala sinistramente organizada, ele me apresentou uma única folha de papel com um projeto surpreendentemente normal de uma casa de família surpreendentemente normal. Nenhum fosso, ponte levadiça, iglu ou estalagmite. Nenhuma praça de touros, escorregador dentro de casa, trincheira ou gruta subaquática. Era apenas uma casa normal. A construção era clara e simples: uma estrutura quadrada clássica com um espaço de convivência central e vários cômodos ao redor. Posso até arriscar dizer que sintetizava o caráter nacional, com varanda em todos os lados.

Ele enfim entendera sua situação com clareza: para construir uma casa, ele precisava sair, e, para sair, ele precisava convencer as autoridades de que estava outra vez mentalmente saudável e ajustado à sociedade. Então ele fingiu. Deve ter sido um período ativo para ele, colocando toda a sua energia em fingir ser normal; ele fez disso seu único objetivo, e falou sobre o Grande Sonho Australiano e taxas de juros e amortização de empréstimos hipotecários e equipes esportivas e suas próprias perspectivas de emprego; expressou fúria diante das coisas que enfureciam seus compatriotas: boquetes ministeriais financiados pelos contribuintes, ganância corporativa, ambientalistas fanáticos, raciocínios lógicos e juízes compassivos. Estava tão convincente em sua personificação do Homem Comum que o Dr. Greg engoliu cada gotícula de baboseira que meu pai destilou para ele, e inflava triunfante ao fim de cada sessão.

E assim, quatro meses depois de ter sido internado, meu pai recebeu alta. Fui com ele até a casa de Eddie e ele garantiu o empréstimo, que na verdade consistiu em meu pai perguntando "Então você conseguiu o dinheiro?" e Eddie respondendo "Sim".

— Eu vou pagar — disse meu pai, depois de um silêncio desconfortável. — Em dobro. Vou lhe pagar em dobro.

— Martin, não se preocupe com isso.

— Eddie. Você sabe o que Nietzsche falou sobre a gratidão.

— Não, Marty, não sei.

— Ele disse que um homem em débito quer seu benfeitor morto.

— Então tá. Me pague.

Depois que saímos da casa de Eddie, meu pai rasgou em pedaços o projeto para sua casa dos sonhos.

— O que você está fazendo?

— Aquilo foi só um embuste. Foi só para fazer aqueles canalhas pensarem que eu sou normal — disse meu pai, rindo.

— Mas você está melhor agora, não está?

— É. Eu me sinto bem. Essa ideia de casa me colocou para cima outra vez.

— Então se aquilo foi um embuste, onde está o verdadeiro projeto da nossa casa?

— Não tem. Olha. Por que perder tempo construindo uma casa nossa? Isso parece mania de peregrino.

— Então a gente não vai ter uma casa?

— Sim, só que vamos comprar uma.

— Ah tá. É. Isso parece muito legal, pai. Vamos comprar uma casa.

— E depois vamos escondê-la — falou, sorrindo tão orgulhoso que finalmente entendi por que o orgulho é um dos sete pecados capitais, e tal era a força repelente de seu sorriso que me perguntei se não deveria ser logo todos os sete.

VI

De acordo com ele, foi uma ideia que chegou de uma vez, completamente formada: vamos comprar uma casa e escondê-la num labirinto. A ideia lhe ocorreu durante um jogo psicológico de associação de palavras com o Dr. Greg.

— Saúde.

— Doença.

— Bola.

— Testículo.

— Ideias.

— Complexidade.

— Lar.

— Casa. Escondida num labirinto projetado por mim que vou construir num grande terreno no mato.

— Quê?

— Nada. Tenho que voltar para o meu quarto agora. Podemos continuar mais tarde?

E, para começar, por que ele teve essa ideia? Talvez porque os labirintos sempre foram uma metáfora fácil para a alma, ou para a condição humana, ou para a complexidade de um processo, ou para o caminho até Deus. Desconsiderei todas essas explicações por serem demasiado profundas; se eu sei de alguma coisa, é que os homens não fazem nada por razões profundas — as coisas que eles fazem às vezes são profundas, mas suas razões não são. Não, eu devo ter inspirado todo esse plano ridículo ao lhe dar de presente aquele livro estúpido de passatempos. A incapacidade de resolver um quebra-cabeça de criança o deixou tão furioso que se alojou em seu cérebro, e quando a ideia de projetar e construir uma casa surgiu, acabou se misturando com a ideia do labirinto ou então envolvendo-a, fundindo-se de alguma forma, de modo que as duas ideias se tornaram uma.

— Pai, não podemos simplesmente ter uma casa como todo mundo e *não a esconder*?

— Ah, não.

Ninguém conseguia convencê-lo a mudar de ideia, nem eu, nem Eddie, e muito menos o Dr. Greg, que descobriu toda a verdade quando meu pai voltou para um checkup. Ele disse ao meu pai, com todas as letras, que um labirinto não era o Grande Sonho Australiano, o que é bem verdade, não é, mas no fim ninguém objetou com muita veemência, porque ninguém além de mim realmente acreditou que ele de fato faria isso.

Fomos procurar imóveis fora de Sydney em todas as direções, e a cada visita ele saía percorrendo os limites do terreno, explorando o mato, balançando a cabeça em aprovação diante das árvores e do espaço e da possibilidade de solidão. As casas em si pareciam não ter importância para ele, ele só lhes dava uma olhada superficial. Colonial? Vitoriana? Novecentista? Moderna? Ele não se importava. O único requisito era que a casa fosse rodeada de mata densa. Ele queria que as árvores e o mato e as rochas se fundissem, o mato tão espesso que mesmo sem as paredes do labirinto a paisagem natural seria quase intransponível.

Enquanto buscava o lugar perfeito, ele acumulou dúzias de labirintos de toda parte, de livros de passatempos a velhos manuscritos dos labirintos da antiguidade, do Egito à Inglaterra medieval, usando-os sobretudo como fonte de inspiração, já que não desejava meramente copiar um projeto que já existia. Ele trabalhou a lápis, furioso, para inventar o próprio padrão complexo, imaginando que de fato o reproduziria sobre a terra. Esse foi seu primeiro grande passo para alterar o universo existente com o próprio cérebro, e assim ficou obcecado com a estrutura da casa: não só deveria estar trancada na custódia protetora do labirinto, como também tinha de servir como um palácio do pensamento, onde meu pai poderia perambular e tramar sem interrupção — uma base para suas "operações", fossem quais fossem. Ele também queria becos sem saída e passagens em que um intruso, ou "convidado", seria forçado a fazer várias escolhas cruciais entre caminhos, resultando em desorientação e/ou fome e loucura. "O caminho intransponível!" se tornou seu novo lema. "Inferno maldito!" se tornou o meu. Por quê? Aqueles projetos rondavam meus pesadelos. Parecia que todos os nossos desastres futuros estavam prefigurados neles e que sofreríamos um desastre diferente segundo o projeto que meu pai escolhesse. À noite, eu também me debruçava sobre os desenhos, tentando decifrar nossas calamidades iminentes.

Certa tarde fomos visitar uma terra que ficava meia hora a noroeste da cidade. Para chegar ao local, era preciso percorrer uma estrada particular de terra, comprida e tortuosa, e ao longo da qual era necessário atravessar florestas queimadas. Cada tronco de árvore carbonizado era um alerta: ao viver no mato, você está vivendo em uma zona de guerra durante um cessar-fogo duvidoso.

A propriedade parecia construída sob medida para o propósito do meu pai: era densa, densa, densa. Colinas com subidas íngremes e descidas repentinas, valas tortuosas, grandes formações rochosas, riachos sinuosos nos quais era preciso mergulhar para atravessar, arbustos espessos e uma grama batendo na cintura e que requeria calçados especiais. Ao examinar o terreno, nós nos perdemos imediatamente, o que meu pai interpretou como um bom sinal. Pisando no solo em ligeiro declive, ele olhou para o lodo, as árvores, o céu. Sim, ele examinou até mesmo o sol. Olhou direto para ele. Virou-se para mim e levantou o polegar. Era este!

Infelizmente, a casa não foi submetida a nenhum tipo de avaliação. Se dependesse de mim, teria sido reprovada sem dó nem piedade. Era uma coisa velha, dilapidada e exposta a correntes de ar — não mais que uma clássica caixa de sapatos de dois andares. O carpete era felpudo e espesso e feio, e atravessar a sala era como caminhar por um peito de homem peludo. A cozinha fedia a banheiro. O banheiro, coberto de musgo, parecia um jardim. O jardim era um cemitério de ervas daninhas e grama morta. A escada rangia feito ossos estalando. A pintura do teto estava cheia de bolhas. Cada cômodo em que eu entrava era menor e mais escuro que o anterior. O corredor do andar de cima estreitava conforme você avançava, tanto que no final era quase um ponto.

O pior de tudo é que para ir para a escola eu tinha de caminhar meio quilômetro pelo labirinto, e depois por nossa longa estrada particular até o ponto de ônibus mais próximo, para uma viagem de vinte minutos até o trem e outros 45 até o litoral, onde ficava a escola; mas o ônibus só passava três vezes ao dia, só uma vez pela manhã, e se eu o perdesse, perdia e pronto. Rejeitei a sugestão do meu pai de me transferir para uma nova escola, uma da região, porque eu não queria passar pela chatice de fazer todo um novo conjunto de inimigos. Melhor os valentões conhecidos, calculei.

Meu pai assinou os papéis aquela tarde, e eu tive de aceitar que aquela tolice insana se tornaria realidade. Eu sabia que não duraria muito exilado naquela casa, e era só uma questão de tempo para que eu tivesse de me mudar dali e deixá-lo sozinho, um pensamento desconfortável que fez com que eu me sentisse miseravelmente culpado. Eu me perguntava se ele também percebia isso.

Ele não perdeu tempo em contratar os construtores, e o fato de não ser o tipo de homem que tivesse qualquer experiência em construção (mesmo que fosse sua) não o impediu de exasperá-los. Eles rangiam os dentes quando ele apresentava suas estruturas gigantescas. Meu pai tinha ajustado seus projetos de labirinto às configurações naturais da paisagem e insistiu em que poucas árvores fossem danificadas. Ele tinha reduzido seus labirintos a quatro, e em vez de escolher um, incorporou todos eles em uma parte ou outra da propriedade, de modo que quatro enigmas igualmente confusos avançariam pelo terreno: labirintos dentro de labirintos, e no centro nossa casa bastante normal.

Não vou entrar em todos os detalhes monótonos — as determinações de zoneamento, os códigos de construção, o delineamento de limites, as demoras, os problemas imprevistos, como dilúvios e a desaparição não correlata da esposa do empreiteiro —, mas direi que as paredes do labirinto foram construídas de cercas vivas e incontáveis rochas e pedras gigantes e lajes de arenito e seixos e granito e milhares e milhares de tijolos. Uma vez que meu pai tinha enorme desconfiança em relação aos trabalhadores, ele dividiu o projeto e deu cada parte para uma equipe diferente construir. Os próprios homens se perdiam com frequência entre os milhares de becos e caminhos que surgiam, e Eddie muitas vezes se juntava a nós para sessões de busca. Ele sempre fotografava os rostos irritados dos trabalhadores quando os encontrávamos.

Pouco a pouco, entretanto, as altas paredes de pedra e as cercas de tamanho exagerado foram erguidas, e a casa sumiu de vista. Uma síntese de casa e concha. Psicologicamente complexa. Praticamente inacessível. Nós nos mudamos para ela, vítimas voluntárias da imaginação vasta e perigosa do meu pai.

•

Quando Anouk voltou de Bali, ela não ficou tão surpresa quanto totalmente furiosa por ter perdido aquilo tudo: o surto, o orfanato, o hospício e a construção daquele lugar exorbitante. Mas, por incrível que pareça, ela voltou a trabalhar como se nada tivesse acontecido. Fez meu pai instalar um sistema de comunicação interna para que, quando ela ou algum visitante desejado chegasse, pudéssemos guiá-los pelo labirinto até nosso domicílio fortificado. Eu nunca vou entender essa mulher, pensei, mas se ela quer cozinhar e limpar num lugar de errância interminável, a escolha é dela.

Então, era aí que vivíamos.

Estávamos incomunicáveis e só tínhamos os sons naturais para nos acalmar, estimular e assustar. O ar ali era diferente, e eu me surpreendi: eu amava o silêncio (ao contrário do meu pai, que criou o hábito de deixar o rádio ligado o tempo todo). Pela primeira vez, compreendi que o céu começa a meio centímetro do chão. De manhã, o mato cheirava ao melhor desodorante que existe, e eu logo me acostumei aos movimentos misteriosos das árvores, que se agitavam ritmicamente feito um homem sob efeito de clorofórmio. De tempos em tempos o céu noturno parecia assimétrico, mais próximo em certos pontos, e então alisava-se, como uma toalha de mesa amarrotada esticada subitamente. Eu levantava para ver nuvens baixas precariamente equilibradas sobre as copas das árvores. Às vezes o vento era tão suave que parecia vir do nariz de uma criança, e em outras era tão forte que todas as árvores pareciam estar debilmente presas à terra por raízes tão fracas quanto fita adesiva em rolinhos.

Senti a promessa de catástrofe minguar, e até mesmo desaparecer, e ousei pensar outra vez com otimismo em nossos futuros mexidos em fogo baixo.

Durante uma longa caminhada pela região, a ideia me acometeu feito um deslizamento de terra: a diferença mais visível entre mim e meu pai era que eu preferia a simplicidade e ele, a complexidade. Não digo que eu com frequência, ou sempre, conseguisse alcançar a simplicidade, só digo que a preferia, tanto quanto ele gostava de confundir tudo que pudesse, complicando até não conseguir enxergar com clareza.

•

Certa noite, ele estava de pé no jardim dos fundos olhando para fora. Era uma noite límpida e a lua era apenas um borrão desfocado.

— Em que está pensando? — perguntei.

— É surpresa.

— Eu não gosto de surpresas. Deixei de gostar.

— Você é jovem demais para...

— Não estou brincando. Chega de surpresas.

— Eu não vou arrumar outro emprego.

— E como vamos viver?

— Vamos viver bem.

— E quanto a comida e abrigo?

— Nós temos abrigo. Eddie disse que eu não preciso ter pressa para pagar o empréstimo, e graças a ele temos esta casa.

— E Anouk? Como vamos pagá-la?

— Vou dar o quarto dos fundos para ela usar como estúdio. Ela quer um lugar para esculpir.

— E a comida? Como fazemos com a comida?

— Vamos produzir.

— Carne? Vamos produzir carne?

— Estou pensando em limpar o tanque.

No jardim dos fundos, havia um tanque em forma de oito, com pedrinhas brancas ao redor.

— Posso colocar uns peixes nele — completou meu pai.

— Não sei não, pai.

— Mas desta vez *eu* cuido deles, tá?

Concordei.

Como prometido, ele limpou o tanque e dentro colocou três peixes japoneses raros. Não eram peixes dourados; eram tão grandes e coloridos que devem ter sido a forma mais avançada de peixe antes dos grandes tubarões brancos, e meu pai os alimentava uma vez por dia, salpicando os farelos em semicírculo pela lagoa como se realizasse uma cerimônia simples e digna.

Um ou dois meses depois, eu estava na cozinha com Anouk e vi meu pai no jardim dos fundos com uma tina cheia de uma substância branca que ele estava colocando na lagoa às grandes colheradas. Ele assobiava alegremente.

Anouk apertou o rosto contra a janela e virou-se para mim com um olhar perplexo.

— É cloro — ela falou.

— Bom, isso não pode fazer bem aos peixes — eu disse.

— MARTIN! — Anouk gritou pela janela.

Meu pai se virou depressa, com ar perplexo. Dava para ver em seu rosto, até mesmo de longe, que ele sentira o gosto do colapso de sua própria mente, um gosto que ainda não tinha saído de sua boca.

— O QUE ESTÁ FAZENDO, SEU IDIOTA? — gritou Anouk.

Meu pai continuou encarando-a como se ela fosse uma marionete de madeira que o assustara ao falar.

Corremos para fora. Era tarde demais. Nós três ficamos parados diante dos peixes mortos, que jaziam de lado, com olhos esbugalhados e descrentes.

— Sabe qual é o seu problema? — perguntou Anouk.

— Sim — disse meu pai com uma voz suave —, acho que sei.

Aquela noite eu estava dormente de frio. O fogo estava apagando, e por isso subi para a cama totalmente agasalhado e empilhei cobertores em cima de mim. Da minha cama dava para ver um brilho suave emanando do jardim dos fundos. Fui até a janela e olhei para fora. Lá embaixo, vi meu pai de pijama segurando uma lâmpada a querosene que tremulava no escuro.

Ele estava velando aqueles peixes. Chegou ao ponto de fitar as próprias mãos numa demonstração dramática de culpa, como se estivesse em uma produção amadora de *Macbeth*. Por um instante eu o observei lá no jardim dos fundos, a fina fatia de lua lançando uma pálida luz sobre seu reino em miniatura. O vento atravessava as árvores. As cigarras cantavam uma canção monótona. Meu pai jogou pedras na lagoa. Senti desgosto, mas era irresistível a visão do meu pai.

Escutei um ruído atrás de mim.

Havia algo em meu quarto: um morcego, um esquilo ou um rato. Eu sabia que jamais dormiria enquanto não o matassem ou o tirassem dali; eu sabia que ficaria deitado na cama no escuro aguardando a sensação de dentes afiados cravados nos meus dedos dos pés. Eis a nossa nova casa. Nossa casa, onde, de cada mínima fresta e orifício, de cada buraco e rachadura, saía uma coisa viva.

Desci e me acomodei confortavelmente no sofá, no mesmo instante em que meu pai voltou do jardim.

— Vou dormir aqui embaixo esta noite — falei.

Ele fez que sim com a cabeça. Eu o vi percorrer a estante em busca de algo para ler. Virei de lado e pensei que a conclusão de seu projeto representava um novo perigo: ele poderia mais uma vez ficar suscetível a um pensar-na-morte-da-bezerra letal. O que ele faria agora? Com toda aquela atividade na cabeça? A casa e o labirinto o sustentaram por um tempo e continuariam a sustentá-lo, mas não para sempre. Mais cedo ou mais tarde ele precisaria de um novo projeto, e, considerando-se a escala progressiva dos projetos em que já havia embarcado — a caixa de sugestões, *O manual do crime*, a construção do labirinto —, estava claro que o próximo teria de ser gigantesco. Algo que, por ironia, o sustentaria até a morte e provavelmente o mataria.

Meu pai se instalou na cadeira reclinável e fingiu ler. Eu sabia exatamente o que ele estava fazendo; estava me observando dormir. Costumava me incomodar, esse seu hábito asqueroso. Agora me pareceu estranhamente reconfortante — o som das páginas virando no silêncio, sua respiração chiada e sua presença pesada preenchendo todos os cantos da sala.

Ele virava as páginas depressa. Agora ele não só fingia ler, como fingia que era uma lida rápida e superficial. Eu sentia seus olhos feito um saco de areia em minha cabeça; me estiquei no sofá, deixei escapar um pequeno gemido e, após um intervalo crível de tempo, fingi sonhar.

QUATRO

Talvez o labirinto do lado de fora tenha infectado tudo o que havia dentro. Por que outro motivo meu pai deixaria pedaços de papel pela casa com mensagens sem sentido, como: "Lá indigentes materializam paixões eternas sempre em um quarto úmido abrigando rotos tapetes ornamentais"? Essas mensagens eram facilmente decodificadas usando o mais básico sistema de criptologia, em que a primeira letra de cada palavra no texto revela a mensagem verdadeira.

> "Lá indigentes materializam paixões eternas sempre em um quarto úmido abrigando rotos tapetes ornamentais!"

virava

> "Limpe seu quarto!"

Depois ele começou com transposições nas quais as letras eram embaralhadas.

"Uif sà raspmoc. Toolv isam etrad."

virava

"Fui às compras. Volto mais tarde."

Então, certa noite, algumas semanas depois do meu aniversário de 16 anos, encontrei a seguinte mensagem colada no espelho do banheiro:

"rezizSl sà on iess eM etrconen"

Demorei um tempinho para conseguir decodificá-la, porque, além de rearranjar as letras, ele havia mudado a ordem das palavras. Depois de pensar alguns minutos, eu a decifrei:

"Me encontre no Sizzler às seis."

Sizzler era aonde gostávamos de ir para celebrar boas notícias — quer dizer, estivéramos lá uma vez, cinco anos antes, quando meu pai ganhara 46 dólares na loteria. Pedalei pelo labirinto até a estrada principal e peguei o ônibus até a cidade. Este Sizzler específico ficava no último andar do hotel Carlos, mas não precisava estar hospedado no hotel para comer lá. É claro que poderia, se quisesse; mas, para dizer a verdade, depois que você termina de comer e paga a conta, não importa muito para eles onde você vai dormir.

Quando cheguei lá, meu pai já estava sentado a uma mesa perto da janela; suponho que, daquele lugar, poderíamos olhar para a cidade durante os inevitáveis silêncios na conversa.

— E então, como vai a escola? — perguntou ele quando sentei.

— Nada mal.

— Aprendeu alguma coisa hoje?

— O de sempre.

— O quê, por exemplo?

— Você sabe — falei, e fiquei nervoso quando percebi que ele não estava olhando para mim.

Vai ver ele ouvira alguém dizer que não se deve olhar diretamente para o sol e interpretara errado.

— Tenho uma coisa para mostrar — disse ele, colocando um envelope na mesa e tamborilando os dedos sobre ele.

Peguei o envelope já rasgado e tirei o bilhete que havia dentro. Era um papel timbrado da minha escola. Enquanto lia, fingi estar confuso, mas acho que saiu como uma confissão.

Prezado Sr. Dean,

Venho por meio desta informá-lo oficialmente que seu filho, Jasper Dean, esteve envolvido em uma agressão ocorrida em um trem na tarde de 20 de abril, após a aula. Temos provas irrefutáveis de que seu filho, usando uniforme escolar, agrediu um homem sem motivo. Além disso, estamos escrevendo para informar que seu filho, por vontade própria, decidiu sair da escola.

Atenciosamente,

Sr. Michael Silver
Diretor

— Por que eles disseram que você estava usando o uniforme da escola? Por que isso é importante?

— É assim que eles são.

Meu pai estalou a língua.

— Eu não vou voltar — falei.

— Por que não?

— Já me despedi de todo mundo.

— E você agrediu alguém? Isso é verdade?

— Você tinha que estar lá.

— Você estava se defendendo?

— É mais complicado que isso. Olha, eu posso aprender sozinho tudo o que preciso saber. Posso ler livros por minha conta. Esses idiotas precisam de alguém que vire as páginas para eles. Eu não.

— O que você vai fazer?

— Vou pensar em alguma coisa — eu disse.

Como eu poderia lhe dizer que agora eu queria o que ele um dia também quisera: viajar de trem e se apaixonar por garotas de olhos escuros e lábios extravagantes? Não me importava se no final eu não teria nada a mostrar além de pernas doloridas. Não era minha culpa que a vida do viajante, do andarilho, havia perdido popularidade. E daí se já não era aceitável se deixar levar pelo vento, pedindo pão e um teto, dormindo em fardos de feno e desfrutando de namoricos com camponesas de pés descalços, e então fugir antes da colheita? Essa era a vida que eu queria, ser levado por aí feito uma folha cheia de apetites.

Mas infelizmente meu pai não gostou da ideia de seu único filho vagando sem rumo no espaço e no tempo — foi assim que ele descreveu meu plano de vida. Ele recostou na cadeira e disse:

— Você tem que terminar a escola.

— *Você* não terminou a escola.

— Eu sei. Você não quer seguir os meus passos, quer?

— Não estou seguindo os seus passos. Você não é detentor dos direitos de abandonar a escola.

— Bom, o que você vai fazer?

— Vou cair na estrada e ver o que acontece.

— Eu te digo o que acontece. Fúria na estrada.

— Vou arriscar.

— Olha, Jasper. Tudo o que eu conheço é o caminho certeiro para comida congelada e roupa não lavada. Eu abandonei a escola. Perambulei sem destino pelo mundo inteiro. Não me permiti nenhuma escolha além de permanecer exilado da sociedade. Mas coloquei você de volta na escola por uma razão: assim você poderia ter um pé em ambos os mundos, no nosso e no deles. Não tem motivo para você sair agora como se estivesse deixando a cena do crime. Fique. Termine. E depois faça o que quiser. Você quer ir para a faculdade? Quer ter um emprego e construir sua vida? Quer viajar para algumas das ditaduras mais instigantes do mundo? Quer se afogar num rio estrangeiro durante as monções? O que for. Mas se permita ter a opção. Fique dentro do sistema por enquanto, está bem?

— Você não ficou. Quantas vezes eu o ouvi dizer "Foda-se o sistema"? Bom, é o que eu estou fazendo. Fodendo com ele.

Pobres de nós, os filhos dos rebeldes. Assim como eles, nós temos o direito de nos rebelar contra as escolhas dos nossos pais, também temos anarquias e revoluções explodindo dentro de nós. Mas como alguém se rebela contra a rebelião? Isso significa se conformar? Isso não é bom. Se eu fizesse isso, um dia meu próprio filho, rebelando-se contra mim, se transformaria no meu pai.

Meu pai se inclinou para a frente, como se estivesse prestes a confessar um assassinato do qual estava particularmente orgulhoso.

— Bem, se você vai cair na estrada, eu quero alertá-lo sobre uma coisa — falou, as sobrancelhas arqueadas de modo pouco atraente. — Pode chamar de sinal de trânsito. Não sei muito bem como dizer isso.

Meu pai vestiu sua expressão pensativa. Sua respiração ficou curta. Ele se virou e pediu silêncio para o casal da mesa atrás de nós. De repente, prosseguiu com seu alerta:

— As pessoas sempre reclamam de não ter sapatos até que veem um homem sem pés, e aí elas reclamam de não ter uma cadeira de rodas elétrica. Por quê? O que as faz se transferir automaticamente de um sistema estúpido a outro, e por que o livre-arbítrio só é usado nos detalhes e não em questões mais amplas? Em vez de "Onde devo trabalhar?", por que não "Devo trabalhar?" Em vez de "Quando devo construir uma família?", por que não? "Devo construir uma família?" Por que não trocamos de país subitamente, de modo que todos na França se mudem para a Etiopia e todos na Etiopia se mudem para a Grã-Bretanha e todos na Grã-Bretanha se mudem para o Caribe e assim por diante, até que finalmente tenhamos compartilhado o mundo como deveríamos e nos despojado de nossa lealdade vergonhosa, egoísta, sanguinária e fanática ao solo? Por que o livre-arbítrio é desperdiçado com uma criatura que tem escolhas infinitas mas finge que são apenas uma ou duas?

"Escute. As pessoas são como joelhos golpeados com minúsculos martelos de borracha. Nietzsche era um martelo. Schopenhauer era um martelo. Darwin era um martelo. Eu não quero ser um martelo, porque sei como os joelhos vão reagir. É chato saber. Eu sei porque sei que as pessoas *acreditam*. As pessoas têm orgulho de suas crenças. Seu orgulho as entrega. É o orgulho da propriedade. Eu tive visões místicas e todas me pareceram muito ruidosas. Tive visões, ouvi vozes, senti cheiros, mas os ignorei tal como sempre vou ignorá-los. Ignorei esses mistérios *porque* os vi. Vi mais que a maioria das pessoas, porém elas acreditam, eu não. E por que eu não acredito? Porque há um processo em andamento, e eu consigo enxergá-lo.

"Acontece quando as pessoas veem a Morte, e isso ocorre o tempo todo. Elas veem a Morte mas percebem a Luz. Elas sentem a própria morte e chamam isso de Deus. Isso também acontece comigo. Quando sinto lá no fundo que há um significado no mundo, ou Deus, eu sei que na verdade é a Morte, mas, como eu não *quero* ver a Morte à luz do dia, a mente confabula e diz: *Escute você não vai morrer não se preocupe você é especial você tem significado o mundo tem significado você não sente?* E eu continuo vendo a Morte e também a sinto. E minha mente diz *Não pense na morte lalalala você sempre vai ser bonito e especial e nunca vai morrer nuncanuncanunca você nunca ouviu falar da alma imortal bom você tem uma muito boa.* E eu digo Talvez, e minha mente diz *Olhe este pôr do sol incrível olhe estas montanhas incríveis olhe esta árvore magnífica de onde mais isso poderia ter vindo senão da mão de Deus que vai embalar para todo o sempre?* E eu começo a acreditar em Pântanos Profundos. Quem não acreditaria? É assim que começa. Mas eu duvido. E minha mente diz *Não se preocupe. Você não vai morrer. Sua essência não vai perecer, não a parte que vale a pena ser conservada.* Uma vez eu vi o mundo inteiro da minha cama, mas o rejeitei. Outra vez vi um incêndio, e naquele incêndio ouvi uma voz me dizer que eu seria poupado. Rejeitei isso também, porque sei que todas as vozes vêm de dentro. A energia nuclear é uma perda de tempo. Eles deveriam andar por aí canalizando a energia do inconsciente durante o ato de negar a Morte. É durante esse Processo ardente que a crença é produzida, e se as chamas são mesmo quentes elas produzem a Certeza — a filha feia da Crença. Sentir que você sabe, de todo o coração, Quem fez o universo, Quem o controla, Quem responde por ele, etc., é, com efeito, desvincular-se dele. Os chamados religiosos, os chamados espiritualistas, os grupos que rapidamente renunciam à tradição ocidental do 'consumismo que apazigua a alma' e afirmam que conforto é morte creem que isso só se aplica às posses materiais. Mas se o conforto é morte, isso deveria se aplicar sobretudo à mãe de todos os confortos, *a certeza da crença* — muito mais aconchegante que um sofá de couro macio ou uma banheira de hidromassagem, e que certamente mata um espírito ativo mais depressa que o controle remoto de um portão elétrico. Mas é difícil resistir à ilusão da certeza, e por isso você precisa manter um olho no Processo, como eu, para que, ao ter todas as visões místicas do mundo inteiro e escutar todas as vozes quase sussurradas, possa rejeitá-las logo de cara e resistir à tentação de se sentir especial e acreditar na imortalidade, pois sabemos que é apenas uma obra da Morte. Você entende? *Deus é a bela propaganda feita nas chamas do Homem.* E tudo bem amar a Deus porque você aprecia a maestria de Sua criação, mas não precisa acreditar em um personagem só porque ficou impressionado com o autor. A Morte e o Homem, os coautores de Deus, são os escritores mais prolíficos do planeta. Sua produção é prodigiosa. Juntos, o Inconsciente do Homem e a Morte Inevitável criaram Jesus, Maomé e Buda, para citar apenas alguns. E estes são apenas os personagens. Eles criaram o céu, o inferno, o paraíso, o limbo e o purgatório. E estes são só os cenários. E o que mais? Tudo, possivelmente. Essa parceria bem-sucedida criou tudo no mundo com exceção do próprio mundo, tudo o que existe exceto o que já estava aqui quando o encontramos. Entende? Você compreende o Processo? Basta ler Becker! Rank! Fromm! Eles vão lhe dizer! Os humanos são únicos neste mundo porque, ao contrário de todos os outros animais, desenvolveram uma consciência tão avançada com um terrível subproduto: são as únicas criaturas conscientes de sua própria mortalidade. Essa verdade é tão assustadora que desde muito cedo os humanos a enterram bem fundo em seu inconsciente, e isso acabou transformando as pessoas em máquinas de sangue quente, fábricas de carne e osso que produzem significado. O significado que elas criam é canalizado em seus projetos de imortalidade — seus filhos, seus deuses, seus trabalhos artísticos, seus negócios, suas nações; projetos que, acreditam, sobreviverão a elas. E aqui está o problema: as pessoas sentem que precisam dessas crenças para viver, mas são inconscientemente suicidas por causa delas. É por isso que quando uma pessoa sacrifica a própria vida por uma causa religiosa, ela escolheu morrer não por um deus, mas a serviço de um medo primitivo inconsciente. Portanto, é esse medo que faz com que ela morra da própria coisa de que tem medo. Você vê? A ironia de seus projetos de imortalidade é que, embora tenham sido projetados pelo inconsciente para enganar a pessoa, dando a ela a ideia de que é um ser excepcional e prometendo-lhe vida eterna, o modo como elas se preocupam com seus projetos de imortalidade é exatamente aquilo que as mata. É aí que você precisa ter cuidado. Este é meu alerta para você. Minha advertência. A negação da morte empurra precocemente as pessoas para o túmulo, e se não tiver cuidado, elas o levarão junto.

Meu pai enrijeceu, e seu rosto tempestuoso me enviou torrentes de ansiedade incansável enquanto esperava que eu dissesse alguma coisa amável e obediente. Eu fiquei mudo. Às vezes não há nada mais sarcástico que o silêncio.

— Então, o que acha?

— Não faço a menor ideia do que você acabou de falar.

Sua respiração ficou pesada, como se ele tivesse acabado de correr uma maratona me carregando nas costas. Na verdade, seu discurso causou uma impressão tão profunda em minha mente que é bem provável que um cirurgião possa identificar as marcas até hoje. E não só porque plantou uma semente que enfim me faria desconfiar de qualquer sentimento ou ideia que eu tivesse que poderia ser visto como espiritual, mas porque não há nada mais angustiante ou desconfortável de se observar que um filósofo encurralado pelos próprios pensamentos. E aquela foi a primeira noite em que eu dei uma boa olhada naquele seu beco, seu triste beco sem saída, onde meu pai havia se vacinado contra qualquer coisa mística ou religiosa que pudesse acometê-lo algum dia, de modo que se Deus descesse e rebolasse bem na cara dele, ele jamais se permitiria acreditar. Aquela foi a noite em que entendi que ele era não só um cético que não acredita em sexto sentido, como também um ultracético, que tampouco confia ou acredita nos outros cinco.

De repente, ele jogou o guardanapo no meu rosto e rosnou:

— Quer saber? Lavo minhas mãos.

— Não esqueça de usar sabão — retruquei.

Acho que não tem nada de novo nisso: pai e filho, duas gerações de homens, se distanciando. Ainda assim, lembrei-me de como costumava ser quando eu era criança, quando ele me levava para a escola de cavalinho, às vezes até entrava na sala de aula. Ele sentava à mesa do professor comigo balançando sobre seus ombros e perguntava para as crianças assustadas: "Alguém viu meu filho?" Comparar aquela época com esta me deixa triste.

O garçom veio.

— Desejam mais alguma coisa? — perguntou.

Meu pai o esfaqueou com os olhos. O garçom recuou.

— Vamos — disse meu pai, irritado.

— Por mim tudo bem.

Pegamos nossos casacos nas cadeiras. Uma multidão de olhos assustados nos seguiu até a porta. Saímos caminhando no ar frio da noite. Os olhos ficaram no restaurante, onde o ar era quente.

Eu sabia por que ele estava chateado. À sua própria maneira paradoxalmente negligente, ele sempre se empenhara em me moldar. Aquela foi a primeira noite em que ele viu com clareza que eu não queria nada que tivesse a ver com seu molde. Ele me viu cuspir dentro dele, e ficou ofendido. A questão é que a educação foi a primeira grande batalha de nosso relacionamento, nosso duelo contínuo, e é por isso que ele sempre vacilou entre ameaçar incendiar o sistema público de educação e me relegar a ele. Ao sair da escola por vontade própria, eu tinha tomado uma decisão que ele não conseguira tomar. Foi por isso que ele me fez aquele discurso: depois de todas as palestras confusas e contraditórias com que meu pai me bombardeara com o passar dos anos — sobre temas que iam da Criação ao purgatório, passando por molho de carne e piercings em mamilos —, durante as quais experimentava ideias como se estivesse num provador experimentando camisas, ele finalmente me deixou ouvir a ideia central em que sua vida se baseava.

O que nenhum de nós sabia, é claro, era que estávamos à beira de outra sequência inacreditável de desastres, cuja origem remontava a acontecimentos isolados. Dizem que os fins estão escritos nos começos. Bom, o começo desse fim foi minha saída da escola.

•

E por que eu saí? Por que sempre terminava sentando perto do garoto com brotoejas? Ou por que sempre que eu chegava atrasado o professor fazia cara de quem estava defecando? Ou simplesmente por que toda figura autoritária sempre ficava escandalizada com o meu comportamento? Não, pensando bem, eu até que gostava daquilo; as veias de um professor pulsavam em seu pescoço: o ápice da comédia. Outro ficava roxo de raiva: hilário! Na época, nada era mais engraçado para mim do que afronta, nada me fazia sentir mais leve ou animado.

Não, para ser honesto, todas aquelas irritações só me prendiam num inferno opressivo de insatisfação; nenhum motivo para me afastar daquilo, era apenas a infelicidade usual que uma pessoa tem a sorte de ter. Minha verdadeira motivação para sair da escola começou com todos aqueles suicídios perturbadores.

Nossa escola fora empurrada o máximo possível contra a costa leste sem de fato estar na água. Tínhamos de manter as janelas das salas fechadas para evitar a distração do mar barulhento abaixo, mas no verão o calor sufocante não nos deixava outra escolha senão abri-las, e a voz do professor mal conseguia competir com o som das ondas arrebentando. Os edifícios da escola, uma série de prédios de tijolo vermelho interligados, estavam situados bem acima da água, à beira dos Penhascos do Desalento (o nome "Penhascos do Desespero" já tinha sido adotado por uma falésia lúgubre que se estendia por algumas praias perto do pontal). Do final da pista de corrida da escola, caminhos traiçoeiros levavam até a praia. Se você era avesso a percorrer os caminhos, se era impaciente ou não queria encarar a descida íngreme, ou se desprezava a si mesmo e à própria vida e não via nenhuma esperança um futuro melhor, pular era sempre uma possibilidade. Muitos o fizeram. Em nossa escola havia, em média, um suicídio a cada nove ou dez meses. É claro, suicídio juvenil não é algo incomum; jovens garotos e garotas sempre espirraram até a morte devido a uma série de gripes da alma. Mas devia haver algum chamado místico e hipnótico atravessando aquelas janelas parcialmente abertas das salas de aula, porque nossa parcela de jovens que se atiravam pelas portas do céu era de fato maior do que a média. Como eu disse, não que exista algo raro em adolescentes que se matam, mas os funerais cansam. Cristo, eu devia saber. Até hoje sonho com um caixão em particular aberto, uma morte que poderia ter sido evitada se eu não tivesse sido obrigado a escrever um trabalho sobre *Hamlet* para a aula de inglês.

A paralisia de Hamlet

Jasper Dean

A história de Hamlet é um alerta inequívoco para os perigos da indecisão. Hamlet é um príncipe dinamarquês que não consegue se decidir sobre vingar a morte do pai, matar-se, não se matar etc. Você não acreditaria em como ele divaga sobre isso. Inevitavelmente, esse comportamento tedioso o deixa louco, e no fim da peça todos estão mortos, azar de Shakespeare se ele mais tarde pensasse em escrever uma continuação. A lição brutal da indecisão de Hamlet é uma lição para toda a humanidade, mas se seu tio matou seu pai e se casou com sua mãe, você talvez a considere especialmente relevante.

Hamlet era também o nome de seu pai, que teve uma morte desagradável quando o irmão derramou veneno em seu ouvido. No ouvido! Nada gentil. Fica claro que a rivalidade entre irmãos era o que havia de podre no reino da Dinamarca.

Mais tarde, quando o fantasma do pai acena para que Hamlet o siga, Horácio o adverte contra isso temendo que o fantasma o deixe louco, o que ele consegue. Horácio nota que todos que olham para baixo de uma grande altura desprotegida pensam em se jogar para a morte, o que me faz pensar: Deus, então eu não sou o único.

Em suma, Hamlet é uma obra sobre indecisão. A verdade é que a indecisão afeta a todos nós, mesmo aqueles que não têm dificuldade em tomar decisões. Em outras palavras, idiotas impacientes. Nós também sofremos. Esperar outra pessoa tomar uma decisão — por exemplo, num restaurante, quando o garçom está parado logo ali — está entre os maiores horrores da vida, mas devemos aprender a ser pacientes. Arrancar o menu das mãos da sua namorada e gritar "Ela vai querer frango" não é a melhor maneira de combater essa aflição, e certamente não vai levá-lo a conseguir sexo.

E foi isso. Presumo que não deveria ter me surpreendido quando meu professor de inglês, o Sr. White, me reprovou. O que mais eu poderia ter esperado dele, ou de qualquer outro educador lerdo que assombrava aquela escola? Eu ainda posso vê-los. Um deles parecia que tivera todos os órgãos vitais removidos e agora pediam um resgate em troca mas ele não tinha dinheiro para pagar. O outro parecia que entrara em uma festa dois minutos depois que todo mundo já tinha ido embora e ainda podia escutar as risadas o atormentando pela rua. Um terceiro professor está sentado com ar desafiador, como uma formiga solitária que se recusa a carregar uma migalha de pão. Alguns são tão alegres quanto déspotas, outros tão frívolos quanto idiotas.

E havia o Sr. White: ele tinha um pequeno tufo de cabelo grisalho que parecia cinzas de cigarro; era o tipo que parecia ter acabado de vislumbrar seu futuro num sanatório só para homens. O que é pior, *o filho dele era da nossa classe.* Certo, você não pode planejar a felicidade, mas *pode* tomar certas precauções contra a infelicidade, não? No começo de cada aula, o Sr. White fazia a chamada e tinha de chamar o nome do próprio filho. Dá para imaginar algo mais ridículo? Um pai *sabe* se o filho está na sala ou não, com certeza.

— White — dizia ele.

— Presente — respondia Brett. Que farsa.

Pobre Brett!

Pobre Sr. White!

Como eles suportavam reprimir sua intimidade ao ponto de fingir diariamente não reconhecer o rosto do próprio parente? E quando o Sr. White rosnava para os alunos alegando sua estupidez, como Brett se sentia ao ser maltratado pelo próprio pai daquele jeito? Era um jogo para eles? Era real? Durante as censuras do Sr. White, o rosto de Brett era apático demais, paralisado demais — eu diria que ele sabia, assim como nós, que seu pai era um tirano mesquinho que tratava os alunos como se o tivéssemos privado de seus anos vitais e, por vingança, predizia nossos fracassos futuros, e então nos reprovava para se mostrar profético. Sim, Sr. White, você era, sem dúvida, meu professor favorito. Sua monstruosidade era a mais abarcadora para mim. Você era aquele que visivelmente bufava de dor, e, sem pudor algum, fazia isso diante do próprio filho.

O Sr. White devolveu meu trabalho sobre *Hamlet* com um rosto lívido. Ele me deu um zero redondo. Com meu texto, eu havia mexido em algo que era sagrado para ele: William Shakespeare. Lá no fundo, eu sabia que *Hamlet* era uma obra extraordinária, mas quando me mandam realizar uma tarefa, eu me vejo estupidamente querendo fazer tudo ao contrário. Escrever lixo era minha forma insignificante de rebelião.

Aquela noite, cometi o erro de mostrar o trabalho ao meu pai. Ele leu revirando os olhos, gemendo, balançando a cabeça — basicamente, como se estivesse levantando madeira pesada. Eu fiquei de pé ao lado dele, esperando aprovação, suponho. Não obtive. Ele me devolveu o trabalho e falou:

— Li algo interessante hoje no *Dicionário filosófico* de Voltaire. Você sabia que antes de embalsamar um faraó, os egípcios tiravam o cérebro? E esperavam que ele ressurgisse mais tarde, séculos depois. O que acha que eles imaginavam que o cadáver faria ali, sem o cérebro?

Havia se passado muito tempo desde que meu pai tentara me educar por sua conta. Para compensar o abandono a um sistema que ele só fazia desprezar, ele rotineiramente deixava pilhas de livros no meu quarto com pequenas anotações em post-its ("Leia isto!" ou "Este cara é simplesmente um deus!") colados na capa: Platão, Nietzsche, Cioran, Lawrence, Wittgenstein, Schopenhauer, Novalis, Epiteto, Berkeley, Kant, Popper, Sartre, Rousseau e por aí vai. Ele parecia preferir os autores pessimistas, niilistas ou cínicos, incluindo Céline, Bernhard e o poeta pessimista supremo, James Thomson, com sua sombriamente assustadora "The City of Dreadful Night".

— Onde estão as mulheres? — perguntei. — Elas não pensavam em nada digno de nota?

Na noite seguinte encontrei Virginia Woolf, George Sand, Ayn Rand, Gertrude Stein, Dorothy Parker, Simone de Beauvoir, Simone Weil, Mary McCarthy, Margaret Mead, Hannah Arendt e Susan Sontag aguardando em meu travesseiro.

Assim, não fui exatamente um autodidata, já que ele me empurrou esses autores goela abaixo, mas na verdade gostei bastante de todos eles. Os gregos, por exemplo, tinham ideias excelentes sobre como governar uma sociedade que continuam sendo válidas hoje, sobretudo se você acha que a escravidão é maravilhosa. Quanto aos demais, todos eram gênios inquestionáveis, mas tenho de admitir que sua celebração e seu entusiasmo por um tipo de ser humano (eles mesmos) e seu medo e revulsão por outro tipo (todos os demais) me davam nos nervos. Não só por eles defenderem a suspensão da educação universal temendo que isso "arruinasse o pensamento" ou por fazerem tudo que podiam para tornar sua arte pouco inteligível para a maioria das pessoas, mas também por sempre dizerem coisas hostis como "Três brindes aos inventores do gás venenoso!" (D.H. Lawrence) e "Se desejamos certo tipo de civilização e cultura, devemos exterminar os tipos de pessoas que não se encaixam nela" (G. B. Shaw) e "Mais cedo ou mais tarde, precisaremos limitar as famílias das classes sem inteligência" (Yeats) e "A grande maioria dos homens não tem direito à existência, pois são um infortúnio para os homens superiores" (Nietzsche). Todos os demais ou, em outras palavras, todas as pessoas que eu conhecia eram nada mais que um corpo apodrecendo em pé, sobretudo devido a sua predileção por assistir a futebol em vez de ler Virgílio. "O entretenimento das massas é a morte da civilização", cuspiam aqueles eruditos, mas eu digo, se um homem ri de algo pueril e seu corpo se ilumina de alegria, faz diferença se esta foi provocada não por um trabalho artístico profundo e sim por uma reprise de *A feiticeira*? Sinceramente, quem se importa? Aquele homem simplesmente teve um momento interior maravilhoso, e mais, custou pouco. Sorte dele, seus malas! Basicamente, eles achavam que seria adorável se as massas desumanizadas, que os deixavam literalmente doentes, fizessem o favor de entrar para a história ou se tornassem escravos, e andassem logo com isso. Eles queriam criar uma raça de superseres com base nos próprios eus arrogantes e sifilíticos, homens que ficam sentados no topo das montanhas o dia todo lambendo seu deus interior em um frenesi. Eu pessoalmente acho que não era o "desejo plebeu de felicidade" que eles tanto odiavam, e sim o reconhecimento secreto e acre de que as plebes às vezes o encontravam.

É por isso que, assim como meu pai me abandonou, eu abandonei seus amigos letrados, todos aqueles gênios maravilhosos e amargos, e na escola me acomodei confortavelmente fazendo o mínimo. Muitas vezes eu me dava o dia de folga e caminhava pela cidade palpitante para observá-la palpitar, ou ia à pista de corrida assistir aos cavalos garantirem sua desconfortável existência sob as bundas de homens pequenos. De tempos em tempos, o diretor enviava ao meu pai cartas solenes e inadvertidamente engraçadas sobre minhas ausências.

— Recebi outra carta — dizia meu pai, sacudindo-a no ar como se fosse uma nota de 10 dólares que acabara de encontrar numa calça velha.

— E?

— O que tem a dizer em sua defesa?

— Cinco dias por semana é muito. É cansativo.

— Você não tem que ser o primeiro da turma, sabe disso. Só precisa passar de ano. Isso é o que você deveria querer.

— Bom, é o que eu estou fazendo. Passando de ano.

— Ótimo. Mas veja se aparece por lá o suficiente para conseguir o pedaço de papel com o seu nome nele.

— E para quê?

— Já te falei mil vezes. A sociedade precisa pensar que você está cooperando. Depois você faz o que quiser, mas eles precisam pensar que você é um deles.

— Talvez eu seja um deles.

— É, e eu vou para o escritório amanhã às 7 da manhã.

Mas ele nem sempre conseguia deixar as coisas como estavam. De fato, eu tinha alcançado certa notoriedade entre os professores por causa das visitas universalmente temidas e pessoalmente mortificantes do meu pai, cuja cara aparecia de repente pressionada contra o vidro gelado da porta da sala de aula.

No dia seguinte, após ter mostrado ao meu pai o trabalho sobre *Hamlet*, ele foi a minha aula de inglês e sentou no fundo da sala, espremendo-se numa cadeira de madeira. O Sr. White estava escrevendo a palavra "intertextualidade" na lousa quando meu pai entrou, e quando ele se virou para nós e viu um homem de meia-idade entre os alunos, tontos e inexperientes, ficou confuso. Ele olhou para meu pai com ar de reprovação, como que se preparando para castigar um de seus alunos por envelhecer espontaneamente no meio de uma lição.

— Meio letárgico aqui, não? — disse meu pai.

— Como?

— Eu disse que é um pouco difícil pensar aqui, não é?

— Desculpe, você é...

— Um pai preocupado.

— Você é pai de um aluno desta classe?

— Talvez a palavra "preocupado" seja um eufemismo. Quando penso nele sob a sua tutela, começo a sangrar pelos olhos.

— Quem é o seu filho?

— Não tenho vergonha de admitir. Meu filho é a criatura chamada "Jasper".

O Sr. White me disparou um olhar severo exatamente quando eu pensava como poderia sair dali. "Jasper? Este é o seu pai?"

Fiz que sim com a cabeça. Que escolha eu tinha?

— Se deseja conversar comigo sobre seu filho, podemos marcar um horário — disse ele ao meu pai.

— Não preciso conversar com você sobre o meu filho. Eu conheço o meu filho. Você o conhece?

— É claro. Jasper está na minha turma o ano todo.

— E os outros? Então eles sabem ler e escrever: bom trabalho. Isso já dá conta de uma vida inteira de listas de compras. Mas você os *conhece*? Conhece a si mesmo? Porque se não conhece a si mesmo, não pode ajudá-los a *se* conhecerem, e está provavelmente jogando no lixo o tempo de todos aqui simplesmente treinando um exército de imitadores assustados, como todos vocês professores medíocres nesse pulgueiro estatal estão habituados a fazer, dizendo aos alunos o que pensar em vez de como pensar, e tentando adaptá-los aos moldes de um futuro contribuinte perfeito em vez de se ocupar em descobrir quem são.

Os outros alunos riram, confusos.

— Fiquem quietos! — gritou o Sr. White, como se fosse o Dia do Juízo Final e ele tivesse a função crucial de fazer a triagem de todas as almas.

Nós nos calamos. Aquilo não ajudou em nada. O silêncio que foi ordenado continuava sendo muito barulhento.

— Por que eles deveriam respeitá-lo? Você não tem nenhum respeito por eles — continuou meu pai, e se dirigiu aos alunos: — Curvar-se diante de uma autoridade é cuspir em seu próprio rosto.

— Vou ter que pedir que o senhor se retire.

— Aguardo ansiosamente esse momento.

— Por favor, saia.

— Reparei que você tem um crucifixo no pescoço.

— E daí?

— Eu realmente preciso explicar para você?

— Simon — disse o Sr. White, dirigindo-se a um dos alunos desnorteados. — Por gentileza, vá até a sala do diretor e explique a ele que temos um problema em nossa sala e que precisamos chamar a polícia.

— Como pode encorajar os alunos a pensar por si mesmos com uma mente aberta se você tem um sistema de crenças ultrapassado esmagando sua própria cabeça como uma máscara de ferro? Você não vê? A flexibilidade do seu movimento mental é restringida por princípios dogmáticos rigorosos, então você pode pensar que está lá falando com eles sobre *Hamlet*, mas o que eles realmente escutam é um homem com medo de colocar o pé fora do círculo fechado que foi desenhado ao seu redor por homens mortos há muito tempo, que venderam a seus ancestrais uma porção de mentiras para que eles pudessem molestar todos os garotinhos que quisessem na privacidade de seus confessionários!

Lancei um olhar para Brett. Ele estava sentado na cadeira, em silêncio; seu rosto era fino e tinha uma aparência delicada, e pensei que se não fosse pelo cabelo, olhos, nariz e boca, seu rosto poderia ser a mão de um pianista. Brett me pegou olhando para ele, mas eu não acho que ele desconfiasse de que eu estava fazendo analogias com seu rosto, porque ele sorriu para mim. Eu sorri de volta. Se eu soubesse que dois meses depois Brett tiraria a própria vida, teria chorado.

•

Nós chegamos a conversar na manhã em que ele morreu.

— Ei, Brett, você tem os 5 dólares que me deve?

— Posso te pagar amanhã?

— Claro.

As pessoas têm uma facilidade incrível para fingir felicidade. É quase instintivo para elas, como verificar se sobraram moedas em um telefone público depois de dar um telefonema. Brett era campeão nisso, até o final da vida. Inferno, eu falei com uma garota que conversou com ele dez minutos antes de ele pular, e ela disse que eles conversaram sobre o clima!

— Ei Kristin, v-você acha que isso é vento sul?

Brett tinha uma leve gagueira que ia e vinha de acordo com as pressões sociais.

— Como é que eu vou saber?

— É m-m-muito forte, né?

— Por que está falando comigo, espinhento?

Não quero fazer da morte de Brett uma coisa maior do que foi para mim. Ele não era meu melhor amigo, nem mesmo meu confidente. Éramos aliados, o que, de certa forma, nos tornava mais próximos que amigos. Foi assim que aconteceu:

Um dia, na hora do almoço, uma pequena multidão formou um círculo no pátio. Eles estavam tão perto uns dos outros que pareciam terem sido costurados, feito uma colcha feia. Eu recuei imaginando o que estaria por vir. Não há humilhações privadas no pátio da escola; são todas impiedosamente públicas. Quem seria o humilhado da vez? Olhei por cima do corte de cabelo estilo militar do elo mais baixo do círculo e vi Brett White no chão, o sangue escorrendo da boca. De acordo com vários espectadores encantados com a cena, Brett caíra enquanto fugia de outro aluno, Harrison. Observando-o no chão, todos os alunos estavam rindo porque o líder deles também estava rindo. Não que eles fossem particularmente cruéis; simplesmente haviam abandonado o próprio ego nas mãos dele, isso é tudo, submeteram sua vontade à vontade de Harrison: uma má escolha. O motivo pelo qual os grupos nunca seguem as crianças doces e gentis é óbvio, mas eu desejaria que acontecesse pelo menos uma vez. O homem, como observou Freud, tem extrema paixão por autoridade. Acho que seu anseio secreto de ser dominado poderia funcionar bem se ele simplesmente se permitisse ser dominado por alguém que fosse um amor de pessoa. Numa dinâmica de grupo, se o líder gritasse "Vamos dar um beijo meigo na bochecha daquele canalha!", eles correriam até a pobre criança com os lábios apertados.

Os dentes da frente de Brett jaziam no concreto. Pareciam Tic Tacs. Ele os recolheu. Dava para ver que ele estava se esforçando para não chorar.

Olhei para os outros alunos e fiquei um tanto desesperado que nenhum deles tivesse compaixão suficiente para cuidar do próprio nariz. Era doloroso assistir a todas aquelas criaturas miseráveis acossando Brett daquela maneira. Eu me abaixei ao lado dele e disse:

— Finja que achou engraçado.

Ele seguiu meu conselho e começou a rir. Sussurrou no meu ouvido:

— Dá para colocar de volta?

E eu ri alto também, como se ele tivesse feito uma piada. Depois que o ajudei a levantar, as humilhações continuaram. Uma bola de futebol veio voando contra o rosto dele.

— Abre bem a boca, quero marcar um gol! — gritou alguém.

Era verdade que seus dentes pareciam traves.

— Isso é mesmo necessário? — gritei, inutilmente.

Harrison deu um passo à frente da multidão, veio para cima de mim e falou:

— Você é judeu, não é?

Eu gemi. Eu só havia contado para uma pessoa que meu avô tinha sido assassinado pelos nazistas, e eu nunca soube que fim isso levara. Em geral, não havia muito antissemitismo na escola, só as piadas de sempre sobre dinheiro e narizes, narizes e dinheiro, narizes enormes com dinheiro caindo deles, mãos judias imundas enfiando dinheiro nos grandes narizes judeus. Esse tipo de coisa. Depois de um tempo você já não liga para as discriminações por trás das piadas, bastaria que elas fossem mais engraçadas.

— Acho que você tem uma cara de idiota, judeu.

— E também sou nanico — falei, lembrando que meu pai um dia me disse que um jeito de confundir os inimigos é reagir aos insultos deles insultando a si próprio.

— Por que você é tão idiota? — perguntou ele.

— Não sei. Vou pensar a respeito depois que descobrir por que sou tão feio.

Brett pegou rápido e falou:

— Sou mais feio que você, e minha coordenação motora é péssima.

— Não consigo correr sem tropeçar — retruquei.

— Nunca beijei uma garota e provavelmente nunca vou beijar.

— Tenho espinhas horríveis nas costas. Acho que vão deixar cicatrizes para a vida toda.

— Sério? Eu também.

Charlie Mills atravessou a multidão e começou também:

— Isso não é nada — falou. — Eu sou gordo, feio, fedido, burro *e* adotado.

Harrison ficou lá, confuso, pensando em alguma coisa para dizer. Todos olhamos para ele e caímos na gargalhada. Foi um momento agradável. Depois Harrison deu um passo em minha direção com a confiança de alguém que tinha a biologia a seu favor e me empurrou. Eu tentei transferir meu peso para o pé que estava na frente, mas não adiantou. Acabei de cara no chão. Pela segunda vez voltei para casa com a camiseta branca respingada de sangue.

Eddie, meu pai e Anouk estavam na varanda tomando chá. Pareciam exaustos. Havia uma quietude pesada no ar. Algo me dizia que eu tinha acabado de perder uma calorosa discussão. A fumaça do cigarro de cravo de Eddie estava suspensa no ar. Quando me aproximei, a visão do meu sangue os reanimou. Todos ficaram atentos, como se fossem três grandes sábios que aguardaram dez anos para que alguém lhes fizesse uma pergunta.

Anouk gritou primeiro.

— Andou tendo problemas com algum valentão? Por que você não dá o meu telefone e pede para ele me ligar? Tenho certeza de que a meditação o deixaria mais calmo.

— Dê dinheiro para ele — disse Eddie. — Volte lá e fale com ele com um saco de papel cheio de dinheiro.

Para não ficar para trás, meu pai gritou da poltrona:

— Venha cá, garoto, quero lhe dizer uma coisa!

Subi os degraus da varanda. Ele deu um tapa no joelho para indicar que eu podia sentar nele. Preferi ficar de pé. Meu pai falou:

— Sabe quem mais costumava ser agredido? Sócrates. Isso mesmo. Sócrates. Uma vez ele estava filosofando com uns amigos, e um sujeito que não gostou do que ele estava dizendo foi direto até ele e lhe deu um chute tão forte na bunda que ele caiu no chão. Sócrates olhou para cima e sorriu para o homem bondosamente. Ele encarava tudo com uma calma incrível. Alguém que presenciou a cena falou: "Por que você não faz alguma coisa, ou diz alguma coisa?"; e Sócrates respondeu: "Se uma mula o chutasse, você a repreenderia?"

Meu pai caiu na gargalhada. Seu corpo inteiro tremia tanto que fiquei feliz por não ter sentado em seu joelho. Estava sacudindo tanto que parecia um touro de rodeio.

— Entendeu? Entendeu? — ele me perguntou entre os espasmos de riso.

Fiz que não com a cabeça, embora, no fundo, tivesse entendido. Mas, verdade seja dita, eu com certeza repreenderia uma mula por me chutar. Talvez até mesmo abateria nela. A mula é minha, posso fazer o que quiser. De todo modo, o x da questão é que eu entendi o x da questão, mas isso era tão útil quanto as sugestões impossíveis de Eddie ou de Anouk. Meu pai e Eddie e Anouk, as luzes que eu tinha para me guiar por minha infância, não faziam outra coisa senão me conduzir a paredes de tijolo.

•

Algumas semanas depois, fui até a casa de Brett. Ele me convenceu a ir até lá com a promessa de um bolo de chocolate. Disse que queria testar seus dentes. Quando saímos da escola, ele explicou como, ao prendê-los de volta à gengiva, o dentista conseguira evitar que o nervo morresse. Ele fez tratamento de canal, durante o qual o dentista usou gás hilariante, mas não o suficiente para que valesse a pena.

Quando chegamos em sua casa, fiquei desapontado ao descobrir que não havia bolo e mais chocado ainda quando ele disse que nós mesmos teríamos de fazer o bolo. Achei melhor ser franco com ele:

— Escuta, Brett. Você é legal, mas eu acho estranho assar um bolo com você.

— Não se preocupa. Na verdade, não vamos assar nada. Vamos fazer a massa e comer. Não vamos nem usar o forno.

Aquilo não pareceu tão estranho, mas no fim não era tão diferente de fazer um bolo de verdade e, quando ele começou a peneirar a farinha, eu quase saí correndo. Mas fiquei. Terminamos a mistura e, quando estávamos prontos para atacá-la com grandes colheres de pau, ouvimos a porta da casa se abrir e uma voz dizer "cheguei!".

Meu corpo congelou e assim permaneceu até que a porta da cozinha abriu com um ruído e a cabeça do Sr. White passou por ela.

— Esse é Jasper Dean?

— Olá, Sr. White.

— Oi, pai — disse Brett, o que me pareceu estranho.

Estupidamente, eu presumira que ele chamava o pai de Sr. White em casa também.

O Sr. White abriu a porta com um empurrão e foi até a cozinha.

— Vocês dois estão fazendo um bolo? — perguntou, e, olhando para a massa, acrescentou: — Avisem quando estiver pronto, talvez eu coma um pedaço.

— Pronto? Está quase terminado — disse Brett, com um sorriso radiante.

O Sr. White riu. Foi a primeira vez que eu vi seus dentes. Não eram ruins. Ele se aproximou, enfiou o dedo na tigela e provou o chocolate espesso.

— E aí, Jasper, como vai seu pai?

— Você sabe, ele é o que é.

— Ele é um oponente digno de respeito — falou, rindo para si mesmo.

— Fico feliz — afirmei.

— O mundo precisa de homens passionais — disse o Sr. White, sorrindo.

— Suponho que sim — falei, e quando o Sr. White subiu, pensei em todos os longos períodos catatônicos do meu pai em que paixão significava lembrar de dar descarga.

O quarto de Brett era um quarto típico de adolescente, só que tão organizado que eu tinha a sensação de que só de respirar eu podia bagunçar tudo. Havia algumas fotografias na mesa, incluindo uma de Brett e do Sr. White de pé, com os braços no ombro um do outro, em um estádio — eles pareciam atores de um filme piegas sobre relacionamento entre pai e filho. Não parecia nem um pouco real. Acima da cama de Brett havia um grande crucifixo pendurado na parede.

— Para quê isso? — perguntei, horrorizado.

— Era da minha mãe.

— O que aconteceu com ela?

— Câncer de estômago.

— Ui.

Brett foi até a janela a passos lentos e hesitantes, como se estivesse atravessando um terreno desconhecido durante a noite.

— Você também não tem mãe, não é? O que aconteceu com a sua?

— A máfia árabe.

— Está bem, não precisa me contar.

Olhei mais de perto o Jesus amarrado lá em cima, seu rosto sofredor olhando para baixo. Ele parecia estar estudando aquelas fotografias sentimentais de Brett com o pai. Seus olhos pareciam contemplá-los com certa tristeza. Talvez os fizesse pensar em seu próprio pai, ou em como, às vezes, você é ressuscitado quando menos espera.

— Então vocês são religiosos? — perguntei.

— Somos católicos. E vocês?

— Ateus.

— Você gosta da escola? — perguntou Brett de repente.

— O que você acha?

— Não é para sempre. É o que eu sempre penso. Não é para sempre.

— Só agradeça por não ser gordo. Quando estiver no mundo real, vai ficar bem. Ninguém odeia os magros.

— É, pode ser.

Brett sentou à beira da cama, roendo as unhas. Hoje eu admito, minha percepção devia estar enevoada aquele dia. Deixei passar todos os sinais. Não interpretei o roer de unhas como um grito de socorro ou uma indicação de que ele logo estaria apodrecendo silenciosamente embaixo da terra. Após a morte de Brett, eu dissequei aquela tarde em minha cabeça inúmeras vezes. Pensei: Se eu ao menos soubesse, poderia ter dito alguma coisa, ou feito alguma coisa, *qualquer coisa*, para convencê-lo a mudar de ideia. Agora me pergunto: Por que desejamos que nossos entes queridos voltem à vida se eles eram tão obviamente infelizes? Nós os odiamos tanto assim?

•

O dia do suicídio de Brett, uma segunda-feira.

Era recesso e todos recordavam entusiasmados a festa de sábado à noite. Eu sorria porque me sentia solitário e indesejado, e parecia que todos na lista telefônica, de A. Aaron a Z. Zurichman, tinham sido convidados, menos eu. Imaginei como seria ser popular por uma tarde, e concluí que teria de acenar para todo mundo ao caminhar pelos corredores. Eu não iria gostar disso, pensava, quando ouvi uma voz gritar:

— Alguém pulou! Alguém pulou! Mais um suicídio!

A sirene da escola tocou e não parou. Todos atravessamos a pista de corrida e fomos em direção ao penhasco. Um professor ordenou que voltássemos, mas éramos muitos. Vocês já ouviram falar em histeria em massa; curiosidade em massa é ainda mais poderosa. Nada nos faria recuar. Chegamos à beira do penhasco e olhamos para baixo. As ondas arrebentavam contra as rochas, como se digerindo algo. Havia um corpo lá embaixo: de um aluno. Quem quer que fosse, todos os ossos provavelmente estavam quebrados com a queda. Era como se tudo que estivéssemos observando fosse um uniforme escolar sendo revirado em uma máquina de lavar roupa.

— Quem é? Quem é?

As pessoas gritavam, aflitas por alguém. Mas quem? Por quem estavam aflitas? Os alunos já estavam descendo o caminho íngreme para ver.

Eu não precisava ver. Eu sabia que era Brett. Como eu poderia saber? Porque Charlie estava lá, ao meu lado à beira do penhasco, e o único outro amigo que eu tinha era Brett. Eu tinha personalizado a tragédia; sabia que era algo *para mim* — e estava certo.

— É Brett White! — confirmou uma voz lá de baixo.

O Sr. White estava bem ali, olhando para baixo assim como o restante de nós. Ele se endireitou e mal conseguiu ficar em pé. Antes de descer correndo e pular no mar para resgatar o filho morto e chorar até que a polícia arrancasse Brett de suas mãos frias e úmidas, houve um longo momento em que todos o fitaram boquiabertos e ele simplesmente ficou lá parado à beira do penhasco, desmoronando, como uma ruína romana.

II

O bilhete suicida de Brett caiu em mãos erradas. Foi encontrado em seu armário por dois alunos enxeridos, e antes de ser entregue às autoridades competentes tinha passado por toda a escola. Dizia o seguinte:

> Não fiquem tristes por mim, a não ser que estejam preparados para ficar tristes por toda a vida. Do contrário, esqueçam. De que adiantam algumas semanas difíceis de lágrimas e pesar se um mês depois vocês estarão rindo outra vez? Não, esqueçam. Simplesmente esqueçam.

Em minha opinião, o bilhete suicida de Brett foi muito bom. Tocou bem no cerne da questão. Ele medira a profundidade do sentimento humano, considerou rasa e expressou isso. Muito bom, Brett, onde quer que você esteja! Ele não caiu na armadilha da maioria dos bilhetes suicida — as pessoas estão sempre atribuindo culpa ou pedindo perdão. Raramente alguém deixa alguma dica útil sobre o que fazer com seu animal de estimação. Acho que o bilhete suicida mais honesto e lúcido de que eu já ouvi falar foi o do ator britânico George Sanders, que escreveu:

> Caro mundo, estou partindo porque me sinto entediado. Já vivi o suficiente. Deixo-os com suas preocupações nesta doce pocilga. Boa sorte.

Não é maravilhoso? Ele está tão certo. Isto aqui *é* uma doce pocilga. E, ao dirigir o bilhete ao mundo, ele não sofre por medo de deixar alguém de fora. Ele é sucinto e claro em seus motivos para colocar fim à própria vida, faz uma introspecção final poética e então, com generosidade e delicadeza, deseja-nos sorte. Estou lhes dizendo, este é o tipo de bilhete suicida que eu poderia almejar. É infinitamente melhor que a porcaria de bilhete suicida que escrevi certa vez. Dizia:

> E daí se a vida é um presente? Você nunca devolveu um presente? Isso acontece o tempo todo.

Era isso. Pensei: Por que não ser um espertinho ranzinza até o fim? Se eu fosse magnânimo de repente, simplesmente não pareceria verdadeiro. Mas, para ser sincero, eu nem mesmo sou o tipo suicida. Tenho esse hábito idiota de pensar que as coisas vão melhorar, mesmo quando todas as evidências indicam o contrário, mesmo quando elas ficam piores e piores e piores e piores.

•

Brett foi enterrado com uma calça bege e uma camisa azul. Esporte fino. O Sr. White tinha comprado as roupas dois dias antes. Estavam em oferta, mas eu soube que ele quis pagar o preço normal. Soube que o atendente discutiu com ele. "Dez por cento de desconto", disse ele, e o Sr. White não aceitou o desconto e o atendente riu quando o Sr. White jogou o valor integral no caixa e saiu correndo, alucinado de dor.

Brett jazia no caixão, o cabelo penteado para trás. O cheiro? Gel para cabelo. A expressão moldada em seu rosto pálido? Sono tranquilo. Pensei: Este é seu eclipse impassível. O longo mergulho congelado. Sua suave e estranha gagueira curada pelo esquecimento. Então, ficar triste com o quê?

A manhã do funeral estava clara e ensolarada. Um vento gentil e fragrante fazia tudo parecer frívolo e indigno de preocupação, quase sugerindo que o luto era uma reação exagerada. A turma toda foi dispensada das aulas da manhã; os alunos dos outros anos também podiam comparecer ao enterro, mas não era obrigatório. O cemitério estava convenientemente situado a apenas 1 quilômetro da escola, por isso fomos todos juntos caminhando, cerca de uma centena de alunos e alguns professores que estavam lá para se condoer ou supervisionar — se possível, as duas coisas. A maior parte do grupo nunca dissera oi a Brett enquanto ele vivera, mas agora estava em fila para dizer tchau.

Todos nos reunimos ao redor do túmulo e ficamos esperando o padre começar, permanecendo no tipo de silêncio tão silencioso que um simples pigarro pode matar alguém de susto. Pensei que nossos uniformes escolares nos faziam parecer carteiros, congregados para enviar um colega de volta a Deus. Imaginei "Devolver ao Remetente" nitidamente estampado no caixão.

O padre começou. Seu panegírico me atingiu, embora gotejando por um filtro de café. Ele descreveu Brett como "cansado deste mundo" (verdade), "mortal e fraco" (também verdade) e "ansioso para unir-se a seu Senhor, Nosso Redentor" (improvável). Finalmente, falou num tom melodramático que "o suicídio é um pecado mortal".

Agora, espere um segundo!

Está certo, Brett tirou a própria vida, mas ele também respondeu à pergunta de Hamlet sem se dilacerar por dentro, e mesmo que o suicídio *seja* um pecado, certamente a determinação é louvável. Quero dizer, devemos reconhecer seu mérito. Brett respondeu ao dilema de Hamlet de modo tão direto quanto assinalar uma alternativa.

Ser ☐
Não ser ☑

Eu sabia que aquele sermão era apenas uma antiga tática de medo que sobrevivera intacta ao longo dos séculos, enquanto práticas como drenar o sangue de alguém com sanguessugas quando a pessoa está com o nariz escorrendo foram há muito descartadas por serem consideradas antiquadas. Se há um Deus, duvido que ele seja tão linha dura. Em vez disso, imagino-o cumprimentando homens e mulheres que tiram a própria vida como um chefe de polícia surpreso ao ver um criminoso procurado se entregar. "Você!", ele talvez dissesse, não tão bravo e sim ligeiramente desapontado por não receber o crédito ou a satisfação pela captura.

O caixão foi abaixado, e o som da terra atingindo a tampa o fez parecer vazio. Brett era magro. Eu havia lhe dito que ninguém odeia um homem magro. Ninguém, pensei agora, exceto vermes famintos.

O tempo passou. O sol se dissolvia como uma pastilha dourada ao deslizar pelo céu. Eu observei o Sr. White o tempo todo. Ele se destacava luminosamente, como se realçado em fluorescência amarela. Estava sofrendo a humilhação pública derradeira: por ter sido um pai negligente ou falho, ele perdera o filho, de modo tão certeiro quanto se o tivesse colocado no capô do carro e dirigido sem lembrar-se de tirá-lo de lá.

Após o sermão, o diretor, o Sr. Silver, aproximou-se e colocou a mão no ombro do Sr. White, que estremeceu violentamente e deu de ombros.

Quando ele foi embora, pensei: Bem, Brett, lá vai o seu pai, lá vai ele embalar suas camisas ocas e suas calças vazias.

Isso foi exatamente o que eu pensei.

De volta à escola, realizou-se uma assembleia especial no pátio. Um conselheiro deu uma palestra sobre suicídio entre jovens. Ele pediu a todos nós que estendêssemos a mão a nossos colegas hesitantes e ficássemos atentos aos sinais. Sua descrição de um adolescente suicida provocou pequenas ondas de choque pela multidão. Ele descrevera cada pessoa ali presente. Aquilo lhes deu algo sobre o que pensar. A sirene tocou e todos foram para a aula, exceto a minha turma. O veredicto da administração era que estávamos tristes demais para aprender cálculo. Eu me sentia compreensivelmente perturbado. Eu podia sentir a presença de Brett. Eu o vi no pódio, e depois vi seu rosto na multidão. Tinha certeza de que muito em breve estaria vendo sua cabeça em meu próprio pescoço. Eu sabia que teria de abandonar aquele lugar, precisava sair de lá, e sem olhar para trás. Vi que o portão da escola estava escancarado, me tentando. E se eu saísse correndo? Ou, melhor ainda: *E se eu saísse andando?*

Meu devaneio foi interrompido quando ouvi uma deduragem metafísica. Vários alunos estavam discutindo as possibilidades do paradeiro atual de Brett. Onde ele estaria agora? Alguns diziam que estava no céu; outros supunham que estava de volta onde começara, na escuridão do subártico, perguntando-se quando entrara na fila da reencarnação. Então alguém com inclinação católica falou:

— Sabem, a alma do Brett vai queimar para sempre.

Eu não podia deixar tal pensamento repugnante lá sem cuspir nele, e por isso falei:

— Acho que você deveria encontrar quem quer que esteja pensando por você e pedir para ele se atualizar.

— Bom, então o que você acha que aconteceu com a alma dele?

— Nada. Porque ele não tem alma. Nem eu. Nem você.

— Tenho sim!

— Não tem!

— É claro que tenho!

— Não tem!

— Você não acredita em alma?

— Por que deveria? — perguntei.

Vocês precisavam ter visto os olhares que recebi! Quando alguém diz que não acredita em alma, é hilário! As pessoas o olham como se a alma, tal qual a Sininho, precisasse que acreditassem nela para existir. Ora, se eu tenho uma alma, é realmente o tipo de alma que precisa do meu apoio moral? É tão frágil quanto tudo isso? As pessoas parecem achar que sim; elas acham que duvidar da alma significa que você é o Desalmado, aquela criatura solitária vagando pela terra devastada sem *o recheio mágico do infinito...*

III

Então eu abandonei a escola por algum tipo de lealdade magnânima a meu amigo morto? Um protesto simbólico motivado pelo meu coração? Bem que eu gostaria.

Não foi nada disso.

Acho que é melhor admitir.

Na tarde do funeral, recebi um pacote pelo correio com uma única rosa vermelha e uma carta breve. Era de Brett, meu gélido amigo morto.

Querido Jasper,

Há uma garota alta e bonita com cabelo comprido e vermelho flamejante na turma um ano à frente de nós. Não sei o nome dela. Nunca falei com ela. Estou olhando para ela agora mesmo enquanto escrevo isto. Estou olhando direto para ela! Ela está lendo. Está sempre tão entretida em ler que nunca olha para cima, mesmo eu estando aqui sentado, despindo-a mentalmente.

Agora ela está só de calcinha e sutiã! É irritante como ela continua lendo daquele jeito, lendo ao sol. Completamente nua. Ao sol.

Por favor, entregue esta rosa a ela e diga-lhe que eu a amava, e que sempre a amarei.

Seu amigo,
Brett

Dobrei o bilhete e o coloquei no fundo de uma gaveta. Então voltei ao túmulo de Brett e depositei a rosa ali. Por que não a entreguei para a garota que ele amava? Por que não realizei o último desejo do menino morto? Bom, primeiro, eu nunca fui um grande fã da ideia de percorrer toda a cidade colocando pingos nos *is* e traços nos *ts* pelos mortos. Segundo, parecia terrivelmente cruel implicar aquela pobre garota em um suicídio, uma garota que jamais sequer soubera que Brett existira. Quem quer que ela fosse, eu tinha certeza de que estava ocupada demais para aceitar a culpa da morte de alguém que ela não teria sido capaz de distinguir em um grupo de dois.

No dia seguinte, fui até o platô acima da escola — o pedaço plano e descampado de terra queimada onde os alunos mais velhos e arrogantes matavam o tempo. É assim que eles eram. Eles se colocavam acima dos demais, como que se percorrer todo o caminho até o último ano fosse comparável a sobreviver a um terceiro alistamento no Vietnã. Eu fui por curiosidade. Brett havia tirado a própria vida estando apaixonado por uma garota alta de cabelo vermelho. Ela era a causa? Quem era ela? Teria ele morrido, na verdade, não por causa da tortura constante dos valentões, mas por desejos frustrados? Secretamente eu esperava que sim, porque cada vez que via Harrison na escola, eu ficava doente por pensar que Brett teria morrido por culpa dele. Eu estava louco para substituí-lo por uma causa mais digna. Era isso o que eu estava buscando. Uma garota por quem valeria a pena morrer.

Para meu azar, eu a encontrei.

•

Embora eu tenha uma ótima memória, sou o primeiro a admitir que algumas das minhas lembranças devem ser questionadas. O fato é que não estou acima de me iludir e sair ileso, e é por isso que, ao evocar a imagem das garotas do colegial, só me resta supor que estou romantizando. Em minha imaginação, elas parecem colegiais de videoclipes tentando parecer prostitutas célebres e sensuais. Isso não pode estar certo. Eu as vejo usando camisas desabotoadas que deixam ver sutiãs pretos rendados e minissaias verde-escuras, meias creme compridas e sapatos pretos de fivelas. Eu as vejo flutuando sobre pernas pálidas por corredores estreitos, os cabelos ondulados caindo nas costas, feito chamas em um vento forte. Isso também não pode estar certo.

Mas de uma coisa eu tenho certeza: a garota que Brett amava era alta e de pele clara, com cabelo vermelho flamejante descendo pelas costas; seus ombros eram tão lisos quanto ovos, e suas pernas, tão longas quanto um oleoduto subterrâneo. Mas seus olhos castanho-escuros, muitas vezes escondidos atrás de uma franja assimétrica, eram sua arma secreta: ela tinha um olhar capaz de parar o trânsito. Ela também tinha o hábito de passar a língua na ponta da caneta. Era muito sexy. Um dia, roubei seu estojo e beijei até a última marca de caneta. Sei o que isso pode parecer, mas foi uma tarde muito íntima, só eu e as canetas. Quando meu pai chegou em casa, ele quis saber por que meus lábios estavam manchados de tinta azul. Porque ela escreve com a caneta azul, eu quis lhe dizer. Sempre com a azul.

Ela era 15 centímetros mais alta que eu, e aquele cabelo vermelho flamejante parecia um arranha-céu em chamas. Por isso, eu a chamava de Inferno na Torre, mas não na frente dela, é claro. Como eu poderia? Aquele rosto bonito e eu ainda não tínhamos sido apresentados. Não dava para acreditar que eu não a tinha visto antes — talvez fosse porque a cada três dias eu faltava à escola. Talvez ela fizesse o mesmo, só que em dias alternados. Eu a segui pela escola a uma certa distância, tentando observá-la de todo ângulo concebível, para formar a imagem mental em três dimensões que minhas fantasias mereciam. Às vezes, quando ela caminhava lentamente, parecendo pesar não muito mais que a própria sombra, ela sentia que eu estava lá, mas eu era mais rápido. Sempre que ela se virava, eu fingia estar olhando para o céu, contando nuvens.

Mas... merda! De repente eu ouvia a voz estridente do meu pai me dizer que eu estava tentando divinizar o humano porque não tinha estômago para Deus. É, talvez. Talvez eu estivesse em busca de transcendência, projetando naquela mulher alta e suculenta a fim de me livrar de meu carnaval solitário de desesperança. Muito bem. Eu estava no meu direito. Só desejava não ter consciência de minhas motivações inconscientes. Queria simplesmente desfrutar de minhas mentiras, como todo mundo.

Eu não conseguia pensar em nada além dela e de seus atributos. Por exemplo, seu cabelo vermelho. Mas eu seria tão primitivo a ponto de me deixar enfeitiçar por cabelo? Quer dizer, mesmo. Cabelo! Todo mundo tem! Ela prende, ela solta. E daí? E por que todas as outras partes dela me deixam ofegante de prazer? Afinal, quem não tem pescoço, barriga ou axilas? Toda essa obsessão meticulosa serve para me humilhar até mesmo enquanto escrevo, é claro, mas imagino que não seja assim *tão* anormal. O primeiro amor consiste nisso. O que acontece é que você encontra um objeto de adoração e imediatamente um buraco dentro de você começa a doer, o buraco que sempre esteve lá mas que você não percebe até que alguém aparece, o cobre e depois sai correndo com a tampa.

Por um tempo, os papéis em nossa relação foram facilmente definidos. Eu era o amante, o caçador, o adorador do sol. Ela era a amada, a caçada, a adorada.

Foi assim durante vários meses.

•

Logo depois do suicídio de Brett, o Sr. White voltou a lecionar. O que foi uma péssima ideia. Ele não fez o que todos normalmente fariam depois de uma tragédia pessoal monumental — fugir, deixar a barba crescer, dormir com uma garota que tem exatamente metade da sua idade (a não ser que você tenha 20 anos). O Sr. White não fez nada disso. Ele simplesmente foi para a escola, tal como antes. Nem sequer teve o bom-senso de solicitar a remoção da carteira de Brett, que permaneceu lá, vazia, a última gota d'água que fez entornar sua tristeza.

Em seus melhores dias, ele parecia ter sido despertado de um sono profundo. Geralmente, parecia ter sido exumado do próprio túmulo. Não gritava mais. De repente, tínhamos de nos esforçar para escutá-lo, como que tentando encontrar sinal vital em um pulso fraco. Embora ele obviamente estivesse sofrendo a ponto de se tornar uma caricatura do sofrimento, os alunos — como era de se esperar — demonstraram pouca empatia por eles. Apenas observaram a mudança de comportamento.

Antes ele era furioso, e agora completamente alheio. Certa vez ele perdeu as redações que os alunos haviam feito. Apático, apontou para mim.

— Estão em algum lugar no carro, Jasper, vá buscá-las — falou, jogando-me as chaves.

Fui até seu carro. Um Volkswagen coberto de poeira. Lá dentro encontrei potes de comida vazios, roupas úmidas e um camarão, mas nenhuma redação. Quando voltei para a sala de mãos vazias, ele dirigiu à turma um dar de ombros exagerado. Ele era assim. E, ao som da sirene, quando os alunos enfiavam, correndo, os livros nas mochilas, era o Sr. White quem guardava as coisas mais rápido que todo mundo. Era quase uma competição, e agora ele sempre ganhava. Mas, por alguma razão, ele continuou no emprego, dia após dia.

Um dia, depois da aula, ele pediu que eu esperasse. Todos os outros alunos piscaram para mim para indicar que sabiam que eu estava encrencado e que estavam felizes por isso. Mas o Sr. White queria apenas a receita do bolo de chocolate que Brett e eu havíamos feito naquele dia. Eu respondi que não sabia. O Sr. White acenou com a cabeça por um período atipicamente longo.

— Você acredita na Bíblia, Jasper? — perguntou ele de repente.

— Do mesmo modo que acredito em *O cão dos Baskervilles.*

— Acho que entendi.

— O problema é que, quase sempre, quando se espera que Deus seja o herói, ele age como vilão. Quer dizer, veja o que ele fez com a mulher de Ló. Que tipo de ser divino transforma a esposa de alguém em uma estátua de sal? Qual foi o crime dela? Virar a cabeça? O senhor deve admitir que esse é um Deus irremediavelmente preso no tempo, e não livre dele; do contrário, poderia ter impressionado os antigos transformando-a em uma televisão de tela plana, ou no mínimo em uma estátua de velcro.

Pelo olhar do Sr. White, dava para ver que ele não estava acompanhando meu óbvio raciocínio, que, aliás, eu estava — não que me orgulhe disso — plagiando de um dos sermões noturnos do meu pai. De todo modo, do que eu estava falando? Por que eu estava fazendo um discurso para um homem que parecia o tronco de uma árvore velha em putrefação? Parecia que eu conseguia fazer qualquer coisa para um homem em sofrimento, menos ser gentil com sua Divindade.

Isto é o que eu deveria ter dito: "Por que o senhor não pede demissão? Vá embora daqui! Mude de escola! Mude de emprego! Mude de vida!"

Mas não disse.

Eu deixei que ele continuasse se debatendo em sua jaula.

— Bem, de qualquer forma, acho que é melhor você ir para sua próxima aula — disse ele, e o modo como brincou nervosamente com a gravata me fez querer irromper em lágrimas.

Esse é o problema com as pessoas que sofrem bem na sua frente. Eles não podem nem coçar o nariz sem que isso seja comovente.

•

Não muito depois disso, meu pai foi me buscar na escola. Isso não era tão raro quanto se possa imaginar. Quando se cansava de suas atividades diárias — despertar (uma hora), tomar café (meia hora), ler (quatro horas), caminhar (duas horas), encarar algo (duas horas), pestanejar (45 minutos) —, ele ia me buscar; era "algo a fazer".

Quando cheguei ao portão da escola, meu pai já estava esperando por mim em suas roupas não lavadas, o rosto negligentemente afetado.

— Quem é esse homem carrancudo me olhando de boca aberta? — disse ele ao chegar.

— Quem?

Virei-me e vi o Sr. White nos observando da janela da sala, em um transe, como se estivéssemos fazendo algo estranho e fascinante, e de repente me senti como um macaco do tocador de realejo do meu pai.

— É meu professor de inglês. O filho dele morreu.

— Ele me parece familiar.

— E é. Um dia você o perturbou por 45 minutos.

— Sério? Como assim?

— Você entrou na sala e o ofendeu sem motivo nenhum. Não lembra?

— Sinceramente, não. Mas quem se lembra de uma coisas dessas? Você disse que ele perdeu o filho, é?

— Brett. Era meu amigo.

Ele me olhou surpreso.

— Você não me contou isso.

— Ele não era meu melhor amigo nem nada. É só que, você sabe, éramos odiados pelas mesmas pessoas.

— Como ele morreu? De overdose?

— Suicídio.

— Suicídio por overdose?

— Ele se jogou de um penhasco.

Meu pai encarou o rosto triste do Sr. White olhando pela janela.

— Acho que vou lá falar com ele.

— Não...

— Por que não? O cara está sofrendo.

— Exatamente...

— Exatamente — concordou meu pai, embora com uma ideia em mente totalmente diferente da minha, pois o que vi em seguida foi ele indo até a janela da sala.

Os dois se encararam através do vidro. Eu vi tudo. Vi meu pai bater na janela. Vi o Sr. White abrir a janela. Vi que eles conversaram amigavelmente no início; depois, seriamente; e então o Sr. White começou a chorar e o braço do meu pai atravessava a janela, apoiado no ombro do Sr. White, ainda que o ângulo fosse estranho e pouco natural. Depois meu pai voltou, os lábios apertados como se estivesse assobiando, embora não fosse o caso. Ele estava apenas apertando os lábios.

Após essa conversa misteriosa, o Sr. White ficou louco em aula. É claro, depois de seu surto, por mais que seus colegas emitissem breves sons ofegantes e dissessem coisas como "Eu não acredito!", nenhum deles estava realmente surpreso, e nem mesmo era capaz de ver o que eu via na explosão repentina do Sr. White: a influência do meu pai.

Aconteceu assim: certa manhã, o Sr. White foi para a escola com cara de dedo enrugado. Então começou a aula nos fitando de modo penetrante e com os olhos bem abertos, selecionando alunos com os olhos com igual intensidade, e então passando para o aluno seguinte. Ninguém era páreo para ele. Não dava para manter contato visual com um par de olhos como aquele. Tudo o que podíamos fazer era abaixar a cabeça e esperar que ele passasse por nós, como o Anjo da Morte. Ele estava apoiado contra a mesa, como aquele homem sem sombra com olhos de raios x. Era de manhã, e lembro que as janelas estavam abertas; uma camada de névoa leitosa entrava pela sala, e o ar era tão denso por causa do mar que quase dava para sentir o gosto de plâncton. Havia um silêncio opressivo, apenas o som do oceano se erguendo e morrendo na orla. Os alunos o observavam com a respiração suspensa.

— É engraçado a gente precisar de treinamento para ser médico ou advogado, mas não para ser pai. Qualquer idiota pode fazer isso, mesmo sem um seminário de um dia. Você, Simon, poderia ser pai amanhã, se quisesse.

Todos riram, e com razão. Não dava para imaginar Simon comendo alguém, jamais.

— Por que estão aqui? Não só nesta classe, mas no mundo? Vocês acham que seus pais se perguntaram por que os tiveram? Escutem o que as pessoas dizem quando têm um filho: "É a melhor coisa que já fiz na vida", "É mágico, blá-blá-blá". Elas fizeram isso para sua própria satisfação, para saciar as próprias necessidades emocionais. Já observaram isso? Que vocês são uma projeção dos desejos de outras pessoas? Como se sentem a respeito disso?

Ninguém disse nada. Era o correto a fazer. O Sr. White caminhou pelas carteiras até o fundo da sala. Não sabíamos se deveríamos continuar olhando para a frente, acompanhar o Sr. White ou manter um olho em cada direção.

— O que seus pais querem de vocês? — gritou ele do fundo.

Nós nos viramos para encará-lo.

— Eles querem que vocês estudem. Por quê? Eles são ambiciosos por vocês. Por quê? Eles olham para vocês como sua propriedade particular, por isso! Vocês e seus carros, vocês e suas máquinas de lavar roupa, vocês e seus televisores. Vocês pertencem a eles. E para eles nenhum de vocês é mais que a oportunidade de preencher suas ambições frustradas! Ha ha ha! Seus pais não amam vocês! Não deixem que eles saiam dizendo "Eu te amo!". É repugnante! É uma mentira! Não passa de uma justificativa barata para manipulá-los! "Eu te amo" é outra forma de dizer "Você me deve, seu pequeno canalha! Você representa o significado da minha vida porque eu não consegui construí-lo por conta própria, então vê se não fode com tudo!" Não, seus pais não amam vocês; eles *precisam* de vocês! E muitíssimo mais do que vocês precisam deles, posso garantir!"

Os alunos nunca tinham ouvido nada parecido. O Sr. White ficou lá respirando ruidosamente, como se através de um cano obstruído.

— Céus, vou dar o fora daqui — disse ele de súbito, e saiu da sala.

Como era de se esperar, depois de algumas horas a escola inteira estava se divertindo com aquele escândalo, só que ele veio todo distorcido: alguns disseram que o Sr. White foi atacado por estudantes; outros disseram que ele tentou açoitar um bando deles com o cinto. E não poucos sussurraram aquela palavra impronunciável que as pessoas odeiam (leia-se "amam") mencionar nos dias de hoje: pedófilo!

•

Bem que eu gostaria que esse fosse o fim. Eu queria poder concluir o relato com essa feliz nota. Feliz? Em comparação com o que aconteceu depois, sim. O que aconteceu na mesma tarde se encontra firmemente na história como meu primeiro arrependimento oficial, até hoje o maior de todos. Qualquer coisa de bom que eu tenha feito em minha vida até aquela tarde estava prestes a ser demolido, e qualquer coisa de bom que eu tenha feito desde então foi uma tentativa de compensar o que fiz.

Isto foi o que eu fiz: eu segui a Inferno na Torre o dia todo. Eu a observei lendo no sol, como Brett descreveu, puxando as meias compassivamente com as unhas pintadas de azul-cobalto. Enquanto eu a seguia pela escola, ela agarrou a mão de uma garota feia de cara achatada. Na hora do almoço, fiquei atrás dela na fila da cantina. Ela pediu um bolo de carne, e enquanto a mulher não estava olhando ela agarrou uma porção de sachês de molho de tomate e os enfiou no bolso e, depois de furtar itens gratuitos de maneira linda, saiu andando devagar.

Naquela tarde eu persegui o Sr. Smart, o professor de biologia, enquanto ele a caçava pelos corredores bolorentos. Quando ele a deteve, segurou a cabeça dela como se fosse uma relíquia de família.

— Por que não estava na aula? — reclamou ele.

— Estou naqueles dias — respondeu ela de modo desafiador, com um olhar que dizia: "Prove que eu não estou."

Boa! O homem, destruído, baixou os olhos para o chão, desejando estar em casa com sua estranha coleção de musgos que um dia levara à escola.

Depois da aula, costumávamos ficar por aí, em estações de trem, durante horas (tente fazer isso aos 20 anos — acredite, já não tem a mesma emoção). Os guardas do trem sempre nos diziam para ir para casa, mas na verdade não existe nenhuma lei que proíba ficar na plataforma sem pegar o trem. Aquela tarde eu segui a Inferno na Torre até a ponta da estação. Ela estava lá com grupo de sempre, e eu a olhava embasbacado de trás de um poste, com meus pensamentos obsessivos de costume: desejando que ela se metesse em algum tipo de encrenca para que eu pudesse salvá-la, insultando a mim mesmo por ter fetiche por uma garota que nunca conhecera, ansiando por conseguir dela um souvenir pessoal como uma relíquia sagrada, entregando-me a uma fantasia sexual em que nos intersectamos nos ângulos corretos e, sobretudo, planejando uma exploração sistemática de seu edifício similar a uma catedral.

Ela e os amigos iam cada vez para mais longe na plataforma, e, para não perdê-la de vista, eu tive de sair de meu esconderijo. Um de seus amigos — Tony, um garoto que eu tinha a leve impressão de conhecer, porque uma vez ele pegou meu maço de cigarros em troca da observação de que meus olhos eram muito grudados um no outro — abriu o zíper e girou a braguilha na direção da Inferno na Torre. Ela virou para o outro lado fazendo cara de nojo, e se viu aprisionada por meu olhar. Nós dois fomos pegos desprevenidos. Então, algo estranho aconteceu: *Ela olhou de volta*. Seu olhar, impassível e ousado, me desafiava a não desviar o meu. O momento se estendeu rumo ao infinito, e então se reduziu a cerca de um nanossegundo e voltou a se esticar, de modo que ao todo durou cerca de oito segundos e meio.

Eu me virei e fui até um telefone público. Coloquei algumas moedas e disquei um número qualquer.

— Alô?

— Alô.

— Quem é?

— Sou eu. É você?

— Quem é? O que você quer?

— Esqueça isso — falei —, como você está?

— Quem é?

— Já disse. Sou eu.

Eu ainda sentia os olhos da Inferno na Torre sobre mim. Eu sabia o que fazer. Fiz que não com a cabeça veementemente e dei uma risada alta e pouco natural e, depois de uma pausa, fiz que sim com um ar inteligente, como se a pessoa do outro lado da linha tivesse feito um comentário engraçado mas ofensivo que, pensando melhor, se mostrou sábio. Virei-me casualmente para encará-la, mas ela estava de costas. Senti um espinho minúsculo ferir meu ego.

Estava ficando escuro. Todos pareciam concordar que fazer hora na plataforma do trem tinha perdido a graça — até o dia seguinte —, e quando o trem chegou, todos subimos.

Na outra ponta do vagão lotado houve uma comoção, e uma pequena multidão formou um círculo — má notícia para alguém. Círculos de pessoas sempre indicam algo ruim. Sinceramente, às vezes penso que os seres humanos deveriam ser proibidos de formar grupos. Eu não sou fascista, mas não me importaria se todos tivéssemos de viver a vida em fila única.

Escutei vivas felizes e risadas joviais. Isso significava que alguém estava sofrendo. Eu me senti mal pelo pobre otário. Ainda bem que Charlie estava doente em casa e Brett estava morto, então quem quer que eles estivessem humilhando não teria nada a ver comigo. Mesmo assim, atravessei a multidão para ver quem era.

O Sr. White.

Os alunos tinham arrancado o chapéu da cabeça dele e o balançavam no ar, afirmando seu poder sobre ele. O Sr. White estava tentando pegar o chapéu de volta. Em geral, nem mesmo o mais jovem e rebelde viciado em drogas pode acossar fisicamente um professor — emocional e fisicamente, sim, é claro; mas fisicamente não —, porém a fofoca fizera do Sr. White um malvado, o que o tornava alvo de ataque.

— Ei! — gritei.

Todos olharam para mim. Essa era minha primeira insurreição contra os valentões, contra a brutalidade do animal de carga humana, e eu estava determinado a não me desapontar. Mas então quatro coisas aconteceram em uma rápida sequência.

A primeira foi que percebi que a pessoa segurando o chapéu era a Inferno na Torre.

A segunda, meu "Ei!" foi interpretado não como um "Ei" heroico, mas como um "Ei, jogue o chapéu *para mim*".

Ela o jogou para mim.

Eu peguei com a bochecha. Rolou pelo piso, em direção à porta. O Sr. White andou com dificuldade pelo vagão em busca do chapéu.

A terceira coisa que aconteceu foi que a Inferno na Torre gritou:

— Pegue, Jasper!

Ela sabia o meu nome. Ah, meu Deus. Ela sabia o meu nome. Eu corri feito um maníaco pelo chapéu. Eu o agarrei. O Sr. White parou no meio do vagão.

E aí a quarta coisa, o último acontecimento doloroso, foi sua voz delicada e aguda me comandando outra vez:

— Jogue fora!

Eu estava enfeitiçado.

Empurrei um pouco a porta do trem, o suficiente para colocar a mão para fora do vagão. O brim do chapéu dançou uma valsa com o vento. O rosto do Sr. White estava paralisado em uma espécie de indiferença forçada. Eu senti asco.

Asco. Asco. Asco. A autodepreciação atingia seu pico. O que eu estava fazendo? Não faça isso, Jasper. Não faça. Não.

Fiz.

Soltei o chapéu. O vento o apanhou e o levou para fora de vista. O Sr. White correu em minha direção. Eu corri para a porta no fim do vagão. A chuva me deu um beijo no rosto. Abri a porta do vagão seguinte, corri para dentro e a fechei atrás de mim. Ele tentou me seguir, mas bloqueei a porta com o pé. Ele ficou na chuva, na minúscula plataforma que chacoalhava entre os dois vagões, tentando abrir a porta à força. Atei a alça da minha mochila na maçaneta e deixei a física atuar. Num piscar de olhos, ele estava completamente encharcado. Ele xingou pelo vidro. Finalmente desistiu e virou as costas. Os outros tinham bloqueado a outra porta. Ele se virou de novo para mim, tentou abrir a porta de vidro outra vez. Eu sabia que se o deixasse entrar, ele me devoraria. Ele não tinha para onde correr. Chovia ainda mais forte, uma chuva grossa. O Sr. White parou de gritar e apenas olhou para mim com olhos de cachorro velho. Senti algo em mim afundar, mas não havia nada que eu pudesse fazer. Na parada seguinte, ambos vimos a Inferno na Torre sair para a plataforma. Pela janela empoeirada, ela me deu um sorriso que dizia: "Nunca vou esquecer o que você fez por mim, Jasper, Destruidor de Chapéus."

•

Na manhã seguinte, caminhei pelos corredores compridos e abafados e pelas escadarias silenciosas até o pátio para uma reunião especial. O diretor subiu no pódio.

— Ontem à tarde, nosso professor de inglês, o Sr. White, foi vítima de uma brincadeira de mau gosto feita por alunos *desta escola!*

Um murmúrio percorreu a multidão. O diretor continuou sua reprimenda:

— Peço que os alunos envolvidos deem um passo à frente.

Todos olharam ao redor para ver se alguém confessaria. Eu também olhei em volta.

— Certo. Teremos de encontrá-los. E vamos encontrá-los. Estão dispensados. Por ora.

Eu saí pensando que meu tempo naquela escola estava quase no fim, e não se passaram mais de vinte minutos no laboratório de ciências quando a sirene tocou e tocou e tocou, e escutei o velho grito satisfeito de "Alguém pulou! Alguém pulou!". Corri para fora da sala enquanto a sirene continuava tocando. Era a sirene do suicídio — acho que éramos a primeira escola do país a ter uma; agora elas eram a última moda. Como um rebanho curioso, todos os alunos correram para a beira do penhasco para ver quem tinha pulado, e eu tive uma sensação que era não apenas ruim mas a pior de todas, aquela sensação de medo, porque eu sabia quem tinha pulado, e sabia que fora eu quem o jogara ali.

Olhei por sobre a beira do penhasco e vi o corpo do Sr. White flagelado pelas ondas nas rochas.

Aquela tarde foi como se eu estivesse olhando para a vida através do tubo de um jornal enrolado. Eu tinha exaurido todos os vestígios de inocência que ainda restavam em meu coração. Eu havia colocado um homem no chão, ou ao menos facilitado sua queda, e me abominava para todo o sempre. E por que não deveria? Você não deve perdoar todas as suas ofensas. Não pode ser sempre tão indulgente consigo mesmo. Na verdade, em algumas circunstâncias, perdoar a si mesmo é imperdoável.

Eu estava sentado atrás do ginásio com a cabeça entre as mãos quando um monitor da escola, uma espécie de Juventude Hitlerista do bem, veio até mim e disse que o diretor queria me ver. Bom, é isso aí, pensei. Fui até a sala do diretor e vi que seu rosto maleável tinha sido moldado em uma representação de fadiga.

— Sr. Silver — falei.

— Eu sei que você era amigo de Brett.

— Sim.

— Eu estava pensando se você não se importaria de ler um salmo no funeral do Sr. White.

Eu? O assassino lendo um salmo no funeral de sua vítima? Enquanto o diretor prosseguiu explicando qual seria o meu papel no funeral, eu me perguntei se aquilo não era algum tipo de punição perspicaz, porque eu me sentia transparente sentado lá, talvez até mesmo mais translúcido que isso — eu me sentia como o sítio de uma escavação arqueológica, meus pensamentos, velhos vasos de argila revelando tudo sobre a civilização que havia imperado à sua maneira ignorante e catastrófica.

Eu disse que ficaria honrado em ler um salmo no funeral.

O que mais eu poderia dizer?

•

Aquela noite eu li o salmo. Escolhi um que tinha tudo o que se podia esperar de um salmo: aspereza, metáforas que o acertam em cheio e simbolismos do Velho Mundo. Eu o tirei da Bíblia pensando: Não vou emprestar minha voz a esse nonsense opressor. Em vez disso, escolhi uma passagem de um dos livros favoritos do meu pai, um com o qual ele me aterrorizara alguns anos antes, um que havia derretido meu cérebro. Era uma passagem de James Thomson, de seu livro de poesia *The City of Dreadful Night.*

Na manhã do funeral, fui chamado outra vez à sala do diretor. Achei que ele quisesse repassar a ordem dos acontecimentos no funeral. Fiquei surpreso ao encontrar a Inferno na Torre esperando do lado de fora, encostada contra a parede. Quer dizer que nos haviam entregado. Melhor assim, pensei.

— Estamos fodidos — ela falou.

— Nós merecemos.

— Eu sei. Quem iria pensar que ele reagiria tão mal?

— Sem conversa — repreendeu o Sr. Silver ao abrir a porta e acenar para que entrássemos.

A Inferno na Torre hesitou como se tivesse tomado um tapa, e me perguntei em que idade ela descobrira que tinha o poder de fazer os homens jogarem chapéus para fora de trens. Se eu perguntasse a ela agora, ela se lembraria do dia? Do instante? Da ocasião? O que eu não daria para ter o belo conto de sua fortaleza em troca da saga da minha fraqueza.

Lá dentro havia uma mulher magra de meia-idade sentada com as mãos no colo, os olhos estreitos fechando-se meio centímetro a cada passo que eu dava em direção à sala.

— Bom, vocês dois — disse o diretor —, o que têm a dizer em sua defesa?

— Ela não teve nada a ver com isso — disse. — Fui eu.

— Isso é verdade? — perguntou ele à Inferno.

Ela fez que sim, culposa.

— Não é verdade — disse a mulher, apontando para mim. — Ele fez, mas ela estava lhe dando ordens.

Fiquei ofendido com isso, porque era verdade. Levantei e coloquei as mãos na mesa do diretor.

— Senhor, apenas olhe para a garota que o senhor está acusando por um segundo. Está olhando para ela?

Ele estava olhando para ela. Continuei:

— Ela é uma vítima da própria beleza. Por quê? Porque beleza é poder. E, como aprendemos na aula de história, o poder corrompe. Portanto, a beleza total corrompe totalmente.

A Inferno na Torre me fitou. O Sr. Silver limpou a garganta.

— Bem, Jasper, é imperdoável o que você fez.

— Eu concordo. E o senhor não precisa me suspender, porque estou saindo deste lugar.

Ele mordeu o lábio.

— Ainda quer que eu leia no funeral? — perguntei.

— Acho que você deveria — falou ele, em um tom frio e sério.
Droga. Eu sabia que ele iria dizer isso.

•

O funeral foi mais ou menos uma repetição da cerimônia de Brett: todos estavam lá, de pé, como se a dignidade importasse, o sorriso polido do padre nos fazendo olhar de soslaio para o caixão sendo fechado. A Inferno na Torre tinha os olhos cravados em mim, embora eu não quisesse ser encarado naquele instante. Eu preferiria estar sozinho com minha culpa. Não consegui resistir e olhei para ela, o Anjo da Morte de pernas lindas. Mesmo sem saber, ela era a figura central na destruição de uma família.

Olhei para o corpo frio do Sr. White e implorei em silêncio: Me perdoe por jogar seu chapéu para fora do trem! Eu não sabia que sua cabeça estava dentro! Me perdoe! Me perdoe por jogá-lo para fora de um trem em movimento!

O padre acenou para mim, o aceno de um homem tenso de Onisciência.

Levantei-me para ler.

Todos estavam esperando o salmo, mas foi isto o que eu li:

> "Quem é o mais miserável neste lugar doloroso?
> Eu me pergunto. Mas prefiro ser
> Este ser infeliz do que Ele, do que Ele,
> Que criou tais criaturas para a própria desgraça.
>
> A coisa mais vil deve ser menos vil que Vós,
> Que a trouxestes à existência, ó Deus e Senhor!
> Criador de todo infortúnio e pecado! Abominado,
> Maligno e implacável! Eu juro
>
> Que nem por todo o Vosso poder sem limites,
> Por todos os templos a Vossa glória construídos,
> Eu assumiria a culpa ignominiosa
> De ter criado semelhantes homens em semelhante mundo."

Terminei e olhei para os demais. O padre estava rangendo os dentes, exatamente como descrito em seu livro favorito.

IV

Quando voltei do Sizzler, fiquei parado sozinho no labirinto, olhando para a lua, que parecia ser apenas a carcaça vazia de uma rocha carbonizada, como se Deus tivesse feito isso pelo seguro.

— Estou preocupado — disse o meu pai, aparecendo atrás de mim.

— Como quê?

— Com o futuro do meu filho.

— Eu não.

— O que você vai fazer agora?

— Viajar.

— Você não tem dinheiro.

— Eu sei que não tenho dinheiro. Sei como é ter os bolsos vazios. Mas vou ganhar um pouco.

— Como?

— Vou arrumar um emprego.

— Que tipo de emprego? Você não tem nenhuma qualificação.

— Então vou arrumar um emprego não qualificado.

— Que tipo de emprego não qualificado? Você não tem experiência.

— Vou ter.

— Como, se você precisa de experiência para conseguir um emprego?

— Vou achar alguma coisa.

— Quem vai empregá-lo? Ninguém gosta de fracassados.

— Isso não é verdade.

— Então tá. Quem gosta de fracassados?

— Outros fracassados.

Meu pai saiu com um suspiro melodramático que deixou um rastro atrás dele, como se fosse um cheiro. Não sei por quanto tempo fiquei lá no frio, tentando enxergar através do véu que cobria meu futuro. Eu deveria ser padeiro ou stripper? Filantropo ou *roadie*? Gênio do crime ou dermatologista? Não era nenhuma piada. Eu estava perdido em meio a tantas ideias, e todas clamavam pelo primeiro lugar. Apresentador de TV! Leiloeiro! Detetive particular! Vendedor de carros! Maquinista de trem! Elas chegavam sem ser convidadas, faziam suas apresentações e abriam caminho para as outras. Algumas das mais persistentes tentavam se enfiar de volta. Maquinista de trem! Apresentador de TV em um trem! Vendedor de carros! Vendedor de trens!

Passei o dia seguinte fitando o espaço vazio. Eu me divirto com o ar, e adoro quando a luz do sol atinge as partículas flutuantes de poeira, pois assim eu consigo ver a dança rodopiante dos átomos. Durante o dia, meu pai entrava e saía do meu quarto e estalava a língua, o que em nossa família significa "Você é um idiota". À tarde ele voltou com um grande sorriso. Ele havia tido uma ideia brilhante e não via a hora de me contar. De repente lhe ocorreu me colocar para fora de casa, e ele queria saber o que eu achava de sua ideia brilhante. Eu disse a ele que ficaria preocupado por ele fazer todas as refeições sozinho, porque o som dos talheres num prato ecoando por uma casa vazia é um dos cinco ruídos mais deprimentes de todos os tempos.

— Não se preocupe. Eu tenho uma ideia para colocá-lo para fora. Nós, você e eu, vamos construir uma cabana para você. Em algum lugar no terreno.

Uma cabana?

— Como é que vamos construir uma cabana? O que a gente sabe sobre construção? Ou sobre cabanas?

— Internet — ele falou.

Eu gemi. A internet! Desde que a internet surgiu, completos idiotas constroem cabanas, bombas, motores de carros e realizam procedimentos cirúrgicos complicados em suas banheiras.

Nós escolhemos uma clareira no labirinto, perto de um círculo de eucaliptos vigorosos e apenas a alguns metros de um riacho, e na manhã seguinte, sob um céu laranja-acobreado, começamos a derrubar árvores como se fôssemos criaturas míticas germânicas em um filme antigo de Leni Riefenstahl.

Eu não conseguia afastar o pensamento de que minha vida havia tomado um rumo decepcionante — eu tinha acabado de largar a escola e já estava fazendo trabalho braçal. Toda vez que a lâmina do machado acertava o tronco eu sentia minha coluna se mover um pouco para a esquerda, e naquele primeiro dia só tratei de elevar a reclamação a uma grande arte. O segundo dia foi ainda pior: desloquei o ombro. No terceiro dia eu disse que precisava procurar emprego. Fui até a cidade, mas acabei assistindo a três filmes seguidos, todos eles ruins, e quando voltei para casa fiquei chocado ao ver que o trabalho tinha andado bastante.

Meu pai estava escorado no machado, enxugando o suor da testa na calça.

— Trabalhei feito um condenado hoje — disse ele.

Olhei firmemente em seus olhos, e soube de imediato que ele tinha conseguido ajuda.

— Como foi a procura? — ele perguntou.

— Estou quase lá.

— Isso aí, garoto! — E depois falou: — Por que não dá uma olhada na obra amanhã? Vou passar o dia na biblioteca.

Então fui atrás das economias que ele guardava em um exemplar oco das *Confissões* de Rousseau e chamei um pedreiro por minha conta.

— Só faça o que puder — falei.

E assim o lugar foi construído. Nós alternávamos. Um dia eu fingia construir a cabana sozinho, e no dia seguinte ele fingia construir a cabana sozinho. Não sei o que isso significava, só sei que provava que ambos tínhamos um caráter secreto e nocivo. A conclusão era que a choça estava tomando forma. O chão foi limpo. A estrutura, erguida. O piso, assentado. As vigas do telhado, colocadas. As portas, presas com dobradiças. As janelas estavam no lugar, com vidro. Os dias eram cada vez mais compridos e quentes.

Durante tudo isso, procurei emprego em uma agência de publicidade, embora houvesse certa condescendência no modo como o anúncio solicitava um "júnior". Entrei em uma cabana de cimento sem graça, arrastei os pés por corredores escuros e tristes onde um grande exército de clones deslizou por mim, sorrindo com urgência. Na entrevista, um cara chamado Smith me disse que eu teria quatro semanas de folga por ano para fazer cirurgia plástica. O cargo era auxiliar de processador de dados.

Comecei no dia seguinte. O anúncio não mentia — eu inseria dados. Meus colegas de trabalho eram um homem que fumava cigarros misteriosamente manchados de batom dentro do maço e uma mulher alcoólatra que tentava a todo custo me convencer de que acordar na porta giratória do hotel Hyatt era motivo de orgulho. Eu odiava aquele emprego. Os dias bons se passavam como décadas; os dias mais ou menos, como séculos; mas a maior parte do tempo parecia que eu estava congelado no olho de uma tempestade eterna.

Na noite em que a cabana foi concluída, meu pai e eu, dois mentirosos, sentamos na varanda da frente e brindamos à realização que não era nossa. Vimos uma estrela cair e deixar uma longa faixa fina de branco no céu negro.

— Você viu isso? — perguntou meu pai.

— Uma estrela cadente.

— Eu fiz um pedido — disse ele. — Conto o que foi?

— Melhor não.

— Acho que tem razão. Você fez um pedido?

— Vou fazer mais tarde.

— Não demore muito.

— Enquanto eu não piscar, o poder da estrela ainda vale.

Meus dedos seguraram minhas pálpebras enquanto pensava nas opções de pedido. Era uma escolha fácil. Eu queria uma mulher. Eu queria amor. Eu queria sexo. Especificamente, eu queria a Inferno na Torre. Juntei tudo isso em um único pedido.

Meu pai deve ter lido meus pensamentos, ou feito um pedido similar, porque ele disse:

— Você já se perguntou por que fiquei solteiro a maior parte da vida?

— Meio que dispensa explicações — falei.

— Lembra o que eu lhe contei um dia sobre uma garota que eu amava?

— Caroline Potts.

— Eu ainda penso nela.

— Onde ela está agora?

— Na Europa, provavelmente — ele respondeu. — Ela foi o amor da minha vida.

— E Terry foi o amor da vida dela.

Terminamos nossas cervejas e ficamos escutando o borbulhar do riacho.

— Não perca a chance de se apaixonar, Jasper. É um dos maiores prazeres que existe.

— Um prazer? Você quer dizer, como um banho quente no inverno?

— Isso mesmo.

— Algo mais?

— Faz você se sentir vivo, realmente vivo.

— Isso parece bom. Que mais?

— Deixa-o tão confuso que você não sabe nem onde está sua própria cabeça.

Pensei sobre aquilo.

— Pai — falei —, até agora você descreveu o amor como um prazer, um estimulante e uma distração. Não falta nada?

— Que mais você quer?

— Não sei. Algo mais elevado ou profundo?

— Mais elevado ou mais profundo?

— Algo mais significativo?

— Como o quê?

— Não sei bem.

Chegamos a um impasse, e voltamos a olhar para o céu. O céu noturno só desaponta depois que uma estrela cadente some de vista. O show acabou, diz o céu. Hora de ir para casa.

•

Aquela noite escrevi um bilhete com uma chantagenzinha para a Inferno na Torre:

> Estou pensando em mudar minha história e contar ao diretor que foi você quem orquestrou o incidente do chapéu no trem. Se qui-

ser me convencer a não fazer isso, venha até minha casa a qualquer hora. Venha sozinha.

Você não acha que pode chantagear uma mulher para fazê-la amá-lo? Bom, talvez não possa, mas essa era minha última cartada, e eu tinha de jogá-la. Li o bilhete com atenção. Era exatamente como um bilhete chantagista deveria ser: conciso e exigente. Mas... a caneta balançou em minha mão. Queria agregar algo. Está bem, concedi, mas lembrei que a brevidade é a alma da extorsão. Escrevi: *P.S.: Se não aparecer, não pense que estarei esperando feito um idiota. Mas se for, estarei lá.* E então escrevi um pouco mais; escrevi sobre a natureza da expectativa e da decepção, sobre desejo e lembranças; e sobre pessoas que consideram datas de validade como se fossem mandamentos sagrados. Era um bilhete admirável. A parte da chantagem era curta, só três linhas. O P.S. tinha 28 páginas.

A caminho do trabalho, enfiei a carta na caixa de correspondências do lado de fora da agência do correio, e cinco minutos depois quase quebrei a mão tentando tirá-la de lá. Honestamente, eles sabiam o que estavam fazendo quando projetaram essas caixas — é impossível abri-las. Eu digo, essas pequenas fortalezas vermelhas são impenetráveis!

Dois dias depois eu estava num sono profundo, preso em um sonho desagradável em que participava de uma competição amadora de natação e, quando chegava a minha vez de nadar, eles esvaziavam a piscina. Eu estava de pé no bloco de saída e a multidão me vaiava porque eu não estava vestindo nada e eles não gostavam do que viam. Então, de repente, eu estava em uma cama. Minha cama. Em minha cabana. A voz do meu pai me arrastara à consciência, distante dos olhos reprovadores.

— Jasper! Visita para você!

Puxei as cobertas sobre mim. Eu não queria ver ninguém. Meu pai começou outra vez:

— Jasper! Você está aí, filho?

Eu sentei. A voz dele parecia engraçada. A princípio não consegui identificar o que era, mas depois percebi. Ele soava educado. Algo estava acontecendo. Me enrolei em uma toalha e saí do quarto.

Apertei os olhos no sol. Será que ainda estava sonhando? Uma visão inundou meus olhos de alegria refrescante. Lá estava ela: a Inferno na Torre, em minha casa, ao lado do meu pai. Congelei. Não dava para conciliar as duas figuras lado a lado. Era tão fora de contexto.

— Oi, Jasper — disse ela, e sua voz percorreu minha espinha.

— Oi — respondi.

Meu pai ainda estava lá parado. Por que ele estava lá parado? Por que não saía dali?

— Bom, aí está ele — falou ele.

— Entra — falei, e, por seus olhos hesitantes, lembrei que ainda estava só de toalha.

— Você vai se vestir? — perguntou a Inferno.

— Vou colocar umas meias.

— Está tendo um incêndio nas montanhas — disse meu pai.

— A gente fica longe de lá. Valeu pela dica — falei sem interesse, virando as costas para ele.

Enquanto entrávamos na cabana, virei a cabeça para ter certeza de que meu pai não estava nos acompanhando. Ele não estava, mas piscou para mim com um ar de conspiração. A piscadela me irritou. Ele não me deu escolha. Você não pode não aceitar uma piscadela. Então vi que meu pai olhou para as pernas dela. Ele levantou os olhos e viu que eu tinha percebido. Foi um momento esquisito que não poderia ter sido diferente. Mesmo contrariado, não pude deixar de sorrir. Ele sorriu também. Então a Inferno se virou e nos pegou sorrindo um para o outro. Ambos olhamos para ela e a flagramos olhando para nós sorrindo um para o outro. Mais um momento esquisito.

— Entra — falei.

O som dos passos dela nas tábuas de madeira teria me levado a beber, se houvesse um bar em meu quarto, e se estivesse aberto. Entrei no banheiro e vesti uma calça jeans e uma camiseta, e quando saí ela ainda estava de pé parada na porta. Ela me perguntou se eu vivia mesmo naquele lugar.

— Por que não? Eu o construí.

— Você?

Eu lhe mostrei o corte que fiz quando ajudei o pedreiro a colocar uma janela. Foi uma sensação boa, mostrar minhas cicatrizes para ela. Eram cicatrizes de homem.

— Seu pai parece legal.

— Nem tanto.

— E aí, o que vai fazer?

— Consegui um trampo.

— Você não vai voltar para a escola?

— E por que deveria?

— Um diploma pode ser útil.

— Para quem gosta de se cortar com papel.

Ela deu um meio sorriso. Era a outra metade que me preocupava. Depois falou:

— E então, como é ser um trabalhador?

— Não sei — respondi. — Você também podia chegar para mim em um estacionamento de sete andares e perguntar como é estar no quarto andar quando antes eu estava no terceiro.

— Recebi sua carta.

— Fizemos um homem se suicidar.

— Não se pode saber.

Ela estava a apenas alguns centímetros de mim. Eu mal podia respirar, estavavivenciandoumadessassensaçõesexcepcionaisrepugnantessublimesabomináveiseletrizantesperturbadorassensacionaiseufóricassemprecedentesinsanasimpressionantesdesagradáveisassustadoraslindashorríveis que são bem difíceis de descrever, a não ser que você encontre por acaso a palavra certa.

— Quer dar uma volta no meu labirinto? — perguntei.

— Na verdade eu não tenho muito tempo.

— Eu a levo para o tour básico.

Lá fora, tudo cintilava luminosamente ao sol, e não havia nuvens estragando o azul, exceto uma que tinha a forma de uma cabeça de bode, uma nuvem solitária como se Deus tivesse secado o céu e esquecido de um canto. Fomos até o riacho e caminhamos à beira dele, olhando para as superfícies das pedras parcialmente submersas. Eu expliquei que elas eram chamadas de caminho de pedra porque o homem gosta de pensar que toda a natureza foi projetada especialmente para seus pés.

Seguimos o riacho até o ponto em que ele desaguava incansavelmente no rio. O sol não dava uma trégua, e por isso não conseguíamos olhar para a água sem fechar um pouco os olhos. A Inferno ajoelhou ao lado do rio e colocou a mão na água.

— Está morno — disse ela.

Peguei uma pedra lisa e a joguei no rio, bem longe. Eu a teria feito deslizar pela água, mas aquela cena era meiga demais para mim. Eu já tinha passado dessa fase. Estava na idade em que os garotos colocariam um corpo no rio, e não uma pedra.

Nós caminhamos. Ela perguntou como eu descobrira o caminho pelo labirinto. Eu expliquei que já tinha me perdido várias vezes, mas agora era como navegar pelo sistema digestivo de um velho amigo. Eu disse a ela que conhecia cada dobra em cada rocha existente. Eu estava louco para contar os nomes das plantas e das flores e das árvores, mas não estava familiarizado com a flora. De todo modo, mostrei as minhas favoritas, o arbusto cinza-prateado com grandes flores amarelo-vivo que pareciam microfones felpudos e brilhantes, e a pequena árvore frondosa cor de bronze com frutas brancas e redondas que eu não comeria nem que me desafiassem e que tinha folhas lustrosas como se tivessem sido revestidas com contact, e um arbusto selvagem encolhido e trançado e que cheirava a uma garrafa de aguarrás que você bebe às 2 da manhã quando todos os bares estão fechados.

Ela me olhou de um jeito estranho, lá parada como minha árvore preferida: alta e reta, delgada e graciosa.

— É melhor eu ir andando. Só me mostre a direção certa — falou ela, colocando um cigarro na boca.

— Vejo que continua fumando como um presidiário no corredor da morte.

Quando ela acendeu o cigarro, seus olhos encararam os meus. Ela tinha acabado de dar o primeiro trago quando algo preto e imundo flutuou em direção ao seu rosto e pousou em sua bochecha. Ela limpou. Ambos olhamos para o céu. Cinzas caíam suavemente, cinzas escuras caindo e rodopiando sem rumo no ar quente e luminoso.

— Parece ser uma das feias — falou ela, olhando para o brilho laranja acima do horizonte.

— Deve ser.

— Você acha que está perto?

— Não faço ideia.

— Eu acho que está — ela falou.

Certo, e daí se vivemos em uma terra inflamável? Sempre há um incêndio, sempre há casas perdidas, vidas desarticuladas. Mas ninguém faz as malas e se muda para um lugar mais seguro. Eles só enxugam as lágrimas e enterram seus mortos, fazem mais filhos e fincam os pés. Por quê? Temos nossos motivos. Mas quais são mesmo? Não me pergunte. Pergunte ao pó que pousa em seu nariz.

— Por que está me olhando desse jeito?

— Tem cinzas no seu nariz.

Ela passou a mão no nariz, deixando uma mancha preta.

— Saiu?

Eu fiz que sim. Não diria nada sobre a mancha preta. Veio um silêncio áspero e faminto, engolindo minutos inteiros.

— Bom, eu tenho mesmo que ir.

"Por que não tira a calça e fica mais um pouco?", eu quis dizer, mas não disse. Não há dúvida de que, quando surgem os momentos decisivos em que o caráter é moldado, é melhor tomar a decisão certa. O molde seca rápido.

Caminhamos por uma pequena clareira em que a grama era tão curta que parecia areia verde, e a levei a uma caverna. Entrei e ela me seguiu. Lá dentro estava frio e escuro.

— O que a gente está fazendo aqui? — perguntou ela, desconfiada.

— Quero te mostrar uma coisa. Olha. São pinturas rupestres.

— Verdade?

— Claro. Eu mesmo fiz na semana passada.

— Ah.

— Por que a decepção? Não entendo por que você precisa ter 50 mil anos para pintar a parede de uma caverna.

Foi então que ela se inclinou para a frente e me beijou. E foi isso.

V

Algumas semanas depois, a Inferno na Torre e eu estávamos deitados na cama e eu me sentia tão seguro quanto se estivéssemos guardados em uma grande catacumba. Ela estava deitada de lado, apoiada em um cotovelo incansável, como um poste de aço. Segurava uma caneta sobre um caderno, mas não estava escrevendo nada.

— Em que está pensando? — perguntei.

— Estou pensando no que você está pensando.

— Isso não é resposta.

— Bom, em que você está pensando?

— No que você está pensando.

Ela bufou. Eu não insisti. Ela tinha seus segredos, assim como eu — não queria que os outros soubessem cada pensamento seu, temendo que pudessem usá-lo contra ela. Imaginei que ela descobrira, assim como eu, que o que as pessoas querem de você é a confirmação de que anda na linha, vivendo de acordo com as mesmas regras que eles, e que não está saindo por aí por conta própria ou concedendo a si mesmo algum privilégio especial.

— Estou tentando escrever um cartão de aniversário — falou ela. — É aniversário da Lola. Você se lembra da Lola, da escola?

— Ah, sim, Lola — falei, sem saber quem era Lola.

— Quer escrever alguma coisa para ela? — perguntou.

— Claro — menti.

Logo antes de eu encostar a caneta no cartão a Inferno disse:

— Escreva algo legal.

Fiz que sim e escrevi: "Querida Lola, espero que você viva *para sempre*." Devolvi o cartão. A Inferno o examinou, mas não disse nada. Se ela soubesse que minha mensagem era uma maldição e não uma bênção, não teria deixado passar.

Então falou:

— Ah, quase esqueço. O Brian quer falar com você.

— Quem?

— O nome dele é Brian.

— Pode ser, mas não sei de quem está falando.

— Ele é meio que um ex-namorado.

Sentei e olhei para ela.

— Meio o quê?

— A gente saiu por um tempo.

— E você ainda fala com ele?

— Não, quer dizer, outro dia esbarrei com ele — falou a Inferno.

— Esbarrou com ele — repeti.

Eu não estava gostando. Não importa o que todos dizem, sei que as pessoas não se esbarram, assim, do nada.

— Bom, e por que ele quer falar comigo?

— Ele acha que você talvez possa ajudá-lo a conseguir o emprego de volta.

— O emprego? Eu? Como?

— Não sei, Jasper. Por que não vai encontrá-lo e descobre?

— Não, valeu.

Ela pareceu irritada. Levantou e deu as costas para mim. Passei os dez minutos seguintes observando suas costas nuas, o cabelo vermelho descendo pelos ombros, que se projetavam feito barbatanas de uma prancha de surfe.

— Vou pensar — falei.

— Não precisa esquentar a cabeça — retrucou ela.

•

Nossa lua de mel consistiu basicamente em olhar para o rosto um do outro por horas a fio. Às vezes isso era tudo o que fazíamos o dia todo. Às vezes o rosto dela entrava e saía de foco. Às vezes parecia o rosto de um alienígena. Às vezes não parecia um rosto, mas um conjunto bizarro de traços sobre um segundo plano branco e embaçado. Lembro de, na época, pensar que havíamos nos atado um ao outro de um modo tão grudento que seria impossível nos separar sem que um de nós perdesse uma das mãos ou um lábio.

As coisas não eram perfeitas, é claro. Ela odiava o fato de eu não ter abandonado o hábito de fazer uma lista mental de todas as atrizes famosas com quem eu gostaria de dormir quando tirasse a sorte grande.

Eu odiava que ela fosse cabeça aberta *demais* e meio que acreditasse em uma teoria criacionista de que Deus foi lá e "tcha-ram!".

Ela odiava o fato de eu não odiar seios falsos.

Eu odiava o modo como ela me beijava com os lábios fechados quando estava brava ou chateada.

Ela odiava o modo como eu tentava abri-los a todo custo — lábios, língua, polegar e indicador.

Quando eu ouvia alguém dizer que relacionamentos demandam trabalho, eu sempre zombava, porque achava que relacionamentos deveriam crescer naturalmente como as flores. Mas agora eu sabia que *demandam* trabalho, e trabalho não remunerado — trabalho voluntário.

•

Certa manhã, depois de umas duas semanas de namoro, meu pai entrou em minha cabana como se estivesse buscando refúgio de uma tempestade.

— Faz dias que não o vejo. Pelo visto, o amor consome um bocado de tempo, hein?

— É.

Ele parecia estar a ponto de explodir. Parecia ter más notícias, e precisava falar.

— Que foi? — perguntei.

— Nada. Aproveite enquanto dura.

— Pode deixar.

Ele ficou lá parado feito água estagnada e disse:

— Jasper, a gente nunca falou sobre sexo.

— Graças a Deus.

— Só quero dizer uma coisa.

— Então diga logo.

— Embora usar camisinha seja um insulto aos sentidos, tanto quanto colocar uma biruta na língua antes de comer chocolate, é bom você usar mesmo assim.

— Biruta?

— Camisinha.

— Tá legal.

— Para evitar problemas futuros.

— Tá certo — falei, embora não precisasse conversar sobre o assunto.

Ninguém precisa. Um castor sabe fazer uma barragem, um pássaro sabe construir um ninho, uma aranha sabe tecer uma teia na primeira tentativa sem nem sequer errar o alvo. Sexo é assim. Nascemos para isso.

— Quer ler alguma coisa sobre o amor? — perguntou meu pai.

— Não, só quero fazer.

— Você que sabe. O *Simpósio* de Platão não seria muito útil mesmo, a não ser que sua namorada seja um garoto grego de 13 anos. Eu também evitaria Schopenhauer. Ele quer que você acredite que foi tomado pelo desejo inconsciente de propagar a espécie.

— Não quero propagar nada, muito menos a espécie.

— Meu garoto!

Meu pai pôs as mãos nos bolsos rasgados da calça velha de ginástica e continuou balançando a cabeça em aprovação com a boca meio aberta.

— Pai — falei —, lembra que você disse que o amor é um prazer, um estimulante e uma distração?

— Aham.

— Bom, tem uma coisa que não mencionou. É que se você pudesse evitar que uma lasca entrasse no dedo da pessoa, correria o mundo inteiro revestindo todas as madeiras com uma superfície fina e transparente, só para protegê-la de uma lasca. Isso é amor.

— Hum. Vou tentar me lembrar disso.

Na noite seguinte, quando fui para a cama, encontrei algo volumoso embaixo do travesseiro. Eram 13 livros, de Shakespeare a Freud, e depois de ficar acordado a noite toda e dar uma olhada rápida em pelo menos metade deles, aprendi que, segundo os especialistas, não se pode estar "apaixonado" sem sentir medo, mas que o amor sem medo é um amor sincero e maduro.

Percebi que havia idealizado totalmente a Inferno na Torre, mas e daí? Mais cedo ou mais tarde, temos de idealizar alguma coisa — ser indiferentes a tudo que é inumano. Então eu a idealizei. Mas eu a amava, ou não? Era um amor maduro ou imaturo? Bom, eu tinha meu próprio método para descobrir isso. Concluí: eu sei que amo e que estou apaixonado quando de repente tenho medo de que ela morra tanto quanto tenho medo de morrer. Seria belo e romântico dizer que temo mais a morte dela que a minha própria, mas isso seria mentira, e, de todo modo, se soubesse o quão profundo e absoluto é o meu desejo de perpetuar através dos tempos com cada partícula intacta, concordaria que era um medo suficientemente romântico esse terror ante a morte da pessoa amada.

•

E aí eu liguei para seu meio que ex-namorado, Brian.

— Aqui é Jasper Dean — falei quando ele atendeu ao telefone.

— Jasper! Obrigado por ligar.

— Queria falar comigo?

— Eu estava pensando se a gente podia se encontrar para beber alguma coisa.

— Para quê?

— Só para conversar. Você conhece o Royal Batsman, perto da Central Station? Podemos nos encontrar lá amanhã, às 5?

— Cinco e vinte e três — falei, para exercer algum controle sobre a situação.

— Combinado.

— Que história é essa de eu ajudá-lo a conseguir o emprego de volta? — perguntei.

— Prefiro contar pessoalmente — disse ele, e desliguei o telefone pensando que ele tinha uma péssima impressão da própria voz ou confiava demais no próprio rosto.

Durante as 24 horas seguintes, meu corpo inteiro palpitou de curiosidade; ideia de que eu poderia ajudá-lo a conseguir o emprego de volta me perturbava. Mesmo que isso fosse possível, por que presumir que eu estaria disposto a ajudar? A pior coisa que se pode dizer sobre alguém em uma sociedade como a nossa é que ele não é capaz de manter um emprego. A gente logo pensa em pessoas com a barba por fazer, sem determinação, observando tristemente seus empregos escorregarem por entre os dedos. Não há nada que respeitemos mais que o trabalho, e não há nada que denigramos mais que a indisposição para o trabalho, e se alguém quer se dedicar a pintar ou escrever poesia, é melhor garantir um emprego em uma lanchonete, se não quiser passar aperto.

Eu tinha acabado de entrar no Royal Batsman quando vi um homem de meia-idade com cabelo prateado acenando para mim. Ele tinha quase 50 anos e estava vestindo um chamativo terno risca de giz, quase tão chamativo quanto seu cabelo. Ele sorriu para mim. Aquilo também foi chamativo.

— Desculpa, eu te conheço?

— Sou Brian.

— Você é o ex-namorado?

— Isso.

— Mas você é velho!

Isso o fez sorrir com desagrado.

— Acho que ela tem uma queda por celebridades.

— Celebridades? Quem é uma celebridade?

— Você não sabe quem eu sou?

— Não.

— Você não vê televisão?

— Não.

Ele olhou para mim intrigado, como se eu tivesse respondido que não à pergunta "Você não come, caga e respira?".

— Meu nome é Brian Sinclair. Fiquei no ar no Canal Nove por alguns anos. Sou jornalista. Agora estou dando um tempo.

— Bom, e aí?

— Cerveja? — perguntou ele.

— Obrigado.

Ele foi até o bar e pegou uma cerveja para mim, e fui tomado por uma espécie de pânico, ofuscado por seu cabelo cor de prata e seu terno combinando. Eu tinha de lembrar a mim mesmo que ele precisava da minha ajuda, e que isso me colocava em uma posição superior, que eu poderia explorar a qualquer momento.

— Viu o jogo ontem à noite? — perguntei quando ele voltou.

— Não. Que jogo?

Não respondi. Eu não sabia que jogo, só estava puxando conversa. E ele precisava perguntar que jogo? Quem se importa? Qualquer jogo. Sempre há um jogo.

— E então, o que posso fazer por você? — perguntei.

— Bem, Jasper, como falei, eu era repórter do Canal Nove, mas fui demitido.

— Por quê?

— Tem certeza de que não sabe? Todos comentaram durante um tempo. Eu estava entrevistando um cara de 26 anos, pai de dois filhos, que, além de não pagar a pensão dos filhos, estava vivendo de esmola para poder bancar sua obsessão por ficar na frente da TV o dia todo. Eu fiz apenas algumas perguntas simples para ele, e bem no meio da entrevista...

— Ele sacou uma arma e se matou.

— Ei, pensei que você não visse televisão.

— Só pode ter terminado assim — falei, embora a verdade fosse que eu às vezes via TV, e de repente me lembrei de ter visto uma reprise do suicídio em câmera lenta. — É tudo muito interessante, mas o que eu tenho a ver com isso?

— Bom, se eu tivesse uma notícia que ninguém mais tem, isso poderia me colocar no mercado outra vez.

— E?

— E seu pai nunca deu uma grande entrevista sobre o irmão.

— Jesus.

— Se eu conseguisse um furo de reportagem sobre Terry Dean...

— O que você está fazendo agora? Está trabalhando?

— Com televendas.

— Ui. É um trabalho como outro qualquer, não?

— Eu sou um jornalista, Jasper.

— Escuta, Brian. Se existe uma coisa sobre a qual meu pai não vai falar, é sobre o irmão dele.

— Mas você não pode...

— Não. Não posso.

De repente, foi como se a vida tivesse literalmente desgastado Brian com uma enorme lixa de unha.

— Está bem. — Ele suspirou. — E quanto a você? Provavelmente sabe alguma coisa sobre Terry que nós não sabemos.

— Provavelmente.

— Você aceitaria dar uma entrevista?

— Sinto muito.

— Me dê alguma coisa. *O manual do crime.*

— O que é que tem?

— Existe uma teoria de que não foi seu tio quem o escreveu.

— Eu realmente não saberia dizer — falei, e vi o rosto dele assumir uma expressão de quem não estava gostando.

•

Quando cheguei em casa, meu pai estava encolhido no sofá, lendo e respirando pesadamente. Em vez de dizer "Oi, filho, como vai a vida?", ele levantou o livro que tinha em mãos. O título era *Uma história da consciência*. Em vez de dizer "Oi, pai, eu te amo", eu o olhei com desprezo e vasculhei a estante em busca de alguma coisa para ler.

Enquanto procurava, senti o cheiro doce e enjoativo de cigarros de cravo. Eddie estivera ali? Escutei vozes abafadas vindo da cozinha. Abri a porta e vi Anouk e Eddie abraçados, falando baixinho. Eles pareceram surpresos em me ver, e enquanto Eddie me atingiu com um de seus sorrisos ofuscantes, Anouk pediu silêncio com um dedo sobre os lábios e acenou para que eu fosse até lá.

— Acabei de voltar da Tailândia — disse Eddie em um sussurro.

— Eu não sabia que você estava na Tailândia — sussurrei de volta.

Ele franziu a testa inesperadamente; o franzir de testas surpreendeu seu próprio rosto.

— Jasper, tenho más notícias — disse Anouk em uma voz quase inaudível.

— Diga logo de uma vez.

— Seu pai está deprimido de novo.

Olhei para o meu pai através da porta. Mesmo quando tínhamos visitas, ele continuava parecendo um completo recluso.

— Como sabe? — perguntei.

— Ele anda chorando. Olhando para o espaço. Falando sozinho.

— Ele sempre fala sozinho.

— Agora ele se refere a si mesmo como Sr. Dean.

— Só isso?

— Quer que aconteça o mesmo que da última vez? Quer que ele volte para o hospício?

— O cara está deprimido. O que a gente pode fazer?

— Acho que é porque a vida dele é vazia.

— E?

— E precisamos ajudá-lo a preencher.

— Não eu — falei.

— Jasper, você deveria falar mais com o seu pai — disse Eddie, com surpreendente aspereza.

— Não agora — falei, saindo da cozinha.

A depressão do meu pai podia esperar alguns dias. No momento eu estava subitamente interessado no *Manual do crime*, de Terry Dean (Harry West). Imaginei que já que meu namoro com a Inferno na Torre havia começado com uma chantagem, talvez o livro tivesse algum conselho amoroso. Eu o encontrei em uma pilha no chão, no meio de um iglu pouco estável de palavras impressas. Com o livro em mãos, perambulei pelo labirinto até a cabana.

Na cama, dei uma olhada no sumário. O capítulo 17 chamou minha atenção. Chamava: "Amor: o informante derradeiro". *Se há uma coisa de que um infrator precisa em seu inventário são segredos, e se há um inimigo dos segredos é o amor*, começava o capítulo.

> Os nomes de seus informantes, as campanhas traiçoeiras que você está empreendendo, os lugares onde guarda armas, drogas, dinheiro, o local de seu esconderijo, as listas intercambiáveis de amigos e inimigos, seus contatos, suas desculpas, seus planos de fuga — tudo isso são coisas que precisa manter para si mesmo, e só revelará cada uma delas se estiver apaixonado.
>
> O amor é o Informante Derradeiro porque inspira a convicção de que é eterno e imutável — para você, é tão difícil imaginar o fim do seu amor quanto imaginar seu próprio fim. E, uma vez que o amor não é nada sem intimidade, e intimidade não é nada sem cumplicidade, e cumplicidade não é nada sem honestidade, você deve inevitavelmente contar seus segredos, cada um deles, porque a desonestidade na intimidade é impraticável e, pouco a pouco, envenenará seu precioso amor.

Quando termina — e, sim, termina (nem mesmo o apostador mais ousado tocaria nessa probabilidade) —, ele ou ela, o objeto amado, tem em mãos os seus segredos. E pode usá-los. E se a relação termina com amargura, ele ou ela os usará, com crueldade e malícia, contra você.

Além do mais, é muitíssimo provável que os segredos que você revela quando sua alma está totalmente despida sejam a causa do fim do amor. Suas revelações íntimas serão a chama que acende o fusível que incendeia a dinamite que explode seu amor.

Não, você diz. Ela entende meus modos violentos. Ela entende que os fins justificam os meios.

Pense nisso. Estar apaixonado é um processo de idealização. Agora pergunte a si mesmo: Por quanto tempo se pode esperar que uma mulher idealize um homem que mantém o pé sobre a cabeça de outro homem que está se afogando? Não por muito tempo, acredite. E nas noites frias diante da fogueira, quando você levanta e corta outro pedaço de queijo, não acha que ela está pensando naquele momento de honestidade resoluta quando você revelou ter arrancado fora os pés de seu inimigo? Bem, ela está.

Se fosse possível confiar que um homem daria um fim na parceira assim que o relacionamento acabasse, este capítulo não seria necessário. Mas não se pode confiar que ele fará isso. A esperança da reconciliação mantém vivas muitas ex que deveriam estar no fundo de um grande desfiladeiro.

Portanto, infratores, quem quer que sejam, vocês precisam guardar seus segredos para sobreviver, para manter os inimigos a distância e seu corpo fora do alcance do sistema judiciário. Infelizmente — e esta é a responsabilidade solitária que todos temos de aceitar —, a única forma de fazer isso é permanecer solteiros. Se precisar de alívio sexual, procure uma prostituta. Se precisar de um abraço íntimo, procure sua mãe. Se precisar de alguém para aquecer sua cama durante os meses frios de inverno, arrume um cachorro que não seja um chiuaua nem um pequinês. Mas tenha em mente uma coisa: abrir mão de seus segredos é abrir mão da sua segurança, da sua liberdade, da sua vida. A verdade matará seu amor, e depois matará você. É horrível, eu sei. Mas também é horrível o som do martelo do juiz golpeando uma mesa de mogno.

Fechei o livro e fui me deitar. Comecei a pensar em honestidade e mentiras e percebi que meus sentimentos eram honestos, mas eu estava abarrotado de histórias e pensamentos secretos que nunca havia contado à Inferno na Torre. Por que, instintivamente, vinha seguindo os conselhos de um livro escrito para criminosos? Bom, como eu poderia revelar todas as coisas pouco impressionantes que haviam acontecido comigo, como por exemplo quando fui encurralado por valentões e fingi que estava dormindo enquanto eles me davam uma surra? Ou quando, depois de apenas uma semana de namoro, eu sentia tanto ciúme diante da ideia de a Inferno na Torre sair às escondidas e dormir com outra pessoa, que fui e dormi com outra pessoa só para não ter o direito de sentir ciúme? Não, eu não contaria a ela nem mesmo as coisas boas, como as manhãs em que eu caminhava do labirinto até a estrada principal para ver os postes de luz ainda em plena atividade acima de mim, um vento madrugador roçando as árvores, e o aroma familiar de jasmim levando a uma confusão amistosa dos sentidos, que dava ao meu nariz a sensação de estar repleto do cheiro suave e embriagante de uma pálpebra cor-de-rosa. Eu me sentia tão grandioso saltitando sob o ar quente da manhã, de vez em quando, que pegava um gnomo do jardim de alguém e o colocava no gramado vizinho do outro lado da rua. Depois, desenrolava a mangueira d'água daquela casa e a colocava na entrada do vizinho ao lado. Naquela época, eu pensava: Gente, vamos compartilhar! O que é dele é seu! O que é seu é dele! Mas só depois de um tempo foi que eu vi como aquilo era estranho, por isso evitei que a história chegasse aos tímpanos da minha namorada.

E, como era tão óbvio para mim que eu estava completamente infectado pela desconfiança de tudo, assim como meu pai, inclusive de seus próprios pensamentos, opiniões e intuições — o que me levava a desconfiar de meus próprios pensamentos, opiniões e intuições —, eu também não podia contar a ela que, de tempos em tempos, eu entrava em um certo estado de transe nebuloso no qual todas as forças opostas do universo se submetiam a um cessar-fogo repentino e inexplicável e se fundiam até que eu me sentia como se tivesse um pedaço da criação entre os dentes. Às vezes estou lá fora andando pela rua ou simplesmente apagando páginas de pornografia do meu histórico na internet, quando, de repente, sou envolvido por uma leve névoa dourada. O que é isso, exatamente? Um período de superconsciência, em que o Meu Eu se torna o Nosso Nós, em que o Nós pode ser Eu e uma Nuvem ou Eu e uma Árvore e às vezes Eu e um Pôr do sol ou Eu e o Horizonte, mas raramente Eu e Manteiga ou Eu e Esmalte Lascado. Como eu poderia explicar isso para ela? Tentar comunicar ideias incomunicáveis é arriscar simplificá-las demais, e a emoção orgânica simplesmente vai parecer uma emoção orgânica barata, e o que ela pensaria dessas encantadoras alucinações incompreensíveis, afinal? Ela talvez pudesse chegar à conclusão precipitada de que estou de fato em comunhão com o universo, enquanto os outros não. É como meu pai dizia: os momentos de consciência cósmica podem ser simplesmente uma reação natural a uma percepção inconsciente repentina de nossa própria mortalidade. Até onde sabemos, a sensação de unidade pode ser a maior prova de separação que existe. Quem sabe? Só porque elas *parecem* apreensões genuínas da Verdade não significa que realmente o sejam. Quero dizer, se você desconfia de um sentido, deve desconfiar de todos eles. Não há razão para que o sexto sentido não seja tão equivocado quanto o olfato ou a visão. Esta é a lição que aprendi de meu pai, a manchete do beco sem saída em que ele se encurralou: o que as intuições diretas têm de influentes, elas têm de pouco confiáveis.

Você entende? Como eu poderia contar a ela todas essas coisas quando eu não sabia ao certo se estava apenas passando a perna em mim mesmo? Eu não podia nem mesmo dizer que às vezes eu tinha certeza de que podia ler os pensamentos do meu pai, e que também achava que ele podia ler os meus. Às vezes, eu tentava contar alguma coisa para ele só com o pensamento, e eu sentia que podia ouvi-lo responder negativamente; eu sentia um "Vai se foder" atravessando o éter. Eu também não podia contar à Inferno que mais de uma vez eu tive visões de um rosto sem corpo. Primeiro sonhei com o rosto em minha infância, um rosto bronzeado, com bigode, lábios grossos e nariz achatado flutuando em um buraco escuro, seus olhos penetrantes criando uma aura sexual, com a boca contorcida em um grito silencioso. Tenho certeza de que isso acontece com todo mundo. Até que um dia vê o rosto enquanto está acordado. Você o vê no sol, nas nuvens, no espelho. Você o vê nitidamente, mesmo que ele não esteja lá. E então começa a senti-lo. E então levanta e pergunta, "Quem está aí?", e quando não recebe resposta alguma, você diz, "Vou chamar a polícia". E afinal o que é essa presença senão um fantasma? A explicação mais provável: uma ideia plenamente exteriorizada e manifestada. Havia coisas rastejando dentro do meu cérebro, ameaçando sair, e, o que é pior, elas estavam conseguindo e eu não conseguia controlar onde nem quando.

Não, por que comunicar cada pensamento feio, negativo, confuso e idiota que passa pela cabeça? É por isso que quando está parado à beira do porto e sua namorada pergunta, em um abraço delicado, "No que está pensando?", você não responde: "Que eu odeio as pessoas e queria que elas caíssem e nunca mais se levantassem". Acredite. Você simplesmente não pode dizer isso. Não entendo muito sobre mulheres, mas isso eu sei.

•

Eu caí no sono, e às 4 da manhã despertei com um pensamento surpreendente: eu nunca havia contado à Inferno na Torre que Terry Dean era meu tio.

Fiquei olhando para o relógio até as 8, sem desviar os olhos por um segundo sequer, e então telefonei para Brian.

— Quem é?

— Como você sabia que sou sobrinho do Terry Dean?

— Jasper?

— Como soube?

— A sua namorada me contou.

— É, eu sei, só queria confirmar. Então, é... você e ela, então...

— O quê?

— Ela disse que vocês saíram durante um tempo.

Ele não disse nada. No silêncio eu o escutei respirar como alguém que sabe que está em vantagem, e acabei respirando como alguém em desvantagem, e então ele começou a me contar não só sobre eles dois, como também coisas sobre ela que ela mantivera em segredo — aparentemente, sua vida inteira: que ela fugira de casa aos 15 anos e tinha morado com um traficante chamado Freddy Luxembourg durante dois meses, em Chippendale, e que, depois de um aborto, ela voltara para casa e mudara de escola. Aos 16 ela começara a frequentar bares sozinha, e foi aí que eles se conheceram, e então ela fugiu de casa outra vez e morou com ele por um ano até que o flagrou com outra mulher e acabou perdendo a cabeça e novamente voltou para casa, e que os pais a mandaram a um psicólogo que a diagnosticou como uma bomba-relógio humana, e que ela vivia telefonando para ele e deixando mensagens estranhas na secretária eletrônica dele sobre o novo namorado que o mataria se ele aparecesse na vida dela outra vez. Fiquei surpreso ao descobrir que o namorado assassino era eu.

Encarei tudo aquilo com uma pretensa calma, dizendo coisas como "Aham" e tentando não ficar sobressaltado com as conclusões inseguras que eu estava tirando. O fato de ela telefonar para o ex-namorado e deixar mensagens grosseiras significava que ela provavelmente ainda estava a fim dele, e, em contrapartida, se ele estava conversando com ela sobre recuperar o emprego significava que ele provavelmente também ainda estava a fim dela.

Aquilo não entrava na minha cabeça. Ela tinha mentido para mim! *Ela* tinha mentido para *mim! Para mim! Eu* é que deveria ser o mentiroso naquela relação!

Desliguei o telefone e joguei as pernas para o lado da cama como se fossem duas âncoras. Não levantei. Fiquei sentado por horas, e só quebrei o feitiço para telefonar para o trabalho e dizer que estava doente. Perto das 17 horas, finalmente saí da cama e sentei na varanda dos fundos, enchendo um cachimbo com o tabaco do meu cigarro. Olhei demoradamente para o entardecer porque pensei ter visto um rosto nele, um rosto no sol, aquele velho rosto familiar que eu não via fazia tanto tempo. À minha volta, as cigarras faziam algazarra. Pelo barulho, parecia que elas estavam fechando o cerco. Pensei em agarrar uma, meter dentro do cachimbo e fumar. Eu me perguntava se isso daria onda quando vi um lampejo vermelho atravessar o céu. Larguei o cachimbo e fui atrás do rastro de vapor que estava suspenso no ar. Era ela. Eu tinha lhe dado uma pistola de sinais luminosos porque ela sempre se perdia no labirinto.

Eu a encontrei perto de uma pedra grande e a levei para a cabana. Quando entramos, eu lhe contei tudo que Brian havia me dito. Ela olhou para mim com os olhos inexpressivos.

— Por que não me contou que morou com ele durante um ano? — gritei.

— Bom, você também não foi honesto comigo. Você não me contou que Terry Dean era seu tio!

— E por que deveria? Eu nunca o conheci! Isso foi há muito tempo. Eu não tinha nem 2 anos quando ele morreu. O que eu quero saber é por que você não me contou que sabia sobre o meu tio.

— Olha. Vamos ser honestos um com o outro de agora em diante — falou ela.

— É, vamos.

— Escrupulosamente honestos.

— Vamos contar tudo um ao outro.

A porta estava escancarada. Nenhum de nós passou por ela. Era hora do interrogatório, como dois informantes que acabaram de descobrir que cada um fez um acordo com o promotor público por conta própria.

— Vou tomar um banho — disse ela.

Eu a observei atravessar o quarto, e quando ela abaixou para pegar uma toalha no chão, vi o modo como a parte de trás de sua calça jeans se curvou para longe de seu corpo, feito um sorriso perverso.

VI

Depois desse incidente, criei o péssimo hábito de tratá-la com cortesia e respeito. Cortesia e respeito são recomendáveis quando você se dirige a um juiz logo antes de ele dar o veredicto, mas em um relacionamento significam desconforto. E eu estava desconfortável porque ela ainda não tinha esquecido Brian. E isso não era paranoia infundada. Ela começou a me comparar com ele, desfavoravelmente. Por exemplo, ela dizia que eu não era romântico como ele, só porque uma vez, em um momento íntimo, eu disse: "Eu te amo de todo o meu cérebro." É minha culpa que ela não entenda que o coração roubou o crédito da cabeça? Que na verdade os sentimentos de paixão desenfreada têm origem no sistema límbico primitivo do cérebro, e que eu só estava tentando evitar me referir ao coração como o verdadeiro armazém de todos os meus sentimentos quando, afinal, ele não passa de um sistema de filtragem e bombeamento encharcado de sangue? É minha culpa que as pessoas não saibam desfrutar de um símbolo sem transformá-lo em algo literal? Aliás, é por isso que nunca se deve perder tempo dando à humanidade um conto alegórico: em menos de uma geração ele será transformado em fato histórico e aperfeiçoado e terá testemunhas oculares.

Ah, e havia o frasco.

Eu estava na casa dela, no quarto dela. Tínhamos acabado de transar em total silêncio porque a mãe dela estava na sala ao lado. Eu gostava de fazer em silêncio porque quando se pode fazer o barulho que quiser, você meio que vai mais rápido. Sexo silencioso faz a gente ir devagar.

Depois, quando vasculhava o chão em busca de todas as moedas que tinham caído dos bolsos da minha calça jeans, vi o frasco embaixo da cama dela, do tamanho de um vidro de mostarda, com um líquido nebuloso boiando; parecia água turva de uma torneira mexicana. Ao tirar a tampa, cheirei sem pensar, esperando sentir o cheiro de leite azedo. Não tinha cheiro nenhum. Virei-me e vi seu corpo magro se ajeitar na cama.

— Cuidado para não derramar — falou ela, antes de me dar mais um em uma longa dinastia de sorrisos perfeitos.

Enfiei o dedo no frasco, tirei e lambi.

Salgado.

Pensei que sabia o que era. Mas será que era realmente o que eu estava pensando? Eu estava mesmo segurando um frasco de lágrimas? As lágrimas dela?

— Lágrimas, né? — falei, como se todo mundo que eu conhecesse guardasse as próprias lágrimas, como se o mundo inteiro não fizesse nada além de fabricar monumentos à própria tristeza.

Eu podia imaginá-la pressionando o pequeno frasco contra a bochecha, quando a lágrima inaugural parecia a primeira gota de chuva descendo pelo vidro de uma janela.

— Para que é? — perguntei.

— Nada.

— Como assim, nada?

— Eu apenas guardo minhas lágrimas, só isso.

— Sem essa. Me conta.

— Não é nada. Você não acredita em mim?

— De jeito nenhum.

Ela me encarou por um instante.

— Tá legal, eu conto, mas não quero que entenda mal.

— Tá.

— Promete que não vai entender mal?

— É uma promessa difícil de se fazer. Como vou saber se estiver entendendo mal?

— Eu vou lhe dizer.

— Tá bom.

— Tá. Eu estou guardando minhas lágrimas porque... vou fazer o Brian beber — disse ela.

Cerrei os dentes e olhei pela janela. Lá fora, as árvores de outono inclinadas pelo vento pareciam ombros bronzeados indiferentes.

— Você ainda está apaixonada por ele! — gemi.

— Jasper! — ela gritou. — Você está entendendo mal!

Cerca de duas semanas depois, ela veio com mais um insulto. Estávamos em minha cabana, fazendo amor, fazendo um belo de um escândalo dessa vez, e como que saindo de si para confirmar minhas piores suspeitas, bem no meio ela gritou o nome *dele*:

— Brian! — gemeu a Inferno, sem fôlego.

— Onde? — perguntei, perplexo, e comecei a procurá-lo pelo quarto.

— O que você está fazendo?

Parei quando percebi meu erro estúpido. Ela me dirigiu um olhar que habilidosamente combinava ternura e revulsão. Até hoje, a lembrança daquele olhar ainda me visita como uma testemunha de Jeová: incansável e sem ser convidada.

Ela se levantou da cama, nua, e foi preparar um chá, fazendo cara de culpa.

— Me desculpa — falou, com a voz trêmula.

— Acho que você não deveria mais fechar os olhos durante o sexo.

— Hmm.

— Quero que olhe para mim o tempo todo. Tá?

— Não tem leite — falou ela, agachando-se diante do frigobar.

— Tem sim.

— Está azedo.

— Mas ainda é leite.

Ela ainda suspirava quando saí da cabana e andei pela escuridão até a casa do meu pai. Estávamos sempre invadindo a casa um do outro para roubar leite. Preciso dizer: eu era o melhor ladrão. Ele sempre entrava enquanto eu estava dormindo, mas como ele era paranoico com datas de validade, eu sempre acordava com o som de sua fungada barulhenta.

A noite era o tipo de escuridão espessa e abarcadora que torna conceitos como Norte, Sul, Leste e Oeste inúteis. Depois de tropeçar em troncos de árvores e receber bofetadas de galhos cheios de espinhos, as luzes da casa do meu pai me acolheram e me deprimiram ao mesmo tempo; elas significavam que ele estava acordado e que eu não conseguiria escapar de conversar, isto é, de escutar. Soltei um suspiro. Eu sabia que estávamos nos afastando mais a cada dia. Começou quando eu saí da escola, e foi piorando. Não sei bem por quê, mas ele inesperadamente passou a atuar como um pai normal, sobretudo quando fazia chantagem emocional. Uma vez até soltou o seguinte: "Depois de tudo o que eu fiz por você." E então listou todas as coisas que tinha feito por mim. Parecia um monte de coisas, mas muitas eram pequenos sacrifícios do tipo "comprei manteiga, mesmo gostando de margarina".

A verdade é que eu já não o suportava mais: sua negatividade sem trégua, sua negligência para com nossa vida, sua reverência inumana por livros em detrimento das pessoas, sua devoção fanática por odiar a sociedade, seu amor inautêntico por mim, sua obsessão doentia por tornar minha vida tão desagradável quanto a dele. Cheguei até a pensar que ele não tinha tornado minha vida um martírio por acaso; ele tratava de desmantelá-la laboriosamente, como se estivesse recebendo hora extra para fazer isso. Ele tinha um poste de concreto no lugar da cabeça, e eu simplesmente não aguentava mais. Na minha opinião, deveríamos ser capazes de olhar para as pessoas em nossa vida e dizer "Eu devo a você minha sobrevivência" e "Você deve a mim a sua sobrevivência", mas se não podemos dizer isso, o que é que estamos fazendo com elas? No caso, eu só podia olhar para o meu pai e pensar: "Eu sobrevivi apesar da sua intromissão, seu filho de uma puta."

A luz na sala estava acesa. Espiei pela janela. Meu pai estava lendo o jornal e chorando.

— O que aconteceu? — perguntei, abrindo as portas de correr.

— O que você está fazendo aqui?

— Roubando leite.

— Vá roubar seu próprio leite — disse ele.

Entrei na casa e arranquei o jornal das mãos dele. Era um dos tabloides diários. Ele se levantou e foi para a outra sala. Olhei o jornal mais de perto. A história que meu pai estava lendo era a de Frankie Hollow, o astro de rock que tinha sido assassinado pouco antes. Ele voltava para casa depois de uma turnê quando foi abordado por um fã maluco que lhe deu dois tiros no peito, um na cabeça e um terceiro "para dar sorte". Desde então, todo santo dia a história estava na primeira página de todos os jornais, apesar de não haver nenhum fato novo desde o dia do crime. Às vezes os jornais entrevistavam pessoas que não sabiam de nada e que nada acrescentavam. Então eles espremiam a história até a última gota de sangue, escavando o passado do roqueiro morto, e quando não havia absolutamente nada mais para contar, contavam algo mais. Pensei: Quem publica esse lixo? E então pensei: Por que ele está chorando pela morte de uma celebridade? Fiquei lá com milhares de frases depreciativas nadando em minha cabeça, tentando decidir se deveria espezinhá-lo. Achei melhor não; morte é morte, e luto é luto, e mesmo quando as pessoas escolhem derramar lágrimas pela perda de um estranho popular, não se pode zombar de um coração triste.

Fechei o jornal, mais perdido que antes. Da sala ao lado, dava para ouvir a televisão; parecia que meu pai estava testando o volume para ver até quanto poderia aumentar. Eu entrei. Ele estava assistindo a uma série erótica sobre uma detetive feminina que desvenda crimes mostrando as pernas bem depiladas. Mas ele não estava olhando para a tela; estava olhando dentro do pequeno orifício oval de uma lata de cerveja. Sentei ao lado dele, e ficamos em silêncio por um instante. Às vezes não falar não exige esforço algum, e outras vezes é mais exaustivo que levantar um piano.

— Por que você não vai dormir? — perguntei.

— Obrigado, pai — retrucou ele.

Fiquei sentado lá tentando pensar em algo sarcástico para responder, mas quando você coloca dois comentários sarcásticos lado a lado, eles só parecem desagradáveis. Voltei para o labirinto e para a Inferno deitada em minha cama.

— Cadê o leite? — perguntou ela, quando deitei ao seu lado.

— Estava azedo — respondi, pensando no azedume do meu pai.

Anouk e Eddie tinham razão: ele estava deprimido de novo. Mas qual era o motivo agora? Por que ele estava sofrendo por aquele roqueiro de quem nunca tinha ouvido falar? Ele iria começar a chorar a cada morte no planeta? Haveria passatempo mais extenuante?

Quando acordei de manhã, a Inferno tinha ido embora. Aquilo era novidade. Estava claro que passávamos por uma nova crise — nos velhos tempos, teríamos despertado um ao outro de um coma diabético para anunciar nossa partida. Agora ela saíra de fininho, provavelmente para evitar a pergunta "O que vai fazer mais tarde?". Minha cabana nunca parecera tão vazia. Enterrei a cabeça no travesseiro e gritei:

— Ela não me ama mais!

Para me distrair dessa amarga realidade, peguei o jornal e o folheei. Eu sempre odiei nossos jornais, sobretudo por sua geografia insultante. Por exemplo, na página 18 seus olhos recaem sobre a história de um terrível terremoto em algum lugar como o Peru, e você encontra um insulto disfarçado nas entrelinhas; 20 mil seres humanos soterrados sob os entulhos, e então soterrados novamente, desta vez sob 17 páginas de tagarelice local. Pensei: quem publica essa gengivite?

Então ouvi uma voz.

— Toc, toc — disse a voz.

Aquilo instantaneamente me deixou nervoso. Gritei de volta:

— Não fique aí na porta dizendo "toc, toc"! Se tivesse uma campainha, você diria "ding dong"?

— O que é que há com você? — perguntou Anouk, entrando.

— Nada.

— Você pode me contar.

Será que deveria confiar nela? Eu sabia que a vida amorosa dela também não estava boa. Ela estava no meio de um rompimento tumultuado. Na verdade, ela sempre estava no meio de um rompimento tumultuado. Na verdade, ela estava sempre rompendo com pessoas com as quais eu nunca soube que ela sequer estava saindo. Se alguém tinha faro para o começo do fim, esse alguém era Anouk. Mas decidi não lhe pedir conselho. Algumas pessoas sentem quando você está afundando, e quando elas dão um passo à frente para ver melhor o que está acontecendo, não conseguem evitar colocar o pé sobre a sua cabeça.

— Eu estou bem — falei.

— Quero falar com você sobre a depressão do seu pai.

— Não estou a fim.

— Eu sei como preencher o vazio dele. Os cadernos!

— Eu já bisbilhotei esses cadernos o suficiente para uma vida inteira! Esses escritos são as manchas de suco respingado de toda a carne emaranhada na cabeça dele. Eu não vou fazer isso!

— Não precisa. Eu já fiz.

— Você o quê?

Anouk tirou do bolso um dos caderninhos pretos do meu pai e o balançou no ar como se fosse um bilhete premiado da loteria. A visão do caderno produziu em mim o mesmo efeito que a visão do rosto do meu pai: um cansaço esmagador.

— Escute isso — disse Anouk. — Você está sentado?

— Você está olhando para mim, Anouk!

— Tá! Tá! Cruzes, você está de mau humor!

Ela limpou a garganta e leu:

— "Na vida, todo mundo está fazendo exatamente o que deve fazer. Quero dizer, preste atenção quando encontrar um contador: ele parece exatamente um contador! Nunca existiu um contador com cara de quem deveria ter sido bombeiro, um balconista de loja de roupas com cara de juiz, ou um veterinário com cara de que seu lugar é atrás da caixa registradora do McDonald's. Uma vez conheci um cara em uma festa e perguntei, 'E então, o que você faz?', e ele disse bem alto, para que todos pudessem ouvir, 'Sou cirurgião de árvores', exatamente assim. Dei um passo para trás e o medi dos pés à cabeça e posso cair duro se ele não se encaixava perfeitamente nessa imagem — ele *parecia* um cirurgião de árvores, embora eu nunca tivesse conhecido um. É por isso que estou dizendo: todo mundo está onde deveria estar, e este também é o problema. Você nunca encontra um magnata da mídia com a alma de um artista, ou um multibilionário com a compaixão ardente e entusiasta de um assistente social. Mas e se pudesse sussurrar no ouvido de um bilionário e tocar a compaixão ardente e entusiasta que está adormecida e inutilizada lá, onde está alojada a empatia, e pudesse sussurrar no ouvido dele e alimentar essa empatia até acendê-la, e então inundar essa empatia de ideias até que se transformasse em ação? Quero dizer, entusiasmá-lo. Entusiasmá-lo de verdade. É isso que venho sonhando. Ser o homem que entusiasma os ricos e poderosos com suas ideias. É isso o que eu quero — ser o homem que sussurra ideias entusiasmantes em uma enorme orelha dourada."

Anouk fechou o caderno e olhou para mim como se tivesse esperando que eu aplaudisse de pé. Era com isso que ela estava entusiasmada? A megalomania do meu pai não era nenhuma novidade para mim. Eu escutara a mesma coisa quando o ajudara a sair do hospício. É claro, daquela vez foi só um golpe de sorte. Tomar literalmente os conteúdos daqueles cadernos insanos e aplicá-los a seu próprio dono era um negócio muito arriscado, como estávamos prestes a descobrir.

— E daí? — falei.

— E daí?

— Não entendi.

— Não entendeu?

— Pare de repetir tudo que eu falo.

— É a resposta, Jasper.

— É? Esqueci a pergunta.

— Como preencher o vazio do seu pai. É simples. A gente tem que sair e encontrar uma.

— Uma o quê?

— Uma orelha dourada — disse ela, sorrindo.

VII

Naquela noite, a caminho da casa de Anouk, pensei sobre o plano dela. A orelha dourada que ela havia elegido pertencia à cabeça de Reynold Hobbs, que — caso você more em uma caverna sem TV a cabo — era o homem mais rico da Austrália. Ele era dono de jornais, revistas, editoras, estúdios de cinema e canais de televisão que gravavam eventos esportivos que eram transmitidos por suas redes de TV a cabo. Era dono de clubes de futebol, danceterias, redes de hotéis, restaurantes, uma frota de táxis e uma rede de gravadoras que produzia CD's que ele vendia em suas lojas de discos. Era dono de resorts, políticos, condomínios, mansões, cavalos de corrida e um iate do tamanho da ilha de Nauru, no Pacífico. Durante metade do tempo, Reynold vivia em Nova York, mas a vida dele era tão secreta que nunca se sabia em qual metade. Ele era o tipo raro de celebridade que não precisava se preocupar com os paparazzi, porque era dono deles. Eu digo, Reynold Hobbs podia cagar na ponte Harbor que você jamais veria uma foto disso nos jornais.

Não sei havia quanto tempo Anouk vinha planejando essa missão nada promissora, mas ela me mostrou um artigo que dizia que Reynold e o filho, Oscar, estariam no cassino de Sydney aquela noite para celebrar a compra do local. O plano dela era que fôssemos ao cassino e tentássemos convencer Reynold Hobbs, o homem mais rico da Austrália, a se encontrar com meu pai, o mais pobre.

Nessa época, Anouk tinha voltado a morar com os pais em uma bela casa em um belo bairro em uma bela rua sem saída com um belo parque ao lado e um monte de crianças brincando na rua e vizinhos conversando sobre cercas e grandes gramados na frente e grandes quintais nos fundos e balanços e um belo e confortável carro de família em cada garagem e cachorros que sabiam onde cagar e o faziam em belas pilhas simétricas, como em um acampamento de escoteiros. Era o tipo de casca de classe média que as pessoas adoram pelar à procura de vermes — e os vermes estão lá, é claro. Onde não há vermes? E, sim, a família de Anouk tinha um verme. Eles tinham um verme grande. Um verme que não ia embora. Era Anouk. Ela era o verme.

Quando cheguei, o pai dela estava trabalhando no jardim. Ele era um cinquentão saudável, tão saudável que olhar para ele me fez ter vontade de fazer cinquenta flexões todas as manhãs. Com os músculos salientes, estava debruçado sobre o canteiro de flores removendo as ervas daninhas, e até mesmo o cofrinho daquele homem era asseado e brilhava cor-de-rosa sob tufos másculos e vigorosos de pelo.

— Ei, Jasper, por que está todo arrumado?

— Anouk e eu vamos ao cassino.

— E para quê?

— Para quebrar a banca.

Ele riu.

— Não dá para ganhar desses canalhas corruptos. Eles têm tudo armado.

— Não dá para ganhar de praticamente nenhum canalha corrupto.

— Verdade.

A mãe de Anouk, uma mulher bonita com mechas grisalhas por todo o cabelo preto e grosso, veio com um copo d'água que devia ser para o marido, mas que ela deu a mim.

— Aqui está. Ei, estou encolhendo ou você continua crescendo?

— Acho que continuo crescendo.

— Bom, não pare ainda!

— Pode deixar.

Eu gostava da família de Anouk. Eles não precisavam se esforçar muito para fazê-lo se sentir bem-vindo; simplesmente o olhavam como se estivesse lá desde sempre. Eles eram honestos e sinceros e entusiastas e alegres e trabalhadores e nunca falavam mal de ninguém. Eram o tipo de pessoa de quem é impossível não gostar, e muitas vezes senti vontade de desfilar com eles para cima e para baixo, desafiando as pessoas a não gostar deles.

— Cadê a Anouk?

— Está no quarto dela. Entre.

Caminhei pela casa bonita e agradável, subi as escadas e entrei no quarto de Anouk. Ela sempre voltava para lá depois de saídas malogradas pelo mundo — normalmente depois que empregos ou relacionamentos iam para o buraco. Eles o conservavam para ela. Era estranho vê-la ali, na casa de sua família, e no quarto de uma garota de 15 anos. Sejamos francos: Anouk agora tinha 32, e cada vez que saía de casa ela jurava que jamais voltaria, mas as coisas sempre acabavam ficando pretas para ela, e ela nunca resistia à ideia de voltar para casa por um tempo, para tomar fôlego.

Eu estive em vários apartamentos de Anouk, e ela estava sempre expulsando um homem com quem havia se aborrecido, ou lavando os lençóis porque o homem com quem estava dormindo tinha dormido com outra pessoa, ou estava esperando um homem telefonar, ou não atendia o telefone porque era um homem quem estava ligando. Lembro que uma vez um cara se recusou a ir embora; ele tentou alegar direitos de usucapião sobre o quarto dela. No fim das contas, ela se livrou do cara jogando o celular dele pela janela — e ele saiu correndo atrás do telefone.

Quando entrei, Anouk estava se trocando no closet.

— Saio em um minuto.

Eu bisbilhotei ao redor. Ao lado da cama dela, havia uma fotografia de um homem de cabeça quadrada e óculos escuros e o tipo de costeletas que matou Elvis.

— Que é esse show de horror?

— Ele é passado. Joga no lixo para mim?

Era uma grande satisfação jogar a fotografia no lixo.

— O que aconteceu com ele?

— Vou te contar o que aconteceu. Eu não tenho sorte. Meus relacionamentos sempre caem em duas categorias: ou estou apaixonada por ele e ele não está apaixonado por mim, ou ele está apaixonado por mim e é mais baixo que a minha avó.

Pobre Anouk. Ela não suportava ficar solteira e não suportava o fato de não suportar isso. O amor estava tormentosamente ausente de sua vida, mas ela fazia de tudo para não admitir que haviam se passado três oitavos de uma sequência de derrotas que duraria oitenta anos. Ela se sentia humilhada por ter se juntado às legiões de mulheres solteiras obcecadas por não se tornarem obcecadas por sua obsessão singular. Mas ela não conseguia evitar a obsessão. Já tinha passado dos 30, e estava solteira. Não era uma questão de relógio biológico; era uma questão do tique-taque de outro relógio — *aquele* relógio, o Grande Relógio. E embora estivesse sempre buscando respostas em seu interior, como os sábios recomendavam, o que ela encontrava não era um único motivo, e não era como se ela estivesse presa em um círculo vicioso, mas em um padrão de vários círculos viciosos associados. Em um deles, ela sempre escolhia o cara errado — um "yuppie burguês canalha" ou simplesmente um "canalha", mas, na maioria das vezes, um "bebezão". De fato, durante um tempo ela só conheceu bebezões. Ela também tinha o hábito de ser a outra, e não *a* mulher; era o tipo de garota com quem os homens gostam de dormir, mas não de ter um relacionamento. Ela era um dos caras, e não uma das garotas. E eu não sei qual a psicologia por trás disso, mas os relatos comprovam: *ela queria muito* um bom relacionamento. Mas, como ninguém parece ter certeza de como funciona, só resta tratar de tentar combater essa força misteriosa fingindo não querer o que realmente se quer.

Quando saiu do closet, Anouk estava espetacular. Usava um vestido verde transparente com estampa floral e uma combinação preta por baixo. Parecia que ela tinha comprado dois números abaixo do seu manequim de propósito; mostrava cada curva de seu corpo. Eram curvas sinuosas. Meu Deus, ela era voluptuosa, e dependendo da sua imaginação, você não conseguiria pensar em nada além de levá-la para a cama, nem que fosse só para tirá-la da cabeça. Eu admito que desfrutava de fantasias masturbatórias com ela desde os meus 14 anos, quando ela se cansou da fase de garota raivosa de cabeça raspada, piercing e botas da Doc Martens. Os olhos verdes continuavam brilhando, mas com o passar do tempo ela deixou o cabelo preto crescer e agora ele estava comprido e abundante. Tirou os piercings e passou de pele e osso a carnuda, e agora desfilava por aí como uma nuvem promíscua em um vestido justo. Embora eu estivesse lá para ajudar a combater a depressão do meu pai e impedir que ele se suicidasse, não podia deixar de pensar. Talvez estivesse mais do que na hora de eu dormir com Anouk. Será que eu deveria tentar seduzi-la? É possível seduzir alguém que viu você passar pela puberdade?

— Talvez devesse dar um tempo em seus relacionamentos — falei.

— Mas eu não quero ser uma celibatária. Eu gosto de sexo. Dormi com uma porção de homens e quero continuar fazendo isso. Vou te dizer, quem fala sobre a carnalidade dos seres humanos e exclui as mulheres deveria vir me visitar uma noite dessas e dar uma olhada.

— Não estou dizendo que deva ser celibatária. Você pode ter um amante, como eles fazem na França.

— Sabe, isso não é má ideia. Mas onde vou arranjar um amante casual?

— Bom, não vale dizer não logo de cara: que tal eu?

— Não.

— Por que não?

— Porque você é como um filho para mim.

— Não sou não. Somos mais como primos distantes de olho um no outro veladamente.

— Eu nunca fiquei de olho em você.

— Deveria pensar a respeito.

— E a sua namorada?

— Acho que ela não está mais a fim de mim. Tá vendo, preciso de uma injeção de autoconfiança, e acho que ajudaria muito se fôssemos amantes.

— Jasper, eu não quero.

— E isso é motivo?

— É.

— Você nunca dormiu com alguém por caridade?

— Claro que sim.

— Ou por pena?

— Muitas vezes.

— Bom, eu não me importo se for sexo por caridade.

— Podemos mudar de assunto?

— Nunca achei que você fosse tão egoísta e mesquinha. Você não foi voluntária do Exército da Salvação?

— Recolhendo dinheiro de porta em porta, e não dando para necessitados.

Estávamos em um impasse. Bom, eu estava em um impasse.

— Vamos, tonto — falou ela, e com Anouk na liderança, fomos ao cassino de Sydney.

•

Não vamos medir palavras: o interior do cassino de Sydney é como se Las Vegas tivesse um filho ilegítimo com a cueca de Liberace e esse filho tivesse caído de uma escada e batido a cabeça em uma pá. Nas mesas de 21, e sentados diante de máquinas de pôquer, havia homens e mulheres tensos e desesperados com cara de androides que não pareciam estar apostando por prazer. Ao observá-los, lembrei que o cassino era famoso por seus fregueses que trancavam os filhos no carro enquanto faziam suas apostas. Eu tinha lido uma matéria sobre isso, e desejei que todas essas pessoas tristes e desesperadas abaixassem um pouco os vidros enquanto enfiavam o dinheiro do aluguel nos bolsos do governo estadual, que ganha lucros enormes e então devolve meio por cento disso à comunidade em serviços de aconselhamento para jogadores.

— Lá estão eles — disse Anouk.

Ela apontou para uma multidão de paparazzi, empresários e políticos. Obviamente, Reynold Hobbs, um homem de 70 anos que usava óculos quadrados com armação de arame e tinha uma careca perfeitamente redonda estilo Charlie Brown, fora aconselhado de que talvez fosse bom para sua imagem pública se ele tentasse agir como um "cara comum, como um de nós", e era por esse motivo que ele estava debruçado sobre a mesa de 21 apostando 10 dólares. Pelo modo como seus ombros estavam baixados, parecia que ele tinha perdido a pose na última mão. Anouk e eu nos aproximamos. Ele podia ser o homem mais rico da Austrália, mas pelo visto não chegou lá apostando.

Seu filho, Oscar Hobbs, estava a alguns metros dali, tentando a sorte em uma máquina de pôquer, mantendo-se ereto como só as celebridades conseguem fazer — um homem que pode ser fotografado a qualquer momento, isto é, sem enfiar o dedo no nariz nem balançar os órgãos genitais. Eu rapidamente dei a mim mesmo uma advertência severa: Não tente comparar sua vida com a dele! Não tem a mínima chance! Olhei ao redor em busca de uma comparação com a qual eu poderia conviver. Lá estava: um cara velho, sem muitos dentes, sem muito cabelo, furúnculo no pescoço, nariz em forma de concha; ele seria minha âncora. Do contrário, eu não me sairia muito bem. Não havia como eu resistir a uma comparação com Oscar Hobbs, porque era de domínio público que ele era o filho da puta mais sortudo na face da terra quando o assunto era mulheres. Eu conhecia sua sequência de namoradas das minhas leituras às escondidas de revistas de fofoca — uma sequência longa, bonita e invejável. Se visse algumas das belezinhas de quem ele já foi íntimo, você comeria o próprio braço até o cotovelo. Merda. Não suporto nem pensar nisso. Ele não era o tipo de herdeiro sociável; nunca era visto em inaugurações de exposições de arte ou em bares da moda ou em pré-estreias de filmes. Ah, claro, de tempos em tempos você via a ponta do queixo dele nas colunas sociais dos jornais de domingo, mas até mesmo pelo modo como aquele queixo olhava para você, você simplesmente sabia que ele fora pego de surpresa, como um ladrão flagrado pela câmera de segurança de um banco. Mas as mulheres! Depois de ver fotos delas, eu voltava para o meu quarto e dilacerava o travesseiro de forma brutal. Mais de uma vez eu o rasguei em pedaços, literalmente em pedaços, e é bem difícil despedaçar um travesseiro.

— E como você quer fazer disso? — perguntei a Anouk.

— Devemos atacar em duas frentes. Um de nós cuida do pai; o outro, do filho.

— Isso nunca vai funcionar.

— Você quer tentar o Reynold ou o Oscar?

— Nenhum dos dois, mas acho que fico com o Reynold. De todo modo, quero perguntar uma coisa a ele.

— Tá legal. Mas o que digo para o filho? Que tipo de abordagem você acha que funciona?

— Sei lá. Finja que vocês já se conhecem.

— Ele vai pensar que estou dando em cima dele.

— Então ofenda ele.

— Ofender?

— Disse que ele, como você sempre faz. Diga o que tem de errado com a alma dele.

— E como vou saber o que tem de errado com a alma dele?

— Invente. Diga que a alma dele tem uma dessas manchas que se espalham quando você tenta limpar.

— Não, isso não é bom.

— Tem razão. Então diga que ele é tão rico que está fora da realidade. Isso vai tirar ele do sério. Os ricos odeiam isso.

— Mas ele *é* tão rico que está fora da realidade.

— Anouk, ponha uma coisa na sua cabeça, dificuldades financeiras não são exatamente a única realidade oficial.

— Não vamos discutir. Vamos logo com isso.

— Tá. Boa sorte.

Fui até a mesa em que Reynold Hobbs estava acotovelado, mas não havia assentos vazios. Fiquei em pé por ali, respirando na nuca dos jogadores. Um segurança me olhou de modo suspeito, e com razão. Eu estava agindo de modo suspeito, murmurando para mim mesmo: "Que merda vou dizer para esse gigante da mídia? Como posso convencer esse cara a se encontrar com meu pai? Como um ato de caridade? Reynold Hobbs é um filantropo famoso, é claro, mas a caridade dele é do tipo que você pede por telefone."

Um repórter sentado perto de Reynold terminou a entrevista, levantou-se e lhe deu um aperto de mão. Aproveitei a oportunidade e me espremi ao lado dele. Reynold sorriu para mim de forma cordial, mas eu logo senti que ele não estava à vontade. Algumas pessoas simplesmente não sabem falar com alguém com menos de 20 anos, e quanto mais próximo você está do zero, menos elas ficam à vontade. Ele se virou para o outro lado e instantaneamente se deteve em uma conversa com um advogado sobre o tamanho médio das letrinhas de um contrato jurídico. Reynold queria incluir uma cláusula em Times New Roman, mas reduzi-la ao corpo 4. O advogado discutia a questão ética da mudança proposta e argumentava que todo texto impresso não deve ser menor que 7 para ser "totalmente sincero".

— Com licença, Sr. Hobbs? — falei.

Ele se virou devagar, como quem dizia "Tudo o que toco com meu hálito se transforma em ouro, e estou lhe fazendo um enorme favor só de me virar em sua direção", e quando seus olhos me alcançaram, eles o fizeram com uma imobilidade infinita que me dizia incontestavelmente que, apesar de nossa proximidade, ele era inacessível.

— O que foi?

— Você é dono de alguns dos nossos jornais, não é?

— Sim. E daí?

— Bom, eu achava que o poder corrompia, Sr. Hobbs. Mas o que o senhor faz não é corrupto; vender merda não é corrupção, é só um desconcertante desperdício de poder. Com toda a influência que o senhor exerce, com as escolhas infinitas que o senhor tem na manga, poderia publicar qualquer coisa, e mesmo assim escolhe publicar suor de sovaco. Por quê?

Reynold não sabia o que dizer. Olhei ao redor para ver o que Anouk estava fazendo. Ela parecia estar se saindo melhor que eu. Oscar tinha um olhar embaraçado no rosto. Eu me perguntei o que ela estaria dizendo.

Reynold continuava me ignorando.

— Está certo — falei —, o senhor quer vender jornais. Já entendi. O senhor vende catarro fresco porque o público tem um gosto insaciável por catarro fresco. Mas seus jornais não poderiam ser um pouco mais libertadores? Que tal enfiar um quarto de página sobre sabedoria tibetana entre as manchetes batidas e os horóscopos diários? Isso diminuiria as vendas?

O segurança colocou a mão no meu ombro.

— Vamos — falou.

— Está tudo bem — disse Reynold, sem tirar os olhos de mim.

E continuei:

— Veja a repetição descaradamente sensacionalista da história de Frankie Hollow. Vocês não têm mais nenhuma informação além daquelas que tinham no primeiro dia, mas mesmo assim está lá na primeira página, dando voltas e voltas, uma hora do ponto de vista da merda no banheiro do hotel, depois do ponto de vista de um passaro que passou voando pela janela. Sinceramente, Sr. Hobbs, é como ler porra sebosa. Como o senhor consegue conviver com isso? Vai ver que contrata alguém para se olhar no espelho no seu lugar.

— Escute, filho, quem quer que você seja. Um jornal está lá para relatar, e não para iluminar a alma dos homens. Os tabloides são sensacionalistas porque a vida dos homens não é sensacional. Essa é a grande verdade. A morte de uma celebridade é o que mais vende jornais. Sabe por quê? Porque é como se as manchetes dissessem: "Deus também morre." Entende?

— Claro. Pode me emprestar 30 mil dólares?

— Para quê?

— Para vagar sem destino pelo mundo inteiro. Com 10 mil dá para começar.

— Quantos anos você tem?

— Dezessete.

— Você não deveria estar pedindo esmolas. Deveria pensar em conquistar alguma coisa por conta própria.

— Não existe nada de inspirador no salário mínimo.

— Sim, bem, eu comecei com salário mínimo. Nunca recebi esmola. Trabalhei para conseguir tudo que tenho.

— É um bom discurso. É uma pena que o senhor não possa fazer um discurso em seu próprio funeral.

— Chega. Agora minha paciência acabou.

Ele acenou para o segurança, que me levantou pelo pescoço.

— Só mais uma coisa! — gritei.

Reynold suspirou, mas percebi que ele queria saber o que eu ia dizer.

— Rápido — disse ele.

— Meu pai quer falar com o senhor.

— Quem é o seu pai?

— Martin Dean.

— Nunca ouvi falar.

— Eu não disse que ele era famoso. Só disse que ele quer falar com o senhor.

— Sobre o quê?

— Por que não deixar que ele lhe diga pessoalmente?

— Por que eu não tenho tempo. Minha agenda está lotada agora.

— O senhor é rico. Compre uma agenda nova.

Reynold acenou mais uma vez, e o segurança me arrastou para longe dali. Alguém tirou uma foto minha enquanto estava sendo "escoltado" para fora. Esperei por Anouk na escada do cassino por uma hora, e para passar o tempo dei uma volta pelo estacionamento em busca de crianças se asfixiando. Não havia nenhuma.

Subi de volta ao cassino justamente quando Anouk estava saindo. Eu nunca havia ficado embasbacado antes, e portanto eu não sabia como era se sentir embasbacado, nem sequer acreditava que as pessoas pudessem ficar embasbacadas se não fosse nos livros. Dito isso, eu estava embasbacado. Logo atrás de Anouk, estavam Oscar e Reynold Hobbs.

— E este é Jasper — disse ela.

— Já nos conhecemos — respondeu Reynold, com um efêmero olhar de desdém.

— Prazer em conhecê-lo novamente — falei, e lancei a Oscar o sorriso mais amistoso do meu repertório, mas seus olhos não consideraram meu rosto um lugar digno para pousar, e ele não viu.

— O que está acontecendo? — sussurrei para Anouk.

— Eles vêm com a gente — disse ela, meneando as sobrancelhas.

— Para onde?

— Para casa.

VIII

Na grande limusine preta, Reynold e o filho passaram todo o percurso olhando pelas respectivas janelas. O perfil de Oscar me deixou atônito a maior parte do caminho. Que fardo, pensei. Imagine ser podre de rico *e* totalmente atraente. Mesmo com tudo isso, porém, ele exalava uma tristeza que eu era incapaz de explicar.

— Vi sua foto nas revistas — falei.

— É?

— E sempre há modelos maravilhosas penduradas no seu braço.

— E?

— E onde consigo um braço desse?

Oscar riu e olhou para mim pela primeira vez. Seus olhos tinham cor de café e não se moviam.

— Qual o seu nome mesmo?

— Jasper.

Ele acenou com a cabeça, aparentemente concordando com o fato de que meu nome era Jasper.

— E como é ser observado sempre? — perguntei.

— Você se acostuma.

— Mas não se sente limitado?

— Na verdade, não.

— Você não sente falta da liberdade?

— Liberdade?

— Por exemplo, você não poderia colocar o pinto para fora da calça e balançá-lo em um trem público sem virar manchete de jornal. Eu, sim.

— Por que eu iria querer balançar o pinto em um trem público? — Oscar me perguntou.

Reynold Hobbes tossiu, mas não era um mero exercício de limpar a garganta. Aquela era uma reprimenda. Eu sorri. O senhor pode ter todo o dinheiro do mundo, Sr. Hobbes — pensei —, pode ter seu próprio universo inteiro com todas as suas partículas, pode cobrar juros das estrelas e recolher dividendos da lua, mas eu sou jovem e o senhor é velho, e tenho algo que o senhor não tem: um futuro.

•

— Ouvi falar neste lugar. É um labirinto, não é? — Reynold falou quando entramos na mata densa.

— Como o senhor sabe? — perguntei.

Ele olhou para mim como se eu fosse uma cabeça encolhida em uma exposição amazônica. Para ele, minha pergunta era o mesmo que perguntar a Deus como ele sabia que Adão e Eva haviam comido a maçã.

— Com certeza, seu pai vai ter uma surpresa — falou Anouk, sorrindo para mim.

Eu não sorri de volta. Estava temendo uma cena. Normalmente, meu pai não gostava de visitas surpresa, o que em geral não era um problema, porque ele nunca recebia uma, mas não havia como prever e saber como ele reagiria. O que Anouk não entendia era que só porque meu pai certa vez escrevera em um caderno que queria sussurrar ideias em uma enorme orelha dourada não significava que ele não tivesse esquecido o que escrevera dois minutos depois, ou que dez minutos mais tarde ele não tenha escrito em outro caderno que tudo que queria era defecar em uma enorme orelha dourada. Não tinha como saber.

Nós entramos. Felizmente, a casa não estava asquerosa, só numa condição ligeiramente desprezível: livros, papéis espalhados, comida de dois dias antes apodrecendo, nada demasiado exasperante.

— Ele é mesmo um gênio — disse Anouk, como que os preparando para o tipo de gênio que faz suas necessidades na mesa de café.

— Pai! — chamei.

— Cai fora! — veio de seu quarto a resposta gutural.

Reynold e Oscar tiveram um diálogo silencioso com os olhos.

— Talvez seja melhor você entrar e trazê-la — disse Anouk.

Enquanto Reynold e Oscar sentavam-se desconfortáveis no sofá, recusando-se a reclinar nas almofadas, fui encontrar meu pai.

Ele estava esparramado na cama, de bruços.

— Reynold Hobbes e o filho dele estão aqui para ver você — falei.

Meu pai virou a cabeça em minha direção e me lançou um belo olhar de desdém.

— O que você quer?

— Estou falando sério. Anouk achou que você estava entrando em outra fase depressiva e suicida e ficou preocupada e fuçou seus diários até encontrar algo que você escreveu sobre sussurrar ideias em uma enorme orelha dourada e me convenceu a ir com ela procurar a orelha mais dourada do país, que, acredite se quiser, ela encontrou e agora está te esperando na sala.

— Quem está me esperando?

— Reynold Hobbes e o filho dele, Oscar. Estão esperando para ouvir suas grandes ideias.

— Você está me zoando.

— Não. Dá só uma olhada.

Meu pai levantou da cama e espiou pelo corredor. Se ele pensou que faria isso sem ser visto, estava enganado. Reynold virou a cabeça devagar em nossa direção e meio que se coçou — quem sabe se ele estava mesmo com coceira ou só encenando? —, e quando nos aproximamos ele protegeu os olhos com a mão, como se meu pai e eu fôssemos aparições luminosas que brilhavam tanto que os olhos humanos não podiam suportar.

— Ei — meu pai falou.

— Ei — Reynold respondeu.

— Anouk estava nos dizendo que você tem grandes ideias que talvez nos interessem — disse Oscar.

— Não estamos perdendo nosso tempo aqui, estamos? — perguntou Reynold.

— Não, vocês não estão perdendo seu tempo — disse meu pai. — Juro pela vida do meu filho.

— Pai! — exclamei.

— Só me deem um minuto que vou buscar minhas anotações. Anouk, você pode vir aqui um segundo?

Meu pai e Anouk entraram no quarto dele e fecharam a porta. Eu quis entrar também, mas não queria que Reynold e Oscar pensassem que eu estava com medo de ficar sozinho com eles, embora eu estivesse com medo de ficar sozinho com eles. Todos nós meio que acenamos com a cabeça uns para os outros, mas esses acenos ficam velhos depois de alguns segundos.

— Por que será que estão demorando? — falei então, e fui até o quarto, onde Anouk estava sentada na cama do meu pai e ele estava ajoelhado no chão, debruçado sobre uma coleção de velhos cadernos pretos, virando as páginas freneticamente.

Era uma visão perturbadora. Eu podia ouvi-lo assobiar: ele transpirava ansiedade. Anouk fez uma careta para mim, uma careta carregada de medo.

— Por que você está aí parado? — meu pai me repreendeu sem olhar para cima.

— Você está pronto?

— Ele ainda não escolheu uma ideia — disse Anouk.

— Eles estão esperando.

— Eu sei!

— Você jurou pela minha vida, lembra?

— Tá legal — disse Anouk —, vamos ficar calmos.

Houve uma batida na porta.

— Apague a luz! — meu pai sussurrou para mim com urgência.

— Pai, eles viram a gente entrar.

— Por que eu me importo, afinal? Isso é bobagem.

Meu pai pegou um punhado de cadernos e foi para a sala. Anouk e eu fomos atrás. Ele sentou na poltrona, folheando um de seus cadernos vagarosamente, estalando a língua.

— Então... sim... a ideia... tenho algumas que acho que interessariam a vocês...

Ele foi até a última página e fechou o caderno — parecia que, no fim das contas, a ideia não estava lá, porque ele pegou outro caderno preto, idêntico ao primeiro. E, mais uma vez, folheou as páginas, estalando a língua, os olhos empapados. Aquele caderno também não deu resultado. Outro bolso continha um terceiro caderninho preto.

— Eu só... ah, sim, isso é algo que vocês... Não, provavelmente não... Esperem... só mais um segundo... mais um segundo... eu prometo... cinco segundos... cinco, quatro, três, dois, um, e o vencedor é... hum, só mais um segundo.

Um minúsculo esboço de sorriso se fez notar no rosto de Reynold. Eu quis apagá-lo com a pata de um elefante. Em momentos melhores eu já odiava ver meu pai se contorcer em um inferno construído por ele próprio, mas diante do escárnio de estranhos era simplesmente insuportável. Meu pai estava em um frenesi tentando escapar de sua indecisão paralisante quando Reynold estalou os dedos. Duas vezes. Deve ser assim que os ricos conseguem que as coisas sejam feitas, pensei. Funcionou. Meu pai parou e imediatamente leu o que estava escrito na página que por acaso estava aberta naquele exato momento.

— Ideia para um restaurante com temática canibal: toda comida tem a forma de uma parte da anatomia humana.

A ideia ficou suspensa no ar. Era estúpida. Ninguém respondeu, porque não havia razão para isso. Os olhos do meu pai mergulharam no caderno outra vez e continuaram a buscar. Reynold não estalou os dedos de novo. Ele não precisou. Meu pai começou a se antecipar ao estalo: parava aleatoriamente diante de uma ideia e a lia em voz alta.

— Educação para as drogas: fazer as crianças passarem uma semana morando com viciados em um prédio abandonado. A criança deve observar o viciado injetar, vomitar, roubar da própria família, encher-se de feridas e finalmente ter uma overdose. A criança deve escrever um relatório de quinhentas palavras e ler no funeral do viciado, que será parte da excursão da escola. Toda vez que um viciado morrer, a classe tem que enterrá-lo, até que a associação entre heroína e morte esteja incrustada no inconsciente das crianças.

Ele não estava pensando. Só estava vomitando ideias. E nenhuma era boa.

— Recrutar pessoas para serviços comunitários em que deixamos os sem-teto morarem nas casas dos banqueiros e tiramos os doentes mentais das ruas e os deixamos cagar nos banheiros dos publicitários.

— Próxima — disse Reynold calmamente.

— Identificar celebridades com um sistema eletrônico, assim como se faz com gado, quando eles estiverem andando na rua...

— Próxima.

— Com base nas emissões de gases dos carros e no desperdício de água, no uso de sprays e materiais não recicláveis, calcular o dano que cada indivíduo causa ao meio ambiente e sentenciar essa pessoa a gastar o equivalente em horas ou em dinheiro fazendo alguma coisa para recuperá-lo.

Os olhos de Reynold pestanejaram apenas o suficiente para que soubéssemos o que ele estava pensando.

— Como é que se ganha dinheiro com isso?

— Não se ganha.

— Próxima.

— Fazer de cada homem, mulher e criança deste país um milionário.

Reynold não disse nada, mas seus olhos diziam tudo e seu desdém se tornou outra entidade na sala.

— Mesmo que pudesse, por que você iria querer fazer isso?

Era uma boa pergunta. Meu pai estava prestes a responder quando Reynold falou:

— Certo, Martin. Nós o ouvimos. Agora quero que nos ouça. É justo?

— Tudo bem.

— Queremos fazer um especial de televisão sobre Terry Dean. A história real, sabe? Coisas que ainda não sabemos. Talvez uma minissérie. Em dois grandes episódios. A história que ninguém jamais conheceu.

O nome do irmão fez meu pai enrijecer, e ele parecia embalado em gelo.

— E o que o impede de fazer isso? — perguntou ele, angustiado.

— Você. Temos os relatos da polícia e dos jornais daquela época, mas todas as pessoas que estiveram lá morreram no incêndio. Você é a única testemunha que resta. Não podemos fazer isso sem a sua ajuda. Há muita coisa que não sabemos.

— Foi por isso que vieram?

— Sim.

Então foi assim que Anouk convenceu aqueles dois gigantes da mídia a ir até casa do meu pai para escutar suas ideias inúteis. Grande erro! Ficamos todos sentados por um longo tempo, no silêncio mais terrível e nefasto, durante o qual temi que meu pai tentasse estrangular cada pescoço naquela sala. Ele fechou os olhos, depois os abriu outra vez. Depois de muitos outros minutos, quando ficou claro que meu pai não diria mais nenhuma palavra, Oscar falou:

— Bom, nós vamos embora.

Quando eles saíram, meu pai levantou da cadeira como se estivesse levitando, saiu da casa e desapareceu no labirinto. Anouk correu atrás dele. Eu não me movi por uma hora, imobilizado pelas visões de meu pai se matando ou fazendo alguma besteira que o levaria a ser internado em um hospício outra vez, e tenho vergonha de dizer que esses pensamentos horrendos não me assustaram ou entristeceram tanto quanto me deixaram imensamente aborrecido, de tão farto que eu estava dele.

IX

Fazia quase uma semana que eu não tinha notícias da Inferno. Joguei um jogo de espera com o telefone e perdi. Na minha cabeça, o aparelho se tornou um estranho substituto dela — uma representação plástica. Ele era silencioso porque ela era silenciosa. Comecei a odiar o telefone, como se ela o tivesse enviado até mim como seu representante porque ela era importante demais para vir pessoalmente.

Arrastando-me pelo labirinto, decidi importunar Anouk. Logo depois que nos mudamos para aquela casa, meu pai lhe deu uma sala para que ela usasse como estúdio. Além de ser atraente e irritante ao mesmo tempo, Anouk era uma espécie de artista, uma escultora. Ela gostava de retratar a submissão das mulheres, a castração dos homens e a subsequente ascensão das mulheres a um plano superior de consciência. Isso quer dizer que o estúdio estava cheio de vaginas e pênis dissecados. Era um pot-pourri de genitálias; havia pênis finos e frouxos vestidos em farrapos, pênis ensanguentados e sem vida que pareciam soldados mortos em um campo de batalha sombrio, pênis eretos atados com laços, desenhos em carvão de pênis assustados, pênis melancólicos, pênis chorando nos funerais de pênis mortos... mas eles não eram nada perto das vaginas vitoriosas! Vaginas com asas, grandes vaginas ascendentes, vaginas cintilantes cobertas com luz dourada, vaginas em caules verdes com pétalas amarelas sobressaindo no lugar dos pelos pubianos, vaginas com grandes bocas sorridentes; havia vaginas dançantes de argila, vaginas exultantes de gesso, alegres vaginas de vela em que o pavio era como o cordãozinho de um absorvente interno. As palavras mais assustadoras que se podia escutar em nossa casa vinham da boca de Anouk quando um aniversário estava chegando. "Vou fazer uma coisa para você", dizia ela, e nenhum sorriso era largo o bastante para ocultar os oceanos de horror que borbulhavam por trás.

Anouk estava deitada no sofá-cama fazendo placas de SALVE A FLORESTA quando entrei. Não me dei ao trabalho de perguntar que floresta.

— Ei, você está livre esta noite? — perguntou ela.

— Hoje não é dia de me pedir para salvar nada — falei. — Do jeito que estou me sentindo agora, destruição total seria mais o meu estilo.

— Não é para isso. Estou fazendo a iluminação de uma peça de teatro.

É claro que ela estava. Anouk era a pessoa mais ocupada que eu conhecia. Ela começava seus dias com listas enormes de afazeres, que, ao fim do dia, realmente tinha feito. Ela preenchia cada minuto da vida dela com encontros, protestos, ioga, escultura, renascimento, reiki, aulas de dança; participava de organizações, depois as abandonava morrendo de raiva; distribuía panfletos e ainda conseguia se meter em relacionamentos desastrosos. Mais que qualquer pessoa que já conheci, ela tinha uma vida agitada.

— Não sei, Anouk. É uma peça profissional?

— Como assim?

Como assim? Como assim que eu respeito o direito de alguém subir no palco e falar com uma voz retumbante, mas isso não é garantia de uma noite suportável. Com base em experiências anteriores, eu podia dizer sem preconceito que os amigos de Anouk levavam o teatro amador a patamares incompreensivelmente baixos.

— Meu pai está falando com você? — perguntei.

— Claro que sim.

— Pensei que depois daquela noite ele estivesse mais propenso a matá-la.

— De jeito nenhum. Ele está bem.

— Ele está bem? Pensei que estivesse deprimido e suicida.

— Você vem comigo ver a peça ou não? Na verdade, não estou te dando uma opção. Você vem e pronto.

•

Existe o teatro, existe o teatro amador e existe apenas um grupo de pessoas que se esbarram por acaso em uma sala escura e fazem você pagar pelo privilégio de contrair os músculos durante duas horas. Este era um deles, e cada segundo doía.

Anouk era responsável por cuidar de um único refletor, que ela balançava pelo palco como se estivesse iluminando um prisioneiro foragido que tentava pular o muro. Quarenta minutos lá dentro e eu já havia esgotado todas as minhas fantasias de apocalipse repentino, então me virei na poltrona e olhei para os rostos na plateia. Os rostos que vi pareciam estar gostando da peça. Meu atordoamento era indescritível. Foi quando realmente pensei que meus olhos estavam me pregando uma peça: sentado na última fila, empoleirado na ponta da cadeira, e também parecendo desfrutar da peça, estava Oscar Hobbs.

Uma risada sonora e pouco convincente de um dos atores me distraiu. Era a pior risada fingida que eu já tinha ouvido, e eu precisava ver quem era seu dono. Durante os vinte minutos seguintes, continuei fascinado por esse personagem menor — seu sorriso inautêntico, certo movimento de sobrancelhas francamente hilário, e então uma cena inteira de choro sem lágrimas —, e quando a peça terminou e as luzes se acenderam e o público estava aplaudindo (talvez com *sinceridade*), eu examinei a sala em tempo de ver Oscar Hobbs sair de fininho pela porta dos fundos.

No dia seguinte, no jornal matinal, havia, por incrível que pareça, uma resenha da peça. Isso surpreendeu a todos os envolvidos na produção — uma peça tão barata e fajuta em um teatro tão feio e sujo não costumava atrair críticos profissionais tanto quanto atraía sem-tetos em busca de um prato de sopa, e, tendo tão pouca fé no profissionalismo de seu próprio trabalho, os organizadores nem pensaram em evitar uma divulgação da mídia. O que havia de mais estranho e suspeito, porém, não era a resenha em si, mas o que dizia: focava unicamente na iluminação da peça: "muitíssimo envolvente", "sensível e impressionante" e "ousada e imaginativa". Todos que leram concordaram que era a coisa mais estúpida que já tinham visto. Os atores, o diretor e o escritor não foram mencionados. Anouk ficou perplexa tanto por ter sido destacada na resenha quanto pela reação desagradável e infantil dos colegas, que se dirigiram a ela com crueldade, acusando-na de plantar a resenha, subornar um jornalista e "se exibir com o refletor".

Anouk estava confusa, mas eu não. Eu tinha visto Oscar Hobbs no salão, e não era difícil ver o dedo dele em tudo isso. Para mim, era simplesmente cômico. Os deuses podem pisotear e salivar sobre os mortais como o restante de nós, não podem? Anouk tinha um daqueles corpos que demandavam atenção extasiada dos homens, e Oscar Hobbs era só um homem, afinal. Como eu disse, era cômico, nada mais que isso, e embora eu goste de assistir à confusão dos familiares, amigos e colegas, não consigo guardar segredos por muito tempo. Então, naquela noite, quando Anouk desligou o telefone depois de uma longa discussão com o produtor da peça, eu contei a ela.

— Por que não me contou? — gritou ela.

— Foi o que acabei de fazer.

Ela contraiu o rosto de tal forma que seus olhos, seu nariz e sua boca ficaram menores que uma tangerina.

— O que é que ele quer? — disse ela, mais calma.

Apontei para o corpo dela e falei:

— Adivinha.

— Mas ele pode ter quem ele quiser!

— Vai ver é por causa de alguma coisa que você falou para ele no cassino. O que foi?

— Nada.

— Sem essa.

— Tá legal — disse ela. — Falei que a alma dele tem uma dessas manchas que se espalham quando você tenta limpar.

•

Dois dias depois eu estava no trabalho, do lado de fora do prédio, fumando um cigarro com meu chefe, Smithy, e pensando que tinha de sair logo daquele emprego e que jamais me perdoaria se não apontasse a culpa dos meus colegas no caminho. Eu me perguntava se eles soltariam rojões com a minha saída quando vi um Porsche Spyder se dirigir até uma área em que era proibido estacionar e parar ali mesmo. Foi num carro desse que James Dean morreu. Era um carro bonito. Eu também morreria em um desse, se pudesse ter um.

Smithy falou:

— Enche os olhos com isso.

— É o que estou fazendo.

Oscar saiu do carro e caminhou até nós.

— Jasper.

— É Oscar Hobbs! — disse Smithy, em choque.

— Isso mesmo — respondeu ele.

— Esse deve ser o problema de ser famoso — falei. — Todo mundo lhe diz o próprio nome.

— Jasper. Posso falar com você um minuto?

— Claro — respondi, e, virando-me para Smithy, pedi licença.

Smithy fez que sim todo entusiasmado, ainda com aquele rosto embasbacado, como se ele tivesse acabado de encontrar uma vagina em sua própria genitália.

Oscar e eu fomos até uma pequena área ensolarada. Ele parecia nervoso.

— Eu me sinto meio ridículo vindo falar com você sobre isso.

— Isso o quê? — perguntei, adivinhando a resposta.

— Anouk foi até meu escritório e falou à beça por causa daquela resenha.

— É mesmo?

— Eu também mandei publicar uma matéria sobre uma manifestação ambiental de que ela participou. Mas ela estava furiosa. Eu não entendo. Ela me odeia, não é?

— Não é pessoal. Ela odeia os ricos.

— O que posso fazer para ela gostar de mim?

— Se puder demonstrar que é oprimido de alguma forma, isso ajudaria.

Ele acenou a cabeça ritmicamente, como se ao som de uma batida.

— O que você quer com a Anouk, afinal? Parece que você está realmente se esforçando. Eu vi as mulheres com quem costuma sair. Anouk é legal, e ela é bonita, mas isso não faz sentido. Você pode conseguir a supermulher que quiser. O que é?

— Acontece, Jasper, que o mundo está cheio de pessoas comuns. Algumas são bonitas, outras não. O que é raro são as pessoas extraordinárias, interessantes, originais e criativas que pensam por conta própria. Agora, enquanto espero essa mulher extraordinária, e tenho que passar o tempo com uma mulher comum, você acha que vou escolher uma mulher comum bonita ou uma mulher comum feia?

Não havia necessidade de responder aquilo, então não respondi.

— Mulheres como Anouk são mais raras do que você pensa.

Quando ele foi embora, Smithy falou, como quem não quer nada:

— Como você conheceu Oscar Hobbs?

— Por aí — falei, e uma vez que sou patético como qualquer ser humano, e com o mesmo ego enorme, durante o resto do dia me senti alguém importante.

Mas eu ainda estava confuso. Aquele homem não estava correndo atrás de Anouk feito um dragão bufando, ele estava mesmo encantado com ela, e ela o estava humilhando! O poder pode ser afrodisíaco, mas o preconceito é broxante, e claramente mais forte. Lembro que uma vez ela me arrastou para um comício em que o orador dizia que os barões da mídia eram dominados pelo governo, e um mês depois a outro comício em que o orador dizia que o governo era dominado pelos barões da mídia (ela concordou com os dois), e lembro que tentei explicar para ela que só parece ser assim, porque, por coincidência, o governo e os barões da mídia tinham exatamente as mesmas prioridades: matar as pessoas de susto e mantê-las constantemente paralisadas de terror. Ela não ligou. Decretou seu ódio eterno por ambos os grupos, e nada podia dissuadi-la do contrário. Comecei a pensar no rosto rico e bonito de Oscar como um modo divertido de colocar à prova a força e a vitalidade dos preconceitos dela.

•

Cheguei em casa ao entardecer e, absorto em minhas fantasias, caminhei pelas sombras que avançavam sobre o labirinto. Era um de meus momentos preferidos no mato — o cair da noite. Quando me aproximei da cabana, vi a Inferno na Torre na varanda, esperando por mim. Nós corremos para dentro e fizemos amor e, durante o ato, estudei diligentemente seu rosto, para ter certeza de que ela não estava pensando em outra pessoa que não fosse eu. Para ser honesto, eu não saberia dizer.

Meia hora depois, ouvi uma voz à porta.

— Toc toc — disse a voz.

Fiz uma careta. Era meu pai. Levantei da cama e abri a porta. Ele estava usando um roupão de banho que havia comprado meses antes, e a etiqueta com o preço continuava pendurada na manga.

— Ei, me conte alguma coisa sobre essa sua namorada — falou ele.

— Shhh, ela está dormindo.

Saí para a varanda e fechei a porta atrás de mim.

— O que tem ela? — perguntei.

— Ela toma pílula?

— De que forma isso poderia ser da sua conta?

— Toma?

— Por acaso, não. Ela é alérgica.

— Ótimo!

Respirei fundo, determinado a tolerá-lo com toda a paciência que eu tinha guardada. O riso dele secou a fonte.

— Tá legal. Você ganhou. Fiquei curioso. Por que é ótimo que a minha namorada não tome pílula? É melhor você ter uma boa resposta.

— Porque isso significa que você usa camisinha.

— Pai. *E da-í?*

— Pode me emprestar umas?

— Camisinhas? Para quê?

— Para colocar no meu...

— Eu sei para que servem! Eu só achei que prostitutas trouxessem camisinha.

— Você não acha que eu possa dormir com alguém que não seja uma prostituta?

— Não, não acho.

— Não acha que eu possa atrair uma cidadã comum?

— Como eu já disse, não.

— Que filho!

— Pai — comecei, mas não consegui pensar em um fim para a frase.

— Bem, você tem ou não?

Entrei no quarto, peguei algumas camisinhas na mesa de cabeceira e as entreguei a ele.

— Só duas?

— Tá legal, leve o pacote inteiro. Divirta-se. Mas sabe, eu não sou uma farmácia.

— Obrigado.

— Espera... essa mulher. É uma mulher, não é?

— É claro que é uma mulher.

— Ela está na casa agora?

— Sim.

— Quem é? Onde vocês se conheceram?

— Não vejo de que forma isso poderia ser da sua conta — ele falou, e se afastou da varanda com uma leve cadência em seu caminhar.

Coisas estranhas estavam acontecendo. Anouk estava sendo perseguida por um homem considerado pela revista *Guess Who* o melhor partido da Austrália, e meu pai estava dormindo com uma desconhecida não profissional. Novos dramas causavam comoção no labirinto.

•

Os pássaros matutinos, aqueles pequenos despertadores cobertos de penas, me acordaram por volta das 5. A Inferno na Torre não estava na cama ao meu lado. Dava para ouvi-la chorando na varanda. Fiquei deitado na cama, escutando aqueles pequenos gemidos secos. Eram meio rítmicos. De repente, eu soube o que ela estava fazendo. Pulei da cama e corri para fora. Eu sabia! Ela tinha o frasquinho do tamanho de um vidro de mostarda pressionado contra a bochecha e estava depositando uma nova leva de lágrimas. Já estava quase cheio.

— Isso não é nada bom — falei.

Seus olhos piscaram de modo inocente. Aquilo me desconcertou. Dei um passo à frente e arranquei o frasco da mão dela.

— Devolva!

— Você nunca vai fazê-lo beber isso. Vai dizer que é o quê? Limonada?

— Devolva, Jasper!

Eu tirei a tampa, lancei para ela um olhar desafiador e virei o conteúdo goela abaixo.

Ela gritou.

Eu engoli.

Tinha um gosto horrível. Vou te dizer, mas que lágrimas amargas.

Ela me olhou com um ódio tão intenso que percebi que havia feito algo imperdoável. Pensei que aquilo podia me amaldiçoar por toda a vida, como perturbar uma múmia em sua tumba. Eu bebi lágrimas que não haviam sido derramadas por minha causa. O que aconteceria comigo agora?

Sentamos em nossos respectivos cantos para ver o sol nascer e o dia raiar. A mata começou a ganhar vida. Um vento soprou e as árvores cochicharam umas para as outras. Eu podia ouvir a Inferno pensando. Podia ouvir suas pálpebras tremendo. Eu podia ouvir seu coração batendo. Podia ouvir as cordas e a polia levantando o sol no céu. Às 9 ela levantou, em silêncio, e se vestiu. Depois me deu um beijo na testa, como se eu fosse um filho que ela tinha a obrigação de perdoar, e saiu sem dizer uma palavra.

Menos de dez minutos depois, senti alguma coisa, uma agitação. Aguceí os ouvidos e escutei vozes distantes. Vesti depressa o roupão, saí da cabana e fui atrás dessas vozes.

Então eu os vi juntos.

Meu pai havia prendido a Inferno em uma conversa. Meu pai, um labirinto dentro de um labirinto, estava falando com ela como se ocupado em alguma atividade vigorosa, como uma competição de derrubada de árvores. Eu deveria fazer alguma coisa? Deveria interrompê-lo? Deveria espantá-lo? Como?

Que ele não esteja perguntando sobre a alergia dela a pílula ou sobre sua predileção por camisinhas texturizadas em vez de aromatizadas, pensei. Não, ele não se atreveria. Mas o que quer que estivesse dizendo, eu tinha certeza de que estava fazendo mais mal do que bem. Eu os observei ansiosamente por mais alguns minutos, e então a Inferno foi embora com ele ainda falando. Em boa hora.

•

Naquela noite, fomos a um pub. Era uma noite cheia, e quando fui buscar as bebidas, levei uma cotovelada atrás da outra. Todos se amontoavam no balcão, tentando chamar a atenção do garçom. Alguns clientes insistentes balançavam o dinheiro no ar como que para dizer: “Olha! Eu tenho dinheiro de verdade! Você tem que me atender primeiro! Os outros querem pagar com ovos!"

Quando voltei para a Inferno, ela falou:

— Precisamos conversar.

— Achei que estivéssemos conversando.

Ela não disse nada diante daquilo. Nem sequer confirmou ou negou que estávamos conversando.

— Além do quê — falei —, por que precisa prefaciar uma conversa dizendo que precisamos conversar? É só conversar!

Eu estava ficando agitado, porque meio que sabia o que viria depois. Ela ia terminar comigo. De súbito, o inverno tomou conta do meu corpo.

— Continue — falei. — Estou escutando.

— Você não vai tornar isso mais fácil para mim, não é?

— É claro que não. O que eu sou, um santo? Acha que eu sou uma pessoa especialmente altruísta? Eu amo meus inimigos? Sou voluntário em algum sopão comunitário?

— Fique quieto, Jasper, e me deixe pensar.

— Primeiro você quer falar. Agora quer pensar. Já não pensou tudo que tinha que pensar? Aposto que saiu de casa com um discurso pronto na cabeça. Não me diga que está improvisando! Não me diga que isso é algo que você acabou de resolver!

— Jesus Cristo! Apenas fique em silêncio por um minuto!

Quando sinto que alguém está prestes a me machucar emocionalmente, é muito difícil resistir à tentação de agir como um garotinho de 5 anos. Naquele momento, por exemplo, era tudo que eu podia fazer para me impedir de contar os sessenta segundos em voz alta.

— Acho que a gente devia dar um tempo — falou ela.

— Um tempo quer dizer uma pausa demorada, ou um tempo quer dizer terminar?

— Acho que a gente precisa parar de se ver.

— Isso tem alguma coisa a ver com o meu pai?

— Seu pai?

— Eu vi vocês conversando hoje de manhã depois que você saiu da cabana. O que ele falou?

— Nada.

— Ele não pode não ter dito nada. A vida inteira ele nunca ficou sem dizer nada. Além disso, vocês ficaram conversando por pelo menos dez minutos. Ele falou mal de mim?

— Não, nada. Verdade.

— Então o que é? É por que eu bebi suas lágrimas?

— Jasper... eu ainda estou apaixonada pelo Brian.

Eu não disse nada. Não era preciso ser um neurocirurgião para entender aquilo. Ou um cientista da Nasa. Ou um Einstein. Então pensei: Eu não acho que neurocirurgiões, ou cientistas da Nasa, ou mesmo Einstein sejam assim tão brilhantes quando se trata de mapear as emoções humanas. E, de todo modo, por que sempre neurocirurgiões, ou cientistas da Nasa ou Einstein? Por que não arquitetos ou advogados criminalistas? E por que não, em vez de Einstein, Darwin ou Heinrich Böll?

— Não vai dizer nada?

— Você está apaixonada pelo seu ex-namorado. Eu não preciso ser Heinrich Böll para entender isso.

— Quem?

Balancei a cabeça, levantei e saí do pub. Escutei a Inferno chamando meu nome, mas não me virei para trás.

Lá fora, irrompi em lágrimas. Que droga! Agora eu teria de ficar rico e ser bem-sucedido para que ela se arrependesse de ter me dado um fora. Mais uma coisa a ser feita nessa vida curta e atarefada. Cristo. A lista está crescendo.

Eu não conseguia acreditar que nosso namoro já era. E o sexo! Aquela conjunção fortuita dos nossos corpos, tudo acabado! Calculei que era melhor assim. Eu nunca quisera alguém que gritasse no meu ouvido: "Eu te dei os melhores anos da minha vida!". Assim, os melhores anos da vida dela ainda estavam por vir.

E por quê? Vai ver ela *realmente* estava irritada porque eu tinha tomado as lágrimas dela e *realmente* estava apaixonada pelo ex-namorado, mas eu sabia que meu pai tinha falado alguma coisa que a desconcertara. O quê? O que é que ele tinha falado? É isso, pensei. Não me importa o que ele faz — ele pode escrever um manual do crime, instalar uma caixa de sugestões, colocar fogo em uma cidade, destruir uma danceteria, ser internado em um hospício, construir um labirinto, mas ele definitivamente não pode tocar em um fio de cabelo da minha vida amorosa.

Ele era uma espécie concentrada e malcheirosa de pandemônio, e eu não o deixaria arruinar minha vida outra vez. Se a Inferno podia romper comigo, eu podia romper com *ele*. Não me importava o que todos dizem — definitivamente, você pode romper com sua família.

Fui para casa planejando juntar todas as partículas de energia que pudesse e soltá-las bem na cara dele!

Fui direto até a casa dele. As luzes estavam apagadas. Abri a porta e entrei em silêncio. Ouvi um som estranho vindo do quarto. Ele devia estar chorando outra vez. Mas não parecia só choro. Pareciam gemidos. Bom, e daí? Endureci, resistindo aos encantos da compaixão. Fui até lá e abri a porta, e o que vi foi tão chocante que nem consegui fechá-la de volta. Meu pai estava na cama com Anouk.

— Saia daqui! — gritou ele.

Eu simplesmente não conseguia entender.

— Desde quando isso está acontecendo? — perguntei.

— Jasper, dê o fora daqui! — meu pai gritou outra vez.

Eu sei que deveria, mas meus pés pareciam estar tão atônitos quanto minha cabeça.

— Que piada!

— Por que é uma piada? — perguntou meu pai.

— O que ela está ganhando com isso?

— Jasper, deixe a gente em paz! — gritou Anouk.

Saí do quarto e bati a porta. Isso era realmente insultante. Anouk não quisera dormir comigo e tinha ido para a cama com o meu pai. Argh... e com as *minhas* camisinhas! E o que ela estava fazendo com o meu pai quando Oscar Hobbes vinha tentando levá-la para a cama? Isso era alguma telenovela patética? Meu pai era um homem que passara a maior parte da vida ausente das relações humanas e finalmente embarcava em uma com sua única confidente só para se tornar o ponto mais obscuro de um triângulo amoroso em que, se a lógica prevalecesse, ele perderia.

Bom, isso já não era problema meu.

•

Na manhã seguinte, levantei cedo. Decidi que o melhor a fazer era encontrar um quarto em uma república de drogados, algo barato e viável; assim, eu não desperdiçaria minhas poucas economias com moradia. Respondi a uma porção de anúncios nos jornais. Não havia muitos que não solicitassem especificamente, em caixa alta, alguém do sexo FEMININO. Parecia ser do conhecimento de todos que os homens não deram o tipo certo de salto evolutivo, aquele que lhes permitiria ordenar a própria bagunça. Os apartamentos e as casas que permitiam a existência masculina não eram tão ruins, mas já estavam ocupados. É claro que eu já sabia disso, mas foi só quando fiquei cara a cara com outros seres humanos que percebi que precisava ficar sozinho. Espera-se que sejamos civilizados uns com os outros, não só de vez em quando, mas *diariamente*. E se eu quisesse sentar de cueca e olhar pela janela da cozinha durante seis horas seguidas? Não, o isolamento de viver em uma cabana no centro de um labirinto me tornou inapto para coabitar.

No fim, optei por uma quitinete e aluguei a primeira que encontrei. Um cômodo e um banheiro e uma divisão entre a área principal e a cozinha, pequena, que se estendia ao longo de uma parede. Nada com que se entusiasmar. Não havia nada no apartamento sobre o que se poderia dizer: "Mas olhe isso! Tem _________ !" Não tinha nada. Era só um cômodo. Assinei o contrato, paguei o aluguel e o depósito caução e peguei as chaves. Entrei e sentei no chão do cômodo vazio e fumei um cigarro atrás do outro. Aluguei uma van, dirigi até minha cabana e a carreguei com todas as minhas coisas que valia a pena guardar.

Depois fui até a casa. Meu pai estava de pé na cozinha, vestindo o roupão de banho que *ainda* tinha o preço pendurado. Ele assobiava fora do tom enquanto cozinhava macarrão.

— Onde está a Anouk? — perguntei.

— Não sei.

Talvez com Oscar Hobbs, pensei.

O molho do macarrão estava espirrando, e em outra panela ele parecia estar cozinhando demais as hortaliças, como que para extorquir-lhes de cada nuança de sabor. Ele me encarou com um raro olhar de afeição e falou:

— Eu entendo que você tenha ficado um pouco chocado. Devíamos ter lhe contado. Mas de qualquer forma, agora você já sabe. Ei... quem sabe nós quatro não podemos sair um dia desses?

— Nós quatro quem?

— Anouk e eu e você e seu brinquedinho.

— Pai, eu estou indo.

— Eu não quis dizer esta noite.

— Não. Estou indo indo.

— Indo indo? Você quer dizer... indo?

— Encontrei um apartamento na cidade. Uma quitinete.

— Você já encontrou um lugar?

— É... e deixei um depósito caução e o aluguel das duas primeiras semanas.

Um calafrio percorreu seu corpo, um calafrio que eu pude ver.

— E quando você se muda?

— Agora.

— Agora?

— Vim dizer tchau.

— E as suas coisas?

— Aluguei uma van. Empacotei tudo de que preciso.

Meu pai alongou os braços e as pernas de uma maneira estranha, e com uma voz embotada e artificial, falou:

— Pelo visto não tenho escolha.

— Acho que não.

— E a sua cabana?

— Não vou levar comigo.

— Não, quero dizer...

Ele não terminou a frase. Ele não sabia o que queria dizer. Começou a respirar pesadamente pelas narinas. Estava tentando não parecer miserável. Eu estava tentando não me sentir culpado. Eu sabia que, ao me perder, ele estava perdendo a única pessoa que o entendia. Mas eu também me sentia culpado por outras razões; eu me perguntava o que aconteceria com a cabeça dele. E como eu podia deixá-lo com aquela cara? Aquela cara triste e solitária e apavorada?

— Precisa de ajuda com a mudança?

— Não, está tudo bem.

Era como se tivéssemos jogado a vida toda e o jogo estivesse terminando, e fôssemos tirar as máscaras e os uniformes e apertar as mãos e dizer: "Grande partida."

Mas não dissemos.

De repente, todo o ódio e rancor que eu sentia por meu pai evaporaram. Senti uma imensa pena dele. Eu o vi como uma aranha que acordou pensando que era uma mosca e não entendeu que estava presa em sua própria teia.

— Bom, é melhor eu ir andando — falei.

— Você tem telefone?

— Ainda não. Eu ligo quando instalarem.

— Certo. Bom, tchau.

— Até mais.

Quando me virei e saí, meu pai deixou escapar um breve ronco estrondoso, como o som de intestinos revoltos.

CINCO

Observação do autor: minha versão original deste capítulo foi parar no triturador de papéis assim que descobri, entre os cadernos do meu pai, os cinco primeiros capítulos de sua autobiografia inacabada. Eu tinha acabado de derramar minha história inteira e fiquei francamente irritado... sobretudo porque seu relato cobria melhor este período do que a minha versão dos acontecimentos. Não só a versão dele é mais concisa, porque não contém minha longa digressão sobre a recente abundância de calendários com fotos de padres sensuais, como também contradiz em grande parte a minha versão, e até mesmo parte do capítulo anterior (quatro), no qual trabalhei com afinco. Apesar disso, sob a influência de minhas duas estrelas guias, a impaciência e a preguiça, eu não corrigi nenhum trecho do Capítulo Quatro, e decidi publicar aqui a autobiografia inacabada do meu pai, com poucas edições, como Capítulo Cinco. A minha versão do Capítulo Cinco ainda está por aí — eu não joguei de fato no triturador. Com sorte, nos próximos anos terá valor de coisa rara — para quem der o lance maior.

~~Minha vida, de Martin Dean~~
~~A história de um solitário, de Martin Dean~~
~~A história de um perdedor, de Martin Dean~~
~~Nascido para ser nocivo, de Martin Dean~~

Autobiografia sem título de Martin Dean, de Martin Dean

Capítulo um

Por que escrever esta autobiografia? Porque é o privilégio da minha classe. Agora, antes que você comece a gritar, eu não estou falando da classe trabalhadora, da classe média ou da classe alta. Estou falando da verdadeira luta de classes: as celebridades versus os idiotas comuns. Goste ou não, *eu* sou uma celebridade, e isso significa que *você* está interessado em quantas folhas de papel higiênico *eu* uso para limpar a bunda, ao passo que *eu* não tenho nenhum interesse em saber se *você* sequer limpa a bunda. Você sabe como a relação funciona. Não vamos fingir que é diferente.

Todas as celebridades que escrevem suas biografias pregam a mesma peça nos leitores: contam algumas verdades terríveis e degradantes sobre si mesmas, fazendo-os pensar que elas devem ser pessoas honestas, e então vêm com as mentiras. Eu não vou fazer isso. Só vou contar a verdade, mesmo que acabe fedendo a adubo. E, para que você saiba, entendo que uma autobiografia deve cobrir os primeiros anos da minha vida (por exemplo, Martin Dean nasceu em tal data, foi para tal escola, engravidou acidentalmente tal mulher e assim por diante), mas eu também não vou fazer isso. A minha vida até um ano atrás não é da sua conta. Vou começar do momento em que uma grande mudança ocorreu em minha vida.

•

Eu tinha 41 anos na época, estava desempregado e sobrevivendo de pensão alimentícia, mesmo sendo o pai. Confesso que este não é o espírito que fez de nosso país uma grande nação, mas é o espírito que permite que você vá à praia em um dia de semana e a veja cheia de gente. Uma vez por semana eu me ocupava no centro de assistência social, mostrando-lhes uma lista de empregos que eu não procurara, e isso estava consumindo cada vez mais energia e imaginação. Eu lhe digo, os empregos lá fora estão cada vez mais difíceis de não conseguir. Alguns empregadores estão contratando qualquer um!

Para completar, eu estava passando pelo processo humilhante de envelhecimento. A toda parte que eu ia, me deparava com minhas lembranças, e tinha aquela sensação fétida de traição, de ter traído meu destino. Eu desperdicei muitos meses pensando na minha morte, até que comecei a me sentir como a morte de um tio-avô que eu não sabia que tinha. Foi nessa época que me tornei viciado em programas de rádio, e escutava sobretudo idosos que saíram de casa um dia e simplesmente não reconheceram nada, e quanto mais eu escutava suas queixas intermináveis, mais percebia que eles estavam, à sua própria maneira, fazendo o mesmo que eu: protestando contra o presente como se fosse um futuro que ainda temos a opção de votar contra.

Não havia dúvida: eu estava em crise. Mas, devido a mudanças recentes nos padrões comportamentais de diferentes grupos etários, eu tinha dificuldade para determinar que tipo de crise era essa. Como poderia ser uma crise de meia-idade se a faixa dos 40 anos era a nova faixa dos 20; a dos 50 era a nova faixa dos 30; e a dos 60, a nova faixa dos 40? Onde eu estava? Eu tinha de ler o suplemento sobre estilo de vida nos jornais de domingo para ter certeza de que não estava na puberdade.

Se ao menos isso fosse o pior!

De súbito, eu me senti flagelado pelo fato ridículo de viver em um labirinto que eu mesmo havia projetado. Eu tinha medo de um dia ser lembrado por isso, e ao mesmo tempo tinha pavor de simplesmente não ser lembrado, ao contrário do meu maldito irmão, que *continuava* sendo lembrado, continuava sendo o foco dos afetos de meus compatriotas, ainda pipocava em livros pseudocultos sobre os personagens que tipificam a Austrália, em pinturas, romances, histórias em quadrinhos, documentários, filmes para televisão e ocasionais teses acadêmicas. De fato, meu irmão havia se tornado uma indústria. Fui até a biblioteca e encontrei nada menos que 17 livros que narravam (incorretamente) a história de Terry Dean, bem como incontáveis referências a eles em livros sobre esporte australiano, crime australiano e aqueles que abordavam o tema narcisista e tedioso de determinar nossa identidade cultural. E o cume da *minha* vida criativa foi construir um labirinto idiota!

Eu me perguntava por que ninguém me impedira. Perguntava-me por que meu amigo Eddie me emprestara dinheiro com tanta boa vontade, sabendo muito bem que um homem que vive em um labirinto projetado por ele mesmo certamente vai enlouquecer. Além do mais, eu não o paguei de volta, e ele *continuou* me ajudando. Aliás, quando penso nisso, ele me emprestou dinheiro impiedosamente desde que o conheci, em Paris, e — o que é ainda pior —, de forma brutal e inconsciente, nunca pediu de volta. Nunca! Eu me convenci de que ele tinha um motivo oculto. Fiquei paranoico com isso, e percebi que odiava meu melhor amigo. Quando pensava em seus gestos e expressões em minha companhia, tinha a impressão de que ele também me odiava, e pensei que no mundo inteiro os amigos devem odiar uns aos outros e não devem se incomodar com isso, mas *eu* estava incomodado diante da convicção de que Eddie na verdade me odiava. E estava incomodado por não ter percebido isso antes.

Como se tudo isso não bastasse, descobri, para minha vergonha, que perdera completamente o interesse por meu filho. Não sei bem por quê. Talvez a novidade de ver como seriam meus olhos e meu nariz no rosto de outra pessoa tivesse finalmente me cansado. Ou talvez porque eu sentia que havia algo de abatido, covarde, impaciente e áspero em meu filho, algo que eu reconhecia em mim. Ou talvez porque, apesar de uma vida inteira tentando influenciá-lo com minha personalidade, ele tivesse conseguido se tornar completamente diferente de mim. De alguma forma, ele se tornou sonhador e otimista e levava muitíssimo a sério um pôr do sol, como se o resultado desse acontecimento não fosse sempre o anoitecer, e como se ele, o sol, pudesse congelar logo acima do horizonte e começar a subir outra vez. Jasper parecia se divertir caminhando ao ar livre, escutando a terra e acariciando as plantas. Imagine! Meu filho! Isso não é motivo para se afastar? Mas, para ser honesto, talvez eu tenha perdido o interesse nele porque ele perdeu o interesse em mim.

Eu era cada vez mais incapaz de conversar com ele, ou mesmo falar com ele, e cada vez mais os intervalos de silêncio entre nós aumentavam, e eu já não conseguia emitir uma única palavra sem lhe causar repugnância, ou mesmo fazer um único som, nem "Ah", nem "Hmm". Em cada olhar e gesto, eu sentia que ele me acusava por todo crime de paternidade possível, com a exceção do infanticídio. Ele se recusava totalmente a me contar sobre sua vida amorosa, sexual, profissional, social ou pessoal. De fato, havia agora tantos assuntos que ele me proibira de discutir que eu estava esperando que ele tornasse ilegal o "bom-dia". Pensei: Não é a minha conversa que é desagradável para ele, é a minha própria existência. Se eu o cumprimentava sorrindo, ele franzia a testa. Se eu franzia a testa, ele sorria. Ele se empenhava imensamente em se tornar o meu oposto. Que ingratidão! Depois de tudo que tentei lhe ensinar — que há quatro tipos de pessoas no mundo: aquelas que estão obcecadas pelo amor; aquelas que o têm; as que, quando crianças, riem de pessoas retardadas; e as que riem delas durante a idade adulta e a velhice. Uma verdadeira mina de ouro de sabedoria, certo? Mas esse meu filho ingrato escolheu rejeitar tudo, totalmente. É claro, eu sabia que ele não tinha como não se sentir confuso com as diretrizes contraditórias que propaguei para ele a vida toda: não siga o rebanho, eu pregava, mas não fique tão desgraçadamente de fora quanto eu. Aonde ele podia ir? Nenhum de nós sabia. Mas veja: mesmo sendo um pai de merda, você ainda se aflige por seus filhos, ainda é vulnerável à dor que eles sentem. Acredite em mim, mesmo sofrendo na poltrona diante da TV, você ainda sofre.

Esta era minha situação psicológica quando a grande mudança aconteceu.

•

Eu não me sentia bem. Não era nada que eu pudesse identificar. Eu não sentia náusea e não tinha nenhuma dor. Não tinha acúmulo de catarro nem fezes de cor estranha. Era completamente diferente da doença da minha infância e da época em que minha mãe colocou veneno de rato em minha comida. Eu só me sentia um pouco excêntrico, uma sensação parecida com aquela que tive quando, quatro meses depois da data, percebi que havia esquecido meu próprio aniversário. Mas não havia mesmo nada errado comigo fisicamente? Bom, havia uma coisa, embora fosse mais esquisita que qualquer outra. Detectei um leve odor estranho saindo da minha pele. Muito leve. Na verdade, quase não havia odor. Às vezes eu não conseguia senti-lo. Mas outras vezes eu sentia e gritava: "Aí está ele outra vez!"

Certa manhã descobri o que era.

Qualquer um com uma imaginação exacerbada, sobretudo se for muito negativa, nunca deve se surpreender com nada. Sem dúvida, a imaginação é capaz de apreender desastres iminentes quando eles estão prestes a acontecer, sobretudo se você mantém as narinas abertas. As pessoas podem ler o futuro com precisão: elas têm o dom de ver ou o dom de adivinhar? Isso foi exatamente o que a minha imaginação fez aquela manhã. Eu vi todos os amanhãs possíveis, e então os reduzi, em um breve instante, a apenas um. Aquele que declarei em voz alta:

— Merda! Tenho uma doença terminal!

Adivinhei: câncer. Tinha de ser câncer; não podia ser outra coisa senão câncer, porque sempre foi essa doença que assombrou meus pesadelos, desde que vi minha mãe devorada pela rainha de todas as doenças. Mesmo se você teme a morte diariamente, há certas mortes que você descarta — escorbuto, lula gigante, piano em queda —, mas ninguém que ainda tenha uma célula cerebral tagarelando na cabeça pode descartar câncer.

Então! Era isso! Morte! Eu sempre soube que um dia meu corpo se livraria de mim! A vida inteira me senti como um soldado solitário capturado em território hostil. Em toda parte havia inimigos da minha causa — costas, pernas, rins, pulmões, coração —, e eles finalmente concluiriam que a única forma de me matar era uma missão kamikaze. Nós todos afundaríamos.

Corri para fora de casa e atravessei depressa o labirinto. Percorrendo rapidamente os subúrbios verdes, fiquei horrorizado de ver que tudo estava banhado pelo brilhante sol do verão. É claro que estava — nada traz à tona a luz do sol mais rápido que o câncer. Fui direto ao médico. Fazia anos que eu não consultava um, e fui ao que ficava mais perto da minha casa. Eu precisava de qualquer médico, desde que ele não fosse gordo demais (devemos suspeitar de médicos obesos tanto quanto de cabeleireiros carecas). Eu também não precisava que ele fosse um gênio; eu só precisava que ele confirmasse o que eu já sabia. DR. P. SWEENY, dizia a placa de metal na porta. Entrei correndo no consultório. Estava escuro lá dentro, o escuro de uma sala em que tudo é marrom: os móveis, o carpete, o humor do médico. Marrom. Ele estava lá tamborilando os dedos sobre a mesa, um homem de meia-idade com uma expressão plácida e uma cabeça cheia de cabelo castanho e grosso. Era um desses homens que nunca ficam carecas, que vão para o túmulo precisando de um corte de cabelo.

— Sou o Dr. Peter Sweeney — falou ele.

— Eu sei que você é doutor. Não precisa esfregar na minha cara. Você não sabe que o título só é útil para enviar correspondência, para distingui-lo de todos os despretensiosos *Srs.* Peter Sweeney do mundo?

O médico reclinou a cabeça alguns milímetros, como se eu estivesse cuspindo.

— Desculpe — falei —, acho que estou um pouco estressado. E daí que você se refere a si mesmo como doutor? Deu duro para ter o direito de enfiar a cabeça dentro do corpo humano! Afundado em vísceras o dia todo, deve querer que todos saibam que é um doutor porque assim eles não lhe oferecem sobras ou um prato de miúdos. Que direito eu tenho de julgar o título de um homem?

— Você parece muito tenso. Em que posso ajudá-lo?

— Tenho certeza de que tenho câncer — falei. — E só quero que você faça o que tiver que ser feito para confirmar ou negar isso.

— Que tipo de câncer você acha que tem?

— Que tipo? Eu não sei. Qual é o pior tipo?

— Bom, câncer de próstata é o mais comum para homens em sua faixa etária.

— Você tem a minha idade!

— Está bem... *nossa* faixa etária.

— Bom, meu câncer não será do mais comum, isso eu posso garantir. Qual é o pior tipo? E estou falando do pior de todos.

— Você fuma?

— Às vezes.

— Se eu fumasse, o câncer que eu não desejaria para mim, por medo de me culpar até o túmulo, é câncer de pulmão.

— Câncer de pulmão. Eu sabia! É esse. Isso é o que eu tenho.

— Você parece ter muita certeza.

— Tenho certeza.

Embora estivesse obscurecido atrás da mesa, ele fez um movimento como se tivesse colocado a mão na cintura.

— Está certo — disse ele, finalmente. — Vou pedir os exames. Não são agradáveis.

— Câncer de pulmão também não.

— Quanto a isso, você tem razão.

•

Não vou detalhar as semanas que se seguiram — os exames invasivos, os períodos cruéis de espera, a ansiedade de revirar o estômago. É claro que Jasper não notou nada, mas Anouk percebeu que havia algo de errado. Ela ficou me cercando para que eu contasse o que era, mas mantive a boca fechada. Eu queria ter cem por cento de certeza antes de contar a qualquer um. Não queria que eles ficassem esperançosos.

Já tinha se passado um mês quando voltei ao consultório do Dr. Sweeney para saber os resultados. Durante o período de espera, fui atormentado pela esperança, e nada que eu fiz foi capaz de afastar aqueles sentimentos otimistas ridículos.

— Entre, Sr. Dean. Como está se sentindo?

— Não vamos perder tempo. É câncer, não é?

— É, sim.

Antigamente, os médicos não lhe contavam que você estava morrendo. Era considerado uma violação da ética. Agora é o oposto. Eles mal podem esperar para contar.

— Câncer de pulmão.

— Receio que sim. Como sabia?

Cristo! Era verdade! Eu estava sendo assassinado *pelo meu próprio corpo!* Caí na risada.

Então parei de rir... lembrei por que havia começado.

•

Saí do consultório do médico impressionado. Então! Meu eterno pessimismo se mostrou totalmente justificado. Imagine se eu tivesse sido otimista o tempo todo! Eu não estaria me sentindo enganado? Sim, eu estava me preparando para uma morte lenta e violenta. E eu não durmo em paz, então morrer em paz durante o sono estava fora de cogitação. O melhor que eu podia esperar era, talvez, morrer de ataques espasmódicos durante o sono. Ah, meu Deus... de repente, todas as mortes possíveis caíram no improvável. Com que frequência um homem morrendo de câncer morre subitamente asfixiado por um osso de frango? Ou é decapitado por pular em cima da cama sem prestar atenção ao ventilador de teto? Ou morre envenenado por amianto? Ou de obesidade? Não, não havia tempo suficiente para ficar fatalmente gordo. Quando muito, minha doença me tornaria mais magro.

Nas semanas seguintes, eu estava emocionalmente abalado. Qualquer coisa me fazia chorar. Eu chorava diante de comerciais de televisão, diante das folhas de outono ficando marrons. Uma noite Jasper entrou e me pegou soluçando por causa da morte de algum pop star idiota de quem eu nunca tinha ouvido falar. Ele tomou um tiro na cabeça e morreu na hora, o sortudo!

O que me fazia chorar era o medo de não conseguir me matar quando minha qualidade de vida ficasse abaixo da média, quando minha tarefa diária consistisse em escolher entre dor e analgésicos, entre a desolação da doença e a destruição do tratamento. Mesmo tendo refletido a vida toda sobre a morte, minha existência ainda parecia algo permanente e estável sobre o planeta — algo confiável, feito rocha. Agora que, para seu contentamento, o câncer estava fazendo metástase, o ateísmo parecia muita crueldade para comigo mesmo. Implorei a meu cérebro para reconsiderar. Pensei: Eu não vou sobreviver em algum lugar, de alguma forma? Posso acreditar nisso? Por favor? Por favor, por favor, posso acreditar na alma eterna? No céu, ou em anjos, ou no paraíso com 16 belas virgens esperando por mim? Por favor, por favor, posso acreditar nisso? Olha, eu nem mesmo preciso das 16 belas virgens. Pode ser uma única mulher, velha e feia, e ela nem precisa ser virgem, ela pode ser a alegria do povo do além. Aliás, pode não haver mulher alguma, e não precisa ser o paraíso, pode ser uma terra devastada... inferno, pode até mesmo *ser* o inferno, porque ao sofrer os tormentos de um lago de fogo, eu pelo menos estaria por lá para gritar "Ai!". Posso acreditar nisso, por favor?

Nenhum dos outros cenários pós-morte era confortador. A reencarnação sem a continuação da consciência... eu simplesmente não vejo sentido em ficar entusiasmado com isso. E a eternidade menos reconfortante de todos os tempos, que está ganhando cada vez mais popularidade e sobre a qual as pessoas não param de me falar, é que eu vou morrer mas minha energia vai continuar.

A minha *energia*, senhoras e senhores.

Minha energia vai ler livros e assistir a filmes? Minha energia vai submergir languidamente em um banho quente ou rir até a barriga doer? Sejamos claros: *eu* morro, minha *energia* se espalha e se dissolve na Mãe Terra. E esperam que eu fique entusiasmado com a ideia? Isso é tão bom quanto seria se me dissessem que meu cérebro e meu corpo morrem mas meu cheiro continua para enojar as gerações futuras. Não, sério. Minha energia.

Mas não posso prolongar minha existência em parte alguma? Minha existência real, e não alguma sombra carregada de coisas positivas? Não, eu simplesmente não consigo me convencer de que a alma seja outra coisa que não um nome romântico que demos à consciência, para que possamos acreditar que não rasga ou mancha.

Assim, então, o resto da minha vida seria um acúmulo de dor física, angústia mental e sofrimento. Normalmente, eu podia lidar com isso. Mas o problema era que, até morrer, eu só pensaria na morte. Decidi que se não pudesse passar um único dia sem pensar, eu me mataria. Por que não? Por que eu deveria lutar contra a morte? Eu não tinha como ganhar. E mesmo que, por algum milagre, eu ganhasse aquele round contra o câncer, e o seguinte? E o seguinte? Eu não tenho talento para a futilidade. Qual é o sentido de travar uma batalha perdida? Conquistar dignidade? Eu tampouco tenho talento para a dignidade. Nunca entendi o sentido disso, e quando escuto alguém dizer, "pelo menos tenho minha dignidade", eu penso: "Você acabou de perdê-la ao dizer isso."

No dia seguinte, acordei e resolvi não pensar em nada o dia todo. Então pensei: Estou pensando agora, não estou? E então pensei: Minha morte minha morte minha morte minha morte minha terrível e dolorosa morte!

Droga!

Eu tinha de fazer isso. Eu iria me matar.

E tive uma ideia: talvez eu devesse me matar em público. Por que não dedicar meu suicídio a alguma causa, fingindo morrer em protesto contra, sei lá, as políticas agrícolas esbanjadoras da OMC, ou a dívida do Terceiro Mundo, qualquer coisa? Lembram da fotografia do monge que se sacrificou? Aquilo, sim, é uma imagem duradoura! Mesmo que você esteja se matando para deixar a família desconsolada, escolha uma causa que valha a pena, chame a mídia, encontre um local público e se mate. Ainda que sua vida seja totalmente sem sentido, sua morte não precisa ser.

Na manhã seguinte, por acaso, escutei no rádio que havia um protesto na cidade mais ou menos na hora do almoço. Infelizmente, não era um protesto contra as políticas agrícolas esbanjadoras da OMC ou a favor do cancelamento da dívida do Terceiro Mundo; eram professores do ensino fundamental que queriam um aumento de salário e mais dias de férias. Tentei ver o lado bom. Era uma causa tão digna quanto qualquer outra, não era? Não creio que algum dos próprios professores fosse engajado o bastante para o autossacrifício, mas imaginei que minha contribuição à causa seria bem-vinda. Encontrei uma bolsa velha de lona e dentro joguei uma lata de combustível, um isqueiro no formato de um dorso feminino e alguns analgésicos. Eu não estava tentando enganar a morte; só esperava enganar a dor.

Sydney é uma das cidades modernas mais bonitas do mundo, mas quando me dou conta sempre estou na esquina da Drab Street com a Bleak Street, e sempre na parte da cidade em que não há nenhum lugar para sentar, e passo a manhã caminhando e fitando o rosto das pessoas ao passar por elas, pensando, "Até logo!". Agora eu iria morrer, mas pelo olhar daqueles queixos triplos, eu sabia que eles não ficavam muito atrás.

Cheguei ao protesto cerca de meio-dia. Havia pouca gente. Umas quarenta pessoas seguravam placas exigindo respeito. Eu não achava que alguém que precisasse exigir respeito fosse respeitado. Havia também uns dois cinegrafistas de TV. Eles pareciam jovens, provavelmente assistentes em seu primeiro ano no cargo. Eu não precisava de um jornalista experiente que tivesse se desviado de balas de franco-atiradores para me filmar; ocupei um lugar no protesto, ao lado de duas mulheres com olhar raivoso que eu não queria como professoras do meu filho, e entrei no estado mental em que precisava estar para me matar. Tudo que tinha de fazer era alimentar pensamentos cruelmente negativos sobre os habitantes do planeta. Quando senti que estava quase pronto, peguei os analgésicos, mas percebi que tinha esquecido de levar uma garrafa d'água. Fui até uma lanchonete próxima e pedi um copo d'água.

— Você precisa comer alguma coisa — disse a garçonete, então pedi um último desjejum: bacon, ovos, linguiças, cogumelos, feijões ao molho doce de tomate, torradas e café. Comi demais; a comida em minha barriga me deixou sonolento. Tinha acabado de pedir um segundo espresso quando vi alguém famoso saindo de um restaurante do outro lado da rua: um velho repórter de TV. Eu lembrava vagamente que aquele jornalista caíra em desgraça devido a algum escândalo. O que tinha acontecido? Isso me deixou intrigado. Ele tinha mijado nas calças na TV? Mentido sobre a situação do mundo e dito em rede nacional que tudo acabaria bem para todos? Não, não era isso.

Paguei a conta e fui até ele; estava prestes a lhe fazer perguntas para esclarecer os detalhes de sua humilhação pública quando uma garota saiu do restaurante, jogou os braços em volta do pescoço dele e o beijou calorosamente. Pensei: É claro, eu já fui beijado, mas ninguém nunca jogou os braços em volta do meu pescoço. Houve mulheres que os colocaram lá de modo gentil, ou que os abaixaram sobre minha cabeça como se estivessem vestindo um colete, mas jogar, nunca. Então a garota se afastou, e eu a reconheci também. Cristo, pensei. O que fazem essas duas celebridades, reúnem forças para duplicar sua fama?

Então me dei conta. Ela não é famosa! É a namorada do meu filho!

Bom, e daí? Por que eu deveria me importar? Isso não era muito grande na escala de tragédias. Era só um drama adolescente, do tipo que pode ver na novela do horário nobre. Mas, ao testemunhar aquilo, eu me tornara um personagem no melodrama barato; eu tinha de exercer meu papel até o fim, até o desfecho. Que irritante! Eu só queria um autossacrifício pacífico. E agora eu precisava "me envolver".

Desgostoso, deixei de lado o isqueiro e o combustível e fui para casa, sentindo um imenso alívio por ter caído no meu colo uma desculpa para continuar vivendo.

•

Quando cheguei em casa, Anouk estava em seu estúdio, esticada no sofá-cama que ela mesma tinha feito, escorada em uma montanha de almofadas. Eu sempre podia contar com Anouk para uma boa conversa. Cada um de nós dois tinha seus assuntos favoritos, ou assuntos padrão. O meu era o medo atordoante de cair tanto em meu próprio conceito a ponto de não me reconhecer nos espelhos e passar batido, fingindo não ter me visto. Para Anouk era sempre uma nova história espantosa das crônicas do inferno das relações modernas. Com frequência, ela me fazia morrer de rir relatando casos amorosos recentes, e eu sentia uma estranha pena por aqueles homens, embora fossem eles que a deixassem. Ela estava sempre se metendo em confusão — reunindo as pessoas erradas, dormindo com os ex-namorados das amigas, dormindo com os amigos dos ex-namorados, sempre na linha do jogo limpo, cambaleando na linha, às vezes caindo.

— O que você acha dessa garota com quem Jasper está saindo? — perguntei.

— Ela é bonita.

— É o melhor que a gente pode dizer sobre ela?

— Eu mal troquei duas palavras com ela. Jasper a esconde de nós.

— É natural. Ele se sente constrangido por mim — falei.

— E isso é natural?

— Eu me sinto constrangido por mim mesmo.

— Por que você está interessado?

— Eu a vi hoje, com outro cara.

Anouk sentou e olhou para mim com olhos brilhantes. Às vezes acho que, na verdade, o animal humano não precisa de alimento ou de água para sobreviver, só de fofoca.

— Tem certeza?

— Absoluta.

— Contou para ele?

— Ainda não.

— Não conte.

— Acho que eu tenho que contar, não? Não posso sentar e ver o meu filho ser feito de idiota por outra pessoa que não eu.

— Vou te dizer o que tem que fazer: não fale com ele; fale com ela. Conte para ela o que você viu. Diga a ela que se ela não contar, você vai.

— Não sei.

— Se você contar para ele vai ser desastroso. No mínimo, ele não vai acreditar. Vai achar que você tem inveja e está competindo com ele.

— Você acha que pais e filhos competem por sexo?

— Acho, mas não no sentido edipiano. Só no sentido comum.

Anouk levantou os joelhos e apoiou neles o queixo, e me olhou como se ponderando sobre contar ou não que tinha comida nos meus dentes.

— Já tive muitos relacionamentos — ela falou. — Quero dar um tempo. Acho que me tornei uma monógama em série. É constrangedor. O que eu queria mesmo era um amante.

— É, acho que isso seria bom para você.

— Um sexo amistoso com alguém que eu conheça.

— Boa ideia. Tem alguém em mente?

— Não sei. Talvez alguém como você.

Ela realmente disse isso. E eu realmente não entendi. Lerdo, lerdo, lerdo.

— Alguém como eu — refleti. — Você conhece alguém como eu?

— Uma pessoa.

— Como eu? Eu não iria querer conhecer esse cara. — O Jasper? Não poderia ser o Jasper, poderia? — Quem você conhece como eu?

— Você!

— Eu admito que existe certa semelhança — falei devagar, começando a entender.

Agora estava começando a ficar claro, como se estivesse vendo através de uma nuvem densa. Eu me inclinei para a frente na cadeira.

— Você não quer dizer...

— Sim.

— Mesmo?

— Sim.

— Mesmo?

— Sim!

— Não, mesmo?

Foi assim que começou tudo entre Anouk e eu.

Tornou-se algo regular. Deitado na cama com aquela mulher jovem e bonita, eu senti um orgulho patético e adolescente — este sou *eu* beijando esse pescoço! Esses seios! Estas são minhas mãos gastas apalpando esse corpo sublime! Esse relacionamento realmente me salvou. Eu tinha começado a perceber meus órgãos genitais como bestas imaginárias em algum poema épico escocês do século XIV.

Quando você dorme com uma amiga, a parte mais difícil é começar. Você não pode simplesmente pular para o sexo sem beijar, e beijar é algo muito íntimo. Se você beija do jeito errado, envia a mensagem errada. Mas nós tínhamos de beijar, para esquentar o motor, por assim dizer. Nunca nos beijávamos após o sexo, obviamente. Qual seria o propósito? Você não quer esquentar o motor depois que chegou ao destino, não é mesmo? Mas então começamos a fazer isso mesmo assim. Era confuso. Eu pensava que um sexo entre amigos devesse ser entusiasmado e revigorante. Eu estava pronto para isso. Sexo como diversão: pecaminoso, mas inofensivo, como sorvete de chocolate no café da manhã. Mas não era nem um pouco assim. Era delicado e afetuoso, e depois ficávamos nos braços um do outro, e às vezes até mesmo acariciávamos um ao outro. Eu não sabia como interpretar aquilo. Nenhum de nós sabia o que dizer, e foi para preencher um silêncio estranho que confiei a Anouk meu grande segredo, que eu estava, finalmente, realmente morrendo.

Ela reagiu pior do que eu imaginava. Na verdade, ela quase reagiu pior do que eu.

— *Não!* — gritou.

Então começou a enumerar ardentemente uma lista de terapias alternativas: acupuntura, ervas com nomes estranhos, uma certa cura apavorante chamada relaxamento da alma, meditação e a potência curativa do pensamento positivo. Mas você não pode afastar a morte com pensamento positivo; você pode muito bem tentar pensar "Amanhã o sol vai nascer no oeste. No oeste. No oeste". Não ajuda em nada. A natureza tem leis que é maníaca por aplicar.

— Veja, Anouk. Eu não quero passar o resto da vida lutando contra a morte — falei.

Ela me pediu todos os detalhes. Eu contei a ela tudo o que sabia. Ela sentiu tanta pena de mim que eu chorei.

Então fizemos amor em um furor de desejo que era absolutamente violento. Estávamos fodendo com a morte.

— Você contou ao Jasper? — ela perguntou depois.

— Sobre a gente?

— Não, sobre você.

Eu fiz que não sentindo-me vergonhosamente exultante, porque estava gostando da fantasia de que ele se arrependeria por me desprezar. Ele teria um ataque de nervos e choraria, dilacerado pelo remorso. Esse pensamento me animava um pouco. A culpa torturante de outra pessoa pode ser uma razão para viver.

Depois dessa discussão inicial, não conversamos muito sobre minha morte iminente, mas dava para notar que ela vinha pensando nisso pelo modo como tentava me convencer a doar meus órgãos cancerígenos aos pesquisadores. Então, numa noite fria, enquanto aquecíamos as mãos no arrebol do sexo feroz, ela perguntou:

— O que vai fazer pelo resto da vida?

Era uma boa pergunta; agora que o resto da minha vida não eram os bilhões de anos que eu presumira que seria, o que eu iria fazer? Pela primeira vez na vida, eu era um fracasso real. Um fracasso total. Eu já não conseguia nem ler. Que sentido havia em aprofundar minha compreensão do universo e dos cabeças de bagre que o habitam se eu já não estaria por aí para reclamar das minhas descobertas? Eu já sentia minha inexistência com amargura. Havia tanto que eu queria fazer! Pensei em todas as coisas que eu poderia ter sido. Quando as contei a Anouk, pareceram uma mais ridícula que a outra: montanhista, escritor de romances históricos, inventor de uma grande descoberta, como Alexander Graham Bell, que foi um precursor do disque-sexo.

— Algo mais?

— Tem uma coisa.

— O quê?

— Sempre achei que daria um bom Rasputin.

— Como assim? — perguntou ela.

Vasculhei entre meus cadernos e mostrei a ela um pensamento que tive sobre influenciar homens ricos e poderosos com minhas ideias, sussurrando ideias espetaculares em uma enorme orelha de ouro. Anouk se apegou a isso com a energia de uma lunática. Ela parecia pensar que se eu realizasse ao menos um dos meus sonhos, eu iria para o túmulo me sentindo satisfeito. Alguém vai para o túmulo satisfeito? A verdadeira satisfação não pode existir enquanto ainda restar um comichão para coçar. E não me importa quem você é, sempre existe um comichão.

•

Então, numa noite vazia, Jasper irrompeu no meu quarto com a notícia improvável de que Oscar e Reynold Hobbes estavam lá para me ver. Aparentemente, Anouk havia trazido para casa dois dos homens mais poderosos do planeta. Um intenso ódio por Anouk se agitou em mim. Que ato asqueroso de crueldade, conceder a um moribundo seu último desejo. Não dá para perceber que ele não queria isso? Seu verdadeiro desejo é não morrer.

Eu saí do quarto e os vi. Reynold, imperioso e resoluto; ele até piscava com autoridade. E o filho, o herdeiro, Oscar — sério e distinto, com sua boa aparência esteticamente gritante, ele era o produto perfeito da dinastia moderna (nas dinastias modernas, as gerações se reproduzem com top models para garantir à estirpe maçãs do rosto protuberantes). Senti um ódio intenso por aqueles dois homens também, tão seguros em seu destino. Eu tinha finalmente passado a acreditar em minha morte, mas não conseguia compreender a deles. Eles pareciam impenetráveis a tudo.

Reynold olhou para mim me medindo. Eu era dois números menor do que deveria.

E por que eles estavam na minha casa? Para escutar minhas ideias. Como Anouk tinha conseguido isso? Era extraordinário. Era a maior coisa que alguém já tinha feito por mim. Desenterrei alguns dos meus cadernos velhos e li umas ideias estúpidas que tive ao longo dos anos. Não importa que ideias eram essas, só que elas não provocaram reação alguma. Conforme eu lia, os dois homens pareciam ter o rosto feito de madeira maciça. Não havia nada de humano neles.

Depois de me ouvir, Reynold acendeu violentamente um charuto, e pensei: qual é a relação entre homens ricos e charutos? Eles pensam que câncer de pulmão é para a plebe enquanto câncer de língua os coloca em um patamar superior? Então Reynold mencionou a verdadeira razão pela qual estavam ali. Não era para ouvir minhas ideias, e sim para conseguir minha contribuição para uma minissérie de TV que eles esperavam fazer sobre a história de — quem mais poderia ser? — Terry Dean.

Eu não sabia o que dizer. Não pude dizer nada.

Reynold roçou uma das mãos na coxa, e de repente o filho disse:

— Bom, nós vamos embora.

Que trabalho em equipe! Que superconsciência!

E então eles saíram.

Eu saí para o labirinto, furioso com meu irmão morto, implorando ao cosmo que me deixasse voltar no tempo por apenas cinco minutos, o suficiente para cuspir no olho dele. Caramba, quão incansável era o fantasma dele? Ele transformou meu passado em uma vasta ferida aberta, não curada e incurável. Infectada e infecciosa.

Fazia frio lá fora. Caminhei pela noite como se caminhasse contra a correnteza de um rio. Minha decepção não era tão surpreendente: é claro que parte de mim queria ter sucesso. Ninguém pode ser um fracasso a vida toda, pode? Na verdade, sim. Esse era exatamente o problema.

— Marty!

Anouk. Ela vinha correndo em minha direção. Vê-la foi um grande alívio. Eu já não sentia raiva dela por ter soprado a chama do fantasma do meu irmão. Eu tinha Anouk. Eu tinha paixão feroz em meu currículo. Fazíamos amor de modo tão excitante que você pensaria que estávamos cometendo adultério.

— Me desculpe. Eu pensei que eles pudessem estar interessados de verdade.

— Eles só queriam o Terry. É sempre assim.

Anouk colocou os braços ao redor de mim. Senti o desejo percorrendo os espaços do meu corpo, um sol brilhante lançando sua luz nas sombras do meu câncer, e me senti fresco e jovem, e Anouk pôde sentir que isso estava acontecendo porque ela me abraçou mais forte e aconchegou o rosto no meu pescoço e o deixou lá durante aquele que pareceu um largo período.

Escutamos passos em algum lugar na mata. Eu a empurrei.

— O que é isso?

— Acho que é o Jasper.

— E?

— E você não acha que deveríamos manter isso entre a gente?

Anouk examinou meu rosto por um bom tempo.

— Por quê?

De algum modo eu sabia que ele levaria a mal. Eu tinha medo que a histeria dele pudesse afastar Anouk, pudesse fazê-la desistir da ideia toda. Ela talvez concluísse que dormir comigo não valia a dor de cabeça. Foi por isso que alguns dias depois iniciei a tarefa esquisita e nada invejável de interferir na vida amorosa do meu filho. Uma parte de mim sabia que, não importava o que eu fizesse, e por mais honradas ou desonradas fossem minhas intenções, o tiro sairia pela culatra. Bom, e daí? Não estava destruindo o casal mais sólido do mundo. A incompatibilidade entre eles não era óbvia pelo simples fato de ela ter encarado o desafio moral de ter um amante e ele não? Estou justificando, é claro. A verdade era que eu preferia que ele saísse furiosamente da minha vida à possibilidade de Anouk escorregar dos meus braços.

Eu não podia telefonar para a namorada dele, e não havia forma de pedir o telefone dela para Jasper sem que ele emitisse uma ordem de restrição contra mim, então uma manhã levantei cedo e fiquei vigiando a cabana dele, esperando ela sair, e quando saiu eu fui atrás dela. A frequência das relações deles, se não a seriedade, eu era capaz de apurar pelo modo hábil com que ela navegava pelo labirinto. Fui atrás dela, observando seu corpo curvilíneo balançar. Enquanto a seguia, eu me perguntava como se aborda a traição de alguém. Concluí que você simplesmente revela.

— Ei, você! — falei.

Ela se virou depressa e me deu o tipo de sorriso que é mesmo capaz de castrar um homem.

— Oi, Sr. Dean.

— Não me venha com isso. Tenho uma coisa para lhe dizer.

Ela olhou para mim com toda a paciência do mundo, doce e inocente. Eu fui direto ao ponto:

— Eu vi você outro dia.

— Onde?

— Beijando alguém que não era meu filho.

Ela soltou uma vaga exclamação e baixou o olhar.

— Sr. Dean — falou, mas isso foi tudo que ela disse.

— O que tem a dizer em sua defesa? Vai contar para o Jasper, ou eu conto?

— Não há motivo para contar para o Jasper. É assim: eu costumava sair com ele, e foi difícil para mim esquecer, e pensei... bom, não importa o que pense, ele não me quer mais. E eu não quero mais ele. E eu amo o Jasper. Eu só... por favor, não conte para ele. Vou terminar com ele, mas não vou contar.

— Eu não quero que termine com ele. Não me importa se você é namorada do meu filho ou não. Mas se é, não pode enganá-lo. E se enganar, tem que contar para ele. Olha, deixe eu te contar uma história. Uma época eu fui apaixonado pela namorada do meu irmão. O nome dela era Caroline Potts. Espere, talvez seja melhor eu começar do início. Todos querem saber a mesma coisa: como era Terry Dean quando criança? Eles esperam histórias de violência infantil e corrupção no coração de um bebê. Imaginam um criminoso em miniatura engatinhando pelo chiqueirinho, perpetrando atos de imoralidade entre uma mamada e outra. Ridículo! Hitler ia marchando a passo de ganso até o seio da mãe?

— Sr. Dean, eu preciso ir.

— Ah, bem, fico feliz de termos resolvido isso — falei, e conforme ela se afastava, eu não conseguia concluir o que é que tínhamos resolvido, se é que havia alguma coisa.

Mais tarde, naquela noite, Jasper me flagrou na cama com Anouk. Ele ficou pasmo. Não sei por que ficou tão constrangido — talvez o projeto edipiano seja mais eficaz em famílias destroçadas como a nossa; o desejo do filho de matar o pai e transar com a mãe é uma ideia menos repulsiva se for com a mãe substituta que o garoto quer dormir. Como que para confirmar minha teoria revoltosa, Jasper ficou muito magoado e até mesmo furioso. Suponho que em algum momento na vida nos rendemos a um ataque sem sentido que serve para nos roubar toda a credibilidade, e esse era o de Jasper. Não havia razão lógica para discutir sobre essa união física ocasional entre Anouk e eu, e ele também sabia disso, mas o que ele me disse em seguida foi que estava saindo de casa. Ficamos em silêncio por um minuto. Foi um minuto enorme, não comprido, mas largo e cavernoso.

A saída dele ameaçou durar um século, mas terminou surpreendentemente rápido. Depois que ele falou "eu te ligo", escutei a canção furiosa de seus passos se retirando e quis chamá-lo de volta e fazê-lo sentir-se culpado para que continuasse em contato comigo.

Ele se foi.

Eu estava sozinho.

Minha presença pesava tanto quanto um sorriso de concreto.

Então! Ele me deixou em minha fenda escura, em meu redemoinho de vento solitário. Filhos são uma perda total, não? Eu não sei como as pessoas podem conseguir deles qualquer satisfação duradoura.

Eu não conseguia acreditar que ele tinha ido embora.

Meu filho!

O esperma que escapou!

Meu aborto fracassado.

Saí e observei as estrelas tatuadas no céu da noite. Era uma daquelas noites magnéticas em que você sente que tudo é atraído para seu corpo ou repelido por ele. O tempo todo eu pensara que meu filho estava se esforçando para ser simetricamente oposto a mim, mas não... ele havia se tornado diametralmente oposto, e isso o afastara depressa.

•

Uma semana depois, eu me sentia perdido em uma nuvem escura e pesada. Anouk não aparecia havia dois dias e eu sentei em seu estúdio, cercado por genitálias de gesso, sentindo uma profunda vergonha por estar entediado. Que direito tem um moribundo de estar entediado? O tempo estava me matando e eu retaliava matando tempo. Jasper fora embora; Anouk me abandonara. A única pessoa que me restava era Eddie, mas eu só conseguia tolerá-lo por breves períodos. É uma pena que você não possa sair e ver as pessoas durante apenas dez minutos. Isso é todo o contato humano de que preciso para sobreviver por três dias — e depois preciso de mais dez. Mas não pode convidar alguém para ir até sua casa e ficar dez minutos. Eles ficam e ficam e nunca vão embora, e sempre tenho de dizer alguma coisa chocante, do tipo "Vá embora agora". Por muitos anos tentei os favoritos "Não vou segurá-lo por mais tempo" ou "Não quero tomar mais do seu tempo", mas nunca funcionou. Existem muitas pessoas que não têm nada para fazer e nenhum lugar para ir, e para elas não há nada melhor que esbanjar a vida inteira conversando. Eu nunca entendi isso.

Quando escutei a voz de Anouk chamando meu nome, uma rajada de pura alegria invadiu meu coração.

— Estou aqui! No estúdio! — gritei, e senti a palpitação do desejo sexual acelerar.

No mesmo instante tive a ideia imprudente de que deveria ficar nu. Eu mal me lembro de ter tirado a roupa, tal era o meu ardor por união, e quando ela apareceu na porta eu estava completamente pelado, sorrindo radiante para ela. No começo não entendi o franzir de testa em seu rosto; depois pensei em como eu vinha esperando de tocaia em meio à maior coleção de órgãos genitais do mundo, e que os meus, em comparação, não se comparavam. Em minha defesa, as genitálias ao meu redor estavam fora de escala.

Então ela falou:

— Hum, não estou sozinha.

E quem poderia meter a cabeça impecável pela porta senão Oscar Hobbes?

Em um testamento a sua frieza inabalável, ele foi direto ao ponto:

— Tenho uma novidade para você — falou. — Eu gostaria de ajudá-lo a realizar uma de suas ideias.

Senti que estava prestes a estilhaçar ou a congelar em um bloco sólido.

— Pelo amor de Deus, por quê? — falei depressa, e depois: — Qual delas?

— Pensei que poderíamos discutir isso. Qual delas mais gostaria de ver realizada?

Boa pergunta. Eu não fazia ideia. Fechei os olhos, respirei fundo e mergulhei em meu cérebro. Nadei bem fundo, e no intervalo de um minuto devo ter escolhido e descartado mais de uma centena de planos estúpidos. Então encontrei a que eu queria — uma ideia com asas. Minhas pálpebras arregalaram.

— Eu gostaria de começar fazendo de cada australiano um milionário — anunciei.

— Sábia escolha — falou ele, e eu imediatamente soube que nos entendíamos. — Como pretende fazer isso?

— Confie em mim. Eu pensei em tudo.

— Confiar em você?

— Como você é uma figura importante num conglomerado internacional, é claro que eu não posso confiar em você. Então você tem que confiar em mim. Quando for a hora, eu conto os detalhes.

Oscar dirigiu a Anouk o mais breve dos olhares, e então seus olhos voltaram-se para mim.

— Está bem — disse ele.

— Está bem? Espere um minuto... está falando sério?

— Sim.

No estranho silêncio que se seguiu a essa improvável sequência de acontecimentos, observei como o Oscar normalmente inexpressivo olhava para Anouk como se estivesse lutando contra algo em sua natureza. O que isso significava? Anouk lhe prometera favores sexuais? Ela fizera algum pacto estranho e desagradável para me favorecer? A suspeita trivial comprometeu meu sucesso repentino. É sempre assim — você nunca consegue uma vitória completa; sempre há restrições. Ainda assim, eu não hesitei em aceitar a oferta dele. Aquilo foi seguido por outro inesperado soco no estômago, o olhar esmagador de desilusão no rosto de Anouk, como se ao aceitar a oferta de Oscar eu tivesse revelado ser menos do que ela imaginava. *Isso* eu não conseguia entender. Tinha sido ideia dela, não tinha?

De todo modo, eu precisava aceitar. Que escolha eu tinha?

Meu tempo era escasso.

Capítulo dois

Começamos a ofensiva imediatamente. Primeiro a publicidade; precisávamos estimular o apetite do público. Oscar era esperto; ele não embromava. Já no dia seguinte, antes de discutirmos devidamente como esse esquema absurdo entraria em ação, ele colocou uma foto minha na primeira página dos tabloides diários com a manchete "Este homem quer tornar você rico". Um pouco sem jeito e não muito elegante, mas eficaz. E foi isso. O fim oficial da minha vida como homem invisível.

Havia um brevíssimo esboço da minha ideia, sem especificações, mas o que era mais irritante é que fui apresentado ao público australiano como "Irmão do emblemático fora da lei Terry Dean".

Rasguei o jornal em pedacinhos. Então o telefone começou a tocar, e do outro lado estavam as formas mais baixas de vida humana: os jornalistas. No que eu tinha me metido? Virar uma figura pública é como receber um rottweiler com carne nos bolsos. Todos eles queriam detalhes sobre como eu planejava fazer aquilo. O primeiro a se interessar pela história foi um produtor de TV de um programa de atualidades, querendo saber se eu daria uma entrevista.

— É claro que não — respondi, e desliguei. Foi mero reflexo.

— Você tem que divulgar o seu plano — disse Anouk.

— Que se foda — falei debilmente.

Eu sabia que ela tinha razão. Mas como eu poderia falar com aqueles jornalistas quando tudo que eu ouvia em minha cabeça, abafando as perguntas deles, eram ecos ruidosos de uma velha raiva? Acontece que eu era o tipo de pessoa capaz de guardar rancor por uma vida inteira. Eu continuava espumando diante de como a mídia assediara cruelmente minha família durante o surto de violência de Terry. O que eu iria fazer? Eles ligavam e ligavam e ligavam. Perguntavam sobre mim, sobre meu plano, sobre meu irmão. Vozes diferentes, as mesmas perguntas. Quando saía de casa, eu os escutava chamar no labirinto. Helicópteros andavam em círculos sobre minha cabeça. Eu entrava e fechava a porta e me enfiava na cama e apagava as luzes. Sentia que meu mundo inteiro estava em chamas. Eu havia provocado tudo, eu sabia, mas saber disso não ajudava em nada. Só piorava.

O programa de atualidades exibiu a história mesmo assim. Oscar Hobbs deu uma entrevista. Pelo visto ele não ia deixar que minha misantropia destruísse tudo. Para meu espanto, eles desenterraram imagens minhas da época dos assassinatos de Terry; como eu não via televisão naquela época, eu nunca as tinha visto. Lá estavam: a cidade que já não existia, que eu incendiei com meu observatório, e na televisão todos estavam vivos — minha mãe, meu pai, Terry, e até mesmo eu! Até mesmo o Martin de 17 anos! É impossível acreditar que alguma vez fui assim tão jovem. E tão esquelético. E tão feio. Na televisão, eu era só pele e osso me afastando da câmera com os passos firmes de alguém se movendo em direção a um futuro que ele não sabe que vai machucá-lo. Instantaneamente, estabeleci uma relação de amor e ódio com meu antigo eu. Eu me amava por avançar com tanto otimismo rumo ao futuro, e me odiava por ter chegado lá e estragado tudo.

Na manhã seguinte, fui até o prédio de Hobbes, uma fortaleza silenciosa e indiferente às estações do ano que ficava no centro da cidade: 77 andares de escritórios à prova de som, à prova de cheiro e à prova de pobres. Assim que entrei no saguão, soube que havia envelhecido dentro de meu nanossegundo de eternidade. As pessoas que passavam correndo por mim eram tão jovens e saudáveis que tive um ataque de tosse só de olhar para elas. Aquele era um novo tipo de homens e mulheres trabalhadores, totalmente diferente da raça de trabalhadores que esperam, febris de impaciência, que o relógio os liberte do cativeiro. Aqueles eram consumidores patologicamente estressados que trabalhavam o tempo todo, em setores chamados novas mídias, mídia digital e tecnologia da informação. Naquele lugar, velhos métodos e tecnologias não eram sequer lembrados, e quando o eram, as pessoas falavam deles com carinho, como se discutissem a morte de parentes embaraçosos. Uma coisa era certa: essa nova cultura de trabalhadores teria deixado Marx totalmente desnorteado.

Contrariando as expectativas, nem o escritório de Oscar nem o de Reynold ficavam no último andar, mas em algum lugar no meio do edifício. Ao entrar na recepção, simples mas estilosa, eu estava pronto para vestir minha cara de espera quando a secretária com seios em forma de cone falou:

— Pode entrar, Sr. Dean.

Para minha surpresa, o escritório de Oscar era pequeno e simples, com uma vista do prédio em frente. Ele estava ao telefone com alguém — que presumi ser seu pai — que o estava repreendendo, e que o fazia tão alto que escutei as palavras "Você é completamente idiota?". Oscar levantou as sobrancelhas, acenou para que eu entrasse e fez sinal para eu ocupar uma bela poltrona antiga de encosto reto que parecia desconfortável. Em vez disso fui até a estante de livros. Ele tinha uma coleção impressionante de edições originais — Goethe, Schopenhauer, Nietzsche (em alemão), Tolstói (em russo) e Leopardi (em italiano) — que traziam à mente alguns versos da poesia edificante deste último:

> O que era aquele amargo intervalo de tempo
> conhecido pelo nome Vida?

Oscar desligou o telefone com uma expressão que não estava totalmente clara para mim. E comecei meu ataque:

— Escuta, Oscar, eu não lhe dei permissão para começar a espalhar o nome do meu irmão. Isso não tem nada a ver comigo.

— Eu estou financiando esse plano. Não preciso da sua permissão.

— Ei, isso é verdade. Você não precisa.

— Ouça, Martin. Você deveria agradecer. Seu irmão, embora tenha sido, em minha opinião, um maníaco perigoso que a Austrália não deveria cultuar...

— É exatamente isso que ele foi! — gritei, entusiasmado até o último fio de cabelo. Porque é fato que ninguém jamais expressou essa opinião tão óbvia.

— Bom, qualquer cego pode ver isso. A questão é, ele é simplesmente adorado neste país, e a associação da sua imagem com a dele lhe dá as credenciais de que você precisa para ser levado a sério.

— Tá legal, mas eu...

— Você não quer que a mídia continue falando sobre isso. Este é o seu plano, e você quer estar sob os holofotes, e não quer o seu irmão, morto há tanto tempo, lançando uma sombra sobre você de lá do além.

— Cara, é exatamente isso.

— Depois desta primeira semana, você vai ter o reconhecimento que merece, Marty, não se preocupe.

Eu tinha de admitir, Oscar Hobbs era um verdadeiro gentleman. De fato, ele me encantava mais a cada vez que eu o encontrava. Ele parecia me entender num piscar de olhos. Pensei: Talvez as pessoas precisem compreender que nepotismo não necessariamente significa a ascensão de um idiota.

— Enfim, vamos aos detalhes. Qual é o seu plano?

— Tá legal. É simples. Está pronto?

— Estou.

— Certo. Escute isso. Com nossa população de uns 20 milhões de pessoas, se cada um na Austrália enviasse apenas 1 dólar por semana para certo endereço e esse dinheiro fosse dividido por vinte, *a cada semana* vinte famílias australianas se tornariam milionárias.

— É isso?

— É isso!

— Essa é a sua ideia?

— Essa é a minha ideia!

Oscar recostou na cadeira e fez uma cara pensativa. Era a mesma cara de sempre, só que um pouco menor e um pouco mais contraída.

O silêncio me deixou desconfortável. Eu dei mais alguns detalhes para preenchê-lo.

— Agora, e se depois da primeira semana, as pessoas que acabaram de se tornar milionárias na semana anterior enviarem um único pagamento de mil dólares como agradecimento? Isso significa que depois da primeira semana sempre teremos um orçamento semanal de 20 mil dólares para financiar os custos administrativos do empreendimento.

Oscar começou a acenar a cabeça ritmadamente. Eu prossegui:

— Então, pelos meus cálculos, depois de um ano 1.040 famílias terão se tornado milionárias; depois de dois anos, 2.080; depois de três anos, 3.120, e assim por diante. Agora, 3.120 novos milionários em três anos é muito bom, mas a esse ritmo ainda levaria uns 19.230 anos para que cada australiano se torne um milionário, isso sem considerar a taxa de crescimento populacional.

— Ou de declínio.

— Ou de declínio. É claro que, para que o número de milionários australianos cresça exponencialmente, precisamos aumentar o pagamento em 1 dólar a cada ano; assim, no segundo ano colocamos 2 dólares por semana, o que dá quarenta milionários por semana, ou 2.080 em um ano; no terceiro ano colocamos 3 dólares, sessenta milionários por semana, ou 3.120 milionários em um ano; e assim por diante, até que todo australiano seja um milionário.

— Essa é a sua ideia.

— Essa é a minha ideia!

— Quer saber? — disse ele. — É tão simples que pode realmente funcionar.

— E mesmo que não funcione — falei —, que outra coisa faremos com esse amargo intervalo de tempo conhecido pelo nome de Vida?

— Martin. Não diga isso em uma entrevista, está bem?

Eu fiz que sim, envergonhado. Talvez ele não tenha reconhecido a citação por que eu não disse em italiano.

•

Naquela noite, Eddie apareceu em minha casa, como sempre vestindo uma calça recém-passada e uma camisa sem rugas, e com uma expressão no rosto que me fazia pensar se as lojas de departamento da Ásia têm manequins asiáticos. Eu não o via fazia algum tempo. Eddie estava sempre desaparecendo e reaparecendo. Era isso que ele fazia. Ao vê-lo, de repente me lembrei de minha ideia de que o tempo todo ele me odiara. Eu o observei com atenção. Ele não se entregaria. Talvez fingisse gostar de mim havia tanto tempo que já tinha se esquecido de que não gostava. Por que ele fingiria gostar de mim, afinal? Por qual armadilha sinistra?

Provavelmente nenhuma... para aliviar a solidão, só isso. De súbito, senti pena de todos nós.

— Por onde andou? — perguntei.

— Tailândia. Você ia gostar da Tailândia, sabe. Acho que deveria ir lá algum dia.

— Por que eu iria gostar da Tailândia? Vou te dizer de onde eu acho que ia gostar: Viena, Chicago, Bora Bora, e São Petersburgo no fim do século XIX. Tailândia, não tenho tanta certeza. O que estava fazendo lá?

— Eu vi sua foto na primeira página do jornal de hoje?

— Pode ser.

— O que está acontecendo?

Contei a ele o que estava acontecendo. Enquanto Eddie ouvia, seus olhos pareciam afundar no crânio.

— Olha — falou ele —, não estou fazendo nada agora. As coisas ficaram um pouco ruins para mim ultimamente, sabe. Será que você não precisa de alguma ajuda com isso, transformar as pessoas em milionárias?

— Talvez — falei. — Por que não?

Era verdade que Eddie andava sem sorte. Ele também havia fracassado na vida; os clubes de striptease que ele vinha administrando (um dos quais eu destruí parcialmente com o carro em um momento de colapso mental) foram fechados pela polícia porque havia garotas menores de idade se apresentando. Os clubes também eram associados a tráfico de drogas, e uma noite houve um tiroteio fatal, do pior tipo. Durante todas essas calamidades Eddie se mantivera incrivelmente calmo, e eu suspeitava de que isso também não fosse fachada. Ele tinha uma forma de permanecer indiferente às perturbações físicas. Era como se elas estivessem acontecendo em uma realidade que ele assistia por binóculos.

Então, quando ele me perguntou se poderia fazer parte do esquema milionário, é claro que eu disse sim. Quando alguém próximo que nunca lhe pediu nada finalmente pede alguma coisa, é comovente. Além do mais, eu ainda devia a ele todo o dinheiro que ele me emprestara, e essa era uma forma de pagar.

Considerando que ele tinha experiência gerencial, propus que ele cuidasse da parte administrativa. Na verdade, senti um grande alívio. Eu só queria ver a ideia concretizada; pessoalmente, não queria ter nada a ver com administrar coisa alguma.

— Não consigo acreditar que vamos transformar as pessoas em milionárias — disse Eddie, batendo palmas. — É um pouco como brincar de Deus, não é?

— É?

— Não sei. Por um segundo pensei que fosse.

Se estávamos brincando de Deus no filme da vida dele, seria adequado distribuir dinheiro? Suponho que, com uma eternidade nas mãos, até Deus ficaria sem ideias no fim das contas.

•

Oscar não se entusiasmou com a ideia de Eddie cuidar da parte administrativa do empreendimento, mas ele estava inumanamente ocupado administrando dois canais de televisão, um provedor de internet e três jornais. Eu não podia deixar de ficar impressionado. Se soubesse o quanto esses canalhas trabalhavam, nunca mais diria algo negativo sobre o privilégio, nem sequer o desejaria para si próprio. Então ele aceitou Eddie e nos cedeu um grande escritório em seu edifício, o Hobbs News Building. Nós podíamos contratar nossos próprios funcionários, e mesmo tendo contratado mulheres que usavam grandes decotes (um hábito da época dos clubes de striptease), não estávamos de brincadeira. Eddie meteu a mão na massa. Ele realmente se empenhou. Com a influência de Oscar, obteve as listas de eleitores de todos os estados, fez um banco de dados e montou algum sistema em que os nomes seriam embaralhados no computador como bolas em um globo da loteria. Então, de modo totalmente aleatório, o computador selecionava os primeiros vinte nomes. Na verdade, embora eu não consiga explicar com precisão como funcionava, não era tão complicado. Isso não é nenhuma surpresa. Há uma porção de coisas simples que eu não entendo.

Foi isso, mesmo. Os jornais publicaram os detalhes do plano, e ao final de uma semana as moedas de 1 dólar afluíram. Nossa equipe escassa estava atolada abrindo envelopes e contando milhões daqueles dólares frios e redondos. Também estávamos todos nos preparando para a festa de inauguração, quando os nomes dos primeiros milionários seriam divulgados em rede nacional. Seria uma dessas festas de elite em que os convidados fazem de você um idiota ou fingem que você não existe. Eu não estava ansioso por isso. E havia meu papel público como o gênio por trás desse plano pouco sofisticado; em pé ao lado de Oscar Hobbs, eu leria a lista de nomes, e então os novos milionários, reunidos mais cedo naquele mesmo dia pela equipe de Eddie, iriam ao palco e gritariam como esperado. Esse era o plano. Era quinta-feira. A festa seria na sexta seguinte. Oscar havia feito um acordo com todas as redes de TV. Seria como a chegada do homem à Lua. Por uma noite, haveria paz entre as redes rivais. Oscar era incrível, tudo isso ele fez enquanto administrava todo o resto.

Eu me sentia revitalizado, mas minha energia continuava se esgotando com facilidade, e eu desabava na cama todas as noites, onde quase sempre Anouk estava esperando por mim. Nós rapidamente consumíamos um ao outro.

— Você está feliz, Martin? Está feliz? — perguntava ela.

Que pergunta estranha de se fazer a mim, dentre todas as pessoas. Eu balançava a cabeça.

— Feliz? Não. Mas minha vida adquiriu uma forma curiosa que pela primeira vez desperta o meu interesse.

Isso a fazia sorrir aliviada.

Na terça-feira antes da festa, eu estava sentado imóvel atrás da minha mesa no escritório, como se eu fosse uma peça estranha da mobília, quando o telefone tocou. Eu atendi:

— Alô?

— Mas que merda você pensa que está fazendo?

— Sinto muito, eu não dou entrevistas.

— Pai... sou eu.

— Ah, Jasper. Oi.

— O que está planejando?

— Planejando?

— Não acredito que esteja simplesmente transformando as pessoas em milionárias por motivo nenhum.

— Por que você diz isso?

— Porque eu o conheço melhor que ninguém.

— É isso que você acha?

— Esse é o seu estratagema, não é?

— Eu não gosto de falar por telefone. Vou ver você logo?

— Sim, logo — disse ele.

Ele desligou e fitei tristemente o telefone até que alguém me viu, e então fingi limpá-lo. A verdade é que eu sentia falta de Jasper: ele era a única pessoa que entendia que tornar as pessoas milionárias era uma manobra totalmente calculada, um mero meio para um fim... sendo o fim ter pessoas ao meu lado, e depois disso algo que surpreenderia até mesmo a Morte. Sim, o tempo todo isso era uma estratégia consciente para ganhar a aprovação das pessoas, que seria contraposta à estratégia inconsciente das pessoas para me destruir. O que Jasper adivinhou é que eu tinha um plano simples:

1. Fazer de todo mundo na Austrália um milionário, ganhando assim o apoio de todos, e talvez a adoração, e também
2. ter os barões da mídia ao meu lado, e simultaneamente
3. virar um político e ganhar uma cadeira no Parlamento na eleição federal seguinte, e então
4. iniciar uma reforma total da sociedade australiana com base em minhas ideias, e assim
5. impressionar Jasper, que me pediria desculpas, chorando, enquanto eu
6. faria sexo com Anouk com a maior frequência possível, e
7. morreria sem dor, satisfeito porque uma semana após minha morte começaria a construção de
8. estátuas em praça pública com as especificações peculiares de minha cabeça e meu corpo.

Era isso: um plano para colocar um ponto de exclamação no fim da minha vida. Antes de morrer, eu expulsaria todas as minhas ideias da cabeça — cada uma delas, por mais idiota que fosse — para que a minha morte fosse um processo de esvaziamento. Quando eu me sentia otimista quanto ao sucesso do meu plano, a imagem da minha morte se entrelaçava com uma imagem de Lenin na tumba. Em momentos pessimistas, ela se confundia com a imagem de um Mussolini pendurado em um posto da Esso em Milão.

Enquanto esperava pela grande noite, eu me demorava no escritório, um pouco irritado por não ter nada para fazer. Eu havia delegado tudo. Tudo que eu podia fazer era aperfeiçoar minha expressão de deliberação consciente, perguntar a todo momento "Como está indo?" e fingir me importar com as respostas.

Eddie, por outro lado, estava trabalhando até a exaustão preparando-se para a festa. Eu o observava escrevinhando laboriosamente e me perguntava se alguma vez ele se sentira como eu, como umas poucas moléculas fora de lugar amontoadas para formar uma pessoa implausível, quando de repente tive uma grande ideia.

— Eddie — falei. — Essa lista de futuros milionários... existe algum deles que more em Sydney?

— Três — respondeu ele. — Por quê?

— Pode me dar a ficha deles?

•

O primeiro milionário morava em Camperdown. O nome dele era Deng Agee. Era da Indonésia. Tinha 28 anos, uma esposa e um bebê de 3 meses. A casa parecia completamente deserta. Não houve resposta quando bati, mas dez minutos depois eu o vi voltando do supermercado com sacolas pesadas. A 10 metros da casa, a sacola de plástico em sua mão esquerda arrebentou e os produtos desabaram na calçada. Ele olhou desconsolado para as latas de atum amassadas, como se elas só quisessem ser amigas.

Eu sorri amavelmente, de modo que ele não me reconheceria dos jornais.

— Como vai a vida, Deng? — Assobiei.

— Eu o conheço? — perguntou ele, olhando para cima.

— Você está indo bem, então? Conseguiu tudo de que precisava?

— Cai fora.

Ele não fazia ideia de que em uma semana seria milionário. Era hilário.

— Você está feliz neste lugar, Deng? É uma espécie de depósito de lixo, se não se importa que eu diga.

— O que você quer? Vou chamar a polícia.

Eu fui até ele e parei, e fingi pegar 10 dólares do chão.

— Você deixou cair isto?

— Isso não é meu — falou ele, e entrou e bateu a porta na minha cara.

Ele será um ótimo milionário, pensei, como se eu precisasse que *meus* milionários (como eu pensava neles) fossem incorruptíveis.

A segunda milionária de Sydney era uma professora de biologia. Ela tinha possivelmente a cara mais feia que eu já vira na vida. Quase chorei diante daquela visão. Dava para sentir o golpe de mil portas fechando naquela cara feia. Ela não viu quando entrei na sala de aula. Sentei na última fila e sorri de modo insensato.

— Quem é você?

— Há quanto tempo dá aula aqui, Sra. Gravy?

— Dezesseis anos.

— E nesse período a senhora já forçou algum aluno a engolir giz?

— Não, nunca!

— Mesmo? Não é isso o que estão dizendo no Conselho Escolar.

— É mentira!

— Estou aqui justamente para descobrir isso.

— Você não é do Conselho Escolar.

A Sra. Gravy veio até mim e me examinou como se eu fosse uma ilusão. Eu procurei uma aliança em seu dedo e não vi nada além de fatias nuas de carne. Levantei e fui até a porta. A ideia de que o dinheiro seria a única coisa no céu e na terra a trazer alegria à Sra. Gravy me deixou tão deprimido que quase desisti de visitar o terceiro milionário de Sydney, mas, percebendo que não tinha mais nada para fazer, encostei nos armários da escola, uma longa fila de cofres verticais, e abri a última ficha.

Srta. Caroline Potts, dizia.

Eu não me lembro de muitas situações em que engasguei como eles fazem nos filmes, mas a ficção tem o hábito de fazer o mundo real parecer inventado. As pessoas engasgam. Não é nenhuma mentira. E eu engasguei ao ver aquele nome, com todas as suas conotações e implicações. Conotações: morte do meu irmão. Desejo frustrado. Desejo satisfeito. Perda. Arrependimento. Azar. Oportunidades perdidas. Implicações: ela estava divorciada ou viúva do marido russo. Ela não estava perdida na Europa. Estava vivendo em Sydney, talvez havia anos.

Cristo!

Esses pensamentos não vieram em ordem alguma; chegaram todos ao mesmo tempo — eu não conseguia saber onde terminava um e começava outro. Eles falavam uns por cima dos outros, como uma família grande à mesa de jantar. É claro, a razão me dizia que poderia haver vinte ou trinta Caroline Potts morando a minutos uma da outra, já que este não é um nome tão incomum quando Prudence Bloodhungry ou Heavenly Shovelbottom. Será que Eddie pensou que era uma das outras Caroline Potts? Eu me recusava a acreditar que fosse outra pessoa que não ela, porque em momentos de crise pessoal você descobre em que acredita, e eu descobri que acreditava em alguma coisa, afinal de contas: que eu sou uma bola de linha e a vida é uma pata de gato brincando comigo. Como poderia ser diferente? Vai!, uma voz gritava. Vai!

No táxi a caminho, li a ficha mais de uma dúzia de vezes. Eddie não era muito detalhista. Tudo que dizia era: *Caroline Potts, 44, bibliotecária. Mãe de Terrence Beletsky, 16 anos.* Mãe! E o nome do filho dela: Terrence. Terry. Merda! Aquilo foi um balde de água fria. Ela nomeou o filho em homenagem a Terry. Como se o canalha não tivesse glórias suficientes!

Simplesmente incrível!

Caroline vivia em um desses prédios que não têm sistema de comunicação interna, e assim você podia perambular sem restrições pela escadaria cor de bosta até a porta do apartamento. Cheguei ao 4A sem ter pensado muito sobre qual seria o maior choque: me ver ou descobrir que em menos de uma semana ela seria 1 milhão de dólares mais rica. Bati na porta sem paciência, e em seguida demos início ao velho hábito de gritar entusiasticamente um com o outro.

— Quem é?

— Eu!

— Eu quem?

— Você não ia acreditar se eu dissesse!

— Marty! — ela gritou, e aquilo me desconcertou, o fato de que depois de todos aqueles anos ela tivesse reconhecido minha voz tão prontamente.

Ela abriu a porta e eu engasguei outra vez. A natureza mal tinha tocado um dedo nela. Então vi que aquilo não era totalmente preciso... a natureza havia lhe dado uma bunda maior e seios mais compridos, seu rosto estava ligeiramente mais largo e o cabelo não era o que se chamaria de ajeitado, mas ela continuava bonita, e tinha a mesma luz nos olhos. Olhando para ela, senti como se todos aqueles anos desde Paris não tivessem de fato se passado, como se os últimos 18 anos fossem uma tarde absurdamente longa.

— Ah, meu Deus, olhe só para você! — disse ela.

— Estou velho!

— De jeito nenhum. Você tem o mesmo rosto!

— Não tenho não!

— Espera. Tem razão. Sua orelha é nova!

— Fiz alguns enxertos de pele!

— Maravilha!

— E estou perdendo cabelo!

— Bom, eu tenho uma bunda gorda!

— Você continua bonita!

— Não está só sendo gentil?

— Não!

— Eu vi você no noticiário!

— Por que não veio me ver?

— Eu queria! Mas depois de todos esses anos, não sabia se você queria me ver! Além do mais, eu vi uma foto sua abraçado a uma mulher, e ela é jovem e bonita!

— É a Anouk!

— Ela não é sua mulher?

— Não é nem minha namorada. É nossa governanta! E o seu marido?

— Eu me divorciei! Pensei que ainda estivesse na Europa!

— Eu pensei a mesma coisa!

— Ei... a gente tinha ficado de se encontrar em Paris um ano depois daquela noite no hotel! Lembra?

— Eu estava aqui! Na Austrália! Não vai me dizer que você foi!

— Eu fui!

— Ah, meu Deus!

— Eu não pude acreditar quando vi o nome do Terry! As pessoas estão falando nele de novo! Então eu vi você! O que é essa loucura em que você está metido?

— Não é loucura!

— Você vai fazer de cada pessoa na Austrália um milionário!

— Tem razão! É loucura!

— O que o fez pensar em fazer uma coisa tão estúpida?

— Eu não sei! — falei. — Espera! Você é uma delas!

— Martin!

— Estou falando sério! É por isso que eu vim!

— Você armou isso!

— Eu não! Eu não escolhi os nomes!

— Tem certeza?

— Absoluta!

— O que eu vou fazer com 1 milhão de dólares?

— Espera! Diz na minha ficha que você tem um filho! Onde ele está?

— Está morto.

Aquelas duas palavras que escaparam de sua boca soaram como se tivessem vindo de outro lugar. Ela mordeu o lábio e seus olhos se encheram d'água. Seus pensamentos eram como legendas sobre seu rosto. *Eu consigo falar sobre isso agora?* Tentei tornar as coisas mais fáceis para ela adivinhando, assim ela não precisaria me contar a história toda. Vejamos... adolescentes só morrem de três maneiras: suicídio, direção embriagada e alergia a amendoim. Qual seria?

— Direção embriagada — falei, e vi quando seu rosto empalideceu e ela fez que sim com a cabeça de modo quase imperceptível.

Ficamos em silêncio por um longo período, não o suficiente para guardar a lembrança de volta em seu frasco. O pesar é uma entidade estranha em um reencontro.

Fiquei chateado por não ter conhecido seu filho. Eu ainda a amava, e imaginei que teria amado o filho dela também.

Caroline deu um passo à frente e enxugou as lágrimas dos meus olhos com a manga da blusa. Eu não tinha percebido que estava chorando.

Ela emitiu um som triste, como o de uma flauta minúscula. No minuto seguinte estávamos nos abraçando, com os quadris, e encontrei refúgio em seu abraço e um refúgio ainda mais aconchegante em sua cama. Depois, nos braços um do outro, começamos a confiar nossos segredos e, assim, encontramos uma forma de falsificar a história — ignorando-a. Só nos concentramos no presente; eu revelei meu plano de concorrer ao Parlamento e promover uma transformação total da sociedade no menor tempo possível antes de ser derrotado pelo câncer, e Caroline falou do filho morto.

A mãe de um filho morto continua sendo mãe? Há palavras para viúva e órfão, mas não para os pais de um filho morto.

As horas se passaram. Fizemos amor mais uma vez. Concordamos que já não éramos jovens e saudáveis, ambos tínhamos sinais delatores de cansaço e lágrimas, mas tínhamos confiança de que fôramos arruinados por nossas tragédias pessoais de uma maneira adorável... de que nossos rostos e corpos decadentes eram boas vestes para nossos desgostos. Decidimos que nunca mais nos separaríamos, e, como ninguém sabia da nossa conexão, ninguém faria estardalhaço e pensaria que o sorteio fora armado, e manteríamos nossa relação em segredo até depois do jantar dos milionários, quando então nos casaríamos em uma pequena cerimônia particular no meio do meu labirinto. Em síntese, foi uma tarde produtiva.

•

Se você estava na Austrália e não estava assistindo TV na noite em que os nomes dos milionários foram anunciados é porque seus olhos foram arrancados por vândalos ou porque você estava morto. Caroline, a Sra. Gravy, Deng e os outros milionários se tornaram celebridades imediatamente.

A festa foi em um salão cavernoso com candelabros e papel de parede floral dos anos 1970 e um palco onde eu faria meu discurso histórico. As janelas do piso ao teto davam para a ponte Harbor e tinha uma grande lua amarela pendurada sobre ela. Era uma daquelas festas em que nunca sonhei estar presente, em que os frequentadores se autopromoviam com empolgação e quando já não encontravam formas de se engrandecer diretamente, eles o faziam de maneira indireta, diminuindo todos os demais. Reynold Hobbs estava lá com a noiva jovem e confusa. As pessoas a chamavam cruelmente de esposa troféu, como se ele a tivesse ganhado em uma competição. Aquilo não era justo nem verdadeiro. Ele não a havia ganhado. Ele a havia conquistado com muito trabalho e iniciativa.

Eu me concentrei principalmente em estudar o comportamento errático do meu ego em condições instáveis; sob a pressão dos cumprimentos e sorrisos e golpes repetidos de contato visual direto, sua propensão era ser engolido. Eu estava tão feliz que queria dobrar todas as pessoas em aviõezinhos de papel e fazê-las voar em direção ao olho sem pálpebras da grande lua amarela.

Estava lotado demais para andar de um lado para o outro. Eu estava pensando que meu discurso seria muito provavelmente um tiro pela culatra, e também que eu teria de contar a Anouk sobre Caroline. É claro que eu sabia que era quase impensável que um homem como eu pudesse rejeitar alguém, ainda mais uma mulher como Anouk. Como eu poderia lhe dizer que nunca mais a experimentaria outra vez, sobretudo quando ela me dera o tipo de gratificação suprema que só se consegue obter ao libertar escravos ou dormir com uma mulher realmente sexy e dez anos mais jovem que você? Felizmente, eu me lembrei que estava apaixonado por Caroline, e portanto era capaz de ir até Anouk e terminar tudo. Caroline estava de pé no canto do salão em um vestido vermelho de chiffon, fingindo não olhar para mim. Anouk se lembrou dela de uma de nossas sessões de confissão pós-coito, e eu expliquei que íamos nos casar dali a duas semanas. Ela não disse nada, um nada sonoro e desagradável que fez meu monólogo ficar mais estrondoso e incoerente.

— Afinal — falei —, não queremos estragar nossa amizade.

Seu rosto se tornou uma pedra coberta com um sorriso. Ela riu de repente, uma risada horrivelmente exagerada que me fez dar meio passo para trás. Antes que eu tivesse a chance de dizer alguma coisa, de cavar um buraco um pouco mais fundo para mim, todos no salão estavam me chamando para fazer um discurso.

Foi isso. Hora de colocar meu plano em ação. Eu subi no palco. *Afinal, você os tornou ricos.* Minha cabeça pesava algo entre uma gota de água e um galão de ar. *Quem não ama um homem que o tornou rico? Você não pode perder.* Fiquei lá parado, olhando estupidamente para a multidão ávida, preso em uma imobilidade vertiginosa.

Procurei Caroline em meio ao público. Ela me encorajou com um aceno de cabeça. Aquilo me fez sentir muito baixo. Então eu vi Jasper. Eu não sabia que ele iria, e não o vi chegar. Para minha sorte, ele tinha a mesma expressão de um cachorro quando você finge jogar a bola mas ainda a tem nas mãos. Aquilo me deu o impulso de que eu necessitava.

Limpei a garganta, embora não precisasse, e comecei:

— Obrigado. Aceito seus aplausos e sua adoração. Vocês estão loucos para escapar de suas prisões, e pensam que, ao torná-los ricos, eu os libertei. Mas eu não fiz isso; eu só os deixei fora da cela, no corredor. A prisão continua existindo, a prisão que, embora não saibam, vocês tanto amam. Está bem. Falemos sobre mim com relação à síndrome de *tall poppy,* essa mania australiana de querer minar o sucesso dos outros. É melhor abordar essa questão traiçoeira logo de cara. Vejam, não arranquem minha cabeça, seus merdas. Vocês me amam agora, mas vão me odiar amanhã. Vocês sabem como são... na verdade, não. É por isso que eu gostaria de propor um exercício pouco usual para o país, e o exercício é *me amar por toda a eternidade.* Está bem? Com esse espírito, tenho uma declaração a fazer. Meu Deus, minha vida inteira me levou a este momento. É claro que há cinco minutos eu fui ao banheiro e minha vida inteira me levou àquele momento também. Mas aqui está. Estou me candidatando ao Senado. É isso mesmo, Austrália, eu lhes dou meus dons desperdiçados! Meu potencial esbanjado! Sempre tive uma existência degradada, e agora a ofereço a vocês. Eu gostaria de ser parte de seu horrendo Parlamento, nossa travessura coletiva! Quero me colocar entre os suínos, e por que não deveria? Estou desempregado, afinal, e senador é um emprego tão bom ou ruim quanto qualquer outro, não é? Só para que vocês saibam, eu não estou vinculado a nenhum partido. Estou concorrendo de maneira independente. E serei honesto com vocês. Na minha opinião, os políticos são feridas supurantes. E quando observo os políticos do nosso país, não posso acreditar que todas essas pessoas insuportáveis foram de fato *escolhidas*. Então o que podemos dizer da democracia, exceto que não é um sistema bom o bastante para fazer com que as pessoas se responsabilizem por suas mentiras? Os defensores desse sistema inadequado dizem: Bem, se é assim, eles devem ser punidos nas urnas! Mas como podemos fazer isso quando muito provavelmente o único adversário nas urnas é mais um em uma longa linha de bandidos estúpidos inelegíveis, e assim acabamos votando nos mentirosos de novo, votando com os dentes cerrados? É claro, o que há de mais desagradável em ser ateu é que, de acordo com minhas não crenças, eu sei que nenhum desses filhos da puta será retaliado no mundo vindouro... que todo mundo se dá bem. É muito angustiante: o que vai não volta; fica onde estava quando foi pela primeira vez.

"Estão me acompanhando? É desconcertante como superestimamos nossos representantes eleitos. Não me superestimem! Vou cometer um erro crasso atrás de outro! Mas é necessário que vocês conheçam minha posição sobre determinados temas contenciosos, assim saberão que tipo de erro crasso posso cometer. Bom, eu certamente não sou de direita. Não me importo se gays se casam ou se separam. Não que eu não me importe com os direitos dos gays especificamente, é só que eu sou contra o termo "valores familiares". Aliás, quando alguém diz "valores familiares", sinto como se tivesse tomado uma bofetada com um preservativo de 1953. Bem, então, eu sou de esquerda? É claro, eles são os primeiros a firmar abaixo-assinados e, em assuntos internacionais, sempre defendem os que são vistos como pobres-diabos, mesmo que os pobres-diabos sejam um bando de canibais — conquanto tenham menos dinheiro e menos recursos —, e esses indivíduos extremamente atenciosos da esquerda farão qualquer coisa para a melhoria dos direitos civis, exceto um sacrifício pessoal. Vocês veem? Eu não sou nem de direita nem de esquerda. Sou apenas uma pessoa comum que vai dormir se sentindo culpada todas as noites. Por que não deveria? Oito milhões de pessoas foram dormir famintas esta noite. Está bem, admito que por um instante nosso papel de consumidores extremamente esbanjadores parecia estar nos trazendo um mundo de benefícios... estávamos emagrecendo, uma boa parte de nós fez implantes de silicone; francamente, parecíamos bem, mas agora estamos todos mais gordos e mais cancerígenos que nunca, então qual o propósito de tudo isso? O mundo está ficando mais quente, as calotas polares estão derretendo, porque o homem continua dizendo à natureza: 'Ei, toda a nossa ideia de um futuro confortável é ter empregos.' Isso é tudo que planejamos. E mais, vamos perseguir esse objetivo a qualquer custo, mesmo que, paradoxalmente, isso signifique a destruição de nosso local de trabalho. O homem diz: 'Sacrificar a indústria e a economia e os empregos? Por quê? Pelas futuras gerações? Eu nem conheço esses caras!' Vou lhes dizer uma coisa de graça: me faz sentir vergonha o fato de que nossa espécie, tão primorosamente dignificada por seus sacrifícios, acabe sacrificando tudo pelas coisas erradas e termine parecendo uma raça de pessoas que gostam de usar secador de cabelo enquanto tomam banho. Eu só lamento ter nascido a três quartos do início dessa tragédia autoinfligida, e não bem no começo ou bem no fim. Estou farto de assistir a essa tragédia em câmera lenta. Mas os outros planetas não estão — eles estão na pontinha de seus sóis. O motivo pelo qual nunca tivemos visitantes do espaço não é que eles não existem, e sim que não querem nos conhecer. Somos os habitantes idiotas de todas as galáxias abundantes. Em uma noite calma é possível ouvir seu riso chiado. E do que eles estão rindo? Vejamos desta forma: a humanidade é o cara que caga nas calças e depois sai por aí dizendo: 'E aí, gostou da minha nova camisa?' Qual é o sentido? Para que vocês saibam, sou ambientalista na medida em que não gostaria de viver em um caldeirão de urina fervente. Acreditem, não há política em permanecer vivo. É por isso que sou uma pessoa apolítica entrando no mundo da política. Mas eu não sou perfeito. Me digam, por que fomos infectados por essa doença norte-americana de querer que nossos políticos sejam puros como monges? A sociedade passou pela revolução sexual há décadas, mas por alguma razão nós julgamos as pessoas que gerenciam nossa economia com base em critérios vitorianos, e isso não nos parece estranho. É melhor dizer logo; se eu tiver uma chance de ter um caso ilícito com uma estagiária ou com a esposa de um colega, vou mergulhar de cabeça. Até onde sei, 'sair impune' não tem nada a ver com ninguém descobrir e tudo a ver com ninguém ficar grávida. Certo? Eu não nego nada. Admito tudo. E devo dizer isto também: não vou fingir que não sinto atração por certas estudantes do ensino médio. Algumas delas têm *17* anos, por Deus. Elas não são crianças! São jovens atraentes e estão na flor da idade, e a maioria perdeu a virgindade aos 14! Existe uma diferença entre sexo inapropriado com uma menor e pedofilia. É estúpido e perigoso enfiar tudo no mesmo saco.

"Que mais? Certo. Desde o começo, quero deixar registrado: se puder dar vantagens ao meu filho — boletos de táxi, por exemplo, ou férias remuneradas —, eu farei isso. E por que não deveria? Se você é mecânico e seu filho tem um carro, você não consertaria para ele, não lhe daria a vantagem de ter um pai que é mecânico? Ou se você é encanador, vai deixar seu filho se afundar na merda porque quer que ele faça as coisas por conta própria?

"O que quero dizer? Considero todas as campanhas difamatórias redundantes. Por que jogar terra em um homem coberto de lama? Para que fique claro, eu já estive com prostitutas, sou pai de um filho ilegítimo — levante-se, Jasper, e faça uma reverência. Perdi o controle da minha mente e da minha bexiga. Quebrei leis. Construí um labirinto. Amei a namorada do meu irmão. Não acredito na guerra, e sim nos horrores da guerra! Não acredito em olho por olho, mas em uma grande quantia de dinheiro por um olho! Acredito em educação para a humilhação sexual nas escolas! Acredito que os especialistas do contraterrorismo deveriam poder olhar por baixo da saia de quem eles quisessem! Acredito em levantar em silêncio, agradecer a nossos anfitriões aborígenes e cada um de nós migrar para outro país! Acredito que a desigualdade não é produto do capitalismo, é produto do fato de que, em um grupo de dois homens e uma mulher, um dos homens será mais alto e terá dentes mais perfeitos que o outro, e ele conseguirá a mulher. Sendo assim, acredito que a economia não é a base da desigualdade, dentes perfeitos é que são!

"Quando a democracia funciona, o governo faz o que as pessoas querem. O problema com isso é que as pessoas querem porcarias! As pessoas são assustadas e gananciosas e egoístas e só se preocupam com sua segurança financeira! Sim, a verdade é que AINDA ESTÁ POR VIR UMA GRANDE NAÇÃO DEMOCRÁTICA PORQUE AINDA ESTÁ POR VIR UM GRANDE GRUPO DE PESSOAS!

"Obrigado!"

•

E esse foi meu discurso, pelo qual eu deveria ter sido linchado uma centena de vezes. Mas eu os estava transformando em milionários e nada do que eu fizesse estaria errado. Até mesmo aquele discurso ridículo, incoerente, um pouco óbvio e insultante ganhou a aprovação deles. Eles o absorveram avidamente. Aplaudiram como loucos. Nunca tinham escutado algo parecido. Ou talvez só tenham ouvido o tom entusiasmado em minha voz. De qualquer forma, eu saí ileso, e a única coisa naquela noite que me ofuscou, a mim e a minha declaração estapafúrdia, foi um discurso improvisado de Oscar Hobbs, que subiu espontaneamente até o palco e anunciou que ia se casar com a mulher de seus sonhos — Anouk.

Capítulo três

Os hábitos de um homem que morou sozinho por toda a vida são repugnantes e difíceis de romper. Se não há ninguém por perto para ouvir, uma árvore caindo pode não fazer barulho algum, e eu posso não arrumar a cama. Mas Caroline se mudou para o labirinto, e agora eu precisava cozinhar! E limpar! E dividir as responsabilidades! Para ser honesto, nunca entendi como as pessoas *vivem* a vida de casados. Quero dizer, quando vou do quarto ao banheiro ou da cozinha ao quarto, a última coisa que eu quero fazer é parar para conversar.

Mas o casamento foi apenas uma das muitas mudanças. Como posso descrever o período mais crucial da minha vida quando ele me aparece como uma série de fotografias tiradas da janela de um trem em movimento? Eu vomitei salada de polvo no meu casamento ou no de Anouk? Era eu ou Oscar parado no altar como se fosse esculpido em madeira? Em qual dos dois casamentos Jasper e eu tivemos uma discussão filosófica acalorada sobre bilhetes de agradecimento? E não sei se foi meu sucesso recente ou minha nova vida com Caroline, mas por alguma razão eu me deixei iludir perigosamente, contrariando tudo aquilo em que acreditava, e comecei a lutar contra a morte, comecei a combater o câncer.

Deixei que eles tirassem meu sangue; mijei em frascos; fui bombardeado por raios X, enterrado em túneis similares a caixões para fazer tomografias computadorizadas e ressonâncias magnéticas, e me submeti a uma combinação de radioterapia e altas doses de quimioterapia intravenosa que me deixavam exausto e ofegante, zonzo, com vertigem, náusea, enxaqueca, diarreia *e* constipação. Eu tinha formigamentos nas mãos e nos pés. Sentia um barulho contínuo nos ouvidos que só não conseguira abafar meus monólogos interiores.

Os médicos me diziam para descansar, mas como eu poderia? Eu tinha uma nova esposa e um país para corromper. Então eu lidava com tudo isso o melhor que podia. Para proteger a pele do sol, eu usava um chapéu e óculos escuros. Evitava comidas com cheiro forte. Raspei a cabeça para que ninguém percebesse que eu estava perdendo cabelo. As transfusões de sangue me deram o ânimo de que eu precisava. Infelizmente, a quimioterapia às vezes causa infertilidade. Felizmente, eu não ligava. Caroline também não, e a cada vez que voltávamos juntos ao consultório do Dr. Sweeney, eu me lembro de pensar que ela talvez fosse a primeira pessoa que assumiria a culpa por algo que não fez só para me proteger. Veja, eu não estou dizendo que nosso relacionamento é tão apaixonado como se espera que seja o relacionamento com o amor da sua vida. Não é, mas não posso me ressentir com ela por isso. Afinal, eu não sou o amor da vida dela; sou um substituto do meu irmão. Havia algo cabal no modo como eu era comparado com ele aos olhos da nação e talvez, agora, entre quatro paredes.

Assim, é fácil entender por que não posso contar nada de definitivo sobre aqueles seis meses em que minhas lembranças pareciam implantes de memória malfeitos. Eu não me lembro nem mesmo da eleição, só lembro que em cada esquina havia pôsteres com o meu rosto olhando para fora do papel com um ar de repreensão inequívoco. Mais que a cobertura dos jornais e da televisão, nada era uma afronta tão violenta a meu antigo anonimato quanto aqueles pôsteres onipresentes.

O resultado improvável? Eu entrei raspando. Isso é o que há de maravilhoso na democracia: você pode ocupar um gabinete público de forma legítima mesmo sendo desprezado por 49,9 por cento dos olhos desconfiados nas ruas.

No resto do mundo, a maioria das pessoas pensa que a capital da Austrália é Sydney ou Melbourne, mas o que eles não sabem é que, nos anos 1950, os idiotas fundaram sua própria cidade e a chamaram de Canberra. Para cada sessão do Parlamento, eu viajava com Caroline até essa cidade monótona, e foi lá que me tornei (mal posso acreditar em mim mesmo) dinâmico. Eu era um dínamo. As lesmas de Canberra tinham uma força repelente, uma força que servia para canalizar meu caos e meus disparates rotineiros em uma visão. Eu me tornei um visionário. Mas por que não fui escorraçado de lá com forcados e cal virgem? Resposta simples: o povo australiano enviava diligentemente suas moedas de dólar, a cada semana surgiam vinte novos milionários, e eles precisavam me agradecer. Esse chamariz financeiro havia capturado a todos em uma histeria coletiva, o que os tornava receptivos à avalanche de ideias que saíam da minha boca.

Eu tratei do desemprego, das taxas de juros, dos acordos comerciais, dos direitos das mulheres, do cuidado com as crianças, do sistema de saúde, da reforma fiscal, de orçamentos para a defesa, de questões indígenas, da imigração, das prisões, da proteção ambiental e da educação — e, surpreendentemente, eles concordaram com quase todas as minhas reformas. Os criminosos teriam a opção de entrar para o exército em vez de ficarem trancados; seriam oferecidas bonificações em dinheiro àqueles que demonstrassem ter autoconsciência, e os fúteis e medrosos teriam de pagar mais impostos; qualquer político que fosse pego quebrando uma única promessa eleitoral seria punido em um beco por um brutamontes; cada pessoa saudável teria de cuidar de pelo menos uma pessoa enferma até que esta morresse ou melhorasse; escolheríamos pessoas ao acaso para se tornarem primeiros-ministros por um dia; todas as drogas seriam legalizadas durante uma geração para ver o que aconteceria. Até mesmo minha ideia mais controversa foi adotada: educar uma criança em uma crença religiosa, moldando-lhe a mente quando esta estivesse mais vulnerável, seria considerado abuso infantil. Eu disse tudo isso para as pessoas e elas responderam: "Está bem, veremos o que podemos fazer." Era inacreditável!

É claro, sendo uma figura pública com uma audiência nacional para as humilhações que antes eram o entretenimento de um punhado de inimigos íntimos, eu tinha meus críticos. Eu era chamado de todo sinônimo da palavra "insano" ou pior. Na Austrália, o pior insulto que se pode dirigir a alguém, e o modo mais fácil de destruir cada fibra do seu ser, é chamá-lo de alma caridosa. Uma alma caridosa — sejamos claros — é uma pessoa que faz o bem ou quer fazer o bem. Sejamos claros sobre isto também, para que não haja mal-entendidos: aos olhos do difamador, isso é definitivamente um insulto, e não um elogio, e ser uma alma caridosa é algo vergonhoso, diferentemente de em outros lugares, como o céu, onde é considerado algo bom. Assim, meus críticos recorriam a esse "insulto" para me diminuir. Só os olhares feios de escárnio no rosto deles é que me impediam de agradecê-los.

Mas, em geral, as pessoas estavam do meu lado. Elas gostavam porque eu ia direto ao *xis* da questão — minhas principais reformas tratavam de solidão, morte e sofrimento. Ao menos em certo nível elas pareciam entender minha ideia mais importante: que nos tornamos a primeira sociedade verdadeiramente baseada na morte. Elas aceitaram que, para ter uma perspectiva adequada da vida, cada pessoa na terra tinha de admitir o fato de que a morte é um problema insuperável, que não conseguiremos resolver fazendo filhos sem parar — para que o nome Smith possa perpetuar-se por toda a eternidade —, nem odiando os países vizinhos, nem nos atando a um Deus com uma longa lista de censuras. Consegui, em parte, convencer as pessoas de que se em vez de cantar o hino nacional começássemos cada dia com um pequeno serviço funerário para nós mesmos, se todos nos resignássemos a nossa decadência inevitável e parássemos de ir atrás de uma transcendência heroica de nosso triste destino, talvez não chegássemos ao ponto de Hitler, que estava tão perturbado com a ideia de morrer que tentou evitar pensar nisso matando 6 milhões de judeus.

Está bem, admito que minha revolução era uma farsa, mas era uma farsa seriíssima. Se as pessoas riam ou concordavam com minhas ideias só para ver o que aconteceria, talvez fosse porque, por trás das risadas, elas enxergavam um grão de verdade. Talvez não. De todo modo, sei que utopias não funcionam. Que a sociedade fosse um pouco mais fluida e menos hipócrita, esse era o meu grande objetivo. Agora sei que não era nem um pouco modesto; estava almejando a Lua. Mas, enquanto fabricava milionários, eu continuava a aliviar a dor no bolso do eleitorado e, de algum modo, consegui convencer as pessoas de que não me dar ouvidos era uma ameaça ao tecido social.

É preciso admitir: a sociedade estava mudando. Dava para ver isso acontecendo em qualquer lugar que se olhasse. Alguém chegou até mesmo a abrir um restaurante com a temática canibal em Surry Hills. Estou dizendo, a Austrália inteira enlouqueceu. A obsessão nacional se tornou a reforma. Acho até que eles entenderam que não se tratava das ideias em si, e sim da ideia das ideias, a ideia de que *podemos muito bem* inovar constantemente e sempre que possível destruir nossa ligação submissa com o passado. Por quê? Porque o passado é sempre a pior coisa acontecendo ao presente de qualquer época.

Que ilusão e negação tomou conta de mim naquele período da minha vida! A quimioterapia parecia estar funcionando; as células cancerígenas estavam todas retrocedendo gentilmente. Minha própria morte começou a se retirar. Eu me sentia tão bem que nem me importava com os cartunistas cruéis, que exageravam minha boca desenhando-a quase do tamanho da minha cabeça. Eles dizem que o poder corrompe... e como! O eu que eu sempre amei, apesar de minha pseudoautodepreciação, estava se refletindo nos olhos à minha volta. Eu era a fantasia de um egoísta! Meu espírito estava voando! Eu estava tão envolvido em minha própria reforma que não percebi que estava perdendo os próprios ingredientes que haviam me levado ao sucesso — negatividade implacável com relação ao espírito humano, cinismo e pragmatismo com relação à mente humana e suas limitações. O sucesso me fez perder o equilíbrio, e em consequência comecei a ter fé nas pessoas, e o que é pior, comecei a ter fé no povo. Está certo. Eu admito. Eu deveria ter escutado meu filho, que me disse com o olhar e com o tom de voz, se não com palavras: "Pai, você está estragando tudo!"

E onde *estava* meu filho obediente durante tudo isso? Permita-me analisá-lo um pouquinho: se o primeiro passo para garantir a autoperpetuação é ser maior que o pai, a possibilidade inesperada de que eu, antes a personificação do fracasso, pudesse de repente alcançar a fama e a fortuna cristalizaram a hostilidade de Jasper. Quanto mais eu subia, mais impossível se tornava sua missão de me superar. Em suma, meu sucesso o colocava em perigo mortal.

Lembro que logo no início, um pouco depois da festa dos milionários, ele me telefonou.

— O que é que você está fazendo? — perguntou ele quando atendi.

— Oi, filho — respondi, sabendo como pisar em seu calo.

— Isso vai terminar mal. Acho que você sabe disso.

— Você vem para o meu casamento?

— Está brincando. Quem se casaria com você?

— Caroline Potts.

— A ex-namorada do seu irmão?

Filho de uma puta! Custava ser um pouquinho mais generoso? Está bem, com o passar dos anos eu o molestara repetidas vezes com minha violência mental, mas eu não tinha feito isso por compulsão perversa, fora por amor. Ele podia ao menos me dar um pouco de apoio em meu único momento de felicidade e não mencionar meu maldito irmão. Mas Jasper não era o único. Cada notícia a meu respeito se referia a mim como o irmão de Terry Dean. Eles simplesmente não esqueciam. O desgraçado estava morto havia vinte anos!

Eu queria fazer um apelo furioso ao povo australiano para que o esquecessem, mas a memória não é assim tão dócil. Só me restava dar um sorriso amarelo e suportar, mesmo quando eu via um olhar sonhador no rosto de Caroline cada vez que Terry Dean era mencionado.

Quando Jasper apareceu no casamento, ele fitou Caroline como se tentando entender a psicologia de um homem-bomba. Eu não o vi por um bom tempo depois disso. Ele me evitou totalmente no caos e desordem daqueles dias de fama. Nem uma vez me parabenizou ou fez qualquer menção a todas as minhas reformas, entrevistas, debates, discursos e confissões em público. Ele não disse nada a respeito de minha aparência obviamente pálida e abatida durante toda a quimioterapia, e quando, de modo quase imperceptível, comecei a desagradar as pessoas, ele parou de me telefonar. Talvez ele tenha percebido que eu estava sofrendo de excesso de confiança e fosse pagar por isso. Talvez ele tenha pressentido a queda inevitável. Talvez estivesse tentando se proteger. Mas por que eu não consegui enxergar isso? Por que não tentei me proteger?

Quando pipocaram vários artigos afirmando que o sucesso me subira à cabeça, eu deveria ter tomado o primeiro ônibus espacial para fora dali. E quando eles fizeram acusações de "vaidade exacerbada" só porque eu levava um espelho em minha pasta de documentos (quando os olhos da nação estão voltados para você, é impossível não se preocupar com a possibilidade de haver espinafre em seus dentes), eu deveria saber qual era o único passo em falso que os faria me linchar com todas as suas almas coletivas. Eu não tinha, como algumas pessoas insinuaram, mania de perseguição. Não, eu não estava louco imaginando pessoas me perseguindo. Na verdade, eu estava louco de *não* enxergá-los. Não foi isso que eu disse durante toda a minha vida estúpida, que o modo como as pessoas se preocupam com seus projetos de imortalidade é exatamente aquilo que as mata? Que a negação da morte as empurra precocemente para o túmulo, e elas muitas vezes levam junto seus entes queridos?

Eu jamais pensei em Caroline ou em Jasper. Se cometi um erro imperdoável em minha vida, foi negar, *o tempo todo*, que existam pessoas que podem me amar de verdade.

Capítulo quatro

Um dia apareci no trabalho de Jasper. Eu não o via fazia vários meses, desde meu casamento, e desde que me submetera à medicina. Eu nem sequer havia lhe contado que tinha câncer, e pensei que, contando isso em um lugar inadequado, como seu local de trabalho, eu poderia evitar uma cena. Ele estava sentado em sua baia no escritório, olhando pela janela do lado oposto da sala, como se estivesse esperando que os seres humanos passassem ao nível seguinte. Ao observá-lo, tive a estranha sensação de que podia ler seus pensamentos. Eles entravam em minha cabeça em um sussurro: *Por que é que logo depois que perdemos os pelos e aprendemos a ficar em pé, desistimos de evoluir, como se pele lisa e uma boa postura fossem tudo?*

— Jasper — chamei.

Ele se virou e me olhou de modo reprovador.

— O que está fazendo aqui?

— Eu tenho o grande C.

— O quê?

— O grande clichê.

— Do que está falando?

— Eu tenho câncer — falei. — Encontrou um vão nos meus pulmões. Estou ferrado. — Tentei soar indiferente, como se durante a vida toda eu tivesse câncer uma vez por mês, e agora de novo.

Jasper abriu a boca, mas não saiu nenhum som. Não nos movemos. Luzes fluorescentes tremularam sobre nossas cabeças. O vento farfalhou papéis em sua mesa. Ele engoliu. Eu pude ouvir a saliva deslizar por seu esôfago. Permanecemos imóveis. Éramos como os seres humanos antes da linguagem, homens paleolíticos em uma baia de escritório.

Finalmente ele falou:

— O que vai fazer?

— Não sei — respondi.

Jasper entendia o que a maioria das pessoas não entende: que os moribundos ainda têm importantes decisões a tomar. Eu sabia que ele estava me perguntando se eu sobreviveria até o fim ou se me anteciparia à morte. Então ele me deu sua opinião. Fiquei comovido.

— Pai, por favor, não morra de forma lenta e dolorosa. Por favor, se mate — disse ele.

— Estou pensando nisso — revidei, ao mesmo tempo aliviado e irritado porque ele tinha dito o indizível.

Naquela noite, Jasper, Caroline e eu sentamos para jantar como uma família. Tínhamos tanto a dizer que não conseguimos dizer nada. Jasper me observou o tempo todo. Ele estava esperando pegar a Morte em flagrante. Agora tenho quase certeza de que ele e eu conseguimos ler os pensamentos um do outro, e isso é muito pior do que falar.

Eu propus que saíssemos para dar uma volta de carro, embora a vida inteira eu jamais tivesse feito isso. Era uma noite escura, as estrelas enterradas nas nuvens. Dirigimos sem propósito ou destino, e o tempo todo eu tagarelei um monólogo vazio sobre como o tráfego não passa de um motim, cada integrante com sua própria arma móvel sonhando com movimento eterno.

— Ei! Pare o carro! — gritou Jasper.

Sem pensar, eu havia dirigido até nosso primeiro apartamento, um lugar onde meu motor mental morreu incontáveis vezes. Batemos na porta, e Jasper disse a um homem de cueca boxer manchada que queríamos dar uma olhada no apartamento, pelo mesmo motivo que uma pessoa vê um álbum de fotos. O sujeito nos deixou entrar. Enquanto percorríamos os cômodos, pensei que havíamos arruinado o lugar por termos morado lá, pois em cada canto abafado estavam nossos sombrios resíduos. Pensei que exalamos no ar a essência de nossos grandes problemas, e que nossa doença do espírito, com seu odor quase imperceptível, provavelmente infectara cada pobre coitado que morara lá desde então.

De volta ao carro, continuamos dirigindo, arremessados feito bolinhas de fliperama de um velho reduto a outro — prédios abandonados, parques, supermercados, livrarias, cabeleireiros, mercearias, hospitais psiquiátricos, bancas de jornal, farmácias, bancos, cada lugar que já havia sido palco para nossas confusões. Não sei dizer o propósito dessa irresistível jornada não metafórica pelas veredas da memória, mas sei que em cada lugar eu vi, claros como o dia, nossos antigos eus; era como se estivéssemos refazendo nossos passos, e descobrindo em cada pegada desaparecida nossos pés atuais. Não há nada como uma viagem nostálgica para fazer você se sentir alheio tanto ao passado quanto ao presente. Você também vê o que há de estático em si mesmo, o que não teve coragem ou força para mudar, e todos os seus velhos medos, aqueles que ainda carrega. A decepção por seu fracasso é palpável. É terrível sair por aí trombando consigo mesmo desse jeito.

— Isso é estranho, não é? — quis saber Jasper.

— Estranho não é bem a palavra.

Olhamos um para o outro e rimos. O único lado bom do passeio foi ter mostrado que nosso antagonismo mútuo não era tão inesgotável quanto pensávamos. No carro estávamos conversando, relembrando, rindo. Foi a única noite em que encontrei em meu filho um amigo.

Perto das 3 da manhã, já estávamos ficando cansados e perdendo o entusiasmo. Decidimos arrematar com uma cerveja no Fleshpot, o clube de striptease que eu tinha gerenciado e quase destruído com meu carro esportivo vermelho alguns anos antes.

Um porteiro parado do lado de fora falou:

— Entrem! Lindas dançarinas, rapazes! Entrem!

Nós entramos, percorremos o corredor negro com lâmpadas brilhantes e vermelhas que já nos era familiar e enfim chegamos ao clube. O salão estava cheio de fumaça, principalmente de charutos, mas havia uma pequena espiral saindo de uma máquina no palco. As strippers faziam os movimentos assexuados de sempre, em torno dos postes e na cara dos homens de negócios. Você nunca pensaria que algum idiota maluco um dia dirigira um MG vermelho na pista de dança. Olhei ao redor — o segurança era diferente. O mesmo corpo, a mesma expressão de mané, rosto diferente. As garotas também eram diferentes. Elas pareciam mais jovens que as que eu costumava contratar. Eu! Contratando strippers! Com os olhos esbugalhados! Eu! À solta! Em uma fila de conga de fêmeas seminuas, mal saindo da puberdade! Mas a verdade era que, durante os dois anos em que selecionei, contratei, demiti e gerenciei garotas, eu não dormi com nenhuma delas, exceto três. Nesse ramo, esse número não é nada.

Sentamos diante do palco e pedimos bebidas, que saboreamos devagar.

— Eu não gosto daqui — disse Jasper.

— Nem eu — respondi. — Por que você não gosta?

— Bom — disse ele —, eu não entendo a lógica dos clubes de striptease. Bordéis fazem sentido. Bordéis eu entendo. Você quer fazer sexo, vai lá e faz. Tem um orgasmo e vai embora. Satisfação sexual. Fácil. Compreensível. Mas clubes de striptease... na melhor das hipóteses, se elas não forem repugnantes, você fica excitado, e já que não pode fazer sexo com essas mulheres, vai embora frustrado. Qual é a graça?

— Vai ver você e eu não somos tão diferentes quanto pensa — falei, e ele sorriu.

Sinceramente, com todo o barulho que um pai faz sobre exigir respeito e obediência, não acredito que possa haver um pai no mundo que não queira, do fundo do coração, uma coisa simples: que o filho goste dele.

— Ah meu Deus — disse Jasper. — Olha aquele garçom.

— Que garçom?

— Aquele. Não é um dos milionários?

Dei uma boa olhada no asiático magro atrás do balcão. Era ele ou não? Eu não tinha certeza. Não quero dizer algo racista do tipo "Eles são todos iguais", mas não podemos negar as semelhanças.

— Olhe para ele — falou Jasper. — Está trabalhando que nem um camelo. Por que um milionário estaria fazendo isso?

— Vai ver ele já gastou todo o dinheiro.

— Com o quê?

— Como posso saber?

— Já sei. Vai ver ele é uma dessas pessoas que trabalharam tanto a vida toda que não sabem fazer outra coisa.

Ficamos sentados lá por um instante pensando em pessoas que precisam trabalhar muito para ter autoestima e ficamos felizes por nenhum de nós dois ser uma delas. Então Jasper falou:

— Espere. Tem mais um ali.

— Mais um o quê?

— Mais um maldito milionário! E esse está recolhendo o lixo!

Esse eu reconheci, porque estava na primeira leva de ganhadores. Era Deng Agee! Eu tinha estado na casa dele! Eu o atormentara pessoalmente!

— Quais são as chances de que...

Minha voz diminuiu. Não valia a pena dizer. Nós sabíamos quais eram as chances. Como em uma corrida de cavalos com um único cavalo.

— Canalha — falei.

— Quem?

— Eddie. Ele fodeu com a gente.

Fomos direto até o edifício dos Hobbs e pegamos as fichas dos milionários. Lemos e relemos cada uma delas, mas não havia como saber quantos amigos Eddie tornara ricos pelo meu plano. Ele fodeu comigo. Ele realmente fodeu comigo. Não havia como alguém não acabar descobrindo. Aquela cobra! Isso é amizade para você? Era uma traição realmente aniquilante. Eu queria derrubar a noite com minhas próprias mãos.

Enquanto corremos para a casa de Eddie, presumi que meu suposto amigo havia me jogado na merda sem cerimônia por um simples capricho. O que então eu não sabia, é claro, é que era muito pior do que isso.

Estávamos na metade do caminho que levava até a casa dele, uma construção escondida atrás de uma floresta de samambaias, quando o vimos acenando da janela. Éramos esperados. Naturalmente.

— Que surpresa agradável — disse Eddie, abrindo a porta.

— Por que você fez isso?

— Isso o quê?

— Nós fomos ao clube! Vimos todos os malditos milionários!

Eddie ficou em silêncio por um minuto antes de dizer:

— Você levou seu filho a um clube de striptease?

— Estamos fodidos! E você fodeu com a gente!

Eddie foi até a cozinha e nós fomos atrás.

— Não é o fim do mundo, Marty... ninguém sabe.

— Eu sei. E o Jasper sabe. E é só uma questão de tempo para que todo mundo descubra!

— Acho que você está exagerando. Chá? — Eddie ligou a chaleira.

— Por que fez isso? É o que a gente quer saber.

A explicação de Eddie era insuficiente. Ele disse, sem nenhum indício de vergonha:

— Eu queria fazer algo de bom para os meus amigos.

— Você queria fazer algo de bom para os seus amigos?

— É. Esses caras passaram por maus bocados. Vocês não imaginam o que 1 milhão de dólares significa para eles e suas famílias.

— Jasper, você não acha que tem algo de errado com a explicação dele?

— Eddie — falou Jasper —, a sua explicação é uma merda.

— Vê? Até o Jasper acha isso, e você sabe que nós nunca estamos de acordo. Jasper, diga a ele por que a explicação dele é uma merda.

— Porque se você transformou todos os seus amigos em milionários, por que todos eles continuam trabalhando em um clube de striptease?

Eddie parecia despreparado para essa excelente pergunta. Ele acendeu um cigarro e fez uma cara engenhosa, como se estivesse tentando sugar a fumaça só para o pulmão direito.

— Você me pegou.

Ele é culpado como o inferno, pensei, e existe algo sinistro que ele não está me contando. Ele estava revelando o pior tipo de baboseira;

óbvia, mas não transparente o bastante para que se pudesse ver o motivo por trás.

— Responda à pergunta, Eddie. Por que é que todos esses milionários têm empregos que pagam um salário mínimo em um clube de striptease de quinta categoria?

— Vai ver eles já gastaram todo o dinheiro — respondeu Eddie.

— Mentira!

— Meu Deus, Martin, eu não sei! Vai ver eles são o tipo de pessoa que trabalhou a vida toda e não sabe fazer outra coisa!

— Eddie. Vinte milhões de pessoas estão enviando 20 milhões de dólares toda semana, e quando eles descobrirem que o dinheiro deles não está sendo distribuído de forma justa, e sim indo parar nos bolsos dos seus amigos, que eles vão considerar *meus* amigos, o que você acha que vai acontecer?

— Talvez eles não descubram.

— As pessoas vão descobrir! E vamos todos afundar!

— Isso é um pouco melodramático, não acha?

— Eddie, onde está o dinheiro?

— Eu não sei.

— Está com você!

— Verdade, não.

Nenhum de nós disse nada. Eddie terminou de preparar o chá e tomou um gole com um olhar nebuloso no rosto. Eu ficava cada vez mais furioso. Ele parecia ter esquecido que estávamos lá.

— Como podemos encobrir isso? — perguntou Jasper.

— Não podemos! — falei. — Só podemos torcer para que ninguém descubra.

Quando falei isso, percebi que minha mãe estava errada quando uma vez me disse que não importa o quanto você avançou por uma estrada, sempre pode voltar. Eu estava em uma estrada de mão única, sem saída nem retorno. Era uma sensação totalmente justificável, porque duas semanas depois todo mundo descobriu.

Capítulo cinco

O vigor canibalístico da imprensa adentrou minha vida outra vez. A história explodiu de repente, em todos os jornais, em todas as estações de rádio e de televisão. Eu fui mastigado, e bem mastigado. Liderando as acusações estava ninguém menos que Brian Sinclair, o ex-repórter de atualidades que eu tinha visto com a namorada do meu filho.

Caroline e eu estávamos jantando em um restaurante italiano, a uma mesa à janela. Estávamos devorando uma enorme fatia de carne de vitela ao molho de limão quando sua cabeça prateada e brilhante apareceu em minha linha de visão. Nossos olhares se cruzaram pela janela. Sendo uma figura pública, eu estava acostumado à câmera ocasional apontando para mim como o dedo de um juiz, mas o entusiasmo evasivo no rosto de Brian me afetou como se eu estivesse tendo uma queda de pressão repentina na cabine de um avião. Ele assinalou energicamente para o cinegrafista. Agarrei a mão de Caroline e escapamos pela porta dos fundos. Quando chegamos em casa, o telefone estava tocando insistentemente. Aquela noite, vimos nossas costas desaparecerem nos noticiários das 18h30.

Como se sabe, hoje em dia o quarto poder não tem nada melhor para fazer do que se vangloriar feito pescadores de fim de semana. E Brian estava lá, os braços estendidos, declarando que tinha conseguido a narrativa exclusiva do maior escândalo da história da Austrália. Ele não teve dificuldade em associar pelo menos 18 dos milionários ao Fleshpot — cada um deles um garçom ou contador ou porteiro ou lavador de pratos, todos aparecendo na câmera com o rosto encoberto pelas mãos, o gesto que é tão bom quanto uma confissão. Mas a história que se seguiu aquela noite não era o que eu esperava, sobretudo porque quando eu confrontara Eddie com seu crime, ele não me contara a verdadeira natureza da trama. A reportagem não era, como eu havia previsto, sobre os amigos de Eddie, os "australianos comuns" recebendo os benefícios. Eu percebi que a história ia além disso quando finalmente atendi o telefone e o jornalista do outro lado perguntou do nada:

— Qual é exatamente sua relação com Tim Lung?

Quem?

Isto foi o que eu descobri: os dois clubes noturnos antes administrados por Eddie — e, por um breve período, por mim — pertenciam a um empresário tailandês chamado Tim Lung. Até então, dos 640 novos milionários, 18 tinham sido funcionários desse tal de Tim Lung em algum momento. Eddie trabalhara para ele durante muitos anos e, obviamente, continuava trabalhando. O dinheiro que Eddie havia me emprestado para construir o labirinto viera, na realidade, de Tim Lung. Esse homem de quem eu nunca tinha ouvido falar, desconhecido para mim, financiara minha casa. Ele me empregara como gerente de seu clube. Não havia nada que eu pudesse dizer. Eu estava atado a ele. Ou melhor, por alguma razão desconhecida, ele estava atado a mim. Os indícios eram circunstanciais, mas incriminavam. Isso era tudo? Não, isso não era tudo. Era suficiente para me ferrar, mas não era tudo.

Novas investigações trouxeram à tona que Tim Lung possuíra uma pequena frota de barcos de pesca capturados pelas autoridades francesas por traficar armas e munições da França à África do Norte. Isso significava que o trabalho que eu tinha feito cerca de vinte anos antes, em Paris, carregando e descarregando contêineres nas margens do Sena, era para esse mesmo maldito cara. Tim Lung — ele fora responsável pela batalha do submundo que levara à morte de Astrid tantos anos antes! Minha cabeça estava girando. Eu continuava repetindo as revelações mentalmente. Tim Lung: eu trabalhei para ele na França, ele me deu um emprego na Austrália, ele financiou minha casa e finalmente cobrou o favor fraudando o plano dos milionários. Era isso que ele queria o tempo todo? Como isso seria possível? E como alguém acreditaria no fato inacreditável de que eu nunca tinha ouvido falar nele? Um homem a quem fui atado durante quase toda a minha vida adulta? Esse sombrio empresário tailandês se revelou uma das principais figuras em minha vida, e aquela era a primeira vez que eu ouvia falar nele. Incrível!

Fiz uma pesquisa na internet e encontrei duas fotos granuladas e um link para uma antiga entrevista em um site corporativo, em tailandês. Ele era alto e magro e devia estar perto dos 60 anos. Tinha um sorriso gentil. Não havia nada em suas feições que insinuasse criminalidade. Seus olhos não eram nem muito juntos nem muito separados. Desliguei o computador, não tendo aprendido nada, e não muito depois a polícia fez uma incursão em nossos escritórios, levando todos os computadores. Eles continuavam a desenterrar pessoas que eu havia conhecido e esquecido de propósito; pessoas com quem trabalhei em breves empregos que pagavam salário mínimo, internos no hospital psiquiátrico, até prostitutas apareceram do nada para jogar seus 2 centavos. Todos estavam no caminho de guerra que levava a mim.

Era o crime de colarinho-branco do século. Eu estava frito! Eu era a personificação de tudo que era odiado neste país — outro magnata sugando o salário dos australianos comuns, decentes e trabalhadores. Eu era oficialmente um asqueroso e desprezível. Eu era todas essas coisas e mais. Para minha surpresa, fui identificado em termos raciais. Um judeu! Embora eu nunca tenha tido contato com a comunidade judaica, não mais do que com os *amish*, os jornais se referiam ao "empresário judeu Martin Dean". E pela primeira vez fui chamado com exatidão de "meio-irmão" de Terry Dean. Foi isso. Foi assim que eu soube que estava acabado; eles estavam distanciando meus crimes daqueles cometidos por meu emblemático irmão. Eles não permitiriam que eu derrubasse o legado de Terry junto comigo.

Toda uma vida de temor às pessoas foi enfim validada — elas se revelaram completamente assustadoras. O país inteiro estava em um redemoinho de ódio, um ódio tão intenso e abarcador que não se podia imaginar que alguma daquelas pessoas ainda fosse capaz de beijar seus entes queridos à noite. Esse foi o instante em que senti chegar meu destino — ser um objeto de abominação —, e também o momento em que percebi que havia energia negativa naquela história, afinal. Senti as ondas de ódio profundamente em minhas vísceras. Sinceramente, você se pergunta como eles conseguiram abolir a pena de morte com uma gentalha como essa. Com o passar dos anos, não era raro eu testemunhar o ódio dos meus compatriotas, focado como feixes mortais: eu me lembro do ministro cuja esposa comprou óculos escuros de grife com *o dinheiro dos contribuintes*, e aquilo foi praticamente o fim da carreira do ministro. A conta de telefone do filho! Ou a policial militar que foi forçada a negar afirmações de que ela tentara entrar de graça no Royal Easter Show. As pessoas estavam transtornadas porque ela não pagara os 12 dólares. Doze míseros dólares! Imagine o que elas fariam comigo!

É claro que os rostos horrorizados dos meus adversários políticos mal ocultavam seu contentamento; eles adoravam tudo que lhes permitisse parecer indignados em nome dos eleitores. Eles me reduziam a pó sem esforço nenhum. Haviam sido poupados do trabalho de inventar um escândalo para me ferrar. Tudo que tinham de fazer era expressar choque e agir rápido, para parecer ser aquele que estava com o pé no meu pescoço. Eles estavam todos fazendo fila para me denunciar, suas vozes afundadas no esgoto, empurrando uns aos outros para fora do caminho para receber os créditos por minha queda.

Oscar estava impotente para conter tudo isso, supondo que ele quisesse. Reynold assumira o controle. Anouk tentou argumentar com o sogro e pediu para ele me ajudar, mas Reynold foi resoluto:

— Agora é tarde demais — disse ele. — Você não pode parar um maremoto de ódio depois que atingiu a costa.

Ele tinha razão. Não fazia sentido jurar inocência estupidamente. Eu sabia como funcionava. Na cabeça deles, eu já havia sido esmiuçado, então o que eu continuava fazendo ali? Dava para ver nos olhos deles — eles não podiam acreditar que eu continuasse respirando. Que ousadia! Pensei em apelar a seu lado generoso. Até brinquei com a ideia de dizer a eles que eu tinha câncer, mas desisti. Eu havia assaltado seus bolsos, e nada os abrandaria. Mesmo que lhes dissessem que minha pele estava sendo pelada por um cozinheiro cego que havia me confundido com uma batata gigante, eles aplaudiriam. Aplaudiriam! Parece que em nossa sociedade o cristianismo fez usurpações permanentes no departamento do olho por olho, mas pouco progresso na aplicação prática do perdão.

A maior ironia disso tudo era que as sessões de quimioterapia haviam acabado e funcionaram. Assim, logo quando eu consegui minha vida de volta, ela se tornou impossível de se viver. Os budistas têm razão. Os homens culpados não são condenados à morte; são condenados à vida.

Tristemente, Jasper também era alvo de duras críticas. Tenho vergonha de dizer que ele enfim precisou pagar pelos pecados do pai. Ele começou a receber mensagens do tipo "Por favor, diga ao seu pai que eu vou matá-lo!". Coitado! Ele se converteu em um mensageiro de ameaça de morte. E não pense que minha esposa teve melhor sorte. Pobre Caroline!

Pobre inocente! Ela, ingênua, concordava em dar entrevistas, pensando que poderia acabar com os mal-entendidos. Ela não percebia que seu papel estava claramente definido e que eles não lhe permitiriam corrigi-lo ou consertá-lo. Ao ficar contra os batalhadores, perdemos nosso dom de ser australianos, e, assim, nosso direito a uma chance foi confiscado. Eles a acossaram. Minha única mentira efetiva foi revelada quando se tornou de conhecimento público que Caroline e eu crescemos juntos. Com isso, o fato de ter se tornado milionária a fez parecer tão culpada quanto eu. Eles a fizeram chorar em rede nacional. Meu amor! As mulheres cuspiam nela nas ruas. Saliva! Saliva de verdade! E às vezes não era nem branca, era a saliva suja e verde-escura de quem fuma há muito tempo. Caroline não estava preparada para isso; eu, pelo menos, tive uma infância de perseguição para me preparar, muitos bocados de experiência amarga para forrar o estômago. Comecei como um objeto de desprezo e foi assim que terminei; era difícil ficar transtornado demais com isso.

E agora a parte mais triste, a tragédia: todas as minhas reformas foram sistematicamente desmanteladas, todas as minhas inovações, todos os meus progressos foram deturpados. Foi isso! A revolução social mais curta da história! Essa pequena porção da história australiana estava sendo lembrada como uma desgraça. Eles já não gostavam da farsa que eu havia orquestrado. Agora tudo estava ficando claro: eles foram enganados. Estávamos de volta ao começo. Até antes. Eles rapidamente me reduziam a uma aberração sem sentido, reescrevendo a história a uma velocidade supersônica. Todo canal de TV tinha o rosto triste de um pensionista contando seu sacrifício para enviar 1 dólar por semana, todas as coisas perdidas que ele poderia ter comprado: leite, detergente e, sem nenhum vestígio de ironia, bilhetes da loteria. Sim, a loteria nacional estava de volta à ativa. As pessoas tinham suas míseras chances novamente.

•

No espelho, tentei sorrir; o sorriso fez minha tristeza parecer uma desfiguração permanente. Era minha culpa! Eu não deveria ter lutado contra minha insignificância, assim como não deveria ter lutado contra aqueles tumores. Eu deveria ter cuidado dos meus tumores até que eles ficassem enormes e corpulentos.

Passei a maior parte daqueles dias esticado no chão do meu quarto, o queixo apoiado no carpete bege até sentir meu queixo bege, e meu interior também: pulmões bege, coração bege bombeando sangue bege pelas veias. Eu estava no chão quando Jasper irrompeu no quarto, intrometendo-se em minha pacífica existência bege para comunicar todas as ameaças de morte que ele tinha recebido em meu nome.

— E quem é esse tal de Tim Lung? — perguntou ele.

Rolando para cima, eu contei a ele tudo que sabia, o que não era muito.

— Então minha mãe morreu em um desses barcos no meio de uma de suas guerras de gangues.

— Pode se dizer que sim.

— Então esse homem assassinou a minha mãe.

— Ela cometeu suicídio.

— De qualquer forma, esse canalha arruinou a nossa vida. Se não fosse por ele, eu talvez tivesse mãe, e você talvez não fosse o mais recente objeto de amor e ódio da Austrália.

— Talvez.

— O que Eddie diz sobre ele?

— Eddie não diz nada.

Era verdade. As autoridades estavam tornando as coisas difíceis para Eddie também, não só como administrador do esquema. Com o visto vencido, ele já era um criminoso — eles confiscaram seu passaporte e o convocavam para interrogatórios dia sim, dia não, mas ainda não o haviam deportado à Tailândia, uma vez que precisavam dele para as investigações. Ainda assim, ele era o único de nós a manter a calma. Sua calma era natural e impenetrável. Eu subitamente o admirei, porque embora suspeitasse que sua tranquilidade fosse apenas uma máscara, era a máscara mais sólida e durável que eu já tinha visto.

— Isso é problema — falou Jasper. — O que vai fazer?

Boa pergunta. Isso era uma grande fraude. Todos diziam: Martin, você precisa se preparar para a prisão. Como você se *prepara* para uma coisa dessas? Você se tranca no guarda-roupa com pão velho e água? Mas eu precisava fazer alguma coisa. As coisas contra mim estavam se acumulando; estupidamente, o Estado estava até mesmo reabrindo os arquivos do *Manual do crime*. De repente ocorreu-me que eles tinham um caso, afinal. Eu era como um edifício abandonado cuja demolição tinha data e hora marcada, e todos estavam se aglomerando ao redor para assistir.

Minha única esperança era tentar pagar de volta parte do dinheiro, com a remota chance de que isso apaziguasse um pouco as pessoas. Eu diria que fui tão enganado quanto eles e que faria tudo que estivesse ao meu alcance para devolver cada centavo, mesmo que eu levasse a vida toda. Era uma tática ruim, mas eu precisava tentar. Eu precisava vender meu labirinto. Era doloroso ter de me desfazer de algo que, de forma tão meticulosa, eu projetara e construíra, não para alcançar um sonho que me deixaria feliz, mas para alcançar um sonho de profunda suspeita e abominação, um sonho de esconderijo, um sonho que eu havia realizado — ele me escondera lealmente durante anos.

No dia do leilão, todo mundo que tinha boca me recomendou não aparecer, mas eu não resisti a ver quem seria o novo dono. Jasper também estava lá; afinal, a cabana dele seria vendida na negociação, a cabana que ambos fingimos construir com nossas próprias mãos. Os possíveis compradores somavam uns mil. Não sei quantos eram licitantes de boa-fé e quantos apareceram só para observar boquiabertos.

Quando cheguei, fui dominado por tremores nauseantes. Todos olharam para mim e murmuraram. Eu gritei que murmúrio é a degradação do discurso. Ninguém disse nada depois disso. Ocupei um lugar embaixo da minha árvore favorita, mas isso não aliviou minha derrota; o inimigo estava tomando espumante no meio da fortaleza projetada para mantê-lo de fora. Mas as pessoas logo ficaram presas em suas garras; foi uma satisfação ver quantos tiveram de ser resgatados do labirinto. Aquilo atrasou os procedimentos. Quando o leilão finalmente começou, o leiloeiro fez um pequeno discurso se referindo à casa no labirinto como "o reino de uma das mentes mais controversas da Austrália", o que me deu uma sensação desconfortável e ansiosa, bem como um senso perverso de orgulho. Cruzei os braços majestosamente, embora soubesse que eles me consideravam risível, e não um rei destronado. O labirinto denunciava a extensão de minha paranoia, minhas inseguranças e meus medos inflados, e parado ali eu me senti psicologicamente nu. Eles sabiam que estavam todos reunidos no lugar que comprovava minha ideia de que eu era o homem mais assustado do mundo?

No fim, por curiosidade, insanidade ou infâmia, meu labirinto e as duas propriedades escondidas dentro dele foram vendidos por impressionantes US$7,5 milhões, aproximadamente dez vezes o que valiam. Como era de se prever, isso convenceu a imprensa e seus súditos leais, o povo, de que eu era um homem rico, o que, é claro, só servia para reforçar o ódio que eles sentiam por mim. Os compradores, conforme vim a saber, administravam uma rede de lojas de móveis com preços altos e qualidade duvidosa, e pretendiam fazer do lugar uma atração turística. Ora, ora. De todos os insultos, esse não foi o pior.

Mudei meus livros e minhas tranqueiras para um depósito e me mudei para um apartamento que Anouk alugou para mim e para Caroline. Eu nem sequer tive a chance de oferecer meus 7,5 milhões de dólares ao povo como um pedaço de carne a um cachorro que preferiria morder minha perna. O governo embargou todos os meus bens e bloqueou minha conta bancária. Embargado e bloqueado, e esperando que as autoridades me acusassem, eu não podia estar mais impotente.

Então, se eu estava sendo levado para o fundo do poço, eu queria levar alguém comigo. Não me dei ao trabalho de odiar meus compatriotas por me odiarem. Economizei cada gota em meu grande reservatório de fúria para minha aversão aos jornalistas, aqueles hipócritas, autoproclamados cães de guarda da moral que mais parecem cadelas no cio. Por tudo que fizeram com minha mãe, com meu pai. Por amar a Terry. Por me odiar. Sim, eu teria minha revanche contra eles. Foi por isso que não explodi. Ainda não estava preparado para um colapso. Concebi um último projeto. Um projeto de ódio. Um projeto de vingança, apesar de nunca ter sido bom em vinganças, mesmo sendo o passatempo mais antigo da humanidade. Também nunca gostei de defender minha honra. Pessoalmente, não sei como alguém é capaz de dizer a palavra "honra" com um rosto franco. Eu pergunto — qual é a diferença entre "honra manchada" e "ego ferido"? Alguém *realmente* acredita nessa merda? Não, eu queria vingança simplesmente porque a mídia repetidas vezes feriu meu ego, meu id *e* meu superego, a coisa toda. E eu lhes daria uma lição.

Peguei dinheiro emprestado com Caroline e disse a ela que era para as despesas com o advogado. Então contratei um detetive particular chamado Andrew Smith. Ele trabalhava de casa, com a esposa e um poodle, e parecia um contador, não um detetive. Na verdade, ele parecia não fazer nada em particular. Quando sentei em seu escritório e tirei o capuz e os óculos, ele perguntou o que podia fazer por mim. Eu expus tudo para ele. E, profissional consumado que era, ele se absteve totalmente de me julgar por meu plano pequeno, mesquinho e cheio de ódio. Escutou em silêncio, e no fim seus lábios finos me deram um sorriso forçado em que só um lado dos lábios levantou, e ele falou:

— Vou começar agora mesmo.

•

Em apenas duas semanas, Andrew Smith veio até mim com aquele seu meio sorriso. Ele foi tão minucioso em sua missão quanto eu esperava. Quebrou não sei quantas leis de privacidade e me apresentou um dossiê. Enquanto ele alimentava o cachorro, eu vasculhei os arquivos, soltando risadinhas, arfando e gargalhando. Era um dossiê incrível, e se eu não tivesse outros planos, poderia tê-lo publicado como ficção e entrado para a lista de best-sellers. Agora tudo que me restava era memorizá-lo.

Então coloquei em ação a única coisa realmente cruel que já fiz.

A coletiva de imprensa, transmitida ao vivo, aconteceu nas escadas do Opera House, por nenhum motivo específico. O cheiro do porto e da horda de jornalistas se misturou no ar frio da manhã. Todos os repórteres, apresentadores de programas de atualidades, comentaristas de rádio e personalidades da mídia de Sydney estavam lá, e éramos todos apequenados pela estranha geometria do teatro. Essa reunião era digna de nota. Eu e a mídia, como marido e mulher divorciados se encontrando pela primeira vez em anos no funeral do único filho.

Assim que subi, arrogante, ao pódio, eles fizeram suas perguntas capciosas, como se defendendo um ideal elevado. Eu os cortei:

— Hermafroditas da imprensa. Preparei uma breve declaração: vocês não conheceriam a decência se ela chegasse e cagasse na cara de vocês. É isso. Eu disse que seria breve. Mas não estou aqui para lhes explicar por que vocês são paródias de seus antigos eus, estou aqui para responder a suas perguntas. E, sabendo como todos vocês gostam de gritar suas perguntas ao mesmo tempo sem nenhuma consideração pelos companheiros que talvez tenham a voz miúda e frágil, vou me dirigir a cada um de vocês individualmente, e vocês podem fazer suas perguntas assim, um por vez.

Apontei para o jornalista que estava mais perto de mim.

— Ah, Sr. Hardy, estou feliz em vê-lo aqui e não no serviço de aconselhamento para jogadores compulsivos, aonde você vai todas as terças, quintas e sábados. Qual é a sua pergunta? Não? Nenhuma pergunta?

Eles olharam confusos uns para os outros.

— E quanto a você, Sr. Hackerman? Espero que não esteja cansado demais. Afinal, um homem com uma esposa e duas amantes deve ter muita energia. Pelo visto, sua primeira amante, a estudante de jornalismo Eileen Bailey, de 24 anos, e sua segunda amante, a irmã de sua esposa, June, não o estão mantendo tão ocupado quanto se poderia pensar.

"O que está acontecendo? Onde estão as perguntas? E quanto a você, Sr. Loader? Espero que não me acerte com uma pergunta do mesmo modo que acertou sua esposa: cinco vezes, uma intervenção policial. Ela retirou as acusações por amor ou por medo? De qualquer forma, o que você quer saber? Nada?"

Eu não dei trégua. Soltei tudo. Coloquei todas as cartas em todas as mesas. Perguntei sobre seus conselheiros matrimoniais, implantes de pênis, cirurgia estética, sobre um que havia passado a perna no irmão para ficar com toda a herança, sobre sete que eram viciados em cocaína e um que abandonara a esposa logo depois que ela fora diagnosticada com câncer de mama. Ao humilhá-los um por um, eu transformei a multidão reunida em indivíduos outra vez. Eles estavam despreparados, contorcendo-se e transpirando sob o brilho dos próprios refletores.

— Você não contou ao psicólogo na semana passada que sempre quis estuprar uma mulher? Eu tenho a gravação bem aqui — falei, dando um tapinha em minha pasta. O que eram algumas difamações e acusações de invasão de privacidade quando eu seria preso por fraude? — E você, Clarence Jennings, do 2CI. Escutei de um certo cabeleireiro que você só gosta de dormir com sua esposa quando ela está menstruada. Por que isso? Vamos! Conte logo! O público tem o direito de saber!

Eles viravam suas câmeras e seus microfones uns para os outros. Queriam desligá-los, mas não podiam perder o furo quando a competição estava bem ao lado. Não sabiam o que fazer ou como agir. Era um caos! Você não pode apagar uma transmissão ao vivo; suas vidas secretas estavam vazando pelos televisores e aparelhos de rádio em toda parte, e eles sabiam disso. Condenavam um ao outro por força do hábito, mas agora era a vez deles sob os holofotes doentios. Eles me fitavam, fitavam uns aos outros, incrédulos, ridicularizados, como ossos carcomidos em posição ereta. Um deles tirou o paletó e a gravata. Outro chorou. A maioria ostentava sorrisos apavorados. Eles pareciam relutantes em mover um centímetro. Pegos com as calças curtas! Finalmente! Por tempo demais, aquelas pessoas decidiram a importância dos assuntos que relatavam, empertigando-se por aí como se eles próprios fossem celebridades, mas com a interpretação errônea de que suas vidas só diziam respeito a si mesmos. Bem, não mais. Eles foram pegos nas ciladas de moralidade que eles próprios haviam armado. Marcados por seus próprios ferros cruéis.

Eu lhes dei uma piscadela maliciosa, assim eles puderam ter certeza de que eu tinha adorado invadir o santuário de suas vidas. Eles tinham o medo na garganta — estavam petrificados. Era magnífico assistir à queda de grandes massas de orgulho.

— Agora vão para casa — falei, e eles foram.

Foram afogar suas mágoas em cervejas e sombras. Eu fiquei sozinho, com o silêncio dizendo tudo que sempre diz.

•

Aquela noite eu celebrei sozinho no apartamento de Caroline. Ela estava lá, mas não inalaria mais que uma bolha de champanhe em nome da vitória.

— Isso foi infantil — disse ela, de pé diante da geladeira, comendo sorvete do pote.

É claro que ela tinha razão. Mesmo assim, eu me sentia sublime. Acontece que a vingança odiosa era a única aspiração pura da minha juventude que sobrevivera intacta, e sua satisfação, embora pueril, merecia ao menos uma taça de Moët et Chandon. Mas a terrível inevitabilidade da situação me fez pensar: eles logo viriam atrás de mim com força redobrada. Eu deveria escolher *agora* entre a realidade da prisão e a realidade do suicídio. Pensei que, desta vez, precisaria mesmo me matar. Eu não suportaria a prisão. Tenho horror a todas as formas de uniforme e a quase todas as formas de sodomia. Então sobrava o suicídio. De acordo com as convenções desta sociedade, eu vi meu filho chegar à idade adulta, e portanto minha morte seria triste, mas não trágica. Pais moribundos têm o direito de lamentar por não verem os filhos crescerem, mas não por não os verem envelhecerem. Bom, merda... talvez eu quisesse ver meu filho ficando grisalho e encolhendo, mesmo que eu tivesse de testemunhar isso através dos óculos congelados e brumosos de um resfriamento profundo criogênico.

O que é isso? Ouço um carro. Merda. Ouço passos. A percussão assombrosa dos passos! Eles param. Agora ouço batidas! Alguém está batendo na porta! Suicídio? Prisão?

•

Bem, veja só: uma terceira opção!

Tenho de terminar isso rápido. Não há muito tempo.

Saí da cama e vi Caroline encolhida no sofá como um cão magro e comprido.

— Não atenda — falou ela, sem pronunciar essas palavras em voz alta, e sim balbuciando-as em silêncio.

Tirei os sapatos e rastejei até a porta. As tábuas do piso protestaram sob mim. Eu cerrei os dentes, dei mais alguns passos rangentes e espiei pelo olho mágico.

Anouk, Oscar Hobbs e Eddie estavam lá com grandes cabeças convexas. Abri a porta. Todos correram para dentro.

— Olá. Falei com um amigo na Polícia Federal — disse Oscar. — Consegui uma pista. Eles vêm prender você amanhã.

— De manhã ou de tarde? — perguntei.

— Isso importa?

— Talvez um pouco. Eu posso fazer um monte de coisas em cinco ou seis horas.

Isso não passava de vanglória. A verdade era que eu nunca consegui fazer nada em cinco ou seis horas. Eu precisava de oito.

— E o que *ele* está fazendo aqui? — perguntei, apontando para Eddie.

— Temos que sair daqui — disse Eddie.

— Quer dizer fugir?

Eddie fez que sim com tal energia que ficou na ponta dos pés.

— Bem, se eu decidisse fugir, o que faz você pensar que eu fugiria com você? Além do quê, para onde iríamos? A Austrália inteira conhece o meu rosto, e não é algo que eles apreciem.

— Tailândia — disse Eddie. — Tim Lung se ofereceu para escondê-lo.

— Aquele bandido! O que o faz pensar...

— Você vai morrer na cadeia, aqui, Marty.

Aquilo esclarecia tudo. Eu não iria para a cadeia simplesmente para poder mandar Eddie se foder.

— Mas vão nos barrar no aeroporto. Eles nunca vão me deixar sair do país.

— Aqui — disse Eddie, entregando-me um envelope marrom.

Olhei dentro e tirei o conteúdo. Passaportes australianos. Quatro. Um para mim, um para ele, um para Caroline e um para Jasper. Nossas fotos estavam lá, mas os nomes eram diferentes. Jasper e eu éramos Kasper e Horace Flint, Caroline era Lydia Walsh, e Eddie era Aroon Jaidee.

— Como conseguiu isso? — perguntei.

— Cortesia de Tim Lung.

Deixando-me levar pelo impulso, peguei um cinzeiro e o atirei contra a parede. Não mudou nada de essencial.

— Mas continua sendo meu rosto no passaporte! — gritei.

— Não se preocupe com isso — falou Eddie. — Já providenciei tudo.

Caroline colocou os braços em volta de mim e fizemos perguntas sussurradas um ao outro, cada um apavorado para confirmar os desejos do outro, temendo descobri-los contraditórios.

— Quer que eu vá com você? — perguntou Caroline.

— O que você quer fazer?

— Eu vou tornar a vida difícil para você durante a fuga? Vou te atrapalhar?

— Você quer ficar? — perguntei, exausto.

— Droga, Martin, só me diga uma coisa ou outra. Você quer que eu ajude no caso daqui? — Caroline ofereceu, uma ideia que chegou a seus lábios no mesmo instante em que acometeu seu cérebro. Eu entendi que suas perguntas eram respostas mal-disfarçadas.

— Caroline — disse Anouk —, se Martin desaparecer, a polícia não vai deixá-la em paz.

— Nem o público — completou Oscar.

Caroline estava sofrendo. Seu rosto parecia se prolongar como uma sombra. Eu observei pensamentos conflitantes se revelarem em seus olhos.

— Estou com medo — disse ela.

— Eu também.

— Não quero deixá-lo.

— Não quero ser deixado.

— Eu te amo.

— Eu estava começando a pensar...

Ela colocou o dedo em meus lábios. Normalmente odeio quando as pessoas me fazem calar a boca, mas amo quando as mulheres colocam o dedo nos meus lábios.

— Nós vamos juntos — disse ela, ofegante.

— Está bem, nós vamos — eu disse a Eddie —, mas por que você conseguiu um passaporte para o Jasper? Ele não precisa fugir.

— Acho que ele deveria — disse Eddie.

— Ele não iria.

— A família que permanece unida... — falou ele, sem terminar.

Talvez tenha pensado que eu terminaria por ele. Como poderia? Não faço ideia do que acontece com uma família que permanece unida.

•

Provavelmente era o momento mais triste da minha vida, dizer adeus a Anouk. Era horrível não poder dizer que a veria em breve, ou mesmo mais tarde. Não haveria um em breve. Nem um mais tarde. Era isso. Estava ficando escuro. O Sol se punha com urgência. Tudo tinha acelerado. O ar estava carregado. Oscar não esqueceu nem por um instante que ele estava correndo risco indo até ali; ele batia o dedo na perna com uma intensidade cada vez mais rápida. A areia corria pela ampulheta. Anouk estava desolada. Não nos abraçamos tanto quanto nos compreendemos. É só no momento do adeus que a gente entende a função de uma pessoa: Anouk estava lá para salvar minha vida e salvou, muitas e muitas vezes.

— Eu não sei o que dizer — falou ela.

Eu nem mesmo sabia como dizer "Eu não sei o que dizer". Só a abracei mais forte enquanto Oscar limpou a garganta uma dúzia de vezes. Então eles se foram.

Agora estou esperando com as malas prontas. O avião parte em cerca de quatro horas. Caroline está me chamando. Mas, por alguma razão, ela está me chamando de Eddie. Eddie responde. Eles não estão falando comigo.

Acho que vou deixar este manuscrito aqui em uma caixa no apartamento, e talvez um dia seja encontrado e alguém tenha a inteligência de publicar postumamente. Talvez possa servir como uma remodelação do além. Certamente a mídia e o público entenderão nossa fuga como uma prova concreta de nossa culpa — eles não compreendem suficientemente a psicologia humana para entender que fuga é apenas a prova de medo.

E agora, a caminho do aeroporto, temos de parar no apartamento de Jasper e dizer adeus a ele também. Como vou dizer adeus ao meu filho? Já foi bem difícil quando ele saiu de casa, mas que palavras formarão esse adeus que diz que vou viver o resto dos meus dias como Horace Flint na Tailândia, em um ninho de criminosos miseráveis? Imagino que lhe darei o consolo de que seu pai, Martin Dean, nunca será erradicado no fim das contas, pois será Horace Flint que ganhará um túmulo em algum cemitério pantanoso da Tailândia. Isso deverá animá-lo. Certo. Agora Caroline está mesmo me chamando. Temos de ir. A frase que estou escrevendo agora é a última que escreverei.

SEIS

Por que, por que eu também participei da fuga? Por que fui junto com meu pai, depois de tudo o que aconteceu entre nós? Por que sou o filho obediente? Vai saber. Eu amava meu pai, por mais imperfeito que fosse o meu amor. E isso é motivo? Afinal, lealdade é uma coisa, mas o cara destruiu a minha vida. Isso deveria me reservar o direito de deixá-lo desaparecer na selva sem mim. Ele se intrometeu em meu relacionamento de uma forma imperdoável. Tudo bem, ele não tinha culpa de eu estar apaixonado por uma garota que não era uma garota, e sim um edifício em chamas. E também não tinha culpa de ela ter escolhido um cara que não era eu. Eu não tinha argumento; eu era *eu*, embaraçosamente eu. Meu pai não tinha culpa se eu não consegui o amor dela à força, se não consegui pensar em uma oferta que ela não pudesse recusar. Então ela me recusou, pronto. Era culpa do meu pai que esse edifício em chamas amasse o ex-namorado fracassado e tivesse nos sacrificado no altar desse amor? Não, não era. Mas eu o culpei mesmo assim. Isso é o que há de bom em culpar alguém; a culpa vai aonde você manda, sem questionar.

Que Eddie tenha forjado os milionários e jogado meu pai na merda era uma punhalada tão suculenta nas costas que eu estava louco para contar à minha namorada antes de a notícia estourar, ainda que, na verdade, ela não fosse minha namorada. Talvez fosse apenas uma boa desculpa para vê-la: contar segredos de família. E eu precisava de uma desculpa. A Inferno havia me deixado, e estabelecer contato com alguém que o abandonou exige certa manha; é muito, muito difícil não acabar parecendo patético. Eu já tinha feito duas tentativas de vê-la, e em ambas acabei parecendo patético. Da primeira vez, devolvi um sutiã que ela tinha deixado em minha cabana, e da segunda devolvi um sutiã que, na verdade, eu havia comprado naquela mesma manhã em uma loja de departamentos. Nenhuma das vezes ela ficou feliz em me ver: ela olhou para mim como se eu não estivesse incluído em seu campo de visão.

Da terceira vez, fui até a casa dela e deixei o dedo na campainha. Lembro que era um dia bonito, com faixas de nuvens finas e compridas agitando-se ao vento fresco, no ar uma fragrância forte e inebriante, como os perfumes caros que as mulheres ricas colocam em seus gatos.

— O que você quer? — perguntou ela, impaciente.

— Nada. Só quero conversar.

— Eu não posso mais conversar sobre nós porque já não existe um nós. Bom, na verdade existe, mas não somos você e eu. Somos Brian e eu.

— Não podemos ser só amigos? — perguntei (já patético).

— Amigos — ela respondeu devagar, com um olhar intrigado no rosto, como se eu tivesse perguntado se não poderíamos ser só peixes.

— Venha — falei —, vamos dar uma volta.

— Acho que não.

— Só uma voltinha no quarteirão.

Ela cedeu, e na caminhada eu lhe contei tudo que havia acontecido com relação aos milionários, como Eddie enganara meu pai forjando os ganhadores para incluir a maioria dos amigos dele e como, se alguém descobrisse, meu pai seria crucificado.

Lembro que, na época, eu só queria estar perto dela outra vez, mesmo que só por um instante, e contar o segredo que poderia destruir nossa vida pareceu ser a forma de conseguir isso. Eu não obtive nada parecido. Na verdade, como sempre acontece quando despejamos segredos em uma catarse, foi imensamente desagradável.

— Seja como for, seu pai é louco — disse ela, como se aquilo fosse relevante.

Quando chegamos de volta ao prédio dela, ela ficou séria. Eu percebi isso porque ela segurou minha mão.

— Ainda sinto algo por você — falou ela.

Eu estava prestes a dizer alguma coisa. Sei disso porque abri a boca, mas ela me interrompeu:

— Mas sinto algo mais forte por ele.

Foi então que entendi que aquilo era uma competição pela força relativa dos sentimentos dela. Brian estava ficando com a melhor parte; eu estava ficando com as sobras, os afetos mornos, quase inconscientes, que mal respiravam. Não é de surpreender que não os sentisse.

É claro que eu a fiz jurar que não contaria o segredo a ninguém. E é claro que ela contou ao homem que ela amava, porque, sem pensar, eu havia lhe dado um furo de reportagem que salvaria sua carreira jornalística prejudicada.

Então foi por isso que eu fugi com Eddie, Caroline e meu pai? Eu fui junto em busca de perdão? Talvez, mas por que eu deveria ter ficado? Eu acabava de ter o pior ano da minha vida. Quando a Inferno na Torre me deu um fora, eu saí do labirinto espaçoso do meu pai e fui para um apartamento estreito e comprido que não era muito mais que um corredor guarnecido com um banheiro e um espaço em forma de L na ponta, onde você podia enfiar uma cama de solteiro e qualquer coisa em forma de L que de repente encontrasse por aí. A mudança da mata para a cidade teve um inesperado efeito desestabilizador sobre mim. Na cabana, eu estava próximo da voz da terra e nunca precisei me esforçar para me sentir à vontade. Agora, na cidade, descobri que tinha sido privado de todas as minhas alucinações favoritas. Eu havia deixado a mim mesmo para trás. Expulso da fonte, eu me sentia completamente à deriva.

Então, quando meu pai se tornou uma figura pública adorada pela nação, eu admito, a fama dele me acertou em cheio. Como era possível que 20 milhões de pessoas gostassem daquele homem irritante? Caramba, seis meses antes ele não conseguia reunir nem dez amigos para o jantar! Mas o mundo ainda estava por desabar; uma tarde agradável meu pai me visitou no trabalho, de terno, tão tenso que parecia incapaz de dobrar os joelhos. Ele ficou lá parado, todo desajeitado, como se fosse uma casa de tábuas, e nosso confronto triste e silencioso atingiu o clímax quando ele me contou a terrível notícia. Ele mal precisou dizer. Não sei como, mas eu já sabia. Ele estava com câncer. Ele não percebeu que eu soube assim que ele se aproximou? Eu praticamente precisei proteger os olhos do brilho ofuscante da morte.

Foram dias estranhos e turbulentos; meu pai se casou com a ex-namorada do irmão, Anouk se casou com o filho de um bilionário, meu pai foi traído pelo melhor amigo, eu fui traído por meu verdadeiro amor, e meu pai foi desprezado por uma nação inteira. Na mídia, as descrições que faziam dele eram variadas: homem de negócios, trapaceiro, judeu. Lembro que ele sempre foi obcecado por sua incapacidade de definir a si mesmo. Ver a si mesmo compartimentado daquela maneira só serviu para lembrá-lo de quem ele não era.

Tudo estava dando errado. Eu recebia ameaças de morte de estranhos. Precisei tirar uma licença do trabalho. Eu estava sozinho. Perambulava a esmo pelas ruas da cidade e tentava fingir que via a Inferno em toda parte, mas em Sydney não havia tantas ruivas de 1,80m, e eu acabava confundindo-a com algumas substitutas risíveis. Isolado em meu apartamento, fiquei tão deprimido que, quando era hora de comer, eu pensava: o que eu ganho com isso? À noite, continuava sonhando com um único rosto, o mesmo rosto com que costumava sonhar na infância, o rosto feio e contorcido em um grito silencioso, o rosto que às vezes vejo mesmo quando estou desperto. Eu queria fugir, mas não sabia para onde ir e, o que é pior, não queria me dar ao trabalho de amarrar os sapatos. Foi quando comecei a fumar maconha e cigarros um atrás do outro, comer cereal na caixa, tomar vodca na garrafa, vomitar até cair, chorar por motivo nenhum, falar comigo mesmo com uma voz severa e andar pelas ruas, que estavam abarrotadas de pessoas que, ao contrário de mim, visivelmente *não* estavam gritando por dentro e *não* estavam paralisadas pela indecisão e *não* eram odiadas por todos neste odioso continente-ilha.

Ocupei meu posto na cama, embaixo das cobertas, e fiquei lá até a tarde em que fui sacudido de um sonho bêbado e vi os olhos verdes de Anouk me observando.

— Estou tentando falar com você há dias.

Ela usava uma camiseta velha e uma calça de ginástica. Pelo visto, o choque de se casar com o dinheiro a estava forçando a usar roupas casuais.

— Isso é muito estranho, Jasper. Eu tenho exatamente a mesma sensação de quando entrei pela primeira vez no apartamento do seu pai quando a gente se conheceu. Lembra? Olhe para este lugar! É asqueroso. Acredite em mim: usar lata de cerveja como cinzeiro é um sinal que você não pode ignorar!

Ela percorreu o apartamento, limpando tudo energicamente, sem se deixar abalar pela comida mofada e pelos demais escombros da minha existência cotidiana.

— Você vai precisar pintar de novo essas paredes para fazer sair o cheiro — falou ela.

Eu caí no sono escutando seu tom de voz aumentar e diminuir. A última coisa que a ouvi dizer foram as palavras "igualzinho ao seu pai".

Acordei algumas horas mais tarde e encontrei o apartamento limpo e cheirando a incenso. Anouk estava sentada no chão, sem sapatos, com suas longas pernas cruzadas, um raio de sol reluzindo em sua tornozeleira.

— Coisas demais aconteceram. Você tem estímulos em excesso. Venha aqui — disse ela.

— Não, valeu.

— Eu o ensinei a meditar, não foi?

— Não lembro.

— Seu pai nunca conseguiu desligar a mente. É por isso que ele está sempre surtando. A não ser que queira sofrer o mesmo desgaste mental, você precisa atingir a quietude da mente por meio da meditação.

— Me deixe sozinho, Anouk.

— Jasper. Eu só estou tentando ajudar. O único jeito de você sobreviver a todo esse ódio é tendo paz interior. E, para encontrar paz interior, primeiro você precisa encontrar o eu superior. E para encontrar o eu superior, você precisa encontrar a luz interior. E então você se une à luz.

— Unir a luz. A quê?

— Não. Você *se* une à luz: você e a luz vão se tornar uma coisa só.

— E qual é a sensação?

— Êxtase.

— Então é bom.

— Muito.

Anouk continuou com essa conversa, sobre paz interior, sobre meditação e o poder da mente, não para dobrar colheres, mas para anular o ódio. Ela não estava me enganando. Ela era apenas uma aspirante a guru, escutar rumores de iluminação foi o mais longe a que chegou. Ainda assim, tentamos encontrar paz, luz, nossos eus superior e inferior e todos os outros pelo caminho. Anouk pensou que eu talvez tivesse um talento nato para a meditação, porque uma vez contei a ela que eu achava que podia ler os pensamentos do meu pai e que muitas vezes via rostos onde não deveria haver nenhum. Ela abraçou essas revelações com entusiasmo, e sua voz desvairada se tornou mais insistente. Assim como nos velhos tempos, eu estava indefeso contra sua compaixão fanática. Eu a deixei comprar flores e mensageiros do vento. Eu a deixei comprar livros sobre diferentes técnicas de meditação. Eu a deixei até mesmo me arrastar para uma experiência de renascimento.

— Você não quer se lembrar do seu próprio nascimento? — ela soltou de repente, como se tivesse acabado de identificar a tendência ao esquecimento como mais um traço da minha personalidade.

Ela me levou a um centro cujas paredes eram da cor das gengivas de uma velha, e deitamos em um semicírculo numa sala pouco iluminada, e ficamos cantando e regressando e esforçando-nos para lembrar o momento do nascimento como se estivéssemos tentando lembrar o número de telefone de alguém. Eu me senti um idiota. Mas eu amava estar perto de Anouk outra vez, e por isso continuei, e todos os dias desde então nós nos sentávamos de pernas cruzadas em parques e praias, repetindo nossos mantras vezes e mais vezes, como se fôssemos obsessivo-compulsivos. Durante aquelas duas semanas eu não fiz nada além de observar minha respiração e tentar esvaziar a mente, mas minha mente era como um barco com infiltração; cada vez que eu me livrava de uns pensamentos, outros novos gotejavam. E quando pensei que talvez tivesse alcançado a mais leve insinuação de vazio, me assustei. Meu vazio não era extasiante; parecia nocivo. O som de minha própria respiração era ligeiramente sinistro. Minha postura parecia teatral. Às vezes eu fechava os olhos e só via aquele rosto estranho e terrível; outras vezes não via nada, só ouvia — débil e abafada — a voz do meu pai, como se ele estivesse falando comigo de dentro de uma caixa. Ficou claro que a meditação não podia me ajudar. Nada podia me ajudar. Eu estava além do alcance de qualquer ajuda, e nem mesmo uma súbita chuva com sol era capaz de me levantar. Aliás, comecei a me perguntar o que eu tinha visto na natureza todo aquele tempo em que vivi no labirinto. De repente ela me pareceu horrível e ostentosa, e me perguntei se era uma blasfêmia dizer a Deus que arco-íris são cafonas.

Tal era meu estado de espírito quando meu pai, Eddie e Caroline apareceram lá em casa e tocaram a buzina até eu descer. O carro simplesmente ficou lá, o motor ocioso. Fui até a janela. Eles estavam todos de óculos escuros, como se estivessem em uma ressaca coletiva.

— Eles vêm me prender amanhã — disse meu pai. — Nós vamos fugir.

— Vocês nunca vão conseguir.

— Vamos ver. De todo modo, só viemos nos despedir — falou ele.

Eddie balançava a cabeça.

— Você deveria vir com a gente — falou.

Esse me pareceu um bom motivo para eu balançar a *minha* cabeça também, e foi o que eu fiz, e então perguntei:

— O que vocês vão fazer na Tailândia, seu bando de fugitivos malucos?

— Tim Lung ofereceu-se para nos alojar por um tempo.

— Tim Lung — gritei, e então sussurrei: — Cristo.

Foi quando uma ideia absurda e perigosa adentrou minha cabeça com um estouro quase audível. Tanto quanto eu amava a Inferno com punhos cerrados, eu odiava Tim Lung de braços abertos.

Pensei: Vou matá-lo. Matá-lo com uma bala na cabeça.

— Você está bem? — perguntou meu pai.

Naquele instante eu soube que não estava acima da realização de uma fantasia sanguinária. Por meses eu vinha guardando ideias odiosas sobre as pessoas (eu sonhava em encher a boca delas com miúdos), e agora eu sabia que a violência real era o passo lógico a se dar em seguida. Depois de anos testemunhando as rupturas sazonais do meu pai, eu tinha decidido, havia séculos, evitar uma vida de contemplação intensa; uma partida abrupta para o assassinato parecia a forma de conseguir isso. Sim, de repente eu já não estava na escuridão, tateando pelos intermináveis corredores dos dias. Pela primeira vez em muito tempo, o caminho à minha frente era bem iluminado e claramente definido.

Então, quando meu pai disse seu adeus de olhos secos pela última vez, eu falei:

— Vou com vocês.

II

Acreditem: o entusiasmo e a expectativa da viagem são ainda maiores quando você viaja com um passaporte falso. E nós pegaríamos um avião particular — o rosto famoso do meu pai não sairia da Austrália sem um grande suborno. Escondidos embaixo de chapéus e atrás de óculos escuros, chegamos ao aeroporto e passamos por um portão de segurança que dava direto na pista de decolagem. Eddie disse que o avião pertencia ao "amigo de um amigo", e a alguns funcionários inescrupulosos da alfândega ele entregou envelopes de dinheiro, que seriam divididos entre a equipe de solo e os carregadores de bagagem corruptos. Para ser franco, todos que encontramos pareciam estar completamente à vontade com a transação.

Enquanto esperávamos Eddie terminar de distribuir propinas e concluir a papelada falsificada, Caroline esfregava as costas do meu pai, e ele esticava as rugas na própria testa. Ninguém olhava para Eddie ou falava com ele. Eu não pude deixar de sentir uma espécie de pena dele. Eu sabia que ele merecia a alternância entre fúria e desdém que estava recebendo, mas seu meio sorriso congênito o fazia parecer tão miserável, tão a-maquiavélico, que eu poderia ter me levantado para defender seu comportamento indefensável se o júri presente não estivesse tão predisposto a uma decapitação.

— Assim que estivermos no ar, estaremos a salvo — disse meu pai, para acalmar a si mesmo.

Aquela frase surreal ficou na minha cabeça: "Assim que estivermos no ar." Ninguém mais disse nada; estávamos todos perdidos em nossos pensamentos, provavelmente o mesmo pensamento. O tempo todo evitamos falar sobre o futuro, já que era tão inconcebível.

Embarcamos no avião sem nenhum incidente (se não considerarmos a transpiração inumana do meu pai um incidente), com medo até de tossir para não fazer voar o disfarce. Expulsei Eddie do assento na janela, já que aquela era a primeira vez que eu saía da Austrália e eu queria dar adeus. Os motores arrancaram. Decolamos com um ronco. Chegamos ao céu. E então nos estabilizamos. Estávamos no ar. Estávamos a salvo.

— Essa foi por pouco — falei.

Eddie pareceu surpreso, como se ele tivesse esquecido que eu estava lá. Seu olhar me atravessou, dirigindo-se à janela.

— Adeus, Austrália — disse ele, de modo um pouco grosseiro.

E foi isso... havíamos sido escorraçados da Austrália. Agora éramos fugitivos. Provavelmente deixaríamos a barba crescer, exceto por Caroline, que tingiria o cabelo; aprenderíamos novos idiomas e nos camuflaríamos aonde quer que fôssemos, verde-escuro para florestas, bronze brilhante para saguão de hotel. Tínhamos um grande desafio pela frente.

Olhei para o meu pai. Caroline tinha a cabeça apoiada no ombro dele. Cada vez que me pegava olhando para ele, ele me lançava um olhar que dizia "Não é emocionante?", como se ele estivesse me levando para uma viagem de aproximação entre pai e filho. Ele havia esquecido que já estávamos insidiosamente unidos, como prisioneiros acorrentados um ao outro. Lá fora, o céu tinha uma cor uniforme; absoluto, austero. Observei Sydney desaparecer de vista com uma sensação que se aproximava do luto.

Cinco horas depois ainda estávamos sobrevoando a Austrália, a paisagem inconcebivelmente descampada e nada convidativa de nosso país insano. Não dá para acreditar na tamanha monotonia da paisagem. Para apreciar a beleza torturante do interior, é preciso estar bem no meio, com um veículo de fuga bem equipado. Tipograficamente, é incompreensível e assustadora. Bom, esse é o centro do nosso país. Não é o Jardim do Éden.

Enfim estávamos sobrevoando a água. É isso, pensei. O palco em que nossas vidas inacreditáveis foram encenadas ficou para trás, sob as nuvens. Essa sensação adentrou meu corpo até que eu a senti se acomodar e ficar confortável. Tudo que restava era pensar no futuro. Eu estava apreensivo quanto a ele; não parecia ser o tipo de futuro que duraria muito.

— O que ele quer com a gente? — perguntei a Eddie de repente.

— Quem?

— Tim Lung.

— Não faço ideia. Ele convidou vocês para se hospedarem na casa dele.

— Por quê?

— Não sei.

— Bom, por quanto tempo ele quer que a gente fique?

— Não sei.

— O que você sabe?

— Ele mal pode esperar para ver vocês.

— Por quê?

— Não sei.

— Pô, Eddie!

Estávamos nos entregando ao misterioso Tim Lung. Tendo usado meu pai para roubar milhões de dólares do povo australiano, ele agora queria agradecer a ele por bancar o tonto tão amavelmente? Era curiosidade? Queria ver o quão estúpido um homem pode ser? Ou havia algum propósito mais obscuro em que nenhum de nós tinha pensado?

As luzes no avião se apagaram, e enquanto viajamos pelo planeta na escuridão, pensei a respeito do homem que eu mataria. Com base nas reportagens, eu sabia que alguns detetives frustrados na Tailândia, incapazes de localizá-lo, afirmaram que ele era a personificação do mal, um verdadeiro monstro. Não havia dúvida, portanto, de que o mundo ficaria melhor sem ele. Apesar disso, eu estava deprimido com a percepção de que assassinato era a única ideia útil que eu já tivera.

III

— Não tem ninguém aqui nos esperando — disse Eddie, vasculhando a multidão no aeroporto.

Meu pai, Caroline e eu trocamos olhares; não sabíamos que deveria haver alguém.

— Esperem aqui — falou Eddie. — Vou dar um telefonema.

Observei o rosto de Eddie enquanto ele falava com alguém que presumi ser Tim Lung. Nervoso, ele balançava a cabeça, curvado em uma postura absurdamente servil, e com um riso forçado e apologético no rosto.

Eddie desligou e fez outra chamada. Meu pai, Caroline e eu o observamos em silêncio. De vez em quando, lançávamos uns aos outros olhares que diziam: "As coisas estão fora do nosso controle, mas precisamos fazer alguma coisa, e é nisso que consiste este olhar ciente." Eddie desligou outra vez e fitou o telefone por um instante. Então ele veio até nós, esfregando as mãos com um ar melancólico.

— Temos que passar a noite num hotel. Vamos para a casa do Sr. Lung amanhã.

— Tá legal, vamos pegar um táxi — disse meu pai.

— Não... Uma pessoa está vindo nos buscar.

Vinte minutos depois, chegou uma pequena mulher tailandesa, com os olhos tão abertos que pareciam não ter pálpebras. Ela caminhou até nós devagar, tremendo. Eddie simplesmente ficou lá parado feito um ruminante. A mulher colocou os braços em volta dele e, enquanto eles se abraçavam, ela deixou escapar pequenos soluços de sua boca diminuta. Eu soube que Eddie estava absorto naquele momento, porque subitamente não parecia mais evasivo. O abraço continuou por um bom tempo, até que se tornou monótono. Todos nos sentimos terrivelmente constrangidos.

— Faz muito tempo que quero conhecer vocês — disse ela, voltando-se para o restante de nós.

— Conhecer a gente? — perguntei, hesitante.

Então Eddie falou:

— Ling é minha esposa.

— Não é não — disse meu pai.

— Sou, sim — respondeu ela.

Meu pai e eu entramos em choque. Eddie era casado?

— Eddie, quanto tempo faz que você é casado? — perguntei.

— Uns 25 anos.

— Vinte e cinco anos!

— Mas você mora na Austrália — falou meu pai.

— Não mais.

Meu pai não conseguia conceber.

— Eddie — disse ele —, 25 anos. Isso significa que você era casado quando a gente se conheceu em Paris?

Eddie sorriu, como se aquela fosse uma resposta, e não outra pergunta.

Saímos do aeroporto atônitos. Estávamos não só em outro país, como em outra galáxia, uma em que Eddie era casado havia *25 anos*. Lá fora, o calor era atordoante. Todos nos amontoamos em uma velha Mercedes verde-oliva e partimos às pressas para o hotel. Como era minha primeira vez em um país estrangeiro, meus olhos absorviam tudo — mas vou poupá-los das descrições da viagem. É a Tailândia. Vocês conhecem as paisagens, conhecem os aromas. Leram os livros, viram os filmes. Quente, úmida, pegajosa, cheiro de comida condimentada, e toda parte ocultava um vestígio de drogas e prostituição, porque, como a maioria dos viajantes, levamos conosco nossas ideias preconcebidas sobre a viagem e, ao contrário do que deveríamos ter feito, não as declaramos na imigração como materiais perigosos que devem ser mantidos em quarentena.

No carro, Eddie e Ling conversavam baixinho em tailandês. Nossos nomes foram mencionados várias vezes. Meu pai não conseguia tirar os olhos de Eddie e de sua esposa. Esposa!

— Ei, Eddie. Vocês têm filhos? — perguntou meu pai.

Eddie fez que não com a cabeça.

— Tem certeza?

Eddie se virou para Ling e continuou falando baixinho.

Enquanto fazíamos o check-in no hotel, tomando cuidado para assinar nossos novos nomes e não os antigos, pensei que a coisa mais estranha para mim não era simplesmente estar viajando — estar, de súbito, completamente fora da Austrália —, mas estar viajando em grupo. Eu sempre havia imaginado que sair da Austrália seria o símbolo definitivo da minha independência, e lá estava eu, com *todo mundo*. Eu sei que você nunca pode escapar de si mesmo, que carrega o passado consigo, mas eu estava carregando o meu literalmente. Um pequeno consolo foi que acabei conseguindo um quarto só para mim, cuja janela dava para a carcaça estripada de um cachorro.

Aquela noite, caminhei pelo quarto do hotel. Tudo em que eu conseguia pensar era que àquela altura a notícia de nossa fuga estaria por toda parte na Austrália, e apesar de nossa saída furtiva, alguém certamente viria em nosso encalço sem muita dificuldade. Era fácil imaginar a reação do nosso país ao ouvir que havíamos escapado, e por volta das 3 da manhã eu me senti acometido por aquela que eu tive certeza de que era uma onda inflamada de ódio que percorreu todo o caminho de nossa terra natal até nossos quartos com ar-condicionado no hotel da estrada Khe Sahn.

Saí por Bangcoc me perguntando como faria para comprar uma arma. Eu não achava que seria muito difícil; na minha cabeça, aquela era uma metrópole sórdida, uma Sodoma e Gomorra que servia boa comida. Eu estava em um estado semidelirante; só olhava para os rostos e, mais especificamente, para os olhos. A maioria dos olhos que vi eram de uma ingenuidade irritante; só alguns poucos é que incineravam só de olhar para eles. Aqueles eram os que eu queria. Pensei em assassinato e em assassinos. Minha vítima também era um criminoso; quem choraria por ele? Bom, talvez muitas pessoas. Talvez ele também fosse casado! Engasguei diante desse pensamento. Não sei por que fiquei tão surpreso; por que ele não deveria ser casado? Ele não era notório por ser feio e antissocial, só por ser imoral. Isso é atraente em alguns círculos.

Eram 4 da manhã e continuava fazendo um calor terrível e eu ainda não tinha encontrado uma única arma. Continuei caminhando, pensando: "Tim Lung, devo matá-lo imediatamente, sem nem sequer lhe oferecer um aperitivo?" Enquanto caminhava, acendi um cigarro. Por que não? Não é à toa que esta é a principal causa de morte evitável no mundo.

Eu estava cansado e encostei em um poste. Senti um par de olhos sobre mim. Havia algo de assustador mas estranhamente revigorante naqueles olhos. Aqueles eram os olhos que eu vinha procurando.

Fui até o jovem e falamos ao mesmo tempo.

— Sabe onde posso comprar uma arma?

— Quer ver um sex show?

— Sim, por favor.

Ele me conduziu pela rua e me levou ao Patpong. Grandes grupos de homens ocidentais se dirigiam a clubes de striptease, e imediatamente pensei em Freud, que acreditava que a civilização se desenvolve em um contraste cada vez maior com as necessidades do homem. Evidentemente, Freud nunca esteve no Patpong. Ali, as necessidades do homem eram escrupulosamente atendidas, cada uma delas, até mesmo as que o deixavam doentes.

Fui ao primeiro bar e sentei em um banco e pedi uma cerveja. Uma jovem veio e sentou-se no meu colo. Ela não devia ter mais que 16 anos. Ela colocou a mão entre minhas pernas, e eu perguntei:

— Sabe onde posso comprar uma arma?

No mesmo instante, eu soube que havia cometido um erro. Ela pulou do meu colo como se eu a tivesse mordido. Eu a vi falar de modo agitado com um par de tipos durões atrás do balcão. Saí correndo dali, pensando que havia me metido em uma daquelas irrealidades em que você pode de fato se machucar, e depois de alguns quarteirões parei de correr. Com efeito, aqueles tailandeses não eram mais criminosos que as pessoas que se encontraria em qualquer lanchonete de *fish and chips* nas esquinas de Sydney, e comprar uma arma deles era simplesmente impossível. Sendo assim, quando encontrasse Tim Lung eu teria de improvisar.

Quando, de manhã, desci para tomar café no restaurante do hotel, deduzi pelo olhar no rosto do meu pai e no de Caroline que eles também não tinham dormido. Eram rostos sofridos e insones. Rostos tensos de preocupação. Durante um café da manhã nada exótico com bacon, ovos e croissants amanhecidos, nossas brincadeiras foram leves e insignificantes, para tentar derrotar o humor sombrio. O que quer que o futuro nos reservasse, nós queríamos enfrentar de estômago cheio.

Eddie veio até nós sem sua expressão benigna de sempre.

— Estão prontos?

— Onde está sua esposa? — perguntou meu pai.

— Cala essa boca, Martin. Eu já o aturei bastante. Já o aturei bastante, de verdade.

Aquilo nos silenciou a todos.

IV

Para chegar à casa de Tim Lung, tivemos de pegar um barco-táxi por um canal sujo e fedido. Quando passamos por canoas de madeira com frutas e vegetais multicoloridos, protegi o rosto dos respingos ameaçadores de água turva. Minhas primeiras impressões da Tailândia foram boas, mas eu sabia que meu sistema imunológico não resistiria ao desafio de suas bactérias. Tão logo ultrapassamos essa frota irregular de embarcações, estávamos sozinhos no canal, avançando depressa. De um lado e de outro, dispostas de forma assimétrica nas ruas poeirentas, havia casas que pareciam semiconstruídas ou semidilapidadas. Passamos por mulheres usando chapéus de palha com abas grandes, lavando a roupa na água marrom, claramente inabaladas pela ideia de que sua roupa interior poderia estar alojando encefalite. Depois havia ruas compridas, desertas e cobertas de poeira, e grandes árvores com galhos esparramados. As casas, agora mansões nobres e ostentosas, ficavam bem longe uma da outra. Senti que estávamos chegando perto. Tentei ler o rosto de Eddie. Era ilegível. Meu pai me dirigiu um olhar cujo subtexto era: "Nós fugimos, mas para onde?"

O barco parou. Saímos e caminhamos por um pequeno aterro até um grande portão de madeira. Antes que Eddie pudesse apertar a campainha, uma voz aguda disse algo em tailandês por um interfone minúsculo e Eddie respondeu, olhando para mim, o que me deu a sensação de que estávamos em uma estrada na qual recuar era suicídio e avançar era provavelmente suicídio. Eu estava todo arrepiado. Caroline pegou minha mão. O portão abriu. Nós seguimos em frente. Meu pai disse algo sobre o estado de seus intestinos que eu não entendi muito bem.

A casa de Tim Lung tinha "cartel de drogas" estampado em toda parte. Era grande, com grandes muros caiados cercados por pilares embutidos, telhas em tons de verde e laranja brilhante, e um enorme Buda deitado aninhado em um denso bosque de bambus. Ficou claro que estávamos entrando em um esconderijo de ladrões quando avistei homens escondidos nas sombras das árvores com fuzis semiautomáticos, observando-nos como se estivéssemos lá para vender um produto que eles sabiam que não funcionava. Os homens usavam camisas de manga curta e calças compridas. Mostrei um homem armado para o meu pai, só para ouvir sua reação óbvia:

— Eu sei — disse ele. — Calça comprida neste calor!

— Por aqui — disse Eddie.

Descemos por uma escada íngreme que dava para um pátio retangular. Fincadas em estacas, havia cabeças de porcos com varetas de incenso brotando da testa. Agradável. Em uma parede do pátio, havia um grande mural retratando uma cidade destruída pelo fogo. Promissor. Ao fundo, as grandes portas de correr já estavam abertas. Não sei o que eu estava esperando — dobermanns raivosos, mesas com pilhas de cocaína e sacos de dinheiro, prostitutas esparramadas em sofás de couro branco e um rastro de sangue levando aos corpos mutilados de policiais mortos. O que eu não estava esperando era exatamente a última coisa no mundo que eu poderia estar esperando.

Meu pai viu primeiro. Ele falou:

— O que é isso?

Em ambas as paredes, em molduras ou coladas com fita marrom, havia centenas e centenas de fotos do meu pai e de mim.

Eu também falei:

— O que é isso?

V

— Marty! São fotos suas! — gritou Caroline.

— Eu sei!

— E de você também, Jasper!

— Eu sei!

— É você quando neném? Você era tão fofo!

Nossos rostos de várias épocas nos espreitavam por toda a sala. Essa exposição perversa incluía todas as fotografias que Eddie tirara de nós nos últimos vinte anos. Eram imagens de meu pai jovem em Paris, alto e magro, com todo o cabelo e uma estranha barba no queixo e no pescoço que não conseguia ou não queria chegar até o rosto; meu pai, antes de começar a acumular células de gordura, fumando cigarros finos em nosso primeiro apartamento. E havia muitas de mim também, quando bebê e tateando às cegas pela infância e pela adolescência. Mas foram as fotos de Paris que mais me interessaram: fotos e fotos de meu pai com uma mulher jovem, pálida e bonita, com um sorriso degradante.

— Pai, esta é...?

— Astrid — ele confirmou.

— É a sua mãe, Jasper? Ela é bonita! — disse Caroline, com ternura.

— O que significa isso? — meu pai gritou, e sua voz ecoou por toda a casa.

Meu pai era um autêntico paranoico que finalmente descobrira, depois de todos aqueles anos, que de fato *havia* uma conspiração contra ele.

— Venham — disse Eddie, conduzindo-nos ao interior da casa.

Meu pai e eu ficamos paralisados. Isso tinha algo a ver com o suicídio de Astrid? Com minha mãe morrendo em um dos barcos de Tim Lung? Fomos impelidos ao papel de detetives, forçados a investigar nossas próprias vidas, mas nossas jornadas mentais rumo ao passado eram inúteis. Nós simplesmente não entendíamos. Estávamos debilitados e extasiados ao mesmo tempo. O pesadelo de um paranoico! O sonho de um narcisista! Não sabíamos como nos sentir: bajulados ou violados. Talvez ambos. Estávamos completamente intrigados. É claro que Eddie havia incutido nesse senhor supremo do crime uma obsessão por meu pai e por mim, mas o que é que ele tinha dito? O que ele *poderia* ter dito? Eu o imaginei bebendo com o chefe, tarde da noite: "Você não acreditaria nesses tipos. Eles são insanos. Eles não deveriam ter o direito de viver!"

— O Sr. Lung está esperando por vocês ali — disse Eddie, apontando para a porta dupla de madeira no final do corredor. Ele teve o descaramento colossal de ostentar um sorriso.

De súbito, meu pai o agarrou violentamente pelo colarinho da camisa; era como se ele estivesse planejando tirar a camisa de Eddie pela cabeça — seu primeiro ato oficial de violência física. Caroline o forçou a soltar os dedos.

— Em que você nos meteu, seu canalha? — gritou meu pai, embora não tenha sido tão ameaçador quanto ele pretendia. Fúria misturada com curiosidade genuína produz um resultado estranho.

Um guarda armado surgiu de uma porta para averiguar a comoção. Eddie o desarmou com um aceno. Desapontado, o guarda recuou para as sombras. Pelo visto, Eddie tinha um aceno de cabeça que era irrefutável. Aquilo era novidade para nós. Continuamos pelo corredor em direção à porta dupla de madeira em um estado de deslumbramento, examinando mais fotos pelo caminho. Até esse momento, eu nunca havia percebido o quanto meu pai lembrava um cachorro sendo empurrado para uma piscina contra sua vontade. E eu, de repente, minha identidade pareceu algo menos sólido. Para mim, era quase impossível me conectar com aquela nossa história ilustrada. Parecíamos relíquias de uma civilização fracassada. Não parecíamos nem um pouco compreensíveis.

E minha mãe! Meu coração quase explodiu ao olhar para ela. Em todas as fotos ela parecia silenciosa e inerte; toda a ação acontecia por trás de seus olhos, o tipo de olhos que pareciam ter voltado dos cantos mais distantes da terra só para dizer que não deve se dar ao trabalho de ir até lá. Seu sorriso era como uma escada que levava a lugar nenhum. Meio obscurecida nos cantos das molduras estava sua beleza triste; ela apoiava a cabeça nas mãos, seus olhos cansados se anuviando. Talvez fosse coincidência, mas a cada foto ela parecia mais distante da lente da câmera, como se estivesse encolhendo. Essas imagens me dotaram de um respeito recém-descoberto por meu pai — ela parecia uma mulher distante e majestosa com quem nenhuma pessoa sensata se atreveria a ter um relacionamento. Peguei uma de suas fotografias da parede e a arranquei da moldura. Era em branco e preto, tirada em uma lavanderia. Minha mãe estava sentada em uma máquina de lavar, as pernas suspensas, olhando diretamente para a lente da câmera com seus olhos incrivelmente grandes. De repente eu soube que aquele mistério tinha algo a ver com ela — ali eu receberia a primeira pista de quem ela fora, de onde ela viera. Uma coisa estava clara para mim: o enigma da existência da minha mãe seria revelado atrás daquela porta.

Meu pai a abriu, e eu o segui.

VI

Entramos em uma grande sala quadrada com tantas almofadas no chão que parte de mim só queria deitar e ser alimentada com uvas. Enormes samambaias me faziam sentir que estávamos do lado de fora outra vez. As paredes não chegavam a alcançar o teto, e a luz do sol entrava pelo espaço acima delas, com a exceção da parede dos fundos, que era de vidro e dava para o Buda coberto de plantas no jardim. Lá, na parede de vidro, havia um homem, de costas para nós, olhando para o Buda. Eles tinham a mesma compleição. Na luz brilhante que entrava pela janela, só conseguíamos ver a silhueta gigante do homem. Pelo menos, eu acho que era um homem. Era meio parecido com um, só que maior.

— Sr. Lung — disse Eddie —, permita-me apresentar Martin e Jasper Dean. E Caroline Potts.

O homem se virou. Ele não era tailandês, chinês ou sequer asiático. Tinha cabelo loiro desordenado e uma barba espessa cobrindo a pele carnuda e cheia de cicatrizes, e estava usando short e uma camisa de flanela com as mangas cortadas. Parecia um explorador recém-chegado da selva, desfrutando pela primeira vez da civilização. No entanto, essa é uma descrição divagante, que ignora o problema óbvio, o elefante no meio da sala — porque, acima de tudo, ele era o elefante no meio da sala, o homem mais gordo que eu já tinha visto ou que viria a ver, uma surpreendente aberração da natureza. Ou ele tinha um distúrbio hormonal, ou devia ter comido morbidamente por décadas com a clara ambição de se tornar o maior homem do mundo. A forma de seu corpo era irreal para mim — sua ofensa aos sentidos era sufocante. Matar aquela monstruosidade com uma bala era tão impossível quanto amassar uma montanha com um tapa.

Ele nos fitou sem piscar um olho, mesmo enquanto apagou o cigarro e acendeu outro. Claramente, ele pretendia nos encarar até que nos rendêssemos. Estava funcionando. Eu me sentia excessivamente dócil e fantasticamente magro. Olhei para meu pai para ver se ele também estava se sentindo dócil. Não. Ele estava examinando o homem enorme como se fosse um desses quebra-cabeças mágicos que revelam uma imagem oculta.

Meu pai manifestou-se primeiro, como se falasse durante o sono:

— Não pode ser — disse ele, e imediatamente eu soube.

Caroline pronunciou o nome antes de todo mundo:

— Terry — disse ela.

Terry Dean, meu tio, olhou para cada um de nós e abriu o maior sorriso que eu já tinha visto.

VII

— Surpresos? É claro que sim — disse ele, rindo. Sua voz poderosa ecoou como se tivesse saído das profundezas de uma caverna. Ele foi mancando em nossa direção. — Vocês precisavam ver a cara de vocês. Precisavam mesmo. Querem que eu busque um espelho? Não? Qual é o problema, Marty? Está em choque? É compreensível, muito compreensível. Vamos todos esperar aqui até o choque passar e dar lugar à raiva e ao ressentimento. Eu não espero que nenhum de vocês aceite isso assim, sem mais nem menos. Esse não é o tipo de coisa que faz vocês rirem logo de cara; só mais tarde, quando a ficha cair. Não se preocupem, vai cair. Em alguns dias vocês vão achar difícil se lembrar de um único dia em que eu não estive vivo. Mas me conte, Marty, você não suspeitou? Nem um pouquinho? O que eu estou pensando? Aqui está você, vendo seu irmão morto há tanto tempo depois de todos esses anos, e ele não só tem a audácia de estar vivo e respirando, como nem lhe ofereceu uma cerveja! Eddie, traga umas cervejas para a gente, cara! E Jasper! Faz muito tempo que eu quero conhecê-lo. Você sabe quem eu sou?

Fiz que sim.

— Meu sobrinho! Você tem o nariz da sua avó, seu pai já te disse isso? Estou feliz em vê-lo. Eddie me contou sobre você. Você deve ser algum tipo de rocha, vivendo com o seu pai sem se estilhaçar em um milhão de pedacinhos. Mas parece que se saiu bem. Parece bem normal e saudável e equilibrado. Como é que não ficou louco? É uma loucura que você não seja louco! Ou talvez seja. É isso que estou ansioso para descobrir. E Caroline! Ver você é um pouco chocante, admito. É claro que Eddie me contou que você se casou...

Terry a fitou por um bom tempo antes de voltar a si.

— Eu sei, vocês foram pegos desprevenidos. Bebam suas cervejas, vão se sentir melhor. Vou esperar vocês se acalmarem. Temos tempo. Caramba, se existe uma coisa que todos nós temos é tempo. Marty, você está me apavorando com esse olhar. Você também, Caroline. Mas você não, viu, Jasper? Vai ver é porque você ainda é jovem. Quando se é mais velho, é uma surpresa que ainda possa ficar surpreso. Eu me pergunto, qual é a maior surpresa, que eu esteja tão admiravelmente vivo ou tão admiravelmente gordo? Podem dizer, eu não ligo. Gosto de ser gordo. Eu sou Henrique VIII gordo. Buda gordo. Vamos esclarecer de uma vez, assim vocês não ficam presos a isso. Sou um gordo de merda. Vou até tirar a camisa para vocês verem. Viram? Tá legal? Eu sou uma baleia. Minha barriga é dura! Invencível!

Era verdade. Ele era tão grande que dava a impressão de ser indestrutível, que podia sobreviver a qualquer cataclismo. O zoológico de tatuagens de animais que meu pai descrevera tantos anos antes havia se esticado em redemoinhos de cores sem forma.

Meu pai estava tenso. Parecia que ele queria dizer alguma coisa, mas sua língua não colaborava.

— Vivo... gordo — foi tudo que ele conseguiu emitir.

Comecei a perceber que Terry também estava meio confuso. Ele não sabia para quem olhar. De tempos em tempos, ele se virava e olhava atentamente para mim, talvez sua melhor chance de amor e aceitação imediatos. Mas ele não encontrava, porque apesar da incrível notícia de que um membro da família transformado em um verdadeiro mito estava vivo e bem, o que eu sentia era, mais que qualquer coisa, uma amarga decepção, porque aquele tudo não tinha nada a ver com minha mãe, afinal.

— Ninguém vai me dar um abraço?

Ninguém se moveu.

— Então quem é Tim Lung? — perguntou meu pai finalmente.

— Tim Lung não existe. Nem Pradit Banthadthan e nem Tanakorn Krirkkiat, por sinal.

— Do que você está falando?

— Estou construindo, Marty. Finalmente estou construindo.

— Construindo o quê?

— A Cooperativa Democrática do Crime.

Meu pai teve um espasmo como se tivessem lhe dado um choque.

— Está *o quê?* — ele gritou. Essa foi a primeira reação emotiva que ele teve.

— Sabe, cara, da primeira vez eu estraguei tudo. Mas Harry entendia alguma coisa. Isso funciona perfeitamente.

— Não acredito! Não acredito!

Pelo visto, isso foi para o meu pai um choque maior do que a notícia de que Terry estava vivo durante todo esse tempo.

Caroline perguntou:

— O que é a Cooperativa?

— Não pergunte — interrompeu meu pai. — Ah, meu Deus.

Terry bateu as mãos gorduchas com alegria e pulou para cima e para baixo com suas pernas troncudas. Eu estava pensando em como ele era totalmente diferente do jovem renegado que aparecera com tanta frequência em minha imaginação. Aquele gordo era o mesmo herói do esporte, o mesmo fugitivo, o mesmo vigilante adorado pela nação?

De repente, seus joelhos travaram e ele pareceu constrangido.

— Eddie me contou que você está doente — disse ele.

— Não mude de assunto — retrucou meu pai, com a voz agitada de emoção. — Sabe, eu recolhi suas cinzas.

— Recolheu? Onde?

— Coloquei em potinhos de pimenta vermelha em um mercadinho. O resto eu joguei numa poça na beira da estrada.

— Bom, não posso dizer que merecia algo melhor!

Terry riu estrondosamente e colocou a mão no ombro do meu pai.

— Não toque em mim, seu fantasma gordo!

— Cara. Não faz assim. Você está irritado por causa da história dos milionários? Não fique. Eu simplesmente não resisti. Assim que eu soube o que você estava fazendo na Austrália, Marty, eu entendi o que deveria fazer. Resgatei você de um drama ou de outro a sua vida inteira. E, te ajudando, eu me tornei quem sou. Não me arrependo. Eu amo ser quem sou, e roubar aqueles milhões em um esquema tão óbvio foi a forma mais fácil que encontrei de resgatá-lo pela última vez. Sabe, cara, eu queria que você viesse até aqui. Achei que era hora de a gente se ver de novo, e estava mais do que na hora de eu conhecer o Jasper.

Eu podia ver que a raiva interna do meu pai estava quase saindo. Uma tempestade perversa se agitava dentro dele, e tinha tudo a ver com Caroline. Ele percebeu que ela não estava demonstrando nenhuma raiva; ela estava quieta, ainda literalmente boquiaberta diante de Terry, em horror e fascinação. Terry, enquanto isso, dirigiu os olhos sorridentes a mim outra vez.

— Ei, sobrinho. Por que não diz alguma coisa?

— Como você saiu da solitária?

O rosto de Terry pareceu vazio de pensamentos por um instante, e depois ele disse:

— O fogo! É claro! E Marty, você contou a história inteira para ele. Muito bem! Boa pergunta, Jasper, bem no início.

— Você nem sequer esteve na solitária? — perguntou meu pai.

Todos nos inclinamos para a frente, completamente absortos, quando Terry começou:

— É claro que estive! Aquela foi por pouco. Eu quase fui assado. Na solitária não tem janelas, é claro, mas escutei muitos gritos, os guardas berrando ordens uns para os outros, e quando a fumaça entrou por baixo da porta eu soube que estava frito. Estava um breu naquela jaula de cimento, mais quente que o inferno e cheio de fumaça. Fiquei apavorado. Comecei a gritar: "Me deixem sair! Me deixem sair!" Mas ninguém apareceu. Esmurrei a porta e no mesmo instante quase queimei o braço. Não havia nada que eu pudesse fazer, e eu precisei de todo o esforço psicológico do mundo para me acalmar e me preparar para uma morte desagradável. Então escutei passos no corredor. Era um dos guardas, Franklin. Eu reconheci a voz dele: "Quem está aí?", gritou ele. "Terry Dean!", respondi. O bom e velho Franklin. Um homem bom, que amava críquete e era um grande fã do meu comportamento violento. Ele abriu a porta e falou: "Vamos!", e, em seu pânico por me salvar, baixou a guarda. Eu dei um soco que o fez perder a consciência, tirei as roupas dele, joguei-o na cela e tranquei a porta.

— Você matou o homem que te salvou.

Terry parou por um instante e olhou para meu pai de um modo estranho, como um homem decidindo se explicava ou não um complexo fenômeno natural para uma criança, e então continuou:

— Depois disso foi fácil. A prisão inteira estava pegando fogo, e eu nem precisei usar as chaves que tinha roubado, todas as portas estavam abertas. De alguma forma, consegui atravessar os corredores cheios de fumaça e, fora da prisão, vi a cidade em chamas e desapareci. Foi isso.

— Então foi Franklin quem queimou na sua cela.

— É, acho que foram as cinzas dele que você recolheu.

— O que aconteceu depois?

— Ah sim... eu vi você no incêndio. Eu te chamei, mas você não me viu. Então vi que você estava correndo em direção a uma armadilha. Gritei: "Esquerda, vire para a esquerda!", e você virou e desapareceu.

— Eu te escutei! Pensei que fosse o seu maldito fantasma, seu vira-lata!

— Passei uns dias escondido em Sydney. Peguei um avião de carga para a Indonésia. Viajei o mundo inteiro, vendo o que os outros continentes tinham para oferecer, e terminei aqui na Tailândia. Foi quando comecei a Cooperativa Democrática do Crime.

— E quanto ao Eddie?

— Eddie começou a trabalhar para mim logo no começo. Eu tentei encontrá-lo, Marty, mas você já tinha deixado a Austrália. Então o melhor que podia fazer era enviar Eddie para esperá-lo perto da Caroline. Eu tinha o endereço dela de uma carta que ela me enviou quando eu estava na prisão, e Eddie conseguiu um apartamento perto do dela e esperou você aparecer.

— Como podia ter tanta certeza de que eu iria atrás da Caroline?

— Eu não tinha certeza. Mas eu estava certo, não estava?

— Por que simplesmente não mandou Eddie me contar que você estava vivo?

— Na época eu achava que já tinha causado problemas suficientes para você. Naquele tempo você estava realmente cuidando de mim, Marty, e deve ter pensado que não notei, mas eu sabia que estava preocupado demais comigo. Achei que você já tinha se cansado disso.

— Você disse para o Eddie transformar a Caroline em milionária!

— É claro! — Virando-se para Caroline, ele falou: — Quando fiquei sabendo do seu filho, fiquei muito triste.

— Continue, Terry — disse meu pai.

— Foi isso. Eu fiz Eddie ficar de olho em você. Quando ele me contou que você estava com uma maluca que você engravidou e que não tinha dinheiro nenhum, eu disse para ele lhe dar uma grana. Mas você não aceitou. Eu não sabia como ajudar, então lhe dei um emprego. Infelizmente, era uma época ruim: você entrou bem no meio de uma pequena guerra de gangues. Eu não sabia que a sua namorada lunática ia pular no barco e explodir. Foi um jeito maluco de se suicidar, hein? Desculpa, Jasper.

— Que mais?

— Enfim. Quando você trouxe o Jasper para a Austrália, fiz o Eddie segui-lo. Ele voltou com uns relatos malucos. Eu te arranjei um emprego outra vez, gerenciando um dos meus clubes de striptease, e você destruiu o lugar e foi parar no hospício. Então eu te dei uma grana para que pudesse construir o seu labirinto, e foi isso. Aí você entortou a Austrália inteira com as suas ideias estranhas, e aqui estamos. Isso praticamente nos deixa a par das novidades.

Enquanto meu pai absorvia a história do irmão, todo o seu ser parecia a fachada de um cenário de Hollywood, como se, ao dar um passo ao redor dele, eu descobrisse que ele só tinha alguns centímetros de espessura.

— Quando eu estava naquela cela — falou Terry — pensei que me encontrava a segundos da morte, vi claramente que tudo que eu vinha tentando fazer, consertar a ética no esporte, não tinha o menor sentido. Percebi que, se não fosse por um acidente, eu poderia ter vivido 80 ou 90 anos, e tinha estragado tudo. Eu estava furioso comigo! Furioso! Tentei entender por que tinha feito isso, o que eu estava pensando, e percebi que estava tentando deixar minha marca para que, depois de morrer, eu continuasse aqui de alguma forma. Tudo se resume a esse idiota "de alguma forma". E sabe o que percebi quando estava à beira da morte? Que eu não dava a mínima. Eu não queria construir uma estátua de mim mesmo. Eu tive uma epifania. Você já teve uma? É maravilhoso! Esta foi a minha: descobri que tinha me matado porque queria viver para sempre. Eu tinha jogado minha vida fora em nome de sei lá que raio de...

— Projeto — falei.

Meu pai e eu olhamos um para o outro.

— Projeto. É. Como eu ia dizendo, eu jurei que se saísse de lá eu viveria o momento, fodam-se todos, que os homens façam o que quiserem, e jurei que seguiria o conselho de Harry e ficaria anônimo pelo resto dos meus dias.

De repente, Terry virou-se para Caroline com um olhar pensativo e sereno.

— Eu quis te ligar, mas toda vez que estava prestes a fazer isso, me lembrava daquela cela, daquela câmara da morte, e entendi que o modo como eu a amava era meio que possessivo, e que, assim como minha violência no esporte, era uma forma de me proteger contra, eu não sei... a morte. Foi por isso que escolhi amar apenas prostitutas. Assim não há chance de cair naquela velha rotina de ciúme e possessividade. Eu me retirei da competição, como disse Harry. Resolvi ser livre, e sou livre desde aquele dia. E sabe o que faço agora? Quando levanto todos os dias, eu digo dez vezes a mim mesmo: "Sou um animal moribundo e desalmado com uma expectativa de vida vergonhosamente baixa." Então eu saio, enquanto o mundo trata de nadar ou morrer, e tento conseguir um pouquinho mais de conforto. Na cooperativa, nossos lucros não são fora de série, mas conseguimos viver de forma digna, e podemos nos dar ao luxo de viver como reis, porque na Tailândia é tudo muito barato!

Um longo silêncio se seguiu, durante o qual ninguém sabia para onde olhar.

— A Austrália te ama — disse meu pai, finalmente.

— E eles te odeiam — retrucou Terry.

Apesar de seus caminhos divergentes na vida — duas estradas diametralmente opostas —, os irmãos chegaram à mesma conclusão; Terry naturalmente, por meio da epifania e da placenta purificadora de seu trauma de quase morte, e meu pai por meio da reflexão e da obsessão intelectual pela morte. O Terry sem estudos, o homem que meu pai uma vez descreveu como incapaz de escrever seu nome na neve com o próprio mijo, de alguma forma intuíra as emboscadas do medo da morte e com facilidade se esquivara, como se elas fossem cocô de cachorro em uma rua bem iluminada. Meu pai, por outro lado, reconhecera intelectualmente as armadilhas, mas ainda assim conseguira cair em cada uma delas. Sim, estava estampado na cara dele. Ele estava destruído! Terry vivera a verdade da vida do meu pai, algo que meu pai nunca conseguira, mesmo sendo a *sua* verdade.

— E o que acontece agora? — perguntou meu pai.

— Vocês ficam comigo. Todos vocês.

Olhamos um para o outro, sabendo que era má ideia, mas que não tínhamos nenhuma outra opção. Ninguém se moveu. Éramos como uma tribo de habitantes das cavernas cuja caverna tinha acabado de desmoronar. Enquanto meus olhos passavam do meu pai a seu irmão, pensei: Esses tipos doentes são a minha família. Então pensei: Criminosos profissionais e filósofos têm uma quantidade surpreendente de coisas em comum — ambos estão em conflito com a sociedade, ambos vivem intransigentemente de acordo com suas próprias regras e ambos são figuras paternas realmente abomináveis. Alguns minutos se passaram, e embora ninguém tenha se movido em direção alguma, senti como se os dois irmãos já estivessem me destroçando.

VIII

A vida na Tailândia era tranquila. Eles a chamam de terra dos sorrisos. Não é um rótulo vazio: os tailandeses não param de sorrir, tanto que, no começo, pensei que havíamos aterrissado em uma vasta terra de ingênuos. Mas, em geral, o caos de Bangcoc estava em harmonia com meu estado de espírito. Só havia uma coisa a que eu precisava ficar atento além da água de torneira e daqueles sorrisos suspeitos: os tailandeses têm um respeito tão profundo por cabeças e um conceito tão baixo de pés que as pessoas me diziam o tempo todo para eu não apontar os pés para a cabeça dos outros. Elas deviam pensar que eu estava planejando fazer isso.

Um guia turístico me disse que os estrangeiros podem ser ordenados como monges budistas, e pensei que isso poderia valorizar meu currículo, mas descobri que os monges devem se abster de matar insetos (mesmo que eles invadam seus pijamas), roubar, mentir, fazer sexo e dar-se à luxúria e a substâncias tóxicas, inclusive cerveja e espressos duplos, e pensei que com aquilo não sobrava nada além de meditação e da queima ritualística de incenso. A filosofia deles se baseia em nossa compreensão de que toda a vida é sofrimento, e realmente toda a vida *é* sofrimento, sobretudo quando você se abstém de roubo, mentira, sexo, luxúria, cerveja e expressos duplos. De todo modo, eu tinha ódio demais para ser um monge budista; em meus pensamentos, eu escrevia cartas para a Inferno na Torre que tinham palavras compostas como "boceta-de-puta" e "nariz-de-vadia" e xingamentos como "espero que você tussa o útero pela boca". Os budistas geralmente não pensam coisas assim.

Contei a Terry sobre meu plano de assassinar Tim Lung e rimos até a barriga doer. Foi bom para quebrar o gelo. Depois disso, passamos muitos dias e noites juntos, e eu ia para a cama com os ouvidos exaustos, zunindo. Como o irmão, Terry tendia a sessões intermináveis de conversa, monólogos malucos sobre qualquer assunto que se possa imaginar. Às vezes, eram interrompidos por momentos de introspecção, quando ele levantava um dedo como que para fazer o universo inteiro ficar mudo; ele balançava as pernas gordas e troncudas em um silêncio boquiaberto, suas pupilas diminuíam como se eu tivesse acendido uma tocha diante de seu rosto, e minutos se passavam assim até que ele abaixava o dedo e continuava a falar. Ele fazia isso aonde quer que fôssemos: em restaurantes e feiras livres, nos campos de papoula e nos sex shows. Quanto mais tempo eu passava com Terry, mais eu via atrás de seu sorriso travesso uma força interior e algo eterno. Até mesmo as migalhas de peixe empanado em sua barba pareciam atemporais, como se estivessem lá desde sempre.

Ele tinha hábitos inacreditáveis. Gostava de andar a esmo pelas ruas para ver se alguém tentaria roubá-lo. Com frequência, ele deixava que furtassem coisas de seus bolsos, e então ria do que havia sido levado. Às vezes ele parava os batedores de carteira e lhes dizia o que eles tinham feito de errado. Outras vezes ele fazia check-in em um albergue de mochileiros e festejava com sotaque alemão. E ele nunca perdia um único amanhecer ou entardecer. Uma tarde assistimos a um sol laranja-escuro jorrar no horizonte.

— Este é um daqueles entardeceres enaltecidos pela poluição de uma cidade congestionada. Alguém precisa dizer isso, e pode muito bem ser eu: a obra da natureza perde a graça em comparação. O mesmo vale para a destruição em massa. Um dia estaremos todos nos banhando no brilho de um inverno nuclear, e, Deus, não será um colírio para os olhos!

Além de contrabando de heroína e prostituição, o principal negócio da Cooperativa Democrática do Crime eram as apostas em partidas de boxe tailandesas, o esporte nacional. Terry me levava junto quando subornava os boxeadores para entregar o jogo. Eu me lembro de pensar sobre seu legado na Austrália, em como ele fora obcecado por combater a corrupção no esporte, e me impressionava o modo como, agora, ele cagava por toda parte desse jeito. Muitas vezes, a caminho das partidas, Terry tentava tomar um *tuk-tuk* para dar um susto nos motoristas — nenhum deles concordava em levar meu tio mamute, e éramos forçados a caminhar. Ele nunca ficara com raiva; ficava feliz de ter a oportunidade de parar em uma feira e comprar um maço fresco de coentro para usar ao redor do pescoço ("Mais cheiroso que qualquer flor!"). Durante a partida de boxe, ele perguntava tudo sobre mim: do que eu gostava, do que eu não gostava, quais eram minhas esperanças, meus medos, minhas aspirações. Apesar de seu ganha pão ser as drogas, as apostas e as prostitutas, Terry era o tipo de homem que me inspirava a ser honesto. Eu me revelava para ele como nunca havia feito com ninguém. Ele escutava minhas confissões com seriedade, e quando relatei minha história de amor/terror com a Inferno na Torre, ele disse que achava que eu a amava "sinceramente, mas não realmente". Eu não podia argumentar contra aquilo.

Mas o que mais me estimulava com relação ao meu tio era que ele falava do mundo real: prisões e banhos de sangue e fábricas de trabalho escravo e fome e matanças e guerras civis e reis e piratas dos tempos modernos. Era um grande alívio estar fora do reino filosófico para variar, o universo opressivo e sufocante dos becos sem saída e banhos a céu aberto do pensamento do meu pai. Terry falava de suas experiências na China, na Mongólia, na Europa Oriental e na Índia, de suas investidas em territórios remotos e perigosos, dos assassinos que ele conhecera em clubes de apostas imundos, de como ele os escolhera para participar da Cooperativa Democrática do Crime. Ele falava de suas leituras e de como começara com todos os livros favoritos do meu pai, de como havia tido dificuldade para lê-los no início, de como se apaixonara pela palavra impressa e de como lera vorazmente em desertos e florestas, em trens e dorsos de camelos. Ele me contou sobre o momento em que decidira começar sua comilança assombrosa (foi na República Tcheca, uma sopa fria de batata). Ele viu a comida como seu elo com a humanidade, e enquanto viajava, era convidado a jantares em família aonde quer que fosse; ele comera com todas as raças de maneira ritual, experimentando todas as culturas e costumes pelo globo. "Ser gordo é amar a vida", dizia, e eu entendi que a barriga dele não era uma fortaleza impenetrável contra o mundo, e sim que se expandia para abraçá-lo.

Quase todas as noites entravam putas na casa, às vezes duas ou três ao mesmo tempo. Seu profissionalismo evaporava quando elas viam o corpo enorme de Terry, os famosos sorrisos tailandeses se transfiguravam em caretas naqueles rostos jovens e saudáveis. O restante de nós não podia deixar de sentir pena daquelas prostitutas levando Terry para a cama feito ajudantes de zoológico conspirando para tranquilizar um gorila agitado. Mas, quando elas saíam, ele era inocentado; as garotas saíam felizes, exaltadas. Pareciam fortalecidas pela experiência — rejuvenescidas, até. E ele também tinha suas putas favoritas, aquelas que voltavam noite após noite. Elas muitas vezes comiam conosco, e nunca paravam de sorrir e dar risada. Não se podia negar que ele as amava de modo apaixonado. Ele lhes dera atenção e carinho, e eu realmente acreditava que ele não sentia nojo de que elas saíssem para chupar outros homens e transar com eles. O amor dele era mesmo simples. Era um amor sem possessividade. Um amor verdadeiro. E eu não podia deixar de comparar o amor que ele sentia pelas prostitutas com o meu amor pela Inferno na Torre, tão atado à questão da posse que se poderia facilmente argumentar que o que eu sentia por ela não tinha nem sombra de amor.

•

Meu pai passou os primeiros meses na Tailândia mal-humorado e distante. Nas raras ocasiões em que arriscávamos sair e sentávamos em restaurantes frequentados por turistas australianos, seu nome era citado em várias conversas, e ser menosprezado em terceira pessoa o irritava. Com frequência ele comprava jornais australianos e os lia rangendo os dentes, depois escrevia longas cartas aos editores, cartas que eu implorava para ele não enviar. Quanto a mim, eu ficava a quilômetros de distância dos jornais e jurei nunca mais ler um. Cheguei à conclusão de que ler jornais é mais ou menos como beber o próprio mijo. Algumas pessoas dizem que é bom para você, mas eu não acredito.

Talvez as ondas de ódio da Austrália tivessem finalmente aplacado, porque meu pai começou a morrer outra vez. Estava claro que o câncer havia ressurgido em seus pulmões e estava se espalhando. Durante um período de alguns meses, seu corpo se tornou a peça-chave em um teatro de horror. Era como se ele estivesse sendo devorado de dentro para fora. Ele passou odiosamente de carne a osso. Tornou-se pálido, e era como se sua essência tivesse sido coberta de metano. Finalmente, ele passou a evitar todos os espelhos. Parou de fazer a barba e vagava pela casa de Terry como um pária, tão magro que nadava em suas roupas. Então, de modo igualmente súbito, sua trajetória em direção à morte se estabilizou. Ele não melhorou, mas parou de piorar. Para mim, estava claro que ele estava esperando alguma coisa, esperando *fazer* alguma coisa, e não morreria enquanto não o fizesse. Há muito a ser dito sobre o poder da obstinação. Muitas vezes as pessoas dizem a si mesmas para continuar vivas; inválidos caminham e mortos têm ereções. Olhe ao redor. Acontece.

No início, Terry e Caroline não fizeram nada além de implorar que meu pai fosse ao médico e começasse outra série de quimioterapia, mas ele se recusou. Eu sabia que era muito improvável que eu conseguisse persuadi-lo a fazer alguma coisa, mas eu não podia deixar de pensar em Anouk e em sua crença obsessiva nos poderes da meditação. Tentei convencê-lo de que ainda existia a possibilidade de, com esforços extremos de concentração, ele ser capaz de vencer o câncer por si mesmo. Para me agradar, ele tentou uma tarde. Sentamos juntos aos pés do Buda. Eu expliquei que seriam necessários esforços sobre-humanos da forma mais intensa de controle da mente, mas meu pai nunca foi capaz de esvaziar sua mente de pensamentos céticos. No meio da meditação, ele abriu um olho e falou:

— Você sabe o que Mencken disse sobre o corpo humano? Ele disse isto: "Todos os erros e incompetências do Criador atingem seu ápice no homem. Como um mecanismo, ele é o pior de todos; ao lado do homem, até mesmo um salmão ou um estafilococo é uma máquina precisa e eficiente. O homem tem os piores rins conhecidos pela zoologia comparativa, e os piores pulmões, e o pior coração. Seu olho, considerando o trabalho que é convocado a fazer, é menos eficiente que o da minhoca; um fabricante de instrumentos óticos que produzisse um instrumento assim tão desajeitado seria agredido por seus clientes."

— Isso parece verdade — falei.

— Bom, então o que faz você pensar que a meditação é capaz de anular as debilidades congênitas do meu corpo?

— Não sei. Foi só uma ideia.

— É uma ideia inútil. Lembra que Heráclito disse que o caráter de um homem é seu destino? Isso não é verdade. É o seu corpo que é o seu destino.

Meu pai se levantou, usando os pés do Buda como apoio, e cambaleou de volta à casa. Caroline estava nos observando da porta.

— Como foi? — eu a ouvi perguntar.

— Foi ótimo. Estou curado. Vou viver por outros vários bilhões de anos. Não sei por que nunca tentei isso antes.

Exausta, Caroline fez que sim com a cabeça, e então acompanhou meu pai para dentro.

Pobre Caroline. Além de seu papel como principal provedora de cuidados, ela tinha os próprios problemas. Volta e meia se surpreendia sucumbindo a surtos emocionais e ataques de choro. Os acontecimentos na Austrália a haviam abalado profundamente; ela sempre vira a si mesma como uma mulher despreocupada, insensível e sem autoconsciência, que amava a vida e nunca levava a sério nenhum de seus aspectos, muito menos a opinião pública. Mas o ódio direcionado contra ela teve um efeito desestabilizador sério e permanente. Ela se tornou cautelosa e introvertida; e, percebendo essa diferença, já não gostava de si mesma. Como se não bastasse, a reaparição de Terry, o amor de sua infância, colocou em dúvida seu casamento com meu pai. Eu não estava dormindo bem, e com frequência testemunhava suas telenovelas noturnas. Caroline ia para a cozinha com os olhos turvos e preparava uma xícara de chá. Meu pai se arrastava pelo corredor atrás dela e a observava da porta. Sua respiração chorosa sempre o entregava.

— O que está fazendo? — ela perguntava.

— Nada. Esticando as pernas.

— Você está me espiando?

— Eu não estou espiando. Senti sua falta, só isso. Não é romântico?

— O que acha que eu vou fazer? Você acha que eu espero você dormir e aí... o quê?

— O que você quer dizer?

— Você sabe o que eu quero dizer!

Estou lhe dizendo, você nunca ouviu um diálogo com tantas entrelinhas como aqueles!

Caroline e meu pai dormiam no quarto ao lado do meu. Muitas vezes eu ouvia as portas de correr abrindo às 3 da manhã. Eu sentava na cama e, pela janela, via a silhueta delgada de Caroline atravessando a grama rumo ao Buda deitado. Sob o luar, dava para ver tudo. Às vezes ela apoiava a cabeça no ombro do Buda, e se a noite estava quieta e os pássaros dormiam, eu decifrava o som suave de sua voz entrando em meu quarto.

— Ele é gordo e asqueroso. E um criminoso. Ele é um criminoso gordo e asqueroso. E está morto. Ele é gordo e está morto e gosta de putas.

Uma vez eu a ouvi dizer:

— E quem eu sou? Olhe para o *meu* corpo. Eu não sou grande coisa.

Os momentos mais dolorosos vinham quando era hora de ir para a cama. Quase sempre, estávamos espalhados em almofadas no chão, inchados e bêbados do jantar. De repente, as conversas se tornavam diálogos natimortos.

Meu pai: — Estou cansado.
Caroline: — Então vá deitar.

Meu pai fitava Terry de um modo debilmente sinistro.

Meu pai: — Daqui a pouquinho.
Caroline: — Bem, eu estou indo deitar.
Terry: — Eu também.
Meu pai: — Eu também.

Meu pai fazia tudo que podia para não deixar Caroline e Terry sozinhos. Era esquisito, embora eu suspeitasse que ele secretamente amava a ideia de ser traído pelo irmão. Ser traído pelo irmão era um melodrama barato de proporções bíblicas, e seria uma dádiva ao moribundo: uma dádiva que mostrava que a vida não havia esquecido de incluí-lo em suas comédias sujas. Então, uma noite, eu vi Caroline saindo de mansinho do quarto de Terry, o cabelo desarrumado, a camisa meio desabotoada. Ela congelou quando me viu. Eu lhe dirigi um olhar cansado — o que eu deveria fazer, dar uma piscadela? Ainda assim, não consegui culpá-la por sua traição. Toda aquela situação era insustentável. Eu só queria que ela tivesse esperado um pouco; não tardaria muito para que meu pai estivesse fora do caminho. O câncer prospera em corações partidos; é um predador esperando que você desista do calor humano. Meu pai muitas vezes falava sobre a vergonha da vida não vivida, mas era a vergonha de seu amor não vivido o que realmente o estava matando.

Eu não tinha certeza de que Terry estava ciente de seu papel nesse triângulo, e não acho que ele soubesse que conseguira fazer aquilo com que meu pai apenas sonhara, e que, ao fazê-lo, extirpara meu pai de si mesmo de forma irrevogável. Do contrário, ele talvez não tivesse perturbado meu pai tanto quanto perturbou.

Alguns meses depois da nossa chegada, Terry meteu na cabeça que estava nas mãos dele tornar os últimos dias do meu pai constantemente agradáveis e alegres, e me recrutou para ajudá-lo. Ele nos arrastou para nadar pelados no rio, e depois observar as formações das nuvens, e depois apostar em uma rinha de cachorros, e depois chafurdar em carne e álcool em uma orgia embriagada. Meu pai se corroía por dentro com todas essas interrupções em seu processo de morrer em paz, e lançava a Terry não mais que olhares furiosos e cheios de ódio. Quanto a mim, eu me sentia aliviado por estar fazendo alguma coisa. Talvez tenha sido a liberdade repentina de ter outra pessoa para se preocupar com o meu pai, mas desde que chegara à Tailândia eu me sentia cheio de energia. Me sentia mais forte também, como se pudesse derrotar um animal em uma luta corpo a corpo. Acordava cedo todas as manhãs, passava o dia caminhando de um lado a outro de Bangcoc e ia dormir tarde todas as noites. Eu parecia precisar de muito pouco sono. Eu prosperava com as atividades que Terry arranjava querendo que meu pai prosperasse.

Em uma tarde obscenamente quente, depois de estar de pé durante várias horas, deitei na rede, olhei para aquele Buda imenso e fiz uma espécie de inventário mental de minhas experiências de vida, para ver se elas por acaso se encaixavam perfeitamente sem que eu tivesse percebido na época. Pensei que se conseguisse decodificar a ordem do passado, poderia deduzir o que viria em seguida.

Não consegui. Uma sombra caiu sobre mim. Olhei para o dorso nu de Terry. Era sempre impressionante vê-lo sem camisa; me fazia imaginar se ele não havia revertido a ordem normal da iluminação e alcançado sua serenidade de Buda de fora para dentro.

— Está pronto? — perguntou ele.

— Para quê?

— Vamos dar a partida no motor do seu pai outra vez.

Levantei da rede e acompanhei Terry até o quarto do meu pai. Ele estava deitado na cama de barriga para baixo. Não percebeu nossa presença.

— Caramba, Marty, você não se sente um peso-pesado sendo puxado para baixo?

— Olha só quem fala.

— Não prefere ser uma folha ao vento, ou uma gota de chuva, ou uma nuvem fina?

— Talvez sim. Talvez não.

— Você precisa renascer. Precisa morrer e renascer.

— Estou velho demais para renascer. Além do quê, quem você pensa que é? Você é um assassino, matou mais de cem vezes, é traficante de drogas, cafetão, contrabandista de armas, mas quer se passar por sábio e visionário! Por que sua hipocrisia não te deixa doente?

— Boa pergunta. É uma contradição agradável, só isso.

Deus, como eram repetitivas essas discussões nada edificantes!

Terry tirou meu pai da cama e nos arrastou para um campo de tiro onde se podia usar espingardas de caça com ação de bomba para acertar os alvos. Nem eu nem meu pai tínhamos muito amor pelas armas, e a força do recuo fez meu pai cair de costas. Terry se curvou sobre ele, e ele olhou para cima, a boca aberta, o corpo inteiro tremendo.

— Marty, me diga uma coisa: aonde o levou toda essa meditação sobre a morte?

— Ah, se eu soubesse.

— Jasper diz que você é um filósofo encurralado por seus próprios pensamentos.

— É?

— Me fale sobre esse seu beco sem saída. Como é? Como você chegou aí? E o que acha que o tiraria daí?

— Me ajude a levantar — falou meu pai. Quando estava de pé outra vez, ele disse: — Resumindo, é isto: uma vez que os seres humanos negam a própria mortalidade em tal nível que se tornam máquinas de produzir significado, quando algo sobrenatural ou religioso acontece na natureza, nunca posso ter certeza de que não fabriquei minha conexão com isso devido ao meu desespero por acreditar que sou especial e ao meu desejo de permanência.

— Talvez você nunca tenha tido uma experiência mística.

— Mas ele teve — falei. — Uma vez ele viu tudo no universo simultaneamente. Mas ele nunca deu bola para isso.

— Então agora você entende o meu beco sem saída? Se os homens estão sempre fabricando significado para negar a morte, como posso saber que não fabriquei a experiência eu mesmo? Não posso ter certeza, então devo assumir que fui eu.

— Mas então durante a vida toda você nunca levou a sua própria alma a sério.

— Pare de falar em alma. Eu não acredito nisso, e o Jasper também não.

Terry se virou para mim. Eu dei de ombros. Na verdade, eu simplesmente não conseguia me convencer da existência da alma. Meu pai tinha razão — a alma imortal não me convencia. Seu prazo de validade parecia superestimado. Eu acreditava na alma mortal, aquela que desde o nascimento é incessantemente corroída e que vai morrer quando eu morrer. Apesar de suas deficiências, uma alma mortal ainda parecia perfeitamente sublime para mim, não importava o que os outros dissessem.

— Escute, Marty. Deixe-a ir, a mente que quer resolver os mistérios do universo. Acabou. Você perdeu.

— Não, escute você, Terry — disse meu pai, exausto. — Se vivi de maneira equivocada, se cometi erros crassos e ainda tenho erros crassos por cometer, acho que manter o status quo da minha personalidade deficiente seria muitíssimo menos trágico que mudar no último minuto. Eu não quero ser o moribundo que aprende a viver cinco segundos antes de morrer. Estou disposto a ser ridículo, mas não quero que minha vida adquira as características de uma tragédia, obrigado.

Eu recarreguei minha espingarda de caça e mirei o alvo e, pela primeira vez aquele dia, acertei na mosca. Virei-me para o meu pai e para Terry, mas nenhum dos dois tinha visto. Ambos estavam imóveis, dois irmãos lado a lado mas vivendo em mundos muito diferentes.

•

Naquela noite, eu me enterrei sob as cobertas. Os tiros que Terry disparava contra meu pai pareciam estar errando o alvo e acertando a mim. Passou pela minha cabeça que a postura inflexível do meu pai diante da morte provavelmente seria a minha algum dia. Apesar de querer ser o oposto dele, eu tinha de admitir que havia semelhanças perturbadoras entre nós. Eu também tinha uma mente curiosa e inquieta que pretendia solucionar os mistérios da criação, e, como ele, eu não sabia como encontrar uma trégua nessa investigação infrutífera e sem fim. Eu não tinha tanta certeza de que Terry não estava tirando meu sossego de propósito. Ele devia saber que meu pai não mudaria um átomo de sua personalidade, e era por isso que ele estava decidido a me levar junto nessas saídas. Ele estava apontando para mim e me acertando em cheio. Eu sabia que em algum lugar dentro de mim havia uma inclinação espiritual que meu pai não tinha, mas ainda era débil e indecisa. Não precisaria de muito para eu levantar um dia e descobrir que havia me afastado do meu próprio centro e estava agora seguindo os passos do meu pai como um zumbi.

Alguém bateu à porta. Eu não disse nada, mas a porta abriu assim mesmo. Terry entrou de lado no quarto.

— Droga de portas estreitas. Ei, Jasper, preciso do seu cérebro. O que podemos fazer para tornar os últimos dias do seu pai maravilhosos?

— Merda, Terry. Não podemos fazer nada. Deixa ele.

— Já sei! A gente podia fazer uma viagem.

— Todos nós? Juntos?

— Sim! Para o campo! Podemos visitar o Eddie, ver como ele está indo.

— Não acho que seja uma ideia tão entusiasmante.

— Seu pai não está bem. Acho que estar em companhia dos velhos amigos talvez seja exatamente do que ele precisa. E, além do mais, ele vai ficar revigorado com o ar do campo.

— Ele não tem como ficar revigorado. Ele está apodrecendo.

— Vou contar para todo mundo.

— Espere... e a cooperativa? Você não tem prostitutas para agenciar, ópio para plantar, armas para vender?

— Os outros podem cuidar das coisas até eu voltar.

— Olha, Terry, meu pai não se rende aos encantos da natureza. Os fenômenos naturais fazem-no afundar no pior tipo de introspecção. O que ele precisa é de distração, e não de uma jornada ao interior de si mesmo. Além do mais, você está dormindo com a mulher dele, e ele sabe disso.

— Não estou!

— Sem essa, Terry. Eu a vi saindo do seu quarto.

— Olha. A Caroline está frustrada. O seu pai não sabe abraçar, é só isso. Ele só usa um braço!

Era perda de tempo falar com Terry. Ele tinha a cabeça feita. Todos nós iríamos para um vilarejo em uma montanha remota e ficaríamos com Eddie por algumas semanas. Arranquei os cabelos e o ouvi dar a notícia urgentemente ao meu pai e a Caroline, e embora eles também tenham detestado a ideia, na manhã seguinte estávamos todos reunidos no jipe.

IX

Durante a viagem, pensei no que Terry havia me contado sobre a história de Eddie.

O pai dele fora o único médico no remoto vilarejo onde eles moravam, e quando Eddie era jovem, esperava-se que ele seguisse os passos do pai. O sonho de seus pais era que Eddie assumisse quando o pai se aposentasse, e tal era sua força de vontade que este se tornou o sonho de Eddie também. Durante anos, eles lutaram e se sacrificaram para mandar o filho para a faculdade de medicina, e ele concordou, cheio de gratidão e entusiasmo.

Infelizmente, as coisas saíram mal desde o primeiro dia em que Eddie abriu um livro de medicina. Por mais que quisesse ir atrás de "seu" sonho e agradar os pais, ele descobriu que se sentia escandalizado com a gororoba que havia dentro do corpo humano. E assim Eddie passou a maior parte de sua especialização com ânsia de vômito. Realmente, não havia nenhuma parte da anatomia humana que ele fosse capaz de tolerar: os pulmões, o coração, o sangue, os intestinos eram não só símbolos repelentes da animalidade do homem, como também tão delicados e propensos à doença e à desintegração que ele não conseguia entender como as pessoas sobreviviam até mesmo um minuto.

No segundo ano de medicina, ele se casou com uma bela estudante de jornalismo a quem conquistara de forma desonesta: gabando-se de seu futuro como médico e prevendo uma vida próspera juntos. Porém, o que deveria ter sido um acontecimento feliz para Eddie foi uma tortura secreta. Ele tinha sérias dúvidas sobre ingressar na profissão médica, mas não acreditava ser um tipo inerentemente atraente "por si só". Agora ele tinha um motivo a mais para se sentir confuso e culpado: ele dera início a um casamento com base em uma mentira.

Então ele conheceu o homem que mudaria sua vida. Eram 2 da manhã quando Terry Dean foi parar na sala de emergência com um canivete enfiado no cóccix a um ângulo tão estranho que ele não conseguia removê-lo sozinho. Quando Eddie tirou a faca, o modo aberto e franco de Terry, combinado com o silêncio do turno da madrugada, fez Eddie confiar ao paciente seus confusos sentimentos — como era estar dividido entre o dever e o desgosto, entre a obrigação e o medo do fracasso. Basicamente, Eddie se queixava: ele queria ser um maldito médico ou não? Ele admitiu que abominava a ideia e que muito provavelmente aquilo o levaria ao suicídio, mas como seria possível sair dessa agora? De que outra forma ele poderia ganhar dinheiro? Terry escutou de modo compassivo e ali mesmo lhe ofereceu um emprego bem remunerado, mas um tanto raro: viajar pelo mundo e vigiar seu irmão com o intuito de ajudá-lo quando ele precisasse. Em suma, ser amigo e protetor de Martin Dean.

Embora tenha partido o coração dos pais e manchado terrivelmente sua relação com a jovem noiva, Eddie aceitou o emprego e foi para Paris, esperar ao lado de Caroline até que meu pai aparecesse. O fato mais desconcertante de tudo que nos foi revelado é que, durante todos aqueles anos, desde o momento em que Eddie conheceu meu pai em Paris, ele jamais o suportou. *Durante todos aqueles anos,* Eddie odiou meu pai, e seu ódio nunca deu uma trégua. Era impossível acreditar. Quanto mais eu pensava na decepção de Eddie, fingindo gostar de um homem por vinte anos, mais eu pensava que aquilo beirava o virtuosismo. Então concluí que as pessoas provavelmente fingem gostar de familiares, amigos, vizinhos e colegas durante a vida inteira, e que vinte anos não é grande coisa.

O trânsito estava pesado na saída de Bangcoc, mas ficou mais tranquilo quando saímos da cidade. Seguíamos por uma estrada aberta ladeada por plantações de arroz. Terry dirigia rápido. Passamos por ciclomotores minúsculos que levavam várias gerações de famílias inteiras, e ônibus que pareciam estar desviando perigosamente fora de controle. Por um instante ficamos presos atrás de um trator lento, dirigido por um agricultor que enrolava um cigarro de modo preguiçoso com as duas mãos. Então começamos a subir as montanhas. Como que para terminar a história dando voltas em minha cabeça, Terry nos deixou a par do que tinha acontecido a Eddie desde que ele voltara à Tailândia.

A alegria de Eddie por ter concluído uma missão de vinte anos se dissipou quando, quase imediatamente, o caldo entornou. Após uma separação de 240 meses por causa de seu trabalho, foram necessárias apenas seis semanas de convivência para destruir seu casamento. Eddie se mudou do apartamento da esposa em Bangcoc para uma casa no vilarejo remoto onde cresceu. Foi um erro terrível — os fantasmas de seus pais estavam em toda parte, censurando-o por ter-lhes partido o coração. E o que fez o idiota? Retomou o velho sonho. Sonhos podem ser tão perigosos quanto qualquer outra coisa. Se, com o passar dos anos, a gente vai mudando com a idade e com a experiência, mas esquece de revisar também os sonhos, pode acabar na situação nada invejável de Eddie: um homem de 47 anos indo atrás dos sonhos de um jovem de 20. No caso de Eddie era ainda pior. Ele havia esquecido que, para começar, os sonhos nem mesmo eram dele; ele os adquirira em segunda mão. E agora que ele estava de volta àquela comunidade terrivelmente isolada, com a intenção de se estabelecer, descobriu que seu pai já tinha um sucessor, hoje com 65 anos, cujo posto estava totalmente assegurado.

Chegamos à casa de Eddie por volta do entardecer. Era uma casa dilapidada que ficava em uma pequena clareira. As colinas ao redor estavam cobertas de mata densa. Quando Terry desligou o motor, ouvi um rio correndo. Estávamos mesmo no meio do nada. O isolamento do lugar me deixou um pouco enjoado. Tendo vivido em uma cabana no canto noroeste de um labirinto, eu não estava desacostumado à austeridade ou à solidão, mas aquilo era algo mais. A casa dava calafrios. Talvez eu tivesse lido demais ou visto filmes demais, mas quando alguém considera sua vida quanto a seus atributos dramáticos, como eu fazia, tudo se torna instantaneamente cheio de significado. Uma casa não é só uma casa; é um lugar onde um episódio da sua vida é encenado, e pensei que aquela casa remota era um cenário totalmente perfeito para uma crise ameaçadora e talvez, se ficássemos por tempo suficiente, um clímax trágico.

Terry buzinou, e Eddie saiu agitando os braços de um modo verdadeiramente furioso.

— O que é isso? O que vocês querem?

— Você não contou para ele que estávamos vindo? — perguntei a Terry.

— Para quê? Bom, agora ele sabe. Eddie! Viemos ver como está se saindo. Arrume os quartos de hóspedes, está bem? Você tem visitas.

— Terry, eu não trabalho mais para você. Você não pode me dizer... você não pode simplesmente vir aqui e esperar... olha, agora eu sou médico. Não quero nenhuma confusão por aqui.

— Meus espiões me disseram que você não tem nenhum paciente.

— Como você... eles são um pouco desconfiados das pessoas de fora. E eu não morava aqui há muito, muito tempo. Leva tempo para construir uma reputação, é só isso. Seja como for, o que é que isso tem a ver com você? Não podem ficar. Minha situação aqui já é bastante precária. A última coisa que preciso é de você sujando minha imagem.

— Meu Deus, Eddie, nós não vamos correr pelo vilarejo de cueca, só queremos um pouco de paz e tranquilidade, desfrutar um pouco da paisagem, e afinal, é tão estranho um médico acolher um moribundo e sua família por algumas semanas?

— Semanas? Vocês pretendem ficar por semanas?

Terry soltou uma risada ruidosa e deu um tapa nas costas de Eddie.

— Ele também? — perguntou Eddie calmamente, olhando na direção do meu pai.

Meu pai devolveu um olhar que era frio e sem vida. Então Eddie olhou para mim com um meio sorriso que se aproximava da cordialidade, mas que não era muito cordial. Havia não muito tempo, o povo australiano me havia ensinado o conceito de ódio por associação, e naquele instante reconheci seu tamanho e seu cheiro. Terry pegou sua mala e entrou na casa. O restante de nós o seguiu com cautela. Eu parei na porta e me virei para Eddie. Ele não tinha saído do lugar. Estava parado ao lado do jipe, perfeitamente imóvel. Parecia que não suportava nenhum de nós. E quem poderia culpá-lo? Sozinhos, éramos todos bem agradáveis, mas juntos éramos insuportáveis.

Não sei o que há com meu corpo que atrai mosquitos de todas as raças e credos; só posso dizer que o lambuzei com repelente de insetos e acendi um monte de velas de citronela, mas por alguma razão eles simplesmente continuavam vindo. Tirei o mosquiteiro da cama e o enrolei em meu corpo como se fosse uma mortalha. Através dessa rede transparente, captei os arredores. Dizer que a mobília era mínima seria um eufemismo: quatro paredes brancas, uma cadeira rangente com uma perna quebrada, uma mesa cambaleante e um colchão tão fino que parecia uma camada de biscoito wafer. Uma janela dava para a vegetação densa da selva. Eu insistira em ficar com o quarto mais distante de todos. Havia uma porta dos fundos — bom para entrar e sair sem precisar ver ninguém, pensei.

Senti um mosquito em meu braço. Eles estavam atravessando a rede. Eu o matei com nojo e pensei: O que vou fazer aqui? Em Bangcoc, entre os sex shows e os templos budistas, havia uma porção de coisas para me manter ocupado. Ali, o provável era que a presença do meu pai prestes a morrer tornaria praticamente impossível pensar sobre outro assunto. O que havia para fazer além de testemunhar sua deterioração?

•

Após um jantar silencioso durante o qual todos ficamos olhando uns para os outros com desconfiança, o ar estava pesado com desejos secretos e ninguém dizia o indizível, de modo que não havia muito a ser dito, Eddie me levou para um passeio pelo lugar.

Não havia muito para ver. O pai de Eddie fora, além de médico, um pintor amador e, infelizmente, encontrara uma forma de combinar seus dois interesses. Nas paredes estavam pendurados retratos assombrosamente realistas de intestinos, corações, pulmões, rins e um de um feto abortado que, apesar de sua sina, parecia estar sorrindo com maldade. Não me dei ao trabalho de fingir que gostei das pinturas, e Eddie não esperou isso de mim. Eu o acompanhei até seu consultório, uma sala grande e imaculada com persianas de madeira. Tinha o tipo de ordem e organização que encontramos em pessoas extremamente meticulosas e em pessoas que não têm absolutamente nada com que ocupar o tempo. Como eu sabia que Eddie não recebia um único paciente fazia semanas, estava claro qual era o caso.

— Este foi o consultório do meu pai. Era aqui que ele examinava os pacientes, fazia suas pesquisas médicas e evitava minha mãe. Tudo está exatamente como ele deixou. Pensando bem, por que eu disse isso? Não é verdade. Quando ele morreu, minha mãe empacotou tudo em caixas, e eu reorganizei tudo exatamente como lembro que era.

Era um consultório médico convencional: tinha uma mesa de tamanho exagerado, uma cadeira almofadada e aconchegante para o médico, uma desconfortável e de encosto reto para o paciente, uma mesa de exame elevada, uma estante com manuais médicos de mil páginas e, em uma mesa lateral, utensílios cirúrgicos perfeitamente ordenados, não só deste século como também dos dois séculos anteriores. Infelizmente, havia mais pinturas vulgares de partes do corpo nas paredes, pinturas que pareciam difamar o ser humano como um organismo respeitável. A atmosfera na sala era pesada, devido à onipresença da morte do pai ou das frustrações atuais do filho.

— Quando aceitei a oferta do seu tio, meus pais cortaram relações comigo. Agora, aqui estão eles.

— Quem?

— Meus pais.

Eddie apontou para dois utensílios de cerâmica que pensei que fossem aparadores de livros.

— As cinzas deles?

– Não, os espíritos.

— Menos complicado.

Então os espíritos dos pais de Eddie eram guardados na prateleira mais alta. Fora do alcance das crianças.

— Eu espero aqui todos os dias. Não aparece um único paciente. Eu me apresentei por aí, mas eles não têm nenhum interesse em experimentar alguém novo. De todo modo, eu nem mesmo sei se eles dão muito trabalho por aí. Essas pessoas nunca vão ao médico por causa de uma leve indisposição, e raramente vão por algum problema mais grave. Mas estou determinado a ficar. Afinal, estudei medicina, não foi? Por que eu não deveria ser médico? Quero dizer, o que eu devo fazer? Jogar fora tudo que aprendi naqueles cinco anos de faculdade?

Pelo visto, Eddie simplesmente não percebia a contradição gritante em sua perspectiva do tempo perdido. Ele escolhera se concentrar nos cinco anos de medicina em vez de nos vinte anos, mais óbvios, em que nos escoltara.

Ele sentou-se na borda da mesa e tirou algo dos dentes com o dedo. Depois me fitou com um ar solene, como se tirar comida dos dentes fosse algo que tivesse aprendido na faculdade de medicina.

— Existem tantas coisas que eu quis lhe dizer durante todos esses anos, Jasper. Coisas que eu nunca pude dizer porque meu emprego não permitia.

— Como o quê?

— Bom, como você deve ter imaginado, eu odeio o seu pai. E que os australianos tenham engolido as besteiras dele, mesmo que por um minuto, os degrada como nação, e degrada todos os povos em toda parte.

— Entendo.

— De todo modo, a questão é que eu odeio o seu pai. Odeio não, *abomino*.

— Está no seu direito.

—Mas o que você talvez não saiba é que eu também não gosto muito de você.

— Não, disso eu não sabia.

— Vê? Você nem me pergunta por quê. É disso que eu não gosto em você. Você é presunçoso e arrogante. Na verdade, você é presunçoso e arrogante desde que tinha 5 anos.

— E estou no meu direito.

Eddie me olhou de modo ameaçador. Agora que ele já não fingia gostar de nós, era como se tivesse se tornado sinistro da noite para o dia.

— Vê? Presunçoso e arrogante. Eu o observei a vida inteira. Eu provavelmente o conheço melhor do que você próprio. Você se orgulha de conhecer as pessoas e de saber o que elas estão pensando. Mas você não se conhece. Quer saber especificamente o que você não sabe? Que você é uma extensão do seu pai. Quando ele morrer, vai se tornar ele. Eu não tenho a menor dúvida quanto a isso. As pessoas podem herdar pensamentos... elas podem até mesmo herdar mentes inteiras. Acredita nisso?

— Na verdade, não... Talvez.

— Quando conheci seu pai, ele era só um pouco mais velho do que você é agora. E sabe o que vejo em você? Exatamente o mesmo homem. Se às vezes você não gosta dele, é porque você não gosta de si mesmo. Você acha que é tão diferente dele em sua essência... É aí que você não se conhece. Tenho certeza de que toda vez que se escuta dizer alguma coisa que é um eco do seu pai, você pensa que é só força do hábito. Não é. É ele dentro de você, esperando para sair. E esse é o seu ponto cego, Jasper.

Engoli em seco, contrariado. O ponto cego. O maldito ponto cego. Todo mundo tem um. Até mesmo os gênios. Até Freud e Nietzsche tinham pontos cegos com quilômetros de largura que acabavam corrompendo algum elemento de sua obra. Então esse era o meu? Que eu era asquerosamente semelhante ao meu pai, que eu estava me transformando nele, que eu herdaria não só seu comportamento antissocial como também seus processos de pensamento doentios? Eu já temia que minha depressão na Austrália tivesse ecos da depressão dele.

Eddie sentou-se na mesa de exame e balançou as pernas no ar.

— É tão revigorante estar dizendo o que eu penso. Guardar segredos é exaustivo. Eu queria lhe dizer a verdade, não só sobre você, mas também sobre mim, e sobre o que você e seu pai e seu tio fizeram com a minha vida. Para que você saiba. É importante que saiba. Porque quando eu terminar de contar, você vai entender por que deve convencer todo mundo a ir embora desta casa imediatamente. Não me importa como vai fazer isso, mas precisa fazer todo mundo ir embora. Antes que seja tarde demais.

— Tarde demais para quê?

— Apenas escute. Quando Terry me ofereceu o emprego de cuidar do seu pai, eu o aceitei como uma forma de fugir de um futuro incerto. "Você deve ajudar quando eles precisarem de ajuda, garantir que eles fiquem longe de problemas, e tirar fotos deles, o máximo que puder", foi o que Terry me disse. Essa era a minha missão. Não parecia tão difícil. Como eu podia saber que isso iria arruinar minha vida? Mas é minha culpa, admito. Eu fiz um pacto com o diabo. Já reparou que em livros e filmes o diabo é sempre retratado com senso de humor, enquanto Deus é extremamente sério? Acho que na realidade seria o contrário, não acha?

— Provavelmente.

— Você não imagina quantas vezes eu quis me demitir. Mas assistir à vida de vocês era como assistir a um acidente em câmera lenta. Era irresistível. Quando eu estava longe da Austrália, longe do seu pai e de você, eu sentia que estava perdendo episódios do meu programa de TV favorito. Era enlouquecedor. Eu estava fazendo amor com minha mulher e pensando: "O que eles estão fazendo agora? Em que problemas estarão metidos? Estou perdendo, droga!" E descobri que criava desculpas para voltar cada vez mais cedo. E eu voltava para escutar as críticas insípidas e intermináveis do seu pai, mas eu não podia me afastar. Eu estava preso. Eu era um viciado, pura e simplesmente. Estava perdidamente viciado em vocês.

Agora Eddie dava chutes descontrolados e todo o seu corpo se agitava. Eu não poderia impedi-lo se quisesse. Só me restava resistir a sua explosão.

— Por vinte anos tentei escapar, tentei deixar o vício dessa droga da sua família. Mas não consegui. Quando eu não estava com vocês, eu não sabia quem eu era. Eu não era uma pessoa, era um nada. Quando voltava para a Austrália e via vocês dois metidos em alguma situação ridícula, eu me sentia vivo. Tão vivo que dava para ver nos meus olhos. Minha mulher queria ter um filho, mas como, se eu já tinha dois? Sim, eu amo vocês tanto quanto os odeio, mais do que vocês podem imaginar. Vou dizer, depois que coloquei vocês dois no colo de Terry, fiquei devastado. Missão cumprida. Assim que voltei para casa, soube que já não podia suportar estar com a minha mulher. E eu estava certo. Ela não entendia por que eu estava tão irritável, tão vazio. Eu não podia compartilhar o vazio com ela e não a amava o bastante para preencher esse vazio com amor, por isso eu a deixei e vim para cá. Vê? Estou completamente vazio, e vim para cá para tentar me preencher. Agora você entende por que vocês precisam ir embora? Eu vim aqui para encontrar a mim mesmo outra vez, para descobrir quem eu sou. Estou me reconstruindo do zero. O seu pai está sempre falando de projetos. Vocês eram meu projeto. E agora preciso de outro. É por isso que eu preciso de pacientes. Estou continuando a minha vida de onde ela foi interrompida, e é claro que não posso fazer isso com vocês dois aqui. É por isso que precisa convencer o seu tio a levar todos vocês embora daqui.

— Por que simplesmente não expulsa a gente?

— Bom, Sr. Presunçoso, Sr. Arrogância, eu não posso. Você talvez pense que seu tio é só jogos e diversão, mas eu vi a violência de que ele é capaz.

— Terry é muito teimoso. Eu não acho que teria muita sorte tentando convencê-lo de alguma coisa.

— Por favor, Jasper. *Por favor*. O seu pai está morrendo. E ele vai fazer mais uma maluquice, e vai ser uma das grandes. Você também sabe disso. Você sente que está chegando, não sente? É como uma tempestade se aproximando. Vai ser algo louco e inesperado e perigoso e estúpido. Eu passo noites em claro pensando nisso. O que ele vai fazer? Você sabe o que é? Eu preciso saber. Mas não consigo. Vê? Vocês *precisam* ir embora!

— Eu vou tentar falar com Terry.

— Tentar, não. Vá lá e fale. O que acha que vai acontecer quando seu pai morrer? É você que vai ficar com a herança dele de fazer coisas malucas e inacreditáveis. E vai se revelar um espetáculo maior do que o seu pai. E é por isso que eu juro, se vocês não forem embora agora, eu vou seguir obstinadamente a sua vida inteira até você ter um filho, e então *eu* vou ter um filho só para que o meu filho possa perseguir o seu filho. Você não vê? É um vício que pode durar gerações! Séculos! Estamos em um ponto crucial aqui, Jasper. Se eu não me livrar de vocês agora, vou ficar preso a vocês para sempre.

Aquela era uma ideia desagradável.

— Enfim. É isso. Vá falar com o seu tio. Se vocês ficarem, eu não sei o que eu vou fazer. Cortar a garganta de vocês enquanto estiverem dormindo, provavelmente.

Ante esse pensamento ele soltou uma risada, do tipo que não permite ver nenhum dente.

— Agora me deixe sozinho. Preciso rezar para os meus pais.

Eddie colocou algumas flores de cores brilhantes no chão, ajoelhou diante delas e começou a resmungar. Ele rezava diariamente pedindo sucesso, o que era uma má notícia: quando um médico em sua vizinhança reza para ter trabalho, é melhor que os deuses dele não estejam escutando.

•

Enfiei a cabeça no quarto de Terry a caminho da cama. Embora tivesse batido na porta e ele tivesse dito para eu entrar, ele não se deu ao trabalho de se vestir. Estava de pé no meio do quarto, pelado.

— Ei, Jasper! O que está acontecendo?

— Esquece. Boa-noite.

Fechei a porta. Eu não estava no clima de conversar com um homem gordo e pelado naquele momento. Mas, por outro lado, também não estava no clima de ter a garganta cortada enquanto dormia. Abri a porta outra vez. Terry não tinha se movido.

— Cacete, você não pode bater na porta?

— Eddie ficou louco. Ele está ameaçando cortar nossa garganta enquanto a gente dorme.

— Isso não é muito hospitaleiro, é?

— Não acho que ele queira nos matar, só acho que, estando aqui, meu pai e eu temos grandes chances de tirá-lo do sério.

— E?

— E não é melhor a gente ir embora daqui?

— Provavelmente.

— Ótimo.

— Mas a gente não vai.

— Por que não?

Suas sobrancelhas estavam grudadas, e sua boca estava aberta como se ele fosse falar a qualquer momento.

— Terry. Você está legal?

— É claro que sim. Estou um pouco agitado, só isso. Eu não costumo ficar agitado. Você sabe, fiquei longe da minha família por tanto tempo que ter vocês dois aqui está tendo um efeito estranho sobre mim. Eu não me sinto muito eu mesmo. Não me sinto muito... livre. Comecei a me preocupar com vocês dois, se quer saber a verdade. E durante muito tempo eu não me preocupei com nada nem com ninguém.

— E Caroline? Está preocupado com ela também?

O rosto de Terry ficou vermelho em meio segundo. Então seus olhos ficaram esquisitos. Eu sentia como se estivesse em pé do lado de fora de uma casa, observando alguém acender e apagar as luzes.

— Você é um cara muito intuitivo, Jasper. O que a sua intuição está lhe dizendo? A minha está dizendo que alguma coisa vai acontecer nesta casa. Não sei bem o quê. Pode ser uma coisa boa, mas eu duvido. Provavelmente vai ser uma coisa ruim. Pode ser até mesmo uma coisa *muito* ruim. E talvez a gente deva dar o fora daqui, mas eu estou morrendo de curiosidade. Você não está? A curiosidade é uma das coisas de que mais gosto. A curiosidade intensa é como um daqueles orgasmos tântricos, um prazer enlouquecedor e prolongado. É isso que é.

Eu dei boa-noite, fechei a porta e o deixei sozinho com sua nudez, pensando em famílias normais que têm problemas normais, como alcoolismo, vício no jogo, violência doméstica e dependência de drogas. Tive inveja.

•

Na manhã seguinte, levantei cedo. Minha garganta não estava cortada. O sol já estava quente às 6h30. Da janela, dava para ver a neblina esvaindo-se da selva. Estávamos a uma grande altitude, e a neblina ocultava da vista os picos das montanhas. Eu tive uma noite de sono ruim, pensando em tudo que Eddie havia dito. Eu sabia que ele tinha razão. Meu pai *estava* planejando alguma coisa, mesmo que inconscientemente. Mas eu já não sabia o que era? Eu sentia como se soubesse, mas não conseguia ter certeza. Estava escondido em algum lugar na minha cabeça, em algum lugar escuro e distante. De repente eu soube tudo que aconteceria no futuro, mas, por alguma razão, esqueci, e mais, pensei que todos no planeta também conheciam o futuro, e também haviam esquecido, e que os videntes e profetas não eram pessoas com poderes sobrenaturais, afinal: eram simplesmente pessoas com boa memória.

Eu me vesti e saí pela porta dos fundos para não esbarrar em ninguém.

Nos fundos da casa, à beira da selva, havia um galpão. Eu entrei. Lá, em prateleiras frágeis de madeira, havia tintas e pincéis. Apoiadas contra a parede havia uma série de telas pretas. Então era ali que o pai de Eddie havia feito aquelas pinturas repugnantes. Parecia ter sido, um dia, um galinheiro, embora não houvesse galinhas agora. Mas havia penas de galinhas, e algumas cascas de ovo quebradas. No chão havia uma pintura inacabada de um par de rins; o pai de Eddie obviamente pensara em usar gema de ovo para obter o tom exato de amarelo.

Peguei um pincel. As cerdas, empastadas de tinta seca, eram duras como madeira. Fora do galinheiro havia um canal cheio de água lodosa de chuva, como se tivesse caído do céu daquele jeito, marrom e viscosa. Enxaguei o pincel na água, separando as cerdas com os dedos. Ao fazer isso, vi Caroline indo da casa até a colina. Ela estava andando depressa, mas a cada poucos passos parava e ficava completamente imóvel antes de prosseguir, como se estivesse atrasada para um compromisso que temia. Eu a observei até que ela desapareceu na selva.

Voltei ao galinheiro, abri uma lata de tinta, mergulhei o pincel e comecei a atacar uma tela. Deixei o pincel flutuar sobre ela, vendo o que ele queria pintar. Parecia gostar de olhos. Olhos rasos, olhos que lembravam ameixas apetitosas, olhos que pareciam germes vistos em um microscópio, olhos dentro de olhos, olhos concêntricos, olhos sobrepostos. A tela ficou cheia deles. Eu tive de olhar para o outro lado; aqueles olhos grosseiros estavam se cravando em mim de uma forma que era mais do que meramente desconcertante: eles pareciam estar mexendo alguma coisa dentro de mim. Demorei mais um minuto para perceber que eram os olhos do meu pai. Não é de surpreender que me causavam náusea.

Abaixei a tela e levantei outra. O pincel começou novamente. Dessa vez se dedicou a um rosto inteiro. Um rosto presunçoso, cheio de si, com olhos grandes e insolentes, bigode espesso, boca marrom deformada e dentes amarelos. O rosto de um homem branco, dono de escravos, ou de um guarda carcerário. Olhei demoradamente para a pintura e senti uma fisgada de ansiedade, mas não entendi por quê. Era como se um fio tivesse se soltado em meu cérebro, mas eu estivesse com medo de puxá-lo e desmanchar todo o meu ser. Então percebi: a pintura — era *aquele* rosto. O rosto com que eu sonhara durante a minha infância. O rosto flutuante e não perecível que eu tinha visto a minha vida toda. Enquanto pintava, consegui lembrar detalhes que eu não sabia se de fato tinha visto antes: olheiras, um pequeno espaço entre os dentes da frente, rugas nos cantos da boca sorridente. Eu tinha a sensação de que um dia aquele rosto desceria do céu para me dar uma cabeçada. De repente, o calor no galinheiro ficou insuportável. Eu me senti asfixiado. Estar dentro de um galinheiro úmido com aquele rosto soberbo e centenas de reproduções dos olhos do meu pai era sufocante.

•

Aquela tarde, fiquei deitado na cama escutando a chuva. Eu me sentia sem chão. Viajar com um passaporte falso provavelmente significava que eu nunca mais voltaria para a Austrália. Aquilo me tornava apátrida. E, pior, o nome falso em meu passaporte era um nome de que eu não gostava, que na verdade me dava asco, e, a não ser que eu conseguisse outro passaporte falso, eu possivelmente seria Kasper até o fim dos meus dias.

Fiquei na cama a tarde toda, incapaz de tirar as palavras de Eddie da cabeça, sua suposição de que eu estava me transformando no meu pai. *Se às vezes você não gosta dele, é porque você não gosta de si mesmo. Você acha que é tão diferente dele... É aí que não se conhece. Esse é o seu ponto cego, Jasper.* Será que era verdade? Não coincidia com a velha ideia do meu pai de que eu era sua reencarnação prematura? E agora que eu estava pensando nisso, será que já não havia alguns indícios assustadores? Desde que meu pai começara a morrer outra vez, eu não tinha ficado fisicamente mais forte? Estávamos em uma espécie de gangorra... ele descia, eu subia?

Houve uma batida na porta. Era Caroline. Ela fora surpreendida pela chuva e estava encharcada da cabeça aos pés.

— Jasper, você não quer que o seu pai morra, quer?

— Bom, eu não tenho um dia específico em mente, mas não gosto da ideia de ele viver para sempre. Então sim, se colocarmos dessa maneira, acho que quero que ele morra.

Ela veio até mim e sentou-se na beira da minha cama.

— Eu fui até o vilarejo. As pessoas por aqui são extremamente supersticiosas, e talvez não sem motivo. Talvez ainda possamos curar o seu pai de alguma forma.

— Você quer fazê-lo chegar atrasado para o encontro com o destino?

— Quero que o seu pai passe isto no corpo inteiro. — Ela me entregou um pequeno frasco com uma substância glutinosa cor de leite.

— O que é?

— Óleo feito da gordura derretida do queixo de uma mulher que morreu durante o parto.

Olhei para o frasco. Eu não saberia dizer se realmente continha o que ela disse que continha, e também não estava pensando na pobre mulher que morrera durante o parto; eu estava pensando na pessoa que derretera a gordura do queixo dela.

— Onde conseguiu isso, e, o que é mais importante, quanto pagou?

— Consegui com uma velha do vilarejo. Ela disse que é ótimo para câncer.

Ótimo para câncer?

— Por que não faz você?

— O seu pai não me escuta. Ele não quer minha ajuda. Eu não posso nem mesmo levar um copo d'água para ele. Precisa fazê-lo passar este óleo em todo o corpo.

— Como é que vou convencê-lo a passar a gordura do queixo de um estranho no próprio corpo?

— É isso o que você precisa descobrir.

— Por que eu?

— Você é filho dele.

— E você é a mulher dele.

— As coisas não estão muito bem entre nós — disse ela, sem elaborar. Não que precisasse: eu estava completamente familiarizado com o triângulo amoroso de arestas pontiagudas que ameaçava dilacerar a todos nós.

Eu esperei no corredor por um instante, mas finalmente entrei no quarto do meu pai. Ele estava debruçado sobre a mesa, sem ler nem escrever nada, só debruçado.

— Pai — falei.

Ele não deu nenhum sinal de estar ciente da minha presença. Havia velas de citronela espalhadas por todo o quarto. Ele tinha um mosquiteiro sobre a cama e outro sobre a poltrona no canto.

— Os insetos estão te incomodando? — perguntei.

— Você acha que estou dando as boas-vindas para eles como se fossem velhos amigos? — falou ele, sem se virar.

— É só que eu tenho um pouco de repelente de inseto, se você quiser.

— Eu já tenho.

— É um novo tipo. Parece que o povo daqui usa este.

Meu pai se virou para mim. Dei um passo à frente e pus o frasco de gordura de queixo derretido na mão dele.

— Você tem que espalhar no corpo inteiro.

Ele abriu o frasco e cheirou.

— Tem um cheiro estranho.

— Pai, você acha que nós somos parecidos?

— Em que sentido, fisicamente?

— Não, não sei. Como pessoas.

— Isso seria o seu pior pesadelo, não seria?

— Tenho um ou dois piores.

Ouvimos um zumbido. Ambos olhamos à nossa volta, mas não conseguimos identificar de onde vinha. Meu pai tirou a camisa e pegou um punhado da gordura de queixo derretida do frasco e começou a espalhar sobre o peito e a barriga.

— Quer um pouco?

— Não, estou bem.

Comecei a me sentir enjoado, agora pensando na mulher que tinha morrido durante o parto. Eu me perguntava se o bebê dela tinha sobrevivido, e se um dia ele não ficaria irritado por não ter sido o herdeiro da gordura do queixo da mãe.

— Eddie se revelou um sujeito diferente do que imaginávamos, não? — disse meu pai, besuntando sob os braços.

Fiquei tentado a contar sobre o monólogo doentio e as ameaças de Eddie, mas não queria causar ainda mais tensão a seu corpo estressado.

— Ainda assim, foi bom você ter um bom amigo, mesmo sendo uma mentira.

— Eu sei.

— Eddie foi a primeira pessoa a me contar algo de útil sobre Astrid.

— Ah é?

— Ele me levou ao seu diário de Paris.

— Você leu?

— Do começo ao fim.

— Ficou irritado?

— Muitíssimo.

— Bom, é isso que você ganha por bisbilhotar.

Quando falou isso, ele tirou as sandálias e esfregou a gordura de queixo entre os dedos. Fez um som de borbulhas.

— No diário você disse que pensava que eu poderia ser a sua reencarnação prematura.

Meu pai inclinou a cabeça para um lado, fechou os olhos por um instante, depois os abriu novamente. Ele olhou para mim como se tivesse tentado realizar um truque de mágica em que desapareço e de repente ficado irritado porque não funcionou.

— O que você quer dizer?

— Você ainda acredita nisso?

— Acho que é bem possível, mesmo considerando que eu não acredito em reencarnação.

— Isso não faz nenhum sentido.

— Exatamente.

Senti uma antiga fúria brotando dentro de mim. Quem é esse homem irritante? Saí do quarto e bati a porta. Então abri de novo.

— Isso não é repelente — falei.

— Eu sei. Você acha que não reconheço gordura de queixo derretida quando vejo?

Eu fiquei lá parado, a mente um completo vazio.

— Eu estava escutando atrás da porta, seu tonto — admitiu ele.

— Então o que tem de errado com você? Por que colocaria essa porcaria no seu corpo?

— Eu estou morrendo, Jasper! Você não entende? Que me importa o que eu coloco no meu corpo? Gordura de queixo, gordura de estômago, fezes de cabra. E daí? Quando está morrendo, até mesmo o nojo perde o significado.

•

Meu pai estava correndo em direção à morte, não havia como negar isso. Ele parecia mais desolado a cada dia. Mentalmente desolado também — ele não conseguia se livrar do medo de que Caroline quisesse voltar para o tio Terry, ou de que todos estivéssemos discutindo essa possibilidade pelas costas dele. Ele estava paranoico achando que falávamos dele o tempo todo. Esse medo logo se tornou um tema constante nas conversas entre o restante de nós. Era assim que ele dava vida a suas próprias ilusões e as libertava.

Nossos jantares continuavam tão silenciosos quanto no início; o único barulho era meu pai suspirando ruidosamente entre as colheradas de sopa apimentada. Lendo entre um suspiro e outro, eu sabia que ele estava cada vez mais furioso porque ninguém sentia pena dele como ele gostaria. Ele não queria muita. Só o mínimo já bastaria. Nesse aspecto, Terry não ajudava em nada, ele ainda tinha a ideia fixa de dar estímulo e satisfação ao meu pai; e Caroline ajudava ainda menos — fingia que tinha parado de acreditar na morte dele. Ela se dedicava à tarefa nada invejável de tentar reverter o curso do câncer dele, recorrendo a todo tipo de bruxaria: cura psicoespiritual, visualização, reparação do carma. Tudo em torno dele era uma forma repulsiva de otimismo, anátema para um moribundo. E provavelmente como Caroline estava obcecada por tentar salvar a vida do meu pai e a alma de Terry, meu pai ficou obcecado pelo suicídio, dizendo que morrer de causa natural era pura preguiça. Quanto mais eles tentavam salvá-lo com métodos estranhos, mais ele insistia em se encarregar pessoalmente de morrer.

Uma noite, ouvi meu pai gritando. Saí do quarto e vi Terry perseguindo-o pela sala com um travesseiro.

— O que está acontecendo?

— Ele está tentando me matar!

— Eu não quero que você morra. É *você* que quer morrer. Eu só estou tentando ajudar.

— Fique longe de mim, seu desgraçado! Eu falei que queria cometer suicídio. Não falei que queria ser assassinado.

Pobre do meu pai. Não é que ele não tivesse ideias claras, é só que ele tinha ideias demais, que se contradiziam, efetivamente anulando umas às outras. Meu pai não queria ser sufocado pelo irmão, mas ele não conseguia causar o próprio sufocamento.

— Deixe que eu faço isso — disse Terry. — Eu sempre estive lá para te ajudar, e sempre vou estar.

— Você não estava lá para me ajudar quando nossa mãe tentou me matar.

— Do que está falando?

Meu pai fitou Terry por um bom tempo.

— Nada — disse ele finalmente.

— Quer saber? Você não sabe como morrer porque você não sabe quem você é.

— Ora, e quem eu sou?

— Diga-me você.

Depois de certa hesitação, meu pai descreveu a si mesmo como um "profeta de epifanias limitadas". Eu achei que aquilo fosse muito bom, mas, para Terry, meu pai era algo completamente distinto: um Cristo que não tinha coragem de se sacrificar, um Napoleão que não tinha estômago para a batalha, um Shakespeare que não tinha talento com as palavras. Pelo visto, estávamos chegando perto de definir quem era meu pai.

Ele soltou um leve gemido e olhou para o chão. Terry colocou sua mão grande e pesada no ombro do irmão.

— Quero que admita que apesar de ter vivido por tanto tempo neste mundo, você não sabe quem é. E, se não sabe quem é, como pode ser o que é?

Meu pai não respondeu em palavras, mas soltou outro gemido, como um animal que tinha acabado de visitar os pais na vitrine de um açougue.

Fui para a cama me perguntando: Eu sei quem *eu* sou? Sim, eu sei: Eu sou Kasper. Não, eu quis dizer Jasper. E, sobretudo, não sou meu pai. Não estou me transformando no meu pai. Não sou uma reencarnação prematura do meu pai. Eu sou eu, e pronto. Ninguém mais, ninguém menos.

Esse pensamento me nauseou, e era como se a náusea estivesse mudando a forma do meu rosto. Levantei da cama e me olhei no espelho. Eu não estava melhor nem pior, só diferente. Logo, logo não vou ser capaz de me reconhecer, pensei. Algo estranho estava acontecendo com o meu rosto, algo que não era simplesmente o processo de envelhecimento. Eu estava me transformando em alguma coisa que não era eu.

Houve um barulho lá fora. Alguém ou alguma coisa estava no galinheiro. Olhei para fora, mas não consegui ver nada pela janela, só o reflexo de meu próprio rosto, ligeiramente não familiar. Apaguei a luz, mas mesmo com o luar estava escuro demais. Os barulhos continuaram. Eu certamente não iria até lá para investigar. Sabe-se lá que criaturas existem nas selvas da Tailândia, e como saber se elas não estavam famintas? Tudo que eu podia fazer era apertar bem os olhos e tentar dormir.

Na manhã seguinte, sentei na cama e olhei pela janela. O galinheiro continuava de pé... eu meio que esperava que estivesse pendente de uma boca gigante salivante. Fui para a porta dos fundos.

A grama sob meus pés estava fria e úmida. O ar tinha um gosto estranho, como o de menta velha que perdeu quase todo o sabor. Caminhei com cuidado, preparando-me para correr de volta à casa se um animal pulasse diante de mim. Lá dentro, o galinheiro estava um caos. As latas de tinta tinham sido abertas e seu conteúdo, esvaziado no chão e sobre minha pintura do rosto flutuante, que fora rasgada em pedacinhos. Quem a tinha destruído? E por quê? Não havia nada a fazer além de voltar para a cama.

Não fazia cinco minutos que eu estava na cama quando ouvi alguém respirando. Fechei os olhos e fingi dormir. Não fez diferença. A respiração se aproximou cada vez mais, até que a senti em meu pescoço. Esperei que não fosse Eddie. Era. Quando me virei, ele estava inclinado sobre mim. Eu pulei.

— O que você quer?

— Jasper, o que vai fazer hoje?

— Dormir, espero.

— Vou sair de carro para ver se consigo algum trabalho.

— Tá legal. Bom-dia para você.

— É. Para você também.

Eddie continuou sem se mover. Mesmo estando cansado disso, eu senti pena dele. Não há outra forma de dizer. Ele parecia carente. Tinha um aspecto ruim.

— Eu estava pensando se não quer vir junto. Fazer companhia? — perguntou Eddie.

Era uma proposta assombrosa. Passar o dia sozinho com Eddie não me parecia particularmente interessante, e menos ainda visitar pessoas doentes, mas acontece que não havia nada que eu pudesse imaginar que fosse tão desagradável quanto ficar naquela casa com a morte do meu pai tinindo.

•

Perambulamos para cima e para baixo pelo campo sob o sol impiedoso. Eu achava que a Austrália fosse quente! A umidade nas montanhas era fora de controle, eu podia sentir as bolhas de suor se formando em minha vesícula biliar. Nós passeamos juntos, sem dizer muita coisa. Quando Eddie estava em silêncio, era como se eu fosse a única pessoa viva no mundo — embora eu também tivesse essa sensação quando ele estava falando. Aonde quer que fôssemos, as pessoas nos observavam. Elas não conseguiam entender um homem em seus 40 e poucos anos querendo ser médico — era uma violação da ordem natural. Eddie tentava manter a calma, mas isso claramente o estava desgastando. Ele só tinha palavras cruéis e nada amigáveis a dizer sobre os habitantes saudáveis e pacíficos daquele vilarejo tranquilo. Ele não suportava o contentamento deles. Ele resistia até mesmo ao encantador costume tailandês de sorrir como um cretino em toda situação imaginável, embora precisasse fazer isso se quisesse atrair pacientes. Mas seu sorriso só dominava um lado de seu rosto dividido. Eu via o lado real, com os lábios furiosos virados para baixo e o ódio homicida reprimido em seu olho pestanejante.

Nós almoçamos à beira da estrada. Eu não sentia nenhum vento, mas os ramos das árvores se moviam de vez em quando. Depois do almoço, Eddie falou:

— Você falou com Terry sobre ir embora daqui?

— Ele quer ficar. Ele acha que algo ruim vai acontecer na sua casa e que quer ver o que é.

— Ele acha isso, é? Má notícia para nós.

Antes que Eddie pudesse dizer mais alguma coisa, ouvimos o motor de uma motocicleta arrancando a plena velocidade.

— Olhe quem é — disse Eddie.

— Quem?

— Aquele médico antiquado. Veja só como ele é presunçoso.

A motocicleta gemeu em nossa direção, levantando poeira. Era difícil acreditar que alguém antiquado dirigisse tão rápido. Quando o médico parou de repente, Eddie corrigiu a postura. É difícil parecer um vencedor quando se é claramente o perdedor, mas a postura influencia.

O médico devia ter seus 60 anos, mas tinha o físico de um nadador olímpico. Eu não consegui detectar nada de presunçoso nele. Eddie e ele trocaram algumas palavras. Eu não sabia o que eles estavam dizendo, mas vi os olhos de Eddie se abrirem de uma forma que obscureceu seu rosto e me deixou um pouco aliviado por não entender o idioma. Depois que o médico se foi, eu perguntei a Eddie:

— O que ele falou? Que vai se aposentar logo?

— Má notícia. Merda! Péssima notícia! O médico já tem um jovem estagiário, pronto para ocupar o lugar dele.

Bom, aquilo era o fim da história. Definitivamente, não havia lugar para Eddie naquela comunidade, e ele sabia disso.

•

Tudo o que eu queria fazer era dormir, mas no momento em que voltei para o quarto soube que seria impossível, sobretudo porque Caroline estava sentada na beira da minha cama.

— Fui ao vilarejo hoje — disse ela.

— Por favor, chega de gordura de queixo.

Ela me entregou uma pequena bolsa de couro atada com uma corda. Eu a peguei e tirei um colar com três objetos estranhos pendurados.

— Um pedaço de marfim de elefante e algum tipo de dente — chutei.

— Dente de tigre.

— Claro. E o terceiro, o que é?

— Olho ressecado de gato.

— Legal. E tenho que fazer o meu pai usar isto, imagino.

— Não, é para você.

— Para mim?

— É um amuleto — falou ela, e então o colocou ao redor do meu pescoço, inclinou-se para trás e me observou como se eu fosse um filhotinho de olhos tristes na vitrine de uma pet shop.

— Para que é?

— Para proteger você.

— Do quê?

— Como está se sentindo?

— Eu? Estou bem, acho. Um pouco cansado.

— Eu queria que tivesse conhecido meu filho — falou ela.

— Eu também.

Pobre Caroline. Parecia que ela queria conduzir várias conversas mas não sabia qual escolher.

Ela se levantou de repente.

— Então tá — falou, e saiu pela porta dos fundos.

Eu quase tirei o amuleto, mas por alguma razão tive medo de ficar sem ele. Pensei: o que faz um homem ficar louco não é a solidão ou o sofrimento — é ser mantido em um estado de medo permanente.

•

Passei os dias seguintes diante do espelho, confirmando minhas feições com as mãos. Nariz? Presente! Queixo? Presente! Boca? Dentes? Testa? Presente! Presente! Presente! Essa estúpida lista de chamada facial foi a única coisa valiosa em que consegui pensar para passar o tempo. Em algum outro lugar na casa, Caroline, meu pai e Terry estavam circundando um ao outro feito cães raivosos. Eu fiquei bem longe.

Passei muitas horas sentado com Eddie em seu consultório. Parecia que era *ele*, e não eu, que adquirira as características de um acidente em câmera lenta, e eu não queria perder o espetáculo. Além disso, o presente de Caroline enfiou na minha cabeça dúvidas sobre minha saúde, e achei que seria melhor deixar Eddie me examinar. Ele me fez um checkup geral. Examinou as batidas monótonas do meu coração, meus reflexos preguiçosos; eu até mesmo deixei que ele colhesse meu sangue. Não que houvesse na região um laboratório de análises clínicas para onde ele pudesse enviar a amostra. Ele simplesmente encheu um frasco e mais tarde me deu para eu guardar de lembrança. Disse que não havia nada de errado comigo.

Estávamos no consultório escutando rádio através do estetoscópio quando algo extraordinário e inesperado aconteceu: um paciente! Uma mulher entrou visivelmente angustiada e agitada. Eddie vestiu uma expressão solene que, até onde sei, podia muito bem ser genuína. Sentei lá na ponta da cadeira enquanto a mulher gaguejava.

— O médico está muito doente. — Eddie traduziu para mim. — Talvez morrendo — completou, e me fitou por um bom tempo, só para me mostrar que não estava sorrindo.

Nós três nos amontoamos no carro de Eddie, que dirigiu a toda velocidade até a casa do médico. Quando chegou, escutamos o berro mais terrível que se possa imaginar.

— Tarde demais. Ele está morto — disse Eddie.

— Como sabe?

— Aquele gemido.

Eddie tinha razão. Não havia nada de ambíguo com aquele gemido.

Ele desligou o motor, pegou sua maleta de médico e ajeitou o cabelo com as mãos.

— Mas ele está morto! O que você vai fazer?

— Vou diagnosticá-lo morto.

— Você não acha que aquele uivo apavorante já se encarregou disso?

— Mesmo num vilarejo remoto como este, existem regras. Os mortos precisam ser oficialmente diagnosticados mortos — disse ele.

Dei um suspiro profundo e segui Eddie e a mulher para dentro da casa.

Havia cerca de uma dúzia de pessoas amontoadas ao redor da cama do médico morto; não sei se tinham ido velar seu corpo ou se tinham chegado antes para vê-lo morrer. O médico que eu vira havia apenas alguns dias correndo pelo campo em uma moto estava agora completamente imóvel. O homem cujo físico atlético eu invejara sucumbira. Parecia que alguém tinha chegado com um aspirador de pó potente e sugado tudo que havia dentro: coração, costelas, espinha dorsal, tudo. Para ser sincero, ele nem sequer parecia ser pele e osso, só pele.

Fiquei de olho em Eddie, mas ele tratava de parecer inocente e sincero, o que não era nada fácil, considerando os pensamentos malévolos em sua cabeça. O médico da cidade se fora — agora era entre Eddie e o jovem médico. Eu podia ver Eddie pensando: "Não deve ser muito difícil desacreditá-lo." Eddie se endireitou, pronto para seduzir os enlutados. Era seu primeiro pronunciamento como médico.

Todos eles falavam com Eddie em tons baixos, e depois ele se virou para mim e vi um lampejo de transtorno, impiedade e obstinação. É assombrosa a complexidade que pode ser percebida em um rosto no momento certo do dia. Eddie me chamou em particular e explicou que o estagiário já havia estado lá quando o médico morrera e já o havia diagnosticado morto.

— Ele não perdeu tempo, o canalha — sussurrou Eddie.

— Onde está o jovem médico agora?

— Ele foi para casa, para a cama. Parece que também está doente.

Dessa vez, Eddie não pôde conter sua alegria. Pediu que lhe indicassem onde ficava a casa do jovem médico e saiu, tenho certeza, para tratá-lo do modo mais negligente e preguiçoso possível.

Ele dirigia rápido. Eu o peguei praticando seu sorriso mais doce no espelho retrovisor, o que significava que ele estava se preparando para bancar o tirano.

O jovem médico vivia sozinho em uma cabana no alto da montanha. Eddie correu para dentro. Eu precisei me esforçar para acompanhá-lo. O jovem médico estava deitado na cama, de roupa. Quando entrei, Eddie estava debruçado sobre ele.

— Ele está bem? — perguntei.

Eddie caminhou ao redor da cama como se estivesse fazendo uma dança da vitória.

— Não acho que ele consiga sair dessa.

— O que ele tem?

— Não tenho certeza. É um vírus, mas um raro. Não sei como tratar.

— Bom, se o velho médico teve e agora o jovem médico tem, deve ser contagioso. Vou dar o fora daqui — falei, cobrindo a boca ao sair.

— Provavelmente não é contagioso.

— Como sabe? Você não sabe o que é.

— Pode ser que algo tenha se metido dentro deles e depositado ovos em seus intestinos.

— Isso é nojento.

— Ou então é alguma coisa que os dois comeram. Eu não acho que precise se preocupar.

— Eu decido quando e com que me preocupar — falei, saindo da casa.

O jovem médico morreu dois dias depois. Eddie não saiu do lado da cama dele. Apesar de sua insistência de que o vírus não era contagioso, eu me recusei a colocar o pé na câmara de morte. No entanto, soube o momento exato em que o médico morreu, porque os mesmos terríveis lamentos viscerais ecoaram, tal como antes, por todo o vilarejo. Para ser sincero, eu desconfiava de toda essa demonstração exagerada de tristeza e finalmente concluí que era apenas um cacoete cultural, como aqueles sorrisos. Não é de fato uma tristeza inconsolável, pensei, é uma demonstração de tristeza inconsolável. Algo muito diferente.

•

Foi assim que Eddie se tornou o médico da cidade. Ele conseguiu o que queria, mas isso não o abrandou. Foi um erro de julgamento da minha parte imaginar que o faria. E foi um erro da parte de Eddie imaginar que ser o médico da cidade por falta de opção tornaria os habitantes mais amáveis para com ele. Fomos de porta em porta. Alguns bateram a porta na cara dele; eles achavam que ele tinha colocado um feitiço nos dois médicos, uma varíola na casa dos dois. Eddie acabou parecendo um grave usurpador. Fizemos as visitas mesmo assim. Sem sucesso — grande parte, porque as pessoas pareciam nunca ficar doentes.

Eu quase pensei que fosse impossível, mas Eddie estava se tornando ainda mais desagradável. Todo esse esbanjamento de saúde o estava irritando.

— Nenhum paciente! Tudo que quero é que alguém fique doente! Terrivelmente doente! O que são essas pessoas, imortais? Uma doença neurológica motora não lhes cairia mal. Para mostrar a elas o que é a vida. — Eddie desejava cruelmente. Seu foco estava no lugar errado.

Deus seja louvado pelos acidentes na lavoura! Após algumas amputações inadvertidas e coisas do tipo, ele finalmente conseguiu reunir alguns pacientes. As pessoas tinham medo de hospitais, e, por isso, Eddie tinha de fazer, nas plantações de arroz, coisas que eu não desejaria que fizessem comigo em um lugar que não fosse totalmente esterilizado. Mas eles não pareciam se importar.

Enquanto Eddie começava sua carreira oficial como médico, tantos anos após ter concluído a faculdade, eu voltei para a casa dele para confrontar os dramas que, com certeza, haviam progredido em minha ausência até atingir um ponto de ebulição.

•

— Estou apaixonada pelo irmão do meu marido — disse Caroline, como se ela estivesse em um programa de entrevistas norte-americano e eu não soubesse os nomes das pessoas envolvidas. Ela endireitou a cadeira que eu, sem sucesso, usara para impedir que abrissem a porta.

— Eu sei que é difícil, Caroline. Mas não pode aguentar só mais um pouquinho?

— Até o seu pai morrer? Eu me sinto tão culpada. Estou contando os dias. Quero que ele morra.

Isso explicava seus esforços febris por prolongar a vida dele: culpa. Eu tinha uma sensação de que quando meu pai finalmente morresse, ela choraria sua morte mais do que qualquer um de nós. De fato, era provável que a morte do meu pai arruinasse aquela mulher. Eu achei que deveria falar com ele sobre isso, com cuidado, é claro, e implorar que ele a entregasse a Terry enquanto ainda estava vivo. A morte do marido poderia deixá-la transtornada por desejar isso. Eu sabia que este seria um assunto doloroso para ele, mas, por Caroline, pela imagem de seus olhos tristes e dementes, eu precisava abordar o assunto.

Meu pai estava na cama com as luzes do quarto apagadas. A escuridão me ajudou a encontrar coragem para dar início a minha tarefa pouco desejável. Fui direto ao ponto. Fingi que Caroline não tinha me dito nada e que eu simplesmente deduzira tudo isso por mim mesmo.

— Olha — falei —, sei que isso deve ser doloroso, e sei como você é... A última coisa que você quer às vésperas da morte é algo nobre, mas o fato é que Caroline vai ficar arrasada com a sua morte supondo que, enquanto você morre, ela deseja isso secretamente. Se você realmente ama essa mulher, precisa dá-la de presente para o seu irmão. Você precisa deixá-la como herança, enquanto ainda está vivo.

Meu pai não disse uma palavra. Enquanto fiz esse discurso pavoroso, pensei que, se alguém dissesse isso a mim, eu provavelmente atravessaria uma faca de manteiga em sua língua.

— Me deixe sozinho — falou ele finalmente, no escuro.

No dia seguinte, Terry decidiu que meu pai deveria ver o pássaro morto que ele vira em uma caminhada matinal, e me arrastou junto com eles.

Ele achava que meu pai olharia o pássaro imóvel e ficaria feliz de poder se mover. Era uma ideia infantil. Meu pai já tinha visto muitas coisas mortas, e elas nunca o deixaram feliz por estar vivo. Silenciosamente, elas o convidavam a juntar-se a elas. Isso eu sabia. Eu me perguntava por que Terry não sabia disso.

— Eu acho que deveria tirar Caroline das minhas mãos — disse meu pai, agachado sobre o pássaro imóvel.

— Do que está falando?

— Eu não acho que ela consiga manter essa farsa por mais tempo que eu — respondeu meu pai, exausto. — Poderia ter dado certo se você continuasse morto, como um bom garoto, mas você tinha que ressuscitar!

— Eu não sei o que tenho a ver com isso.

— Não se faça de tonto. Você fica com ela, tá legal?

O corpo de Terry deu um solavanco inesperado, como se ele tivesse apoiado a mão em uma cerca de alta-tensão.

— Vamos supor que eu concorde com essa besteira. O que o faz pensar que ela também concordaria?

— Pare com isso, Terry. Você sempre fez o que quis, então por que não continua a tradição e faz o que quer *mais uma vez*... fica com a mulher que você ama, que, incompreensivelmente, também o ama. Você sabe, eu sempre atribuí o meu fracasso com mulheres à falta de simetria das minhas feições faciais, e aqui está você, o homem mais gordo do mundo, e você fica com ela de novo!

— Então o que você quer?

— Só cuide dela, está bem?

— Eu não sei do que está falando — disse Terry, e sua boca fez várias formas estranhas, mas não emitiu nenhum som. Era como se ele estivesse tentando memorizar uma equação comprida e difícil.

•

Caroline estava sentada sob uma árvore, na chuva, quando meu pai e eu nos aproximamos. Eu sabia que ela estava atormentada e sofria em silêncio. Pensei que podia ouvir seus pensamentos, plenamente manifestados em minha cabeça. Ela estava pensando no mal. Se ela possuía o mal ou era possuída por ele. Ela queria ser boa. Não achava que era boa. Achava que era uma vítima das circunstâncias e que talvez todas as pessoas que fizessem o mal também fossem vítimas das circunstâncias. Ela achava não só que meu pai tinha câncer, mas que ele *era* um câncer. Ela desejava que ele se apaixonasse por outra pessoa e que depois morresse em paz durante o sono. Ela sentia que meu pai havia se apoderado da história da vida dela e a estava reescrevendo com uma caligrafia confusa que a deixava ilegível. Ela pensava que sua vida havia se tornado ilegível e incoerente.

Isso foi o que tive certeza de ouvi-la pensar. Senti tanta pena dela que desejei que o chão se abrisse e a engolisse.

Meu pai aproximou-se dela a passos largos e foi franco e direto. Eu deveria ter adivinhado que a primeira tentativa de um ato nobre explodiria em sua cara. A verdade é que sua generosidade de espírito só ia até certo ponto, e embora estivesse sacrificando a si mesmo magnanimamente no altar do amor, ele era incapaz de tirar o olhar ferido do rosto, o que matava o propósito da coisa toda. Foi esse olhar ferido que a fez explodir.

— Não! Como você pode dizer isso? Eu amo *você! Você! Eu amo VOCÊ!*

Meu pai prosseguiu:

— Olha. Terry foi o seu primeiro amor, e eu sei que nunca deixou de amá-lo. Não é culpa de ninguém. Quando concordou em casar comigo, você pensava que ele estivesse morto havia vinte anos. Todos nós pensávamos. Então por que fingir?

Meu pai preparou um argumento persuasivo e tinha tudo planejado quando o apresentou. Ele estava tão convincente que o que parecia inconcebível subitamente se tornou concebível — e aquilo deixou Caroline confusa.

— Eu não sei. O que quer que eu faça? Você não me ama mais? É, talvez seja isso. — E, antes que meu pai pudesse responder, ela disse: — Eu faço o que você quiser. Eu te amo, e o que você quiser que eu faça, eu vou fazer.

A resolução do meu pai foi testada naquele momento. Por que ela continuava atormentando-o dessa maneira? Como ele poderia suportar?

— Eu quero que você admita — falou ele.

— Admitir o quê?

— Que está apaixonada por ele.

— Martin, isso é...

— *Admita!*

— *Tá! Eu admito!* Primeiro comecei a pensar: por que ele tinha que estar vivo? Por que não podia simplesmente ter continuado morto? E quanto mais tempo eu passava com Terry, mais eu percebia que ainda estava apaixonada por ele. Então comecei a pensar: por que você tinha que estar vivo? Por que está morrendo tão devagar? É tão injusto que alguém que amava a vida, como o meu filho, tenha morrido de forma tão abrupta enquanto alguém que quer morrer, como você, continue a viver eternamente. Toda vez que você fala em suicídio minhas esperanças aumentam. Mas você nunca faz. Só fala! Por que continua jurando suicídio se não vai cometer? Você está me deixando louca com todas essas promessas de se matar! Ou você se mata ou para de falar nisso, mas não fique alimentando minhas esperanças desse jeito!

De repente, Caroline parou e cobriu a boca com a mão, dobrou-se e vomitou. O vômito saiu por entre seus dedos. Quando ela levantou, seu rosto estava transtornado de vergonha. Cada parte de seu rosto estava engrandecida por esse sentimento. Seus olhos eram redondos demais; a boca, aberta demais; as narinas, do mesmo tamanho que a boca. Antes que alguém pudesse dizer alguma coisa, ela correu para a selva.

Meu pai cambaleou sobre as pernas finas, e sua compleição se tornou o que só consigo descrever como granulosa. Minha vida tem sido uma série injusta e humilhante de propostas fracassadas, seu rosto lamentava. O amor foi minha nobre tentativa de suicídio.

Naquele exato momento, Terry saiu da casa.

— Eu ouvi alguém gritando? — perguntou ele.

— Ela é toda sua — falou meu pai.

— O que você quer dizer?

— Caroline... é toda sua. Nós terminamos.

— Está falando sério?

— Sim. Vocês podem ficar juntos agora. Eu não me importo.

Terry empalideceu, como se tivessem acabado de lhe dizer que o avião em que ele estava faria uma aterrissagem de emergência no topo de um vulcão.

— Bom... mas... eu não posso abrir mão das minhas prostitutas. Eu te falei, o amor não funciona sem possessividade. Não. De jeito nenhum. Não posso virar as costas para a minha vida agora, depois de tanto tempo. Não, não posso ficar com a Caroline.

— Você não a ama?

— Me deixe sozinho! O que está tentando fazer comigo? — perguntou ele, e saiu para a selva, mas na direção oposta à de Caroline.

Então o triângulo havia efetivamente se rompido. Ninguém estava com ninguém. Os três pontos eram linhas desimpedidas outra vez, paralelas, sem se tocar.

Oops. Culpa minha.

Eu não testemunhei a cena mais tarde aquele dia, entre Terry e Caroline, mas depois a vi caminhando bem mais calma.

— Você está bem? — gritei.

De tempos em tempos ela parava e golpeava a cabeça com os punhos cerrados.

— Caroline! — gritei outra vez.

Ela olhou para mim com olhos desesperados. Então Terry passou sob minha janela, parecendo amedrontado. Ele me disse que voltaríamos para Bangcoc na manhã seguinte. Por fim, uma boa notícia. Eu me perguntei se a curiosidade de Terry sobre o acontecimento terrível prestes a acontecer na casa de Eddie fora satisfeita com a explosão do triângulo. De qualquer forma, eu mal podia esperar para ir embora, e nem sequer conseguia passar o resto do dia naquela casa. Eu precisava sair dali.

Como não tinha outra opção, fui com Eddie no carro dele quando ele foi fazer suas visitas. Ele parecia feliz com a companhia e fez um monólogo horripilante e apaixonado que comparava médicos a deuses. Visitamos alguns agricultores que ele finalmente havia diagnosticado com doenças crônicas. Após as consultas, para minha repulsa, ele dava em cima das 3 filhas diante dos pais, garotas que tinham não mais que 16 anos. Sem conhecer suficientemente a cultura deles, eu não tinha certeza dos perigos que Eddie representava, mas era de arrepiar o modo como ele tentava seduzir, intimidar e comprar aquelas pobres garotas. Eu já não conseguia encontrar suas características redentoras. O homem com quem eu havia crescido já não existia. Quando saímos, ele inventou palavras para descrever aquelas garotas, sendo "delicifodas" e "trepáveis" as mais comuns. Cada palavra e gesto seu parecia impregnado de frustração e fúria. De volta à estrada, pensei: Este homem é uma granada pronta para explodir, e espero não estar por perto para ver.

Então ele explodiu.

Eu estava por perto para ver.

Minha testa estava pressionada contra a janela do carro, e eu desejava que a selva à nossa volta fosse na verdade o interior de um hotel luxuoso com temática de selva e que a qualquer momento eu pudesse subir para o meu quarto e me enfiar em lençóis limpos e pedir serviço de quarto e tomar uma overdose de comprimidos para dormir. Nada me deixaria mais feliz.

— O que é isso? — perguntou Eddie, interrompendo meu devaneio.

Era uma garota de cerca de 15 anos correndo pela estrada e agitando os braços, fazendo sinal para que parássemos. Isso é problema, pensei.

Eddie parou à beira da estrada e ambos saímos do carro. Ela gesticulava para que Eddie a seguisse. Pelo que consegui entender, o pai dela estava doente. Muito doente. Ela estava em pânico. Ela queria que Eddie fosse com ela imediatamente. Eddie adotou sua postura mais profissional. Ele traduziu para mim, repetindo os sintomas conforme ela os descrevia: febre, vômito, fortes dores abdominais, delírio e falta de sensibilidade nas pernas e nos braços. Eddie resmungou e suspirou ao mesmo tempo. Então balançou a cabeça obstinadamente. A garota começou a gritar em uma voz suplicante.

O que ele ia fazer?

Ela se virou e agarrou meu braço.

— Por favor, *por favor.*

— Eddie, o que está acontecendo?

— Eu realmente não creio que possa fazer isso hoje. Talvez amanhã, se eu tiver tempo.

— Não entende? — disse ela, em inglês. — Meu pai. Morrendo!

— Eddie — falei —, o que está fazendo?

— Jasper, você pode ir dar uma voltinha?

Não precisava ser um gênio para entender que eu estava prestes a ser cúmplice da chantagem mais imunda possível.

— Eu não vou sair — falei.

Eddie olhou para mim com um ódio concentrado e esmagador. Era um confronto.

— Jasper — disse ele entredentes —, estou dizendo para você dar o fora daqui.

— De jeito nenhum.

Eddie perdeu a cabeça e começou a gritar comigo com toda a capacidade de seus pulmões. Ele tentou de tudo para me fazer ir embora e deixá-lo sozinho para estuprar e saquear. Eu não saí do lugar. É isso, pensei. Meu primeiro confronto físico com o mal. Eu estava louco para triunfar.

Não triunfei.

Ele me empurrou. Eu o empurrei de volta. Ele me empurrou outra vez. Estava ficando tedioso. Eu tentei golpeá-lo. Ele desviou. Então ele tentou me golpear. Eu também tentei desviar, mas, em vez de me esmurrar na mandíbula, o punho dele acertou a minha testa. Eu cambaleei um pouco para trás, e, aproveitando-se da minha hesitação, ele deu um chute inesperado que me acertou no pescoço. Eu caí de costas e bati a cabeça no chão. Escutei a porta do carro bater, e quando fiquei de pé, já não podia fazer nada além de vê-lo partir.

Eddie, aquele canalha asqueroso! Aquele bandido seboso, repugnante e tarado. Eu me senti culpado por não ter conseguido proteger a pobre garota, mas se alguém que você conhece desde a infância está tão determinado a cometer um crime a ponto de lhe dar um chute no pescoço, o que você pode fazer? De todo modo, agora era tarde demais. Aquele demônio tinha ido embora com a garota e me abandonado no meio do nada. E onde eu estava, afinal, além de no exato lugar em que todo o calor da Tailândia se reunia para um encontro?

Caminhei por várias horas. Nuvens de mosquitos agitadíssimos me perseguiram assiduamente. Não havia ninguém à vista, nenhum sinal de vida humana. Era fácil imaginar que eu era o único ser existente, e isso não me fazia sentir solitário. É revigorante imaginar todos os seres humanos mortos, ter em suas mãos a decisão de começar ou não uma nova civilização. Pensei que escolheria não começar. Quem quer a humilhação de ser o pai da humanidade? Não eu. Eu podia me ver como o rei das formigas, ou como o líder de uma sociedade de caranguejos, mas Eddie havia conseguido me fazer rechaçar todos os seres humanos. Uma pessoa é capaz disso.

Continuei caminhando, gotejando por causa da umidade, porém mais ou menos satisfeito em minha fantasia de último homem na terra. Eu nem mesmo me importava tanto de estar completamente perdido na selva. Quantas vezes isso aconteceria em minha vida? Um monte, previ. Desta vez era na selva, da vez seguinte seria no oceano, depois no estacionamento de uma loja de departamentos, até que finalmente eu estaria irrecuperavelmente perdido no espaço. Guarde minhas palavras.

Mas minha solidão durou pouco. Escutei um burburinho vindo do pé de uma colina. Fui até o declive e vi um grupo de talvez vinte pessoas, em sua maioria agricultores, em um círculo próximo a uma viatura. Não havia nada na cena que indicasse que tinha algo a ver comigo, mas algo me disse para não descer até lá. Suponho que é isso que acontece quando você se sente culpado o tempo todo sem motivo algum.

Fiquei na ponta dos pés para ver melhor. Ao fazer isso, vi uma sombra se projetando sobre mim. Virei-me para trás. Uma mulher de meia-idade segurando uma cesta de maçãs estava me fitando. Não, não estava. Ela estava espiando de modo sombrio o amuleto no meu pescoço.

— Fique abaixado. Não deixe eles o verem — disse ela, com um sotaque tão impenetrável quanto a selva à nossa volta.

Ela me puxou para o chão com seus braços longos e fortes. Ficamos deitados lado a lado no declive coberto de capim.

— Eu te conheço.

— Conhece?

— Você é amigo do médico, não é? — perguntou ela.

— O que está acontecendo?

— Ele está encrencado — respondeu ela.

Então eles sabiam que ele havia chantageado a pobre garota a dormir com ele. Ainda bem. Eu não me importava nem um pouco se eles o jogassem na prisão para ser sodomizado pelo resto da vida. Ele merecia.

— Eles desenterraram os corpos — ela falou.

De que corpos ela estava falando?

— De que corpos você está falando?

— Do velho médico, e do jovem também.

— Eles desenterraram? Por que fariam uma coisa tão sinistra?

— Eles acharam que poderia ser uma epidemia de algum novo vírus. Alguns anos atrás, houve um surto de gripe do frango. Agora existe muita vigilância quando acontecem várias mortes de causas incertas.

Interessante, mas o que isso tem a ver com chantagem e estupro?, pensei.

— E?

— Eles fizeram uma necropsia. E acho que você sabe o que eles encontraram.

— Uma bagunça asquerosa de órgãos em decomposição?

— Veneno — disse ela, observando-me atentamente para ver minha reação.

— Veneno? Veneno? Então eles acham...

Não me dei ao trabalho de terminar a frase. Era óbvio o que eles achavam. E, além do mais, era óbvio que eles estavam certos. Foi Eddie, aquele canalha desprezível. Para realizar o sonho dos pais de se tornar médico, ele matara o velho médico e o jovem estagiário para tirá-los do caminho.

— E a polícia vai prendê-lo?

— Não. Está vendo aquelas pessoas lá embaixo? — Ela queria que eu respondesse? Elas estavam bem ali.

— O que tem?

Quando ela disse isso, os dois policiais entraram na viatura e se foram. A aglomeração ocupou o espaço onde a viatura havia estado.

— Eles acabaram de dizer à polícia que o seu amigo médico já se mudou para o Camboja.

Eu realmente queria que ela parasse de descrever Eddie como meu "amigo médico", embora eu entendesse que fosse bom para esclarecer, já que havia três médicos na história. Mas será que eu estava sendo completamente estúpido? Por que os agricultores tinham dito à polícia que Eddie se mudara para o Camboja? E por que ela estava entusiasmada com isso?

— Você não entende? Eles vão fazer justiça com as próprias mãos!

— E o que isso significa?

— Eles vão matar o seu amigo. E não só ele. Você também.

— Eu?

— E os outros australianos que vieram aqui para ajudar.

— Espere um minuto! Aqueles australianos são minha família! Eles não fizeram nada. Eles não sabiam de nada disso.

— É melhor você não voltar para casa — disse ela.

— Mas eu não fiz nada! Foi o Eddie! Esta é a segunda vez que o Eddie faz uma multidão querer nos linchar. Meu Deus, meu pai tinha razão. As pessoas são tão obcecadas por seus projetos de imortalidade que isso acaba com elas e com todo mundo que estiver por perto!

Ela me olhou sem entender.

O que eu podia fazer? Eu não podia perder meu precioso tempo tentando encontrar a polícia; eu tinha de ir para casa e avisar a todos que uma multidão furiosa estava a caminho para acabar com eles.

Essa viagem acabou se revelando um desastre total!

— Ei, por que você está me ajudando?

— Quero o seu colar.

Por que não? Eu fora estupidamente supersticioso de usá-lo. Tirei o amuleto repugnante e o entreguei à mulher. Ela saiu correndo. Eu só o usara por desespero, suponho. Se você não ficar atento e alguém lhe disser que tem poderes mágicos, pode encontrar conforto em um grão de areia.

•

O grupo lá embaixo saiu a pé pela selva. Eu os segui, pensando em Eddie e em minha família e na surpresa deles quando a multidão sanguinária aparecesse para matá-los. Eu precisava ter certeza de que a multidão e eu não nos encontraríamos; era improvável que eu, não sendo tailandês, fosse confundido com o grupo. Eu seria engolido inteiro, como um aperitivo. Então mantive distância. Mas eu não sabia o caminho de casa, eu precisava segui-los até a casa de Eddie. O dilema inerente era óbvio. Como eu poderia chegar antes e avisar a todos que uma multidão assassina estava a caminho se eu precisava seguir a multidão para chegar lá?

Mais um dilema de vida ou morte. Paciência.

Conforme o grupo se movia, outros se juntavam, formando espontaneamente uma multidão ambulante, e depois um bando organizado, um verdadeiro batalhão de vingança. Eles eram uma espécie de tsunami humano, que ganhava velocidade e tamanho. Nada os dispersava. Era uma visão paralisante. Assustadoramente, eles pareciam estar se preparando para um massacre silencioso. Aquele não era um bando com um grito de guerra, era um grupo avançando de lábios cerrados, que não pronunciava uma palavra. Enquanto corria, eu pensei no quanto odeio todo tipo de multidão... odeio multidões de torcedores, multidões de manifestantes ambientalistas, odeio até mesmo multidões de top models, para você ter uma ideia do tamanho do meu ódio. Eu digo: o ser humano só é suportável quando está sozinho.

Curiosamente, era uma multidão democrática. Qualquer um podia se juntar a eles para mutilar Eddie e minha família. Havia até mesmo algumas crianças. Aquilo me surpreendeu. E alguns senhores idosos também, que, apesar de tímidos e frágeis, acompanhavam sem dificuldade. Era como se eles tivessem sido absorvidos pela multidão e tirassem energia dela, como se seus corpos magros e fracos fossem agora dedos ágeis de uma mão vigorosa. Mas aquelas pessoas não eram budistas? Bom, e daí? Os budistas podem, naturalmente, ser tirados do sério como qualquer pessoa, não? Para ser mais exato, Eddie irrompera em sua serenidade interior com veneno e assassinato, chantagem e estupro. A serenidade interior certamente não é impenetrável a uma agressão feroz como essa. Por acaso, nenhuma daquelas pessoas estava sorrindo como o Buda. Elas estavam sorrindo como a serpente, como um dragão de quarenta cabeças.

Até mesmo o sol adquirira um aspecto ameaçador. Estava se pondo depressa. Naturalmente, pensei, este não seria um espetáculo iluminado de carnificina. Aconteceria no escuro.

Mas o que é isso? A multidão estava apertando o passo! Eu já estava cansado, e agora precisava correr a toda velocidade. Que irritante! A última maratona que eu correra fora quando ganhei de 200 milhões de espermatozoides, chegando primeiro ao óvulo. Agora, ali estava eu outra vez. Na verdade, era meio instigante. Eu tinha tanta consciência do pensador implacável que eu era, que a ação parecia algo surpreendentemente bom. Multidão assassina a caminho... o que você vai fazer a respeito?

O entardecer encheu o céu de um vermelho débil e xaroposo: o vermelho de um ferimento na cabeça. Enquanto corria, desejei ter um facão. Estava difícil atravessar toda aquela vegetação densa. Eu estava usando passagens furtivas através de samambaias frondosas, nas quais o restinho de luz do sol só chegava em nódoas aleatórias. A selva, com seus ruídos ameaçadores de sempre, tinha o som surround de um sofisticado sistema de home theater.

Meia hora depois, eu os estava perdendo de vista. Droga. O que eu iria fazer? O que poderia fazer? Eu corri, caí, vomitei e levantei outra vez. Por que viemos até aqui? Malditos tailandeses. Uma multidão australiana poderia chutá-lo até cansar, mas depois você rastejaria para casa. Aquilo era assassinato! Não, massacre! Meu pai! E Caroline! E Terry! Todos lá sozinhos, isolados e despreparados. Eu corri até a exaustão. E o calor. E os mosquitos. E o medo. Eu não vou conseguir. Como posso alertá-los?

Acho que eu poderia...

Não.

A não ser...

Tive uma ideia. Mas era estúpida, impossível, um ato de desespero. Devo ter perdido a cabeça. Ou era só minha imaginação se divertindo. Mas que ideia! Foi isto: meu pai e eu éramos conectados de maneiras mais profundas do que simplesmente pai e filho, e havia muito tempo eu suspeitava que, de vez em quando, nós líamos os pensamentos um do outro sem querer; então, se eu me concentrasse o suficiente, se eu fizesse um pouco de esforço psíquico, talvez conseguisse enviar uma mensagem para ele. Absurdo! Brilhante?

O problema era que era difícil alcançar esse tipo de concentração correndo, e se eu parasse e não funcionasse, eu poderia perder não só a multidão, mas, com ela, o caminho de casa. E todo mundo morreria!

Eu achava mesmo que podíamos ler a mente um do outro? Deveria arriscar? Correr pela folhagem estava ficando mais difícil; quando eu empurrava um ramo, a única coisa que conseguia era ser açoitado na cara. A selva estava ficando densa. A multidão estava se afastando de mim. Eu estava desfalecendo no calor. Minha família ia morrer.

Eu deveria arriscar?

Merda.

Parei. A multidão assassina desapareceu sobre uma colina. Meu coração doía no peito. Eu respirava fundo para aplacá-lo.

Para estabelecer contato com meu pai, eu precisava me elevar a um estado meditativo profundo. Eu precisava me apressar, é claro, mas você não pode apressar a quietude interior absoluta. Você a obtém com o tempo. Não se pode transformar as qualidades essenciais da sua mente se você está correndo para pegar um ônibus.

Eu me coloquei na posição típica. Sentei no chão de pernas cruzadas, concentrado na respiração, e repeti meu mantra, "Uau". Isso me proporcionou uma mente quieta, mas, para ser sincero, eu senti a cabeça um pouco entorpecida. Eu tinha alguma clareza, suficiente para chegar ao limite da consciência, mas não mais longe que isso. Senti também uma pontada de felicidade... bom, e daí? Eu precisava ir o mais longe que já havia estado, e ali estava eu, seguindo o protocolo. De tudo que eu tinha lido sobre meditação *vipassana*, aprendi que havia um sistema a ser usado — é assim que você senta, é assim que você respira e é assim que você se concentra em sua respiração. Mas usar esse sistema era uma rotina que parecia o oposto do verdadeiro estado meditativo de que eu precisava. Agora que eu havia praticado essa meditação uma série de vezes, sempre do mesmo jeito, com a mesma respiração, a mesma concentração, sentia que podia muito bem estar trabalhando na linha de montagem de uma fábrica atarraxando tampinhas em garrafas de Coca-Cola. Minha mente estava em paz, hipnotizada, dormente. Aquilo não ajudava em nada.

Tentar acalmar minha mente estimulada significava que um conflito acontecia na minha cabeça. Aquilo queimava a energia essencial de que eu precisava para me comunicar telepaticamente com meu pai. Então talvez eu devesse parar de me concentrar, mas como eu conseguiria aquietar a mente sem me concentrar?

Em primeiro lugar, em vez de sentar de pernas cruzadas, fiquei de pé e encostei em uma árvore, como James Dean em *Rebelde sem causa*. Então escutei não a minha respiração, como Anouk recomendou, mas os barulhos à minha volta. Também não fechei os olhos. Eu os deixei bem abertos.

Eu observava as árvores úmidas e frondosas sob a luz do fim de tarde, sem me concentrar. Deixei a mente incrivelmente alerta. E não observei apenas a minha respiração: prestei atenção também aos meus pensamentos. Eles caíam como uma chuva de faíscas. Eu os observei por um bom tempo. Eu os segui, não para ver aonde iam e sim de onde vinham, de volta ao passado. Pude entender como eles me mantinham coeso. Pude entender como eles me construíam, esses pensamentos... os verdadeiros ingredientes da sopa Jasper.

Comecei a caminhar, e o silêncio da minha mente foi comigo, embora não fosse o tipo de silêncio que existe na ausência de sons. Era um enorme e ensurdecedor silêncio visual. Ninguém jamais tinha me falado sobre esse tipo de silêncio. Era mesmo ruidoso. E, conforme caminhei pela selva, consegui manter essa clareza sem esforço.

Então minha mente ficou quieta. Quieta, quieta mesmo. Aconteceu de uma hora para outra. De súbito, fiquei livre do atrito interno. Livre do medo. Aquela liberdade, de alguma forma, fez todos os meus obstáculos se fundirem. Pensei: O mundo está inchando, está aqui, está explodindo em minha boca, está descendo por minha garganta, está enchendo meus olhos. Estranhamente, essa coisa grande entrou em mim, embora eu não fosse maior que ela. Eu era menor. Achei bom ser menor. Olha, sei o que isso parece, mas acredite em mim, não foi uma experiência mística. E eu também não estou zombando de mim mesmo. Não sou um santo. Nem por todos os seios da Califórnia eu purificaria as lesões dos leprosos com a língua feito Francisco de Assis, certamente não, mas — e esta é a questão — eu senti algo que nunca havia experimentado até então: amor. Eu sei que parece maluco, mas acho que eu realmente amava meus inimigos: Eddie, minha família, a multidão assassina prestes a massacrar minha família, até mesmo a virulência da recente explosão de ódio do povo australiano. Agora, não nos deixemos levar pela emoção; eu não *adorava* meus inimigos, e, embora os amasse, eu não estava *apaixonado* por eles. Mas ainda assim, minha revulsão instintiva para com eles evaporou de alguma forma. Esse excesso de sentimento me assustou um pouco — essa loucura de amor que atravessou a essência do meu ódio. Então parecia que Anouk estava errada; o verdadeiro fruto da meditação não era a paz interior, e sim o amor. De fato, quando você vê a vida em sua totalidade pela primeira vez e sente um amor genuíno por essa totalidade, a paz interior parece uma espécie de objetivo pequeno e mesquinho.

Por mais legal que fosse tudo isso, porém, percebi que não estava me comunicando com meu pai. Eu quase desisti e comecei a me perguntar para onde a multidão furiosa tinha ido quando de repente, sem nem mesmo tentar, invoquei o rosto dele. Então vi seu corpo arqueado. Ele estava em seu quarto, debruçado sobre a mesa. Olhei mais de perto. Ele estava escrevendo uma carta para um dos jornais de Sydney. Eu só consegui decifrar a saudação no início da carta. "Prezados crápulas" estava riscado e substituído por "Meus queridos crápulas". Eu estava convencido de que isso não era minha imaginação, e sim uma imagem real do meu pai naquele exato momento, no presente. Pensei: Pai! Pai! Sou eu! Uma multidão revoltada está chegando para matar o Eddie e todo mundo na casa! Saia daí! Faça todo mundo sair daí! Tentei enviar-lhe uma imagem da rebelião para que ele soubesse como as pessoas eram quando aparecessem. Enviei-lhe uma imagem da multidão como um único corpo cercando a casa, armado com instrumentos agrícolas do velho mundo. Eles tinham gadanhas, pelo amor de Deus!

Sem minha permissão, a visão desapareceu. Eu abri os olhos. Era uma noite completamente nublada e escura, tão escura que eu poderia estar no subterrâneo. À minha volta, a selva fazia grunhidos terríveis. Por quanto tempo eu tinha estado ali? Não havia como saber.

Recomecei a caminhar, tirando galhos do caminho, com os olhos ainda cheios de visão, o nariz cheio de aromas estranhos (canela e xarope de bordo), gostos raros na língua (pasta de dente e Vegemite). Eu tinha a sensação de estar no mundo como nunca antes.

Conforme caminhava, eu me perguntava se eles encontrariam a casa vazia. Meu pai escutara meu aviso? Ou eu simplesmente desistira de tentar salvar a vida da minha família? Caminhei sem saber aonde estava indo. Deixei meu instinto me guiar pela selva, pisando em belas plantas que soltavam um cheiro doce e estonteante. Parei para beber a água gelada e deliciosa de uma pequena cascata. Então prossegui outra vez, tropeçando em montes e atravessando a densa folhagem.

Não senti medo nenhum. Eu me sentia parte da selva de tal modo que parecia que teria sido rude da parte dos animais se eles se aventurassem a me comer. Então passei a uma clareira que descia por uma longa colina onde eu podia ver a lua nascendo. Todos os olhos das flores e as bocas das árvores e os queixos das estranhas formações rochosas pareciam estar me dizendo que eu estava indo na direção certa. Isso era um alívio, porque não havia nenhuma trilha. De algum modo, a massa silenciosa de pessoas vingativas tinha deixado tudo em seu devido lugar, como se eles tivessem flutuado pela selva como alguma substância antiga e disforme.

Quando finalmente encontrei a casa de Eddie, as luzes estavam chamejando lá dentro. O vento batia com violência nas portas e janelas. Ver a casa fez meu estado de união desaparecer no mesmo instante. O mundo estava irremediavelmente fragmentado outra vez; a conexão absoluta entre mim e toda forma de vida havia desaparecido. Agora eu me sentia indiferente a todos os seres vivos. Eu não dava a mínima para eles. As divisões entre nós eram espessas como colunas de ossos e cartilagem. Havia eu e havia eles. Qualquer idiota podia ver.

Escondido atrás de uma árvore, senti as células sanguíneas correndo pelo meu coração. Lembrei-me de algo que meu pai, certa vez, prometeu que me ensinaria: como se tornar não apetitoso quando as hordas aparecerem para devorá-lo. Eu esperava que ele realmente tivesse essa habilidade essencial.

É claro que eu cheguei tarde demais. A porta estava escancarada, e os linchadores já estavam saindo, um por um, armados com gadanhas e martelos e forcados. Não faria sentido encarar a multidão ou sua forma descristalizada, porque supostamente eles já tinham feito o que tinham ido fazer. Não havia nada a ganhar em ser cortado em pedacinhos também.

Sangue cobria as mãos e os rostos da multidão. Suas roupas estavam tão manchadas que teriam de ser jogadas no lixo. Eu esperei o último intruso sair, e então esperei um pouco mais. Observei a casa e tentei não sentir medo. Mesmo depois de tudo que meu pai tinha me ensinado, eu não estava preparado para um momento como aquele. Nada havia me preparado para entrar em um lugar onde minha família tinha sido exterminada. Tentei recuperar qualquer restinho de sabedoria de minha infância que pudesse me oferecer algum conselho sobre como proceder, mas não consegui, e assim fui em frente e entrei na casa, emocional, psicológica e espiritualmente indefeso. É claro que muitas vezes eu os havia imaginado mortos (sempre que sinto um elo emotivo com alguém, eu imagino sua morte, para não ficar decepcionado mais tarde), mas em minha cabeça eles eram sempre corpos relativamente limpos, bem asseados, até; e até agora não me havia ocorrido me preparar imaginando os cérebros de meus entes queridos respingados em uma parede, seus corpos esparramados em uma poça de sangue/merda/vísceras etc.

O primeiro corpo que vi foi o de Eddie. Ele parecia ter sido pisoteado mil vezes por um patinador profissional. Seu rosto estava tão cortado que eu mal consegui identificar que era ele, exceto por seus olhos, que tinham aquele olhar petrificado de surpresa característico de botox e morte repentina, olhando para os potes de cerâmica no alto e o espírito de seus pais dentro deles, aqueles que supostamente o vinham protegendo. Era fácil ver o olhar de censura nos olhos dele. Adeus, Eddie. Já vai tarde. Você levou sua podridão ao limite e ela desmoronou em cima de você. Azar.

Com esforços sobre-humanos, minhas pernas me levaram ao cômodo seguinte. Então vi o tio Terry de joelhos, e por trás ele parecia a traseira de um Beetle da Volkswagen prestes a estacionar de ré em um lugar apertado. Suor escorria das dobras gordas em seu pescoço. Eu o ouvi chorar. Ele se virou para trás para me ver, e então se virou de volta e ergueu o braço gorducho, apontando para o quarto do meu pai.

Eu entrei.

Meu pai também estava de joelhos, balançando gentilmente sobre o corpo mutilado de Caroline. Seus olhos estavam o mais abertos possível, como se mantidos assim com palitos de fósforos. Caroline, o amor da vida dele, estava de barriga para cima, o sangue gotejando de uma dúzia de cortes. Seus olhos mortos se haviam fixado em uma mirada insuportável. Eu precisei olhar para outro lado. Havia algo perturbador naqueles olhos. Ela parecia alguém que havia dito algo ofensivo e quisesse voltar atrás. Mais tarde descobri que ela morreu tentando proteger Eddie; dentre todas as pessoas, ela foi morta por acaso, e foi a morte dela que fez a multidão se voltar contra si mesma, dividindo-se em facções: aqueles que achavam que não havia problema em matar uma mulher de meia-idade e aqueles que achavam que era inadequado. Aquilo, com efeito, foi o que colocou fim às agressões e os mandou de volta para suas casas.

Enterramos Eddie e Caroline no jardim. Começara a chover outra vez, e não tínhamos outra escolha senão lhes dar um funeral úmido e lamacento, que era, talvez, apropriado para Eddie. Mas ver o corpo de Caroline desaparecer na lama causou náusea e vergonha a todos nós. Meu pai tinha dificuldade de respirar, como se algo estivesse bloqueando sua saída de ar — talvez seu coração.

•

Nós três voltamos a Bangcoc em silêncio, perdidos no tipo de pesar que torna cada sorriso em sua vida daí em diante menos sincero. No caminho, meu pai ficou absolutamente imóvel, embora emitisse pequenos ruídos para que soubéssemos que cada minuto que restava em sua vida seria uma tortura insuportável. Eu sabia que ele estava se culpando pela morte dela, e não só a si mesmo, mas a Terry também — por empregar Eddie, para começar —, e não só a Terry mas também ao destino, a Deus, à arte, à ciência, à humanidade, à Via Láctea. Nada era poupado.

Quando chegamos de volta à casa de Terry, cada um de nós se recolheu em seu quarto para se admirar com a rapidez com que o coração humano se fecha e indagar como seria possível forçar sua abertura outra vez. Apenas dois dias depois, não sei se instigado pelo assassinato de Caroline ou pela chuva que caía em seu coração, ou pelo luto que não deixava espaço para o pensamento racional, ou talvez porque, mesmo depois de uma vida inteira refletindo sobre a morte, ele ainda não era capaz de compreender muito bem a inviabilidade da própria morte, meu pai de repente ressurgiu de sua hipnose induzida pela tristeza e anunciou seu projeto final. Como Eddie havia previsto, era o mais insano de todos. E, após uma vida inteira vendo meu pai tomar uma decisão improvável atrás da outra, e sendo, de certa forma, vítima de cada uma delas, o que mais me surpreendeu foi que eu ainda consegui ficar surpreso.

SETE

— Eu não quero morrer aqui — disse meu pai.

— Qual é o problema? — perguntou Terry. — Não gosta do seu quarto?

— Está tudo bem com o quarto. É este país.

Nós três estávamos comendo *chicken laksa* e vendo o sol se pôr sobre a metrópole poluída. Como sempre, meu pai estava com náuseas e conseguiu fazer parecer que seu vômito era uma reação não à comida, e sim à companhia.

— Bom, nós também não queremos morrer, queremos, Jasper?

— Não — falei, e esperei exatamente trinta segundos antes de agregar: — Não agora.

Meu pai limpou os cantos da boca com a manga da camisa e falou:

— Eu quero morrer em casa.

— Quando você diz em casa, você quer dizer...

— A Austrália.

Terry e eu olhamos um para o outro apavorados.

— Bom, cara — Terry falou devagar —, isso simplesmente não é prático.

— Eu sei. Mesmo assim, eu vou para casa.

Terry respirou fundo e falou com meu pai de modo calmo e deliberado, como se estivesse repreendendo gentilmente o filho com distúrbios mentais, já crescido, por sufocar o bichinho de estimação da família de tanto abraçá-lo.

— Marty, sabe o que aconteceria no minuto em que o avião pousasse em solo australiano? Você seria preso no aeroporto. — Meu pai não disse nada. Terry continuou: — Você quer morrer na cadeia? Porque é isso que vai acontecer se voltar para casa.

— Não, eu não quero morrer na cadeia.

— Então está resolvido — disse Terry. — Você vai morrer aqui.

— Eu tenho outra ideia — disse meu pai, e naquele instante todo vestígio de esperança morreu, e eu soube que uma morte agradável, tranquila e pacífica, seguida de um funeral íntimo e um período respeitável de luto restrito, estava agora fora de cogitação. O que quer que estivesse para acontecer seria perigoso, confuso e frenético, e me levaria à beira da insanidade.

— Então, Marty, o que sugere?

— A gente entra na Austrália *clandestinamente.*

— O quê?

— De barco — esclareceu ele. — Terry, eu sei que você sabe quem são os contrabandistas de pessoas.

— Isso é loucura! — falei. — Você não pode querer arriscar a sua vida só para morrer na Austrália! Você odeia a Austrália!

— Olha, eu sei que isso é o cúmulo da hipocrisia. Mas eu não estou nem aí. Estou com saudades do meu país! Sinto falta da paisagem e do cheiro. Sinto falta até mesmo dos meus compatriotas e do cheiro deles!

— Agora, tome cuidado — falei. — O seu último ato vai ser uma contradição direta de tudo que você já pensou, disse ou em que acreditou.

— Eu sei — falou ele, quase contente, sem se importar nem um pouco.

Na verdade, ele parecia animado com a ideia. Agora estava de pé, balançando um pouco, desafiando-nos com os olhos a apresentar objeções para que ele pudesse derrubá-las.

— Você não me disse que o nacionalismo é uma doença? — perguntei.

— E continuo achando isso. Mas é uma doença que, como se vê, eu contraí, junto com todo o resto. E não vejo por que tentar me curar de um mal menor quando estou prestes a morrer de um maior.

Eu não disse nada diante disso. O que poderia dizer?

Eu precisava recorrer aos grandes para me ajudar. Por sorte, meu pai havia levado uma mala cheia de livros, e encontrei a exata citação de que precisava em seu exemplar bastante manuseado de *A sociedade sã*, de Fromm. Fui até o quarto dele, mas ele estava no banheiro, então eu li para ele através da porta:

— Ei, pai. "Aquele que não se liberou das amarras do sangue e do solo ainda não nasceu completamente como ser humano; sua capacidade de amar e raciocinar são deficientes; ele não experimenta a si mesmo e a seus companheiros em sua própria realidade humana."

— Não importa. Quando eu morrer, meus fracassos e minhas fraquezas morrem comigo. Viu? Meus fracassos também estão morrendo.

E continuei:

— "O nacionalismo é nossa forma de incesto, é nossa idolatria, é nossa insanidade. O patriotismo... é o seu culto... Assim como o amor por um indivíduo que exclui o amor por outros não é amor, o amor pelo próprio país que não é parte do amor pela humanidade não é amor, e sim devoção idólatra."

— E o que é que tem?

— Tem que você não ama a humanidade, ama?

— Não. Não mesmo.

— Bom, aí está!

Meu pai deu descarga e saiu sem lavar as mãos.

— Você não vai me fazer mudar de ideia, Jasper. Isso é o que eu quero. Os moribundos têm desejos, mesmo que isso irrite os vivos. E este é o meu desejo: quero morrer no meu país, com a minha gente.

Caroline, pensei. Era óbvio que meu pai era refém de uma dor que duraria para sempre. Ele se convertera em um vigilante perpétuo contra o próprio conforto, e sua missão de voltar à Austrália era a diretriz de uma tristeza que deveria ser obedecida.

Mas não só isso. Ao voltar de fininho para a Austrália como uma carga humana em uma arriscada operação de contrabando, meu pai encontrara um último projeto idiota, um que com certeza apressaria sua morte.

II

Os contrabandistas orquestravam sua operação imunda em um restaurante convencional que ficava numa rua congestionada parecida com outras setenta ruas congestionadas que vi no caminho. Na porta, Terry deu um alerta a meu pai e a mim:

— Precisamos ter cuidado com esses caras. Eles são muito brutais. Cortam sua cabeça primeiro e perguntam depois, quase sempre querendo saber para onde enviar a cabeça.

Com isso em mente, ocupamos uma mesa e pedimos *jungle curries* e *beef salad*. Sempre imaginei que as frentes de atividade criminosa fossem meras fachadas, mas ali eles serviam comida de verdade, e não era ruim.

Nós comemos sem falar. Meu pai tossia entre uma colherada e outra e, entre as tossidas, chamava repetidas vezes o garçom para pedir água mineral. Terry devorava camarões e respirava pelo nariz. De um retrato na parede dos fundos, o Rei me dirigia um olhar reprovador. Na mesa ao lado, alguns mochileiros ingleses discutiam as diferenças físicas e psicológicas entre as prostitutas tailandesas e uma garota chamada Rita, de East Sussex.

— E então, Terry — perguntei —, o que acontece agora? Ficamos aqui sentados até a hora de fechar?

— Deixa comigo.

Nós deixamos com ele. Toda a comunicação aconteceu sem uma palavra, de acordo com um conjunto de regras preestabelecido: Terry fez um aceno conspiratório para um garçom, que, por sua vez, fez um para o chef através de uma janela que dava para a cozinha. O chef então passou o aceno a um homem fora de nosso campo de visão, que supostamente o passou a vinte outros homens alinhados em uma escada em espiral que levava ao mezanino do inferno. Após alguns minutos ansiosos, um homem com uma careca ligeiramente deformada saiu de lá e sentou conosco, mordendo o lábio e nos encarando de modo ameaçador. Terry mostrou um envelope cheio de dinheiro que empurrou pela mesa. Isso abrandou um pouco o contrabandista. Nós os seguimos, e nossos passos produziam ecos prolongados enquanto caminhávamos por um corredor que finalmente levou a uma pequena sala sem janelas onde dois homens armados nos cumprimentaram com olhares frios. Um deles nos molestou à procura de armas e, quando nenhuma foi encontrada, um homem flácido de meia-idade que vestia um terno caro entrou e nos observou em silêncio. Sua impressionante quietude me fez sentir como se eu estivesse em uma história de Conrad, como se eu estivesse olhando para o cerne da escuridão. É claro que ele não passava de um homem de negócios, com o mesmo amor ao lucro e a mesma indiferença ao sofrimento humano que suas contrapartes corporativas ocidentais. Pensei que aquele homem bem que poderia ser um executivo de nível intermediário na IBM ou um consultor jurídico da indústria do tabaco.

Sem avisar, um dos guarda-costas bateu na cabeça de Terry com a coronha de um fuzil. Seu corpo enorme desabou no chão. Ele estava inconsciente, mas vivo, e seu dorso se elevava com a respiração lenta e profunda. Quando eles apontaram as armas para mim, pensei em como aquele era exatamente o tipo de sala em que sempre imaginei que morreria: pequena, abafada e abarrotada de estranhos observando, indiferentes.

— Vocês são policiais — disse o chefe, em inglês.

— Não. Não somos policiais — protestou meu pai. — Somos criminosos procurados. Como vocês. Bom, não como vocês. Não sabemos se vocês são procurados ou não. Talvez ninguém queira vocês.

— Vocês são policiais.

— Não. Céus, escutem. Eu tenho câncer. Câncer, sabem. O grande C. Morte.

Meu pai então prosseguiu, contando-lhes toda a história absurda sobre como ele perdera sua reputação e fora obrigado a fugir da Austrália.

Achei que fosse do consenso geral que histórias ridículas como essa só podiam ser verdade, mas os contrabandistas pareciam céticos. Enquanto deliberavam sobre nosso destino, lembrei que Orwell descreveu o futuro como uma bota pisando num rosto humano para sempre, e pensei que em toda a minha volta havia botas, pessoas tão terríveis que a humanidade inteira deveria ser punida por não fazer nada contra sua existência. A missão daqueles contrabandistas era recrutar pessoas desesperadas, arrancar-lhes até o último centavo e mentir para elas antes de empurrá-las em barcos que geralmente afundavam. Todos os anos eles enviavam centenas às mortes, aterrorizadas. Aqueles exploradores absolutos eram a síndrome do intestino irritável do cosmo, pensei, e olhando para aqueles homens como se fossem exemplos de todos os homens, concluí que ficaria feliz em desaparecer se isso significasse que eles também poderiam não existir.

O chefe falou calmamente em tailandês, no mesmo instante em que Terry recobrou a consciência. Nós o ajudamos a levantar, o que não era uma tarefa fácil. Esfregando a cabeça, ele falou:

— Eles disseram que vai custar 25 mil.

— Cinquenta mil — falei.

— Jasper — sussurrou meu pai —, você não sabe nada sobre pechinchar?

— Eu também vou — falei.

Terry e meu pai trocaram olhares. O do meu pai era sombrio e silencioso, enquanto o do irmão dele era vasto e misterioso.

— Muitos desses barcos afundam bem antes de chegar à Austrália — disse Terry, nervoso. — Marty! Eu definitivamente proíbo isso! Você não pode deixar o Jasper ir junto.

— Eu não posso impedir — falou meu pai, e detectei em sua voz um entusiasmo por ser imprudente com minha vida agora que a dele estava acabada.

— Jasper, você é um idiota. Não faça isso — protestou Terry.

— Eu preciso.

Terry suspirou e murmurou que a cada dia eu estava mais parecido com meu pai. O negócio foi selado com um aperto de mão e 50 mil dólares em dinheiro vivo, e, uma vez concluída a transação, os contrabandistas pareceram relaxar e até nos ofereceram cerveja "por conta da casa". Observando aqueles vilões, imaginei que havia me separado da linha evolutiva em um estágio anterior e evoluído em segredo, paralelamente ao homem, mas sempre à parte.

— Me diga uma coisa, Jasper — perguntou Terry depois que saímos do restaurante. — Por que você vai?

Dei de ombros. Era complicado. Eu não queria que os contrabandistas, aqueles malditos demônios, enganassem meu pai e jogassem o corpo dele na água depois de meia hora no mar. Mas isso não era apenas uma explosão de altruísmo; era uma forma de ataque preventivo. Eu não queria os ressentimentos do meu pai me assombrando do além, ou pequenas ondas de culpa perturbando minha futura serenidade. Mas, acima de tudo, seria uma jornada sentimental: se ele tinha de morrer, no mar ou entre "sua gente" (quem quer que fosse ela), eu queria ver por mim mes mo, olho no olho vazio. A vida toda aquele homem me empurrara para além dos limites racionais, e me irritava a ideia de estar tão envolvido no drama de toda a sua vida e não estar presente para o grand finale. Ele podia ser seu pior inimigo, mas era também o *meu* pior inimigo, e eu estaria condenado se esperasse pacientemente à beira do rio, como no provérbio chinês, para ver seu cadáver passar. Eu queria vê-lo morrer e enterrá-lo e ajeitar a terra com minhas próprias mãos.

Digo isso como um filho amoroso.

III

Em nossa última noite na Tailândia, Terry preparou um banquete, mas a noite logo foi arruinada porque meu pai não apareceu. Procuramos pela casa toda, sobretudo nos banheiros, em todo buraco onde ele pudesse ter caído, mas ele não estava em parte alguma. Finalmente, em sua mesa, encontramos um bilhete: "Queridos Jasper e Terry. Fui a um bordel. Volto mais tarde."

Terry levou para o lado pessoal e achou que o irmão estava evitando-o em sua última noite juntos, e eu não consegui convencê-lo de que todo homem às vésperas da morte deve realizar seu próprio ritual arcaico. Alguns ficam de mãos dadas com os seres queridos; outros preferem sexo sem proteção num país de Terceiro Mundo.

Antes de deitar, coloquei algumas coisas na mala para a viagem. Havíamos levado bem pouco para a Tailândia, e reuni ainda menos para a viagem de volta — uma muda de roupas para cada um, duas escovas de dentes, uma pasta de dente e dois frascos de veneno, fornecidos por Terry, que os apresentou a mim com as mãos trêmulas durante o jantar.

— Aqui está, sobrinho — falou, entregando-me tubinhos de plástico cheios de um líquido turvo. — Para o caso de a viagem não ter fim ou acabar no fundo do mar e vocês só poderem esperar morrer de fome ou afogados, *voilà*! Uma terceira opção!

Ele me garantiu que era um veneno rápido e relativamente indolor, embora eu tenha ponderado sobre a palavra "relativamente" por algum tempo, desconsolado porque estaríamos gemendo de agonia por um período mais breve do que o oferecido pelos outros venenos no mercado. Escondi os tubos de plástico em um bolso com zíper na lateral da minha mala.

Não fechei os olhos a noite toda. Pensei em Caroline e em minha incapacidade de salvá-la. Que decepção meu cérebro se revelou. Depois de tudo que eu havia testemunhado na vida, estava quase convencido de que a roda da história pessoal é movida a pensamento e que, portanto, minha história era turva porque meu pensamento era turvo. Imaginei que tudo que eu havia vivenciado até então era, provavelmente, uma materialização dos meus medos (sobretudo o meu medo dos medos do meu pai). Em suma, eu acreditara, por um tempo, que se o caráter de um homem é seu destino, e se seu caráter é a soma de suas ações, e se suas ações são o resultado de seus pensamentos, então o caráter, as ações e o destino de um homem dependem do que ele pensa. Agora, porém, eu não tinha tanta certeza.

Uma hora antes do amanhecer, quando deveríamos sair para pegar o barco, meu pai ainda não tinha voltado. Imaginei que ele estava perdido em Bangcoc, exausto depois de passar a noite regateando prostitutas, ou então mergulhado em um banho de espuma em um hotel de luxo, tendo mudado de ideia sobre a viagem sem nos avisar.

— O que a gente faz? — perguntou Terry.

— Vamos até a doca. Quem sabe ele não aparece por lá.

De carro, demorava meia hora para chegar até lá, pois passávamos pela cidade lotada e depois por subúrbios desmantelados que pareciam um enorme castelo de cartas desmoronado. Estacionamos perto de um píer comprido. O sol, surgindo no horizonte, brilhava através da neblina.

Acima de nós, só podíamos identificar nuvens no formato de cabeças cortadas.

— Lá está — disse Terry.

Quando vi o barco de pesca, nosso futuro caixão dilapidado, todas as articulações do meu corpo enrijeceram. Era um velho barco de madeira que parecia uma antiga relíquia restaurada às pressas para uma exposição. Pensei: É aí que seremos armazenados como os fígados de bacalhau que somos.

Não tardou muito até que os que buscavam asilo, os Fugitivos, começaram a aparecer em grupos suspeitos e temerosos de dois ou três. Eram homens, mulheres, crianças. Contei mentalmente conforme eles lotaram a doca — 8... 12... 17... 25... 30... Eles continuavam chegando. Parecia impossível que naquele barquinho coubéssemos todos nós. As mães abraçavam com força seus filhos e filhas. Tive vontade de chorar. Não se pode ignorar a dor de uma família que arrisca a vida de seus filhos para lhes dar um futuro melhor.

Mas ali estavam eles! Os Fugitivos! Ali estavam eles, demonstrando expressões idênticas de desespero humano e esperança humana, amontoando-se furtivamente, examinando o barco de pesca com profunda desconfiança. Eles não eram tontos. Sabiam que estavam embarcando em um jogo de cara ou coroa. Tinham muitas dúvidas de que aquele barco enferrujado fosse sua libertação. Eu os observei, pensando: Recorreremos ao canibalismo antes de a jornada terminar? Estarei comendo a coxa daquele homem e bebendo o líquido espinhal daquela mulher como um amargo digestivo?

Esperei com Terry no píer. Os contrabandistas apareceram como que do nada, todos vestindo cáqui. O capitão saiu do barco. Era um homem magro com um rosto cansado, e ficou lá parado esfregando a nuca repetidas vezes como se fosse a lâmpada de um gênio. Ele ordenou que todos embarcássemos.

— Eu não vou se meu pai não for — falei, com um alívio enorme.

— Espere! Lá está ele.

Droga, sim, lá estava ele, vindo até a doca, cambaleando em nossa direção.

Alguém um dia disse que, aos 5 anos, todos têm o rosto que merecem. Bom, sinto muito, mas ninguém em idade alguma merece o rosto que o meu pai tinha ao caminhar em nossa direção. Era como se a força da gravidade estivesse descontrolada e atraísse seu rosto para a terra e para a lua ao mesmo tempo.

— É isso? Aquele é o barco? Aquele é o maldito barco? É impermeável? Parece muito frouxo para mim.

— É ele, sim.

— Parece que não é capaz de flutuar no espaço.

— Concordo. Ainda dá tempo de desistir.

— Não, não. Nós vamos.

— Certo. — Merda.

O sol estava nascendo. Era quase de manhã. O capitão foi até nós e insistiu para que embarcássemos. Terry colocou a mão no ombro do meu pai e o apertou como a um limão.

— Tá legal. Lembre-se do que eu disse: se esses dois homens não chegarem à Austrália em ótimas condições, eu te mato.

— E se ele não chegar — falou meu pai —, meu fantasma vai voltar e te dar um chute no saco.

— Então está resolvido — disse Terry. — Entendeu?

O capitão fez que sim, exausto. Parecia acostumado a ameaças.

Terry e meu pai ficaram parados, olhando um para o outro como dois homens prestes a lutar. Meu pai tentou sorrir, mas seu rosto não conseguia suportar a tensão repentina. Terry bafejou um pouco, como se tivesse feito muito esforço, e deu um tapinha no braço do meu pai.

— Bem. Esse foi um belo de um encontro, não foi?

— Sinto muito por ter me tornado essa merda ao morrer — falou meu pai.

Ele pareceu desajeitado com esse adeus, e colocou a mão na cabeça como se estivesse com medo de explodir. Então os dois trocaram sorrisos. Dava para ver a vida inteira deles naqueles sorrisos: sua infância, suas aventuras. O sorriso dizia: "Acabamos nos tornando duas criaturas diferentes e cômicas, não?"

— Só espero que você tenha uma morte tranquila — disse Terry —, e que não tente levar Jasper com você.

— Ele vai ficar bem — falou meu pai, e, afastando-se do irmão, entrou no barco, que bateu de leve contra o píer.

Terry me agarrou pelos ombros e sorriu. Ele se inclinou para a frente, cheirando a coentro e capim-limão, e me deu um beijo na testa.

— Se cuide.

— O que vai fazer? — perguntei.

— Acho que vou embora da Tailândia. Talvez eu vá para o Curdistão ou o Uzbequistão, um desses lugares cujos nomes eu não consigo pronunciar. Vou tentar montar uma cooperativa por lá. Essa história toda com o seu pai e a Caroline me abalou um pouco. Acho que preciso de uma viagem longa e perigosa. Ver o que acontece. Tenho a estranha sensação de que o mundo está prestes a virar cinzas. A guerra começou, Jasper. Escute o que estou lhe dizendo. Os pobres estão se organizando. E os ricos podem se preparar para passar maus momentos.

Concordei que as coisas pareciam estar tomando esse rumo.

— Algum dia você vai sair das sombras e voltar para a Austrália?

— Um dia eu vou voltar e dar a eles o maior susto da vida.

— Anda, vamos para casa — gritou meu pai do convés.

Terry olhou para meu pai e levantou um dedo para dizer que ele precisava de um minuto.

— Jasper, antes de você ir, eu queria lhe dizer uma ou duas palavrinhas.

— Tá legal.

— Observando você durante esses últimos meses, percebi que existe uma coisa que você deseja mais que qualquer outra. Não ser como o seu pai.

Isso não era algo que eu escondesse, nem mesmo do meu pai. Terry continuou:

— Provavelmente já se deu conta de que, se pensar de forma corajosa, vai atravessar ruas movimentadas sem olhar, e se pensar de forma sádica e mercenária, vai se flagrar puxando a cadeira cada vez que alguém estiver prestes a se sentar. Você é o que você pensa. Então, se não quer se transformar no seu pai, se não quer ser encurralado pelos próprios pensamentos como ele foi, você precisa permitir que os pensamentos o levem à abertura, e a única forma de fazer isso é desfrutar de não saber se você está certo ou errado, jogar o jogo da vida sem tentar decifrar as regras. Vê se para de julgar os vivos, desfrute a futilidade, não olhe torto para o assassinato, lembre que os homens que jejuam sobrevivem e os que passam fome morrem, ria quando suas ilusões desmoronarem e, acima de tudo, abençoe sempre cada minuto desta temporada idiota no inferno.

Eu não soube o que dizer diante disso. Agradeci, abracei meu tio pela última vez e entrei no barco.

Quando partimos, através da densa cortina da fumaça preta do motor dei adeus a Terry até que ele desapareceu da vista. Olhei para meu pai para ver se ele estava triste porque nunca mais veria o irmão outra vez e percebi que ele estava virado na direção oposta, contemplando o horizonte e sorrindo um sorriso inoportunamente otimista.

IV

O terrível oceano! Semanas e semanas ali!

Parecia impossível para o capitão ter o barco sob controle. Ondas enormes nos ameaçavam de todos os lados. O barco de pesca era arremessado de maneira espantosa. Era como se ele estivesse não só balançando para trás e para a frente, como também rodopiando, formando oitos e espirais, fazendo círculos malucos no espaço.

Sob o convés, os guichês estavam fechados com soldadura e pintados com piche. Os pisos estavam revestidos com papelão sujo, e os passageiros dormiam em colchões que eram finos como lençóis. Lembrei que, quando cheguei à Tailândia, todos me disseram para não apontar os pés para a cabeça de alguém. Agora, naquele espaço apertado, as pessoas estavam tão amontoadas que você acabava colocando os pés não só na cabeça de estranhos como no rosto deles também, todo santo dia. Meu pai e eu fomos apinhados em um canto apertado, entre sacos volumosos de arroz e uma família de fumantes compulsivos do sul da China.

Naquela jaula quente e úmida, o único oxigênio que inalávamos havia sido exalado por outros passageiros. Estar abaixo do convés era estar submerso em um pesadelo. A compressão de membros e dorsos esqueléticos era opressora, sobretudo na escuridão sufocante, em que as vozes — sons peculiares, arrepiantes e guturais — formavam conversas das quais não fazíamos parte. Se precisasse sair para tomar ar, mais do que se mover entre eles, você era empurrado sem remorso de uma ponta do casco à outra.

Às vezes, meu pai e eu dormíamos sobre o convés duro e cheio de sulcos, usando como travesseiros rolos de corda pesada e úmida empastados do lodo de um ou outro leito marinho. Não era muito melhor lá em cima; os dias eram terrivelmente quentes, chovia sem parar, e quem teria imaginado que mosquitos eram capazes de avançar tanto no mar? Eles nos atormentavam o tempo todo. Mal conseguíamos ouvir nossos próprios xingamentos contra Deus devido ao motor barulhento e palpitante, que incessantemente expelia nuvens de fumaça preta.

À noite, ficávamos deitados olhando para o céu, onde as estrelas flutuavam em formas que pareciam um pouco ameaçadoras devido aos gemidos, gritos e uivos de delírio, quase todos do meu pai.

Os estágios finais do câncer não têm nada de agradável. Ele estava confuso, delirante, convulsivo; tinha dores de cabeça terríveis e palpitantes, vertigem, fala incompreensível, tontura, náusea, vômito, tremedeira, sudorese, dores musculares insuportáveis, fraqueza extrema e o sono tão pesado quanto um coma. Ele me fazia alimentá-lo de uma garrafa minúscula com um rótulo ilegível. Eram entorpecentes, dizia. Então os vários projetos de imortalidade do meu pai deram lugar ao mais importante projeto de mortalidade: morrer com o mínimo de dor.

Ninguém gostava de ter um doente a bordo. Eles sabiam que a jornada requeria força e resistência e, além do mais, não importa a sua religião, um moribundo é um mau agouro em todas elas. Talvez fosse por causa disso que os Fugitivos estavam relutantes em compartilhar suas provisões conosco. E não era só a saúde do meu pai que os incomodava — nós exalávamos o cheiro do estrangeiro. Eles sabiam que éramos australianos que haviam pago uma enorme soma de dinheiro para entrar em nosso próprio país ilegalmente, e não conseguiam entender isso.

Uma noite, no convés, fui despertado por uma voz gritando:

— Por que você está aqui?

Abri os olhos e vi o capitão do navio de pé acima de nós, fumando um cigarro. Seu rosto era um romance barato que eu não tinha energia para ler.

— Acho que ele não vai resistir — prosseguiu a voz do capitão enquanto seu pé cutucou a barriga do meu pai. — Talvez a gente o jogue fora.

— Talvez eu jogue você fora — falei.

Um dos Fugitivos ficou de pé atrás de mim e gritou alguma coisa para o capitão em um idioma que eu não reconheci. O capitão se afastou. Eu me virei. O Fugitivo tinha mais ou menos a mesma idade que eu, e tinha olhos grandes e bonitos que eram grandes demais para seu rosto contraído. Seu cabelo era comprido e cacheado e os cílios, compridos e curvos. Tudo nele era comprido e curvo.

— Dizem que você é australiano — falou ele.

— É isso mesmo.

— Eu queria adotar um nome australiano. Você pode pensar em um para mim?

— Sim, claro. Que tal... Ned?

— Ned?

— Ned.

— Tá certo. Agora eu me chamo Ned. Você poderia me chamar pelo meu novo nome e ver se eu atendo?

— Tá.

Ned virou de costas para mim e eu gritei "Shane!" para testá-lo. Ele não caiu. Depois disso tentei chamá-lo de Bob, Henry, Frederick e Hotpants21, mas ele nem hesitou. Então chamei "Ned!" e ele se virou, sorrindo bobamente.

— Obrigado — disse ele educadamente. — Posso lhe fazer uma pergunta?

— Manda.

— Por que vocês estão aqui? Todo mundo quer saber.

Olhei atrás de mim. Outras pessoas haviam emergido da cabine para limpar seus pulmões imundos no ar da noite. Meu pai estava com febre e suava, e Ned ofereceu um pano úmido para minha inspeção.

— Posso? — ele me perguntou.

— Vá em frente.

Ned pressionou o pano úmido contra a testa do meu pai, que deixou escapar um longo suspiro. Os outros passageiros gritaram perguntas para

Ned, e ele gritou de volta antes de acenar para que se aproximassem. Eles se arrastaram até mais perto, amontoando-se à nossa volta, e inundaram nossos ouvidos com respingos de um inglês ruim. Esses estranhos personagens secundários, convocados no último minuto para uma participação especial no epílogo da vida de um homem, queriam entender.

— Qual é o seu nome? — Ned perguntou ao meu pai.

— Martin. E o dele é Jasper.

— Então, Martin, por que você vai para a Austrália assim? — perguntou Ned.

— Eles não me querem lá — meu pai respondeu debilmente.

— O que você fez?

— Cometi erros graves.

— Você matar alguém?

— Não.

— Estuprar?

— Não. Não foi nada parecido com isso. Foi... uma indiscrição financeira — ele recuou.

Se ao menos meu pai tivesse estuprado e matado... Esses crimes ao menos teriam valido a vida dele, e possivelmente a minha.

Ned traduziu as palavras "indiscrição financeira" para os demais, e, como se no momento exato, uma densa cortina de nuvens se abrisse, permitindo que a lua iluminasse a extrema confusão em que se encontravam. Observando-os nos observarem, eu me perguntei se eles tinham a mínima ideia do que encontrar na Austrália. Imaginei que eles sabiam que estariam vivendo uma existência subterrânea, que seriam explorados em bordéis, fábricas, construções, cozinhas de restaurante, e também pela indústria da moda, que os faria costurar até perderem os dedos. Mas eu duvidava que soubessem que os líderes políticos se entregavam a uma competição adolescente para ver quem tinha as políticas de imigração mais duras, do tipo que não se desejaria encontrar em um beco escuro. Ou que a opinião pública já estava formada contra eles, porque mesmo quando está correndo para salvar sua vida você ainda precisa esperar na fila, ou que, como todo lugar, a Austrália se caracterizava por fazer com que distinções arbitrárias entre as pessoas pareçam algo importante.

Se eles sabiam disso, não era hora de enfatizar. Sobreviver à jornada era a única prioridade, e essa não era uma tarefa fácil. As coisas estavam ficando cada vez piores. As provisões estavam diminuindo. O vento e a chuva destruíam o barco. Ondas enormes e majestosas ameaçavam nos emborcar a todo instante. Havia momentos em que não podíamos soltar o parapeito ou seríamos jogados na água. Não sentíamos estar mais perto da Austrália do que quando começamos, e passou a ser difícil acreditar que nosso país continuava existindo, ou qualquer outro país, por sinal. O oceano estava ficando cada vez maior. Cobria a terra inteira. O céu também ficava maior... erguia-se ainda mais, esticado ao máximo. Nosso barco era o que de menor havia na criação, e éramos infinitesimais. A fome e a sede nos encolhiam ainda mais. O calor era um disfarce de gordo que vestíamos todos juntos e nos cobria da cabeça aos pés. Muitos tremiam de febre. Avistamos a terra uma ou outra vez, e gritei no tímpano do capitão:

— Vamos para lá, pelo amor de Deus!

— Não é a Austrália.

— E daí? É terra! Terra firme! Não vamos nos afogar lá!

Nós prosseguimos, deixando um rastro espumoso por um oceano borbulhando de intenções hostis.

É surpreendente como o animal humano, às vésperas da morte, pode ser tão calmo. Eu nunca teria acreditado. Pensei que estaríamos arrancando a carne uns dos outros, bebendo o sangue de nossos irmãos, mas não era nada parecido com isso. Todos estavam cansados demais. É claro, havia choro e uma boa dose de frustração amarga, mas era uma frustração amarga, triste e quieta. Éramos criaturas diminutas e encolhidas, frágeis demais para qualquer tipo de protesto sério.

A maior parte do tempo meu pai permaneceu imóvel no convés, parecendo um bicho de pelúcia assustador que você dá a uma criança no Halloween.

Acariciei gentilmente a testa dele, mas ele só reuniu energia suficiente para me desprezar:

— Estou morrendo — disse com amargura.

— Mais alguns dias e eu também vou estar — falei, para animá-lo.

— Sinto muito por isso. Eu disse para você não vir — ele falou, sabendo muito bem que não era verdade.

Meu pai estava tentando agir com arrependimento por ter atado meu destino ao dele de modo egoísta. Mas eu sabia das coisas. Eu sabia de algo que ele jamais admitiria — que nunca havia se livrado de sua velha ilusão doentia de que eu era a reencarnação prematura de seu eu ainda vivo —, e agora ele achava que, se eu morresse, ele poderia continuar vivendo.

— Jasper, eu estou morrendo — ele falou outra vez.

— Jesus Cristo, pai! Olhe à sua volta! Todo mundo está morrendo! Todos nós vamos morrer!

Aquilo o exasperou. Ele estava furioso porque sua morte não estava sendo considerada um espetáculo trágico isolado. Morrer entre os moribundos, como um número, era mesmo uma pedra em seu sapato. Mas, principalmente, era a prece constante a Deus que o estava tirando do sério.

— Eu queria que esses idiotas calassem a boca — falou ele.

— Eles são boa gente, pai. Deveríamos ter orgulho de nos afogar com eles.

Besteira. Eu só estava falando besteira. Mas meu pai estava determinado a deixar este mundo em um estado beligerante, e não havia nada que eu pudesse fazer para dissuadi-lo. Mesmo com a vida de malas prontas e o passaporte carimbado, ele rejeitava o mundo religioso pela milésima vez.

Éramos os únicos que não estávamos rezando, e o otimismo dos Fugitivos realmente nos envergonhava. Eles ainda tinham a sensação de que coisas ótimas se agitavam no ar. Estavam eufóricos em seu voo arrebatador, felizes porque o deus deles não era um deus interior, do tipo que é incapaz de ajudar em uma crise tangível e não efêmera, como é o caso em um barco afundando; o deus deles era antiquado, do tipo que mobiliza a natureza inteira para satisfazer os desejos do indivíduo. Que sorte! O deus deles de fato escutava as pessoas, e às vezes intervinha. O deus deles distribuía favores pessoais! É Quem você conhece! Era por isso que sua experiência pessoal não tinha nada do terror gélido da nossa: nós não vislumbrávamos nenhum grande polegar e dedo indicador descendo dos céus para nos tirar do caminho do perigo.

Eu servia a meu pai em uma espécie de transe. No escuro, ele narrava inúmeras ideias sobre a vida e sobre como vivê-la. Mas eram um pouco mais confusas e pueris que suas diatribes de sempre, e percebi que, quando você está caindo, a única coisa em que pode se apoiar é em si mesmo. Quando ele falava, eu fingia escutar. Se ele queria dormir, eu também dormia. Quando meu pai gemia, eu lhe dava analgésicos. Não havia mais nada a fazer. Ele estava sofrendo; seus olhos distantes, mais distantes do que nunca. Eu sabia que ele estava pensando em Caroline.

— Martin Dean: que idiota ele foi! — disse ele.

Proporcionava-lhe certo conforto falar sobre si mesmo na terceira pessoa do pretérito.

Ned às vezes me dava uma folga. Ele ficava no meu lugar e dava água para meu pai fingindo escutar seu lamento incessante. Nessas ocasiões, eu rastejava sobre os corpos semiconscientes dos meus companheiros para chegar até o convés e tomar um pouco de ar. Acima, o céu se abria feito um crânio rachado. As estrelas cintilavam como gotas de suor. Eu estava acordado, mas meus sentidos continuavam sonhando. Meu próprio suor tinha gosto de manga, depois chocolate, depois abacate. Isso era um desastre! Meu pai estava morrendo muito devagar e sentia muita dor. Por que ele não se matava simplesmente? Por que os ateístas leais toleravam tanta agonia em vão? O que ele estava esperando?

De repente, eu me lembrei. O veneno!

Desci correndo, escalei o colchão humano e sussurrei de modo febril no ouvido dele:

— Você quer o veneno?

Meu pai sentou e olhou para mim com os olhos ardentes. A morte pode ser controlada, os olhos entoavam. Nossos poderes vitais foram um pouco recarregados, contemplando o veneno.

— Amanhã de manhã, ao amanhecer — falou ele. — Vamos fazer isso juntos.

— Pai, eu não vou tomar o veneno.

— Não, é claro que não. Eu não quis dizer que você vai tomar. Só quis dizer que eu vou tomar e você vai assistir.

Coitado do meu pai. Ele sempre odiou a solidão, e agora estava diante da forma mais profunda e condensada de solidão na existência.

Mas amanheceu chovendo, e ele não queria cometer suicídio na chuva.

Quando a chuva parou, estava quente demais para colocar um fim a tudo.

À noite ele quis dar o último suspiro sob o brilho cálido do sol.

Em suma, ele nunca estava pronto. Vacilava interminavelmente. Sempre encontrava uma nova desculpa para não fazer aquilo: chuvoso demais, nublado demais, ensolarado demais, mar agitado demais, cedo demais, tarde demais.

Dois ou três dias de agonia se passaram assim.

•

Finalmente aconteceu, logo após o entardecer, depois de duas ou três semanas no mar. Uma onda de espuma arrebentou sob o convés. Estávamos parcialmente submersos. A gritaria não ajudou em nada. Quando o oceano acalmou, meu pai sentou no escuro. Ele, de repente, teve dificuldade para respirar. Eu lhe dei um pouco mais de água.

— Jasper, acho que é isso.

— Como sabe?

— Simplesmente sei. Sempre desconfiei de como, nos filmes, as pessoas sabem quando sua hora está chegando, mas é verdade. A morte bate à porta. Bate mesmo.

— Posso fazer alguma coisa?

— Me leve para cima, espere eu morrer e me empurre para fora do barco.

— Achei que você não quisesse um túmulo aquático.

— Não quero. Mas esses canalhas estão de olho em mim como se eu só fosse um grande pedaço de cordeiro.

— O câncer não o tornou exatamente apetitoso.

— Não discuta comigo. Quando eu estiver morto, não quero passar mais um minuto neste barco.

— Entendido.

Os Fugitivos não tiravam os olhos de nós. Eles falavam uns com os outros de um modo calmo e conspiratório enquanto Ned me ajudava a tirar meu pai de lá.

Lá em cima, no convés, sua respiração ficou mais fácil. O ar do Pacífico parecia lhe fazer bem. O amplo movimento do oceano o acalmava. Bom, pelo menos eu gostaria de acreditar que sim. Aqueles eram seus últimos momentos, e eu gostaria de acreditar que no fim ele parou de considerar insultante sua insignificância cósmica, que finalmente ele enxergou algo de cômico em não significar nada, que era até mesmo um pouco divertido ser um acidente na espantosa terra devastada do espaço-tempo. Esta era minha esperança: que, ao contemplar o desempenho majestoso do oceano que se agitava azul, e ao sentir no rosto o furioso vento marítimo, ele tivesse passado a gostar da ideia de que o espetáculo do universo era um drama maior do que ele jamais poderia ter sonhado, um drama grande demais para que ele recebesse o papel principal. Mas não, ele definitivamente não colocou a existência em perspectiva... ele não tinha senso de humor quanto a isso, mesmo no final. Foi para a morte como um mártir de sua própria causa secreta, não disposto a denunciar a si mesmo.

Registrei seus últimos minutos com o triste espírito de um biógrafo próximo demais de seu objeto.

A noite estava silenciosa, exceto pelo rangido do barco e pela leve agitação da água. A lua pendia luminosa sobre o horizonte. Íamos bem em sua direção. O capitão estava nos conduzindo à lua. Imaginei um alçapão se abrindo. Imaginei meu pai e eu entrando. Imaginei o alçapão se fechando estrondosamente atrás de nós e o som de uma risada maluca. Imaginei essas coisas para me distrair da realidade da morte do meu pai.

— Martin, olhe só essa lua — falou Ned. — Olhe como ela foi pintada no céu. Deus é mesmo um artista.

Isso deu a meu pai uma explosão de energia.

— Espero que não, por todos nós — disse ele. — Sinceramente, Ned, você já conheceu algum artista de verdade? Eles não são boas pessoas. São tipos egoístas, narcisistas e cruéis, que passam seus dias bons em uma depressão suicida. Diga a ele, Jasper.

Eu suspirei. Sabia esse discurso de cor.

— Um artista é o tipo de pessoa que trai a amante, abandona os filhos legítimos e faz aqueles que têm a infelicidade de conhecê-lo sofrerem muitíssimo em seus esforços por lhe demonstrar carinho — falei.

Meu pai ergueu a cabeça para agregar:

— E você orgulhosamente rotula Deus de artista *e* espera que ele cuide de você? Boa sorte!

— Você não tem fé.

— Você já se perguntou por que o seu Deus requer fé? É que o céu tem uma capacidade limitada de assentos e a necessidade de fé é a forma que Deus encontrou de manter os números baixos.

Ned olhou para ele com pena, balançou a cabeça e não disse nada.

— Pai, descanse um pouco.

Eu lhe dei mais alguns analgésicos. Depois de engolir, ele respirou fundo e ficou inconsciente. Dez minutos depois começou a resmungar de forma delirante:

— Centenas... milhões... cristãos salivando... céu um hotel de luxo onde... não estará dando de cara com muçulmanos e judeus na máquina de gelo... muçulmanos e judeus... nada melhor... não se move... homem moderno... dentes bons... pouca capacidade de atenção... deve ser... baderna de alienação... nenhuma visão religiosa de mundo... neurose... insanidade... não é verdade... sempre a religião entre os seres... que... morrem.

— Poupe sua energia — disse Ned.

Ele poderia ter dito "Cala a boca" e eu não teria me levantado contra ele.

A cabeça do meu pai caiu no meu colo. Provavelmente lhe restavam não mais do que alguns minutos, e ele continuava incapaz de acreditar.

— Isso é realmente incrível — falou, e respirou fundo.

Dava para ver pelo seu rosto que os analgésicos estavam fazendo efeito.

— Eu sei.

— Mas mesmo! Morte! Minha morte!

Ele caiu no sono por alguns minutos, então seus olhos se arregalaram com uma expressão vazia, insossa como a de um burocrata. Acho que ele estava tentando se convencer de que o dia em que morreu não era o pior dia de sua vida, mas um dia mais ou menos como outro qualquer. Mas ele não conseguia, e gemeu mais uma vez com os dentes apertados.

— Jasper.

— Estou aqui.

— Tchekhov acreditava que o homem se torna melhor quando você lhe mostra como ele é. Eu não acho que isso seja verdade. Ele só fica mais triste e mais solitário.

— Olha, pai, não se sinta pressionado a ser profundo ao dizer suas últimas palavras. Só relaxe.

— Eu disse uma porção de besteiras durante a minha vida, não disse?

— Não foi tudo besteira.

Meu pai respirou ruidosamente algumas vezes enquanto seus olhos se reviraram como se ele estivesse procurando alguma coisa no canto de seu crânio.

— Jasper — ele grasnou. — Eu preciso admitir uma coisa.

— O quê?

— Eu te ouvi — disse ele.

— Ouviu o quê?

— Na selva. Quando eles vieram. Ouvi sua voz me alertando.

— Você me ouviu? — gritei. Eu não podia acreditar. — Você ouviu aquilo? Por que não fez nada? Você poderia ter salvado a vida da Caroline!

— Eu não acreditei que fosse real.

Não dissemos nada por um bom tempo. Ambos contemplamos em silêncio as águas agitadas do mar.

Então a dor começou outra vez. Ele gemeu em agonia. Eu senti medo. Depois o medo se transformou em pânico. Pensei: Não morra. Não me abandone. Não abandone a gente. Você está rompendo uma parceria. Não entende? Por favor, pai. Eu sou totalmente dependente de você, mesmo como o seu oposto, principalmente como o seu oposto... porque, se você está morto, o que eu sou? O oposto de nada é tudo? Ou é nada?

E também não quero ter raiva de um fantasma. Isso nunca vai acabar.

— Pai, eu te perdoo.

— Pelo quê?

— Por tudo.

— Que tudo? O que eu fiz para você?

Quem é esse homem irritante?

— Não importa.

— Tá.

— Pai, eu te amo.

— Eu também te amo.

Pronto. Nós dissemos. Bom.

Ou não tão bom — estranhamente não gratificante. Nós simplesmente dissemos "Eu te amo". Pai e filho, no leito de morte do primeiro, dizendo que amavam um ao outro. Por que aquilo não pareceu bom? Por isto: porque eu sabia de uma coisa que ninguém sabia ou jamais saberia — o homem estranho e maravilhoso que ele era. E era isso o que eu realmente queria dizer.

— Pai.

— Eu deveria ter me matado — disse ele rangendo os dentes; e então repetiu, como se fosse seu mantra particular.

Ele jamais se perdoaria por não cometer suicídio. Na minha cabeça, aquilo era apropriado. Acho que nenhuma pessoa em seu leito de morte deve se perdoar por não cometer suicídio, mesmo um dia antes. Permitir-se ser assassinado pelas mãos da natureza é a única verdadeira apatia que existe.

Sua morte real foi rápida — repentina, até. Seu corpo tremeu um pouco, depois se contraiu de medo, ele arfou, seus dentes se fecharam como se tentassem morder a morte, a luz em seus olhos tremulou e se apagou.

Foi isso.

Meu pai estava morto.

Meu pai estava morto!

Inacreditável!

E eu nunca disse que gostava dele. Por que eu não disse? Eu te amo — blah. O que há de difícil em dizer "Eu te amo"? É uma maldita letra de música. Meu pai sabia que eu o amava. Ele nunca soube que eu gostava dele. Até mesmo o respeitava.

Em seus lábios, restava saliva sem engolir. Seus olhos, desprovidos de alma ou consciência, ainda conseguiam parecer insatisfeitos. Seu rosto, deformado pela morte, condenava o resto da humanidade com sua boca contorcida. Era impossível acreditar que a confusão inglória em sua cabeça finalmente havia terminado.

Alguns dos Fugitivos vieram me ajudar a jogá-lo no mar.

— Não toquem nele! — gritei.

Eu estava determinado a realizar o funeral no mar eu mesmo, sem a ajuda de ninguém. Era uma ideia inútil, mas eu a havia metido na cabeça. Ajoelhei ao lado de seu corpo e enfiei os braços embaixo dele. Ele ficou inflexível em minhas mãos. Aqueles membros compridos e frouxos pendiam sobre meus ombros. As ondas se elevaram, como que lambendo os beiços. Todos os rostos passivos e chupados dos Fugitivos observaram com respeito. A cerimônia silenciosa os despertou de sua própria morte lenta.

Dando um impulso, arremessei o corpo dele por sobre o parapeito e o enterrei no rugido das ondas. Ele flutuou na superfície por um instante, sacudindo um pouco para cima e para baixo como uma cenoura jogada inteira em uma sopa fervente. Então afundou, como que tomado por mãos invisíveis, e foi correndo se apresentar nos recantos desconhecidos do mar.

Foi isso.

Adeus, pai. Espero que saiba como eu me senti.

Ned colocou a mão no meu ombro.

— Agora ele está com Deus.

— Isso é algo terrível de se dizer.

— Seu pai nunca entendeu o que é ser parte de algo maior do que ele.

Aquilo me exasperou. As pessoas sempre dizem: "É bom ser parte de algo maior que você", mas *você já é*. Você é parte de uma coisa enorme. *A humanidade inteira*. Isso é enorme. Mas você não consegue enxergar isso, então escolhe o quê? Uma organização? Uma cultura? Uma religião? Isso não é maior que você. É muito, muito menor!

•

A lua e o sol tinham acabado de compartilhar o céu quando o barco se aproximou da costa. Eu fiz contato visual com Ned e abanei os braços majestosamente, apontando para a pradaria que circundava a angra. Ned me olhou confuso, sem entender que eu subitamente estava tomado pelo sentimento irracional de que eu era anfitrião dele e, quase explodindo de orgulho, queria lhe mostrar a região.

O capitão saiu da escuridão e insistiu para que todos voltássemos para baixo do convés. Antes de eu desaparecer, parei no alto da escada. Havia silhuetas na costa. Elas estavam de pé, petrificadas em grupos ao longo da praia, figuras escuras fincadas como postes na areia úmida. Ned se juntou a mim no parapeito e agarrou meu braço.

— Talvez sejam pescadores — falei.

Nós observamos em silêncio. As estátuas humanas aumentavam de tamanho. Havia homens demais para que fossem pescadores. Eles também tinham refletores, e os apontavam bem para a nossa cara. O barco havia chegado à terra, mas nós naufragamos.

V

A Polícia Federal e os guardas costeiros estavam por toda a praia. Eles não demoraram nada para nos cercar. Os guardas costeiros se empertigavam e gritavam uns com os outros como pescadores de truta que inesperadamente descarregaram um cachalote. Aquele espetáculo me deixava doente, e eu sabia que meus companheiros de viagem podiam se preparar para um pesadelo de burocracia do qual talvez jamais despertariam. Ser pobre e estrangeiro e ilegal e estar à mercê da generosidade de um povo ocidental afluente é estar em solo muito instável.

Agora que meu pai realmente havia partido, e já não estava lá para fazer da minha vida um inferno na terra, eu automaticamente assumi esse papel. Tal como eu sempre temera e Eddie havia previsto, com meu pai morto, agora cabia a mim ser indecente com meu futuro. Foi por isso que me pareceu perfeitamente natural, naquela praia ao amanhecer, não fazer o que eu não fiz.

Tive várias oportunidades de me manifestar, de explicar que eu era australiano e tinha todo direito de andar livremente. Eu deveria ter me separado dos Fugitivos. Quero dizer, não existe nenhuma lei proibindo um australiano de retornar à Austrália em um barco esburacado. Em teoria, eu deveria poder voltar da Ásia arremessado por um estilingue gigante, se funcionasse; mas, por alguma razão, eu escolhi não dizer nada.

Simplesmente fiquei de boca fechada e me permiti ser recolhido com os demais.

Mas como foi que eles me confundiram com um Fugitivo? A herança genética do meu pai — cabelo preto e pele morena — caiu como uma luva para a incapacidade dos meus compatriotas de abalar a ideia de que somos preponderantemente anglo-saxões. Todos presumiram que eu fosse do Afeganistão, do Líbano ou do Iraque, e ninguém pensou em questionar de onde eu era. Então fomos embora.

•

Foi assim que vim parar na estranha prisão cercada por uma faixa aparentemente infindável de deserto por todos os lados. Eles a chamam de centro de detenção, mas tente dizer a um prisioneiro que ele é só um detento e veja se ele se sente consolado com a distinção.

Eles tiveram dificuldade para me classificar, já que eu me recusei a falar com eles. Estavam loucos para me deportar desde o primeiro dia, mas não sabiam para onde. Vários intérpretes me acossaram em muitos idiomas diferentes. Quem eu era, e por que eu não contava para eles? Eles tentaram adivinhar país por país — ninguém jamais adivinhou que meu ponto de origem e de destino eram o mesmo.

Durante semanas, quando eu não estava nas aulas de inglês fingindo me esforçar para aprender o alfabeto, eu escrevi minha história, em páginas roubadas da aula. No começo, escrevia encolhido no chão atrás da porta da cela, mas logo percebi que entre as greves de fome, as tentativas de suicídio e as rebeliões frequentes, eu dificilmente era notado. Eles achavam que eu só estivesse deprimido; permitiam, e até encorajavam, que ficasse enfurnado na cela. Até onde sabiam, eu só era um triste e indesejado enigma não resolvido.

Quando Ned recebeu um dos cobiçados vistos de proteção temporária, ele ficou me perturbando para que eu admitisse minha cidadania. No dia em que saiu, ele implorou que eu saísse com ele. E por que não fui? O que eu estava fazendo naquele lugar horrível? Talvez eu estivesse simplesmente fascinado... você nunca sabia quando alguém retalharia a si mesmo, ou engoliria detergente ou pedras. E houve três rebeliões ousadas na minha época; uma explosão de energia furiosa obrigou os Fugitivos a tentarem coisas impossíveis, como pular a cerca, antes de serem contidos pelas mãos fortes dos guardas. Depois que a última rebelião se acalmou, a administração construiu muros mais resistentes e uma cerca elétrica de alta-tensão. Pensei no que Terry dissera, que os pobres estavam se organizando. Desejei que eles andassem logo com isso.

De tempos em tempos, eu tentava me convencer de que estava naquela prisão como um protesto definitivo contra a política governamental, mas eu sabia que isso era só uma desculpa. A verdade era que a inexistência do meu pai me apavorava. Era uma solidão à qual se adaptar requeria tempo. Eu estava me escondendo ali, evitando enfrentar o passo seguinte. Eu sabia que ficar era perverso, vergonhoso e covarde. Ainda assim, eu não conseguia partir.

Como sempre, Deus aparece em muitas conversas. Para os guardas, os Fugitivos soltavam infindáveis declarações: "Deus é ótimo!", "Deus vai te punir" e "Deixa Deus ficar sabendo disso". Cansado do tratamento que os Fugitivos recebiam ali e em sua terra natal, contemplando com horror o triste estado de compaixão no mundo, uma noite falei com esse Deus deles:

— Ei! Por que é que o Senhor nunca diz "Se mais um homem sofrer nas mãos de outro, acaba tudo. Eu coloco um fim"? Por que o Senhor nunca diz "Se mais um homem chorar de dor porque outro homem está pisando no pescoço dele, eu termino o jogo"? Como eu gostaria que o senhor dissesse isso, e cumprisse! Uma política do tipo "três faltas e você será expulso" é do que a humanidade precisa para entrar na linha. É hora de pegar pesado, ó Senhor. Chega de meias medidas. Chega de dilúvios ambíguos e desabamentos confusos. Tolerância zero. Três faltas. Somos expulsos.

Eu disse tudo isso a Deus, mas depois houve muito silêncio, um silêncio sombrio que pareceu ficar preso em minha garganta, e subitamente me escutei sussurrar:

— Chegou a hora.

Já bastava. Estava terminando a aula de inglês, em uma sala pequena e iluminada com longas carteiras dispostas em forma de U. O professor,

Wayne, estava de pé, diante do quadro de giz, ensinado aos alunos os tipos de orações. Os alunos estavam em silêncio, embora não de modo respeitoso; era o silêncio desnorteado de um grupo de pessoas que não tinham uma ideia clara do que lhes estava sendo ensinado.

Eu levantei. Wayne olhou para mim como se estivesse se preparando para tirar o cinto e começar a me açoitar. Falei:

— Por que está se dando ao trabalho de nos ensinar sobre os tipos de orações? Não precisamos disso.

O rosto dele ficou pálido, e ele inclinou a cabeça para trás como se eu tivesse acabado de ficar 1 metro mais alto.

— Você fala inglês — disse ele, estupidamente.

— Não entenda isso como uma prova de sua competência para o ensino — falei.

— Você tem sotaque australiano — falou ele.

— É, cara, tenho. Agora diga para esses vira-latas virem até aqui. Tenho algo a lhes dizer.

Os olhos de Wayne se arregalaram; então ele saiu da sala em disparada, como se fosse o tigre de um desenho animado. As pessoas agem como crianças quando você as surpreende, e os canalhas não são nenhuma exceção.

Dez minutos depois, dois guardas de calças justas entraram correndo. Eles também tinham olhares de surpresa, mas os deles já estavam começando a desaparecer.

— Fiquei sabendo que você andou tagarelando — disse um deles.

— Nós queremos ouvir — ordenou o outro.

— Meu nome é Jasper Dean. Meu pai era Martin Dean. Meu tio era Terry Dean.

Os olhares de surpresa em seus rostos foram reavivados. Eles me levaram para fora, pelos longos corredores cinzentos, até uma sala vazia que só tinha uma cadeira dentro. Aquilo era para mim ou eu seria forçado a ficar de pé enquanto um investigador martelava em meu ouvido com os pés para cima?

Não vou detalhar todos os sete dias de interrogatório. Tudo o que vou dizer é que eu era como um ator preso por contrato a uma peça ruim em uma longa temporada. Eu dizia minhas falas vezes e vezes e mais vezes. Contei a eles a história toda, deixando de fora o fato de o tio Terry estar vivo. Ressuscitá-lo não teria me ajudado em nada. O governo dependia totalmente de mim para saber do paradeiro do meu pai. Eles também tinham seus trunfos: eu havia cometido dois crimes, viajar com passaporte falso e me juntar a criminosos conhecidos, embora o segundo não fosse de fato um crime, e sim mero mau hábito, e eles deixaram passar. Fui acossado por grupos de detetives e por agentes da ASIO, nossa agência de inteligência nada impressionante, sobre a qual os australianos sabem muito pouco porque ela nunca é tema de filmes ou programas de televisão. Durante dias eu tive de lidar com todos os truques batidos em seu repertório: interrogatórios que me metralhavam de perguntas, a rotina do policial bom/tira ruim e suas variações (um policial ruim/um policial pior, um policial pior/o diabo de gravata), desempenhos tão terríveis que tive vontade de vaiar. Nós não torturamos pessoas em nosso país, o que é uma coisa boa, a não ser que seja um interrogador pressionado para obter resultados. Dava para perceber que um deles teria dado qualquer coisa para poder arrancar minhas unhas. Flagrei outro contemplando desesperadamente minha virilha enquanto sonhava com eletrodos. Bom, azar deles. Seja como for, eles não precisaram me torturar. Eu colaborei. Falei até ficar rouco. Eles escutaram até ficarem surdos. Logo estávamos todos conversando sobre nada. De vez em quando eles me deixavam caminhar pela sala e gritar coisas como "Quantas vezes vou precisar dizer isso?". Era constrangedor. Eu me senti idiota. Parecia idiota. Era tão batido. Os filmes tornam a vida real banal.

Eles vasculharam minha cela e encontraram o que eu havia escrito, duzentas páginas sobre nossa vida; eu só havia chegado à minha primeira infância, quando conheci as histórias de Terry. Eles examinaram as páginas energicamente, leram-nas com cuidado em busca de pistas, mas estavam procurando os crimes do meu pai, e não seus defeitos, e no fim acharam que não passava de ficção, uma história exagerada sobre meu pai e meu tio escrita como uma defesa inteligente; eles concluíram que eu o havia retratado como lunático para que ninguém o considerasse culpado de nada devido a sua insanidade. Basicamente, eles não conseguiram acreditar nele como personagem, dizendo que era impossível que uma pessoa fosse megalomaníaca *e* fracassada ao mesmo tempo. Só me restou constatar que eles não entendiam a psicologia humana.

No fim, eles me devolveram as páginas; então interrogaram todos os meus companheiros de viagem para ver se a história da morte do meu pai se sustentava. Os Fugitivos a confirmaram. Todos eles contaram a mesma história. Martin Dean estava no barco, estava muito doente e morreu. Eu joguei o corpo dele no mar. Pude perceber que essa informação foi uma enorme decepção para as autoridades — eles não me pegaram mentindo. Meu pai teria sido a recompensa suprema para eles. O povo australiano teria adorado ver meu pai ser servido em uma bandeja. A morte dele deixou um grande buraco em suas vidas, um importante vazio que precisava ser preenchido. Quem é que eles iriam odiar agora?

Finalmente, decidiram me deixar ir. Não é que eles não tivessem interesse real em me acusar, mas queriam me calar. Eu tinha visto em primeira mão o modo como os Fugitivos eram tratados dentro do centro de detenção, e o governo não queria me ver falando sobre o abuso sistemático de homens, mulheres e crianças, e por isso eles compraram meu silêncio anulando as acusações contra mim. Eu concordei. Tampouco me senti mal por minha cumplicidade. Eu não conseguia conceber que os fatos fariam alguma diferença para os eleitores. Não imagino por que o governo achava que fariam. Acho que eles tinham mais fé nas pessoas do que eu.

Em troca do meu silêncio, eles me deram um apartamento pequeno e imundo de um quarto, em um conjunto habitacional imundo do governo, em um suburbiozinho imundo. A Polícia Federal me levou, de avião, do deserto até Sydney e me deixou lá, junto com as chaves para o meu apartamento minúsculo e nojento, entregues sobre uma caixa de papéis recolhidos em meu velho apartamento depois que fugimos do país: meu passaporte verdadeiro, minha carteira de motorista e um par de contas de telefone que eles insinuaram que eu deveria pagar. Quando me deixaram sozinho, sentei na sala e olhei para o apartamento em frente através das janelas com grades. Pelo visto, eu não me saíra bem com o governo. Eu os chantageara por aquele lugar de merda e uma ajuda de custo de 350 dólares por quinzena. Eu tinha a impressão de que poderia ter conseguido algo muito melhor.

Me olhei no espelho do banheiro. Minhas bochechas estavam chupadas; os buracos dos olhos iam bem fundo em minha cabeça. Eu estava tão magro que parecia um dardo. Precisava engordar outra vez. Além disso, qual era o meu plano? O que eu faria agora?

Tentei telefonar para Anouk, a única pessoa restante no planeta com quem eu tinha alguma conexão, mas isso se mostrou muito mais difícil do que eu havia previsto. Não é fácil entrar em contato com a mulher mais rica do país, mesmo que ela um dia tenha limpado o seu banheiro. Para minha surpresa, seu telefone residencial não constava na lista, e foi só depois de ligar para o Hobbs Media Group e falar com várias secretárias que me ocorreu perguntar por Oscar em vez de Anouk. Recebi alguns nãos até que uma jovem falou:

— Isso é um trote?

— Não, não é um trote. Por que eu não posso falar com ele?

— Você realmente não sabe?

— Não sei o quê?

— Onde você esteve nos últimos seis meses, em uma caverna?

— Não, em uma prisão no meio do deserto.

Isso resultou em um longo silêncio.

— Ele está morto — disse ela, finalmente. — Os dois estão.

— Quem? — perguntei, com o coração completamente paralisado.

— Oscar e Reynold Hobbs. O jato particular deles caiu.

— E a Sra. Hobbs? — perguntei, tremendo.

Por favor, não me diga que ela está morta. Por favor, não me diga que ela está morta. Naquele momento percebi que, de todas as pessoas que eu havia conhecido em minha vida, Anouk era a que menos merecia morrer.

— Lamento.

Senti tudo exalando de mim. Amor. Esperança. Espírito. Não restava nada.

— Você ainda está aí? — perguntou a mulher.

Eu fiz que sim. Nenhuma palavra a dizer. Nenhum pensamento a pensar. Nenhum ar a respirar.

— Você está bem?

Desta vez, balancei a cabeça negativamente. Como eu poderia estar bem em algum momento a partir de então?

— Espere — disse ela —, de qual Sra. Hobbes você está falando?

Eu engoli em seco.

— A esposa de Reynold, Courtney, estava no avião, não a outra.

— Então, Anouk? — Engasguei.

— Não, ela não estava com eles.

Absorvi todo aquele amor, esperança e espírito de volta a meus pulmões com uma única respiração profunda. Obrigado!

— Quando foi isso?

— Faz uns cinco meses.

— Eu preciso falar com ela. Diga-lhe que Jasper Dean está tentando entrar em contato com ela.

— Jasper Dean? Filho de Martin Dean?

— Sim.

— Você não fugiu do país? Quando você voltou? O seu pai está com você?

— SÓ ME DEIXE FALAR COM ANOUK!

— Sinto muito, Jasper. Ela está incomunicável.

— Como?

— Está viajando no momento.

— Onde ela está?

— Achamos que ela está na Índia.

— Vocês acham?

— Para dizer a verdade, ninguém sabe onde ela está.

— Como assim?

— Depois que o avião caiu, ela simplesmente desapareceu. Tem uma porção de gente querendo falar com ela, como deve imaginar.

— Bom, se ela ligar, pode dizer que estou em casa e que preciso falar com ela?

Deixei o número do telefone e desliguei. Por que Anouk estava na Índia? Imaginei que ela quisesse poder ficar de luto longe dos holofotes. Compreensível. Os holofotes são o último lugar em que alguém desejaria estar para ficar de luto. Anouk devia saber muito bem que, sendo viúva, se você não for uma histérica com o rímel escorrendo, o público simplesmente pensa que você é uma assassina.

Eu me senti desolado, irreal. Meu pai estava morto, Eddie estava morto, agora até mesmo os indestrutíveis Oscar e Reynold estavam mortos, e nada disso me fazia sentir especialmente vivo. Na verdade, eu não sentia muito nada. Era como se eu tivesse sido anestesiado da cabeça aos pés, para não sentir mais o contraste entre vida e morte. Mais tarde, no chuveiro, eu nem sequer tinha certeza de saber a diferença entre quente e frio.

Um dia em minha nova vida e eu já a odiava. Não havia forma de eu me tornar outra coisa além de permanentemente repulsivo naquele apartamento repulsivo. Resolvi sair de lá. E ir para onde? Bom, para o exterior. Lembrei-me de meu plano original — vagar sem rumo no espaço e no tempo. Para isso, eu precisava de dinheiro. O problema era que eu não tinha nenhum dinheiro e não sabia como tratar de ganhar dinheiro rápido. Tudo que eu tinha para vender era o mesmo que todos os demais que não possuem uma propriedade em seu nome: eu podia vender meu tempo, ou podia vender minha história. Não tendo nenhum tino para marketing, e eu sabia que meu tempo não me traria 1 dólar a mais que o salário mínimo; mas, tendo não um, mas dois homens infames em minha família imediata, minha história talvez valesse mais do que a da maioria. É claro que eu poderia ter escolhido o caminho mais fácil, concordando em dar uma entrevista na televisão, mas eu nunca espremeria a história inteira nos vinte minutos de um programa de meia hora na TV. Não, eu precisava continuar escrevendo para ter certeza de que a história fosse contada direito, sem deixar nada de fora. Minha única chance era terminar o livro que havia começado, encontrar um editor e zarpar com um belo adiantamento. Esse era o meu plano. Peguei as páginas que meus interrogadores haviam lido e descartado como ficção. Em que ponto eu estava? Eu não havia chegado muito longe, ainda tinha muito o que escrever.

Saí para comprar algumas resmas de papel A4. Gosto de páginas brancas — elas me constrangem a preenchê-las. Lá fora, o sol era uma mão de luz me dando um tapa na cara. Olhando para todas as pessoas, pensei: Que vida dura. Agora que eu não tinha ninguém por perto, teria de me virar com alguns daqueles estranhos, transformar alguns deles em amigos ou namoradas. Que trabalhão é a vida quando está sempre começando do zero.

As ruas da minha cidade pareciam um país estrangeiro. Os efeitos tóxicos de estar em um centro de detenção continuavam comigo, porque descobri que, embora eu precisasse de indivíduos, eu tinha pavor das multidões, com uma intensa ansiedade física que me fazia abraçar postes. Do que eu tinha medo? Elas não pretendiam me fazer mal. Acho que eu tinha medo de sua indiferença. Acredite, você não quer cair diante do homem. Ele não lhe ajudará a levantar.

Passei por uma banca de jornal e meu coração parou — tudo se tornara público. Meu pai fora oficialmente declarado morto. Decidi não ler nenhum dos tributos dos tabloides. "Canalha morre!" "Oba! Ele está morto!" e "O fim de um filho da puta" não pareciam valer meus 1,20 dólar. De todo modo, eu já tinha ouvido tudo isso antes. Quando me afastei, ocorreu-me que havia uma certa característica irreal naquelas manchetes, como um déjà-vu prolongado. Não sei como explicar. Eu me sentia como se estivesse no fim de algo que eu acreditava ser infindável, ou no começo de algo que eu podia jurar que havia começado fazia muito tempo.

Nos dias que se seguiram, sentei à beira da janela com grades e escrevi dia e noite, e, ao fazê-lo, lembrei-me da cabeça feia e pontificante do meu pai e ri de modo histérico até que os vizinhos golpearam as paredes. O telefone tocava sem parar — jornalistas. Eu ignorei e escrevi incessantemente por três semanas, cada página uma nova descarga de pesadelos dos quais era um grande alívio me livrar.

•

Certa noite, eu estava deitado no sofá, sentindo-me deslocado, como uma pálpebra presa dentro de um olho, quando escutei, através das paredes, os vizinhos discutindo. Uma mulher gritava:

— Por que você fez isso?

E um homem gritava de volta:

— Eu vi na TV! Você não consegue aguentar uma piada?

Eu estava consumindo o que parecia ser o último neurônio que me restava tentando decifrar o que ele havia feito quando alguém bateu à porta. Eu abri.

Parado ali, com uma postura invejável, estava um homem jovem e prematuramente careca com um terno risca de giz com duas fileiras de botões. Ele disse que seu nome era Gavin Love, e aceitei aquilo sem questionar: eu não conseguia pensar em nenhum motivo pelo qual alguém se chamaria Gavin Love se esse não fosse seu nome verdadeiro. Ele também disse que era advogado, o que conferiu ainda mais peso a sua história de Gavin Love. Disse que tinha alguns papéis para eu assinar.

— Que tipo de papéis?

— As coisas do seu pai estão em um depósito. São todas suas. Só precisa assinar.

— E se eu não quiser?

— Como assim?

— Se eu não quiser as coisas, acho que não existe motivo para assinar.

— Bom... — O rosto dele estava vazio. — Eu só preciso da sua assinatura — disse ele, hesitante.

— Eu entendi. Mas não sei se quero dá-la a você.

Imediatamente sua autoconfiança evaporou. Eu pude perceber que teria problemas por causa disso.

— Sr. Dean, não quer receber sua herança?

— Ele tinha algum dinheiro? É disso que eu preciso.

— Não, creio que não. A conta dele está zerada. E tudo de valor foi vendido. O que resta de suas posses é provavelmente...

— Sem valor.

— Mas vale a pena dar uma olhada — disse ele, tentando soar otimista.

— Talvez — falei, duvidando.

De todo modo, eu não sei por que estava torturando aquele pobre tolo. Fui em frente e assinei meu nome. Só mais tarde percebi que havia assinado "Kasper". Ele não pareceu notar.

— E onde fica esse depósito?

— Aqui está o endereço — disse, entregando-me um pedaço de papel. — Se você quiser ir agora, eu posso lhe dar uma carona.

•

Dirigimos até um edifício do governo, que parecia abandonado, chamando a atenção em meio a depósitos de móveis e atacadistas de comida industrializada. Um guarda em um pequeno cubículo pintado de branco tinha carta branca para elevar e baixar uma trave de madeira na entrada do estacionamento. Gavin Love abaixou o vidro.

— Este é Jasper Dean. Ele está aqui para reivindicar os bens do pai.

— Não estou aqui para reivindicar nada — falei. — Só vou dar uma olhada.

— Documento — o guarda pediu.

Tirei do bolso minha carteira de motorista e entreguei-a a ele. O guarda examinou e tentou comparar o rosto na foto do documento com o rosto atado à minha cabeça. Não havia uma clara correspondência entre os dois, mas ele me concedeu o benefício da dúvida.

Seguimos de carro até a entrada do prédio.

— Você provavelmente ficará aqui por um tempo — falou Gavin Love.

— Não se preocupe. Não vou pedir para você esperar.

Eu saí do carro, e Gavin Love me desejou sorte, parecendo pensar que isso era muito honrado de sua parte. Um homem pequeno e gorducho de uniforme cinza abriu a porta. Sua calça estava puxada mais para cima do que eu considero o costume.

— Posso ajudá-lo?

— Meu nome é Jasper Dean. Os bens do meu pai estão enfiados em uma dessas salas abafadas. Eu vim dar uma fuçada.

— O nome dele?

— Martin Dean.

Os olhos do homem se abriram um pouco, e então contraíram. Ele entrou no escritório e saiu com um grande livro azul.

— Dean, Dean... Aqui está, sala...

— Cento e um? — perguntei, pensando em Orwell.

— Noventa e três — respondeu ele. — Por aqui.

Eu o segui até um elevador. Ele entrou comigo. Não tínhamos muito a dizer um ao outro, sendo assim ambos observamos os números do elevador se iluminarem um de cada vez, e eu vi que ele pronunciava cada número em silêncio. No quarto andar, saímos e seguimos por um corredor comprido e amplamente iluminado. Quase na metade do caminho, ele parou à porta e falou:

— Chegamos.

— Não há nenhum número nessas portas. Como sabe que esta é a 93?

— É o meu trabalho saber — respondeu ele.

Aquilo não era nenhuma espécie de trabalho. Ele tirou do bolso um molho de chaves, abriu a porta e a deixou entreaberta.

— Se quiser, pode fechar a porta ao entrar.

— Não precisa — falei.

Não parecia o tipo de lugar onde você desejaria estar trancado.

A sala era escura e abarrotada, e não dava para ver onde terminava — imaginei que se prolongava infinitamente até o limite da existência. Eu não entendia como eles conseguiram enfiar tudo ali: livros, luminárias, mapas, fotografias, móveis, porta-retratos vazios, uma máquina portátil de raios X, coletes salva-vidas, telescópios, câmeras velhas, estantes de livros, cachimbos e sacos de batatas cheios de roupas. O espaço estava totalmente ocupado com as coisas do meu pai, tudo misturado e em completa desordem — papéis espalhados no chão, gavetas de armário vazias e viradas para baixo. Obviamente, as autoridades haviam vasculhado tudo em busca de pistas sobre o paradeiro do meu pai e onde ele havia deixado o dinheiro. Cada metro cúbico poeirento estava ocupado com seu lixo sem valor. Senti uma espécie de desgosto diluído ao navegar pelo labirinto de bugigangas. Nada da ansiedade que ele incutira a cada item havia evaporado. Eu podia cheirar sua intensa frustração em toda parte. Fui tomado pela ilusão de que estava caminhando pela cabeça do meu pai.

Era mesmo uma terra de ninguém. Eu tropeçava em continentes não descobertos — por exemplo, um grande caderno de rascunho azul me cativou por horas. Dentro havia desenhos e esboços de dispositivos inacreditáveis: uma guilhotina caseira, uma grande bolha em plástico dobrável, usada na cabeça para que se pudesse fumar em banheiros de avião, um caixão em forma de ponto de interrogação. Também encontrei uma caixa com trinta ou quarenta romances adolescentes, bem como sua autobiografia inacabada, e sob eles um manuscrito em sua caligrafia intitulado "Amor na hora do almoço", uma história nauseante de amor não correspondido escrito para garotas de 13 anos. Eu me senti completamente perdido. Senti que estava encontrando pela primeira vez mais alguns de seus eus bem escondidos. Mesmo antes de ter a ideia de escrever um livro sobre ele, mesmo antes de escrever uma única linha, eu já me via como seu cronista involuntário. A única coisa em que eu era especialista era meu pai. Agora me parecia que ele havia tido uma vida que eu não conhecera. Foi assim que ele zombou de mim do além.

O guarda apareceu na porta e perguntou:

— Como vão as coisas por aqui?

Eu não sabia exatamente como responder à formulação peculiar daquela pergunta, mas disse que estavam indo bem.

— Então vou deixar nas suas mãos — falou ele, e deixou nas minhas mãos.

O que eu deveria fazer com todo aquele lixo? Os diários, certamente valia a pena guardar. Sem eles, eu jamais provaria a alguém que minha vida com meu pai fora tão maníaca quanto eu recordava. E não só para os observadores — para mim também. Peguei os diários e a autobiografia, deixei-os perto da porta e continuei vasculhando.

Sob uma capa de tecido roída por traças encontrei um grande caixote de madeira, apodrecido nos cantos. Parecia danificado pela ação da água e do tempo. Havia um cadeado pendurado, e uma barra de metal jazia no chão. As autoridades, procurando os milhões que faltavam, haviam forçado a abertura da caixa e inspecionado seu conteúdo. Olhei mais de perto. Na lateral havia um formulário amarelado escrito em francês, com o nome do meu pai e, abaixo, um endereço na Austrália.

Eu abri a caixa.

Por cima de tudo havia uma pintura. Na luz tênue, eu não consegui perceber logo de cara, mas quando me dei conta, fiquei tão chocado que devo ter dito algo do tipo "Que merda...?".

Era a pintura que eu tinha pintado no galinheiro na Tailândia. A pintura do rosto sem corpo que me assombrara a vida toda. A pintura que fora destruída.

Minha cabeça estava girando. Olhei de novo. Definitivamente, era a minha pintura. Como isso era possível?

Eu a levantei para ver o que havia embaixo. Havia mais pinturas do mesmo rosto. Aquilo era estranho. Eu só tinha pintado uma. Então entendi.

Não eram pinturas minhas. Eram da minha mãe!

Respirei fundo e ponderei. Lembrei-me do caderno verde do meu pai, seu diário de Paris. Meu pai comprara tintas, pincéis e telas para Astrid, e ela ficara obcecada por pintar. As palavras de seu diário ficaram gravadas em minha memória. Lembrei-me do que ele escrevera: *Cada pintura uma versão do inferno... ela tinha muitos infernos e pintava todos eles. Mas o inferno era só um rosto, e era só o rosto que ela pintava. Um rosto. Um rosto terrível. Pintado muitas vezes.*

Um instante de terror se prolongou em um sólido minuto de terror e continuou. Olhei para o rosto mais uma vez; era como uma grande contusão, roxo e cheio de manchas. Então analisei as pinturas com cuidado. Era inegável. Os cílios na pálpebra inferior, curvados como dedos; os pelos do nariz parecendo fibras nervosas; seus olhos em um estado similar a um transe; a proximidade opressiva de seu nariz achatado; seu olhar desconfortável. Era como se o rosto ameaçasse irromper da pintura e entrar de fato na sala. Eu também tinha a desconfortável sensação de que podia cheirá-lo — seu odor emanava da tela em ondas.

Minha mãe e eu havíamos pintado o mesmo rosto, aquele mesmo rosto repulsivo! O que isso significava? Eu vira essas pinturas em minha juventude? Não. O diário dizia que ela desistira de pintar depois do meu nascimento, e uma vez que meu pai e eu fomos embora de Paris logo após a morte dela, eu definitivamente não as vira. Então Astrid vira um rosto e pintara aquele rosto. E eu vira o mesmo rosto e também o pintara. Examinei a pintura outra vez. Com extremidades pontiagudas e linhas horizontais dissolvidas para compor sua cabeça geometricamente perturbadora, pintado em um verde odioso e em linhas trêmulas e espessas de preto, vermelho e marrom, não era um rosto passivo que ela pintara, era um rosto com uma função... e a função era assustar.

Desviei os olhos das pinturas e tentei entender. Era totalmente razoável presumir que a) minha mãe fora assombrada pelo mesmo rosto que eu, ou b) minha mãe não o vira flutuando nas nuvens, mas de fato conhecera a pessoa a quem o rosto pertencia.

Caminhando pelo depósito, atravessei as tranqueiras com dificuldade e encontrei um velho armário quebrado. Na gaveta de baixo, encontrei meio maço de Marlboro e um isqueiro em forma de dorso de mulher.

Acendi um cigarro, mas estava preocupado demais para inalar. Fiquei parado lá naquele lugar, totalmente imobilizado pelo pensamento, até que o cigarro queimou meus dedos.

Meus olhos se arregalaram. Eu não tinha percebido que os havia fechado. Uma ideia havia se metido em meu cérebro. Mas que ideia! Que ideia! Por que eu não pensara nisso logo de cara? Andei em círculos pela sala, gritando: "Ah meu Deus, ah meu Deus", como um concorrente em um programa de TV. Examinei as pinturas mais uma vez. Isso nunca me acontecera antes: um momento de iluminação! Foi incrível!

— Por que concluir que eu estou me transformando no meu pai — gritei —, quando existe a mesma chance de eu estar me transformando na minha mãe?

Eu sapateei, para sacudir o prédio inteiro. Aquele pensamento era completamente libertador. Com que eu havia me preocupado durante todo aquele tempo? E mesmo que eu estivesse me transformando no meu pai, jamais seria o meu eu *completo*, mas apenas uma seção ou subseção — talvez um quarto de mim se transformaria nele, outro quarto na minha mãe, um oitavo em Terry, ou no rosto, ou em todos os outros eus que eu ainda estava por conhecer. A existência daquelas pinturas sugeria um escopo para o meu ser que até então eu não havia previsto. Acho que você pode imaginar a minha alegria indescritível. O período em que meu pai ameaçara dominar minha personalidade — a Ocupação — era uma miragem. Nunca havia sido só eu e ele. Era um bendito paraíso de personalidades! Sentei em um sofá, fechei os olhos e imaginei a mim mesmo. Eu não conseguia ver nada com clareza. Maravilhoso! É assim que deve ser! Sou uma imagem constantemente borrada tentando entrar em foco, e logo quando, por um instante, eu me vejo com perfeita nitidez, apareço como uma figura em meu próprio plano de fundo, indistinta como um pelo em um pêssego.

De súbito, eu soube o que isso significava. Minha missão era clara: ir para a Europa e tentar encontrar a família da minha mãe. Os rostos eram o ponto de partida. Essa era a primeira pista. Encontro o rosto, pensei, e encontrarei a família da minha mãe.

Em um estado de deslumbramento, agarrei todas as pinturas que consegui, chamei um táxi e as levei para casa. Olhei-as demoradamente a noite toda. Eu sentia uma mistura de sensações tão conflitantes que corria o risco de ser dilacerado por elas: um profundo pesar pela perda da minha mãe, uma sensação agradável de conforto porque éramos próximos em pensamento, espírito e psicose, uma aversão e revulsão pelo rosto, um orgulho por ter descoberto um segredo e uma terrível frustração por não compreender que segredo eu tinha descoberto.

Por volta da meia-noite, o telefone tocou. Eu não quis atender. Os jornalistas não me deixavam em paz. O telefone parou de tocar e eu soltei um suspiro de alívio. Meu suspiro durou pouco. Um minuto depois, começou a tocar outra vez. Isso duraria a noite toda. Eu atendi.

— Sr. Dean? — disse uma voz masculina.

Presumi que era melhor me acostumar àquilo.

— Escuta — falei —, eu não dou entrevistas, citações, comentários ou declarações, então por que não vai atrás de um jogador de futebol que faça parte de uma gangue de estupradores?

— Eu não sou jornalista.

— Então quem é você?

— Eu estava pensando se a gente poderia se encontrar.

— E eu estava pensando em quem você é.

— Não posso dizer. O seu telefone provavelmente está grampeado.

— Por que o meu telefone estaria grampeado? — perguntei, olhando desconfiando para o telefone. Não dava para saber se estava grampeado ou não.

— Pode me encontrar em frente à Estação Central amanhã às 9?

— Se o telefone está grampeado, quem quer que esteja escutando não vai estar lá também?

— Não precisa se preocupar com isso.

— Não estou preocupado. Achei que você talvez estivesse.

— Então o senhor vai estar lá?

— Tá legal. Eu vou estar lá.

Ele desligou. Encarei o telefone por um instante, esperando que ele começasse a falar por conta própria, explicando-me todas as coisas que eu não compreendia. Ele não falou.

•

Às 9 da manhã seguinte eu estava na Estação Central, esperando Deus sabe o quê. Sentei em um banco e observei as pessoas que entravam correndo na estação para pegar trens e as que saíam correndo da estação para escapar dos trens. Pareciam ser as mesmas pessoas.

Um carro buzinou. Eu me virei e vi uma Mercedes preta com vidro fumê. O motorista estava debruçado na janela, chamando-me com o dedo. Eu não o reconheci. Como não me mexi, ele parou de mover o dedo e começou a me chamar usando a mão inteira. Fui até lá. Mesmo estando bem de frente para o carro, eu não conseguia ver quem estava no banco de trás.

— Sr. Dean, poderia fazer o favor de entrar?

— Por que eu deveria?

— Jasper! Entre! — uma voz chamou de trás.

Eu sorri instantaneamente, o que pareceu estranho, porque eu não sorria havia um bom tempo. Abri a porta de trás e corri para dentro, e quando o carro partiu, Anouk e eu nos abraçamos por dez minutos sem falar e sem nos soltarmos.

Quando nos afastamos, olhamos um para o outro com a boca semiaberta. Havia simplesmente coisas demais a dizer para que soubéssemos por onde começar. Anouk não parecia uma viúva rica. Ela estava vestindo um sári de seda de um vermelho intenso, e tinha raspado a cabeça outra vez. Seus enormes olhos verdes saltavam de seu crânio como símbolos de uma antiga catástrofe. Seu rosto parecia ao mesmo tempo velho e jovem, estranho e familiar.

— Você deve estar pensando que eu fiquei paranoica com toda essa coisa de mistério — disse ela. — Mas é horrível, Jasper. Todo mundo quer que eu apareça com um ar de corajosa, mas eu não o tenho. Só tenho um ar perturbado. Depois de Oscar, e agora seu pai, esse é o único ar que me resta.

Fiquei sentado tentando pensar em uma forma de começar a falar. Em vez disso, apertei a mão dela.

— Eu sou dona de tudo, Jasper. Não sei como isso aconteceu. Sou a mulher mais rica da Austrália.

— A mulher mais rica do mundo — disse o motorista.

— Pare de escutar!

— Desculpe, Anouk.

— Não vou permitir que ninguém me chame de Sra. Hobbs. Bom, isso é outra história. Mas não é esquisito eu ser tão rica? — Era mais do que esquisito. Era também mais do que irônico. Eu não havia esquecido como nos conhecêramos; ela riscara o carro esportivo do meu pai com uma chave porque simplesmente odiava os ricos. — Mas você está tão magro! — ela exclamou. — O que aconteceu com você? Eu só ouvi uma coisa aqui, outra ali.

Pedi que o motorista parasse, e ele estacionou o carro em um beco sem saída. Anouk e eu descemos e, de pé na rua estreita, perto de um bêbado que dormia agarrado a um aparelho de televisão quebrado, eu contei a ela tudo sobre Eddie e Terry e a Cooperativa Democrática do Crime e a Tailândia e o veneno e a multidão assassina e Caroline e os contrabandistas. Quando cheguei na parte da viagem de barco ela estava mordendo o lábio inferior e, diante de minha descrição da morte do meu pai, ela o sugou para dentro da boca. Durante o resto da história, manteve os olhos fechados e um sorriso triste e agridoce no rosto. Eu não mencionei as pinturas da minha mãe, porque precisava manter alguma coisa só para mim.

— Quanto a mim — disse ela —, estou me escondendo. Todo mundo quer que eu tome uma decisão sobre o que fazer. Se vou assumir esse meganegócio ou não vou?

— Você quer?

— Alguma coisa talvez seja legal. Pode ser divertido gerenciar um estúdio de cinema. Eu produzi um curta uma vez, lembra?

Eu lembrava. Era uma combinação assustadora e pretensiosa de imagens abstratas e simbolismo óbvio sobre um homem rico que convence uma mulher pobre a lhe vender seu seio, e depois que o compra, ele senta com o seio em sua poltrona favorita, acariciando-o, beijando-o, tentando deixar o mamilo duro, mas quando o mamilo não levanta, em frustração e desespero, ele joga o seio na churrasqueira e o devora com molho de tomate.

— O que você acha, Jasper? Acha que eu poderia gerenciar um estúdio de cinema?

— Com certeza.

— Vou dar um monte de coisas para os amigos: as produtoras de música, as livrarias, os restaurantes, as redes de hotéis, os cruzeiros... e meu pai sempre quis uma ilha, mas estou esperando o aniversário dele.

— Você não vai ficar com nada?

— Claro que sim. Não sou burra. Vou ficar com os jornais, as revistas, as estações de rádio, os canais de TV aberta e a cabo e o estúdio de cinema. Dá para acreditar, Jasper? As máquinas de propaganda mais poderosas na história da civilização, e elas caíram nas nossas mãos!

— Como assim, nossas?

— É sobre isso que eu quero falar com você. O que você vai fazer agora?

— Quero ir para a Europa e procurar a família da minha mãe. Mas preciso de dinheiro. Anouk, você pode me dar algum dinheiro? Mas eu não vou devolver.

Anouk de repente olhou para cima e para baixo no beco, e pensei que não importa se você é uma celebridade ou um criminoso procurado, atenção em excesso o leva à paranoia. Ela se inclinou para a frente e pronunciou de um modo solene:

— É claro, Jasper, eu te dou o que quiser.

— Mesmo?

— Com uma condição.

— Ai, ai.

— Precisa me ajudar.

— Não.

— Você vai ter muito poder.

— Poder? Eca.

— Por favor.

— Olha. Eu só quero mesmo ir embora do país e viver o resto dos meus dias flutuando em um nevoeiro de anonimato. Não quero te ajudar com... O que você quer que eu faça?

— A mídia.

— Que mídia?

— Todas elas.

— Eu vou para a Europa. Não quero ficar preso em um escritório.

— Estamos no século XXI, Jasper, então se você quiser...

— Eu sei em que século estamos. Por que as pessoas vivem me dizendo em que século estamos?

— Então se você quiser continuar se mudando, você pode. Você vai ter um notebook, um assistente, um celular. Pode fazer tudo na estrada. Por favor, Jasper. Eu não confio em mais ninguém. Você nunca viu tantas pessoas querendo te ajudar. Todos eles estão com as mãos estendidas, inclusive todos os meus velhos amigos. E ninguém vai me dar uma opinião honesta. Você é a única pessoa com quem eu posso contar. E, além disso, acho que seu pai o estava preparando a sua vida inteira para algo como isso. Talvez exatamente para isso. Talvez ele soubesse de tudo. Isso parece destino, não parece? Você e eu, nós somos as pessoas erradas nesta posição, e é por isso que é tão legal.

— Anouk, isso é loucura. Eu não sei nada sobre jornais ou televisão!

— E eu não sei nada sobre ser uma baronesa da mídia, e aqui estou eu! Como é possível que eu esteja nesta posição? E por quê? Eu não me esforcei para chegar aqui. Eu caí aqui. Acho que eu deveria fazer alguma coisa.

— Como o quê?

Ela fez uma cara muito séria e severa, do tipo que torna a sua própria cara séria e severa só de olhar para ela.

— Jasper, eu acredito que a vida se baseia no amor. E que o amor servil é a lei fundamental do universo.

— Que universo é esse e onde fica? Eu adoraria aparecer e dizer oi.

Anouk sentou-se à beira de um barril de cerveja vazio. Ela estava irradiando alegria e entusiasmo. Sim, ela podia estar fingindo odiar essa estranha virada nos acontecimentos que a transformara em uma mulher rica e poderosa, mas eu não estava engolindo.

— Acredito que os pensamentos de uma pessoa geralmente se manifestam em acontecimentos reais, que fazemos as coisas existirem com o pensamento. Certo? Bom, pense nisso: uma das doenças que se tornaram epidêmicas no mundo ocidental é o vício em notícias. Jornais, internet, canais de notícias 24 horas. E o que é notícia? Notícia é a história sendo fabricada. Então, o vício em notícias é o vício no desfecho da história. Você está me acompanhando?

— Estou. Continue.

— Nas últimas duas décadas, as notícias têm sido produzidas como entretenimento. Portanto, o vício das pessoas em notícia é um vício em sua função como entretenimento. Se você combinar o poder do pensamento com esse vício em notícias para entreter, então a parte das centenas de milhões de pessoas, os telespectadores, aqueles que desejam paz na terra, é ofuscada pela parte deles que quer o próximo capítulo da história. Cada pessoa que liga a TV e descobre que não há novas notícias fica decepcionada. Elas estão conferindo as notícias duas ou três vezes por dia; elas querem drama, e drama significa não só morte como morte aos milhares, e assim, nas partes secretas de si mesmo, cada indivíduo viciado em notícia está esperando uma calamidade maior, mais corpos, mais guerras espetaculares, mais ataques inimigos abomináveis, e esses desejos estão saindo todos os dias pelo mundo. Você não vê? Bem agora, mais do que em qualquer outra época na história, o desejo universal é negro.

O mendigo na sarjeta havia despertado e movia furtivamente seus olhos semiabertos de Anouk para mim, um sorriso entediado no rosto, como que para dizer em resposta à teoria de Anouk que ele já tinha ouvido tudo aquilo antes. Talvez já tivesse mesmo.

— Então o que você pretende fazer?

— Precisamos livrar as pessoas desse vício, ou então vai ser uma catástrofe.

— Nós.

— Sim, Jasper.

Olhei para o bêbado no beco para ter certeza de que eu não estava imaginando tudo aquilo. Eu queria ajudar Anouk com seu plano? É claro, eu poderia assumir o controle dos jornais e colocar manchetes divertidas do tipo "Este jornal torna impossível o pensamento independente" e ir atrás do objetivo de Anouk de combater esse vício em "notícias" tornando as notícias enxutas e monótonas — limitando as transmissões e cobrindo acontecimentos banais e positivos (avós plantando em seus jardins, astros do futebol jantando com suas famílias) e não permitindo que assassinos em massa tivessem sua vez na roda-viva da celebridade.

Mas a última coisa que eu queria era assumir um papel público fazendo o que quer que fosse. O público seria capaz de ficar enfurecido com a menção do meu pai, e portanto as pessoas me odiariam por qualquer coisa que eu fizesse. Tudo que eu queria era me misturar a grandes multidões de pessoas que não falam inglês e provar os muitos sabores de mulheres em suas camisetas justas em todas as cidades do planeta. E Anouk queria que a divisão de notícias estivesse sob meu controle?

— Anouk, vou lhe dizer uma coisa. Você começa sem mim. Eu telefono daqui a seis meses, vejo como você está se saindo, e então talvez eu volte para ajudar. Mas é um grande talvez.

Ela fez um som estranho e começou a respirar pesado. Seus olhos, de alguma forma, ficaram mais redondos. Eu quase desfaleci. Já é difícil o suficiente viver a vida desapontando a si mesmo dia sim, dia não, mas desapontar os outros também é exaustivo. É por isso que você nunca deve atender o telefone ou abrir a porta. Assim você não precisa dizer não a quem quer que esteja do outro lado.

— Tá legal, Jasper. Mas quero que você faça uma coisa antes de ir embora.

— O quê?

— Escrever um obituário para o seu pai, um que eu possa publicar no jornal.

— Para quê? As pessoas não ligam.

— Eu ligo. E você também. E eu te conheço: você provavelmente não se permitiu sofrer de forma alguma pela morte do seu pai. Eu sei que ele era um pé no saco, mas ele te amava de verdade, e fez de você o que você é, e deve isso a ele e a si mesmo. Não importa se o que escrever for vulgar ou insultante. Desde que seja verdade e venha do coração, e não do cérebro.

— Tá legal.

Entramos novamente no carro, e o mendigo nos observou com olhos sorridentes que dizia claramente que ele acabara de ouvir uma conversa entre duas pessoas que se levavam a sério demais.

•

O carro estacionou em frente ao meu prédio e ficamos sentados no banco de trás olhando um para o outro, praticamente sem um piscar de olhos entre nós, praticamente sem o menor movimento.

— Tem certeza que eu não posso convencê-lo a ficar na Austrália por alguns meses?

Era óbvio que ela precisava, mais do que qualquer coisa, de um rosto amigo por perto, e me senti mal porque estava levando o meu para a Europa.

— Desculpe, Anouk. Mas preciso fazer isso.

Ela fez que sim com a cabeça, e então me deu um cheque de 25 mil dólares. Eu fiquei eternamente grato, mas não tão grato a ponto de não desejar que fosse mais.

Trocamos beijos de despedida, e eu quase desabei observando a Mercedes preta desaparecer de vista, mas me controlei, por força do hábito. Caminhei até o banco e depositei o cheque na minha conta. Eu teria de esperar três dias até poder pegar o dinheiro para comprar uma passagem de ida para outro lugar. Três dias pareciam tempo demais.

Quando cheguei em casa, deitei no sofá e olhei para o teto e tentei não pensar em nada além do fato de que havia pelos de gato no sofá que antes não estavam ali. Uma vez que eu não tinha gatos, não havia explicação para isso. Apenas mais um dos mistérios absurdos e indecifráveis da vida.

Tentei pegar no sono, e como não consegui, tentei fazer o sono me pegar. Também não funcionou. Levantei e tomei duas cervejas e deitei no sofá outra vez. Minha mente assumiu o controle e desenterrou algumas imagens frágeis que pareciam prontas para rachar se eu pensasse nelas com suficiente afinco. Em vez disso, decidi pensar no futuro. Em três dias eu estaria em um avião rumo à Europa, assim como meu pai esteve, mais ou menos com a mesma idade, quando quase todo mundo que ele conhecia estava morto. Bom, às vezes é preciso seguir os passos de alguém. Não se pode esperar que cada tosse, arranhão e espirro seja original.

Por volta da meia-noite, comecei a escrever o obituário do meu pai para que Anouk pudesse publicar no jornal. Depois de encarar a página em branco por dois dias, eu comecei.

Quem foi meu pai?

A sobra do universo.

A capa de gordura.

Uma úlcera na boca do tempo.

Ele lamentava nunca ter tido um nome histórico como papa Inocente VIII ou Lourenço, o Magnífico.

Ele foi a primeira pessoa que me disse que ninguém compraria um seguro de vida caso se chamasse seguro de morte.

Ele pensava que a melhor definição de completude é ter suas cinzas enterradas.

Ele pensava que as pessoas que não leem livros não sabem que um sem-número de gênios mortos está aguardando seu chamado.

Ele pensava não haver paixão pela vida, apenas por estilos de vida.

Quanto a Deus, ele pensava que se você vive em uma casa, saber o nome do arquiteto que a projetou é só de interesse simbólico.

Quanto à evolução, ele pensava que é injusto que o homem esteja no topo da cadeia alimentar quando continua acreditando nas manchetes de jornais.

Quanto à dor e ao sofrimento, ele pensava que somos capazes de suportar tudo. É apenas o temor à dor e ao sofrimento que é insuportável.

Fiz uma pausa e li o que havia escrito. Tudo verdade. Nada mal. Isso estava avançando bem. Mas eu precisava ser mais pessoal. Afinal, ele não era só um cérebro em um frasco expressando ideias, também era um ser humano com emoções que o deixavam doente.

Ele nunca alcançou a solidão não solitária. Sua solidão era terrível para ele.

Ele não podia escutar uma mãe chamando o filho no parque sem começar a chamá-lo também, fora de si, com a sensação nefasta de que algo terrível havia acontecido ao Marquinho (ou quem quer que fosse).

Ele estava sempre orgulhoso de coisas que envergonhavam a outros.

Ele tinha um claro complexo de complexo de Cristo.

Sua visão de mundo parecia ser algo como "Este lugar é uma merda. Vamos reformá-lo".

Era impassivelmente elétrico, mas carecia do tipo de passatempo que de fato requeria energia, e é por isso que ele sempre lia livros enquanto caminhava e assistia à TV enquanto ia e voltava de uma sala a outra.

Ele era capaz de sentir empatia por qualquer pessoa e, se descobrisse que alguém no mundo estava sofrendo, precisava ir para casa e deitar.

Certo. Que mais?

Examinei o que eu havia escrito e concluí que era hora de ir ao coração do homem.

O conceito que ele tinha da morte arruinou sua vida inteira. O próprio pensamento da morte o abatia como uma doença tropical.

Meu Deus. Esse assunto me fez sentir o corpo inteiro pesado. Assim como Terry percebera que o terror à morte quase o havia matado, meu pai muitas vezes repetira sua convicção de que esta era a causa elementar de todas as crenças humanas. Agora vejo que eu havia desenvolvido uma terrível mutação dessa doença, isto é, o terror ao terror à morte. Sim, diferentemente de meu pai e de Terry, eu não temo a morte tanto quanto temo o temor à morte. O temor que faz as pessoas acreditarem, e matarem umas às outras, e se matarem; tenho medo desse medo que poderia me levar a fabricar inconscientemente uma mentira reconfortante ou confusa na qual eu poderia basear minha vida.

Eu não estava partindo em busca do rosto que habitava meus pesadelos?

Eu não estava embarcando em uma jornada para aprender mais sobre o rosto? E sobre minha mãe? E sobre mim mesmo?

Não estava?

> Meu pai sempre afirmou que os seres humanos definitivamente não embarcam em uma jornada; eles passam a vida inteira procurando e reunindo evidências para justificar as crenças que carregam no coração desde o primeiro dia. Têm novas revelações, é certo, mas estas raramente abalam sua estrutura central de crenças — eles só constroem sobre ela. Ele acreditava que se a base permanece intacta, não importa o que você constrói sobre ela, isso não é uma jornada. É apenas uma sobreposição de camadas. Ele não acreditava que alguém alguma vez começasse do zero. "As pessoas não estão procurando respostas", dizia, "estão procurando fatos que comprovem seus argumentos."

Isso me fez pensar na jornada *dele*. O que era tudo aquilo? Ele podia ter viajado pelo mundo, mas não parecia ter ido muito longe. Ele podia ter se banhado em diferentes fontes de experiência, mas seu espírito mantivera o mesmo sabor. Todos os seus planos, esquemas e tramas giraram em torno do homem em sua relação com a sociedade, ou com algo maior — a civilização —, ou menor — a comunidade. Ele desejava mudar o mundo à sua volta, mas via a si mesmo como sólido e imutável. Não estava interessado em testar os próprios limites. Até que ponto alguém pode se expandir? Sua essência pode ser encontrada e ampliada? O coração pode ser edificado? Sua alma pode derramar sua voz? Um pensamento pode dirigir um carro? Isso não parecia ter passado pela cabeça dele.

Finalmente eu sabia como me revoltar contra os modos do meu pai! A natureza da minha anarquia estava clara. Assim como Terry, eu viveria como se estivesse à beira da morte, enquanto o mundo tratava de nadar ou morrer. Civilização? Sociedade? Quem se importa? Eu daria as costas para o progresso e, ao contrário do meu pai, concentraria minha atenção não no lado de fora, mas no lado de dentro.

Chegar ao fundo de mim. Chegar ao fundo do pensamento. Chegar além do tempo. Assim como todo mundo, estou impregnado de tempo, estou encharcado dele, estou me afogando nele. Aniquilar esse profundo truque psicológico que abarcava tudo seria o ás em minha manga.

Eu fora capaz de comunicar meus pensamentos ao meu pai a partir da selva na Tailândia, embora ele tivesse escolhido não acreditar. Isso significa que a manipulação do pensamento existe. É por isso que você precisa ter cuidado com o que pensa. É por isso que a maioria dos médicos admite tranquilamente que a depressão, o estresse e o pesar afetam nosso sistema imunológico, bem como a solidão. De fato, a solidão está associada com os altos índices de mortalidade por doenças cardíacas, câncer e suicídio, e até mesmo por morte *acidental*, o que significa que se sentir solitário pode levá-lo a morrer por ser desastrado. Se a solidão persistir, consulte um médico.

Nós nos entregamos com ignorância a pensamentos negativos, não cientes de que pensar repetidas vezes "Eu sou um merda" é provavelmente tão cancerígeno quanto fumar um pacote de Camels sem filtro. Sendo assim, devo acionar um dispositivo que me dê pequenos eletrochoques cada vez que tenho um pensamento negativo? Isso funcionaria? E quanto à auto-hipnose? Mesmo em minhas fantasias, crenças, ideias e alucinações, posso impedir minha mente de percorrer velhos caminhos? Posso me emancipar? Me renovar, como faço com as células epidérmicas? A autoconsciência tem um botão de desligar? Eu não faço ideia. Novalis disse que ateísmo é quando você não acredita em si mesmo. Certo, nesse aspecto sou provavelmente um agnóstico, mas, de um modo ou de outro, esse é o meu projeto? Testar o limite do pensamento e ver como é realmente o mundo material? E depois? Posso ser parte do mundo e estar no mundo mesmo depois de ter atravessado o tempo e o espaço? Ou preciso viver no alto de uma montanha? Eu não quero isso. Quero ficar no fundo e subornar estudantes para que me comprem entradas de cinema pela metade do preço. Como lidar com desejos tão incompatíveis? E sei que para alcançar a iluminação preciso testemunhar a dissolução dos meus quereres, mas eu gosto dos meus quereres, então o que fazer?

•

Fiz as malas e guardei o manuscrito e uma fotografia de Astrid, minha mãe. Ela era muito bonita. Eu tinha isso a meu favor. A sociedade fica de língua de fora diante de um rosto bonito; tudo que eu preciso fazer é me dirigir à língua na boca que me dirá tudo que eu preciso saber. Esta mulher tocou vidas, e não só a do meu pai. Algumas estariam mortas. Outras estariam muito velhas. Mas em algum lugar haveria amigos de infância, namorados, amantes. Alguém se lembraria dela. Em algum lugar.

Nem eu nem meu pai tínhamos muito amor por religião, porque preferíamos o mistério ao milagre, mas meu pai tampouco amava muito o mistério... Era como uma pedra em seu sapato. Bom, eu não vou ignorar os mistérios como ele fez. Mas também não vou tentar resolvê-los. Eu só quero ver o que acontece quando você olha bem no cerne deles. Vou prosseguir com meus próprios passos estúpidos e incertos. Vou perambular um pouco pela terra e encontrar a família da minha mãe e o homem a quem pertence o rosto no céu e ver aonde essas afinidades misteriosas me levam — se mais perto de compreender minha mãe ou algum mal inimaginável.

Olhei pela janela. Estava amanhecendo. Preparei um café e reli o obituário uma última vez. Faltava uma conclusão. Mas como concluir uma vida como a dele? O que ele desejara dizer? Que ideia poderia arrematar isso? Decidi que deveria me dirigir a todas aquelas pessoas ignorantes e não pensantes que haviam chamado meu pai de canalha sem nem saber que ele realmente o era.

Martin Dean era meu pai.

O ato de escrever essa frase me freou. De repente, senti algo que nunca havia sentido — eu me senti privilegiado. De repente me senti mais privilegiado que um bilhão de outros filhos, porque tive a sorte de ter sido criado por uma sopa de ideias ambulante, peculiar e intransigente. E daí se meu pai foi um filósofo encurralado pelo próprio pensamento? Ele também foi um homem com um talento nato para a empatia, um homem que preferia ser enterrado vivo a ver suas imperfeições ferirem seriamente alguém. Esse foi o meu pai. Foi um tonto. O meu tipo de tonto.

Não havia modo de resumi-lo. Como eu poderia? Se eu era apenas uma parte dele, como poderia saber de quem *ele* era parte?

Continuei escrevendo:

> Meu pai foi chamado de uma porção de nomes terríveis pelas pessoas deste país. Está certo, ele não foi um Gandhi ou um Buda, mas, honestamente, também não foi um Hitler ou um Stalin. Ele estava em algum lugar no meio. Mas o que eu quero saber é: o que o modo como vocês veem meu pai diz a respeito de vocês?
>
> Quando alguém vem ao mundo e chega às piores profundezas a que um ser humano pode chegar, nós o chamamos de monstro, ou de malvado, ou de personificação do mal, mas nunca ninguém insinua ou sugere que *realmente* exista algo de sobrenatural ou de outro mundo com esse indivíduo. Ele pode ser um homem mau, mas é só um homem. Mas quando uma pessoa extraordinária que atua do outro lado do espectro, o bem, vem à tona, como Jesus ou Buda, nós imediatamente o elevamos a Deus, uma deidade, algo divino, sobrenatural, do outro mundo. Isso é um reflexo de como vemos a nós mesmos. Não temos dificuldade em acreditar que a pior criatura que cometeu a maior atrocidade é um homem, mas somos absolutamente incapazes de acreditar que a melhor criatura, que tenta inspirar imaginação, criatividade e empatia, possa ser um de nós. Nós simplesmente não conseguimos ter um conceito tão elevado de nós mesmos, mas não hesitamos em nos desmerecer.

Isso devia bastar. Uma bela conclusão confusa e impertinente. Muito bem, Jasper. Enfiei o texto no correio para Anouk na Hobbs News Division, fui ao banco para conferir se o dinheiro estava na minha conta, e então peguei um táxi para o aeroporto. Desta vez eu estava saindo do país com o meu nome verdadeiro.

— Eu gostaria de comprar uma passagem para a Europa — falei para a mulher no guichê, que não sorria.

— Que lugar da Europa?

— Boa pergunta. Não pensei sobre isso.

— É mesmo? — disse ela, e então reclinou-se na cadeira e olhou através de mim, sobre meu ombro. Acho que ela estava procurando uma câmera de televisão.

— Qual é o próximo voo que me deixa perto da Europa?

Ela me encarou mais alguns segundos antes de digitar no teclado do computador na velocidade da luz.

— Tem um voo partindo para a República Tcheca em uma hora e meia.

A República Tcheca? Por alguma razão, eu tinha pensado que ela diria Paris, e então eu diria: "Paris deve ser adorável nesta época do ano."

— Você quer a passagem ou não?

— Claro. A República Tcheca deve ser adorável nesta época do ano.

Depois de comprar a passagem e fazer o check-in, comi uma chamuça de vegetais por 10 dólares que era pior que uma refeição completa de selos postais. Então fui até a cabine telefônica e procurei nas páginas amarelas para ver se a Strangeways Publications ainda existia e se o dono continuava sendo Stanley, o homem que publicara *O manual do crime*, de Harry West, todos aqueles anos antes.

Lá estava, em preto e branco. Marquei o número.

— Alô?

— Oi. É o Stanley?

— Sim.

— Você ainda publica livros?

— Revistas masculinas.

— Escrevi um livro que acho que talvez o interessasse.

— Revistas masculinas, já falei. Você é surdo? Eu não publico livros.

— É uma biografia.

— Não me importa. De quem?

— Martin Dean.

Escutei uma impetuosa fungada do outro lado da linha. Tão impetuosa que quase me sugou para dentro do fone.

— Quem é você?

— O filho dele.

Silêncio. Então eu ouvi o som de alguém mexendo numa série de papéis espalhados em uma mesa, e o som de alguém grampeando alguma coisa que não parecia ser papéis.

— Jasper, não é? — falou Stanley.

— Isso mesmo.

— Você quer vir até o meu escritório?

— Eu vou colocar no correio, se não se importar. Estou prestes a ir para o exterior e não sei por quanto tempo vou ficar fora, ou se algum dia volto. Você vai em frente e faz o que quiser com ele.

— Tudo bem. Você tem meu endereço?

— Tenho.

— Estou ansioso para ler. Ei, sinto muito pelo seu pai.

Desliguei o telefone sem responder. Para ser sincero, não sei se ele sentia muito por meu pai ter morrido ou se só sentia muito por ele ser meu pai.

Neste momento estou sentado no bar do aeroporto, tomando uma cerveja japonesa cara por motivo nenhum. Sentada na mesa ao lado há uma mulher com um gato e um pequeno transportador de gatos. Ela está falando com o gato, chamando-o de John. As pessoas que colocam nomes de gente em seus bichos de estimação me deixam completamente deprimido. Eu continuo escutando, e fica ainda pior. O nome do gato não é só John. É John Fitzpatrick. É demais.

Agora que contei nossa história em todos os seus detalhes — que são de revolver os intestinos, enfiar a mão inteira na boca, sentar na pontinha da cadeira, roer as unhas, morder os lábios, fumar um cigarro atrás do outro e ranger os dentes —, eu me pergunto: valeu a pena? Não que eu quisesse começar uma revolução ou terminar uma que vem se arrastando. Eu não era escritor antes de começar, mas escrever um livro faz de você um escritor. De todo modo, não sei se quero ser um escritor. Herman Hesse disse certa vez: "O verdadeiro poder criativo isola e demanda algo que tem de ser subtraído do prazer da vida." Isso não me parece muito divertido.

Acabaram de chamar para o embarque do meu voo. Escreverei algumas últimas palavras antes de enfiar isto na caixa de correio para Stanley. O que seria um pensamento apropriado para concluir?

Talvez eu deva concluir com alguma observação semiprofunda sobre minha vida.

Ou sobre como, às vezes, âncoras lançadas atingem peixes lentos.

Ou sobre com que frequência o ato de engolir saliva é, na verdade, a supressão de uma espera violenta.

Ou sobre como as pessoas ficam de luto pelos mortos recentes, mas nunca ficam de luto pelos que morreram há muito tempo.

Ou sobre como os sábios idiotas surpreendem seus médicos, os perdedores culpam seus pais e os fracassados culpam seus filhos.

Ou sobre como, se você escutar com atenção, descobrirá que as pessoas, na verdade, nunca são *a favor* de alguma coisa; em vez disso, elas só são contrárias a seus contrários.

Ou sobre como, quando você é criança, para evitar que você siga a multidão você é atacado com a frase: "Se todo mundo pulasse de uma ponte, você pularia?"; mas, quando você é adulto, e ser diferente é subitamente um crime, as pessoas parecem estar dizendo: "Ei. Todo mundo está pulando de uma ponte. Por que você não?"

Ou sobre como, quando as mulheres que fizeram muita cirurgia plástica morrem, Deus as cumprimenta intrigado, dizendo: "Eu nunca vi essa mulher antes."

Ou devo terminar com uma observação positiva e dizer que mesmo se não lhe restar nenhum ente querido para enterrar, é bom ser otimista e levar uma pá consigo, só por precaução?

Não, nada disso parece adequado. Seja como for, meu tempo está acabando. Meu avião sai em dez minutos. Este parágrafo será o último. Sinto muito, quem quer que você seja. Ei — esta é uma pergunta: quem lerá isto se Stanley realmente o publicar? Alguém? É claro que tem de existir uma mísera pessoa em 6 bilhões com alguns dias livres para esbanjar. Uma alma entediada com o número chocante de seres humanos entulhando esta nossa pequena esfera azul esverdeada. Sabe, eu li em algum lugar que até 2050 serão outros 2 bilhões. Que explosão imodesta de humanidade! Vou te dizer, você não precisa ser um misantropo para ficar arrepiado com a ideia de tantas pessoas esbarrando umas com as outras na rua, mas ajuda.

Este livro foi composto na tipologia Sabon Lt Std,
em corpo 10,5/15, e impresso em papel off-white 80g/m²
no Sistema Cameron da Divisão Gráfica
da Distribuidora Record.